BASTEI
LÜBBE
TASCHENBUCH

Weitere Titel der Autorin:

Die Quellen von Malun
Blutgöttin
Blutsohn

Über die Autorin:

Daniela Winterfeld wurde 1978 in Rheda-Wiedenbrück in NRW geboren. Später studierte sie Literaturwissenschaften mit den Nebenfächern Geschichte und Psychologie. Bis heute dienen ihr historische Begebenheiten, Märchen, Mythologie und die menschliche Psyche als liebste Inspiration für ihre Bücher. Inzwischen lebt die Autorin mit Mann und Kindern in Berlin.

Daniela Winterfeld

Die Quellen von Malun

BLUT SCHICKSAL

Roman

BASTEI LÜBBE TASCHENBUCH

Dieser Titel ist auch als E-Book erschienen

MIX
Papier aus verantwortungsvollen Quellen
FSC® C014496

Originalausgabe

Einband-/Umschlagmotiv: © Guter Punkt, München
Umschlaggestaltung: Guter Punkt, München | www.guter-punkt.de
Satz: hanseatenSatz-bremen, Bremen
Gesetzt aus der Bembo Std
Druck und Verarbeitung: GGP Media GmbH, Pößneck
Printed in Germany
ISBN 978-3-404-20969-9

2 4 5 3 1

Sie finden uns im Internet unter
www.luebbe.de
Bitte beachten Sie auch: www.lesejury.de

Prolog

Galejas wissende Chronik der Vergangenheit
Buch Vilaria

40 Jahre vor Beginn der Blutära

Es begab sich zu jener Zeit, als der Frieden auf Ruann noch allgegenwärtig war. Zu jener Zeit also, als Sapioner, Faruaner und Vaikuni noch friedlich Handel trieben und gute Beziehungen unterhielten. Damals nährte das Wasser die Erde, regelmäßige Schauer erneuerten die Fruchtbarkeit der Böden, und selbst auf den südlichsten Feldern und Plantagen Sapions wuchsen Früchte und Getreide in einer Fülle, die allen Menschen und Tieren ein Auskommen sicherte. Niemand zweifelte an den Göttern Maluns, wenn auch die Vaikuni und die Faruaner die meiste Kunde von ihnen besaßen und ihre Völker am stärksten von Göttlichkeit durchdrungen waren.

Zu jener Zeit unternahm Sapion, der Herrscher Sapions, eine mehrere Jahre währende Reise durch Farua, um jemanden zu finden, der ihm in seiner dringendsten Sorge Hilfe leisten konnte. In all den Jahren ihrer Ehe war es ihm und seiner Frau Migera nicht gelungen, ein Kind zu zeugen. Inzwischen hatten sie beide ein fortgeschrittenes Alter erreicht, und Sapion fürchtete, sein Reich eines Tages ohne einen Nachfolger zu hinterlassen. Ihm blieb somit die Wahl, seine Frau zu verstoßen und sich eine jüngere zu nehmen – oder Rat bei den Göttern Maluns zu suchen.

Da er Migera über alles liebte, entschied er sich für Letzteres, und seine Reise führte ihn in jene Dörfer, in denen die mächtigsten Gottgeborenen leben sollten. Seine Frau und er fanden Hilfe bei einem Priester Valjans,

Kraft eines göttlichen Steines zuteilwerden ließ. Sapion eiß leuchtenden Kristall als Amulett um seinen Hals tragen, Sohn und Thronfolger zu zeugen, wenn er bei seiner Frau lag. tat wie ihm geheißen, und so zeugte er mit Migera sein erstes und ıges Kind. Der Valjaner stellte jedoch eine Forderung an Sapion, als eis für die göttliche Hilfe und zur Vorbereitung auf das Leben mit einem gottgeborenen Kind. Sapion und Migera sollten ihre Reise im Einklang mit der Natur fortsetzen, um Demut zu lernen und die Nähe zu den Göttern und dem göttlichen Kind zu spüren. Der Valjaner nannte ihnen Dörfer, in denen sie Halt machen sollten, um dort den Segen der mächtigsten Gottgeborenen zu empfangen und von ihnen umfassendes Wissen über gottgeborene Kinder zu erlangen.

Eine Reise im Einklang mit der Natur ließ es jedoch nicht länger zu, mit dem Tross und den Annehmlichkeiten eines Herrschers zu reisen. Zudem waren die Wege in Nordfarua kaum mehr als Pfade. So kam es, dass Sapion und Migera hoch zu Ross reisten und nur einen einzigen Mann zu ihrem Schutz mitnahmen.

Bei den Zusammenkünften mit den Gottgeborenen lernte Sapion mehr über Natur und Menschlichkeit, als er je zuvor in seinem Leben gelernt hatte. Er traf Priester und Priesterinnen Zabinos, die ihn über die Geheimnisse eines friedlichen Zusammenlebens aufklärten. Er redete mit den Heilerinnen von Sajuna über Medizin und Gesundheit, und von einer Priesterin Galejas erhielt er umfangreiche Nachhilfe in der Geschichte der Menschheit und ihres Planeten. Mit Valjanern sprach er über Macht und Herrschaft und die Kunst, diese in Gerechtigkeit und Güte auszuüben. Bildung für alle, so sagten sie, sei der Schlüssel zu Gerechtigkeit und Fortschritt. Und ein Herrscher müsse die Selbstlosigkeit besitzen, sich als Diener seines Volkes zu betrachten und nicht als dessen Machthaber.

Nach all diesen Gesprächen beschloss Sapion, mit seiner Rückkehr in die Heimat für mehr Gerechtigkeit in seinem Volk zu sorgen. Er wollte Krankenhäuser bauen und Schulunterricht für alle Kinder einführen, sogar für die Mädchen. Die schlauesten unter ihnen sollten Wissenschaftler werden, und einige sollten eine Ausbildung für den diplomatischen Dienst erhalten, um den regen Austausch mit anderen Völkern zu gewährleisten. Doch als Herzstück seiner Mission nahm Sapion sich vor, den Glauben an die Götter Maluns als Religion für die Sapioner zu etablieren und damit die sapionische Kultur an die der Faruaner anzunähern.

Nur die Kontakte zu vier Gottheiten fehlten ihm noch auf seiner Reise. Er wollte die Pamuschkrieger besuchen und erstmals mit jemandem dieses fremdartigen Volkes sprechen. Ganz besonders verlangte es ihn, mit einem Priester Gamons zu reden, in der Hoffnung, etwas Gutes über seine Zukunft zu erfahren. Doch vor allem ein Treffen mit Talun und Maluna stand noch aus. Die beiden höchsten Götter wollten in das nördlichste Dorf Faruas kommen, um das göttliche Kind in der Welt zu begrüßen. So zumindest war es Sapion versprochen worden. Insbesondere Taluns Schutz über die göttliche Kinderseele war der wichtigste Segen, der den kleinen Thronfolger vor Unheil bewahren sollte. Direkt nach der Geburt sollte Talun die Seele des Kindes mit einem lebenslangen Schutz überziehen, damit sie niemals gebrochen werden konnte.

Doch je mehr das Ungeborene in Migeras Leib heranwuchs, desto mühsamer wurde ihre Reise. Ihre betagten Jahre erschwerten ihr die Schwangerschaft, und die Etappen im Sattel durften nur kurz sein. So kam es, dass sie für den letzten Teil ihrer Reise länger brauchten als geplant. Doch obwohl Migera Sapion anflehte, bis zur Geburt in einem der Dörfer zu bleiben, in denen es wenigstens eine Hebamme gab, nahm er sich vor, das Reiseziel noch vorher zu erreichen.

Die Natur im Norden von Farua wurde immer undurchdringlicher. Die letzten Abschnitte ihrer Reise führten das Paar durch eine Wildnis aus Wäldern und Sümpfen, und die Pausen, die Migera benötigte, um sich von den Strapazen zu erholen, wurden immer länger. So geschah es, dass die Geburtswehen einsetzten, noch bevor die Reisenden ihr Ziel erreicht hatten. Migera gebar ihren Sohn auf einer Waldlichtung ohne die Hilfe einer Hebamme und ohne den Schutz einer Hütte. Nur ihr Ehemann versuchte ihr beizustehen, während der Soldat, der sie begleitete, vorauseilte, um im nächsten Dorf um Hilfe zu ersuchen.

Die Geburt des Kindes war schwer und zehrte die letzte Kraft aus Migeras alterndem Leib. Mit kraftraubenden Atemzügen presste sie ihren Sohn hervor, ehe sie in den Armen ihres Mannes starb.

Voller Verzweiflung blieb Sapion mit seinem Sohn zurück. Nun verfluchte er die Tatsache, dass er noch keinem Priester Gamons begegnet war, der ihm diese Zukunft hätte vorhersagen können. Er trauerte um Migera, aber noch mehr sorgte er sich um das Überleben seines Kindes. Bis zum nächsten Dorf musste es weiter als eine Tagesreise sein, und der Soldat würde so schnell nicht mit Hilfe zurückkehren.

Sapion legte das Kind an die Brust der Toten, damit es wenigstens eine erste Mahlzeit aus Milch bekam. Aber schon am nächsten Tag würde der Kleine hungern müssen, wenn sich nicht bald eine Amme fand. Gleich am Morgen wollte Sapion mit dem Kind allein weiterreiten, um ein Dorf zu finden. Aber zunächst brach die Nacht an, und diese Nacht musste der Herrscher mit seinem Sohn in der Wildnis ausharren.

Das Blut und der Geruch der Toten lockten jedoch die Vatus an, die sich mit Einbruch der Dunkelheit rund um die Lichtung versammelten. Ihr Heulen drang Sapion durch Mark und Bein. Er allein würde versuchen müssen, sein Kind gegen die wilden Tiere zu verteidigen. Also wickelte er seinen Sohn in ein Tuch und schwang sich mit ihm in den Sattel. In der hereinbrechenden Dunkelheit ritt er immer tiefer in den Wald. Doch die Vatus hatten es auf das frische Fleisch des Neugeborenen abgesehen und zogen ihre Kreise immer enger um das Opfer. Als Sapion im Dickicht nicht weiterkam, knotete er das Tuch zu, in dem das Kind lag, und band es vom Rücken des Pferdes aus an einen hoch hängenden Ast. Dann ließ er das Pferd laufen und lockte die Vatus von dem Kind fort, indem er sich selbst als Köder darbot. Als er weit genug von dem Neugeborenen entfernt war, zog er sein Schwert und stellte sich den wilden Tieren. Er war ein erfahrener Kämpfer, der von sich glaubte, auch gegen ein Rudel von Vatus bestehen zu können. Doch er hatte weder mit der Dunkelheit noch mit den Taktiken der Raubtiere gerechnet. Die Vatus waren erfahrene Rudeljäger, deren Techniken aus Täuschung und Hinterhalt bestanden. Während Sapion versuchte, sich gegen drei angreifende

Vatus zu verteidigen, sprangen ihn zwei weitere von hinten an und rissen ihn zu Boden. Zu acht stürzten sich die Raubtiere auf den alten Mann, zerbissen seine Kehle und schleppten die Beute zu der Erdhöhle, in der die Hündinnen ihre Welpen großzogen.

Das Kind aber blieb allein zurück im Schutz des Baumes. Hunger und nächtliche Kälte brachten den Säugling zum Schreien, aber niemand außer den wilden Tieren hörte seine tödliche Verzweiflung, bis er in einen erschöpften Schlaf fiel.

Tage später, als Sapions Diener mit einer Heilerin und mehreren Dorfbewohnern zum Lagerplatz zurückkehrte, hatten die Aasfresser von Migera kaum noch ein Skelett übrig gelassen. Auch die Vorräte waren von wilden Schweinen und Vögeln zerwühlt worden. Die Männer versuchten, den Spuren von Sapion zu folgen, aber das Zickzack der Pferdehufe verlor sich in einem Sumpf.

So kam es, dass weder Sapions Überreste vor der Höhle der Vatus gefunden wurden noch das Bündel mit dem schlafenden Knaben. Zunächst glaubten die Faruaner, Sapion sei mit seinem Kind geflohen. Erst Monate später wurde klar, dass der Herrscher in keinem der Nachbarorte gesehen worden war. Und schließlich ging man davon aus, dass Vater und Sohn den Vatus zum Opfer gefallen waren.

Der Junge war jedoch von göttlichem Geblüt. Trotz der schrecklichen Umstände wuchs er weiter heran. Die Müdigkeit ließ nach, und seine Lunge gewann an Kraft. Doch seine hilflosen Schreie lockten nur die hungrigen Tiere an. Längst lauerten die Vatus wieder unter dem Baum und sprangen vergeblich daran hinauf. Die Aasvögel hingegen hatten leichteres Spiel. Hungrig pickten sie durch die Lücken des Tuches, rissen Löcher in die junge Haut und naschten von dem Fleisch des Kindes. Doch die göttliche Kraft des Jungen war stärker als die tödlichen Wunden. Wann immer die Vögel davonflogen, wuchs das Fleisch des Kindes neu. Aber sobald sich der Junge erholt hatte, begann er erneut zu schreien – und lockte damit immer weitere Vögel an.

Ein Jahr und dreiundvierzig Tage überlebte der gottgeborene Junge, ehe Menschen in seine Nähe kamen und die panischen Schreie hörten. Die

Faruaner retteten den Kleinen, in dessen Kleidung sein Name eingestickt war: Walis Sapion, Thronfolger des Reiches Sapion.

Doch ganz offensichtlich war das Kind von göttlichem Geblüt, und so übergaben sie den Jungen einer Priesterin Sajunas, die ihn heilen sollte. Seine Wunden waren allerdings so schwerwiegend, dass es weder die Heilkraft der Priesterin noch sein eigener göttlicher Anteil vermochte, sie vollkommen heilen zu lassen. Sowohl sein Gesicht als auch seine Arme blieben von hässlichen, wulstigen Narben entstellt.

Aber dies waren nur die sichtbaren Narben des Kindes. Weitaus schlimmer war die unsichtbare Zerstörung seiner Seele. Und so kam es, dass ein kleiner Junge den Scheideweg begründete, der ihre Welt ins Verderben stürzen würde.

1. Kapitel

Heerlager Sapions

Alia

Mit einem wahnsinnigen Kreischen fegte der Sturm über Zeylem hinweg, wirbelte weiter durch das staatenlose Gebiet und riss alles mit sich, was sich ihm in den Weg stellte. Sand und Zweige stoben in einer Wolke voran, verlassene Hütten brachen zusammen, und selbst Baumstämme rollten wie Spielzeug über die Ebene. Je länger der Sturm wütete, desto heißer wurde die Luft, rieb sich glühend an der Erde und ihrem Widerstand. Der Atem des Sturmes stank nach fauligem Blut und lebendigem Tod. Menschen und Tiere duckten sich unter seinem Zorn und wurden dennoch von dem Wahnsinn erfasst, den er mit sich trug. Jeder gebrochene Splitter in der Seele eines Menschen entzündete sich an seiner Zerstörung.

Doch die Seelen von Frauen und Kindern, von älteren Sapionern und bedeutungslosen Sklaven interessierten den Sturm nicht. Seine Wut kannte vor allem ein Ziel – er musste diejenigen erreichen, die Waffen trugen und sich dort befanden, wo sein Zorn ungehindert wüten konnte. Bald schon würde es so weit sein. Bald schon würde der Wahnsinn in die Krieger fahren, bis sie nur noch eines wollten: töten. Morden. Vernichten.

Alles Leben, das auf dieser Erde geblieben war.

Alia fuhr auf. Ihr Atem ging keuchend, Schweiß nässte ihren Körper. Einen Moment lang saß sie einfach nur da, umhüllt von dämmeriger Dunkelheit. Wo war sie? Und was war geschehen?

Der Sturm! Gemeinsam mit seiner Wut war sie über die Landschaft gefegt, ganz so, als könnte sich ihr Geist von ihr lösen und mit dem Wind die Welt durchströmen.

Hieß das, sie hatte geträumt? Oder war es eine Vision gewesen?

Es konnte kein Traum sein. Sie hatte seit Tagen nicht geschlafen.

»Alia«, wisperte der Blutsohn. *»Bitte verzeih mir. Bitte sieh mich nicht an, wenn ich so bin wie jetzt. Du bist alles, was ich noch habe.«* Sein Körper lag auf ihrem Schoß, er klammerte sich an ihre Beine.

Erschrocken wich sie zurück, stieß ihn von sich – und erwischte nichts als das Laken, mit dem sie zugedeckt war.

Sie saß in ihrem Bett. Um sie herum war das Hurenzelt. Nur Dorgen lag neben ihr auf dem Kissen.

Keuchend beugte sie sich vor, rieb sich das Gesicht und stützte ihren Kopf in die Hände. Die Visionen kamen und gingen, zeigten ihr zu viel und ließen ihr kaum Zeit, um alles zu begreifen.

Sie hatte Lunis' Gesicht gesehen! Er war der Blutsohn.

Erschrocken hielt sie den Atem an. An ihn durfte sie nicht denken. Was sie gesehen hatte, war nur ein Hirngespinst, ein Schreckensbild, erschaffen aus ihren Ängsten.

Nur eine einzige Person war jetzt noch wichtig.

Dorgen! Allein seine Gegenwart warf einen Anker, an dem sie sich festhalten konnte. Zahlreiche Tage und Nächte mussten vergangen sein, seitdem er in das Hurenzelt zurückgekehrt war. Gefühlte Ewigkeiten hatten sie einander im Arm gehalten und sich geküsst, unzählige Male hatte sie mit ihm geschlafen.

Dennoch war der Kampf um Dorgens Seele noch nicht gewonnen.

Auch jetzt starrte er abwesend an das Zeltdach. Schwaches Morgenlicht drang durch die Plane und zeichnete graue Schatten auf sein Gesicht.

Irgendetwas stimmte nicht mit ihm. Heiße Magie strahlte von ihm ab. Er war ein Gottgeborener. Genauso wie sie. Doch seine Magie schwankte. Mal war sie warm und gütig wie ein Magnet, der Alia anzog. Doch manchmal kippte sie, wurde zornig und gierig und drohte alles zu verschlingen.

In solchen Momenten musste sie besonders auf ihn aufpassen.

Alia rückte näher, legte sich neben ihn und schob die Hand auf seine Schulter. »Was ist mit dir?«

Für eine ganze Weile sah es aus, als hätte er sie nicht gehört. Nur seine Magie pulsierte dunkel und verzweifelt, ganz so, als versuche er gegen etwas anzukämpfen. »Siberi«, erklärte er dann. »Ich habe von ihm geträumt. Er will mich wiederhaben.«

Dumpfe Schwere setzte sich in Alias Herz. Anfangs hatte sie geglaubt, dass ihre Magie überlegen genug war, um Dorgen zu retten. Doch Siberis Macht war wie ein hinterhältiges Gift. Immer wenn sie glaubte, den Heerführer geheilt zu haben, brach die Dunkelheit hervor und riss ihn erneut in den Abgrund.

»Es ist das Feuer.« Dorgens Kehlkopf bewegte sich, seine Lippen schnappten trocken nach Luft. »Es wird immer heißer. Hier.« Zitternd schob sich seine Hand über die Bettdecke, erreichte seine Brust und presste sich darauf. »Es will nach draußen. Zu ihm.« Schimmernde Schweißtropfen bildeten sich auf seiner Stirn, wurden größer und perlten an seinen Schläfen hinab. Plötzlich ging ein Ruck durch seinen Körper. Mit heftigen Bewegungen trat er die Decke fort, stieß sie mit den Füßen vom Bett und krümmte sich auf der Seite zusammen. Ein schmerzerfülltes Stöhnen wich aus seinem Mund. »Hilf mir!« Rücklings tastete er nach Alia, streifte ihren Arm und klammerte sich daran.

Seine Haut war nass! Nicht nur feucht, sondern triefend, als hätte er soeben gebadet. »Ich verdurste. Bring mir Wasser. Bitte.«

Sie hatten kein Wasser! Der Vorrat in ihrem Krug war schon seit Tagen verbraucht, ebenso wie das letzte Brot. Bis jetzt hatten sie nichts davon vermisst. »Du kannst nicht verdursten«, flüsterte sie. »Du bist ein Gottgeborener.«

Seine Antwort war ein Keuchen. Ein gewaltiges Zittern zuckte durch seinen Körper, der Schweiß rann nun in Strömen über seine Haut, lief seitlich an seinem Rücken hinab und sickerte in das Laken.

»Er verbrennt!« Die Stimme stach so plötzlich in Alias Gedanken, dass sie zusammenzuckte. *»Gottgeborene können weder verdursten noch einen anderen menschlichen Tod sterben. Aber die Magie kann uns töten. Wenn er das Feuer entfesselt und dann in sich einschließt, verbrennt es ihn von innen.«*

Alia kannte die Stimme. Es war ihr Lehrer. Seitdem sie im Heerlager war, gab er ihr Ratschläge. »Was soll ich tun?«

Die Stimme antwortete nicht sofort. Stattdessen sah sie Bilder. Sie stand auf einer weißen, glitzernden Brücke inmitten einer Höhle. Auch die Wände der Höhle waren weiß, ebenso wie die Decke und die Stalaktiten, die von oben herabhingen.

»Wasser zum Trinken wird ihm nicht helfen«, flüsterte die Stimme. *»In seiner Seele muss das Feuer gelöscht werden.«*

Unter der Brücke gluckerte Wasser. Erst jetzt erkannte Alia den See, der unter ihr lag. Das Wasser war so klar, dass sie bis auf den Grund schauen konnte. Mächtige Stalagmiten wuchsen aus dem unterirdischen See empor. Hier und da vereinten sie sich mit den Stalaktiten zu Säulen.

Salz. Die ganze Höhle bestand aus Salz.

»Es ist das Salz aus Taluns Tränen. Der See wird dich mit Dorgens Seele verbinden. Trag das Wasser mit dir und erinnere dich daran, wenn du sein Feuer spürst. Nur magisches Wasser besitzt die Macht, magisches Feuer zu löschen.«

Etwas Feuchtes tropfte auf ihre Brust, riss sie fort aus der weißen Höhle und warf sie zurück in das Zelt. Der blaue Stein! Er leuchtete, weinte. Kühle Tränen liefen heraus und flossen zwischen ihren Brüsten herab.

Plötzlich verstand sie, was zu tun war und wie es funktionierte. Das Wissen sprang sie an, als hätte sie das passende Lehrbuch schon immer besessen und nun die richtige Seite gelesen.

Mit den Fingern strich sie die Tränen von ihrem Bauch, streckte die Hand aus und berührte Dorgen an seiner Seite.

Sein Körper zuckte zusammen, seine Haut glühte und war

gleichzeitig nass. Tränen und Schweiß flossen ineinander, leises Zischen erfüllte die Luft, während die Flüssigkeit auf seiner Haut verdampfte. Keuchend drehte er sich auf den Rücken. Glasig starrte sein Blick an das Zeltdach, weit entfernt und zugleich wie das Tor zu einer zerstörten Welt.

Alia schob ihr Bein über seine Hüfte, verlagerte ihr Gewicht, bis sie auf ihm lag. Im nächsten Moment war er in ihr. Es war das Feuer, das ihn erregte, das er gewaltsam in sich verschlossen hielt und das dennoch aus ihm herausdrängte.

»Tu das nicht.« Sein Protest klang heiser. Hastig schloss er die Augen. Dennoch spürte sie das Inferno dahinter.

»Wie lange willst du noch versuchen, das Feuer mit deinem Körper zu fangen?« Alia beugte sich noch tiefer über ihn. Zischend berührte der Stein seine Brust.

Es war dieser Moment, in dem Dorgens Beherrschung brach. Ein Stöhnen entwich seinem Mund, seine Hände packten ihre Oberschenkel, zogen sie näher und gaben die Bewegung vor. Sobald er die Augen öffnete, sprang ihr das Feuer entgegen. Tosend schlug es über Alia zusammen, verschlang ihren Körper und ihre Magie gleich mit. Eine Wolke aus Dampf schoss in die Höhe, vernebelte ihre Sicht, bis kochende Tröpfchen auf sie herabregneten.

Als die Explosion verstummte, befand sie sich im Dunkel des Bergwerkes. Nur eine Fackel erleuchtete den Tunnel, Wasser tropfte aus ihren Haaren. Vor ihr stand der Blutsohn. Er schubste sie vorwärts, stieß sie zu Boden und nahm sie mit Gewalt. Dennoch sah Alia ihn an. Ohne zu blinzeln, hielt sie seiner Magie stand. Unaufhörlich strömte der Wahnsinn auf sie ein. Aber über ihr lag etwas, eine Art Schutzschild, an dem sein Wahnsinn abprallte. Und während sämtliche Gefühle still wurden, erkannte sie sein Gesicht. Laut und deutlich hallte der Name des Blutsohnes in ihr wider: Lunis! Sein wahrer Name lautete Lunis! Er war der Junge, den sie als junges Mädchen geliebt hatte.

Ihr Schutzschild zersprang. Das Feuer erfasste ihr Herz, brannte es nieder und schlug sich in ihre Eingeweide. Wahnsinn strömte in ihren Geist, ließ das Gesicht des Blutsohnes um sie herumkreisen. Kreischend fegte der Sturm über das Land. Der Sturm aus ihrer Vision. Er war nah. Er kam hierher. Bald würde er das Heerlager verschlingen und mit ihm die Seelen der Krieger.

»Du musst dich erinnern!« Die Stimme kam von weitem. Doch woran sollte sie sich erinnern?

Das Wasser! Sie trug Wasser mit sich. Magisches Wasser, das die Macht besaß, das Feuer zu löschen.

Die weiße Höhle! Nur dort war das Wasser stark genug, um das Feuer zu besiegen. Sie musste dorthin, musste denjenigen mitnehmen, den es zu heilen galt.

Ihre Hand fasste nach etwas, das kühl auf ihrer Brust hing. Klebrige Nässe setzte sich zwischen ihre Finger, ließ das Bild der Höhle aufblitzen. Sie stand auf der Brücke, der weiße See lag unter ihr. Doch sie war nicht allein. Da war jemand bei ihr, in ihr, wie ein Teil, der mit ihr verschmolz. Dorgen. Sein Feuer verbrannte sie beide. Nur das Wasser konnte den Brand löschen.

Sie mussten springen. Jetzt. Alia fasste seine Hand, zog ihn mit sich und sprang. Zischend schlug das Wasser über ihr zusammen, ihr Körper sank tief, berührte den salzigen Felsen am Grund. Dann kam sie hoch, zurück an die Oberfläche, zusammen mit ihm. Dorgen. Sie hielt ihn im Arm. Sein Körper war heiß, doch er glühte nicht mehr. Ganz so, als wäre das Feuer gelöscht.

»Der See wird euch verbinden«, flüsterte die Stimme. *»Gänzlich heilen wirst du ihn hier nicht können. Aber dein Schutz wird sich über ihn legen, wenn ihr eins seid.«*

Eins mit Dorgen. Sie spürte nicht nur seinen Körper. Auch seine Seele war Teil von ihr, seine Qual, seine Schuld. Er allein hatte den Wald abgebrannt, er allein hatte die Krieger in die Schlacht geführt.

»Nicht du allein!«, wisperte Alia. »Siberi hat dich benutzt. Er war es. Du musst dir selbst vergeben.«

Er konnte es nicht. Konnte sich selbst nicht vergeben. Zu schlimm waren seine Taten. Er war zu schwach gewesen, um Siberi zu widerstehen. Nun zahlte die ganze Welt den Preis dafür.

»Gänzlich heilen wirst du ihn hier nicht können«, wiederholte die Stimme. *»Dafür bräuchte es den roten See. Doch sein blutiges Wasser ist gefährlich. Und seine Wirkung wird sich nur voll entfalten, wenn ihr dort seid.«*

Der rote See. Wieder blitzte ein Bild auf. Der Eingang einer Höhle. Sie lag etwas höher, so hoch, dass man sie nur kletternd erreichte. Rötliches Licht schimmerte heraus. Doch da war noch etwas. Alia ging näher heran. Ein Rinnsal aus roten Tränen lief die Felswand herab. Sie streckte die Hand aus, berührte das Wasser und fühlte das klebrige Blut zwischen ihren Fingern. Der ganze See wäre zu gefährlich. Aber was, wenn schon ein Tropfen reichte?

Dorgen war bei ihr, unter ihr. Das Feuer mochte gelöscht sein. Dennoch stöhnte er unter der Qual seiner seelischen Wunden. Alia spürte den Tropfen auf ihrem Finger, suchte Dorgens Brust und streifte darüber.

Er schnappte nach Luft, bäumte sich auf und schrie. Sein Feuer sprang hervor, schlug über ihr zusammen und erstickte in ihrem Wasser. Ein Gesicht blitzte auf. Siberi. Seine schwarzen Locken, die schönen Augen. Liebe. Ein Gefühl, das hier war und dennoch nicht dem schönen Jungen gehörte. Siberis Gesicht verwandelte sich, wurde zu einem Mädchen. Feyla. Sie war diejenige, die er liebte. Sie und nur sie.

Die Reste des Feuers verdampften. Dorgens Hände waren auf ihrem Rücken, hielten sie fest, während sein Keuchen allmählich abflaute. Alia spürte ihn in sich. Ein warmes Pulsieren zeugte von der Lust, in der sich das Feuer entladen hatte.

Heftige Liebe krallte sich in ihre Brust. Ihre Liebe zu ihm. Oder war es seine Liebe zu Feyla? Oder kam es von dem Stein, der auf ihrer Haut weinte?

Dorgens Gesicht war direkt vor ihrem. Sie küsste ihn, seine

Wangen, seine geschlossenen Augen … Salzige Tränen und bitterer Schweiß vermischten sich auf ihren Lippen. Ein Teil ihres Geistes berührte noch seine Seele. Es war ihre Aufgabe, ihn zu schützen.

Aber würde es ausreichen?

Der Sturm. Er war nah!

Dorgen sah sie an. Endlich war sein Blick klar. Dennoch glitzerte Schrecken in seinen Augen. Plötzlich stieß er sie zurück, wich unter ihr zur Seite und floh ans Kopfende des Bettes. »Was war das?« Er zog die Beine an den Oberkörper. »Was hast du getan?«

»Das …« Alia wusste nicht, was sie sagen sollte. Warum hatte er solche Angst? »Ich hab dein Feuer gelöscht. Und dich von Siberi befreit.«

Dorgen keuchte auf. Sein Blick streifte den leuchtenden Stein. »Haben wir ein Kind gezeugt?«

»Was?« Entsetzt sah Alia an sich hinab. Der blaue Stein pulsierte. »Ich kann keine Kinder bekommen.«

War das wirklich so? Dorgens Blick sprach von seinen Zweifeln. »Feyla konnte auch keine Kinder bekommen. Nur mit dem leuchtenden Stein ist sie schwanger geworden.«

Eine harte Schlinge legte sich um Alias Hals. Konnte so etwas sein? Mit Mariusch hatte der Stein niemals geleuchtet. Der Blutsohn hatte abgebrochen, sobald er den Stein erblickte. Nur bei Dorgen … Bei ihm leuchtete der Stein nicht zum ersten Mal.

»Ich bin nicht schwanger.« Ihre Worte klangen wie eine Beschwörung. Sie war noch nicht lange genug mit Dorgen zusammen, als dass sie eine Schwangerschaft hätte bemerken können. Was, wenn es längst geschehen war? Ausgerechnet jetzt, mitten im Krieg, mitten im Heerlager. Von einem Mann, der eine andere liebte. »Ich bin nicht schwanger.« Sie wiederholte es. Vielleicht wurde es wahr, wenn sie es oft genug aussprach.

Erst dann fiel ihr die Erklärung ein. »Der Stein hat andere Magie gewirkt.« *Er hat uns zu dem weißen See geführt, hat dein Feuer gelöscht und deine Seele von Siberi befreit.*

Stöhnend fasste Dorgen an seine Schläfe. Erst jetzt fiel ihr auf, dass sie in seine Gedanken gesprochen hatte. *Der Stein hat uns verbunden.*

»Verflucht!« Dorgen sprang aus dem Bett, wich vor ihr zurück und starrte sie an. »Du bist eine Vaikunihexe!«

Das Wort traf sie wie ein Pfeil. Selbst wenn es die Wahrheit war – er sollte sie nicht so nennen. Nicht ausgerechnet er. »Ich habe dich geheilt.«

Ein heiseres Lachen kam aus seiner Kehle. »Ja. Vielleicht.« Er fuhr sich mit der Hand durch die Haare.

Vielleicht hatte sie ihn geheilt. Und was, wenn nicht? *Gänzlich heilen wirst du ihn hier nicht können.*

»Wir sind also Gottgeborene.« Dorgens Stimme klang provokant. »Richtig?«

Alia nickte.

»Und unsere Fähigkeiten werden stärker, wenn wir nichts essen und trinken?«

Wieder nickte sie. Aber worauf wollte er hinaus?

Ein weiteres Lachen entwich ihm. Oder war es ein Schnauben? »Und dieser Schwindel …« Er machte eine Drehbewegung um seinen Kopf. »Kommt der daher? Weil wir immer göttlicher werden?«

Alia spürte den Schwindel ebenfalls. Es fühlte sich an, als würde das Bett schweben. »Das ist die Askese. Sie verstärkt unsere Magie.«

»Meine Magie soll sich nicht verstärken.« Mit einem Ruck bückte er sich nach seiner Kleidung. »Und deine besser auch nicht.« Plötzlich sah er sie an, als hätte er vor ihr noch mehr Angst als vor Siberi. »Ich hole uns was zu essen.«

»Nein!« Alia sprang auf. Doch sie konnte ihn nicht festhalten. Mit raschen Bewegungen schlüpfte er in seine Lederhose und streifte sich ein Hemd über. »Geh nicht raus!«, rief sie. »Ich bin mir nicht sicher, ob der Schutz hält, wenn du Siberi begegnest.«

Wieder bedachte er sie mit dem misstrauischen Blick. »Und ich frage mich manchmal, wer von euch beiden der größere Dämon ist.«

Sie verlor ihn! Wenn er jetzt ging, dann verlor sie ihn. *Der Sturm! Er ist bald hier!* Alia griff nach Dorgens Arm, doch er brauchte nur einen kleinen Ruck, um sich zu befreien. Mit wenigen Schritten war er beim Ausgang und stieß die Zeltplane mit der Schulter zur Seite.

★★★

Siberi

In seiner Brust brannte ein Loch. Seitdem Dorgen sein Bett verlassen hatte, war es da und verströmte glühenden Schmerz. Er hatte seine Magie an Dorgens Feuer gekoppelt. Um noch stärker zu sein, um noch größeren Zauber zu wirken. Aber nun, da Dorgen fort war, rächte es sich. Als wäre seine Magie allein nicht stark genug.

Oder war es etwas anderes? Irgendetwas fehlte ihm. Aber was?

Manchmal ritt er vor an die Front und versuchte, die Kämpfer in ihrem Angriff zu befehligen. Doch an den meisten Tagen lief er ziellos durch die Gänge des Lagers. Auch jetzt schlängelte er sich zwischen den Kriegern umher. Jemand rempelte gegen seine Schulter, aber es war egal. Seine Gedanken galten nur dem einen: dem Heerführer, seinem Liebhaber. Dorgens Widerstand war stark gewesen. Um ihn gefügig zu machen, hatte er zu viel Magie benötigt – zu viele Gefühle, die jetzt noch in ihm wüteten.

Siberi wollte ihn! Brauchte ihn! Musste noch einmal seine Seele berühren und spüren, wie sie brach. Oder war sie noch gar nicht gebrochen?

Siberis Gedanken verirrten sich im Schwindel. Die Erschöpfung riss an seinem Inneren. Etwas Schreckliches verbarg sich darin. Finsternis. Schmerz! Wie der Puls einer verlorenen Erinnerung.

Seine Schritte wurden schneller, er eilte den Hügel hinauf, der am Rand des Heerlagers lag. Dort oben würde es ihm besser gehen. So wie jedes Mal.

Wie gebannt blieb er stehen, als er den höchsten Punkt des Hügels erreicht hatte. Die Weite des verbrannten Waldes erstreckte sich vor ihm. Heute war die Sicht klar genug, um die Aschewüste zu überblicken. Doch selbst von hier oben aus reichte die Zerstörung bis zum Horizont – und vermutlich darüber hinweg. Nur eine wabernde schwarze Linie in der Ferne irritierte ihn. Konnte das die Front sein?

Nein, so weit konnte man von keinem Punkt der Welt aus schauen. Vermutlich war es nur das Flirren der Hitze, das mit der Morgendämmerung einsetzte.

Der Anblick reagierte mit dem Feuer in seinem Inneren. Er musste den Hass entladen, brauchte endlich Erlösung.

Mit Dorgen hatte er all das ausleben können. Mal war es Gewalt gewesen, die wie ein unmenschlicher Strudel in ihm tobte, und dann wieder Zärtlichkeit, die jede Faser seines Körpers zum Zittern brachte. Jedes Gefühl für sich war zu groß gewesen, um es zu fassen, und gemeinsam zu stark, um es zu ertragen. Siberi verstand sich selbst nicht mehr. War er nicht der Meister der Selbstkontrolle? Hatte er nicht jede Regung im Griff? Jedes Gefühl ein sorgsam geschliffenes Instrument?

Er hatte geglaubt, das mit dem Heerführer müsse ein Kinderspiel werden, eine Fingerübung, die seine Magie kaum forderte. Stattdessen hatte Dorgen etwas in ihm entfesselt, das sich jeder Kontrolle entzog, eine Art von Verzweiflung, von der er nichts geahnt hatte.

Langsam drehte er sich um, blickte zurück auf das Heerlager und wurde wie magisch angezogen von dem bunten Hurenzelt.

Dorgen war darin, ganz deutlich konnte er ihn fühlen, die Verbindung zwischen ihnen, die noch immer bestand, ganz egal, was die Vaikunihexe versuchte. Ein guter Teil der stolzen Heerführerseele gehörte ihm, allein ihm.

Für einen Augenblick war der Drang, der ihn zu Dorgen zog, stärker als sein Wille zu überleben. Siberi wollte zum Zelt des Heerführers laufen, wollte Dorgen herausbefehlen und ihn erneut in Besitz nehmen. Doch seine Füße klebten am Boden fest. Da war etwas an Dorgen – oder an der Hexe? –, wenn er dorthin ginge, würde er endgültig die Kontrolle verlieren.

Genau in diesem Moment wurde die Zeltplane beiseite geworfen. Als hätte Dorgen seine Gedanken gelesen, eilte er heraus.

Von weitem erhob sich tosender Lärm.

***

Alia

Alia wollte Dorgen nachrennen. Doch sie war nackt. Hastig durchsuchte sie die Truhe. Aber nur Dorgen besaß noch Kleidung, die über ein schlichtes Nachthemd hinausging. Sie nahm eines seiner schwarzen Hemden, dazu eine Lederhose, die viel zu weit um ihre Beine hing. Als sie auf den Zeltausgang zueilte, erhob sich tosender Lärm aus der Ferne. Sie sprintete nach draußen. Eine Staubwolke fegte auf das Heerlager zu, wirbelte den Hügel herab und erfasste die ersten Zelte. Die Planen flatterten, Spannleinen rissen, und die Krieger stolperten zurück. Ein gellender Schrei klang aus dem Sturm, raste mit der Staubwalze auf sie zu.

Es war der Sturm aus ihrer Vision! Oder der Blutwind? Oder war beides dasselbe?

Zelte wurden in die Luft gerissen. Krieger und Sklavinnen gingen unter der Wucht in die Knie, warfen sich flach auf den Boden oder pressten die Hände auf ihre Ohren.

Dann war der Sturm bei ihr, erfasste ihren Körper und ließ

sie straucheln. Voller Gewalt riss er an ihren Haaren, fing sich in ihrer Kleidung und fegte sie beinahe von den Füßen. Ein bestialischer Schrei gellte in ihren Ohren, reiner, vollblütiger Irrsinn. Das Kreischen fuhr in ihr Inneres, wollte ihre Seele erfassen und prallte an dem sonderbaren Schutzschild ab, den sie vorhin, in der Vision, zum ersten Mal gespürt hatte. Doch wie lange noch? Woher stammte dieser Schutzschild, und wie lange würde er halten?

Was auch immer es war – sie brauchte den Schild, um gegen den Sturm zu bestehen. Todbringende Magie wohnte in seinem Kreischen.

Voller Entsetzen öffnete sie den Mund, breitete die Arme aus und schrie gegen den Wahnsinn an. Die Magie vibrierte in ihrer Stimme, blies ihren Schutzschild auf, bis er sich als Segel über sie spannte.

Der Irrsinn prallte daran ab, verwirbelte sich und kreischte in alle Richtungen davon.

Doch nur sich selbst konnte sie schützen. Nicht die anderen, die durch die Gänge torkelten. Der Wahnsinn machte keinen Unterschied zwischen Huren und Sklaven, zwischen braungekleideten Offizieren und einfachen Soldaten. Manche traf es sofort, andere verzogen die Gesichter vor Qual und kämpften gegen den Schrei an, ehe sie keuchend zu Boden sanken. Das Ergebnis war bei allen dasselbe. Alia konnte den Wahnsinn spüren, wie er blitzschnell eindrang und in den zerstörten Seelen Wurzeln schlug.

Ihr eigener Schrei versiegte. Der Schutzschild flatterte um sie herum und schirmte das Wüten von ihr ab. Nur die Bilder konnte sie sehen: Eine junge Hure stolperte an ihr vorbei und lachte irrsinnig. Hinter ihr war ein Krieger, der mitten im Lauf zusammenbrach und sich gepeinigt am Boden rollte. Ein braungewandeter Offizier tanzte mit ausgebreiteten Armen und fiel mit seiner Stimme in das Brüllen des Sturmes ein.

Im nächsten Moment war das Kreischen überall. Aus tausenden Mündern erhob es sich über dem Lager, hoch und schrill.

Soldaten und Sklaven vereinten ihre Stimmen, Männer und Frauen gleichermaßen. Ein Kollektiv des Wahnsinns, das sich aufeinander einschwor, als besäße es nur eine Seele.

Dann verstummte der Laut. Die Münder klappten zu, und die Blicke wurden leer. Mechanisch und stumpf starrten Krieger und Sklavinnen vor sich hin. Als wären sie bereit, die Befehle eines höheren Wesens zu empfangen.

***

Siberi

Der Lärm riss Siberi aus seinen Gedanken. Eine Walze aus Staub und Wind raste auf das Heerlager zu. Dorgen erreichte das Versorgungszelt und verschwand darin, noch bevor der Sturm das Heerlager traf. Gleich darauf überrollte die Walze die ersten Zelte, ergriff die Krieger, Huren und Sklaven. Siberi breitete die Arme aus, als der Sturm den Hügel heraufegte. Der Wind erfasste ihn gemeinsam mit einem Schrei. Wie ein Blitz fuhr der Wahnsinn in seinen Geist und zuckte durch seine Seele: Irrsinn und Verzweiflung, Dunkelheit und Schmerz. Die Wucht der Qual ließ ihn in die Knie gehen. Es war jetzt. Hier. Finsternis und Pein. Stimmen und Befehle. Namenloses Grauen, das alles erfasste. Wie ein sterbendes Tier wand sich sein Körper am Boden. Und dennoch hielt er durch. Tag um Tag. Monat um Monat. Jahr um Jahr. In Wellen rollte die Qual über ihn hinweg. Immer neue Pein. Er suchte Worte für das Grauen. Doch nur Laute erfüllten seinen Kopf. Kreischen. Heulen. Raues Kratzen, das seine Stimme entstellte.

Es war nicht jetzt, nicht hier. Es war Vergangenheit. Aber wann? Wann war es gewesen? All das hatte er schon einmal gesehen, schon einmal gefühlt. Doch die Worte dazu kamen erst jetzt, Worte, mit denen sich die Erinnerung aus der Dunkelheit zerren ließ.

Aber wollte er das?

Ein zweiter Schrei mischte sich in das Kreischen, schrie gegen den Sturm an und fuhr mit derselben Wucht in seine Gedanken. Die Bilder aus der Dunkelheit wurden klarer. Da waren Männer. Soldaten. Ein Käfig. Und er selbst. Sein Körper war klein. Er bewegte die Hand, die vor ihm auf dem Boden lag – eine winzige Hand. Er war ein Kind! Kaum mehr als ein Baby.

Die Schmerzen zerfetzten den Gedanken. Grauen. Zerstörung. Ein Mann kniete vor ihm. Keuchend warf er ihn auf den Bauch, drängte seine Beine auseinander.

Worte hatte es damals nicht gegeben. Allein seine Schreie gaben der Qual einen Namen. Für jede Art des Schmerzes ein anderer Schrei: Quetschungen brachten ihn zum Heulen, Feuer erzeugte ein Kreischen. Und das, was die Männer mit ihm taten …

Keine Worte. Keine Worte für dieses Gefühl. Nur ein Wimmern, kläglich und leise.

Oder gab es doch ein Wort? Mehrere?

Zuwendung. Interesse. Manchmal ein Hauch von Zärtlichkeit zwischen all der Gewalt.

Das Bild zerbarst in der Dunkelheit. War das der Boden des Kerkers? Oder wurde sein Gesicht in staubige Erde gepresst?

Siberi stöhnte auf. Er lag im trockenen Gras. Der Sturm tobte über ihn hinweg, das Kreischen gellte in seinen Ohren.

Was war das gerade gewesen? Von wann sollte die Erinnerung sein? Er war im Jungenhaus seines Vaters aufgewachsen. Mit Lehrern, die alles Wissen für ihn bereithielten und ihn die Feinheiten der Sprache lehrten. Mit jedem Wort, das er lernte, war seine Magie größer geworden. Nur die Kontrolle darüber hatte ihn überfordert. Seine Magie war wütend und rauschend, wie ein Feuersturm, der alles verschlingen wollte. Sie zu bezwingen kostete die Beherrschung und die Worte eines Meisters.

Siberi hatte all das gelernt. Und nun war er stärker. Stärker als die Erinnerung. Stärker als der Schmerz. Stärker als der Wille anderer Menschen.

Hätte er damals, in diesem Kerker, doch nur Worte besessen – er hätte die Männer dazu gebracht, sich gegenseitig abzuschlachten.

***

Alia

»Dorgen!« Kaum hörbar wand sich der Name aus ihrem Mund. Gleich darauf rannte sie, lief im Slalom an Soldaten und Huren vorbei. Wo immer es zu eng wurde, stieß sie die Menschen zur Seite. Sie alle ließen es geschehen. Sie besaßen keinen Willen mehr und ebenso wenig ein Ich, mit dem sie für sich selbst kämpften. Was hier geschah, war Magie, mächtige, böse Magie. »Dorgen!« Dieses Mal schrie sie. Sie musste zu ihm, musste den Schutzschild über ihn stülpen, der um sie herum flatterte. Wenigstens er musste gerettet werden. Um keinen Preis durfte sie ihn verlieren.

Falls es nicht längst zu spät war.

***

Siberi

Siberi erhob sich. Noch immer kreischte der Sturm. Doch plötzlich verstand er das Kreischen. Der Schmerz des Feuers klang darin. Wer auch immer diesen Sturm aussandte – sie beide waren an demselben Ort gewesen. Sie beide kannten die Sprache der Schreie. Das Feuer war der Schmerz, in dem die Seele des anderen gebrochen worden war.

Wer auch immer die Gewalt dieses Sturmes erschaffen hatte, der andere war sein Bruder im Schmerz. Und sie beide waren Götter. Ihre Macht war einander ebenbürtig – auch wenn die Kraft des Sturmes anders war als alles, was Siberi je kontrolliert hatte.

Eine ganze Weile lang lauschte er dem Kreischen, spürte dem

Schmerz nach und versuchte, den Ursprung des Sturmes zu ergründen. Bis er wusste, was ihn so besonders machte: fehlende Kontrolle. Der Sturm, in all seiner tödlichen Gewalt, tobte unkontrolliert. Wer auch immer ihn heraufbeschworen hatte, hatte ihn losgelassen wie ein wildes, ungezügeltes Tier.

Siberi richtete sich auf, streckte die Arme erneut zur Seite – und spürte plötzlich die Fäden des Wahnsinns. Scharf wie schneidendes Metall zischten sie durch die Luft, streiften seine Finger und ließen ihn zurückzucken.

Ein heißer Schauer fegte durch seinen Körper. Diese Fäden musste er ergreifen und bündeln, musste sie durch seine Hände umlenken, um Macht über sie zu erlangen.

Trotzdem galt es, vorsichtig zu sein. Die Fäden waren erschaffen aus Schmerz. Wenn er sich daran schnitt, würde das Grauen auf ihn einstürzen und ihn in den Untergang reißen.

Doch worauf kam es jetzt noch an? Er war ein Puppenspieler. Und diese Fäden versprachen ihm alles oder nichts. Vorsichtig streckte er die Arme wieder aus, ballte die Hände zu Fäusten. Die Fäden zischten und peitschten. Ratschender Schmerz zuckte durch seine Haut. Dennoch hielt er stand, spürte die Geschwindigkeit der Fäden, den Rhythmus, in dem sie schlugen. Ihre Wut pulsierte im selben Takt wie seine, trug dieselbe Verzweiflung. Stammte aus demselben Ursprung.

Schmerz! Finsternis! Die Sprache der Schreie.

Nicht daran denken! Nicht jetzt!

Er würde es schaffen. Seine Magie besaß alle Voraussetzungen, um die Fäden zu kontrollieren. Er vereinte seinen Herzschlag mit dem Rhythmus der Fäden, ging ihre Bewegung mit, bis er den winzigen Moment fand, in dem sie still waren. Noch zweimal spürte er dem Rhythmus nach, öffnete langsam die Hände. Als sie zum dritten Mal verharrten, griff er zu. Schnell und entschlossen. Der Strom des Sturmes veränderte sich, wirbelte um ihn herum wie ein gefangenes Wildpferd und zerrte an den Fäden. Von nun an waren es seine Zügel. Immer schneller kreiste der Sturm um ihn herum, als könne er sich losreißen, wenn er nur genug Wucht in die Drehung legte. Es war der andere, der sich wehrte. Sein Bruder aus Schmerz. Der, der an demselben Ort gewesen war wie er. Nun mochte sein Körper weit entfernt sein, fast am anderen Ende der Welt. Doch seine Qual war hier, tobte und kreischte und fand keinen Ausweg aus dem Grauen. Dabei wollte der andere einzig den Schmerz und die Dunkelheit vergessen. Der Sturm war nur eine Nebenwirkung seines Zornes. Ihn erschaffen zu haben überforderte ihn.

»Ich bin dein Ausweg«, flüsterte Siberi. »Lass los, und ich übernehme die Kontrolle für dich.«

Der andere konnte ihn hören. Kurz hielt die Wut des Sturmes inne. Sein Kreisen wurde ruhiger. Dennoch strömte Skepsis durch die Fäden.

»Wir sind Brüder«, fuhr Siberi fort. »Keine Brüder aus Blut, aber Brüder im Geist. Ich kenne die Dunkelheit, wie du sie kennst. Gib die Fäden mir, und ich führe sie für dich.«

Die Skepsis des anderen flaute ab. Erschöpfte Erleichterung strömte durch die Fäden. Endlich musste er seine Macht und den Wahnsinn nicht mehr selbst verantworten.

Wild entschlossen griff Siberi die Zügel fester. Der andere war genauso mächtig wie er. Mindestens. Dennoch schien er nicht zu begreifen, welches Potenzial er verschenkte. Und an wen!

Ein irres Lachen sprengte Siberis Kehle, wirbelte durch die Luft und vermischte sich mit dem Kreischen des Sturms. Die Zügel schnitten tiefer in seine Hände, ließen das Blut herausquellen und verschmolzen mit seinem Körper. Von nun an waren es seine Fäden. Fast der ganze Sturm schien sich in seinen Händen zu bündeln. Tödlicher Hass wallte in Siberi auf, strömte in die Fäden und fegte weiter zu den Kriegern. Ihre Seelen waren leergepumpt von der Schwärze des Wahnsinns. Wie ein Gefäß, dessen Vakuum nach einem neuen Inhalt suchte. Blitzschnell strömte Siberis Hass in sie ein, füllte ihre Seelen aus und richtete ihre Aufmerksamkeit auf ihren neuen Herrn. Als wären sie Teile seines Körpers, konnte Siberi die Krieger fühlen. Das ganze Heer.

Von nun an lag alle Macht in seinen Händen. Er allein konnte den Kriegern ihren letzten Lebenssinn geben, konnte sie in einem unerbittlichen Kampf an die Front jagen, bis sie ihr willenloses Leben aushauchten, um dem höheren Zweck zu dienen.

Nur eine Seele suchte er vergeblich in dem Netz aus Kriegern.

»Dorgen.« Sein Mund bewegte sich lautlos. Scharfer Schmerz schnitt durch sein Herz. Suchend glitt sein Blick zu dem Versorgungszelt, dorthin, wo er den Heerführer zuletzt gesehen hatte. Doch dieses Mal sah er eine Frau, die auf das Zelt zurannte. Sie war blond. Wie die Götter der Vaikuni. Es war die Vaikunihexe! Und das, was von ihr ausging, war eine mächtige Aura.

***

Alia

Schwer atmend erreichte sie das Versorgungszelt – und stieß beinahe mit Dorgen zusammen. Er hatte sich einen Brotlaib unter den Arm geklemmt und balancierte zwei Blechnäpfe mit Suppe. Irritiert starrte er in das Chaos, sah sich um, als könnte er den irrsinnigen Schrei nicht einordnen, dessen Echo von allen Seiten durch die Gänge hallte. Sein Gesicht war noch nicht von der Leere ergriffen, doch Alia schien er nicht wahrzunehmen.

»Dorgen!« Sie schrie seinen Namen, musste das Tosen des Sturmes übertönen.

Als er nicht reagierte, fiel sie ihm um den Hals. Heiße Suppe schwappte über ihre Kleidung, das Brot fiel zu Boden, und der Mann in ihren Armen versteifte sich. Kurz holte er Luft, als wollte er protestieren – und vielleicht war es diese Regung, die ihr verriet, dass es für ihn noch nicht zu spät war. Sein Selbst war noch da, er hörte den Schrei, aber der Wahnsinn war an ihm vorbeigezogen. Hastig stieß sie die Suppenschalen aus seinen Händen, umfasste seinen Nacken und küsste ihn. Ihr Geist hüllte sich um ihn, zog seine Seele unter den Schutzschild und hielt ihn fest.

***

Siberi

Die Frau fiel Dorgen um den Hals, schleuderte die Suppe aus seinen Händen und küsste ihn. Ihre Aura leuchtete, grell und schreiend. Hastig schloss Siberi die Augen.

Der Hass in seiner Brust wallte auf, formte etwas Gewaltiges, das voller Macht aus seiner Kehle drängte. Im nächsten Moment schrie er ebenfalls, vereinte seinen Schrei mit dem Wahnsinn des Sturmes und brüllte gegen die Magie der Vaikunihexe an.

***

Alia

Das Echo des Schreis verstärkte sich, rüttelte an ihrer gemeinsamen Hülle. Doch Alia füllte den Kuss mit ihrer Stärke, atmete ihre Luft in den Schild und kämpfte gegen den Irrsinn an.

Erst als der Schutzschild wie das Dach eines Hauses über sie wachte, beendete sie den Kuss. Nur ihre Hände hielten Dorgen im Nacken, ihr Mund blieb dicht an seinem. »Es ist der Blutwind«, flüsterte sie. »Bleib bei mir, damit er dich nicht holt.«

Dieses Mal nickte er schweigend. Widerstandslos folgte er ihr, als sie seine Hand nahm und ihn mit sich zog.

***

Siberi

Er hatte ihn verloren. Hatte Dorgen an diese Frau verloren, als wäre ihre Magie der seinen überlegen.

So etwas konnte nicht sein! Niemand war stärker als er! Bis zu diesem Moment hatte er jeden Gottgeborenen bezwungen. Sogar Rabanus. Und selbst seinen Vater.

Doch die Vaikunihexe war anders. Auf irgendeine Weise.

Kochend heiß brannte der Hass in seiner Brust. Wer auch immer sie war – er würde sie töten. Vernichten.

Oder ihre Macht brechen und in Besitz nehmen.

Ein weiteres Mal streckte er die Hand aus. Doch dieses Mal griff er nach einem Faden, der nur lose zwischen seinen Fingern lag. »Schwester«, flüsterte er und zog den Faden stramm. »Sieh ihn dir an. Er hat sich eine neue Frau gesucht. Ein neues Mädchen, das er mehr liebt als dich. Hilfst du mir jetzt? Bevor wir ihn endgültig verlieren?«

Die Magie vibrierte und fauchte in seinen Händen, sirrte durch seine Arme bis tief in seine Eingeweide. Mit einem Schlag war es zu viel. Sein Körper war menschlich – und kein Mensch war stark genug für so viel Magie.

Seine Knie sackten weg. Keuchend brach er zusammen. Nur ein Faden flüsterte noch in seinen Fingern. »Feyla. Schwester. Rette mich.«

2. Kapitel

Wüste, Festung der Wüstenfrauen

Feyla

Wirbelnder Sturm fegte durch ihren Geist, wollte sie mitreißen und ihre Seele in die Ewigkeit treiben. Dunkler Schmerz brannte in ihrer Brust, glühte auf und ergoss sich mit prasselnden Funken durch ihren Körper. Erschrocken schnappte sie nach Luft, wollte sich aufbäumen und gegen den Schmerz rebellieren. Doch ihr Körper gehorchte nicht. Wie gelähmt lag sie in der Schwärze.

Wo war sie? Und warum konnte sie sich nicht bewegen? Mühsam versuchte sie zu blinzeln.

Da war jemand. Bei ihr. Ganz nah. Jemand, den sie liebte.

Bruder. Zwilling. Er zog sie an, nahm sie mit sich und ließ sie die Augen öffnen. *»Sieh ihn dir an«*, hauchte er. *»Er hat sich eine neue Frau gesucht. Ein neues Mädchen, das er mehr liebt als dich. Hilfst du mir jetzt? Bevor wir ihn endgültig verlieren?«*

Dorgen. Er war dort unten im Heerlager, zusammen mit einer anderen Frau. Eine blonde Frau, so schön wie Thia und gleichzeitig von einer magischen Aura umhüllt.

Stimmte es, was Siberi sagte? War das Mädchen dort unten Dorgens Geliebte? Die zwei standen nah zusammen, ihre Gesichter dicht voreinander. Gleich darauf küssten sie sich.

Die Eifersucht brandete auf. Feyla sackte zusammen, fiel zu Boden und krümmte sich wie ein sterbendes Tier.

»Feyla. Schwester. Rette mich.«

Nicht sie lag am Boden. Siberi war es. Seine Seele klammerte sich an ihre, zog sie mit sich, brauchte sie, um zu überleben.

Die Frau fasste Dorgen an der Hand, führte ihn fort und verschwand mit ihm zwischen den Zelten.

Dann stimmte es! Sie hatte Dorgen verloren. An eine andere Frau, die er mehr liebte.

Wütend rauschte die Eifersucht durch Feylas Adern, erfüllte ihren Körper mit Hass, bis das Gefühl zu groß wurde, um es zu ertragen. Doch sie war nicht allein. Siberi saugte ihren Hass auf, als wäre es die Energie, die ihm fehlte.

Zurück blieb Leere. Schwärze.

Ein leises Stöhnen entkam ihrem Mund.

»Feyla!« Da war noch jemand. Eine erschrockene Stimme, direkt neben ihr. »Was ist mit dir? Wach auf!«

Wieder versuchte sie, die Augen zu öffnen. Doch es ging nicht. Nur dieses Stöhnen drang aus ihrem Mund.

»Sonjem! Nuszam! Schnell!« Wieder war es die Stimme. Sie gehörte einem Mädchen. »Feyla ist krank. Kommt her!«

Feyla. Das war sie. Aber warum war sie krank? Sie versuchte zu blinzeln. Doch die Schwärze hielt sie gefangen.

Jemand berührte sie, eine kühle Hand an ihrer Stirn. »Sie hat Fieber.« Es war eine weitere Frauenstimme. »Hohes Fieber.« Die Hand fuhr Feylas Arm entlang, berührte kurz darauf ihr Bein.

Die Berührung war eisig. Endlich konnte sie ihren Körper wieder spüren. Umso grausiger war die Kälte, die über sie herfiel. Heftiges Zittern erfasste sie. Ihre Muskeln bebten, krampften. Ein raues Stöhnen entwich ihrem Mund.

»Da ist kein Ausschlag.« Die Frauenstimme klang erleichtert. »Es ist nicht dieselbe Krankheit wie bei Nugia.«

Der Name sagte ihr etwas. Nugia, ihre Freundin. Sklavin im Haus ihres Vaters. Schwester.

Ihre Schwester!

Wieder dieses Stöhnen. War sie das selbst? Und wo war sie?

Erneut versuchte sie zu blinzeln. Mit aller Kraft öffnete sie die Augen. Um sie herum waren Felsen, eine Höhle. Das Licht einer Fackel. Drei Gesichter beugten sich über sie.

Wie waren ihre Namen?

Nugia war nicht dabei. Dennoch war sie hier. Ganz allmählich kehrte die Erinnerung zurück: Ihre Halbschwester war krank. Todkrank. Womöglich war es eine unbekannte Seuche, die sie heimsuchte. Deshalb hatten sie sich in dieser Höhle eingemauert. Um die Frauen der Wüstenfestung zu schützen.

Plötzlich waren auch die Namen der anderen wieder da. Sonjem, die Heilerin, und Thia, mit der sie zusammen in einer Höhle wohnte.

Und noch jemand: ein Mann. Sein Gesicht kam näher. »Feyla«, flüsterte er. »Was ist los mit dir?«

Nuszam. Ihr Bruder. Sie hatte noch einen Bruder.

»Gestern Abend war sie noch gesund.« Das war Thia. »Wie konnte sie so schnell krank werden? Oder ist es doch Nugias Krankheit?«

Feyla wollte Sonjem ansehen, wollte hören, was die Heilerin antwortete – aber ihre Augenlider flatterten und fielen zu. Sonjems Antwort verschwand im Nebel. Sprach sie von Magie? Magiefieber?

Siberi. Er rief sie. Er brauchte sie. Sie musste ihn retten.

»Feyla!« Jemand rüttelte an ihrer Schulter. »Feyla. Schau mich an. Was siehst du im Traum?«

Nuszam. Er war es. Der zweite Bruder. Sie musste ihn noch einmal ansehen. Mit aller Macht öffnete sie die Augen – und schaffte nicht mehr als ein Blinzeln.

Nuszam war bei ihr. Ganz nah. Doch in seinem Blick stand Sorge. Es fühlte sich tröstlich an – und ließ dennoch eine dumpfe Angst in ihr aufsteigen. Wenn ein gestandener Kämpfer wie er sie so ansah, musste es ernst um sie stehen.

Nuszam liebte sie ehrlicher als Siberi. Nur ihm durfte sie vertrauen. Was Siberi ihr zeigte, war eine Lüge.

Mühsam öffnete sie den Mund. Sie musste Nuszam erzählen, was passiert war. Von dem Sturm. Von dem Schmerz. Von … »Siberi.« Nur als schwaches Zischen kam das Wort über ihre Lippen. »Er … braucht mich.«

»Ihr Zwilling!« Sonjem klang aufgebracht. »Sie sind aneinander gebunden. Das erklärt es. Siberi bündelt starke Magie. Dafür braucht er sie. Weil sein Körper der Belastung allein nicht standhält.«

Feylas Augen fielen zu. Ein dunkler Strudel zog sie an. »Hilf mir.«

Hatte sie das geflüstert? Oder nur gedacht? *Hol mich von ihm weg!* Auch das musste sie laut sagen. Aber sie konnte es nicht. Schwarze Dunkelheit lähmte ihre Zunge.

»Talun, großer Gott des Seelenheils.« Eine entschlossene Mädchenstimme drang an ihr Ohr. »Hilf uns, Feylas Seele von ihrem Zwilling zu befreien.« Die Stimme gehörte Thia. Sie betete zu Talun. Das hatte sie schon einmal getan – mit der Bitte, er möge Nugia heilen.

Aber ihre Schwester war noch krank. Und Talun war schon vor langer Zeit gestorben. Es war sinnlos, zu ihm zu beten.

»Sie verschwendet ihre Zeit«, flüsterte Siberi. *»Du bist ein Teil von mir – und von niemandem sonst.«*

★★★

Nordfarua, Hauptquartier der Pamuschkrieger

Tailin

Es waren zu viele. Zu viele Seelen, die nach ihm schrien, zu viele Dinge, die er sah, zu viel Verzweiflung, für die er keine Lösung fand. Feyla und Siberi. Dorgen und Alia. Und der Sturm. Er musste ihn aufhalten, umlenken. Und wenn schon nicht das, musste er wenigstens die Menschen vor ihm schützen.

Aber er konnte es nicht. Nicht jetzt. Nicht hier. Nicht allein.

Mit einem heftigen Ruck fuhr Tailin auf. Gierig sog er den Atem in seine Lunge, füllte sie mit brennendem Schmerz und befreiender Weite, ein Gefühl, als hätte er seit Monaten nicht mehr geatmet. Gleich darauf kam die Kälte. Sie fing sich auf seinem Körper und ließ ihn zittern. Seine Haut war nass. Von Schweiß überströmt. Nackt und ungeschützt.

So musste es sein, wenn man geboren wurde. Wenn die Kälte den Körper aus der Geborgenheit riss und der Schreck den ersten Atemzug in die Lungen trieb.

Nur flüchtig streifte der Gedanke durch seinen Kopf. Um ihn herum war es dunkel. Still. Die Wände konnte er nicht sehen, nur fühlen. Wie sie ihn abschirmten und einsperrten.

Die Panik schlug zu, zeitgleich mit dem Schmerz. Es durfte nicht dunkel sein! Wo waren die Wände? Die Tür? Gab es eine Tür? Der Schmerz brannte, glühte, zerfetzte ihn von innen.

Er versuchte hochzukommen, stützte sich mit den Händen ab und krabbelte vorwärts. Doch wohin? Alles war dunkel. Seine Arme knickten ein. Er fiel. Nicht tief. Nicht einmal hart. Doch sein Körper war schwach. Hilflos. Die Männer hatten ihn so zugerichtet. Mit ihren Peitschen. Mit ihren Brenneisen. Mit ihren … Ein schweres Schluchzen klang an seine Ohren. Er musste fort, aber er konnte sich nicht rühren. Auf ewig würde er liegen bleiben. Gefangen und halb tot.

Doch etwas anderes rührte sich. Unter ihm. Ein zweiter Mensch in der Dunkelheit. Einer, der sein Leid teilte. Tailin griff nach ihm, suchte seine Hand, seinen Arm, irgendetwas, mit dem sie einander festhalten konnten. Doch da waren nur Laken. Nasse Laken. Blut!

Die Panik schlug Funken, sein Atem explodierte. Er musste weg! Fliehen! Die Tür finden!

Ein reißendes Geräusch ließ ihn zusammenfahren. Fahles Licht fiel in seine Augen.

Er war nicht im Kerker. Er lag in einem Bett aus Kissen, Decken und Fellen. Auch das Laken war weiß. Feucht, aber nicht blutgetränkt. Selbst die Wände wirkten freundlich. Eine Blockhütte aus hellem Holz, wie die Faruaner sie früher gebaut hatten, wie er sie im Krieg hundertfach hatte brennen sehen.

Schnell schloss er die Augen, versuchte das Bild zu verdrängen. Erst als das Feuer verschwand, wagte er es, sich noch einmal in der Hütte umzusehen. Das Holzdach neigte sich dicht über ihn. Sein Bett befand sich auf einer Galerie – während der Hauptraum der Hütte darunter lag.

Und dort unten … da war ein Fenster. Eine riesenhafte Katze saß daneben und zerfetzte die Gardine mit ihren Fangzähnen.

Chaveen. Er bewegte die Lippen. Doch seine Zunge war zu schwach. Nur ein Schwall von Zärtlichkeit überschwemmte seine Brust. Mit dem Gefühl kam die Erinnerung: Chaveen hatte ihn in Malun abgeholt. Er war krank gewesen. Magiefieber. So hoch, dass Lenja ihm Blut spenden musste, damit er nicht kollabierte. Chaveen hatte ihn mitgenommen – um ihn zu Leymon zu bringen. Aber das Fieber hatte auch sie ergriffen. Mitten in den Bergen waren sie zusammengebrochen.

Und dann? Was war danach geschehen?

Menschen hatten ihn gefunden. Pamuschkrieger. Sie hatten

ihn aus den Bergen gerettet. Eine Heilerin hatte ihn behandelt. Ihn und …

Da war etwas Warmes unter der Decke. Weiche Haut berührte sein Bein. Ein anderer Mensch.

Leymon!

Tailin hob den Kopf, wollte seinen Freund ansehen. Doch der Schwindel war schneller. Weiß geflammte Sterne zuckten vor seinen Augen, ließen ihn zur Seite sinken.

Kurz war alles still. Nur seine Gefühle waren noch da. Chaveen war bei ihm, bereit, ihn bis in den Tod zu beschützen. Um seine Panik zu besiegen, hatte sie die Gardine vom Fenster gerissen.

Und Leymon. Er war nah. Unter ihm. Mindestens zur Hälfte war Tailin auf ihn gefallen. Fast erwartete er, dass Leymon ihn lachend von seiner Brust schob. Aber der Pameli blieb ruhig. Nur sein Atem ging schwer.

Er schlief. Krank und erschöpft. Sie waren beide krank. Selbst die Katze rollte sich wieder unter dem Fenster zusammen und steckte den Kopf unter die Pfoten.

Mühsam schob Tailin sich höher, rückte von Leymon ab, bis er ihn ansehen konnte. Die Augen des Pameli waren geschlossen, seine Haut glänzte fahlweiß. Winzige Schweißperlen bedeckten seine Stirn, schlossen sich zu größeren Tropfen zusammen und rannen seine Schläfen hinab. Seine Ohren zuckten, als wollten sie die kitzelnden Tropfen abschütteln.

Tailin ging das Herz über. Nie zuvor hatte er es gewagt, Leymon im Schlaf zu beobachten. Vielleicht weil sie nur selten so nah zusammengelegen hatten – oder weil der Pameli normalerweise als Erster erwachte. Oder lag es an der Katze? Weil sie mit jeder Annäherung Chaveens Angriff befürchtet hatten? Hatte Tailin es überhaupt schon einmal gewagt, Leymon so lange anzuschauen?

Die Züge des Katzenkriegers waren makellos wie geschliffener Marmor. Weder Bartstoppeln noch Narben störten das Bild –

da waren nicht einmal Fältchen, die sich in seine Haut zeichneten. Nur die Schweißtropfen und die eingefallenen Wangen sprachen von seiner Krankheit. Kurz verzerrte sich sein Gesicht, ein winziger Schatten huschte darüber, als hätte er Schmerzen. Dann glätteten sich seine Züge.

Vorsichtig schob Tailin die Hand nach oben, strich über Leymons Wange und fing einen der Schweißtropfen, bevor er das empfindliche Ohr erreichte.

Leymon zuckte. Seine Lippen bewegten sich. Fast als flüstere er im Schlaf. Tailins Blick fiel auf die spitzen Eckzähne. Aus dieser Nähe konnte er sehen, wie scharf sie waren. Wie winzige Dolche aus Elfenbein. Tailins Finger hoben sich in die Richtung, zögerten – bis es unmöglich wurde zu widerstehen. Langsam strich er Leymons Lippen entlang. Mit einem leisen Stöhnen öffnete der Pameli den Mund. Tailins Finger musste nur einen winzigen Bogen beschreiben.

Scharf schnitt der Schmerz durch seine Fingerkuppe. Blut quoll hervor, setzte sich in einem Tropfen auf Leymons Unterlippe. Doch die gleichmäßige Form blieb nur kurz, ehe das Blut in die winzigen Rillen seiner Lippen sickerte.

Tailins Herz raste, etwas drehte sich in seinem Kopf. Plötzlich konnte er spüren, wie Leymon aus den Tiefen des Schlafes emportauchte. Der andere war in ihm! Auf die gleiche Weise wie die Katze. Schwer und endgültig hatten sich ihre Seelen zusammengeschlossen.

Oder nein. Es war der Schlaf, der sich so schwer anfühlte. Deshalb konnte Tailin sich kaum bewegen, weil ein Teil ihrer gemeinsamen Seele noch schlief.

»Ley.« Nur halb drang der Name aus seinem Flüstern, wie ein Kosewort, das schon lange in ihm schlummerte.

Das Blut sickerte in Leymons Mund. Plötzlich konnte Tailin es schmecken, metallisch und süß, bitter und klebrig. Mit einem Keuchen schnappte Leymon nach Luft. Urplötzlich sah er Tailin an. Das Schwarz seiner Pupillen weitete sich, verdrängte das katzenhafte Orange, bis nur noch ein schmaler Ring davon blieb. Sein Traum war noch da, sprang zu Tailin und zog ihn in die Dunkelheit. Da war der Sturm, der kreischend über das Land fegte, der in die Seelen von Menschen und Kriegern einströmte und sie verwüstete. Wahnsinn erfasste das Heerlager Sapions und zog weiter gen Norden. Hierher. Schon bald.

Doch nicht jetzt. Diesen einen Moment hatten sie noch. Ihre Lippen berührten sich. Der Geschmack von Blut setzte sich dazwischen, brannte auf ihren Zungen und stieg mit der Wucht von geschnupftem Kabak in ihre Köpfe. Plötzlich kehrte die Kraft zurück, wie eine Urgewalt, die sich aus ihrem Gefängnis sprengte. Leymons Arm schlang sich um seinen Rücken, zog ihn an sich. Sie waren beide nackt, ihre Haut war noch heiß und empfindlich vom Fieber. Rau und weich drängten sie sich aneinander. Nie zuvor war ihre Haut so hungrig gewesen, nie so durchlässig. Tailins Sinne explodierten, schlossen sich mit Leymons zusammen, bis ihre Körper eins wurden. Eine gemeinsame Seele, aufgespalten in zwei. Scharf schnitt der Schmerz in ihre Lippen, trieb den Schwindel durch ihre Köpfe und drehte ihr gemeinsames Ich umeinander. »Ley!« Nur wenn er den Namen sprach, trennten sich ihre Lippen. In der Trennung lag der größte Hunger, die stärkste Sehnsucht. Dicht gefolgt von dem nächsten Kuss, der sie zusammenschloss. »Ley …« Immer wieder musste er sie trennen und zusammenfügen, um nicht ganz in dem anderen zu verschwinden. Nur in ihren Stimmen lauerten Schmerz und Angst, ein leises Keuchen, in dem sich Verlust und Trauer, Wiedersehen und Überraschung vereinten.

Bis zu jenem Moment, in dem er sie zu lange trennte. Mit einem Mal kehrte Leymons Bewusstsein zurück. »Tailin!« Entsetzt keuchte er auf, packte seine Schultern und stieß ihn von sich. »Was tust du hier, was …?« Er drängte sich rückwärts an die Holzwand, zog die Decke über seinen nackten Körper. »Chaveen …« Mehr brachte er nicht hervor. Sein Blick huschte durch die Hütte, entdeckte die Katze unter dem Fenster. Eingerollt lag sie da. Laut und wohlig drang ihr Schnurren durch den Wohnraum.

Tailin fand eine zweite Decke und hüllte sich hinein. Das Fieber schien zu sinken, allein der kühle Schweiß ließ ihn frösteln. Alles in ihm wollte zurück zu Leymon, musste fortsetzen, was sie begonnen hatten.

Doch sein Freund schien erst jetzt zu begreifen. »Was machst du hier? Du musst gehen. Wenn sie begreift, was wir …« Er unterbrach sich mit einem harten Schlucken.

Tailin zog die Decke enger. Alles war kalt ohne Leymon. »Sie hat es schon begriffen.«

Der Schreck färbte Leymons Wangen blass. Fast panisch sah er zu Chaveen. Das Schnurren der Katze verstummte. Langsam hob sie den Kopf und erwiderte seinen Blick.

»Verdammt, Tailin. Geh!« Leymon tastete mit den Händen neben dem Bett.

Sein Schwert! Er suchte sein Schwert. Um die Katze zu töten. Weil sie jeden Moment hier hochspringen würde, um Tailin zu reißen.

Waren das Leymons Gedanken? Oder seine eigenen? Sie waren verbunden. Alle Gedanken vermischten sich. Das Bild vor seinen Augen flackerte und rückte in eine neue Perspektive.

Plötzlich lag er am Boden, den Kopf nur leicht angehoben. Von unten sah er zur Galerie hinauf, zu den beiden Kriegern, die eben noch eins gewesen waren. Die eins sein mussten. Warum trennten sie sich, obwohl sie es nicht wollten? Warum hatten sie Angst?

Die Angst griff über, erfüllte ihren Leib und ließ sie knurren. Sie würde nicht zulassen, dass sie noch einmal getrennt wurden. Dennoch geschah es. Eine schwarze Mauer zog sich durch ihre Wahrnehmung und trennte einen Teil von ihnen ab.

»Tailin!« Leymons heisere Stimme riss ihn zurück in seinen Körper. »Du musst gehen.«

Tailin blinzelte und fühlte die Bettdecke zwischen seinen Fingern. »Nein«, flüsterte er. »Ich werde nicht gehen. Und sie will auch nicht, dass ich gehe.« Erinnerungen fielen über ihn her. Doch nicht seine eigenen. Es waren die Gefühle der Pamusch. »Auch damals wollte sie nicht, dass wir uns trennen. Als wir in Malun am See waren. Sie wollte nicht, dass du uns auseinanderreißt. Nur deshalb hat sie getobt und gefaucht, als du sie von mir weggetrieben hast. Sie wusste, was du vorhattest, und wollte es verhindern. Aber deine Gewalt war stärker als sie.«

Leymon keuchte auf. Sein Blick flog zwischen Tailin und der Katze hin und her. »Woher willst du das …«

»… wissen?« Tailin lachte leise. »Weil ich sie fühle. Ich fühle sie … und ich fühle dich. Eben gerade habe ich aus ihren Augen gesehen. Sie knurrt, weil sie deine Angst bemerkt – und weil sie befürchtet, dass du uns wieder trennst.«

Chaveens Grollen verstummte. Nur ihr Blick haftete an Leymon. Er sollte zu ihr zurückkommen, sollte seine Gedanken mit ihr teilen, so wie früher. Die schwarze Mauer, die er zwischen ihnen errichtete, beängstigte sie.

»Wütend ist sie nur aus einem Grund: weil du schon seit Ewigkeiten versuchst, sie aus deinen Gefühlen auszuschließen.«

»Verdammt, Tailin. Was redest du da?« Leymons Angst vibrierte. Er hatte das Schwert gefunden. Regungslos hielt er es in der Hand.

»Ich rede davon, dass ich ihr Reiter bin. Genauso wie du.«

Mit einem zischenden Laut fuhr Leymon herum. Seine Hand zuckte am Schwert.

»Ich war die ganze Zeit ihr Reiter. Chaveen wusste es schon, als wir durch Pamal gewandert sind. Nur deshalb hat sie mich gerettet, als ich verletzt wurde. Deshalb hat sie mich eingeladen, auf ihr zu reiten. Und in der Nacht, als wir beide uns nicht beherrschen konnten, als wir uns das erste Mal … geliebt haben – da hat sie es nicht übersehen. Sie hat es auch nicht ignoriert. Sie hat es sich gewünscht.«

Bei dem letzten Wort lachte Leymon auf. Es war ein hohes und gleichzeitig hartes Lachen. »Und das weißt du woher? Aus ihren Gedanken?« Sein Tonfall bekam eine spöttische Note.

Urplötzlich stieg Wut in Tailin auf, vereinte sich mit dem Zorn der Katze und brachte sie zum Knurren. »Jahrelang hast du deine Gedanken vor ihr abgeschottet, hast sie weggesperrt hinter einer schwarzen Mauer. Früher hat sie dich geliebt, aber jetzt hat sie Angst vor dir: vor deinen Launen, vor deiner Missachtung, davor, dass du sie am liebsten ganz wegstoßen würdest. Seit ich sie zu mir lasse, ist sie erleichtert. Sie wusste schon lange, dass ich ein Teil von euch bin. Nach der Folter, als du meine Wunden geleckt hast, um mich zu heilen. In dem Moment hat sich die Verbindung zwischen euch und mir geschlossen. Du wolltest nichts davon wissen, aber sie hat es sofort verstanden.«

Leymon keuchte entsetzt auf, sämtliche Spannung wich aus seinen Schultern. Seine Finger zitterten, als er sie vom Schwertgriff löste. »Großer Gott, Tailin. Bin ich wirklich so ein Idiot?«

Wenn man Lenja und Aimisch glauben wollte, dann war er das. Tailins Mentorin hatte keinen Hehl daraus gemacht, dass sie Leymon für einen Narren hielt, der schon häufiger die falschen Entscheidungen getroffen hatte. Auch Aimisch, der schöne Valjaner mit seiner zauberischen Stimme, schien zu wissen, was Lenja damit meinte, wenngleich er sich nie über Leymon geäußert hatte.

»Ich weiß nicht, ob ich es ›Idiot‹ nennen würde«, murmelte Tailin. »Jemand sagte mal, du wärst der Meister des Verdrängens.« Lenja hatte das gesagt. Um Tailin davon abzuhalten, auf Leymons Ratschläge zu hören.

Wieder lachte Leymon. Diesmal klang es zart und verletzlich. Er warf seinen Kopf zurück und lehnte ihn gegen die Holzwand. Mit geschlossenen Augen saß er da und schob sich die Hände in die geflochtenen Haare.

Tailin konnte sich nicht länger von ihm fernhalten. Er zog die Decke mit sich und kniete sich vor ihn. »Ich bin hier«, flüsterte er. »Es ist gut ausgegangen.«

»Ist es das?« Leymon öffnete die Augen. Dunkle Weite dehnte seine Pupillen, wie ein Tunnel, der in die Finsternis führte. »Wir wissen doch noch gar nicht, wie es ausgeht.« In seinen Worten lag eine gefährliche Ahnung.

Die Angst griff auf Tailin über. »Wann hattest du zuletzt eine Vision?«

Leymons Lippen verzogen sich – zu einer Grimasse, die seine Eckzähne entblößte. »Als ich krank war? Im Schlaf? Ich kann mich nicht genau erinnern.«

Er wollte sich nicht erinnern.

»Du hast Angst, etwas zu sehen. Angst vor der Katastrophe, die du vorhersagen, aber nicht verhindern kannst. Du fürchtest dich vor der Verantwortung, vor den Entscheidungen, die du treffen musst, wenn du mehr weißt als alle anderen.«

Schreck blitzte in Leymons Augen auf, kurz bevor er die Luft ausstieß und die Hände vor sein Gesicht presste.

»Aber jetzt …« Tailin fasste ihn an den Handgelenken. »Jetzt bist du nicht mehr allein.« Er zog Leymons Hände zur Seite, beugte sich vor und küsste ihn. Leymons Lippen schmeckten salzig und bitter. Tiefe Verzweiflung lag in dem Geschmack. Schon seit seiner Jugend war er in der Frage gefangen, wie er seine beiden Fähigkeiten vereinen sollte. Was er besaß, war keine Gabe, es war ein Fluch. Ein Fluch, der jeden Moment zuschlagen konnte und dabei alles zerstörte.

»Ein Priester Gamons hat eine Bestimmung«, flüsterte Tailin an seinen Lippen. »Eine Person, an deren Schicksal er gebunden ist. Diese Person bin ich, Leymon. Ich war es schon immer. Auch schon damals, als du mich das erste Mal im Waldgürtel gesehen hast.«

Leymons Hände wanden sich aus seinem Griff. Seiner Brust entwich ein schwerer Laut, kurz bevor er ihn an sich zog. Warm und rau strichen seine Hände über Tailins Rücken, fassten in seinen Nacken und schoben sich in seine Haare. Sein Kuss presste sich hart auf Tailins Mund, er entblößte die spitzen Zähne und ließ sie in seine Haut ritzen. Der Rausch erfasste sie. Immer wieder biss Leymon zu und verschloss die Wunde mit seiner Zunge. Bis der Schwindel strudelte und tobte. Ihre Körper zitterten und bebten, rieben sich aneinander und kamen kaum nah genug zusammen. »Gott, ich will dich, Tailin. Ich wäre fast gestorben ohne dich.« Tränen mischten sich in den Kuss, unmöglich zu sagen, von wem sie stammten. »Ich *wollte* sterben. Und wenn du je wieder gehst, dann gibt es nichts, was mich aufhält.«

Sie *beide* wären fast gestorben. Auch deshalb, weil es unmöglich war, ihre göttlichen Aufgaben ohne den anderen zu erfüllen. »Ich gehe nicht noch einmal. Und wenn doch, dann nur mit dir.«

Leymons Arme pressten ihn an sich. Von weitem drang das Schnurren der Katze herauf. Warm und behaglich floss der Laut in ihren Kuss, surrte durch ihre Körper und schloss sie zusammen. Sie alle waren aus Wasser, wie drei Flüsse, die ineinander mündeten und sich zu einem mächtigeren Strom vereinten. Immer schneller kreiselten die Strudel des Flusses, rissen sie fort, bis sie abwärtsrauschten. Viel zu schnell, viel zu gefährlich. Dunkelheit raste auf sie zu, kurz bevor sie fielen.

Plötzlich war das Wasser fort. Sie waren an der Luft – kalte, rasende Luft! Der Sturm kreischte, erfasste die Seelen der Menschen und füllte sie mit Leere. Wahnsinn. Ihre Seelen bestanden nur noch aus Wahnsinn. Doch woher kam der Sturm? Wer schickte den Wahnsinn? Und wer lenkte ihn?

Ein dunkler Junge stand auf einem Hügel und bewegte die Hände. Siberi. Er hielt die Fäden des Wahnsinns in der Hand. Aber er führte sie nur. Die Fäden selbst stammten von jemand anderem. Tailin und Leymon folgten den Fäden des Sturmes, trieben rückwärts auf den Böen der Luftmagie, bis sie den Ursprung des Wahnsinns erreichten. Die Blutgöttin. Und den Blutsohn. Voller

Hass stand er da, hielt das Messer in seiner Hand und schrie. Alle Mädchen und Jungen hatte er geopfert, alle Kinder, die er noch besaß. Und dennoch war es der Göttin nicht genug. Allein seine Verzweiflung brüllte in dem Sturm. Der Blutsohn war der Ursprung, seine Seele, die ausweglos gefangen war in einem Strudel aus Mord und Ekel vor sich selbst. Von ihm ging der Blutsturm aus. Doch Kontrolle darüber besaß er nicht. Erst in Siberis Händen floss die Luftmagie zusammen, nur er war in der Lage, die Fäden des Wahnsinns zu führen und damit auch die Menschen zu kontrollieren, die der Sturm erfasst hatte.

Mit einem heftigen Ruck wurde Tailin herumgerissen, fuhr hinein in den Jungen, der auf dem Hügel stand. Das Heerlager lag unter ihm, die Fäden in seinen Händen fühlten sich mächtig an. Er war wieder aufgestanden. Seine Schwester gab ihm Kraft. Mit ihr gemeinsam würde er den Rest der Menschheit besiegen.

»Nein!« Das Wort riss Tailins Geist aus der Seele des anderen, ließ ihn aufwirbeln, bis er in freiem Flug dahinraste, auf den stürmischen Wellen der Luft. Oder waren es die Wellen der Zeit?

Er hatte einen Kanal gefunden. Einen Kanal zu Siberi – und vielleicht eine Möglichkeit, um dem mächtigsten Gott der Sapioner seine Macht zu entreißen.

Gleich darauf wirbelte der Gedanke fort. Wurde Vergangenheit. Die Zeit raste nach vorn. In die Zukunft.

»Nein!« Wieder schrie die Stimme dagegen an, wollte nicht zulassen, dass sie die Zukunft sahen.

Doch sie mussten. *»Du bist nicht mehr allein«*, murmelte Tailins Geist. *»Hab keine Angst.«*

Luft und Zeit trugen sie weiter, sobald der andere den Widerstand aufgab. Der Wahnsinn stürzte auf die Menschen ein, fesselte ihre Seelen und verwandelte sie in willenlose Sklaven. Doch er machte nicht Halt vor den Grenzen Nordfaruas. Er stürmte weiter gen Norden, würde auch hier zuschlagen und die Seelen zerstören.

Gleich darauf wurde das Bild klarer, als flögen sie wie Vögel über die Landschaft. Unter ihnen lag der Waldgürtel, das, was noch von ihm übrig war: verbrannte Asche, so weit das Auge reichte. Eine wilde Horde von Männern stürmte hindurch, setzte ihren Weg dahinter fort. Es waren Sapions Krieger, das ganze Heer. Doch nicht nur sie. Auch Sklaven waren dabei, selbst Frauen. Sie alle folgten dem Willen der Fäden, wollten Nordfarua zu Fall bringen und Malun erobern. Binnen kürzester Zeit durchquerten sie die Ebene, erreichten die Stellungen der Pameli und stürzten sich blindlings darauf. Wilde Kämpfe entbrannten. Sapioner und Pamuschkrieger fielen zu tausenden und vermischten ihr Blut in der Erde des Schlachtfeldes. Doch das Bild flackerte. Änderte sich. Schwankte hin und her. Mal rangen die Sapioner mit den Pamuschkatzen – gleich darauf waren die Stellungsgräben leer. Ungehindert stürzten die Horden voran – bis Metallspitzen in den Gräben aufblitzten. Nur kurz waren sie zu sehen, ehe sich die Sapioner darauf stürzten und das Metall mit ihren Leibern erstickten.

Das Bild verschwamm. Was geschah dort unten?

Sie mussten näher heran, mussten sehen und begreifen.

Ihr Geist tauchte tiefer, nah genug, um die Stellungen zu betrachten: Da waren keine Pamuschkrieger in den Gräben. Nur aufgestellte Schwerter und Piken, in denen die Sapioner sinnlos ihr Leben opferten.

Ein hartes Klappern durchbrach den Flug. Sie zuckten zusammen, fielen herab. Blitzende Schwerter rasten auf sie zu …

»Neeeein!« Wieder dieser Schrei, ein harter Griff. Jemand legte alle Kraft hinein und schubste sie auseinander.

Erschrocken fuhr Tailin zurück. Er saß auf dem Bett. In der Blockhütte. An der Wand vor ihm lehnte Leymon. Sein Atem ging keuchend, seine Hände waren noch ausgestreckt von dem Stoß, mit dem er ihn von sich geschubst hatte.

Eine Vision! Was sie gesehen hatten, war eine Vision gewesen.

Oder nicht? Ein Teil davon war noch da. Ein hartes Klappern. Es kam von draußen – oder von der Hütte selbst? Hektisch sah Tailin sich um. Es waren die Fensterläden. Von außen schlugen sie gegen die Fensteröffnung.

Draußen zog ein Sturm auf.

»Der Blutsturm.« Leymon sprach aus, was Tailin dachte. Ihre Gedanken flossen ineinander, folgten denselben Bildern und fanden dieselben Worte.

Was sie gesehen hatten, war die Zukunft. Doch ein Teil davon begann schon jetzt. Wenn sie nicht sofort handelten, war es zu spät.

Zeitgleich sprangen sie aus dem Bett. Wie durch ein Wunder war das Fieber fort. Zum ersten Mal floss ihre Magie in einem Kreislauf, der sich selbst regenerierte, anstatt ihre Körper auszuzehren.

Selbst der Schweiß des Fiebers war bereits getrocknet. Eilig streiften sie die Kleidung über. Leymon steckte sein Schwert in den Gürtel, während Tailin die Phiole mit dem Wasser der heilenden Tränen aufhob, die Lenja ihm mitgegeben hatte. Die Heilerin des Rebellenlagers hatte ihn damit behandelt. Doch das Wasser konnte noch mehr, vermochte fast alles, was Taluns Seen vollbringen konnten.

Woher wusste er das?

Weil die Vision noch da war! Sie lenkte ihn, genauso wie Leymon.

Ein kurzer Blickwechsel genügte. Auch Chaveen hatte sich erhoben und erwartete sie am Fuß der Leiter. Ihr Fell war noch struppig von der langen Krankheit, doch ihre Kraft war genauso zurückgekehrt wie die ihrer Reiter. Zu dritt traten sie nach draußen. Die Vorboten des Blutsturmes griffen in ihre Haare, sträubten das Fell der Katze und wirbelten Sandwolken durch das Dorf. Nie zuvor war Tailin hier gewesen, dennoch kannte er das Lager. Leymon kannte es. Allein das reichte aus. In einer glatten Bewegung schwang Leymon sich auf den Rücken der

Katze, zog Tailin zu sich, ehe Chaveen losstürmte. Gemeinsam duckten sie sich nach vorn, stürmten aus dem Dorf hinaus, über die Felshänge, bis hinab ins Lager der Pamuschkrieger. Vereinzelt standen Zelte im Tal, doch die meisten Rebellen hatten ihre Felle unter freiem Himmel ausgebreitet. Die Katze suchte sich dazwischen ihren Weg, stürmte auf ihr Ziel zu, das sie alle drei kannten. Menschen und Pamuschkrieger sprangen vor ihnen zur Seite, verwunderte Blicke flogen ihnen nach. Zwei Reiter auf einer Pamuschkatze, noch dazu einer ein Mensch. Nie zuvor hatte es so etwas gegeben.

Vor dem Verpflegungszelt sprangen sie zu Boden. Tailin kannte den Plan nicht, bevor er ihn ausführte. Seine eigenen Schritte überraschten ihn, als er zu den Wasserfässern lief, die in der Mitte des Zeltes aufgestellt waren. Allein die Magie leitete ihn, der Strom, in dem sich Taluns Geist mit Leymons Wissen um die Zukunft vereinte. Er öffnete die Phiole, träufelte in jedes Fass ein paar Tropfen der heilenden Tränen und tauchte die Hände hinein. Auch die Worte formten sich von allein, fremdartige Klänge in einer längst vergessenen Sprache. Es war unmöglich, sie zu übersetzen oder auch nur zu verstehen. Einzig ihre Wirkung durchströmte seinen Körper wie eine unumstößliche Tatsache: Die Worte gaben dem Wasser die Eigenschaften der Quelle, jene Macht, den Geist eines Menschen zu heilen – oder seine Seele zu beschützen. Tailins Augen waren geschlossen, während die Magie ihn durchströmte, während er ein Fass nach dem anderen verwandelte. Niemand würde ihn stören, niemand würde den Fluss seiner Magie durchbrechen. Leymon und Chaveen standen am Eingang des Zeltes und schirmten ihn ab. Sie waren sein Schutzschild und seine Verbindung in die Wirklichkeit. In ihrer Gegenwart war es keine Gefahr mehr, sich ganz und gar in der Magie zu verlieren.

***

In mächtigen Wellen floss Tailins Magie durch das Versorgungszelt, verwandelte das Wasser in ein schutzspendendes Elixier und durchströmte die Luft, bis das ganze Zelt zu einem Schutzraum wurde. Leymon stand am Eingang und hielt jeden auf, der hineingehen wollte. Auch durch ihn strömte die Magie und gab ihm eine unausweichliche Autorität. Er musste nur den Arm heben, um die anderen Krieger von dem Zelt fernzuhalten. Doch Leymon schickte sie nicht fort. Sobald das Wasser verwandelt war, würden sie ohnehin herkommen müssen. Sämtliche Pamuschkrieger und Rebellen. Besser jetzt als später musste er den Befehl dazu geben.

Zum ersten Mal, seitdem er mit Tailin verbunden war, versuchte er, die Magie zu lenken. Seine Gedankenkraft verband ihn nicht nur mit seinem Freund und der Katze – es war auch nie zuvor so leicht gewesen, zu den anderen Pamuschkriegern Verbindung aufzunehmen. Vor ihm lag das Magienetz, in dem der Herzschlag aller Wächter pulsierte. Seine Feuermagie erwachte, kribbelte durch das Verbindungsnetz und lenkte die Aufmerksamkeit der Pamuschkrieger in seine Richtung.

Svaris war der erste, der sich einen Weg zwischen den anderen hindurchbahnte. Seine Katze lief hinter ihm her und setzte sich neben ihn, als er vor Leymon stehen blieb. »Du bist wieder gesund«, stellte er fest. Mit einem Blick schien er auch Tailins Gegenwart und die Magie im Zelt zu erfassen. »Was hast du gesehen? Was wird passieren?«

»Ich habe schreckliche Dinge gesehen. Aber auch eine Möglichkeit, das Schlimmste zu verhindern.« Wieder huschte das magische Netz der Pamuschkrieger durch Leymons Gedanken. Es war das erste Mal, dass er nicht nur die dritte Sektion wahrnahm, die ihm unterstellt war – er sah sie alle vor sich, auch diejenigen, die normalerweise nur Svaris und Cubris gehorchten. Es stand ihm nicht zu, sie auf diese Weise wahrzunehmen. Dennoch stieg eine gewagte Idee in ihm auf, setzte sich durch und kam einfach so über seine Lippen. »Ich muss einen dringenden Befehl geben. Aber es bleibt keine Zeit. Nur wenn ich ihn auf magische Weise gebe, können wir schnell genug sein, um alle zu retten.«

Im Gesicht des ersten Hauptwächters flackerte Misstrauen. »Du schlägst also vor, dass ich mich unterordne?«

Leymon wiegte den Kopf in einer unbestimmten Geste. Er besaß nicht den Rang, um einen solchen Vorschlag zu machen. Aber sie beide wussten, dass es nur diesen Weg gab, wenn er sein Wissen mit einem einzigen Gedanken an das ganze Heer weitergeben wollte.

Normalerweise gaben sie magische Befehle nur im Kampf. Es war unerlässlich, um die Bewegungen aller Krieger zu koordinieren. Doch die Feuermagie der Pamuschkrieger floss in Hierarchien abwärts. Leymon konnte ausschließlich diejenigen befehligen, die ihm unterstellt waren. Nur wenn Svaris sich unterordnete, konnte er sämtliche Pamuschkrieger lenken. Aber zugleich würde Svaris damit von seinem Posten zurücktreten und ihn zum ersten Hauptwächter ernennen. Danach läge es allein in Leymons Entscheidungsgewalt, ob er Svaris die Machtposition zurückgab.

»Wenn du mir mit so einem Vorschlag entgegentrittst«, begann Svaris mit rauer Stimme, »dann darf ich wohl davon ausgehen, dass die Sache von großer Bedeutung ist. Nicht wahr?« Prüfend tasteten seine Gedanken in Leymons Richtung.

Leymon ließ die Verbindung zu, öffnete einen raschen Blick auf die Visionen. »Es geht um alles. Um unseren endgültigen Kampf gegen das Heer von Sapion, um den Fall von Nordfarua und die letzte Möglichkeit, Malun zu retten. Wenn wir diesen Kampf verlieren, verlieren wir alles.«

Mit einem nachdenklichen Nicken zog Svaris seine Gedanken zurück. Kurz glitt sein Blick zu Tailin, der das Wasser nahezu vollständig verwandelt hatte. »Er trägt also tatsächlich den Geist Taluns«, murmelte er. »Er ist der, auf den wir so lange gewartet haben. Und du …« – damit wandte er sich zurück an Leymon – »du gehörst zu ihm.« In seiner Stimme klang mehr als nur Anerkennung. War es … Bewunderung? Oder eine seltsame Form von Misstrauen? »Du bist mächtig geworden«, fuhr Svaris fort. »Du kannst meine Krieger längst sehen. Du könntest den Zugriff auf sie an dich reißen, ohne mich zu fragen.«

Mit einem Anflug von Beschämung senkte Leymon den Kopf. »Es war nicht meine Absicht, sie zu sehen. Und ich würde deine Macht niemals an mich reißen.«

»Ich weiß.« Mit einem tiefen Atemzug richtete Svaris sich auf. »Zwischen all deinen Abgründen warst du schon immer ehrlich. Aber du hast dich auch immer kleiner gemacht, als du bist. Dabei wissen wir doch beide, wer von uns der Mächtigere ist.« Das letzte Misstrauen war aus seinen Augen verschwunden. Fast feierlich ging er vor Leymon auf die Knie und beugte den Kopf vor. »Ich unterwerfe mich dir, Leymon aus dem Volk der Schneekrieger. Von nun an sollst du im Rang über mir stehen. Ich gelobe, alle Befehle zu empfangen, auszuführen und weiterzugeben, die du mir erteilst. Genauso wie ich dir Treue und Loyalität schwöre bis in den Tod.«

Wie ein Blitz fuhr die Macht in Leymons Körper, zuckte durch seinen Geist und ließ die Präsenz tausender Männer und Katzen aufflackern. Fein und sensibel stimmte sich seine Magie auf sie ein, floss durch das Netz und zog Tailins Magie mit sich. Die Männer mussten vor dem Wahnsinn des Sturmes beschützt werden, mussten ihre Stärke sammeln, um das Grauen zu überstehen.

Dafür sollten sie herkommen. Schon ein paar Schlucke von dem Wasser würden sie vor dem Blutsturm abschotten.

Als er ins Zelt trat, folgte Svaris ihm wortlos. Ebenso schweigend schöpfte Leymon Wasser aus einem der Fässer und reichte es ihm. Svaris trank zwei Schlucke, ehe er die Befehle aus Leymons Gedanken mit einem Nicken empfing.

Tailin hatte jegliches Wasser verwandelt. Nun stand er mit geschlossenen Augen in der Mitte des Zeltes und begann zu sprechen. Seine Stimme erfüllte den Raum, seltsame Worte in einer uralten Sprache. Niemand verstand sie, dennoch verströmten sie pure Magie. In der Luft des Zeltes baute sich etwas auf, ein Schutzschild, ebenso mächtig wie das Wasser. Leymon selbst brauchte den Schutzschild nicht. Durch die Verbindung zu Tailin war er längst von dem Wahnsinn abgeschirmt. Doch Svaris musste den Schutzschild überstreifen. Mit gesenktem Kopf ging er auf Tailin zu. In einem Ritual, das für sie alle neu war, legte Tailin beide Hände um Svaris' Gesicht. Seine Daumen strichen über seine Schläfen, während er weitere Worte in der fremden Sprache murmelte.

Als Svaris vor Tailin zurücktrat, war er umhüllt von einer Aura. Sein Körper mochte noch verletzlich sein, seine Seele hingegen war von jeder Verwundbarkeit befreit worden.

Gemeinsam verschlossen Leymon und Svaris die Fässer und rollten sie nach draußen. An jeder Zuwegung, die rund um das Versorgungszelt mündete, stellten sie eines auf.

Cubris war der Erste, der auf sie zuritt. Mit einem einzigen Blick erfasste er die Änderung der Hierarchie. Svaris' Treueschwur hatte Leymon nicht nur an die oberste Stelle gestellt, er hatte Cubris ohne seine Zustimmung auf den dritten Platz verwiesen.

Ein leises Grollen entkam seiner Kehle, während er vor Leymon zu Boden sprang.

Leymon widerstrebte es, ihn auf diese Weise zu reglementieren. Dennoch ließ er die Magie aufblitzen und erfasste Cubris' Geist. Für einen Augenblick spürte er die Feindschaft darin wie einen Stachel. Der andere fletschte die Zähne und fauchte. Dann aber verstummte sein Widerstand. In einer knappen Andeutung beugte er den Kopf vor Leymon, empfing seine Befehle und ging zu Tailin, um den Schutz überzustreifen.

Sobald Leymon die Magie wieder fallen ließ, würde Cubris umso mehr sein Feind sein. Und dies würde schon bald geschehen, denn es war unmöglich, die Magie länger als für die Dauer eines Befehls oder eines Kampfes aufrecht zu halten. Aber für den Augenblick brauchte Leymon die vollständige Kooperation des anderen.

Inzwischen waren weitere Pamuschkrieger angekommen. Stumm reihten sie sich in die Schlangen vor den Wasserfässern ein. Leymon, Svaris und Cubris verteilten das Wasser, für jeden Reiter und jede Katze zwei Schlucke. Tailin hingegen blieb hinter ihnen im Versorgungszelt. Allein seine Stimme klang zu Leymon nach draußen. Jeder Krieger, der seinen Schutz durch das Wasser erhalten hatte, ging zu Tailin, um den Schutzzauber seiner fremdartigen Worte zu empfangen.

Den ersten, der vollständig unter Tailins Schutz stand, bestimmte Leymon zum Boten. Über das Magienetz teilte er ihm mit, dass er die menschlichen Rebellen informieren sollte. Auch sie mussten herkommen, um Taluns Schutzzauber zu empfangen.

Als der Bote fortritt, waren die wichtigsten Befehle erteilt. Nun galt es nur noch, den Ablauf zu beschleunigen. Ein Pamuschkrieger nach dem anderen bekam Wasser und ging zu Tailin ins Zelt. Auch die menschlichen Rebellen reihten sich ein. Beständig richtete Leymon seinen Blick auf das Wasser, während Tailins Worte schützende Macht über die Krieger legten. Die Magie floss immer schneller und hüllte Leymon in zunehmende Trance. Nicht nur er besaß ein Netz, das ihn mit den Pamuschkriegern verband. Auch durch Tailins Augen glänzten die Verbindungen zwischen Göttern und Menschen wie ein Netzwerk aus goldenen Fäden und Knoten. Über ganz Ruann erstreckte sich das Gefüge, in dem sich die Menschen miteinander verbanden. Liebe und Freundschaft bildeten die Fäden. In diesem Krieg, der aus purer Grausamkeit bestand, waren die Verbindungen brüchig geworden. Sie galt es zu stärken und zu heilen, um die Menschen gegen den Wahnsinn des Blutsturmes zu wappnen.

Alles das rann aus den uralten Worten, die Tailin sprach. Mit seiner Magie erhielten die Knoten und Fäden neue Spannkraft.

Doch Leymons eigene Macht drängte ebenso herauf, jene Urgewalt, mit der die Visionen hervorbrachen. Das magische Wasser blitzte auf, tosender Kampflärm erhob sich und gellte in seinen Ohren. Keuchend sank er vornüber, ließ die Kelle ins Wasser fallen und stützte sich auf den Rand des Fasses. Er durfte nicht zusammenbrechen, musste weiterhin das Wasser verteilen.

Oder war er längst fertig? In der Schlange stand niemand mehr. Nur zwei Gestalten kamen auf ihn zu: Svaris und Cubris. Hinter dem Fass blieben sie stehen, um seine nächsten Befehle zu empfangen.

Blinzelnd schaute Leymon ins Wasser. Die Oberfläche kräuselte sich, glättete sich und zeigte die nächste Vision: Wieder fuhren Schreie in Leymons Ohren, Wind zauste in seinen Haaren. In den Stellungsgräben warteten die Pamuschkrieger auf das Heer von Sapion. Doch als der Angriff kam, türmten sich die Leichen von Pameli und Katzen. Ihr dunkles Blut sickerte schwerfällig in die trockene Erde. Der Wahnsinn hatte den Sapionern jegliches Schlafbedürfnis genommen. Pausenlos stürmten sie gegen die Pamuschkrieger an, die sich verausgabten, bis sie tödliche Fehler machten. »Sie müssen nicht mehr schlafen. Wenn wir ihnen entgegentreten, ist es unser Untergang.«

Das Bild vor seinen Augen zersplitterte, zeigte eine andere, alternative Zukunft. Wieder lagen die Stellungsgräben vor ihm. Doch nun waren Piken und Schwerter darin aufgestellt. Ihre Spitzen reckten sich den Sapionern entgegen.

»Rückzug!«, murmelte Leymon, und die beiden Hauptwächter wurden still, um keine Erklärung zu verpassen. »Unsere neue Strategie lautet Rückzug.« Ganz leise kribbelte der Befehl in dem Magienetz, wollte losgelassen werden und hielt sich gleichzeitig zurück. Die wichtigsten Details fehlten noch.

Das Wasser kräuselte sich erneut, dann zeigte es die Grenzberge zwischen Nordfarua und Malun. Leymon flog darüber hinweg, tauchte immer tiefer hinab, bis er die kleinen Täler und

Nischen erkannte – und dazwischen die Felsen mit der besten Aussicht. »Wir errichten Stellungen in den Bergen. An strategischen Punkten, die uns die Abwehr erleichtern.«

Genauso rasend, wie die Sapioner über das Feld gestürmt waren, versuchten sie nun, die Berge heraufzukommen. Doch alle Wege, die breit genug waren, um Truppen hindurchziehen zu lassen, waren von Steinlawinen verschüttet. »Wir müssen die Bergpässe zerstören, damit sie nicht als Armee voranziehen können.«

Als sie die Berge hinaufkletterten, wurde das Tempo der Sapioner langsamer. Die Pfeile der Pamuschkrieger hatten leichtes Spiel, sie von den Felsen zu schießen. »Wenn wir in den Bergen auf der Lauer liegen, brauchen wir deutlich weniger Kräfte. Dann können wir aus der Deckung angreifen. Nur so haben wir die Möglichkeit, ausreichend zu schlafen.«

Ein Blitz peitschte aus der Oberfläche des Wassers, schlug in Leymons Geist und ließ die Zeit zurückspringen. Eine graue Wolke tobte durch das Wasser, zeigte dunklen Staub und wirbelnde Asche. Immer heftiger zerrte der Sturm an Leymons Haaren. Selbst die Wassertonne schwankte unter der Wucht. »Der Blutsturm!«, rief er. »Er hat den Waldgürtel hinter sich gelassen und reißt eine Wolke aus Asche mit sich. Wir müssen in Deckung gehen! Jetzt!«

Das Magienetz riss den Befehl mit sich. Im nächsten Moment waren alle Pamuschkrieger und Rebellen auf den Beinen. Doch ihre Hektik wirkte geordnet. Das Netz hatte für jeden einen Rückzugsort gefunden, auch wenn sie sich eng in den Hütten und Zelten zusammendrängten.

Als er aufsah, war Chaveen neben ihm. Tailin saß auf ihrem Rücken und reichte Leymon die Hand. Auch sie mussten sich vor dem Sturm zurückziehen. In gestrecktem Galopp rasten sie zwischen den Zelten hindurch und den Berg hinauf. Die Fensterläden ihrer Hütte schlugen wild gegen die Fassade. Jederzeit würden sie aus den Angeln brechen.

Leymon sprang vom Rücken der Katze und war mit wenigen Schritten dort. Hastig schloss er die Läden – auch wenn es drinnen stockfinster sein würde.

»Nein.« Tailin keuchte auf. »Nicht in die Dunkelheit.«

»Ich bin da. Zusammen werden wir die Dunkelheit bestehen.« Er zog Tailin mit sich. Chaveen war bereits in der Hütte. Dort saß sie vor dem Fenster, als wolle sie Wache halten.

»Nicht die Tür schließen.« Mit weißem Gesicht stand Tailin vor Leymon. Seine mächtige Aura flackerte. Wenn die Panik ihn erfasste, würde auch der Schutzschild zusammenbrechen.

Doch Leymon durfte sich nicht anstecken lassen. »Ich bin ein Katzenmensch«, flüsterte er. »Ich kann in der Dunkelheit sehen. Hab keine Angst, dann siehst du durch meine Augen.« Er tastete nach Tailins Hand, hielt sie fest und schloss langsam die Tür.

Tailin zuckte zusammen. Doch Leymon konnte alle Umrisse erkennen. Selbst jetzt, obwohl sich seine Augen noch nicht an die Finsternis gewöhnt hatten. »Schau es dir an.« Langsam zog er Tailin zu sich, vorsichtig fanden sich ihre Lippen, ihre Wahrnehmung schloss sich zusammen. Mit jedem Blinzeln wurden die Schatten heller und die Konturen schärfer. Da waren die Stühle und der Tisch im Wohnraum – die Leiter, die auf die Schlafgalerie hinaufführte. Leymon zog Tailin hinter sich her. Von außen prallte der Blutsturm gegen die Hütte und ließ das Holz ächzen, doch hier drinnen waren sie sicher. Alle Pamuschkrieger waren sicher.

Als sie auf der Galerie ankamen, änderte sich etwas. Zögernd wichen sie auseinander. Tailins Aura strahlte so mächtig, dass Leymon der Atem stockte. Als er ihn zuletzt gesehen hatte, war er ein Mensch mit großen Talenten gewesen. Doch nun …

»Du bist ein Gott.« Ehrfurcht flackerte in seiner Stimme. »Und du bist hier.« Bei ihm. Erst jetzt begriff er die Tragweite, all das, was er nie zu hoffen gewagt hatte.

»Du bist ebenfalls ein Gott.« Tailin sprach aus, was Leymon so lange verleugnet hatte. Zum ersten Mal fühlte es sich richtig an.

Vielleicht war sein Doppeltalent tatsächlich ein Segen – und nicht nur ein launischer Fehler der Natur.

»Zusammen können wir es schaffen.« Tailin trat einen Schritt näher. »Zusammen können wir Ruann retten.«

»Ist das so?« Leymon schloss die Augen – und öffnete sie hastig, damit Tailin nicht in die Dunkelheit stürzte. Das Gesicht des anderen war vor ihm. Im Schummerlicht wirkte es blass und müde. Weiche Sommersprossen zeichneten seine Nase. Tailin war nicht nur ein Gott, er war ebenso ein Mensch – und Leymon konnte nicht sagen, welche Gestalt ihn mehr anzog. Seine Hände tasteten nach den Armen des anderen, fuhren über seine Schultern, bis sie sein Gesicht erreichten. Tailins Wangen waren rau, als er mit dem Finger darüberfuhr. Sein Freund schloss die Augen und öffnete den Mund. Ein leises Seufzen mischte sich in das Wüten des Sturmes.

Leymons Herzschlag raste, genauso wie Tailins, genauso wie Chaveens, die aufmerksam Wache hielt. Sie drei waren eins, auf magische Weise aneinandergekoppelt – und im Angesicht des Blutsturmes mussten sie den Kreis der Magie aufrecht halten.

Weich fügten sich Tailins Haare zwischen Leymons Finger, menschlich schmiegte sich sein Körper in die Berührung – kurz bevor sie einander küssten.

»Wir sind stärker als der Wahnsinn des Blutsohnes«, flüsterte Leymon. Die Magie zwischen ihnen sprang über, explodierte in seiner Brust und fegte durch das Netz zu den Pamuschkriegern. Immer schneller streiften sie die Kleidung von ihren Körpern, ließen sich auf das Bett fallen und schmeckten das Blut zwischen den Lippen. Der Rausch erfasste sie und trug sie davon, ließ sie durch das goldene Netz rasen, bis die Energie darin summte und vibrierte. Der Aschesturm fegte über das Rebellenlager hinweg, der Wahnsinn des Blutsohnes kreischte darin, und dennoch blieb die Hoffnung in den Seelen der Pamuschkrieger lebendig. Obwohl sie eng beieinander in ihren Verstecken saßen, richteten sie sich auf und repräsentierten die göttliche Kraft ihres Volkes. Das, was vor ihnen lag, mochte der letzte, große Kampf sein, mit dem sie Malun verteidigten. Doch zugleich war es ihre Bestimmung, für die ihre Kriegerherzen geschmiedet wurden.

Nur einer von ihnen hatte sich nicht in einen Unterschlupf begeben. Stattdessen stand er aufrecht inmitten des Blutsturmes, auf dem höchsten Aussichtsfelsen, von dem aus er die Ebene Nordfaruas überblicken konnte: Svaris! Der Sturm wütete in seinen Haaren und zerrte an seiner Kleidung. Ein gellender Schrei fetzte um ihn herum. Dennoch stand er unberührt da. Er testete den Schutz, den Tailin geschaffen und den Leymon über sämtliche Pamuschkrieger gelegt hatte – und schließlich brach er in schallendes Lachen aus, ein Klang, der sich ungehemmt in das Rauschen des Sturmes mischte.

Der Schutz hielt dem Wahnsinn stand. Die Pamuschkrieger hatten eine Chance zu siegen.

3. Kapitel

Südfarua

Walerius

In rasendem Galopp jagten sie gen Norden. Der Sturm drückte in ihren Rücken, riss an ihrer Kleidung und ließ die Mähnen der Pferde flattern. Es war der Blutsturm, der mit solcher Macht über das Land fegte. Der Wahnsinn des Blutsohnes kreischte darin, kitzelte die Grausamkeit in Walerius' Seele und trieb ihn voran. Auch Rabanus an seiner Seite schien die gleiche Kraft zu spüren. Auch er wurde von derselben Grausamkeit getrieben. Sie beide mussten das Heerlager erreichen, mussten dort sein, wo der Sturm und seine Macht kumulierten, um die letzte, große Schlacht zu schlagen.

Endlich war die Zeit gekommen, endlich wurde sein so lange geplantes Werk vollendet.

Auch wenn Rabanus vom Volk als Herrscher bezeichnet wurde, so war doch eigentlich Walerius der Schöpfer von allem. Er allein hatte die Gesellschaft Sapions geschaffen, hatte sie moduliert und geformt, bis sie Menschen hervorbrachte, die nur noch dem Krieg dienten. Er allein war der Erfinder der vier Ecksäulen, auf die sich das Machtgefüge ihrer Gesellschaft stützte: *Krieg und Eroberung, Auslese und Sippenhochzeit, Besiedelung fremden Landes* und *Trennung nach Kasten.* Die meisten Menschen bemerkten nicht einmal, dass sie in diesem System gefangen waren. Und die wenigen, die schlau genug waren, um es zu durchschauen, hatten keine Möglichkeit, dagegen zu rebellieren.

Fast keine.

Walerius wischte den letzten Gedanken beiseite. Der Widerstand in den Reihen der Akademiker kam Jahre zu spät und deutlich zu schwach. Nichts würden sie gegen ihn und seine Macht ausrichten können. Allein dieser Blutsturm zeigte, wie weit er schon gekommen war – und wie nah sein Ziel vor ihm lag: Die Götter Maluns würden brennen. Sie alle würden sich ihm unterwerfen – oder vernichtet werden!

Er selbst war ein Gott. Einer der größten, die es je gegeben hatte – und mit ihm, auf seiner Seite, kämpften all jene Götter, die durch ihn erschaffen wurden: Sapia, die Blutgöttin, in deren Namen der Krieg vorangetrieben wurde, Sapionas, der Blutsohn, der Kinder jagte, um sie zu opfern, und damit den Schrecken der unterdrückten Völker nährte. Sie waren die zweite und dritte Generation seiner mächtigsten Götter. Mehr Perfektion erreichte nur das Produkt seiner vierten und letzten Testreihe: Siberi, sein eigener Sohn, der Inbegriff von Grausamkeit und Intelligenz, Selbstbeherrschung und Zielstrebigkeit. Kein Gott war jemals mächtiger gewesen als er. Nicht einmal Walerius selbst zu seinen besten Zeiten. Siberi stand eine großartige Zukunft bevor.

Im Vergleich dazu war Rabanus nur ein blasses Erstlingswerk. Er, der offizielle Herrscher dieses Landes, war die erste Schöpfung, die Walerius vollendet hatte. Damals hatte er Großes in dem grausamen Jungen gesehen, er hatte ihn gebraucht, um das Machtgefüge in seinem Reich zu errichten. Doch Rabanus' Zenit war schon lange überschritten. Wenn nicht die Jugend der Göttin ihn erfrischen würde, wäre er schon lange ein alter, gebeugter Mann. So hingegen war er ein zynischer Greis im Körper eines Jugendlichen.

Ihn zu ersetzen würde Walerius große Freude bereiten – wenn es doch nur so einfach wäre.

Dorgen hätte seine Stelle übernehmen sollen. Seit seiner Kindheit ließ Walerius den Jungen beobachten. Schon lange wusste er, dass er alle Talente mitbrachte, die auch Rabanus ausmachten. Nur dass Dorgens Kräfte, wenn sie sich voll entfaltet hatten, Rabanus' bei weitem überlegen waren.

Bedauerlicherweise war nicht alles in Dorgens Kindheit nach Plan verlaufen, und das, obwohl Walerius die Ausbilder im Rekrutenlager beauftragt hatte, sich entsprechend um den Jungen zu *kümmern*. Lange Zeit war er davon ausgegangen, dass sie ganze Arbeit an Dorgen vollbracht hatten. Auch seine Karriere im Heer hatte dafür gesprochen, dass seine Loyalität voll und ganz der sapionischen Führung gehörte – und spätestens während der Auslese war Walerius sicher gewesen, mit ihm den richtigen Schwiegersohn gefunden zu haben. Selbst zum Zeitpunkt der Hochzeit war er mit seiner Wahl noch zufrieden gewesen. Dorgens finstere Miene, während Walerius ihn mit seinen fünf erstgeborenen Töchtern vermählte, hatte voll und ganz der Grausamkeit eines Kriegers entsprochen. An diesem Tag war er der Traum eines Schwiegersohnes gewesen, schweigsam und hart, auf eine Art gefügig, die es möglich machte, Männer als Waffen zu benutzen. Für einen solchen Schwiegersohn, der noch dazu göttliche Macht besaß, hatte Walerius sämtliche Regeln und Gesetze gebeugt. Selbst Dorgens Lebenslauf hatte er gefälscht, um ihn als Akademiker darzustellen. Damit sich niemand daran stören konnte, dass Walerius seine Töchter mit einem Handwerkersohn verheiratete. Jenen anderen Dorgen, Sohn des Kolibrius, hatte Walerius schon vor längerer Zeit verschwinden lassen. Damals hatte es politische Gründe gegeben, um den jungen Akademiker aus dem Weg zu räumen. Aber zugleich war damit auch der Weg frei, um Dorgen, dem Sohn von Mirdrasch dem Schmied, eine neue Identität zu verleihen. Nur als Akademiker hatte er in die höchste Kaste des Landes einheiraten dürfen – und als »Schwiegersohn des Walerius« hatte ihm eine große Zukunft bevorgestanden.

Erst nach der Hochzeit war Walerius aufgefallen, welche Enttäuschung Dorgen war. Entgegen allen Indizien gab es nicht eine

Spur von Grausamkeit an ihm. Anstatt seine Ehefrauen zu erziehen und zurechtzuweisen, hatte er sie mit Wohlwollen und Fürsorglichkeit behandelt. Und er hatte sich verliebt – ausgerechnet in Feyla, in Walerius' klügste und gefährlichste Tochter. Ein Mädchen wie sie an einen Mann wie Dorgen zu verheiraten war ein Test gewesen. An Dorgens Umgang mit Feyla zeigte sich, wo seine Interessen, Meinungen und Loyalitäten tatsächlich lagen. Aber Dorgen hatte weder die Haltung eines strengen Ehemanns noch die Loyalität eines Sapioners bewiesen. Stattdessen hatte er sich mit Feyla zusammengetan, um innerhalb von Walerius' Haus zu rebellieren und die ganze Gesellschaftsordnung infrage zu stellen.

Wie hatte Walerius nur einen solchen Fehler begehen können? Wie hatte er nur annehmen können, dass die Ausbilder im Rekrutenlager wirklich ganze Arbeit verrichteten? Sie hatten die Seele des Jungen brechen sollen, und alles, was Walerius dazu in den Akten gelesen hatte, hätte ausreichen müssen. Oder hatten die Ausbilder die Akten gefälscht, weil sie so viel Grausamkeit nicht über sich gebracht hatten?

In jedem Fall war Dorgen nicht gebrochen worden. Ausgerechnet an ihm hatte Walerius versagt. Er selbst hätte die Zerstörung des Jungen in die Hand nehmen müssen, um sein göttliches Potenzial in die richtige Richtung zu lenken.

Dass nun Siberi der Einzige war, der die Macht besaß, einen erwachsenen Gottgeborenen zu brechen, erfüllte Walerius mit matter Übelkeit. Ausgerechnet Siberi – gemeinsam mit Dorgen wurde seine Macht zu gefährlich.

Das Pferd sprang über einen verdorrten Ast und stolperte. Beinahe wurde Walerius nach vorn geschleudert, ehe er sich fing und den Wallach weitertrieb. Der Abend war noch lange nicht angebrochen, und dennoch wurden die Tiere müde. Bald mussten sie Pause machen.

Ihren jeweiligen Tross hatten Rabanus und er schon lange hinter sich gelassen. Selbst die Soldaten, die anfangs als Geleitschutz mitgekommen waren, hatten sie abgehängt. Niemand hielt so lange und pausenlos durch wie ein Gottgeborener.

Nur ihre Pferde mussten sie regelmäßig wechseln. Allein ihretwegen machten sie Rast in den besetzten Dörfern und den Sklavenkolonien. Es hatte Zeiten gegeben, in denen Walerius und Rabanus genug Macht besessen hatten, um selbst die Pferde tagelang wach zu halten und ihre letzten Reserven auszusaugen.

Doch diese Zeiten waren schon lange vorbei. Inzwischen wurde selbst Walerius von menschlicher Müdigkeit ergriffen. Aber das durfte niemand erfahren. Seit Jahren versuchte er, seine Schwäche zu verdrängen. Doch inzwischen ließ es sich nicht mehr leugnen: Er war schon lange nicht mehr der mächtige Gott, der er einst gewesen war. Er verfluchte Suleja noch heute für ihre Tat und sich selbst gleich mit, weil er es hätte wissen müssen. Doch damals war er zu blind gewesen in seiner Gier und seinem Eifer. Er hatte gewollt, dass sein Kind so mächtig wie möglich wurde. Allein deshalb hatte er Suleja den Stein gegeben und ihr befohlen, ihn während der Schwangerschaft zu tragen. Dass die Priesterin genug Macht besaß, Walerius mithilfe des Steines einen Teil seiner Magie zu entziehen, hatte er nicht durchschaut. Noch ehe er den Verlust bemerkte, hatte sie seine Göttlichkeit auf ihr ungeborenes Kind übertragen. Jedoch nur auf einen der Zwillinge: Siberi.

Seither blieb Walerius nichts, als sich den Anschein von Allmacht zu bewahren. Menschen bemerkten den Unterschied ohnehin nicht – und die meisten Götter begegneten ihm nicht oft genug, um seine Schwäche zu bemerken.

Nur Siberi wusste es ganz sicher.

Und Rabanus …

Der Rest an Macht, der Walerius geblieben war, reichte gerade noch aus, um die Magie des Sturmes zu spüren. Der Blutsohn sandte ihn aus, doch Sapionas konnte ihn nicht kontrollieren. Jemand anderes hatte die Aufgabe übernommen, jemand, der nur darauf gewartet hatte, seine eigene Macht durch die Macht eines weiteren Gottes zu vergrößern: Siberi.

Walerius bewegte die Finger in dem Versuch, die Machtfäden zu spüren. Früher hätte er sie mühelos an sich nehmen und halten können – doch nun würden sie ihm die Hände zerschneiden und seine letzte Magie in Siberis Machtstrudel reißen.

Aber Siberis Einfluss auf den Sturm war nicht alles. Da waren weitere Kräfte, mächtige Gegenspieler, die sich dem Blutwind in den Weg stellten.

Das Pferd stolperte erneut, fiel in hinkenden Trab und schnaubte erschöpft. Rabanus preschte an ihm vorbei, setzte sich vor Walerius, als wolle er ihn abhängen. Umso kräftiger war der Peitschenhieb, mit dem Walerius sein Pferd zurück in den Galopp trieb. Rabanus durfte ihn nicht abhängen. Niemals und um keinen Preis!

Als wolle er über ihn spotten, wirbelte der Sturm seinen Kragen hoch und schlug ihn vor Walerius' Gesicht. Mit einer fahrigen Geste löste er die Hand vom Zügel und wischte den Kragen beiseite.

Plötzlich stieg eine Ahnung in ihm auf. Der Name eines Kriegers: Tailin, Sohn des Iosaca. Damals, in der weißen Stadt, war der Mischlingsjunge der zentrale Punkt einer Forschungsreihe gewesen. Walerius hatte schon lange gewusst, dass es schwierig war, ein gottgeborenes Kind zu töten. Er hatte gewusst, dass sie die schlimmsten Verletzungen überlebten. Lediglich ihre Seelen brachen, wenn man sie quälte. Doch an Tailin hatte er die Grenzen ihrer Unsterblichkeit getestet. Er war der Erste in der Versuchsreihe gewesen und dennoch einer der Letzten, die alle Experimente überlebten. Nur der Blutsohn hatte ebenso viel ausgehalten wie Tailin.

Hieß das, Iosacas Sohn war inzwischen genauso mächtig wie Sapionas?

Von allen Probanden hatte Tailin ihm am meisten bedeutet.

Aber lag es an der Macht des Jungen? Oder weil er Iosacas Sohn war? Oder weil er widerstandsfähiger gewesen war als alle anderen?

Nie zuvor hatte die Qual eines Kindes Walerius so sehr befriedigt. Nie hatte er sich häufiger an einem Jungen vergangen. Er war nahezu süchtig gewesen nach Tailins Körper. Bis heute fuhr er noch manchmal aus dem Schlaf hoch, weil der Traum ihn in den Kerker der weißen Stadt getrieben hatte.

Damals war er versucht gewesen, den Jungen als Sklaven zu sich zu holen. Doch etwas an der Macht des Kindes hatte ihm Angst gemacht, etwas, das stärker war als er. Dass er Tailins Seele in der Folter gebrochen hatte, stand außer Frage. Dennoch war der Punkt gekommen, an dem er die Nähe des Jungen gefürchtet hatte.

Also hatte er ihn ins Rekrutenlager überstellen lassen. Lange war er davon ausgegangen, dass er den jungen Gott noch einmal brauchen würde. Doch der Moment dafür war nie gekommen. Oder lag es an seiner Angst, ihn als Mann wiederzusehen? In all den Jahren, die Tailin im Heer verbrachte, hatte Walerius ihn beobachtet, hatte Abschriften von seiner Akte fertigen lassen, die er immer wieder lesen musste. Dass Tailin sich mit Dorgen zusammengetan hatte, war ihm als gutes Zeichen erschienen: zwei gottgeborene Jungen, die in ihrer frühen Kindheit gebrochen wurden, zwei Figuren, auf die er zugreifen konnte, sobald er sie brauchte. Doch Tailins Laufbahn war unauffällig verlaufen, ganz so, als wären seine göttlichen Fähigkeiten verkümmert.

Oder hatte er gelernt, sie zu verbergen? Zu kontrollieren?

Etwas in diesem Sturm erinnerte an Tailin. Aber was?

Walerius hatte ihn nur ein einziges Mal wiedergesehen. Unerwartet. Als er das Heerlager im letzten Jahr besucht hatte. Dennoch hatte er den jungen Mann sofort wiedererkannt. Allein Tailins Gegenwart schlug etwas in ihm an. Auf beängstigende Weise fühlte er sich zu ihm hingezogen.

Doch selbst bei dieser Begegnung hatte Walerius nicht ausmachen können, ob Tailins Magie gebrochen war oder nicht. Der junge Mann hatte starke Beherrschung ausgestrahlt, von der Walerius nicht sagen konnte, ob es beherrschte Angst oder kontrollierte Magie gewesen war.

Nur wenig später hatte er die Kunde erhalten, dass Tailin bei einem Einsatz ums Leben gekommen war – ausgerechnet dieser eine Junge, der selbst die schlimmsten Verletzungen überlebt hatte. Walerius hatte nicht glauben können, dass er wirklich tot war. Doch erst jetzt, in dem Blutsturm, ahnte er die Antworten auf seine Fragen: Tailin war nicht gebrochen worden. *Er* war es, der sich der Macht des Sturmes in den Weg stellte. Aus dem gequälten Jungen von damals war sein mächtigster Gegenspieler geworden!

Wieder knickte das Pferd um. Dieses Mal konnte Walerius es nicht daran hindern, in Schritt zu fallen. Auch Rabanus' Pferd wurde langsamer und kam keuchend zum Stehen.

»Wir müssen die Pferde austauschen«, erklärte Walerius, als sie im Schritt weiterritten.

Der Herrscher verzog seine Mundwinkel zu einem Grinsen. »Hinter dem Wäldchen liegt das nächste Dorf.« Er deutete auf die grauen Baumleichen, die vor ihnen aufragten. Am Rand des kleinen Waldes lag ein Feld mit gelbem Zuckergras, das trotz Bewässerung nur mühsam gegen die Dürre bestehen konnte. Der Blutsturm fegte darüber hinweg und drückte die harten Halme in böigen Wellen zu Boden. Doch immerhin war es die letzte Pflanzenart, die überhaupt noch wuchs.

»Im Dorf werden sicher nicht nur die Pferde ein wenig Erholung finden.« Der Tonfall des Herrschers klang spöttisch – und traf Walerius an seinem empfindlichsten Punkt. Jetzt, im Schritt, schmerzten seine Knochen von dem tagelangen Galopp. Auch seine Muskeln fühlten sich zittrig an, und seine Augen wollten zufallen. Aber sobald er blinzelte, flackerten die Erinnerungen auf: Tailin am Boden des Kerkers, sein junger, nackter Körper, die grässlichen Wunden frisch verheilt.

Das Gefühl von damals erfasste ihn mit voller Wucht. Im Dorf würde er nicht nur nach neuen Pferden Ausschau halten.

Doch Rabanus sollte nichts davon erfahren. Besser, er wechselte das Thema. »Bald ist es wieder so weit«, sagte er. »Es wird wieder Zeit, die Vergangenheit abzustreifen.«

Überrascht sah Rabanus ihn an. Dann stieß er ein raues, mächtiges Lachen aus. »Im Gegensatz zu früher seid Ihr stark gealtert«, bemerkte er. »Dieses Mal wird man deutlich mehr über Euch reden.«

Wieder traf der Spott ins Schwarze. Walerius bereute es, darüber gesprochen zu haben. Rabanus war schon lange kein Politiker mehr, mit dem man sich über Pläne austauschen konnte – falls er jemals mehr gewesen war als eine Pappfigur auf Walerius' Spielbrett.

»Wie wollt Ihr es dieses Mal anstellen?«, fragte der Herrscher ungerührt. »Sollen sie wieder alle sterben?«

Walerius schwieg. Er würde sich nicht noch weiter zum Gespött einer Pappfigur machen. Was er mit seinem Besitz tat, ging niemanden etwas an.

Rabanus hingegen schien gerade erst Gefallen an dem Gespräch zu finden. »Und was ist mit Siberi? Könnt Ihr ihm trauen?«

Walerius betrachtete das Gesicht des Herrschers. Dunkel und schön lag es unter der Kapuze, gänzlich geheilt von den Narben, die sein wahres Antlitz entstellten. Wenn er so aussah wie jetzt, fühlte er sich großartig und unsterblich. Er glaubte sogar an seinen Titel als Herrscher von Sapion, mit dem er offiziell im Rang über seinem Berater stand. Dabei ahnte er nicht einmal, dass Walerius ihn immer nur benutzt hatte.

In Wirklichkeit stand Rabanus auf derselben Stufe mit Siberi und dem Blutsohn. Nur Sapia war eine noch niedere Kreatur.

Zumindest war es jahrzehntelang so gewesen. Wenn Walerius nur nicht so viel von seinen Fähigkeiten eingebüßt hätte …

Er musste alles tun, um sich den Anschein von Macht zu geben. »Siberi konnte ich noch nie trauen«, bemerkte er. »Jetzt noch weniger denn je.« Er deutete in die Luft, dorthin, wo der Sturm in immer heftigeren Böen voranstob. Inzwischen hatten sie den toten Wald erreicht. Die abgestorbenen Bäume ächzten und knackten. Jederzeit konnten sie umstürzen.

Noch einmal trieb Walerius den Wallach zum Galopp. Rabanus folgte ihm. Nebeneinander preschten sie über den staubigen Waldweg. Erst als das Dorf vor ihnen lag, parierten sie zum Schritt. Der Ort war ein Straßendorf, ganz nach der Art, in der die Faruaner ihre Dörfer errichtet hatten. Jeder Hof besaß Gemüsefelder hinter dem Haus – während sich weitere Felder in Kreisen um das Dorf zogen.

Auch jetzt sah der Ort noch genauso aus wie vor der sapionischen Besatzung. Die einzige Veränderung bestand darin, dass schon lange keine Faruaner mehr hier wohnten. Die Landaufteilungsbehörde hatte die Höfe an sapionische Bauern und ihre Sippen vergeben.

Doch heute herrschte Chaos auf der Dorfstraße. Männer und Frauen eilten durcheinander. Selbst Sklaven und Sklavinnen waren unter ihnen, als wäre jegliche gesellschaftliche Ordnung auseinandergebrochen. Die Menschen liefen in die Häuser und trugen ein Sammelsurium an Dingen heraus, die sie auf Handwagen und Kutschen verluden. Aber erst aus der Nähe ließ sich erkennen, was es war: Schwerter, Messer und Forken, sogar zersplitterte Bretter und Zaunpfähle, alles, was sich auch nur entfernt als Waffe verwenden ließ.

»Wer ist hier der Dorfvorsteher?«, rief Rabanus, als sie die Mitte des Dorfplatzes erreicht hatten.

Doch niemand reagierte. Die Blicke der Menschen wirkten leer, als würden sie die Fremden nicht einmal wahrnehmen.

Dies also war die Wirkung des Blutsturmes auf Menschen. Walerius hörte das wahnsinnige Kreischen nur von weitem. Die Männer und Frauen hingegen schienen von dem Sturm gelenkt zu werden.

Als sie alle Waffen verladen hatten, sammelten sich die Menschen auf dem Dorfplatz und starrten gen Norden, als würden sie auf ihren nächsten Befehl warten.

Ein kalter Schauer erfasste Walerius. Das hier war Siberis Werk. Er nutzte die Macht des Blutsturmes, um alle Männer und Frauen an die Front zu rufen. Ganz egal, ob Sapioner oder Sklave, sie alle waren bereit, die letzte Schlacht im Namen Sapions zu schlagen.

Die letzten Männer, die noch nicht auf der Straße standen, kamen aus einem Stall und führten Pferde mit sich.

Rabanus war schneller als Walerius. Entschlossen sprang er zu Boden und stellte sich einem Sklaven entgegen, der zwei energiegeladene Jungstuten führte. »Ich bin der Herrscher von Sapion! Diese Pferde sind beschlagnahmt.«

Widerstandslos ließ sich der Sklave die Stricke aus der Hand nehmen. Auch sein Blick wirkte leer, während er sich abwandte und zu der Menschenansammlung auf dem Platz strebte.

Walerius ließ sich ebenfalls zu Boden gleiten. Doch seine Beine waren schwer und steif. Auch sein Rücken schmerzte von dem langen Ritt. Er brauchte dringend eine Pause. Nur sollte Rabanus den Grund dafür um keinen Preis erfahren.

Der Herrscher zog den Sattel von seinem alten Pferd und legte ihn auf den Rücken der nervösen Stute. »Worauf wartet Ihr?«, fragte er beiläufig. »Wollt Ihr so lange pausieren, bis diese Leute vor uns an der Front sind?«

Ein paar der Dorfbewohner holten Sattel- und Zaumzeug aus den Ställen, andere banden die Pferde an die Wagen. Niemand schien Rabanus und ihn zu bemerken.

»Es ist Siberi«, stellte Rabanus schließlich fest. »Er lenkt die Magie des Sturmes. Aber das wisst Ihr sicher längst …« Nur der Hauch einer Frage lauerte in seinem Tonfall.

»Natürlich weiß ich das.« Walerius bemühte sich, seinen Zorn zu drosseln.

»Heißt das, Ihr wollt ihn ebenfalls töten?« Rabanus klang ungerührt. Kalt. Wie jemand, der schon lange auf den Tod seines ärgsten Konkurrenten hoffte.

Walerius' Hand zitterte, während er den Sattelgurt löste. Hastig presste er die Finger um das Leder, damit Rabanus es nicht sah. »Siberi zu töten dürfte nicht so einfach sein.« Und es wäre Verschwendung. Siberi war nicht nur sein Sohn, er war auch sein Lebenswerk. Einen so mächtigen, perfekten Gott zu töten wäre eine Schande. Dennoch würde er es tun müssen.

Rabanus stieß ein lautes Lachen aus. »Also wollt Ihr!«, rief er.

Walerius verdrängte den Schmerz in seinen Gliedern und richtete sich auf. »Ihn sofort zu töten wäre ein Fehler. Aber er braucht eine Aufgabe, die ihn voll und ganz einnimmt. Erinnert Ihr Euch an den dritten Jungen, der die Folter in der weißen Stadt überlebt hat?«

Rabanus hatte den Sattelgurt festgezogen und drehte sich zu ihm um. »Der Sohn von Iosaca? Wie hieß er noch gleich? Tailin … Wie könnte ich ihn vergessen! Ihr wart ganz vernarrt in den Jungen …« Vieldeutig ließ er die Worte verklingen. »Ich habe gehört, er sei bei einem gefährlichen Einsatz umgekommen.«

Walerius unterdrückte ein Räuspern. Ein heftiges Kribbeln jagte durch seinen Körper. »Jemand wie er kommt nicht einfach um. Er hat große Macht entwickelt. Aber ich fürchte, er spielt nicht auf unserer Seite.«

Rabanus lachte erneut. »Tatsächlich? Heißt das, Ihr habt versagt? Ausgerechnet an ihm?« Er bedachte Walerius mit einem zynischen Grinsen.

Dumpfe Übelkeit erwachte in Walerius' Brust. Die Dorfbewohner setzten ihren Treck in Bewegung. Doch irgendetwas war sonderbar: Sie bildeten eine bunt gemischte Gruppe aus sapionischen Männern, verhüllten Sapionerinnen und Sklaven in jedem Alter. Nur eine Menschengruppe fehlte fast vollständig: Kinder.

Hieß das, der Sturm rief nur Erwachsene an die Waffen? Oder

waren Kinder nicht empfänglich für das Kreischen des Wahnsinns? Aber wo waren sie dann?

»Entschuldige mich«, murmelte Walerius. »Ich sehe mich mal um.« Entschlossen ging er von Haus zu Haus. Niemand hinderte ihn daran einzutreten. Doch die meisten Hütten waren leer. Erst beim fünften Haus wurde er fündig. Eine Gruppe von kleinen Jungen drängte sich ängstlich auf dem Fußboden zusammen.

Das Jungenhaus! Wie es sich gehörte, erzogen die Männer des Dorfes alle Jungen unter sieben Jahren zusammen in einem Haus.

Wieder stieg ein Kribbeln in ihm auf. Mit einem freundlichen Lächeln sah er sich unter den Knaben um – bis sein Blick an einem hängen blieb, dessen schwarze Haare einen rötlichen Farbstich aufwiesen. Ein Mischlingskind! Gezeugt mit einer Sklavin. Genauso wie Tailin.

»Du!« Walerius winkte ihn hoch. »Komm zu mir!«

Misstrauen und Angst flackerten in den Augen des Kleinen. Dennoch stand er auf und kam auf ihn zu.

Bilder von Tailin blitzten auf. Iosacas Sohn hatte sich niemals vor ihm geduckt. Er hatte nicht einmal den Kopf gesenkt. Selbst in den schlimmsten Momenten hatte er seinem Peiniger in die Augen gesehen.

Auch dieser Junge lief mit erhobenem Haupt.

Walerius konnte sich kaum noch beherrschen, als der Kleine vor ihm stand. Er mochte sechs oder sieben Jahre alt sein. Genauso wie Iosacas Sohn damals.

Walerius schluckte. Seine Hand zuckte in die Richtung des Kindes. Doch seine Gedanken zerstreuten sich. Tailin und Siberi … die beiden bedeutsamsten Jungen in seinem Leben – für beide musste er eine Lösung finden.

»Ist alles in Ordnung, mein Herr?« Die Frage des Jungen rief ihn in die Gegenwart zurück. Der Kleine war mutig. Warum begriff er nicht, dass er wegrennen sollte?

Walerius berührte die Haare des Kindes. Weich und warm

flossen sie zwischen seinen Fingern hindurch. »Habt ihr einen Schlafsaal?«

Arglos schaute der Kleine ihn an. »Ja, natürlich. Oben.«

Walerius musste die Augen schließen, um nicht zu schwanken. »Ist dort jemand?«

»Nein, Herr. Wir dürfen tagsüber nicht in den Schlafsaal. Und die Lehrer sind alle draußen.«

»Wenn das so ist …« Mit einem tiefen Seufzer gewann Walerius die Beherrschung zurück. »Dann erlaube ich dir heute eine Ausnahme. Bring mich nach oben und zeig mir, wo du schläfst.«

4. Kapitel

Verbrannter Waldgürtel von Farua, Heerlager Sapions

Alia

Wie ein Inferno aus tödlicher Gewalt zerrte der Sturm an der Zeltplane. Draußen tobte das Kreischen des Wahnsinns, vermischt mit den Stimmen der Krieger. Doch innerhalb des Zeltes spannte sich der Schutzschild, den Alia geschaffen hatte. Aufrecht und schön stand Dorgen vor ihr, geschützt unter dem Schild und unversehrt von dem Wahnsinn. Nur Verwirrung zeichnete sein Gesicht. Seitdem sie ihn ins Zelt geführt hatte, hatte er sich nicht von der Stelle bewegt.

»Was geht hier vor?«, flüsterte er, immer wieder dieselbe Frage: »Was passiert hier?« Angst klang in seiner Stimme mit, und zugleich ging etwas von ihm aus. Magie. Was er abstrahlte, war ein Gefühl von Gemeinschaft. Wärme. Freundschaft. Mit ihm verbunden zu sein bedeutete, Halt zu finden. »Wir haben die Suppe verschüttet«, murmelte er. »Wäre es nicht gut, etwas zu essen?«

Alia schüttelte den Kopf. »Nein. Es ist gut, dass wir lange nichts gegessen haben. Wir brauchen die Magie.«

Dorgen senkte den Kopf. »Ich soll also ein Gottgeborener sein?«

Seine Anziehungskraft nahm zu, lockte Alia näher. »Du bist der Frieden.«

Mit einem harten Laut lachte er auf. »Ich, der Frieden? Ausgerechnet ich? Dorgen, der Feuerteufel?«

Vorsichtig streckte sie die Hand nach ihm aus, berührte seinen Arm und suchte seinen Blick. »Siberi wollte den Krieg in dir schüren. Aber ich habe dich zurückgeholt. Ich war stärker als er.« Eine Spur von Stolz stahl sich in ihre Stimme. »Aber da war noch jemand, der mir geholfen hat. Jemand, den du kennst. Tailin.«

»Tailin?« Dorgen fuhr auf. »Das kann nicht sein. Er ist tot. Bei einem Einsatz umgekommen.«

Alia schüttelte den Kopf. »Er lebt. Und er besitzt große Macht. Er kann sich mit uns verbinden.«

»Tailin?« Zusammen mit dem Namen stieß Dorgen die Luft aus. Entsetzen und Zärtlichkeit vermischten sich darin. »Er lebt?«

»Ja.« Alia musste lächeln. »Seine Fähigkeiten sind dieselben wie meine. Wir sind Seelenheiler.«

Ein misstrauisches Funkeln blitzte in seinen Augen. Dann zuckten seine Mundwinkel, und schließlich siegte sein Lächeln.

Nie zuvor hatte Alia ihn so lächeln sehen – und nie hatte seine Magie stärker gefunkelt. Rings um ihr Zelt mochte der Blutsturm toben. Doch hier drinnen hatten sie etwas anderes geschaffen. Etwas Gutes. Reines. Eine Magie, die über jegliche Grausamkeit erhaben war.

Alia machte den letzten Schritt auf ihn zu, stand ihm so nah, dass seine Wärme ihren Körper erfasste. Doch sie musste noch näher an ihn heran. »Darf ich dich küssen?«

Dorgens Lächeln entlud sich in einem Lachen. »Schon wieder? Was hast du dieses Mal vor?«

Alia wusste es selbst nicht. Trotzdem flüsterte die Antwort über ihre Lippen: »Dir etwas zeigen. Uns beiden. Etwas Schönes.«

»Bist du sicher, dass es schön ist?« Dorgen beugte sich zu ihr. »Ich möchte ungern noch einmal verbrennen.« Seine Magie sprühte Funken.

Alia schloss die Augen. »Etwas Schönes. Versprochen.«

Seine Lippen trafen ihre. Wärme drängte sich aus der Berührung, umhüllte sie und sickerte in ihr Herz. In diesem Moment verströmte er Frieden, Ruhe – Freundschaft. Gefühle brandeten auf, strahlten in ihre Richtung und galten all jenen, die er liebte. Da war Tailin, der Freund, der wie ein Bruder für ihn war. Dorgen vermisste ihn, seitdem er zur Auslese einberufen worden war. Bis eben hatte er ihn für tot gehalten, doch nun … Etwas in Dorgens Magie reagierte mit ihrer, öffnete sich und zeigte ein Netz aus goldenen Fäden und Knoten. Die Knoten waren Menschen und Gottgeborene. Die Goldfäden dazwischen waren Verbindungen, Freundschaften.

Von weitem ahnte sie Tailins Gegenwart, in einem Knoten, der nur wenig entfernt war. In einem weiteren zeigte sich Feyla und dahinter ihre Schwestern und Dorgens Kinder. Alia sah Nureen, deren Bild in trauriger Schwärze lag – aber da war noch ein anderes Mädchen, eines, das er geliebt hatte, bevor er Feyla traf: Ihr Name war Thia. Auch sie war nicht tot, ebenso wenig wie Feyla und Tailin.

»Sie sind da«, flüsterte Alia. »Sie sind alle noch da. Willst du sie sehen?«

Ein ängstlicher Laut wich über seine Lippen. »Ich weiß nicht. Ja. Vielleicht. Wenn …« Er sprach nicht weiter, aber Alia verstand seine Furcht. Er hatte Angst, sie tot zu sehen oder eingesperrt und voller Qualen.

Doch die Furcht stammte nicht nur von ihm. Auch von Thia ging etwas aus, das sich in Alias Richtung schob: Worte. Flehen. Verzweiflung. Ein Gebet? Einer der Fäden im Netz glühte, als wolle er jeden Moment in Flammen aufgehen. Es war eine Verbindung zwischen Thia und Feyla.

Irgendetwas stimmte nicht. Jemand war in Gefahr!

Feyla.

Plötzlich stieß Dorgen die Angst beiseite. »Zeig sie mir!« Er musste zu Feyla, musste sie sehen und beschützen, ganz gleich, was passierte.

Die Goldfäden … Sie funktionierten wie Seilbahnen. Um auf ihnen in die Seelen anderer Menschen zu reisen, brauchte es nur ein wenig Mut. Oder Verzweiflung.

Alia zog Dorgen mit sich. Es war ein Gefühl, als würden sie springen, fallen. Nur die Seilbahn fing sie auf und riss sie fort, ließ sie in dem goldenen Netz voranrasen. Der erste Knotenpunkt war Feyla, doch sie schlüpften nicht in ihren Körper, stattdessen glitten sie an ihr vorbei, weiter zu dem Mädchen, das nach ihnen rief. Urplötzlich waren sie in einer Höhle. In dem Körper einer jungen Frau hockten sie neben einem Bett. Eine weitere Frau lag vor ihnen. Auch sie war jung. Doch ihre Augen waren geschlossen, ihr Kopf wühlte sich im Kissen hin und her. Schweiß klebte die schwarzen Locken in ihr Gesicht.

Feyla!

Sie war krank. Andere Menschen saßen an ihrem Bett und versuchten, sie zu heilen, unter ihnen das Mädchen, aus dessen Augen sie blickten.

»Thia.« Jemand flüsterte den Namen, überrascht und mit einem Anflug von Zärtlichkeit. Dorgen! Verwirrung ging von ihm aus. Wie konnte es sein, dass Feyla und Thia an einem Ort waren? Oder war es eine Täuschung?

»Es ist keine Täuschung.« Fremde Informationen sammelten sich in Alias Gedanken: *»Sie sind beide in der Wüste ausgesetzt und von denselben Menschen gerettet worden.«*

Von denen, die an Feylas Bett saßen: Da war Sonjem, die Heilerin. Sie war eine ausgebildete Priesterin und dennoch überfordert von ihren Aufgaben. Eine zweite Patientin lag im Sterben, auch sie war Teil des goldenen Netzes: Nugia, Feylas Halbschwester.

Doch Sonjem hatte all ihr Können erschöpft. Was auch immer Feyla und Nugia quälte – ihre Seelen verwehrten jegliche Heilung. Deshalb hatte Thia nach Alia gerufen. Ihr Gebet galt Talun, jenem Gott, dessen Fähigkeiten Alia und Tailin in sich trugen. Sie mussten Feyla und Nugia heilen. Schnell.

Oder gab es noch einen Grund, warum sie hier waren?

Das goldene Netz. Da waren noch mehr Knoten, noch mehr

Menschen, die Feyla und Dorgen nahestanden. Einer davon saß in dieser Höhle und hielt Feylas Hand. *Bruder.* Nuszam. Sein Name schlug etwas an in dem goldenen Netz. Ein Funkenregen schüttelte sich aus den Seilen und rüttelte immer weitere Fäden wach. Um Nuszams Knoten rankte sich ein Netzwerk, das dichter war als alle anderen.

Da war noch mehr, das sie sehen mussten. Wieder zog Alia Dorgen mit sich, wieder stürzten sie mit der Seilbahn herab, wirbelten an hundert Knoten vorbei, die mit Nuszam verbunden waren, und segelten zu tausenden, die sich über weitere Ecken mit ihm verknüpften. Bilder von Männern und Frauen flackerten auf, von Sapionern und Sklaven, Kindern und Pamuschkriegern. Nuszam war die Verbindung zu einem Netzwerk, das sich über ganz Ruann erstreckte. Der Widerstand. Diese Männer und Frauen waren der Widerstand, der sich gegen die Herrschaft richtete. Doch nicht nur Sapioner waren daran beteiligt. Auch Sklaven jeglicher Herkunft gehörten der Bewegung an – und die Kontakte des Widerstands reichten weit hinauf in den Norden, zu den Pameli und den Rebellen in Nordfarua.

»Dies ist der Grund, warum wir hier sind.« Es war Tailin. Er war bei ihnen, teilte ihre Gedanken und schaute auf dieselben Bilder. *»Wir müssen die Menschen in dem Netz beschützen. Ihre Seelen sind nicht gebrochen. Deshalb halten sie im Blutsturm länger durch. Aber bald werden auch sie von ihm erfasst.«* Seine Stimme veränderte sich, begann fremde Worte zu murmeln, deren Bedeutung sich nicht ermessen ließ. Dennoch fügte sich Alias Flüstern in seines, wie aus einem Mund sprachen sie dieselben Worte. Auch Dorgen war bei ihr, ganz nah, von ihm aus zog sich das Netz über die Menschheit. Wärme und Frieden. Verantwortung und Gemeinschaft. Er war der Hüter über die goldenen Fäden und Knoten. Um die schützende Magie zu verbreiten, brauchten sie seine Fähigkeiten.

Das goldene Netz leuchtete auf. Die geflüsterten Worte zischten hindurch und schlugen Blitze in den Knoten. Immer schneller lief das Licht durch die Schnüre und Verbindungen, bis das ganze Netz grell erleuchtet war. Die Erleichterung der Menschen pulsierte in dem goldenen Farbton. Von nun an würden sie aufrecht gehen inmitten des Sturmes, beschützt und sicher.

Nur Alia und Dorgen verharrten in der Schwärze. Von oben schauten sie auf das goldene Netz hinab. Hieß das, es war vollbracht? Hatten sie alle Menschen geschützt, die über das Netz mit Dorgen verbunden waren? Oder fehlte noch etwas?

Ja, da war noch etwas. Etwas, das sie begonnen, aber nicht vollendet hatten.

»Feyla!«, flüsterte Dorgen. Sie musste geheilt werden!

Gemeinsam stürzten sie in das goldene Netz, rasten durch blitzendes Licht, bis Sonjems Knoten sie fing und sie zurück in die Krankenhöhle katapultierte.

Doch die Heilerin war verzweifelt. Ihre Magie reichte nicht aus, um Feyla und Nugia zu heilen.

Sonjem stand von Feylas Lager auf, kniete sich neben Nugia und berührte den Ausschlag, der sich über ihren Arm zog. Es war eine Krankheit, die Sonjem noch nie gesehen hatte. Und das ausgerechnet bei Nugia, die selbst eine Heilerin war. Das wiederum konnte nur eines bedeuten: Nugias Seele war mit dem Tod ihres Babys gebrochen worden. Und wenn das geschah, wenn die Seele einer Heilerin zerstört wurde, erkrankte sie an einer neuartigen Krankheit. Mit Pech wurde eine Seuche daraus, die sich über ganz Ruann ausbreitete.

Um das zu verhindern, hatten sie sich in der Quarantänehöhle eingemauert. Aber nun war auch Feyla krank. Ob es dieselbe Krankheit war wie bei Nugia, ließ sich nicht sagen. Doch auch bei ihr versagte Sonjems Magie. Was auch immer Feyla heimsuchte, es nagte an ihrer Seele, nicht an ihrem Körper.

Sowohl Nugia als auch Feyla brauchten eine Seelenheilerin. Nur Alia konnte ihnen helfen. Oder Tailin. Oder sie beide zusammen.

Etwas Nasses klebte an Alias Fingern. Oder an Sonjems Fingern? Es waren die Tränen des blauen Steines. Taluns Tränen, die er um die Seelen der Menschen weinte. Oder waren es Sonjems Tränen? Oder sorgten Tailin und Alia dafür, dass die Magie von Taluns Tränen in die Tränen der Heilerin überging?

Sonjem berührte Nugias Schläfe mit der Flüssigkeit, strich sie darüber, bis das Wasser trocknete und eine feine Schicht aus Salz hinterließ. Als wäre das Salz ein Magnet, wurde Alia angezogen. Sie stürzte hinab in die Tiefe, vereinte sich mit Nugias Seele. Oder schlüpfte sie in ihren Körper? In ihre Erinnerungen? Im nächsten Moment schlug sie auf. Als sie die Augen öffnete, fand sie sich in einer geschlossenen Kiste wieder. Hitze und Todesangst erfüllten die Luft.

Walerius hatte Nugia in diese Kiste gesperrt! Er allein hatte sie in der Wüste ausgesetzt. Sie und das Kind.

Nur ihr Sohn hielt Nugias Willen aufrecht. Dieses winzige Wesen in ihren Armen. Seinetwegen war sie verbannt worden. Aber nun würden sie beide verdursten, vertrocknen. Nugias Magie war nicht stark genug, um dem menschlichen Tod zu widerstehen – und selbst wenn doch, ihr Sohn war ein Mensch, sie spürte es. Zumindest er würde in der Hitze und ohne Nahrung sterben.

Hoffnungslosigkeit erfüllte ihre Brust. So lange hatte sie gekämpft, jahrelang war sie nur für Feyla da gewesen. Um ihre Schwester zu schützen, hatte sie Walerius' Zorn und seine Triebe auf sich genommen.

Doch nun war all das sinnlos geworden. Feyla war tot. In der Wüste ausgesetzt. Genauso wie sie. Sie beide würden dasselbe Ende finden.

Die Schwärze kam unaufhaltsam. Zuerst erschlaffte der Körper des Kindes. Dann konnte sie selbst die Augen nicht mehr öffnen. So musste der Tod sein. Oder nicht? Konnte man tot sein, wenn man dachte?

Nugia erwachte in einer Höhle. Um sie herum waren Menschen. Fremde. Nur eine Person kam ihr bekannt vor.

Feyla! Ihre tote Schwester. Sie weinte. Aber wie konnte sie weinen, wenn sie tot war? Oder verbrachten Tote die Unendlichkeit mit ihren Tränen?

Ja, so musste es sein. Diese Höhle war der Tod. Die Ewigkeit. Feyla war dort und sie selbst ebenfalls. Alles war sinnlos geworden.

Nur ihr kleiner Junge … Er war nicht hier. Aber warum nicht? Weil er noch lebte? Oder lebte sie selbst, und das Kind war tot?

Alles geriet durcheinander. Fieber verzerrte ihren Geist. Sie musste ihn sehen! Ihre Schreie tobten, verlangten das Kind und wollten eine Erklärung.

Erst als er bei ihr war, begriff sie: Sie selbst lebte. Aber der Kleine lag im Sterben. Vielleicht hätte sie ihn heilen können. Aber jemand hatte ihn weggenommen. Irgendjemand, der zu diesen fremden Menschen gehörte. Und Feyla hatte es nicht verhindert.

Nugias Seele zerbrach an ihrem empfindlichsten Punkt. Sie selbst hatte alles auf sich genommen, um Feyla zu schützen – aber Feyla hatte sie verraten.

Die Krankheit kam plötzlich, riss sie in die Tiefe und ließ ihren Geist versinken.

»Es stimmt nicht«, flüsterte jemand. *»Das Fieber hat deinen Geist verzerrt. Feyla hat dich nicht verraten, und die Heilerinnen haben ihr Möglichstes versucht, um dein Kind zu retten.«*

War es so? Konnte sie Feyla noch vertrauen?

Zumindest die Stimme sprach die Wahrheit. In ihr wohnte ein reiner Geist, die Macht von Taluns heilenden Tränen.

Sanft strich Alia über Nugias Seele, fand den Riss aus Verrat und Trauer und füllte ihn mit neuem Vertrauen: *»Deine Schwester ist hier, Nugia. Sie ist nicht gestorben. Zusammen mit ihren neuen Freunden hat Feyla dich gerettet. Auch jetzt ist sie noch bei dir. Aber sie braucht deine Liebe, ebenso wie du ihre Liebe brauchst. Verzeihst du ihr, dass sie deinem Sohn nicht helfen konnte?«*

Ein tiefes Gefühl sickerte durch Nugias Geist. Liebe und Vergebung, der Wunsch, ihre jüngere Schwester wiederzusehen.

Alia wurde hochgerissen, herausgerissen aus der Faruanerin, die mit geschlossenen Augen auf ihrem Bett lag – und hinein in den Körper der Heilerin, deren Hand noch immer Nugias Wange berührte. Der Ausschlag auf Nugias Haut verblasste bereits. Der Bruch ihrer Seele war nicht tief gewesen. Fürs Erste war er zusammengefügt.

Aber da war noch jemand, ein zweites Mädchen, das geheilt werden musste. Sonjem erhob sich und ging hinüber zu Feyla. Ihre Haut glühte. Dennoch war die Krankheit in ihrem Leib nicht zu fühlen. Das Mädchen hatte Magiefieber. Aber nicht ihr eigenes. Sie wurde von jemandem benutzt.

Siberi!

Alia wurde herumgewirbelt, fiel ein weiteres Mal in die Seilbahn und stürzte durch das Netz wie durch einen Strudel. Goldene Knoten sausten an ihr vorbei, leuchteten auf und verblassten hinter ihr, bis ein scharfer Knoten sie einfing. Sie war bei Feyla. Ihr Herz glühte in einem goldenen Knoten, doch seine Kraft war schwach, und eine Hälfte des Knotens wurde von schwarzen Verästelungen durchzogen. Alia starrte in die Dunkelheit unter dem goldenen Netz – und erst jetzt sah sie, wie groß das Netz wirklich war. Es war ein dreidimensionales Gebilde, das tief in die Dunkelheit reichte. Dort unten waren die Knoten schwarz. Auch sie pulsierten, auch sie lebten noch. Doch in ihnen lauerte die Grausamkeit. Dort in der Tiefe, in der absoluten Dunkelheit, fanden sich all jene Seelen, die sie verloren hatten.

Wenn es doch nur möglich wäre, sie zu heilen … sie alle …

Aber darum ging es nicht. Noch nicht. Es ging um den schwarzen, fest gewebten Strick, der Feyla mit jemand anderem verband.

Siberi. Er hing da unten in der Dunkelheit. Er war der Anführer der schwarzen Seelen, und von ihm stammten die schwarzen Verästelungen, die sich in Feylas Knoten stahlen.

Ihn galt es zu bezwingen. Doch Alia war nicht mehr allein. Tailin war bei ihr, ebenso wie Dorgen. Und Sonjem? Auch die Heilerin war Teil der Magie, Teil von ihr. Sie alle waren über das Netz miteinander verwoben.

Und da waren noch mehr: Gottgeborene, Priester. Sie alle bildeten einen mächtigen Kreis aus Magie, die durch Alia hindurchfloss. Gemeinsam würden sie stark genug sein, um Siberi zu besiegen.

Aber die Seilbahn stockte. Der schwarze Knoten ließ sie nicht zu sich. Da war eine Grenze am Rand des goldenen Teils des Netzes.

Siberi bewachte diese Grenze. Er ließ es nicht zu, dass sie in das schwarze Netz vordrangen. Denn dieser Teil aller menschlichen Beziehungen wurde von ihm geleitet.

Und auch er war nicht allein. Die mächtige Magie in seinen Händen stammte nicht von ihm.

Wieder wurde Alia herumgeschleudert, raste erneut durch das Netz, kam in einem anderen Abzweig zum Stillstand. Ihr Atem stockte. Der goldene Knoten, in dem sie sich wiederfand, war der ihrer Schwester. Nelja. Ganz deutlich hörte Alia ihr Herz schlagen. Flüsternd drang Neljas Stimme an ihr Ohr: *»Der Blutsohn. Er sendet den Sturm. Siberi lenkt ihn nur.«*

Der Blutsohn! Sapionas! Lunis! Wieder hing Alia über dem schwarzen Teil des Netzes, und dort unten war er. Mit Nelja verbunden. Oder mit ihr selbst? Mit ihnen beiden! Es gab zwei Schnüre, die zu ihm hinführten, aber sie waren beide nicht schwarz, sondern goldfarben. Und auch das Schwarz seines Knotens war von feinen Verästelungen aus Gold durchbrochen.

Ganz leicht hätte Alia zu ihm gleiten können. Aber wollte sie das? Wollte sie ihm je wieder so nah kommen?

Nelja war bei ihm! Von weitem konnte Alia sie sehen. Da war die Dunkelheit eines Kerkers. Ihre Schwester saß am Boden – und neben ihr lag jemand, sein Kopf war auf ihre Beine gebettet:

Sapionas! Oder Lunis? Beinahe liebevoll strich Nelja durch seine Haare. Als sähe sie noch Hoffnung für ihn.

Oder war es Mitleid?

Nelja kannte seine Vergangenheit, alles, was ihm je geschehen war, grausige Taten, die ihn gebrochen hatten. Wieder wollten Bilder aufblitzen, wollten Alia in die Vergangenheit des Blutsohnes reißen.

Doch jemand hielt sie fest. Tailin. Er war noch bei ihr. Angst schnürte ihm die Brust zu. Auf keinen Fall durften sie die Vergangenheit des Blutsohnes sehen. Sonst würde die Basis ihrer Magie zusammenbrechen und sie alle in den Tod des Magiefiebers reißen.

Nur eines war wichtig. Der Blutsturm! Sapionas hatte ihn ausgesendet und dann die Zügel an Siberi abgegeben. Doch in dem Sturm lag etwas, das Alia vertraut war, eine Art von Magie, die sie genauso beherrschen konnte wie Siberi.

»Du kannst ihn besiegen«, flüsterte Nelja. *»Zeig ihm seine Vergangenheit. Sie ist seine Schwachstelle.«*

Etwas in dem goldenen Netz knisterte, funkelte, rauschte in ihre Richtung und sammelte sich in ihr. Die anderen Gottgeborenen! Ihre Magie schloss sich zusammen, in einem gigantischen Kreis. Oder war es ein Pfeil? Etwas sehr Mächtiges, das sie Alia als Waffe in die Hände legten.

Ein Donner zerriss die Stille. Grelles Licht wie von einem Blitz.

Alia fuhr zurück. Plötzlich stand sie auf ihren Beinen. In ihrem eigenen Körper. Um sie herum war das Hurenzelt. Dorgen lehnte vor ihr an einer Zeltstange und starrte sie an. Draußen donnerte und krachte es, das Licht tausender Blitze zuckte hinter der Zeltplane.

»Waren wir das?« Dorgens Stimme klang rau.

Alia nickte. Sie beide und zahlreiche andere. Doch sie konnte nicht sprechen. Die Magie drängte aus ihr hinaus. Alia war das Tor für den Pfeil, den die Gottgeborenen geschmiedet hatten. Wenn sie ihre Pforten nicht rechtzeitig öffnete, würde der Schuss sie selbst töten.

»Feyla.« Voller Erstaunen wisperte Dorgen den Namen. »Sie war dort. Du hast sie mir gezeigt.«

Aber sie war krank. Gefangen. Missbraucht, um Siberis Macht zu verstärken. Das war der Grund! Deshalb sammelte sich die Magie in Alia. Sie musste Siberi besiegen und Feyla befreien.

Noch immer flackerten die Blitze rund um das Zelt, Donner krachte. Aber etwas darin hatte sich verändert.

Alia musste nach draußen. Wortlos rannte sie aus dem Zelt. Der Sturm ergriff ihre Haare und ließ das schwarze Hemd flattern. Da waren keine Wolken am Himmel. Dennoch zuckten Blitze zur Erde. Und der Sturm – er fegte nicht mehr gen Norden, er kreiste rund um das Heerlager.

Die Zeltplanen knatterten, Spannschnüre rissen und ließen immer weitere Zelte davonfliegen. Doch die Krieger kümmerten sich nicht darum. In schwarzer Lederrüstung versammelten sie sich in den Gängen. Manche hatten ihre Waffen schon gezogen. Andere klammerten die Hände um den Schwertgriff. Doch ihre Augen waren leer – und sie alle strebten zu einem Punkt.

Da war der Hügel am Rand des Heerlagers. Eine schwarzgekleidete Gestalt stand auf seinem höchsten Punkt. Siberi! Seine gelockten Haare flackerten im Licht der Blitze. Mit ausgebreiteten Armen stand er da und hielt etwas in seinen Händen: die schwarzen Fäden des Netzes. Mit spielerischer Leichtigkeit schien er sie zu ordnen und zu führen. Seine Hände kreisten und lenkten die Krieger, lockten sie zum Fuß des Hügels und sortierten sie in Reihen und Blöcken. Manchmal streckte er die Arme nach vorn und bewegte die Hände, als wolle er Menschen aus der Ferne zu sich heranziehen. In ganz Ruann sammelten sich die gebrochenen Seelen, um Siberis Ruf zu folgen, ganz gleich ob Männer oder Frauen, Sapioner oder Sklaven. Ihre zerbrochenen Seelen füllten sich mit dem tödlichen Sinn, den Siberi ihnen gab.

Die Blitze tobten noch immer, doch auch sie entstammten der Magie des Jungen. Wann immer er die Hände Richtung Boden schlug, fuhr ein Blitz in seinen Hügel.

Alia bahnte sich einen Weg zwischen den Kriegern hindurch. Noch ging sie langsam, hielt die Magie bedeckt. Siberi durfte sie nicht zu früh bemerken. Doch schließlich, am Fuß des Hügels, begann sie zu laufen, stürmte den Berg hinauf, bis sie von Angesicht zu Angesicht vor dem Jungen stand.

Hier oben brodelte seine Magie. Die Luft knisterte und flüsterte, unzählige Stimmen aus gebrochenen Seelen. Sie alle summten eine düstere Melodie. Siberi führte nicht nur die Krieger in ihre Formation, er dirigierte auch dieses Lied, das von Grausamkeit und Verzweiflung, von Hoffnungslosigkeit und Irrsinn, von Tod und Vernichtung sang.

Und irgendwo in diesem Summen klang auch Feylas Stimme mit, ihre Energie, die zwar nicht gebrochen, aber dennoch an Siberi gebunden war.

Alia sammelte die tobende Kraft in ihrem Inneren, machte sie bereit für den Angriff und baute sich vor Siberi auf.

Erst jetzt schien er sie zu bemerken, ganz so, als wäre seine Aufmerksamkeit bis gerade eben in dem Bild des dunklen Netzes gefangen gewesen. Seine Magie flackerte, als sich sein Blick auf sie richtete. Für einen kurzen Augenblick hielten die Blitze inne.

»Was willst du?« Siberis Stimme klang göttlich und menschlich zugleich, todbringend und dennoch seltsam verletzlich. Wenn er wollte, konnte er sie allein mit seiner Stimme angreifen. Doch Alia spürte seine Furcht. Sie ließ sich Zeit mit ihrer Antwort, Zeit, die ihn verunsicherte. Noch immer schwiegen die Blitze, selbst der Sturm schien innezuhalten.

»Ich will, dass du sie gehen lässt!«, rief Alia schließlich. »Hör auf, deiner Schwester die Energie zu entziehen.«

Plötzlich stieß ein Lachen aus seiner Kehle, hallte so gewaltig über den Hügel, als könne er sie damit vernichten. Auch der

Sturm setzte wieder ein, eine heftige Böe fegte über sie hinweg. Doch wenn Siberis Lachen und der Sturm eine Wirkung besaßen, so prallte sie an Alias Schutzschild ab. Ungerührt stand sie aufrecht und wartete, bis das Lachen verstummte.

Mit der Stille kehrte auch Siberis Furcht zurück. Nur mühsam gelang es ihm, ihr zu widersprechen: »Sie ist mein Zwilling. Wir sind aneinander gebunden. Ich kann mit ihr tun, was ich will.«

»Mit ihr vielleicht. Aber nicht mit mir!« Die Energie der Blitze kribbelte um Alia herum. Jederzeit konnte sie die Kontrolle übernehmen.

»Dann überschätzt du dich!« Siberi zielte mit seiner Hand auf ihre Brust. Er hielt etwas zwischen Fingerspitzen und Daumen. Alia wusste, was es war. Sobald er die Hände öffnete, ergriff sie den Blitz, lenkte ihn ab und schleuderte ihn in einen Heuwagen, der am Rand des Hügels stand.

Heu und Wagen gingen in Flammen auf.

»Du irrst dich!«, rief Alia. »Die Magie, die du in deinen Händen führst, ist nicht deine. Ich habe mehr Kontrolle über sie als du!« Damit breitete sie ebenfalls die Arme aus, legte die Fingerspitzen aufeinander und stellte sich vor, wie die Schnüre des Netzes hineinglitten.

Mit einem Schnappen zischten sie in ihre Hände. Der Sturm kribbelte in ihren Fingern, änderte seine Drehgeschwindigkeit und nahm sie als neues Zentrum. Wahnsinn und Kreischen klangen darin. Die Energie wirbelte durch sie hindurch, erzeugte einen rasenden Sog, der sich aus allen Menschen und Gottgeborenen speiste, die mit ihr verbunden waren. Sie alle gaben von ihrer Lebenskraft, damit Alia die Schnüre halten konnte.

Auch Siberi hatte die Energie anderer benutzt, um den Sturm zu befehligen. Doch ihm war es gleichgültig, wenn er die Lebenskraft seiner Schwester verbrauchte und obendrein tausende Menschen tötete.

Alia hingegen durfte niemanden opfern. Doch ihre eigene

Kraft würde nur kurz reichen. Wieder rauschte Magie durch das Netz. Gedanken und Wissen strömten zu ihr, Vergangenheit und Zukunft aus der Sicht anderer Gottgeborener. Die Vergangenheit war der Schlüssel zu Siberis Seele. Grausige Bilder flammten auf, von einem kleinen Jungen im Kerker, fast noch ein Baby.

Entschlossen griff Alia einen der Fäden. Mit einer raschen Handbewegung wickelte sie ihn um Siberis Körper. Die Bilder sprangen zu ihm über. Er ging zu Boden, presste die Hände an seine Schläfen und duckte den Kopf zwischen die Knie. Wieder zuckten die Blitze, doch jetzt tanzten sie für Alia. Für diesen einen Moment bezog der Sturm seine ganze Energie von Siberi. Es wäre ein Leichtes gewesen, ihn mit seinen eigenen Blitzen zu töten.

Doch dann würde auch Feyla sterben. »Lass sie los!«, schrie Alia. »Wenn du sie freilässt, lasse ich *dich* frei!«

Siberi stöhnte. Bilder von Folter und Qual tobten durch seinen Kopf. Alia wollte mehr Erinnerungen schicken. Doch plötzlich brach etwas in ihr weg. Jemand.

Tailin! Er wollte den Kerker nicht sehen, durfte es nicht.

Alias Magie schwankte. Dennoch blieb sie stark, zog die Energie von Siberi … und von anderen. Dorgen stand am Fuß des Hügels und ging in die Knie.

Sie durfte ihn nicht opfern. Aber aufgeben durfte sie noch weniger. Sie hatte es fast geschafft. »Lass sie gehen!«

Siberi zuckte voller Verzweiflung. Er war noch immer im Kerker. Doch in der Dunkelheit war noch etwas. Die Verbindung zu Feyla. Sie hielt ihn. Er brauchte sie nicht nur, um ihr die Energie zu entziehen. Er brauchte sie, weil nur sie seinen geheimsten Wunsch erfüllte: Zuneigung.

»Wenn du sie nicht gehen lässt, stirbt sie!«, schrie Alia.

Plötzlich ließ er das schwarze Seil los. Die Verbindung zu Feyla riss ab. Stöhnend krümmte er sich zusammen.

Hastig löste Alia den Magiefaden, mit dem sie ihn umwickelt

hatte. Sie hätte ihn immer noch töten können, doch sie hatte zu viel von ihm gesehen. Ihr Mitleid spülte über ihn hinweg, zog ihn aus dem Kerker und nahm den schlimmsten Schmerz von seiner Seele.

Im selben Moment sprang er auf, streckte die Arme aus und öffnete die Hände, als erwarte er, dass die Magiefäden zu ihm zurücksprangen. Tatsächlich ging ein Sog von seinen Fingern aus. Etwas Starkes, das an den Fäden zerrte.

Der Sturm drehte sich wieder schneller. Alia schwankte unter dem Energieverlust. Siberi war stärker als sie. Jeden Augenblick würde er die Oberhand gewinnen. Doch wenigstens hatte er Feyla gehen lassen. Oder nicht?

Die Fäden zerrten an Alias Händen, ihr Atem ging schwer, und ihre Beine wollten zusammensacken. Lange konnte sie das Spektakel nicht mehr halten.

Dorgen. Er kniete noch immer am Fuß des Hügels. Wenn sie weitermachte, würde sie entweder sich selbst töten oder ihn.

Entschlossen öffnete sie die Hände, schleuderte rechts und links des Hügels einen Blitz in die Erde und ließ die Magiefäden frei.

Siberi fing sie auf, schnappte sie aus der Luft und klammerte seine Finger darum. Wieder zuckten Blitze vom Himmel. Doch nun konnte Alia das schwarze Netz in der Luft sehen. Die Knoten lösten sich auf, glätteten sich, bis sie als lange Fäden in Siberis Händen lagen. Zwar hatte er Feyla losgelassen – aber nun führte er jeden einzelnen Krieger am Zügel, lenkte sie und entzog ihnen die Kraft, um seine Magie zu nähren.

Alia bereute ihr Mitleid. Am liebsten hätte sie ihm die Fäden noch einmal abgenommen. Doch sie besaß nicht mehr genug Kraft. Nur mühsam ging sie rückwärts, setzte einen Fuß hinter den anderen und wagte es nicht, Siberi aus den Augen zu lassen. Alles in ihr war weich, als wäre ihr Körper unter der Macht der Blitze geschmolzen.

Erst als Siberi die Augen schloss und seine Lippen bewegte, drehte sie sich um und lief den Hügel hinab.

Dorgen hatte sich erhoben, aber sein Gesicht wirkte weiß. Alia stolperte ihm entgegen und stürzte in seine Arme. Sie wollte ihn fortziehen. Wenigstens bis zum Hurenzelt mussten sie es schaffen.

Doch die Schwärze war schneller.

***

Wüste, Kolonie der Wüstenfrauen

Feyla

Urplötzlich schreckte sie auf, schnappte nach Luft und krallte ihre Hände in das Erstbeste, was sie zu fassen bekam. Es war weiß und feucht, ein dünnes Tuch. Ein Bettlaken?

Ihre Gedanken waren langsam. Obwohl sie aufrecht saß, fühlte sich alles schwer an. Reste eines Albtraums rannen durch ihre Erinnerung. Da war ein Sturm, Siberi, schwarzgekleidete Krieger, die sich am Fuß eines Hügels versammelten. Das Bild verflog und warf sie an einen anderen Ort. Ringsum war eine Höhle. In der Ecke flackerte eine Fackel. Menschen saßen um sie herum und schauten sie verblüfft an.

War dieser Ort echt? Oder auch nur ein Traum?

Ein junger Mann sprang auf, stürzte zu ihr und fiel neben ihr auf die Knie. »Sie ist … wach«, stammelte er. »Sonjem, komm schnell. Feyla ist wach!«

Sie kannte ihn. Wie war sein Name?

Nuszam. So hieß er. Er war ihr Bruder.

Eine rothaarige Frau eilte zu ihnen, setzte sich neben Nuszam und berührte Feylas Stirn. »Das Fieber ist verschwunden.«

Fieber? Feyla erinnerte sich nur vage. Mitten in der Nacht

hatte das Fieber sie überfallen. Der Rest versank in einem wirren Traum.

Doch nun war die Kälte fort, ihre Muskeln schmerzten nicht mehr, und ihr Körper ließ sich wieder bewegen. Allein ihr Magen knurrte, als hätte sie ewig nichts gegessen. »Gibt es noch Brot?«

»Ein bisschen.« Es war die Stimme eines Mädchens. Thia. Auch sie saß nicht weit von Feyla entfernt. Schnell sprang sie auf und holte eine trockene Brotscheibe aus einer Vorratstonne. »Wir haben es getrocknet, damit es nicht schimmelt.« Entschuldigend hob sie die Schultern. Doch ihre Hand zitterte, als sie Feyla das Brot reichte. Auch auf ihrer Stirn lagen Schweißtropfen.

»Was ist mit dir?«

»Nichts!« Thia schüttelte hastig den Kopf.

»Unsere Vorräte werden knapp«, erklärte Sonjem. »Wir haben beschlossen, dass Thia und ich nichts mehr essen. Wir sind Gottgeborene, wir halten es auch ohne aus. Es ist nur am Anfang etwas unangenehm.«

Die Vorräte wurden knapp?

Sie hatten sich in der Quarantänehöhle eingemauert. Erst jetzt erinnerte sie sich daran. »Wo ist Nugia? Wie geht es ihr?«

»Ich bin hier.« Die Antwort kam prompt. Nugias Stimme klang matt, aber in ihrem Tonfall lag ein Lächeln.

Hastig fuhr Feyla herum. Das Lager ihrer Schwester war schräg hinter ihr. Doch Nugia lehnte aufrecht an der Felswand. »Es geht mir gut. Der Ausschlag ist fast weg. Schön, dich zu sehen, Schwesterherz.«

5. Kapitel

Verbrannter Waldgürtel von Farua, Heerlager Sapions

Dorgen

In seinen Armen war Alia zusammengebrochen. Er selbst kämpfte noch gegen die Schwäche, während er sie durch das Lager trug. Krieger mit leeren Blicken liefen an ihnen vorbei und rempelten sie an. Alle strebten auf den Hügel zu, auf dem Siberi stand. Nur Dorgen ging dem Strom entgegen. Mit letzter Kraft erreichte er das Hurenzelt, legte Alia auf dem Bett ab und rüttelte sanft an ihrer Schulter. Doch sie reagierte nicht. Mit geschlossenen Augen lag sie da. Allein ihr Atem strömte ein und aus. »Wach auf!« Leise Panik überfiel ihn. Alia hatte Feyla gerettet. Noch während sie auf dem Hügel gestanden und Siberi entgegengeschrien hatte, hatte er die Bilder in ihrem Inneren gesehen, wie sie Feyla aus dem schwarz-goldenen Netz riss, in dem Siberi sie gefangen hielt.

Doch wie es aussah, hatte Alia dabei jegliche Kraft verbraucht. Ihre Wangen glühten, sie hatte Fieber! Aber was bedeutete das? War es nicht so, dass Gottgeborene nicht krank werden konnten?

»Alia!« Er versuchte erneut, sie wach zu rütteln. Doch ihr Kopf rollte schlaff hin und her.

Erschöpft ließ er sie los. Er brauchte eine Heilerin.

Dorgen atmete tief ein, um die Schwäche in seinem Körper zu besiegen. Noch einmal strich er durch Alias Haare. »Ich komme wieder«, flüsterte er, richtete sich auf und verließ das Zelt.

Der Sturm drehte sich immer schneller um das Heerlager. Siberi stand weiterhin auf dem höchsten Punkt des Hügels und dirigierte die Krieger. Ausnahmslos jeder hatte die Rüstung angelegt, und wer sich nicht längst auf dem Platz unterhalb des Hügels befand, strebte dorthin. Selbst die Sklaven und Sklavinnen schienen von dem Wahnsinn befallen zu sein. Auch sie rüsteten sich mit Forken und Holzlatten und zogen mit den Kriegern zum Versammlungsplatz.

Nur aus den Augenwinkeln erfasste Dorgen eine andere Bewegung. Weit hinter dem Heerlager am Horizont, genau an jenem Punkt, an dem die Straße nach Süden sichtbar wurde, schob sich ein dunkler Pulk auf sie zu.

Menschen! Dort hinten kamen weitere Menschen. Schon in den Visionen hatte er sie gesehen. Aus ganz Ruann rief Siberi sie herbei.

Abermals stieg ein Anflug von Panik in ihm auf – doch nur kurz, ehe sich ein anderes Gefühl davorlegte. Dorgen kannte es. In den unzähligen Kämpfen gegen die Pamuschkatzen hatte es ihn gerettet: *Überleben.* Er nannte das Gefühl *Überleben*, und eigentlich war es gar kein Gefühl. Es war eine Art Zustand, in dem er einfach funktionierte, in dem er klar sah und schnell dachte, in dem er blitzartig reagierte und abwehrte und Pläne innerhalb kürzester Zeit fasste. Wenn ihn dieser Zustand ergriff, drang nichts Störendes durch seine gläserne Hülle. Keine Angst, keine Bedrohung, nur noch Fakten. In diesem Zustand war er ein Krieger. Allein die Loyalität zu seinen Kameraden blieb erhalten.

Karer und Livoi. Ihre Kameradschaft hätte er mehr als dringend gebraucht. Doch beide waren verschwunden. Hier und jetzt war Alia seine einzige Verbündete.

Er musste eine Heilerin finden! So schnell wie möglich.

Vor dem Lazarettzelt kamen ihm weitere Menschen entgegen. Doch erst auf den zweiten Blick begriff er, dass es die Kranken und Verletzten waren. Viele husteten und röchelten. Andere humpelten und wankten. Nicht jeder hatte es geschafft, seine Rüstung anzulegen. Manche gingen einfach im Nachthemd, und wieder andere trugen nur Unterhosen und Verbände. Ein junger Krieger krabbelte auf allen vieren, weil beide Beine in einer Schiene steckten.

Auch die Verletzten strebten zum Versammlungsplatz.

Überleben. Der Zustand schob eine Grenze zwischen ihn und das Entsetzen. Dorgen drängte sich an den Kranken vorbei in das Zelt – und blieb hinter dem Eingang stehen. Die meisten Schwerverletzten lagen noch dort. Dennoch schaukelten und krümmten sie sich in dem Versuch, die Betten zu verlassen. Andere befanden sich bereits am Boden und robbten auf den Zeltausgang zu. Da war ein Mann, dem beide Beine amputiert worden waren. Auch er schob sich über den trockenen Erdboden. Die blutigen Verbände waren von seinen Beinstümpfen gerutscht und schleiften in dreckigen Wulsten hinter ihm her. Aus den Stümpfen selbst pulsierten Blutfontänen und tränkten den Boden rot.

Überleben. Dorgen wollte das Gefühl festhalten, jenen Notzustand, mit dem er unzählige Kämpfe überstanden hatte. Doch es ging nicht. Eine Welle von Entsetzen glitt über seinen Rücken. Nie zuvor hatte er etwas Gruseligeres gesehen.

Am liebsten hätte er die Männer angeschrien, hätte sie festgebunden und verhindert, dass sie sich blindlings aus ihren Betten und zurück in den Krieg stürzten. Doch ihre Augen waren leer. Der Sturm hatte ihren Verstand ausgelöscht.

Wo waren die Heilerinnen? Mussten nicht wenigstens sie durch das goldene Netz geschützt sein? Waren nicht die meisten von ihnen Gottgeborene, die Alia mit ihrer Magie erreicht hatte?

Die ersten Heilerinnen, die er fand, liefen ruhelos umher. Kurz glaubte er, sie wollten die Patienten ebenfalls aufhalten. Dann brach eine von ihnen die Griffe einer Trage ab, während die andere Chirurgiebesteck herauskramte. Auf diese Weise bewaffnet folgten sie den verletzten Kriegern nach draußen. Dorgen bemerkte gerade noch ihren stumpfsinnigen Blick.

»Wohin …?« Eine dritte Heilerin rief den beiden nach.

Dorgen bemerkte die ältere Frau erst jetzt. Fassungslos stand sie inmitten des Chaos, starrte ihren Kameradinnen hinterher und sah sich dann unschlüssig um. Sie machte einen Schritt auf einen schwerverletzten Krieger zu, der sich aus dem Bett rollen wollte. Mit aller Kraft versuchte sie, ihn festzuhalten, doch er stieß einen animalischen Schrei aus und starrte sie mit fanatischem Blick an.

Erschrocken wich die Heilerin zurück.

Spätestens jetzt war Dorgen sich sicher: Wenigstens sie war von dem Wahnsinn verschont worden. »Hallo?«, rief er über die Verletzten hinweg. »Ich suche eine Heilerin.«

Die Frau wirbelte zu ihm herum. Kurz befürchtete er, sich getäuscht zu haben.

Dann zeigte sich ein misstrauisches Kräuseln auf ihrer Stirn. »Ich bin die einzige Heilerin, die noch da ist.«

Eine Spur von Erleichterung wallte durch seine Brust. »Ich brauche Hilfe. Nicht für mich. Für meine …« Wie sollte er Alia nennen? Sklavin? Geliebte? Nichts davon klang passend. »… Freundin«, entschied er sich.

Verwunderung erschien im Gesicht der Heilerin. Langsam bahnte sie sich einen Weg zwischen den Verletzten hindurch. »Wenn Eure … Freundin … so ist wie die hier« – sie machte eine ausschweifende Geste – »dann kann ich nichts für sie tun.«

Die verbliebenen Patienten krochen wie unförmige Würmer über den Boden. Einige hatten sich bereits bis zum Ausgang vorgearbeitet.

»Ich habe es versucht.« Verstörung klang in ihrer Stimme. »Aber sie nehmen mich nicht einmal wahr.«

»Ich weiß!« Dorgen antwortete schnell. Endlich war jemand da, mit dem er reden konnte. »Aber meine Freundin ist anders.

Sie ist selbst …« – wieder suchte er nach der passenden Beschreibung – »… sowas wie eine Heilerin. Sie hat mich beschützt, als der Sturm losging. Aber jetzt ist sie zusammengebrochen. Seitdem ist es unmöglich, sie zu wecken.«

Die Heilerin hatte ihn erreicht. Erneuter Schreck zeigte sich in ihren Augen. »Ihr seid der Heerführer.«

Dorgen schluckte. »Ich *war* der Heerführer. Aber wie es aussieht, ist das inzwischen jemand anderes.«

Einen Moment lang musterte sie ihn. Als sie nickte, ging Erleichterung von ihr aus. »In Ordnung. Dann bringt mich zu Eurer Freundin. Wo ist sie jetzt?«

»In unserem Zelt.« Er wollte es nicht *Hurenzelt* nennen. Alia war nicht seine Hure, ganz gleich, wie oft sie miteinander geschlafen hatten. Jederzeit wäre er bereit, sie gehen zu lassen – auch wenn er ohne sie verloren war.

»Worauf warten wir?«, fragte die Heilerin. »Hier gibt es nichts mehr für mich zu tun.« In einer seltsamen Art von Trauer deutete sie auf die kriechenden Männer, die ihren letzten Einsatz ganz sicher nicht überleben würden.

Zusammen verließen sie das Lazarettzelt und eilten Richtung Offizierslager. Vom Versammlungsplatz erhob sich ein archaisches, rhythmisches Trommeln, Schwerter, die auf Schilde schlugen. Der Schlachtruf. Auch der Sturm zog immer engere Kreise. In einem dunklen Strudel wirbelte er um das Heer, das sich in unzähligen Reihen und Blöcken aufgestellt hatte.

Doch weiter hinten, im Offizierslager, war es fast windstill. Auch von den Kriegern war niemand mehr hier. Stattdessen konnten sie das Knirschen ihrer Schritte hören.

»Wie ist dein Name?«, fragte Dorgen, während die Heilerin neben ihm herging.

»Mourina.«

Er betrachtete sie von der Seite und überlegte, wie alt sie sein mochte. Graue Strähnen mischten sich in ihre roten Haare. Vermutlich war sie alt genug, um noch vor der Besatzungszeit in Malun ausgebildet worden zu sein. Er könnte sie danach fragen. Doch vermutlich würde sie nicht wahrheitsgemäß antworten. Ihr Unbehagen war auch so schon deutlich zu spüren.

Woher kamen diese Empfindungen? Woher wusste er, wie andere Menschen sich fühlten? Hing das mit dem goldenen Netz zusammen? War sie auf irgendeine Weise mit ihm verbunden?

Als sie das Hurenzelt erreichten, wischte er den Gedanken beiseite. Auch Mourina schien erstmals zu zögern. »Sie ist also Eure Hure«, bemerkte sie.

Ein heißkalter Schauer erfasste ihn. »Nein. Sie … sie ist freiwillig bei mir.«

Freudlos lachte Mourina auf. »Ihr Sapioner glaubt das manchmal wirklich, oder?«

Der Schauer wurde noch heißer, drängte Schweiß in seinen Nacken. Konnte er tatsächlich einschätzen, was Alia freiwillig tat? Was, wenn es doch ein Zwang war, der sie bleiben ließ? Auch für Nureen war es womöglich nur die Wahl zwischen schlimm und noch schlimmer gewesen.

Hastig wischte er den Schweiß aus seinem Nacken. Vielleicht würde er Frauen nie wirklich verstehen. Nur ein seltsames, weiches Gefühl sagte ihm, dass Alias Zuneigung echt war.

Er ließ Mourinas Provokation unbeantwortet, schob den Vorhang des Zeltes auf und führte die Heilerin an das Bett. Alia lag mit geschlossenen Augen da. Ihr Gesicht war bleich, Schweiß stand auf ihrer Stirn und lief an ihren Schläfen hinab.

»Habt Ihr Wasser zum Händewaschen?«, fragte Mourina.

Dorgen schüttelte den Kopf. Das Wasser, das er geholt hatte, hatten sie verschüttet, als Alia ihm um den Hals gefallen war, um ihn vor dem Sturm zu beschützen. »Leider nicht.«

Mit einem unbehaglichen Seufzer wischte die Heilerin ihre Hände an dem Laken ab, dann berührte sie Alias Stirn. Einen Moment lang wirkte sie unbewegt, während sie am Hals den

Pulsschlag fühlte. Plötzlich ging etwas von ihr aus, eine Art Ausstrahlung, die Dorgen erst seit kurzem benennen konnte: Sie war eine echte Heilerin. Eine Gottgeborene, die mit Magie heilte.

»Sie hat Fieber«, begann Mourina schließlich. »Aber …« Sie ließ ihre Andeutung in der Luft hängen. Misstrauen lag in ihrem Blick.

Vielleicht war es dieser Moment, in dem er beschloss, vollkommen offen zu sein. Nur so konnte er Mourinas Vertrauen gewinnen und Alia helfen. »Sie ist eine Gottgeborene«, erklärte er. »Vorhin hat sie den Sturm für einen kurzen Moment auf sich gelenkt. Danach ist sie zusammengebrochen.«

Mit einem scharfen Laut zog die Heilerin die Luft ein. Perplex starrte sie Dorgen an. Noch immer lauerte das Misstrauen in ihren Augen, als erwarte sie, dass er ihr eine Falle stellte.

Er musste aufs Ganze gehen. »Ich bin ebenfalls ein Gottgeborener. Alia sagt, dass ich Wärme und Gemeinschaft in mir trage.« Das goldene Netz. Es entstammte seiner Magie – und diese Heilerin war ein Teil davon. Bis jetzt hatte ihr Knoten weit entfernt gelegen, doch nun wuchs ein neues Seil in ihre Richtung.

Mourina schien es ebenfalls wahrzunehmen. Etwas in ihrem Blick flackerte, dann stieß sie die Luft aus. »Es ist Magiefieber«, murmelte sie. »Es entsteht, wenn der Körper zu viel Magie innerhalb kürzester Zeit freisetzt. Aber nur sehr mächtige Gottgeborene können überhaupt so viel Magie ausüben.«

Alias Mund bewegte sich, als flüstere sie unhörbare Worte. Eine sehr mächtige Gottgeborene … das war sie.

»Sie hat einen Schutzzauber über uns gelegt. Über mich und sich selbst, aber nicht nur. Sie hat das goldene Netz benutzt, das ich in mir trage. Damit hat sie alle Gottgeborenen und Menschen geschützt, die über das Netz mit mir verbunden sind.« Dorgen schauderte bei dem Gedanken, wie weit seine Verbindungen reichten. Man musste nur ein paar Ecken hinzufügen, und schon … »Es erstreckt sich über ganz Ruann. Ich glaube, du bist ebenfalls ein Teil davon.«

Mourina stieß ein überraschtes Zischen aus. Sie wirkte noch immer skeptisch. Dennoch begann sie, Alia zu untersuchen.

»Kannst du sie heilen?«

Mourina ließ sich Zeit mit der Antwort. Wellen von Magie gingen von ihr aus, während sie bei Alias Füßen anfing und sich langsam aufwärtstastete. »Meine Fähigkeiten sind nicht dazu geeignet, Magiefieber zu heilen«, erklärte sie schließlich. »Soweit ich weiß, gibt es auch keine anderen Gottgeborenen, die das vermögen. Wenn sie sich lange genug erholt, heilt das Magiefieber von selbst. Problematisch wird es, wenn sie jetzt weitermacht. Junge Gottgeborene neigen mitunter dazu, ihre Macht zu überschätzen, gerade solche, die einen hohen Anteil tragen. Sie sind fasziniert von der Wirkung, die sie mit ihrer Magie erzeugen können. Manchmal halten sie sich für allmächtig und übersehen die Grenzen, die ihr Körper ihnen setzt.« Ein warnender Unterton klang in ihrer Stimme. Sie redete nicht nur von Alia, auch er sollte sich offenbar nicht überschätzen.

Aber konnte er sich und seine Fähigkeiten überhaupt einschätzen? Ohne Alia vermochte er gar keine Magie zu formen. »Gibt es wirklich gar nichts, das du tun kannst?«

Mourina gab ein leises Brummen von sich. »Es gibt magische Orte, welche die Regeneration eines Gottgeborenen beschleunigen können. Aber die meisten befinden sich in Malun. Auch der Zusammenschluss mit anderen Gottgeborenen kann helfen, die Erschöpfung aufzuteilen. Aber das erfordert einen geschlossenen Magiekreis. Das kann ich nicht allein bewirken. Hier und jetzt kann ich nur versuchen, sie von weiteren Dummheiten abzuhalten. Wenn ich merke, dass sie ihre Magie fließen lässt, kann ich sie daran hindern. Abgesehen davon kann ich höchstens die körperlichen Folgen ihres Fiebers lindern.« Ihre Untersuchung hatte Alias Arme erreicht. Sie tastete zuerst den rechten Arm ab und nahm dann die linke Hand. Als sie die Finger in den Ärmel schob, hielt sie inne. Vorsichtig zog sie das schwarze Hemd hoch und berührte einen silbernen Armreif.

Wie ein Stromschlag zuckte die Berührung durch Dorgens Körper.

»Woher hat sie den?« Mourinas Stimme klang belegt.

Dorgen fröstelte. Er hatte den Armreif schon einmal gesehen. »Er hat Nureen gehört.« Plötzlich biss sein Misstrauen zu. Warum hatte Alia den Armreif an sich genommen? Hatte sie sich an dem Tod des Mädchens bereichert? Wäre es nicht ehrlicher gewesen, den Armreif zusammen mit Nureen zu begraben?

Aber warum fragte Mourina danach? »Wieso fragst du? Sagt er dir etwas?«

Die Heilerin antwortete nicht. Nur ein brennendes Summen zog durch Dorgens Wahrnehmung. Dieser Armreif … es war, als würde er kommunizieren. Als würde er etwas ansprechen, das sich tief in seinem Geist befand.

Das goldene Netz. Der Armreif kommunizierte mit dem goldenen Netz – mit bestimmten Teilen davon.

Eine Frage kam in ihm auf. »Kennst du Karer? Oder Livoi?«

Die Heilerin hielt inne.

Sie vertraute ihm immer noch nicht. Nicht genug jedenfalls, um verräterische Dinge mit ihm zu besprechen. Ihn befiel eine böse Ahnung. Sowohl Karer als auch Livoi waren verschwunden, seitdem Siberi ihn in seinen Bann gezogen hatte. »Stimmt es, dass sie desertiert sind? Oder wurden sie gefangen genommen?«

Wieder hielt die Heilerin inne. Kurz berührte sie den Armreif. Der Stromschlag sirrte durch Dorgens Körper. Erschrocken schnappte er nach Luft.

»Als ich sie zuletzt sah, lagen sie in Fesseln.« Mourinas Tonfall klang dunkel. Vorsichtig. Sie kehrte ihm den Rücken zu – und plötzlich verstand er. Dies war der Moment, in dem sie sich auslieferte. In dem sie die Bekanntschaft zugab und damit ihre eigene

Haltung offenbarte. Mourina war ein Mitglied des Widerstands – und wenn Dorgen sie in eine Falle gelockt hätte, wäre sie hiermit zugeschnappt.

Doch er stellte keine Falle. »Ich weiß, wer sie waren«, flüsterte er. »Ich weiß, welche Ziele sie hatten, und …«

Weiter kam er nicht. Alia schnappte nach Luft, ihre Hand schnellte vor und packte Mourina am Arm. Mit einem tiefen Stöhnen zog sie sich daran hoch und sah die Heilerin an. »Der Armreif … Nureen hat ihn mir gegeben. Sie hat mich gebeten, ihre Stelle einzunehmen. Und er …« Mit dem Kopf deutete sie auf Dorgen. »Er ist auf unserer Seite. Er mag der Heerführer sein, aber du kannst ihm vertrauen. Er will überlaufen. Schon die ganze Zeit will er das. Ihm sind nur die Hände gebunden.« Damit keuchte sie erneut, ließ den Arm los und fiel zurück in die Kissen. Kurz darauf lag sie still.

Mit rasendem Herzschlag starrte Dorgen sie an. Was hatte sie gesagt? Sie sollte Nureens Rolle übernehmen? Welche Rolle?

Er hatte keine Zeit, um eine Antwort zu suchen. Wichtiger war der Rest, den sie gesagt hatte: Ja, er wollte überlaufen. Schon lange. Nur durch Siberis Gegenwart hatte er es vergessen.

Ein starkes Gefühl kam in ihm auf, nährte sich aus dem goldenen Netz. »Der Widerstand«, begann er noch einmal. »Karer hat mit mir geplant, zum Widerstand überzulaufen. Eigentlich wollte ich das ganze Heer mitnehmen. Jetzt weiß ich nicht mehr, wie das möglich sein soll. Aber es ändert nichts an meiner Entscheidung. Karer und Livoi sind nicht mehr hier. Darum frage ich dich: Wenn du ein Mitglied des Widerstands bist – bitte hilf mir, dorthin überzulaufen. Im Notfall ohne das Heer. Aber am liebsten mit.« Etwas in seinem Kopf drehte sich. Seltsamer Schwindel ließ ihn schwanken. Die goldenen Knoten pulsierten, ausgerechnet jene, in denen die Herzen seiner Frauen und Kinder schlugen. Er hatte zwei Söhne und zwei Töchter. Sie und vier seiner Frauen befanden sich noch immer in Walerius' Gewalt. Wenn Dorgen tatsächlich zum Widerstand überlief, musste er sie aufgeben. Sie alle, abgesehen von Feyla. Denn sie war die Einzige, die sich vor ihrem Vater in Sicherheit bringen konnte.

Die Entscheidung fiel ihm noch immer schwer. Dennoch hatte er sie hier und heute getroffen.

★★★

Siberi

Zwei oder drei Tage dauerte es, bis sich sämtliche Krieger versammelt hatten. Es waren nicht nur die Soldaten aus dem Heerlager – auch aus dem restlichen Farua waren sie herangeströmt. Fast ein Viertel von ihnen waren Sklaven, selbst Frauen waren darunter. Doch sie alle gehörten ihm. Und sie alle standen am Fuß des Hügels, ein mächtiges, wogendes Heer aus schwarzen Gestalten. Ihre Schwerter trommelten auf die Schilde, ihre Stöcke schlugen in ihre Hände, ihre Rufe erfüllten die Luft und sangen das dunkle Lied seines Hasses. Sie alle standen bereit und warteten nur auf eines: seinen Befehl!

Dann war der Moment gekommen. Dieses Mal musste er nicht rufen. Er musste keine Rede auf dem Podium halten, wie Dorgen es vor dem letzten großen Angriff getan hatte. Allein sein Flüstern genügte, um sich durch die Fäden zu verbreiten und die leeren Seelen mit seiner Gier zu infizieren: »Stürmt voran, meine Krieger! Das Blut der Rebellen soll euch nähren, und der ersterbende Atem der Katzen soll euren Atem über den Tod hinaus verlängern. An meinen Fäden braucht ihr weder Nahrung noch Wasser, weder Schlaf noch Erholung. Ihr seid mein Heer aus Todgeweihten, und von nun an werdet ihr nicht mehr ruhen, ehe Malun für immer gebrochen ist.« Während er die Worte sprach, kribbelte und knisterte die Spannung in der Luft. Sie potenzierte sich in seinen Armen, Händen und Fingern. Mit dem letzten Wort schoss ein Blitz vom Himmel, fuhr in ihn hinein und durch ihn hindurch. Er verästelte sich durch die Fäden und elektrisierte die Krieger mit unendlicher Energie. Ein gewaltiger Angriffsschrei brandete über den Hügel. Dann stürmte das Heer los.

***

Nordfarua, Grenzberge zu Malun

Leymon

Sapions Krieger kamen in der Abenddämmerung. In einem wilden Sturm rasten sie über die Ebene. Asche und Staub wirbelten um sie herum und fegten sie auf die Stellungen zu. Doch von hier oben waren die Einzelheiten nicht zu sehen. Vielleicht war es der Blutsturm, der Asche und Staub hochwirbelte, oder die Füße der Krieger, die von einer unmenschlichen Energie getragen wurden. Allein die Magie in diesem Angriff strahlte bis hier oben. Aus dem wolkenlosen Himmel zuckten Blitze, fuhren in einen Punkt hinter den Kriegern und verzweigten sich in unzählige Linien, die sich in einem gewaltigen Leuchten nach vorn auffächerten. Von hier oben sah es aus wie eine riesige Kutsche, deren Geisterpferdchen mit brennenden Leinen gelenkt wurden.

Zusammen mit Tailin saß Leymon auf Chaveens Rücken. Auf dem höchsten Aussichtsfelsen der Grenzberge hatten sie Stellung bezogen. Nur sie drei und Svaris, der neben ihnen auf seiner Katze ritt. Hinter ihnen, verteilt in den Bergen, lagen die neuen Rückzugsstellungen der Pamuschkrieger. Alle Bergpässe hatten sie mithilfe von Erd- und Feuermagie gesprengt oder unter Lawinen verschüttet. Um in die Nähe der Pamuschkrieger zu kommen, würden die Sapioner die Felsen heraufklettern müssen.

Doch so weit waren ihre Gegner noch lange nicht. Zuerst mussten sie die Stellungsgräben überwinden, in denen ein Heer von Speerspitzen und Piken auf sie lauerte. Ganze drei Tage waren ihnen geblieben, um die Gräben umzurüsten. In Windeseile hatten die Schmiede gearbeitet, während weitere Männer scharfe Holzspeere schnitzten.

Zugleich hatten sie das Rebellenlager geräumt und sämtliche Frauen und Kinder aus den Bergdörfern nach Malun evakuiert. Die Dörfer, in denen sie zuvor gelebt hatten, bildeten nun die Knotenpunkte der neuen Stellungen. Doch die meisten Pamuschkrieger waren auf Hinterhalte verteilt, von denen aus sie die Grenzberge verteidigten. Von dort würden sie den Gegnern ein ebenso zähes Gefecht liefern wie seinerzeit im Waldgürtel. Mit etwas Glück würden sie die Stellungen für eine Weile halten können.

Dennoch war die Lage kritisch: Nur noch die Grenzberge lagen zwischen Nordfarua und Malun. Wenn die Rebellen und Pamuschkrieger hier oben fielen, war Malun verloren.

Immer wieder flackerten Blitze vor Leymons Augen. Gegenwart und Zukunft schoben sich ineinander. Solange er die Gegenwart sah, waren die rennenden Krieger und die leuchtenden Spannleinen noch in weiter Ferne. Doch gleich darauf zeigte sich die Zukunft, und plötzlich sah er die Krieger direkt vor dem ersten Stellungsgraben. Wie schon in seiner letzten Vision stürzten sie sich blindlings hinein, spießten sich auf den Speerspitzen auf und starben zu hunderten. In kürzester Zeit war der Graben gefüllt mit Leibern. Doch die nächste Horde rannte einfach über die Toten hinweg, stürmte ebenso blind voran, bis sie in den zweiten Stellungsgraben fielen und dort starben. Ein Graben nach dem anderen füllte sich mit Toten, dennoch kamen immer weitere Krieger nach.

Tag und Nacht würden sie auf diese Weise voranstürmen, ohne zu ruhen, ohne zu essen.

Leymons Wahrnehmung vermischte sich mit Tailins. Dort unten mussten die Gefühle von Menschen sein: Panik, Todesangst,

Schmerzen. Doch die Krieger empfanden nichts davon. Ihre Seelen waren nur noch von Hass und Wahnsinn durchdrungen. Sie waren keine Individuen mehr, nur noch ein gewaltiges, seelenloses Kollektiv, das allein eines wollte: voranstürmen und Malun vernichten.

Siberi war es. Sein Wille, sein Befehl, seine Gefühle von Hass und Verachtung hatten die Seelen in Besitz genommen. Solange er die Krieger lenkte, würden sie voranstürmen, bis sie starben. Doch nicht nur sein Geist hatte sich mit ihnen vereint, auch ihre Körper besaßen keine menschlichen Bedürfnisse mehr. Sie konnten weder verhungern noch verdursten noch am Schlafmangel sterben. Erst der gewaltsame Tod würde sie aus dem Leben reißen.

Leymon versuchte, weiter in die Zukunft zu sehen. Er wollte wissen, was passierte, wenn die Krieger alle Stellungen überwunden hatten. Doch sobald der erste Mann den Fuß der Berge erreicht hatte und versuchte hinaufzuklettern, riss das Bild ab und sprang zurück in die Gegenwart. Dann sah er wieder das heranstürmende Heer und die leuchtenden Leinen in der Dunkelheit.

»Ich wünschte, ich könnte sehen, wie es ausgeht«, murmelte er. »Aber das Ende des Krieges will sich nicht zeigen.«

Svaris und Tailin schwiegen. Eine ganze Weile lang schauten sie hinab in die Ebene, auf die heranstürmenden Geisterkrieger und die leuchtenden Fäden. Erst dann rührte Tailin sich hinter ihm. »Vielleicht ist ein Ende des Krieges noch nicht geschrieben.« Seine Stimme kitzelte in Leymons Haaren. Die Verbindung zwischen ihnen pulsierte, wollte ihr Wissen und ihre Fähigkeiten vermischen, um einen Weg in die Zukunft zu finden.

»Leymon!« Svaris durchbrach den Gedanken. »Ich weiß, ich bin nicht mehr in der Position, dir Befehle zu erteilen …« Seine Stimme klang ungewohnt, vermittelte eine Mischung aus Freundschaft und Ehrfurcht. »… aber ich denke …«

Mit einer hastigen Geste winkte Leymon ab. Es gehörte sich

nicht, dass Svaris ihm noch länger unterstand. »Wir sollten das rückgängig machen. Ich habe alle Befehle gegeben, die ich geben wollte. Von nun an solltest du wieder der erste Hauptwächter sein.«

»Nein!« Svaris unterbrach ihn. »Und ja. Die meisten Männer wissen nichts von unserem Rollentausch. In ihren Augen bin ich noch der erste Hauptwächter, und vermutlich wäre es gut, wenn auch Cubris glaubt, dass er von nun an wieder an zweiter Stelle steht. Aber was die Hierarchie unserer Magie betrifft ...« Er löste seinen Blick von dem heranstürmenden Inferno und richtete ihn auf Leymon und Tailin. »Eure gemeinsame Magie ist ein wertvolles Geschenk. Wenn ihr das nächste Mal etwas wisst, das mit einem magischen Befehl an die Männer weitergeleitet werden muss, möchte ich dem Fluss der Magie nicht im Weg stehen. Deshalb werden wir die Hierarchie dabei belassen. Allerdings ...« – er machte eine Pause und sah Leymon eindringlich an – »... gibt es eine Sache, die ich anmerken möchte. Ich würde einen Befehl daraus machen, wenn ich noch über dir stünde. Aber so möchte ich dir als Freund einen Rat geben.«

Leymon senkte den Blick. Er war den Ratschlägen des Älteren fast immer gefolgt. Dass Svaris ihn nun so vorsichtig darauf ansprach, erschien ihm falsch. »Ich bin jederzeit bereit, wichtige Ratschläge von dir zu empfangen. Daran wird sich auch in Zukunft nichts ändern.«

Svaris atmete tief ein. »Du hast viel für uns geleistet, Leymon aus dem Volke der Schneekrieger. Und du ebenfalls, Tailin aus der Sippe der Verborgenen. Aber ganz gleich, wie wichtig eure Aufgaben für uns waren, und ganz gleich, wie wenig ich über die wahren Aufgaben eurer Troika weiß – ich bin mir sicher, in Malun habt ihr Wichtigeres zu tun als hier. Deshalb möchte ich vorschlagen, dass ihr dem Krieg noch heute den Rücken kehrt und nach Malun aufbrecht.«

Ein unruhiges Zucken ging durch Chaveens Körper, ihr

Schwanz schlug hin und her. Jederzeit war sie bereit loszupreschen. Auch Leymon spürte die Unruhe. Aber wollte er wirklich nach Malun gehen?

Svaris entglitt ein nervöses Lachen. »Von allen Gottgeborenen und Priestern, mit denen ich schon zu tun hatte – keiner von ihnen hat jemals so viel Macht ausgestrahlt wie ihr drei, wenn ihr so nah zusammen seid.« Von Svaris' Gedanken ging etwas aus. Plötzlich sah Leymon sich selbst von außen, wie er mit Tailin auf Chaveens Rücken saß. Zwei Krieger in aufrechter Haltung, umgeben von einer Aura, in der sich Ruhe und Anspannung mischten. Was auch immer die Anspannung auslöste, es musste so schnell wie möglich geheilt werden, damit sie ihr volles Potenzial ausschöpfen konnten.

»Eure Macht ist groß«, erklärte Svaris düster. »Aber im Vergleich zu dem, was ihr sein könntet, ist es noch nichts. Ihr müsst nach Malun, um eure Ausbildung zu beenden und alle Weihen zu empfangen, die euch zustehen.«

Leymons Unruhe brodelte auf. Es gab Gründe, warum er nie wieder nach Malun geritten war. Dinge, von denen Tailin nichts erfahren sollte. Am liebsten hätte er Svaris widersprochen.

Doch Tailins Antwort kam schneller: »Ihr habt recht.« Sein Atem strich warm über Leymons Nacken. »Es gibt eine wichtige Mission, die wir beenden müssen.«

Sie mussten zu Galeron auf den Berg und herausfinden, welche Aufgaben und Fähigkeiten sie noch hatten.

»In der Begegnung zwischen Vergangenheit und Zukunft entsteht die Gegenwart«, murmelte Tailin.

Leymon hatte die Worte schon einmal gehört. Aber wo?

Maluna ist der Schlüssel zu allem, flüsterte jemand. Oder etwas? Oder waren es ihre gemeinsamen Gedanken? *Wir müssen herausfinden, was mit Maluna geschehen ist.*

Nur ein Priester Galejas vermochte diese Frage zu beantworten. Wenn sie Glück hatten, wusste Galeron davon.

Aber konnte Leymon nach Malun zurückkehren? Musste er dann nicht zwangsläufig sein Geheimnis preisgeben? Eine dunkle Angst drängte in ihm herauf. Oder war es eine Mauer, mit der er sich vor Tailin abschirmte? Um keinen Preis durfte sein Freund die Wahrheit erfahren.

Tailins Geist berührte seine Zweifel. Ganz ruhig strich er daran entlang – und wurde von der Mauer abgewiesen. Da war ein Bruch zwischen ihnen, ein Bruch aus Schuld und Angst. Erst wenn diese Wunde geheilt war, würden sie vollkommen sein. Falls ihre Liebe die Wahrheit überlebte.

Tailins Hand zuckte nur leicht auf Leymons Bauch. Mit einem synchronen Nicken verabschiedeten sie sich von Svaris. Als die Katze wendete, wusste Leymon nicht, wer den Befehl dazu gegeben hatte. Da war noch immer der Bruch. Vermutlich hatten Tailin und Chaveen die Entscheidung allein getroffen. Erst im nächsten Moment verschmolzen sie zu einem Wesen aus drei Körpern. Gemeinsam ergaben sie sich der Bewegung, duckten sich dicht über Chaveens Hals und jagten über die Berge gen Norden.

6. Kapitel

Zeylem, Blutburg

Nelja

Nelja wusste nicht, wie lange sie schon in der Zelle unter der Blutburg gefangen war. Es mussten unzählige Tage sein, die sie bereits in der Dunkelheit saß. Oder waren es Monate? Lediglich aus dem Gang drang schwaches Licht durch die Gitterstäbe und tauchte ihre Zelle in vage Schemen. Doch die meisten Dinge konnte sie nur riechen, hören oder fühlen. Da waren schimmeliges Stroh und stinkender Unrat, kalter Stein, der von Moder durchsetzt wurde und bröckelte, sobald sie ihn berührte. Auch die Ketten, mit denen ihre Füße gefesselt waren, wurden längst vom Rost zerfressen. Rattenfüße trappelten über den Boden, nur hier und da unterbrochen von ihrem Quietschen, wenn sie sich stritten. Doch vor allem das leise Atmen eines Menschen begleitete sie.

Der Blutsohn lag noch immer neben ihr. Wie ein weinendes Kind war er auf ihrem Schoß zusammengebrochen. Immer wieder hatte er sie angefleht, sie nicht zu verlassen, bis er eingeschlafen war. Seither liefen die Ratten über seinen Körper, als gehöre er zum Inventar der Zelle.

Irgendwann war der älteste Blutsucher gekommen und hatte die Zelle abgeschlossen, obwohl der Blutsohn darin lag.

Anfangs war Nelja steif gewesen vor Angst. Doch schließlich hatte sie den Blutsohn von ihrem Schoß geschoben. Viele Tage waren seither vergangen, in denen allein sein Atem leise und regelmäßig durch die Zelle drang. Nur manchmal schien er sich zu regen. Dann kam es ihr vor, als würde sich das matte Licht in seinen Augen spiegeln. Aber sie musste nur ein- oder zweimal blinzeln, ehe der Eindruck wieder verschwand.

Nelja konnte nicht sagen, warum, doch inzwischen war ihre Angst vor ihm verflogen. Vielleicht verfiel sie allmählich dem Wahnsinn – oder war es ein Zeichen ihrer Verzweiflung? In jedem Fall wirkte seine Gegenwart auf seltsame Weise beruhigend. Solange er da war, war sie nicht allein. Und solange er hier lag, würde er sie nicht der Blutgöttin opfern.

Falls er das überhaupt jemals vorhatte. Beim letzten Mal hatte er sie vor den übrigen Blutsuchern beschützt.

Doch da war noch etwas anderes an ihm, etwas, das so lebendig in ihre Richtung strahlte, als wolle es mit ihr reden. Vergangenheit. Wenn sie ihn noch einmal berührte, würde seine Vergangenheit zu ihr sprechen, dann konnte sie alles in Erfahrung bringen, was er jemals mitgemacht hatte.

Aber wollte sie das? Wollte sie die Vergangenheit des Blutsohnes sehen?

Auch die Wände des Kerkers hatten viel zu erzählen. Wann immer Nelja aus dem Halbschlaf aufschreckte, hörte sie das vielstimmige Murmeln der Steine. Doch sie durfte sich nicht darauf einlassen. Um keinen Preis durfte sie den Visionen verfallen. Wenn das Flüstern sie überwältigte, würde sie in einen Strudel aus Vergangenheit und Grauen geraten. Und hier unten, im Kerker, gab es niemanden, der sie daraus befreite, niemanden, der ihr in die Realität zurückhalf, wie Minh es getan hatte.

Um sich von dem Flüstern abzulenken, rief sie eigene Erinnerungen wach. Sie beschwor die weiße Stadt herauf und die Menschen, mit denen sie dort gelebt hatte. Von ihnen allen war Minh ihr bester Freund geworden. Er, der so anders war als alle anderen, der mit seinen schmalen, schräg stehenden Augen und dem harten Schuppenpanzer auf seinem Rücken vollkommen fremdartig wirkte. Er gehörte zu einem Volk, das hinter den östlichen Bergen lebte und von dem auf dieser Seite des Gebirges niemand etwas ahnte. Viel mehr als das hatte auch Nelja nicht über seine Herkunft erfahren. Er hatte jedoch versprochen, die Menschen aus der weißen Stadt über das Gebirge zu bringen, damit sie endlich in Sicherheit waren.

Wenn er sein Versprechen gehalten hatte – und Nelja ging fest davon aus –, dann würde sie ihn niemals wiedersehen. Umso mehr vermisste sie ihn. Und gleichzeitig war sie froh darüber, dass er nur bis zur weißen Stadt in die Welt der Sapioner vorgedrungen war. Wenn Walerius oder Rabanus auch nur ahnen würden, dass hinter den Ostbergen noch eine weitere Menschenart lebte, wäre Minhs ganzes Volk in tödlicher Gefahr. Und Minh selbst? Auch wenn er aussehen würde wie jeder andere, lägen seine Überlebenschancen in Gegenwart der Sapioner bei nicht einmal einem Tag. Allein schon die Selbstverständlichkeit, mit der er seine Neigung zu Männern zeigte, würde ihm in Sapion eine qualvolle Hinrichtung garantieren.

Um ihre Zeit zu füllen und das Flüstern zu verdrängen, führte Nelja manchmal stumme Zwiegespräche mit Minh – oder mit Alia – oder mit anderen Menschen aus ihrer Vergangenheit. Dann stellte sie sich vor, was Alia ihr sagen würde, wenn sie sich wiedersahen – oder sie schmunzelte über einen Witz, den Minh in ihre Gedanken flüsterte. Manchmal waren seine Worte in ihrem Kopf so laut, dass sie ihn beinahe für echt hielt.

Oder war das ihre Form von Wahnsinn, den sie in diesem Gefängnis entwickelte?

Umso sorgfältiger achtete Nelja darauf, immer genug zu schlafen und zu essen. Nur so konnte sie das Flüstern der Wände unterdrücken. Einer der Blutsucher kam regelmäßig und brachte ihr Brot und Wasser. Es war der Ältere, der sie hier eingesperrt hatte und dessen Vergangenheit so eng mit der des Blutsohnes verknüpft war: Turor. Schon in der weißen Stadt hatte sie gesehen, was die beiden miteinander verband. Turor war der Ziehvater des

Blutsohnes. Von ihm stammte die einzige Zuneigung und Liebe, die Lunis je erfahren hatte. Bis Turor einem Befehl gefolgt war und den kleinen Jungen unwissentlich an seine Folterknechte ausgeliefert hatte.

Wann immer Turor Nelja Essen brachte, flüsterte die Verzweiflung und die Reue aus seiner Gegenwart. Fast jedes Mal kam er in die Zelle, betrachtete den schlafenden Blutsohn mit Mitleid und bedachte Nelja mit demselben Blick. Vielleicht hätte sie ihn bitten können, ihre Fußketten zu lösen. Doch irgendetwas hielt sie davon ab. Er befolgte Befehle, wie er es immer schon getan hatte. Er war ein Gefangener in diesem System, genauso wie der Blutsohn, genauso wie sie. Wenn sie ihn bat, das System zu durchbrechen, brachte sie etwas in Gefahr, das sie kaum benennen konnte. Eine Art schwebender Stabilität. Solange der Blutsohn schlief, war alles ruhig. Wenn er aufwachte, musste sie an ihrem Platz sein, sonst würde etwas Unkalkulierbares geschehen.

Dennoch war etwas an Turor, eine menschliche Wärme, der sie kaum widerstehen konnte. Nelja ertappte sich dabei, wie sie den Augenblicken entgegenfieberte, in denen er in die Zelle trat. Trotz der Dunkelheit entwickelte sie eine seltsame Art von Zeitgefühl. Wenn er kam, wusste sie es schon vorher. Dann stand sie auf und ging so nah an die Zellentür, wie es ihre Fußketten zuließen.

Auch heute spürte sie den Moment, als würde Turors nahende Gegenwart eine Saite in ihrem Inneren anschlagen. Langsam stand sie auf, um ihre steifen Glieder an die neue Haltung zu gewöhnen. Sie wartete kurz, bis sich der Schwindel in ihrem Kopf nicht mehr drehte. Dann ging sie mit klirrenden Ketten Richtung Zellentür. Artig blieb sie stehen, bevor der Ruck der Ketten sie dazu zwang. Nach all der Zeit kannte sie ihren Radius und die Struktur der Steine, bis zu denen er reichte.

Turors Schritte hörte sie schon bald darauf. Sie klangen müde und gebrochen, während er die Treppen herabschlurfte. Auch in dem Gang vor den Zellen besaßen seine Schritte das Tempo eines alten Mannes. Jegliche Energie und Schärfe eines Blutsuchers schienen daraus verschwunden zu sein.

Das Licht der Fackel schob sich über die Wände, während er näher kam, bis er um die Kurve bog und Nelja ihn sehen konnte. Er trug eine Fackel in seiner Linken und balancierte ein Tablett mit Suppe, Brot und Wasser in der Rechten. Mühsam stellte er das Essen auf der Erde ab, um die Zelle aufzuschließen.

Als er eintrat, wollte Nelja am liebsten auf ihn zustürzen, ihm um den Hals fallen und ihn bitten, dass er dieses Mal noch länger bleiben möge. Vielleicht hätte sie es tatsächlich getan, wenn die Fußketten nicht gewesen wären. So musste sie warten, bis er mit dem Tablett vor ihr stand. Wieder ging ein leises Flüstern von ihm aus. Seine Vergangenheit. Sie drängte sich Nelja entgegen, wollte gehört und gesehen werden. Oder war es Turor selbst, der ihr seine Vergangenheit zeigen wollte?

Schweigend reichte er ihr das Tablett. Und dann geschah es: Vielleicht war es Zufall oder Turor hatte es provoziert oder Nelja hatte es tief in ihrem Herzen gewollt – ihre Finger streiften einander, und plötzlich sprangen die Bilder über. Da war ein Dorf in der Morgendämmerung. Männer, Frauen und Kinder, die durcheinanderschrien, während die Soldaten sie auseinanderdrängten und sortierten. Blonde Frauen, Männer und Kinder auf die eine Seite des Platzes, rothaarige Menschen auf die andere. Die Familien schrien einander panisch zu, wenn sie getrennt wurden. Nur ein rothaariger Mann war still inmitten der anderen. Er wusste, was er zu verlieren hatte, wenn er die Aufmerksamkeit auf sich zog. Seine Frau hatte er schon verloren. Doch seine Kinder lagen in einem Versteck im Keller und schauten zu: Turor, der Älteste, und die beiden Kleinen. Nelja sah sie vor sich, geduckt hinter dem Gitter eines Kellerfensters, einen blonden Jungen, der nicht älter war als sieben, und zwei Kleinere, ein rothaariger Knabe von etwa fünf und ein blondes Mädchen, das höchstens drei war. Ihre Angst durchdrang die Zeit und bebte bis in die Gegenwart des Kerkers.

Turor fuhr vor ihr zurück. Fast hätten sie das Tablett fallen lassen, doch Nelja klammerte die Finger darum. Suppe, Brot und Wasser waren zu wertvoll.

Ebenso wie die Vergangenheit. Das Raunen der Wände wurde lauter. Da war so vieles, das gesagt werden musste, so vieles, das gehört werden sollte. Wenn Nelja es nicht empfing, würden die Geheimnisse der Vergangenheit niemals dazu beitragen, einen besseren Weg in die Zukunft zu finden.

»Papier«, flüsterte sie, ohne darüber nachgedacht zu haben. »Dürfte ich Papier bekommen? Und eine Schreibfeder? Ich muss etwas aufschreiben.«

Nervös wischte Turor einen Schweißtropfen von seiner Schläfe. »Was musst du aufschreiben?« In seiner Stimme klang Freundlichkeit – und noch etwas. Erst jetzt fiel ihr auf, dass sie Faruanisch mit ihm gesprochen hatte. Und er antwortete in derselben Sprache. Fließend und ohne Akzent.

Wieder kamen die Bilder, der Knall einer Peitsche, der Schrei eines Jungen, eine Männerstimme, die das Kind auf Sapionisch anschrie: *»Wirst du schwören, die Sprache der Feinde nie wieder zu sprechen?«*

Wieder ein Knall, wieder der Schrei des Jungen, gefolgt von einem wimmernden: *»Ja. Ich schwöre es.«*

Für die meiste Zeit hatte er sich an den Schwur gehalten. Erst hier und jetzt, in der Stille des Kerkers und der schwebenden Stabilität, wagte er, seine Muttersprache zu sprechen.

Und dennoch war er kein Faruaner. Auch viele Menschen im staatenlosen Gebiet hatten Faruanisch ihre Muttersprache genannt. »Ihr seid ein Vaikuni.«

Turor wich zurück. Er sagte nichts. Nur das Schimmern in seinen Augen verriet ihn. Heimweh und Liebe brannten darin. Ganz gleich, was die Sapioner versucht hatten, um ihn zu einem grausamen Blutsucher zu erziehen – an seiner Liebe war jegliche Grausamkeit gescheitert.

Wieder flackerten die Bilder auf. Seine blonde Mutter und sein rothaariger Vater, die sich küssten, seine Geschwister, die am Boden saßen und mit Bauklötzen spielten, das Buch, das er vor sich hielt, um lesen zu lernen. Seine Mutter bestand darauf, dass er es lernte. Sie selbst liebte das Schreiben, und er sollte wenigstens lesen können. Nur die Sprache und die Macht des geschriebenen Wortes gaben einem Menschen die Chance, die Welt zu durchschauen und sie zu einem besseren Ort zu machen.

»Was musst du aufschreiben?«, wiederholte Turor.

Nelja schluckte. Es war nur fair, ihm das Geheimnis anzuvertrauen, als Austausch gegen das Geheimnis, das sie von ihm gesehen hatte. »Die Vergangenheit.«

Doch dann begriff sie. Es war dumm von ihr. Ganz gleich, was er früher gewesen war, nun war er ein Blutsucher. Er hatte sie hier eingesperrt. Ganz sicher würde er ihr kein Schreibzeug bringen. Allenfalls würde er sie verraten, wie er den Blutsohn verraten hatte.

Tatsächlich erwiderte er nichts. Nur ein seltsames Nicken sandte er ihr zum Abschied, dann trat er aus der Zelle.

Mit dem Licht seiner Fackel verschwand auch die Wärme und ließ nichts als Dunkelheit und Einsamkeit zurück. Und den Blutsohn. Er war noch da. Bei ihr. Fast wie ein Freund.

Nelja schlurfte zurück zu ihrem Platz und lehnte sich an die Wand. Der älteste Blutsucher würde ihr kein Schreibzeug bringen, ganz sicher nicht, und vermutlich war es besser so.

Das Flüstern der Wände wurde lauter. Dieses Gemäuer hatte ihr etwas zu sagen, etwas, das geschrieben werden musste.

Aber noch jemand war anwesend. Ein weiteres Atmen, das von der Präsenz des Blutsohnes fast verdrängt wurde.

Seit sie hier war, hatte Nelja das Gefühl, dass jemand in der Zelle nebenan war. Aber falls dort ein Mensch hauste, bekam er weder Nahrung noch Wasser. Nicht einmal Turor ging dorthin, um ihm etwas zu bringen.

Wahrscheinlich täuschte sie sich. Vermutlich waren es die Wände und ihre Geschichten, die den Atem eines Menschen verströmten.

Nelja aß die Suppe und brach ein paar Bröckchen von ihrem Brot ab. Aber ihr Hunger war gering. Das meiste zerbröselte sie und warf es den Ratten zu, die über den Blutsohn hinwegkletterten. Und schließlich kam die Müdigkeit und drängte sie, die Augen zu schließen. Immerhin war der Schlaf das Einzige, womit sich die Zeit vertreiben ließ.

Gleich darauf schreckte sie hoch. Im Gang zwischen den Zellen war niemand. Dennoch fühlte sie ihn, seine herannahende Gegenwart.

Turor!

Dabei war es noch zu früh für die nächste Mahlzeit. Nelja sprang auf und lief, bis die Kette sie zurückhielt. Stiefel knirschten auf der Treppe, sanftes Licht schob sich die Wände entlang. Dieses Mal klangen seine Schritte leichter, fast schon beschwingt.

Als er hinter den Gitterstäben erschien, sah sie, dass er ein dickes, gebundenes Buch dabeihatte. In der anderen Hand hielt er eine Öllampe. Kurz stellte er sie ab, um die Zelle aufzuschließen, dann trug er alles herein. »Bitte sehr«, flüsterte er und reichte ihr die Sachen.

Auf dem Buch befanden sich ein Tintenfass und eine Schreibfeder. Vorsichtig nahm sie die Schätze aus seinen Händen. Sie stellte das Tintenfass und die Lampe auf den Boden und hockte sich daneben. Behutsam blätterte sie durch das Buch, das aus unzähligen leeren Seiten bestand. »Vielen Dank. Ich hätte nicht gedacht, dass Ihr das tun würdet.«

Turor ging vor ihr in die Hocke. »Du bedeutest ihm etwas.« Er zeigte auf den schlafenden Blutsohn. Wieder sprach er Faruanisch, und dieses Mal war es, als wolle er geheime Botschaften austauschen. Bei den nächsten Worten senkte er die Stimme. »Aber wenn er aufwacht … wird er nicht mehr derselbe sein.

Sobald er sich rührt, musst du das Licht löschen, damit er nicht sieht, was du tust. Und zeig ihm niemals, was du geschrieben hast. Wirklich *niemals*. Auch nicht, wenn er dich freundlich darum bittet.«

Nelja schluckte. Dennoch nickte sie. Nie würde der Blutsohn von ihren Geschichten erfahren. »Und Ihr? Werdet Ihr wissen wollen, was ich schreibe?«

Ein trauriges Lächeln flog über sein Gesicht. »Ganz sicher nicht. Ich hatte genug Schmerz in meinem Leben.« Damit stand er auf und wandte sich ab. Nelja widerstand dem Drang, ihn festzuhalten. Warum konnte er nicht bleiben? Noch länger mit ihr reden? Bevor er sie mit dem Papier und den grausigen Geschichten allein ließ.

Tatsächlich drehte Turor sich noch einmal um. »Meine Mutter hat das getan«, murmelte er. »Sie hat Dinge aufgeschrieben, die in der Vergangenheit passiert sind. Sie wusste so vieles. Von Geschehnissen, bei denen sie nicht einmal anwesend war. Jedes einzelne musste sie aufschreiben, um wieder ruhiger zu werden. Aber letztlich hat es sie viel gekostet: Die Sapioner haben sie zusammen mit ihren Büchern verbrannt.«

Nelja atmete tief ein – und plötzlich schlug die Vergangenheit zu. Da war der Dorfplatz, die Menschen, blonde und rothaarige durcheinander. Das hier war schon vorher geschehen, weit vor dem Tag, an dem die Menschen nach Haarfarben sortiert wurden. Eine blonde Frau stand angekettet auf einem Scheiterhaufen. Bücher und Holz lagen unter ihr gestapelt. Ein Soldat erschien und hielt eine Fackel an die Bücher. Augenblicklich schlugen die Flammen hoch, leckten an den Beinen der Frau. Gellend schrie sie auf – und mit ihr schrien die Kinder am Rand des Dorfplatzes: ein blonder Junge und seine jüngeren Geschwister.

Das Bild machte einen Sprung, zeigte denselben Jungen und das kleine blonde Mädchen. Doch es war Monate später, vielleicht auch ein ganzes Jahr. Beide waren gewachsen. Aber nun lagen ihre Handgelenke in Fesseln. Sapionische Soldaten stießen sie vor sich her und traten nach ihnen, wenn sie fielen.

Das Bild zerbarst, warf Nelja zurück in die Zelle und ließ sie aufkeuchen. Hastig fuhr sie auf, suchte nach Turor und sah ihn nur noch von weitem. Mit fahrigen Bewegungen schloss er die Zellentür ab.

»Es tut mir leid!«, rief sie leise. Aber der älteste Blutsucher wandte sich ab. Als er durch den Gang lief, wirkte sein Rücken zum ersten Mal gebeugt.

Dann war sie allein. Allein mit der grausigen Gewissheit: Sein Vater und sein rothaariger Bruder waren mit den anderen Rothaarigen versklavt worden – und seine kleine blonde Schwester war eines der ersten Opfer gewesen, das die Blutgöttin für sich forderte. Und zwar zu einer Zeit, als Sapionas noch nicht geboren worden war, als die Blutgöttin noch andere gerufen hatte, um ihr die Kinder zu bringen.

Turor selbst hatte seine kleine Schwester geopfert.

***

Blutsohn

Als er erwachte, war etwas anders als sonst. Das Licht einer Lampe, ein schabendes Geräusch, eine Silhouette wie von einem Menschen. Doch seine Kraft reichte nur für ein Blinzeln. Selbst die Gedanken verschwammen, ehe er sie zu fassen bekam. Was war zuletzt geschehen? Warum lag er hier? Und warum fühlte er sich so … behütet?

Doch seine Erinnerung war fort. Als er das zweite Mal blinzelte, war auch das Licht nicht mehr da. Nur das Gefühl blieb. Irgendetwas hatte sich verändert, auf eine sehr grundlegende Art.

Dann begriff er: Es war jemand bei ihm, ein Mädchen. Ganz deutlich spürte er ihre Gegenwart, das Besondere an ihr. Sie war blond. So blond wie das Mädchen in den Wäldern von Farua –

und gleichzeitig blauäugig wie die Mädchen, die er der Blutgöttin opferte.

Doch *sie* würde er niemals töten. Um keinen Preis würde er dieses Mädchen opfern.

Als er die Augen ein weiteres Mal öffnete, konnte er die Kleine im Zwielicht sehen. Sie hockte nicht weit von ihm entfernt. Seine Ratten liefen um sie herum. Mattes Licht fiel aus dem Gang und beleuchtete die Konturen in ihrem Gesicht. Sie sah dem blonden Mädchen aus den Wäldern zum Verwechseln ähnlich. Aber sie war es nicht. Seine Freundin von damals war längst erwachsen. Dieses Mädchen war ihre kleine Schwester.

Damals, als er die ältere Schwester in den Wäldern getroffen hatte, hatte sie Lunis in ihm wachgerufen, hatte ihn gestärkt und ihm Hoffnung gegeben. Doch irgendwann, in der Zeit danach, hatte er sich endgültig in Sapionas verwandelt.

Er durfte nicht daran denken.

Seine Wahrnehmung schwankte. Sein ganzer Körper zitterte, als er sich zum Sitzen aufrichtete. Es war wieder an der Zeit.

Doch wofür?

Es war an der Zeit aufzustehen, um etwas Bestimmtes zu tun.

Aber was? Er konnte sich nicht erinnern. Er wollte es nicht wissen. Alles um ihn herum drehte sich: das Mädchen, die Ratten, der dunkle Kerker. Er wollte nicht aufstehen. Um alles in der Welt wollte er hierbleiben. In Sicherheit.

Die Blutgöttin! Sie war es. Das Ritual. Es war an der Zeit, das nächste Mädchen zu opfern.

Aber es war nicht wie sonst. Nicht nur die Gegenwart des Mädchens fühlte sich sonderbar an – vielmehr schien etwas zu fehlen.

Die Blutgöttin rief nicht nach ihm! Jeden Monat hatte sie um Blut geschrien und seine Dienste verlangt. Doch nun war sie still. Ganz so, als wäre der Blutrhythmus unterbrochen, seit er so viele Kinder geopfert hatte.

Ob die Blutgöttin gestorben war?

Seine Hoffnung brandete auf. Wenn Sapia tot war, wäre er frei. Vielleicht. Oder nicht?

Doch sie war nicht tot. Er konnte sie fühlen. Geschwächt von den falschen Opfern, aber noch immer lebendig. Ihre Schwäche erfüllte ihn, als wären sie beide aneinandergekoppelt.

Aber nicht mehr lange. Etwas anderes wollte ihn fortziehen, eine zweite Kraft, die weitaus stärker war als die Blutgöttin.

Der Sturm! Der Blutsturm, den er selbst hervorgerufen hatte – er tobte noch immer. Aber nicht hier. Weiter oben, im Norden, hatte sich seine Magie gebündelt, um den letzten, vernichtenden Schlag in diesem Krieg zu führen. Allerdings lenkte er den Sturm nicht selbst. Jemand anderes hatte sich mit seiner Magie vereint, eine Macht, die stärker war als er. Sapionas versuchte, sie einzuordnen, wollte wenigstens die Person sehen, die seine Magie führte. Doch alle Versuche misslangen.

Aber war es überhaupt wichtig? Ein anderer führte seine Magie an den Zügeln – und hatte ihm damit seine größte Bürde abgenommen. Diese Magie war schon immer zu groß für ihn gewesen. Zu groß für den Blutsohn und erst recht zu groß für den kleinen Jungen, der sich nur in der Dunkelheit des Kerkers sicher fühlte.

Am liebsten wäre Lunis hiergeblieben, in dieser Zelle, bei diesem Mädchen.

Allein die fremde Macht im Norden zwang ihn dazu aufzustehen. Es war *seine* Magie – und wenn es wirklich jemanden gab, der sie kontrollieren konnte, dann musste er denjenigen sehen. Er musste wissen, wer so mächtig war. Und er wollte sichergehen, dass derjenige die Magie niemals an ihn zurückgab.

Mühsam wälzte er sich auf die Knie, richtete sich keuchend auf wie ein Schwerverletzter.

Das Mädchen sprang ebenfalls auf. Ängstlich wich es zurück.

Er würde ihr nichts tun! Am liebsten wollte er sich bei ihr entschuldigen, weil er sie mitgenommen und eingesperrt hatte.

Nur eine hastige Warnung hielt ihn davon ab. Wenn er jetzt mit ihr spräche, würde die Blutgöttin ihre Gegenwart bemerken. Sie würde nach ihrem Blut schreien und keine Ruhe mehr geben, bis einer der Blutsucher das Mädchen geopfert hatte. Selbst seine Abwesenheit konnte die Kleine dann nicht mehr retten.

Besser war es, das Mädchen vollständig zu ignorieren.

Zielstrebig ging er zu den Gitterstäben. Die Tür war verschlossen, und er führte wie immer keinen Schlüssel bei sich. Stattdessen zog er den Opferdolch aus der Tasche. Dreimal klopfte er kräftig gegen die Stäbe. Das Geräusch klirrte durch die Gänge und flatterte in seinen empfindlichen Ohren.

Doch er musste nicht lange warten. Kurz darauf erklangen Turors Schritte auf der Treppe. Als der älteste Blutsucher vor ihm stand, lag ein verräterisches Schimmern in seinen Augen. *Tränen.* Nur flüchtig streifte das Wort durch Sapionas' Gedanken. Wie etwas Fremdes, das in seiner Welt nicht existierte. Doch zugleich erwachte ein weiches Gefühl in seiner Brust, das Bedürfnis, dem anderen eine tröstende Hand auf die Schulter zu legen.

Hieß das, Lunis hatte Turor vergeben?

Aber was eigentlich?

Während der Ältere die Tür aufschloss, straffte Sapionas die Schultern. »Ich muss fort«, erklärte er. »Richtung Norden.« Mit einem kräftigen Ruck steckte er den Dolch zurück in die Scheide. Er schnallte seinen Gürtel enger. Die lange Ruhezeit hatte ihn abmagern lassen. So wie immer.

Doch als er auf den Gang trat, flatterte die Weichheit in seiner Brust. Direkt vor Turor blieb er stehen. Er hatte seinen einzigen Freund vermisst. Unmöglich konnte er ohne ihn fortreiten. »Begleitet Ihr mich?«

Turor verneigte sich vor ihm. »Selbstverständlich«, murmelte er. »Wohin reiten wir diesmal?«

Der Boden unter ihm schwankte. Da war Lunis, der hierbleiben wollte – und Sapionas, den es fortzog. Lunis, der das Mädchen auf keinen Fall allein lassen durfte – und Sapionas, der auszog, um ganz Malun zu vernichten. Er war ein kleines Kind, das sich an seinen Ziehvater klammerte – und ein Mann, der keiner Menschenseele traute, weil jeder Einzelne ihn verraten hatte.

Tränen liefen über seine Wangen, Enttäuschung flutete seinen Körper, Verbitterung legte sich auf seine Zunge. »Wir reiten in den Krieg!« Seine Stimme bebte, doch erst mit seinen letzten Worten begriff er, dass es Lunis war, der eine Entscheidung getroffen hatte: »Sapionas muss sterben.«

7. Kapitel

Galejas wissende Chronik der Vergangenheit
Buch Nelja

Jahr 14900 bis 14983 der Wasserära

Unter seinem Herrscher Sapion Sapion hatte das gleichnamige Land eine große Blütezeit erlebt. Auch in den Generationen zuvor hatte die Herrscherlinie bereits die Forschung und die Bildung vorangetrieben. Und spätestens zu Sapions Lebzeiten sorgten die medizinischen Errungenschaften dafür, dass die meisten Kinder überlebten und viele Erwachsene alt wurden. Auch die Landwirtschaft war optimiert worden, bis selbst kleine Felder einen hohen Ertrag abwarfen. Pflanzen und Vieh wurden sorgsam gezüchtet, sodass sie robust und genügsam waren. Auf diese Weise verbrachten die Sapioner viele glückliche Jahre, in denen die Familien wuchsen und dennoch in Wohlstand lebten. Das Volk achtete und liebte seinen Herrscher Sapion, und auch seine Gattin Migera genoss großes Ansehen.

Nur eines überschattete das Leben des Herrscherpaares. Es war ihnen nicht vergönnt, ein Kind zu empfangen, und so geriet Sapion in große Sorge um die Zukunft seines Volkes. Im Jahr 14958 brach er auf zu einer Reise ins ferne Malun. Dort wollte er die Götter um Rat und um Hilfe bitten.

Doch von dieser Reise kehrte Sapion Sapion niemals zurück, und auch sein Erstgeborener, Walis Sapion, der auf dieser Reise gezeugt und geboren worden war, blieb verschollen.

In jener Zeit, in der der Thron von Sapion verwaist war, verwaltete der Schatzmeister das Land. Doch ausgerechnet in jenen Jahren begann das Klima sich zu verändern. Die Hitze nahm zu und brachte eine Dürre, und mit der Dürre kam der erste Hunger. Durch all den Fortschritt gab es so viele Menschen in Sapion, dass die Größe des Landes nun an seine Grenzen stieß. Das Land wurde zu klein, um sie alle zu ernähren. Als die ersten Ernten durch die anhaltende Dürre ausfielen und das Wasser an manchen Orten knapp wurde, gerieten die Menschen in Verzweiflung. Der Hunger verschärfte sich, und so musste der Schatzmeister Maßnahmen ergreifen, um das Elend einzudämmen. Er erließ ein Gesetz, wonach nur noch die erstgeborenen Männer heiraten durften. Auf diese Weise mussten die Hofflächen nicht weiter geteilt werden. Nur so waren die Erben noch in der Lage, eine Sippe zu ernähren.

Fortan waren alle jüngeren Männer dazu verdammt, als ledige Arbeitskräfte auf dem Hof ihres ältesten Bruders zu verbleiben. Dort durften sie weder eine Frau haben noch eine Familie gründen.

Doch für sie alle gab es noch eine Alternative: Sie konnten als Söldner im Heer Sapions anheuern. Viele machten von dieser Möglichkeit Gebrauch, und so wuchs das Heer binnen weniger Jahre zu einer gigantischen Kraft, obwohl es schon lange keinen Krieg mehr gegeben hatte.

★★★

Wüste, Festung der Wüstenfrauen

Feyla

Noch fünf Tage blieben sie in der Quarantänehöhle. Sie warteten, bis auch der letzte rote Fleck auf Nugias Körper verschwunden war und es keinen Zweifel mehr gab, dass das Fieber fort war. Doch ihre Vorräte waren mehr als knapp. Nur Nuszam, Feyla und Nugia teilten sich Nahrung und Wasser, während Thia sich immer seltsamer benahm und Sonjem in immer tiefere Trance fiel. Mit leerem Blick saß die Heilerin an der Felswand, Schweiß rann über ihr Gesicht, und manchmal stöhnte sie, als hätte sie Schmerzen. Feyla kam es vor, als wäre die ganze Höhle von ihrer Magie durchdrungen.

»Was von Sonjem ausgeht, ist starke Heilmagie«, erklärte Nugia, während sie zu zweit die Vorratskrüge durchsuchten und das letzte gesäuerte Zuckergras auf drei Schälchen aufteilten. »Sonjem versucht, ihre Kräfte zurückzuhalten. Normalerweise würde sie niemals so viel Magie bündeln, aber die Askese sorgt dafür, dass ihre Göttlichkeit in eine Art Kriegsmodus geht. Wenn wir im Krieg wären, könnte sie viele Verletzte innerhalb kürzester Zeit heilen. Vermutlich spürt sie auch jetzt die Schmerzen von Verletzten und Kranken. Nur dass es zwecklos ist, weil sie sich nicht in der Nähe dieser Personen befindet.«

Sonjems Augen waren geschlossen. Erneut wich ein leises Stöhnen aus ihrem Mund.

»Du weißt so vieles«, flüsterte Feyla ihrer Schwester zu. »Hast du das von …«

»… unserer Mutter, ja. Sie hat mich ausgebildet, als ich klein war. Als wir nach Sapion kamen, wollte sie, dass ich meine Grundausbildung trotzdem bekomme. Sie hat mich heimlich unterrichtet. Sie hat Walerius zwar geliebt, aber ihr Vertrauen ihm gegenüber war nie so groß, als dass sie meine Fähigkeiten verraten hätte.«

»Gut so.« Feyla mochte sich gar nicht vorstellen, was Walerius mit Nugia getan hätte, wenn ihm ihre Göttlichkeit aufgefallen wäre. »Du hast dich wirklich sehr gut getarnt. Nicht einmal ich habe etwas bemerkt.« Sie versuchte, nicht verletzt zu klingen. Immerhin hatte Nugia keine andere Wahl gehabt. Wenn Feyla auch nur etwas geahnt hätte, hätte sie zu viele Fragen gestellt. Gefährliche Fragen, die Nugia hätten verraten können.

»Nein!« Ein leiser Schrei kam aus Sonjems Ecke. Ihr Kopf rollte hektisch an der Wand hin und her. »Sie sterben alle! Einfach so. Warum fühlen sie es nicht? Warum …?« Ihre Worte wurden zu unverständlichem Murmeln.

Mitleid sickerte durch Feylas Brust. »Es wird immer schlimmer. Bist du sicher, dass es nur die Trance ist? Oder könnte sie auch krank sein?«

Nugia schloss den Deckel des Zuckergraskruges und drückte Feyla zwei Schüsseln in die Hand. Die dritte behielt sie selbst. »Bring das zu Nuszam. Ich werde meine Portion Sonjem geben. Dann wird sich zeigen, ob es wirklich nur die Trance ist. Vielleicht wird es auch Zeit, dass wir endlich hier herauskommen.« Sie schob den Ärmel ihres Hemdes hoch und deutete auf ihren Unterarm. Bis gestern Abend waren noch rote Flecken darauf gewesen. Doch nun schien alles verheilt zu sein. »Siehst du. Es ist alles weg.«

Feyla warf einen Blick auf den zugemauerten Eingang. Der Gedanke, hier herauszukommen, schickte ein aufgeregtes Flattern durch ihren Bauch. Ihr Magen knurrte, sie brauchte endlich wieder Wasser, um sich zu waschen, und den Gestank des sauren Zuckergrases konnte sie schon seit Tagen kaum noch ertragen. Mit einem leisen Anflug von Hoffnung trug sie die Schüsseln zu Nuszam. Am liebsten hätte sie sofort von Nugias verschwundenen Flecken erzählt – doch sein Blick hielt sie davon ab.

Nuszam saß auf der Erde im entlegensten Winkel der Höhle und starrte in die gegenüberliegende Ecke. Schon seit Tagen hockte Thia dort hinten, abseits von allen anderen, und mit jedem Tag wuchs die Aura, die sie umgab. Mit ihren blonden Haaren und dem süßen Lächeln war sie schon immer schön gewesen. Doch nun wirkte sie auf betäubende Weise anziehend – und gleichzeitig abschreckend gruselig. Die meiste Zeit über starrte sie zu Boden und ließ ihr Klappmesser auf- und zuschnappen. Nur manchmal sah sie hoch. Dann bannte sie jemanden mit ihrem Blick, und ihr Lächeln bekam die Wirkung eines Fangseils. Selbst Feyla musste gegen ein nervöses Lachen kämpfen, wenn es sie traf. Dann dachte sie an den Kuss, zu dem Thia sie verführt hatte, und ein heftiges Kribbeln lief durch ihren Körper.

Doch Nuszam hatte es weitaus heftiger getroffen. Auch jetzt hatte Thia ihn mit ihrem Lächeln an sich gebunden. Als Feyla vor ihm stehen blieb, schnellte seine Hand vor und schnappte nach ihrem Arm. Mit sanftem Druck zog er sie neben sich. »Feyla! Kannst du mir einen Gefallen tun?«

»Jeden, den du willst.« Sie gab ihm das Schälchen mit dem Zuckergras. »Aber nur, wenn du diese hervorragend ekelhafte Pampe isst.«

Seine Hand war kraftlos und ließ das Schälchen beinahe fallen. Einzig seine Mundwinkel zuckten und erwiderten Thias Lächeln. Ein Ruck ging durch seinen Körper, als wollte er aufstehen. Erst im letzten Moment hielt er sich zurück. »Falls ich zu ihr gehe – dann halt mich auf. Um jeden Preis. Notfalls mit dem Schwert.«

Feyla musste lachen. »Hat sie dich so schlimm getroffen?«

Ein verzweifeltes Schnauben entwich seiner Nase. »Schlimmer.«

Nuszam und Thia … etwas an dem Gedanken gefiel ihr. »Ihr wärt ein schönes Paar.«

»Hör auf damit. Das ist nicht witzig.«

Feyla bemühte sich, ihr Lachen zu unterdrücken. »Aber sie gefällt dir.«

Fast mit Gewalt riss Nuszam seinen Blick von Thia los. Panik glänzte in seinen Augen. »Ja, sie gefällt mir. Sie gefällt mir schon als Menschenmädchen. Und wenn sie nur das wäre …« Er ließ den Satz unvollendet. »Aber sie ist eine Göttin. Und hast du eine Ahnung, wofür sie ausgebildet wurde?«

Feylas Lachen verebbte. Sie dachte an das Messer in ihrem Rücken, an den seltsamen Stimmungswechsel, nachdem Thia sie geküsst hatte – als wolle ihre Freundin sie umbringen. »Sie wollte nie sagen, was sie lernt. Aber ich habe so eine Ahnung. Walerius hat sie zur Sexsklavin ausgebildet. Und seit sie hier ist, hat sie Sonderunterricht.«

Nuszam senkte den Kopf und flüsterte kaum hörbar in Feylas Ohr: »Sie nutzt ihre Verführungskünste, um Männer in ihren Bann zu ziehen. Und wenn sie dann willenlos in ihren Armen liegen, tötet Thia sie ohne Skrupel.«

Feyla schauderte. »Sie lernt es doch erst. Woher weißt du, dass sie wirklich töten würde, wenn es ernst wird?«

Ein grimmiges Lächeln zeigte sich auf seinem Gesicht. »Von wegen, sie lernt es erst! Sie konnte schon ziemlich viel, als sie herkam. Letztes Jahr – sie war erst wenige Monate bei uns – hatten wir Probleme mit einem Dorfvorsteher in einem der Orte, die an die Wüste angrenzen. Er hatte Verdacht geschöpft, dass in der Wüste Frauen leben. Wir mussten dagegen vorgehen, und schließlich hat Thia sich freiwillig gemeldet. Auch ihre Ausbilderinnen waren der Ansicht, dass sie sich für den Einsatz eignet. Also habe ich sie auf Umwegen als Sklavin an den Dorfvorsteher verkauft.« Nuszam atmete tief ein. Zwischen den Lederschnüren auf seinen Armen schimmerte Gänsehaut. »Einen halben Monat lang war sie da. In der Zeit hat sie es nicht nur als Lieblingssklavin ins Bett des Dorfvorstehers geschafft, sie hat auch die Strukturen des Dorfes durchschaut und herausgefunden, wer noch alles von den Wüstenfrauen wusste. Und dann hat sie ihren Auftrag ausgeführt. Innerhalb einer Nacht hat sie den Dorfvorsteher und zwölf andere Männer getötet.«

Ein eisiger Schauer erfasste Feyla. Dreizehn Morde innerhalb einer Nacht. Sie alle waren Kriegerinnen, aber es gab eine Art heiligen Grundsatz, den sie in ihrer Ausbildung lernten: Töten diente niemals als Selbstzweck – und der erfolgreichste Kampf war einer, der vermieden werden konnte. »War es denn nötig, die Männer allesamt zu töten? Gab es keinen anderen Weg?«

Nuszam schnaubte leise. »Welchen denn? Soweit ich weiß, gibt es keine Gottgeborenen, die eine Amnesie auslösen können. Und Thia hätte unmöglich auf ewig dort bleiben können, um dreizehn Männer mit ihren körperlichen Reizen in Schach zu halten.« Fast abfällig spuckte er die Worte aus. »Nein, dass sie getötet hat, ist das eine, das musste sie tun, aber …« Er stockte.

»Es ist die Art, *wie* sie es getan hat?«

»Ja.« Nuszam stieß die Luft aus. »Ich habe auch schon getötet. Aber es erfüllt mich mit Grauen, mit Abscheu und Schuld. Bei Thia scheint die Sache anders zu sein.«

Ausgerechnet jetzt huschte ein seliges Lächeln über Thias Gesicht, abwesend und dennoch auf sonderbare Weise glücklich.

»Du meinst, es erfüllt sie mit Freude?«

Nuszam seufzte. »Mit Freude, Befriedigung, Lust – ich weiß es nicht. Aber es ist das, was ich befürchte, ja.«

Wieder musste Feyla an den Kuss und das Messer in ihrem Rücken denken. Tatsächlich schien Thia eine perfide Freude daran gehabt zu haben. Für einen Moment hatte sie geglaubt, dass ihre Freundin vielleicht als Spionin für Walerius arbeitete. »Und was ist mit ihrer Loyalität? Denkst du, wir können ihr vertrauen?«

Nuszam antwortete nicht gleich. Wieder glitt sein Blick zu Thia. Das blonde Mädchen lächelte so zart, als wäre sie die Unschuld in Person. »Himmel!« Hastig wandte er sich ab und grub eine Hand in seine Haare. Sein Arm lag so, als wolle er sein Gesicht vor Thia abschirmen. »Das ist noch so ein Punkt. Ich habe ihre Biografie überprüfen lassen. Und da erscheint mir einiges unstimmig. Wenn man sie fragt, behauptet sie, sie sei im Hurenkinderhaus aufgewachsen. Aber die Akten von der Einrichtung sagen etwas anderes. Sie war schon zehn Jahre alt, als Walerius sie gekauft und dorthin gebracht hat. Was vorher mit ihr geschehen ist, weiß niemand.«

Feyla versuchte, sich Thias Leben vorzustellen – wie es sein musste, wenn man von klein auf als Edelhure erzogen wurde, wenn man immer nur lernte, dass es normal war, Männer zu verführen und ihnen sexuell zu dienen. Bis dahin konnte sie sich die Sache noch halbwegs vorstellen, immerhin hatte sie selbst eine ähnliche Erziehung genossen, um sich auf ihren Ehemann vorzubereiten. Doch selbst ihre grausigste Fantasie versagte bei der Frage, was sich ereignet haben könnte, bevor Thia ins Kinderhaus kam. Wenn Walerius sie gekauft hatte, war sie vorher vielleicht schon länger in seinen Händen gewesen. Allein das eröffnete die schlimmsten Möglichkeiten. »Vielleicht weiß sie es selbst nicht mehr. Vielleicht glaubt sie deshalb, sie sei dort aufgewachsen.«

»Das ist denkbar«, flüsterte Nuszam. »Aber das verschärft nur noch das Problem, das ich an ihr sehe.«

Ein kaltes Kribbeln kroch über Feylas Nacken. »Welches Problem?«

»Ihre Seele«, hauchte er. »Es ist unmöglich zu sagen, ob ihre Seele gebrochen wurde. Jede Priesterin und jede Gottgeborene, die es herausfinden wollte, ist an der Frage gescheitert. Thia ist eine Meisterin des Verstellens, in jegliche Richtung. Was an ihr echt ist, lässt sich kaum sagen. Und davon abgesehen …« Er deutete mit einem Kopfnicken in Sonjems Richtung. »Sie vermutet, dass Thia eine Götterhybridin ist. Sie trägt nicht nur eine Fähigkeit in sich, sondern zwei. Die Macht Zabinos und die Valjans. Das macht sie besonders gefährlich.«

Zum ersten Mal fragte Feyla sich, warum die Wüstenfrauen Thia in ihrer Mitte duldeten, wenn sie so gefährlich war. Doch sie stellte die Frage nicht laut. So sonderbar Thia war – Feyla mochte sie, und sie wollte nicht, dass sie deswegen verstoßen wurde. »Wenn sie nicht auf unserer Seite wäre, hätte sie wohl kaum dreizehn unserer Feinde umgebracht.«

Mit einem unbehaglichen Brummen zuckte Nuszam die Schultern. »Sie hat diese dreizehn Männer nicht einfach so getötet. Sie hat mit jedem einzelnen geschlafen und ihn dabei erstochen.« Er stockte, sein Kopf vergrub sich noch tiefer in seinem Arm. Als er weitersprach, klang seine Stimme belegt. »Wie viel Hass und wie viel Verachtung müssen in ihr schlummern. Kein Mädchen mit einer gesunden Seele würde so etwas tun.« Sein nächstes Seufzen klang so schwer wie Blei. »Deshalb bin ich mir nicht sicher, ob das ein Angriff auf unsere Feinde war. Vielleicht würde sie auch wahllos jeden Mann töten, den sie in ihre Arme locken kann.«

Das war es also. Nicht die Frage nach Thias Loyalität war Nuszams Problem, sondern die Frage nach ihrem Männerhass. »Und jetzt befürchtest du, dass sie auch dich töten würde, wenn du dich auf sie einlässt?«

Auf seinem Gesicht bildete sich ein eingefrorenes Lächeln. Er sagte nichts, doch gerade dieses Schweigen war Geständnis genug.

»Du hast dich in sie verliebt«, stellte Feyla fest.

Wieder stieß er ein Schnauben aus. »Und wennschon! Will ich ein Mädchen küssen, von dem ich nicht weiß, ob es mich im nächsten Moment umbringt? Nein! Und möchte ich mit einer Frau schlafen, die ihren Körper wahllos an jeden Mann verschwendet – vor mir und nach mir und vielleicht noch in ein und derselben Nacht? Ganz sicher nicht. Was habe ich also davon, in sie verliebt zu sein?«

Feyla hörte die Antwort im traurigen Nachklang seiner Stimme. »Nichts als Kummer«, flüsterte sie. Vorsichtig lehnte sie sich an seine Schulter.

Dorgen hatte auch mit vielen Frauen geschlafen, vor ihr und nach ihr und manchmal in ein und derselben Nacht. Er hatte mit Thia geschlafen, nach seiner Auslese – und jetzt schlief er mit dieser blonden Sklavin, die versuchte, seine Seele zu retten – doch am tiefsten in ihr Herz stach noch immer die Eifersucht auf ihre Schwestern. Feyla hatte nie verstanden, wie er das konnte: aus ihrem Bett aufstehen und kurze Zeit später Schejma küssen und mit ihr in ihr Zimmer gehen.

Dennoch glaubte sie Dorgen, wenn er sagte, dass er sie am meisten geliebt hatte. »Ist das wichtig?«, murmelte sie an Nuszams Schulter. »Mit wie vielen Menschen jemand schon geschlafen hat? Oder noch schlafen wird? Kommt es nicht immer nur darauf an, ob die Liebe, die man mit der Person teilt, echt ist?«

Nuszams Lachen klang leise und verzweifelt. »Wenn ich wenigstens das wüsste! Aber guck dir ihre Geschichte an. Woher soll ich wissen, ob sie das Gefühl von Liebe überhaupt versteht?«

Ohne es zu wollen, sah Feyla zu Thia hinüber. Das Mädchen

beobachtete sie. Doch nun wirkte ihr Blick traurig. Beinahe scheu wandte Thia sich ab und schaute zu Boden.

Dieses Mädchen hatte Feyla gepflegt, als sie hierherkam. Später waren sie Freundinnen geworden. Allzu oft hatten sie gemeinsam gelacht und gescherzt, und nichts davon hatte sich unecht oder täuschend angefühlt. Selbst wenn Thia sich nicht wie eine Göttin benahm, lag Wärme in ihrer Gegenwart. Und irgendwo zwischen all den Erinnerungen war die eine, halb verschüttet – nur ein paar Worte, die Thia ihr kurz vor dem Einschlafen zugeflüstert hatte: *»Dein Dorgen ist nicht böse. Ich glaube nicht daran. Er ist ein guter Mensch.«*

Erst deutlich später hatte Thia ihr gestanden, dass sie mit Dorgen geschlafen hatte. Es war dasselbe Gespräch gewesen, das mit einem Kuss und dem Dolch in ihrem Rücken geendet hatte. Seither wusste Feyla nicht mehr, ob sie Thia trauen konnte.

Aber zwischen all der Ungewissheit um ihre Identität lag dieses eine Flüstern, von dem Thia nicht hatte wissen können, dass Feyla es tatsächlich hörte. Allein deshalb waren die geflüsterten Worte mehr wert als alle Beteuerungen und Schwüre, die Thia sonst noch geleistet hatte.

»Sie kann lieben«, murmelte Feyla. »Und sie bringt nicht jeden Mann um, mit dem sie schläft. Sie hat mit Dorgen geschlafen, nach seiner Auslese. Aber ihn hat sie geliebt.«

Nuszam zog scharf die Luft ein. Hastig griff er nach Feylas Hand und hielt sie fest. In diesem Moment wusste sie nicht, ob er damit sie trösten wollte oder sich selbst. Oder sie beide?

Als er das nächste Mal einatmete, klang es, als wollte er noch etwas dazu sagen. Doch er schwieg.

Nur Sonjem murmelte leise vor sich hin. Nugia hatte versucht, sie mit dem Zuckergras zu füttern, aber die graugrünen, schlabberigen Halme hatten sich überwiegend auf ihrer Brust und ihrem Schoß verteilt.

»Ich habe es versucht.« Nugia drehte sich zu ihnen und sah sie resigniert an. »Aber es hat keinen Zweck. Sie will in der Trance bleiben.«

Feyla betrachtete Sonjems geschlossene Augen und den Schweiß auf ihrer Stirn. »Hast du geschaut, ob sie krank ist? Nicht, dass sie sich doch bei dir angesteckt hat.«

Ihre Schwester lächelte und schüttelte zuversichtlich den Kopf. »Nein. Sie ist nicht krank. Dessen bin ich mir sicher. Es sind nur wichtige Dinge, die sie wahrnimmt. Irgendetwas Schlimmes scheint passiert zu sein.«

Kurz wurde es still in der Höhle. Selbst das Schnappen von Thias Messer war nicht mehr zu hören.

»Wo ist etwas Schlimmes passiert?« Nuszam klang alarmiert.

Nugia zuckte die Schultern. »Das kann ich nicht sagen. Ich könnte versuchen, meine Magie mit ihrer zu verbinden. Aber dann zieht sie mich in die Trance, und das ist mir im Moment zu gefährlich.«

Feyla kam es vor, als würde sie allenfalls die Hälfte von all den Götterdingen verstehen. Doch zumindest Nuszam schien daraus klare Schlüsse zu ziehen. Mit einem Ruck stellte er das Zuckergras zur Seite und sprang auf. »Wenn Sonjem nicht vorhat, zu uns zurückzukommen und eine Entscheidung zu treffen, treffe *ich* die Entscheidung. Es reicht mit der Quarantäne. Nugias Ausschlag ist restlos verheilt, Feyla hatte etwas anderes und ist wieder gesund. Und auch sonst hat sich niemand angesteckt. Ich würde sagen, die Gefahr ist gebannt.«

Damit ging er zu dem zugemauerten Eingang der Höhle. Direkt daneben lag ein schwerer Holzbalken, den sie manchmal als Sitzbank nutzten. Erst als Nuszam ihn anhob, wurde Feyla klar, wozu er eigentlich bestimmt war.

»Helft mir mal«, ächzte er, während er versuchte, den Balken gegen die gemauerten Steine zu stoßen. Sein Schlag fiel schwach und wackelig aus. Lange würde er den Balken nicht mehr stemmen können.

Schnell sprang Feyla auf und eilte zu ihm. Sie fasste das hintere Ende des Rammbocks und bemühte sich, einen gemeinsamen Rhythmus mit Nuszam zu finden. Beim dritten Versuch reihten sich auch Nugia und Thia ein. Mit einem leisen Knirschen gab der erste Stein nach und polterte hinter der Höhle auf den Boden.

Von nun an wurde es leichter. Jeder Stein löste sich schneller als der vorherige, von außerhalb strömten frische Luft und der Duft von Gebratenem zu ihnen – dann war das Loch endlich groß genug, dass sie hinausklettern konnten.

Vor der Quarantänehöhle herrschte Unruhe. Von überall schienen die Frauen herbeizueilen. Manche blieben gaffend vor ihnen stehen, andere riefen verblüfft durcheinander. Ihre Stimmen erfüllten die Luft, doch Feyla war es zu laut, und es waren zu viele Worte gleichzeitig, als dass sie etwas verstand.

Erst als Kori sich von hinten durch die Menge schob, lichtete sich das Chaos. Die Frauen verstummten, während die Anführerin mit bleichem Gesicht auf Nuszam zueilte. Für einen kurzen Moment standen sie voreinander und schienen nicht zu wissen, wie sie sich begrüßen sollten. Kori setzte an, ihren Sohn in die Arme zu schließen, aber Nuszam war kein Kind mehr – und Kori war zu sehr Kriegerin, um sich von jemandem umarmen zu lassen. Doch dann trat sie einen Schritt vor, und Nuszam zog sie an sich. Es war ein seltsames Bild: der große Mann und die gestandene Kriegerin, die wie ein Mädchen an seiner Schulter lehnte und die Arme um seine Taille legte. »Du lebst«, wisperte sie, und Nuszam lachte leise in ihre Haare. »Ja, wir alle.«

Auch Thia kletterte hinter ihnen aus der Höhle, gefolgt von Nugia, die Sonjem im Arm hielt.

»Nugia konnte geheilt werden«, erklärte Nuszam. »Und zum Glück hat sich niemand angesteckt.«

Kori stellte keine weiteren Fragen. Nur kurz schaute sie zu Sonjem und Thia, die bereits von anderen Heilerinnen in Empfang genommen wurden. Dann wandte sie sich an Nuszam. »Es ist etwas geschehen. Eine Sache, die wir dringend besprechen müssen. Würdet ihr bitte mitkommen?« Fast beiläufig sah sie zu Feyla. »Du auch. Dich betrifft es im Besonderen.«

Feylas Herz schlug schneller. Sie öffnete den Mund, um nachzufragen, aber die Anführerin hatte sich längst abgewandt und bahnte ihnen einen Weg durch die schaulustige Menge. Erst als die Traube der anderen Frauen hinter ihnen zurückblieb, drehte sie sich erneut zu Nuszam: »Er wird es wieder tun. Und es wird nicht mehr lange dauern. Er hat schon alles vorbereitet.«

Wieder wollte Feyla nachfragen: Wer war *er?* Und worum ging es? Doch Kori eilte so schnell durch die Halle, dass sie beinahe neben ihr herrennen musste, um folgen zu können. Zielstrebig lief die Anführerin in die seitliche Höhle, die sie als Büro nutzte.

Hier drin war niemand. Mit einem ratschenden Geräusch zog Kori den Vorhang vor die Türöffnung.

Wieder öffnete Feyla den Mund, um ihre Fragen zu stellen. Aber Kori brachte sie mit einer Handbewegung zum Schweigen. »Es geht um Walerius«, begann sie. »Wie du weißt, ist er nicht nur dein Vater, sondern auch meiner.«

Feyla nickte steif. Zumindest so viel wusste sie. Aber bislang hatte Kori nichts Weiteres aufgeklärt. Angefangen mit dem Rätsel, wie Walerius ein Kind haben konnte, das so alt war wie seine Frauen.

Als hätte Kori ihre dringendste Frage gehört, sagte sie: »Du denkst jetzt vielleicht, Walerius hätte mich mit irgendeiner Sklavin gezeugt. Aber so ist es nicht. Er war mit meiner Mutter verheiratet. Und nicht nur mit ihr. Mit einer ganzen Schwesternsippe.«

Feyla versuchte, den Erklärungen zu folgen. Doch ihre Vorstellungskraft versagte bereits jetzt. Walerius konnte unmöglich schon einmal eine Schwesternsippe geheiratet haben. Nur die Sieger der Auslese heirateten – und das nur einmal im Leben.

Feyla wollte nachfragen, doch Kori war schneller. »Aber auch meine Sippe war nicht die erste, mit der er gelebt hat. Er tut das immer wieder. Er heiratet eine Sippe, hat Kinder mit den Frauen, lebt einige Jahre dort, bis die Kinder erwachsen sind. Mit den Kindern selbst verfolgt er seine eigenen Ziele. Manche stellt er in seine Dienste, so wie deinen Zwillingsbruder Siberi. Andere sind ihm egal, so wie deine Schwestern. Und wieder andere, so wie du und ich, sind Kinder, in die er große Hoffnungen setzt – weil er glaubt, dass sie ihm und seiner Macht einmal nützlich sein werden. Bis er erkennt, dass wir doch nicht der Bestimmung folgen, die er sich für uns ausgedacht hat. Dann beseitigt er uns.«

Feyla schwankte. Plötzlich hatte sie das dringende Bedürfnis, sich hinzusetzen. Aber Kori hielt ihre Rede im Stehen. Als wäre es nur eine kurze, beiläufige Besprechung.

Umso mehr wirbelten Feylas Gedanken durcheinander. Hatte sie wirklich alles verstanden? Etwas daran stimmte nicht. Wenn er schon mehrfach geheiratet hatte, konnten die anderen Ehen nur kurz gewesen sein. Aber selbst dann …

»Er … wie soll das gehen? Dann müsste er ja uralt sein.«

Kori stieß ein scharfes Lachen aus. »Das kann man so sagen.« Mit einer fahrigen Bewegung fuhr sie sich durch die Haare. Dann legte sie die Hände auf dem Rücken zusammen und ging unruhig auf und ab.

Hieß das, sie hielt weitere Erklärungen nicht für nötig? Hilfesuchend sah Feyla zu Nuszam.

»Ich weiß, das ist schwer zu verstehen«, sagte ihr Bruder. »Aber dein Vater … und Koris Vater … und mein Vater …« – den letzten Satzteil flüsterte er fast – »ist ein weitaus älterer Mann, als wir alle glauben. Er besitzt göttliche Fähigkeiten, die ihn langsamer altern lassen. Deshalb beginnt er alle paar Jahrzehnte ein neues Leben. Um zu verbergen, wie alt er tatsächlich ist. Aber viel interessanter als sein Alter ist eine andere Frage.«

Feylas Gedanken kreiselten immer schneller. Das alles war zu viel. Zu viele Informationen in zu kurzer Zeit. Sie kam nicht darauf, was Nuszam meinen könnte.

Erst als er es aussprach, wurde die Frage offensichtlich: »Was passiert mit den Sippen, die er zurücklässt?«

Auch der Boden fing an, sich zu drehen. Die Antwort darauf war genauso naheliegend wie die Frage an sich. Dennoch war es fast zu schrecklich, um es laut auszusprechen. »Er tötet sie?«

Mit finsterem Blick starrte Kori in die Ferne. Ihre Wangenmuskeln zuckten.

Auch Nuszams Miene verdunkelte sich. »Ich würde eher sagen, er vernichtet sie. Wer von ihm verstoßen wird, so wie du und Kori, hat immerhin eine Überlebenschance. Wer sich noch in Walerius' Palast befindet, sobald er die Entscheidung trifft, stirbt einen weitaus schlimmeren Tod.«

»Was er mit seinen Familien tut, ist unterschiedlich«, fiel Kori ein. Ihre Stimme klang beherrscht, fast schon unterkühlt. »Aber meistens lässt er es nach einer Katastrophe oder einem Unfall aussehen. Der Palast meiner Sippe wurde von einer Feuersbrunst vernichtet.«

Nur ganz allmählich setzten sich die Informationen zusammen. Es ging hier nicht um Koris Sippe oder um irgendwelche Fremden. Es ging um Feylas Schwestern – und um Dorgens Kinder. »Ihr meint also, Walerius wird das wieder tun?«

»Wir *meinen* das nicht«, widersprach Kori. »Wir *wissen* es. Nuszam konnte zwei Sklaven an Walerius verkaufen, die für uns Informationen sammeln. Von ihnen haben wir eine Nachricht bekommen. Dein Vater hat alle Vorbereitungen getroffen. Wir wissen, was er tun will und wie er es tun will. Wir kennen nur noch nicht den genauen Zeitpunkt.«

Ein kalter Schauer flutete Feylas Körper. Sosehr sie Miljuna und Amerill, ihre gehässigen Halbschwestern, und deren intrigante Mutter Alrana verachtete, Dorgens Kindern durfte nichts geschehen. Auch Schejma und Cilinja waren immer gute Schwestern gewesen. Auch sie hatten es nicht verdient zu sterben – ganz zu schweigen von den Sklavinnen und Sklaven, die sich im Palast ihres Vaters aufhielten.

»Was hat er vor?« Fragend sah sie zu Nuszam, doch ihr Bruder zuckte die Schultern. Natürlich. Er hatte mit ihr in der Quarantänehöhle gesessen. Diese Nachricht kannte er ebenso wenig wie sie.

»Er will den Staudamm des Sees sprengen und die Oase überfluten«, erklärte Kori. »Von außen wird es aussehen wie ein tragisches Unglück.«

Der Boden unter Feylas Füßen brach weg. Ihre Knie knickten ein. Plötzlich fiel sie, tiefe Schwärze lag unter ihr – doch irgendjemand fing sie auf.

Nuszam. Er hielt sie im Arm.

»Wir müssen sie retten«, flüsterte Feyla. »Wir dürfen nicht zulassen, dass er sie tötet.«

Eine Bewegung an der Tür lenkte ihre Aufmerksamkeit ab. Thia stand dort. Sie war blass und verschwitzt. Mit einer Hand stützte sie sich an die Höhlenwand. Doch ihr Blick hatte sich aufgeklart. »Feyla hat recht«, murmelte sie. »Dorgens Seele wird endgültig brechen, wenn Walerius seine Kinder tötet. Aber wir brauchen Dorgen. Er könnte der eine Funken sein, der das Gleichgewicht in unsere Richtung wendet. Wenn wir seine Kinder retten, wird auch Dorgen endlich frei genug sein, um seine Magie für uns spielen zu lassen.«

Feyla schwankte erneut. Kurz fragte sie sich, ob sie Thia richtig verstanden hatte. »Dorgen besitzt Magie?«

»Allerdings.« Thias Lächeln ließ keinen Zweifel an der Tatsache. »Er ist ein Gottgeborener. Und die Magie, die er trägt …« – ihr Lächeln wurde verträumt – »… kenne ich ziemlich gut.«

8. Kapitel

Galejas wissende Chronik der Vergangenheit
Buch Nelja

Jahr 14984 bis 14985 der Wasserära

Im Jahr 14984 der Wasserära geschah das Wunder: Der verlorene Sohn aus der Linie Sapions kehrte als junger Erwachsener nach Sapion zurück. Als Walis Sapion, Sohn des letzten amtierenden Herrschers, im Palast des Schatzmeisters vorsprach und ihm seine Herkunft als Thronfolger Sapions bewies, trug er eine Vogelmaske, die sein Antlitz verbarg. Was sich unter dieser Maske versteckte, sollte bis zu seinem Tod ein sorgsam gehütetes Geheimnis bleiben. Überhaupt war die kurze Zeit seiner Herrschaft von Mysterien durchdrungen.

Doch zugleich sorgte Walis für zügige Veränderungen in seinem Land. Gleich in den ersten Tagen seiner Amtszeit erließ er ein neues Gesetz: Er bestimmte, dass Schwestern aus einem Hause von nun an gemeinsam mit einem einzigen Mann verheiratet werden sollten. Er selbst machte sich dieses Gesetz als Erster zunutze und heiratete die fünf jungen Töchter seines Schatzmeisters. Damit tat er einen klugen Schachzug, der sämtliche Streitigkeiten um den Thron schon im Keim erstickte, denn der Schatzmeister und zeitweilige Regent von Sapion besaß keine männlichen Nachkommen. So liefen sämtliche möglichen Ansprüche auf den Thron in der Erblinie von Walis Sapion und seinen Ehefrauen zusammen.

Aber die Herrschaft von Walis Sapion fand schon kurz darauf ein tragisches Ende. Bei einer Überfahrt zu den Inseln vor Anmare, die er gemeinsam mit seinen fünf Frauen und seinem erstgeborenen Sohn Raba-

nus unternahm, geriet das Schiff in Brand, und die ganze Sippe ertrank im Salzmeer.

***

Heerlager Sapions, Südfarua

Alia

Tagelang war sie zu schwach, um die Augen zu öffnen. Ihr Körper fühlte sich schwer an, und selbst ihre Gedanken flossen zäh ineinander. Da waren Träume. Von anderen Menschen. Von Feyla. Von dem goldenen Netz und allen Menschen und Gottgeborenen, die es miteinander verknüpfte. Dorgens Gegenwart hatte sie mit dem Netz verbunden. Aber nun war er fort. Oder war er da? Manchmal verspürte sie ihn an ihrer Seite und dann wieder nicht.

Nur eine andere Person war bei ihr. Eine Heilerin. Ihre Gegenwart fühlte sich stark und sicher an. Sie war es auch, die Alia wach rüttelte, wann immer die Träume sie ansogen. »Bleib hier«, flüsterte sie. »Du darfst keine weitere Magie ausüben. Du musst dich erholen.«

Tat sie das? Übte sie Magie aus, wenn sie träumte?

Es waren keine normalen Träume. Es waren Verbindungen. Wenn sie zu tief in die Träume hinabglitt, tauchte sie in den Geist anderer Menschen.

»Später«, flüsterte die Heilerin. »Heb dir die Magie für später auf. Jetzt musst du deinen Körper heilen lassen, damit du in ihn zurückkehren kannst.« Alia spürte eine Berührung an ihrer Brust. Dort lag etwas Warmes – doch gleich darauf wurde die Stelle kühl. Kurz wollte sie protestieren. Niemand durfte ihr den Stein wegnehmen.

»Schscht!«, machte die Heilerin. »Du bekommst ihn wieder. Aber solange du ihn trägst, zieht er dich immer tiefer in die Magie.«

Von nun an ließen die Träume nach. Die Verbindung zu Feyla riss ab, und ihr eigener Körper gewann an Kraft. Immer häufiger konnte sie blinzeln. Manchmal erkannte sie Dorgen, der neben ihr lag. Dann wieder war er verschwunden, während das Licht hell durch die Zeltplane fiel. In solchen Momenten war die Heilerin da. Wie lautete ihr Name?

Mourina. Irgendwann und irgendwo hatte Alia ihn gehört.

Etwas an der Heilerin war wichtig. Aber was?

Der Widerstand! Mit einem Schlag fiel es ihr ein. Mourina gehörte zum Widerstand. Mit aller Kraft wollte Alia die Augen öffnen.

Doch eine Hand hielt sie fest. »Schscht«, machte die Heilerin erneut. »Du hast es fast geschafft. Schlaf noch ein bisschen.«

Der nächste Schlaf war tief, traumlos. Umso plötzlicher schreckte sie hoch. Endlich war sie wach. Im Zelt war es hell. Aber Dorgen war fort.

Mit einem Ruck setzte sie sich auf. Alles drehte sich. Das Zelt, das Bett, sie selbst. Beinahe wäre sie wieder zusammengesackt.

»Vorsicht!« Eine warme Stimme sprach neben ihr. Mourina. Sie saß auf Alias Bettkante und fasste nach ihrem Arm. »Fall mir nicht aus dem Bett.«

Alia blinzelte und bewegte den Kopf. Doch das Drehen wollte nicht aufhören. »Habe ich was gegessen?«

»Nein.« Mourina hielt sie weiterhin fest. »Ich habe dir nichts gegeben. Ich wollte dich nicht vollständig aus der Askese reißen. Du wirst deine Göttlichkeit bald wieder brauchen.«

Bald? Oder sofort?

»Ich habe nur dafür gesorgt, dass du tief schläfst und keine Magie mehr ausüben kannst.« Die Heilerin deutete auf die Kette mit dem blauen Stein, die neben dem Bett auf einer Kleidertruhe lag.

»Der Widerstand«, flüsterte Alia. »Dorgen muss zum Widerstand überlaufen. Und wir müssen einen Weg finden, wie er das Heer unter seine Kontrolle bringen kann.« Mit zitternder Hand wischte sie den Schweiß von ihrem Gesicht. Doch plötzlich stieg etwas Großes in ihr auf, eine gewaltige Macht erfüllte sie. Mourina hatte recht. Die Askese war noch da. Der Schlaf hatte nur ihre Energiereserven wieder aufgefüllt.

»Alia?« Mourina sprach leise, als befürchte sie, von außerhalb des Zeltes belauscht zu werden. »Eines solltest du über das Prinzip der Magie wissen: Sie lässt sich trainieren wie ein Muskel. Wenn du sie komplett einsetzt und dich dann wieder erholst, wird deine Magie danach deutlich stärker sein.«

Alia spürte, was Mourina meinte. Nie zuvor war ihre Kraft so stark gewesen. »Sollte ich es noch einmal versuchen? Kann ich die Fäden halten, wenn ich sie Siberi noch einmal abnehme?«

Zögernd blickte die Heilerin zum Zelteingang. »Ich weiß nicht, was das für Fäden sind. Ihre Magie ist mir nicht vertraut. Ich weiß nur, dass die Kräfte, die er lenkt, enorm mächtig sind. Kein Gott, nicht einmal der stärkste, kann so viel Magie allein mit seinem Körper halten. Er muss die Körper anderer dafür missbrauchen, sonst würde er sterben.«

Alia stieß die Luft aus. Das also war die Grenze, die ihr gesetzt war. Schon auf dem Hügel, als sie die Zügel der Magie in den Händen gehalten hatte, war ihr das Dilemma bewusst geworden.

»Wer keine Skrupel besitzt und bereit ist, über Leichen zu gehen, hat immer mehr Möglichkeiten als diejenigen, die für andere Menschen Verantwortung übernehmen und es gut mit ihnen meinen.« Mourina klang traurig, fast resigniert. Wie jemand, der seit vielen Jahren gegen den Weg ankämpfte, der sie immer weiter in die Tiefe führte.

Etwas in Alia begehrte auf, eine Art von Trotz, der ihre Magie zum Rauschen brachte. »Irgendeine Möglichkeit muss es doch geben!«

Mourina zuckte die Schultern. »Ein Magiekreis mit sehr vielen Gottgeborenen könnte der Macht von Siberi vielleicht etwas entgegensetzen, aber …« Wieder zögerte sie.

»Aber was?« Alia wurde ungeduldig. »Kennst du noch mehr Gottgeborene? Irgendjemanden, der uns helfen kann?«

Die Heilerin blickte zu Boden. »Im Heerlager ist niemand mehr. In den letzten zehn Jahren haben wir uns darauf konzentriert, alle Gottgeborenen durch den Waldgürtel nach Nordfarua und Malun zu schleusen.«

Wir. Damit meinte sie den Widerstand.

Doch Mourina ließ ihr keine Zeit nachzufragen. »Wenn uns Gottgeborene entgangen sind, dann nur solche wie Siberi oder Dorgen – Sapioner, deren Magie von Walerius und seinen Schergen ausgebildet wurde. Und Letzteres bedeutet mit großer Wahrscheinlichkeit, dass sie für uns verloren sind.«

Alia wollte widersprechen. Dorgen war nicht von Walerius ausgebildet worden. Und seine Seele war nicht gebrochen.

Aber stimmte das? Sie selbst hatte seine Seele erst retten müssen – und Walerius und Siberi hatten alles darangesetzt, ihn zu brechen.

Dennoch war etwas an ihm anders. Trotz allem, was Dorgen geschehen war, hatte er sich etwas Gutes bewahrt, einen letzten Funken, der es ihr überhaupt möglich gemacht hatte, ihn zu retten. Woher stammte dieser Funken? Und gab es einen Weg, ihn auch bei anderen zu finden?

»Nein.« Mourina sprach langsam und nachdenklich. »Ich glaube, es gibt momentan nur einen Ansatz, wie wir Siberi und seiner Macht begegnen können. Um ihm das Heer abzunehmen, müsstest du mit seinen Waffen kämpfen, und das willst du nicht. Aber vielleicht könnten wir versuchen, Siberi selbst zu zerstören.«

Ihn umbringen? Entsetzt starrte Alia die Heilerin an. »Ich hätte die Gelegenheit gehabt, ihn zu töten. Aber ich konnte es nicht. Es ist etwas an ihm, das mir leidtat. Er ist nicht aus eigenem Antrieb so geworden.«

Mourina lachte bitter auf. »Niemand wird aus eigenem Antrieb böse. Weder Mensch noch Gott. Aber wie willst du es rückgängig machen?«

Alia schloss die Augen. Ob es das war? Ob es möglich sein konnte, den Bruch einer Seele rückgängig zu machen?

»Wenn du es nicht über dich bringst, ihn zu töten«, überlegte Mourina laut, »und nicht mit deiner Macht gegen ihn ankommst – könntest du immer noch versuchen, die Macht anderer gegen ihn aufzubringen.«

Ein seltsames Gefühl sirrte durch Alias Fingerspitzen. Die Heilerin hatte recht. Siberi war nicht der einzige mächtige Sapioner. Und die Macht zweier Männer, die miteinander konkurrierten, rieb sich fast immer aneinander.

Doch wenn sie sich tatsächlich gegen die sapionischen Götter stellen wollte, musste sie Maßnahmen treffen, um sich zu schützen. »Denkst du, wir können irgendwo eine Rüstung auftreiben, die mir passen würde?«

Abschätzend wanderte Mourinas Blick über ihren Körper. »Ja, ich glaube, ich weiß, wo ich passendes Material finde. Aber eine Sache müssten wir modifizieren.« Sie zeigte auf Alias Hals. »Eine Gottgeborene mit deinem Anteil ist nahezu unverletzlich. Nur an deinem Hals braucht die Rüstung eine Verstärkung. Damit unsere Gegner deinen wunden Punkt nicht erreichen können.«

Alia unterdrückte ein Räuspern. Aber sie musste nicht nachfragen. Die Heilerin schien ohnehin eine Freundin ehrlicher Worte zu sein. »Dich zu köpfen ist die einzige Möglichkeit, dich zu töten. Also hüte dich davor, ihnen mit bloßem Hals entgegenzutreten.«

***

Dorgen

Im Heerlager war es still geworden. Seitdem Siberi die Männer an die Front gejagt hatte, lagen die Zelte und Ställe wie ausgestorben zwischen den Hügeln. Selbst in den Nächten kehrten die Krieger nicht zurück. Nur die Flaggen am Rand des Appellplatzes knatterten im Wind. Gelegentlich kamen noch weitere Gruppen von Sapionern und Sklaven aus dem Hinterland. Doch sie alle marschierten mit leeren Blicken durch das Heerlager und folgten Siberis Ruf an die Front.

Zwei Tage hatte Dorgen in der Stille ausgeharrt, war ziellos zwischen den verwaisten Zelten umhergestreift und hatte dennoch niemanden gefunden, der nicht von dem Wahnsinn erfasst worden war. In den Nächten hatte er neben Alia im Bett gelegen, meistens wach und alarmbereit.

Doch schließlich hatte er es nicht mehr ausgehalten. Sein Pferd stand als einziges noch im Stall. Er selbst musste sich darum kümmern, dass es nicht verhungerte. Doch am dritten Morgen hatte er die Stute nicht nur gefüttert und geputzt. Er hatte sie gesattelt und war losgeritten. Den verbrannten Wald hatte er in einem straffen Tagesritt durchquert. Für die Ebene von Nordfarua brauchte er zwei weitere Tage. Erst dann zeichnete sich der Kampf am Horizont ab. Aus der Ferne drangen die Angriffs- und Todesschreie, ein graues Getümmel bewegte sich vor der Silhouette der Grenzberge.

Seltsame Kälte ergriff Dorgen, als er an dem Hügel vorbeikam, auf dem er während der letzten Schlacht mit Siberi gestanden hatte. Wie ein dunkler Albtraum zogen die Erinnerungen an ihm vorüber. Damals war er ein anderer gewesen, eine willenlose Marionette in Siberis Händen.

Doch erst jetzt begriff er, was der dunkle Junge von ihm gewollt hatte – nicht nur seinen Körper und seinen Willen. Nein, Siberi wünschte sich den Zugriff auf das goldene Netz. Seine Magie wollte die Knoten schwarz färben und sämtliche Gottgeborene in seinen Bann ziehen.

Vielleicht war es ein Glück, dass Dorgen seinerzeit noch nichts von einem goldenen Netz geahnt hatte. Nicht einmal von seinen magischen Fähigkeiten hatte er gewusst.

Oder hatte Siberi nur deshalb so leichtes Spiel gehabt? Weil er ein ahnungsloser Anfänger gewesen war?

Nun hingegen war die Lage anders. Er spürte noch immer den Schutzschild, den Alia über ihn gespannt hatte. Ihre gemeinsame Macht war stärker als Siberis. Vielleicht war das der Grund, warum Dorgen nicht anhielt, als er auf den höchsten Hügel im Westen zuritt. Immer wieder fuhren Blitze in diesen einen Punkt, ließen die schmale Jungengestalt aufleuchten, die dort oben stand, und verzweigten sich in tausend leuchtende Fäden, die an die Front führten.

Ohne zu wissen, was er vorhatte, ritt Dorgen darauf zu. Als er den Fuß von Siberis Hügel erreichte, lag die Schlacht vor ihm. Brüllend und johlend stürzten sich die Krieger auf die Schützengräben der Pameli. In immer neuen Wellen stürmten sie voran. Doch irgendwo ganz vorn fiel jede Welle in sich zusammen, bis sie von der nächsten überrollt wurde. Schmerzens- und Todesschreie gellten durch die Ebene und vermischten sich mit dem Angriffsgebrüll der nachfolgenden Krieger.

Irgendetwas stimmte nicht. Doch Genaueres war von der Ebene aus nicht zu erkennen. Entschlossen trieb Dorgen sein Pferd den Berg hinauf, immer weiter in Siberis Richtung. Es war einer der letzten westlichen Ausläufer, der fast schon an die Berge von Nordfarua angrenzte. Nur von oben würde Dorgen die Schlacht vollständig sehen können.

Je näher er Siberi kam, desto heftiger kribbelte die Luft. Blitze zuckten um den Jungen herum. Dorgens Magie rieb sich heiß an Siberis Strom. Doch der Schutzschild war stärker. Selbst die Blitze ließen nach, als er die Kuppe des Hügels erreichte.

Sein Pferd hatte Siberi weiter unten gelassen, vielleicht, weil es die Blitze nicht so gut vertrug wie sein Reiter. Auch Dorgen sprang von seiner Stute und ging zu Fuß weiter.

Siberi stand an einer Abbruchkante, ganz am Rand des Berges.

Langsam trat Dorgen neben ihn. Erst von hier aus konnte er die Schützengräben der Pameli einsehen: Es war ein Kampf ohne

Gegner. Eigentlich sogar eine Schlacht ohne Kampf. Die Sapioner rannten einfach nur auf die Schützengräben zu, stürzten sich hinein und spießten ihre Körper auf Piken und Speerspitzen. Obwohl sie doch sehen mussten, dass sie in ihren Untergang sprangen, hielt niemand an.

Doch Siberi schien weder die Sinnlosigkeit noch die Verschwendung zu bemerken. Mit entrücktem Blick stand er da und streckte die Hände nach vorn. Der nächste Blitz fuhr in seinen Körper, ließ ihn aufleuchten und verzweigte sich durch die Finger zu den leuchtenden Leinen, die Dorgen schon von weitem gesehen hatte. Wie ein Peitschenschlag fegte der Donnerknall durch die Luft, füllte die Krieger mit neuer Energie und ließ sie haltlos über die Stellungen rennen. In grausigen Schreien fand die vorderste Reihe ihren Tod. Siberi stöhnte auf, Lust klang in seiner Stimme. Mit geschlossenen Augen und geöffnetem Mund stand er da, stöhnte und zitterte und wurde erst ruhiger, als die erste Reihe der Krieger gefallen war.

Dieses Mal blieb der nächste Blitz aus. Beinahe vorsichtig tastete die Magie des Jungen in Dorgens Richtung – und prallte an seinem Schutzschild ab.

»Du bist hier?«, flüsterte Siberi. »Heißt das, du bist zurückgekommen? Zu mir?«

Dorgen stieß ein kaltes Lachen aus. »Wenn du mich so dringend brauchst, darfst du gern davon träumen – aber geschehen wird es nicht.«

Wieder schloss Siberi die Augen. In einer verletzlichen Geste lehnte er den Kopf zurück. Der Anblick trieb ein dunkles Ziehen durch Dorgens Körper. Er hatte Siberi schon häufiger so gesehen. Wenn sie gemeinsam im Bett gelegen hatten.

»Bist du sicher?«, flüsterte der Junge. Seine Magie nahm zu. »Wir könnten es auch zusammen tun. Dieses Heer lenken und vergrößern. Du und ich. Ganz Ruann könnten wir vernichten.«

Das war es, was Siberi wollte. Er wollte keinen Krieg gewinnen. Er wollte nur vernichten. Doch sein Werk würde nur dann vollkommen sein, wenn er auch das goldene Netz eroberte.

Hastig schloss Dorgen die Augen. Siberis Bann war gefährlich. Auch jetzt noch.

Feyla! Er musste an sie denken. Sie war in Sicherheit. Vor Walerius gerettet und von Siberi befreit. Für sie musste er stark bleiben. »Du bist ein armer Junge, Siberi. Du bist nie geliebt worden, und jetzt kannst du nur mit Hass gegen die Verzweiflung ankämpfen.«

Der Blitz kam im selben Moment, teilte sich über ihnen und fuhr in sie beide hinein. Dorgen schrie, das goldene Netz glühte auf, fing das Feuer und verteilte es auf tausende Körper, auf tausende Menschen, denen es neue Lebenskraft verlieh. Als es vorbei war, keuchte Dorgen auf. Er kniete am Boden, seine Augen waren geblendet. Doch der Schmerz war fort.

Siberis Lachen klang durch den Schleier. »Feuermagie!«, rief er. »War das gut? Willst du noch mehr? Ich teile sie gern mit dir.«

Dorgens Herz raste. Ein dunkler Punkt zuckte in seinem Körper. Ob er mehr wollte? O ja. Es gab kein stärkeres Gefühl als diesen Impuls. Nichts Besseres und nichts Größeres.

»Wir beide«, flüsterte Siberi und kniete sich neben ihn. »Du und ich und die Macht der Blitze …« Seine Stimme schlich sich unter den Schutzschild. Nur noch einmal so einen Blitz fühlen, dem anderen nur noch einmal nahekommen …

Sein Verstand schlug Alarm. Siberi fing ihn ein! Er musste fort!

Hastig sprang er auf, stolperte und fing an zu rennen. Zurück zu seiner Stute, im Galopp den Hügel hinunter. Dorgen sah sich nicht um, als er über die Ebene donnerte. Erst als das Pferd langsamer wurde und keuchend in Schritt fiel, ließ er es gewähren. Kurz fürchtete er, dass Siberi ihm gefolgt war – aber der Junge stand noch oben auf dem Hügel. Das hier war einer der größten Momente in seinem Leben. Selbst wenn er Dorgen noch so gern an seiner Seite gehabt hätte – seinetwegen würde er seine Schlacht weder beenden noch unterbrechen.

Starker Schmerz flammte in Dorgens Brust auf, ließ ihn nach vorn fallen, bis er den Hals der Stute umklammerte. Warum war er so leichtsinnig gewesen? Wie hatte er so sicher sein können, dass Siberis Magie ihm nichts mehr anhaben konnte? Nie wieder durfte er sich in die Gegenwart des dunklen Jungen begeben.

Dorgen schreckte auf. Er hatte geschlafen. Oder waren es die Nachwirkungen des Blitzes? Er lag noch immer auf dem Hals der Stute. Doch um ihn herum dehnte sich die Aschewüste. Wie lange ritt er schon durch den verbrannten Waldgürtel? Wie lange war er bewusstlos gewesen? Vorsichtig richtete er sich auf. Der Schmerz in seiner Brust war verschwunden. Nur seine Muskeln zitterten vor Schwäche.

Oder lag es an dem langen Ritt?

Eine Bewegung riss seine Aufmerksamkeit an sich. Männer kamen ihm in der Asche entgegen. Es waren Soldaten. Von weitem erkannte er die sapionischen Rüstungen – von nahem starrten sie mit leeren Blicken. Die Krieger gingen zu Fuß. Unter ihren Armen trugen sie nachlässig zusammengewickelte Zelte, Stangen und Felle.

»Was ist hier los?«, fragte Dorgen den Erstbesten.

Der Mann antwortete nicht. Natürlich nicht.

Als sich das Heerlager hinter dem Aschefeld abzeichnete, begegneten ihm immer mehr Menschen. Nicht nur sapionische Krieger. Auch Sklaven und Zivilisten aus dem Hinterland. Sie alle trugen Versorgungsmaterial und starrten vor sich hin.

Dorgen ließ seine Stute antraben. Als er das Heerlager erreichte, standen Männer zwischen den Zelten und rissen sie wahllos auseinander. Zeltplanen ratschten und Heringe gingen klirrend verloren.

Dorgens Blick fiel auf einen Mann mit Offizierskragen. »He! Ich bin dein Heerführer. Wer hat euch den Befehl gegeben, das Lager zu verlegen?«

Mit verlorenem Ausdruck schaute der Mann zu ihm auf.

Es hatte keinen Sinn. Sie alle standen unter Siberis Bann.

Alia! Er musste zum Hurenzelt. Allein für den Hinweg hatte er drei Tage gebraucht. Der Rückweg hatte vermutlich noch länger gedauert. In der Zwischenzeit konnte alles Mögliche geschehen sein. Was, wenn Alia gestorben war?

Mourina war bei ihr. Allein damit versuchte Dorgen, sich zu beruhigen. Noch einmal ließ er das Pferd antraben. Vor dem Hurenzelt sprang er ab und warf die Zügel nachlässig über einen Anbindepfahl. Fast panisch stieß er den Zelteingang auf und blieb wie erstarrt stehen.

Alias Aura erfüllte den Raum. Sie selbst stand aufrecht inmitten des Zeltes. Aber sie trug weder eines von Nureens Kleidern noch sein schwarzes Hemd, das ihr viel zu groß war. Vielmehr war sie in eine schwarze Lederrüstung gehüllt, die sich ihren weiblichen Formen anpasste. Nur um ihren Hals stand ein Kragen aus massiven Metallspitzen, den er noch nie bei einem Krieger gesehen hatte. Nicht einmal mit einem Schwert wäre es möglich gewesen, den Kranz zu durchdringen.

Doch ihre stärkste Waffe war ihre Magie. Selbst Siberis Macht wirkte zerbrechlich dagegen.

Dorgen atmete nur vorsichtig. Sein goldenes Netz pulsierte, nahm ihre Aura in sich auf und stärkte sich an ihrem Schutz.

Langsam trat er auf Alia zu. Im ersten Moment wollte er die Hand ausstrecken und sie berühren. Dann hielt er inne. Er hatte Feyla wiedergefunden. Sie lebte. Sie war gerettet. Jetzt noch einmal mit Alia zu schlafen hätte sich angefühlt wie Betrug. Von nun an war sie nicht mehr seine Geliebte. Dennoch gehörten sie zusammen. Zwei Kämpfer, die Seite an Seite standen. Aber für wen oder was kämpften sie? »Das Heer ist verloren«, erklärte er leise. »Ich war an der Front. Siberi bringt sie alle um. Es geht ihm nicht darum, einen Krieg zu gewinnen. Er will nur, dass alle Menschen sterben. Und alle Götter ebenso. Von nun an gibt es nur noch uns, Alia. Und die Menschen in dem goldenen Netz.« Bei seinem ersten Satz hatte Dorgen noch nicht gewusst, was er sagen wollte, doch nun stand es ganz klar vor seinen Augen: »Lass uns weggehen. Es würde niemanden kümmern. Niemand wird es überhaupt bemerken. Lass uns fortgehen und deine Schwester suchen. Und danach suchen wir Feyla. Oder wir reiten zu Walerius' Palast. Meine Frauen und Kinder …« Er stockte bei dem Gedanken. »Ich muss sie endlich befreien.«

»Feyla kümmert sich darum.« Alia sprach ruhig. »Sie und ihre neuen Freunde wollen deine Frauen und die Kinder vor Walerius retten. Sie werden viel schneller im Palast sein, als du es je sein könntest.«

Dorgen stieß mühsam die Luft aus. Wenn es jemandem gelingen konnte, seine Sippe zu retten, dann Feyla. Aber warum fiel ihm das Atmen trotzdem so schwer?

»Wir dürfen jetzt nicht gehen.« Mit erhabenen Schritten kam Alia auf ihn zu. Etwas in ihrer Haltung griff auf ihn über. »Nur wir können jetzt noch versuchen, diesen Krieg zu wenden«, erklärte sie. »Und nur wenn wir die Kontrolle über das Heer wieder an uns bringen, ist Ruann noch zu retten.«

Dorgen versuchte, die Angst zu verdrängen. »Und wie tun wir das? Willst du noch einmal versuchen, Siberi die Fäden abzunehmen?«

»Nein.« Auf Alias Gesicht erschien ein selbstsicheres Lächeln. »Es gibt eine andere Möglichkeit: Walerius und Rabanus sind auf dem Weg hierher. Ebenso wie der Blutsohn. Da war ein Blitz, in dessen Licht ich sie sehen konnte.«

Dorgen schauderte. Ob es der Blitz gewesen war, der ihn und Siberi gleichzeitig getroffen hatte? Der in sein goldenes Netz ebenso vorgestoßen war wie in Siberis schwarze Fäden?

Vermutlich.

»Und was ist dein Plan?«, fragte er leise.

In Alias Augen entzündete sich ein seltsamer Funke. »Eigentlich ist es ganz einfach: Wir spielen die Mächtigen gegeneinander aus.«

9. Kapitel

Galejas wissende Chronik der Vergangenheit
Buch Nelja

Jahr 14988 bis 14999 der Wasserära

Drei Jahre nach dem verheerenden Schiffsunglück, bei dem Walis Sapion mitsamt seiner Sippe umgekommen war, wurde am Ufer von Anmare ein etwa dreijähriger Junge angespült, dessen Gesicht und Körper von grässlichen Brandnarben entstellt waren. »Rabanus Sapion« war als Name in seiner Kleidung eingenäht. Allein dadurch ließ sich erkennen, dass es sich bei ihm um Walis' erstgeborenen Sohn handelte, der drei Jahre lang für tot gehalten wurde. Ganz offensichtlich hatte der Junge nicht nur den Schiffsbrand überlebt, sondern auch die drei Jahre, in denen er im Meer umhergetrieben war.

Nur ein Kind von göttlichem Geblüt konnte derartige Dinge überstehen.

Der Schatzmeister, der in der Zwischenzeit erneut der Regent von Sapion gewesen war, nahm seinen Enkel überglücklich bei sich auf und wollte ihn zum Thronfolger von Sapion erziehen. Die ersten drei Lebensjahre, die der kleine Junge in Todesangst verbracht hatte, hatten jedoch nicht nur die Narben in seinem Gesicht hinterlassen. Auch seine Seele litt an einem bleibenden Schaden. Der Junge war von solch hitziger Wut erfüllt, dass es niemandem gelang, ihn zu erziehen.

Nur einer besaß schließlich die Fähigkeit, den Zorn des Jungen zu zähmen. Walerius, ein junger Mann, der als Hoflehrer in den Palast kam, war der einzige Mensch, der einen Zugang zu Rabanus fand.

Als der alte Schatzmeister starb und Rabanus im Alter von fünfzehn

Jahren zum Herrscher von Sapion gekrönt wurde, war es daher nur natürlich, dass er seinen Hoflehrer und einzigen Vertrauten zu seinem obersten Berater ernannte.

***

Malun

Tailin

In wahnwitzigem Tempo ritten sie durch Malun, zuerst durch die Berge, dann über die hügeligen Wiesen im Süden und schließlich durch die endlosen Wälder, die niemals von Menschen kultiviert worden waren. Wenn das Dickicht am Boden undurchdringlich wurde, sprang Chaveen die Baumstämme hinauf und flog in den Kronen von Baum zu Baum. Für die Katze war es ein wildes, furchtloses Spiel. Rauschende Euphorie erfüllte sie und griff auf Tailin und Leymon über. Es gab keinen Grund, Angst vor der Höhe zu haben. Sie waren Götter. Selbst wenn sie fielen, würden sie sich in kürzester Zeit erholen.

Doch sie fielen nicht. Niemals. Überhaupt waren Leymon und Chaveen noch nie aus solcher Höhe gestürzt. Jeder Absprung, jeder Flug und jede Landung war eine sorgsame Choreografie ihrer Körper, mit ihrer gemeinsamen Wahrnehmung aufeinander abgestimmt.

Tag und Nacht ritten sie durch. Sie mussten weder essen noch trinken, nicht einmal schlafen. Nur in den ersten Tagen wollte die Müdigkeit Leymon und Chaveen überwältigen. Doch Tailin hielt sie aufrecht, und schließlich sprang etwas von ihm zu den anderen über, eine Art Energie, die sich selbst am Leben erhielt und sie in einem Kreislauf aneinanderschloss. So wie jetzt hätte es immer sein sollen. Sie drei bildeten eine Einheit, Vollkommenheit.

Nach einigen Tagen erreichten sie einen Weg, der an einem Flusslauf entlang nach Norden führte. Hier standen nur wenige Bäume, und sie kamen noch schneller voran. In rasendem Galopp preschten sie über den Wildpfad und ließen die Tagesetappen eines Fußmarsches innerhalb weniger Augenblicke hinter sich.

Nur durch Leymons Gedanken bemerkte Tailin den Moment, in dem sie auf der Höhe des Novizendorfes vorbeikamen. Der Flusslauf lag jedoch mehrere Tagesreisen weiter im Westen, und Tailin fand nicht einen Punkt in der Landschaft, der ihm bekannt vorkam.

Je länger sie ritten, desto tiefer überfiel sie die Trance. Die Bilder des Rittes verschwammen, Visionen schoben sich dazwischen, ein goldenes Netz, das Menschen und Götter verband und den letzten Widerstand gegen die sapionische Invasion bildete. Wenn es doch nur möglich gewesen wäre, das goldene Netz zu erweitern, schwarze Knoten zu heilen und die Fäden dazwischen in Gold zu färben …

Es war Tailins Aufgabe, das Schwarz zu besiegen – und Leymons Bestimmung, eine bessere Zukunft zu finden. Chaveen hingegen war ihr Schutz, ihre Begleiterin, die sie sicher an jedes Ziel brachte. Je stärker die Visionen wurden, desto mehr übernahm die Pamuschkatze die Verantwortung für ihren Weg. Sie wusste, wohin sie wollten, ganz gleich, wie sehr ihre Reiter in einer inneren Welt versanken.

Irgendwann, für die Dauer eines Blinzelns, bemerkte Tailin, dass sie das Ufer des Flusslaufs verlassen hatten. Eine weite Berglandschaft flog an ihnen vorbei. Waren sie in Pamal? Auf dem Weg zum Tempel?

Nein. Sie waren in Malun. Aber was war ihr Ziel?

Galeron! Der Berg Galun. Die nördlichsten Gefilde im Land der Götter.

»Wir müssen ausruhen«, murmelte jemand. Wer war es? Er war in ihm, Teil von ihm. Oder saß er vor ihm auf der Katze?

Leymon. Sein Freund. Sein Geliebter. Sein Partner.

Sie mussten ausruhen. Aber warum?

»Um die Trance hinter uns zu lassen. Damit wir den höchsten Berg hinaufklettern können und dem rätselhaften Gott mit klarem Verstand gegenübertreten.«

Irgendwann fielen sie, einfach so. Oder war es eine Entscheidung gewesen? Über ihnen war es dunkel, mitten in der Nacht. Auch der Boden war kühl und hart. Aber kam es darauf an? Da war der andere, ganz nah. Und die Katze. Sie lag neben ihnen, rollte sich um sie herum, hüllte sie in Wärme.

Endlich schlafen. Die Visionen zurücklassen. Mensch werden.

Der Schlaf kam tief und dunkel, endlos. Nur für kurze Momente tauchte Tailin daraus auf. Dann war alles schwer. Sein Körper, sein Geist. Er konnte sich nicht bewegen. Stattdessen fiel er zurück in die Schwärze, ein ums andere Mal. Manchmal war der Himmel dunkel, wenn er erwachte. Dann wieder hell.

Als er das fünfte oder sechste Mal blinzelte, war die Welt ein gemaltes Bild aus Blau und Silber. Es war Nacht, doch der Himmel war erleuchtet von dem größten Mond und seinen kleineren Brüdern. Sapionas war der Name des großen Mondes, den er im Rekrutenlager gelernt hatte. Die beiden kleineren waren den Sapionern keine Erwähnung wert gewesen.

Ob sie in anderen Sprachen einen Namen besaßen? Tailin forschte in seiner Erinnerung, in den Fragmenten seiner Kindheit, die manchmal hervorblitzten. Doch da war nichts.

Er hätte Lenja nach den Namen der Monde fragen können. Wenn er jemals darüber nachgedacht hätte.

»Talunskarjos«, murmelte Leymon. Seine Stimme klang rau und verschlafen, und kurz glaubte Tailin, er rede im Traum. Bis Leymon den Kopf drehte und leise in sein Ohr sprach: »Taluns Abbild. So nennen die Pameli den großen Mond. Der mittlere ist ein Zwitterwesen aus männlich und weiblich. Er heißt Pamuschkarjas, und der kleine ist Gamonskarjos.«

Die Namen der drei Götter sickerten nur langsam in Tailins Bewusstsein. Ausgerechnet jene Götter, deren Kräfte sie trugen? Erst dann kam ihm der Verdacht, dass Leymon ihn auf den Arm nahm. »Das hast du doch gerade erfunden.«

Leymons leises Lachen drang in sein Ohr. »Ich weiß, das klingt jetzt nicht besonders glaubwürdig. Aber es stimmt.«

Tailin musste Leymon ansehen, um sicher zu sein. Das Licht der Monde fing sich in den Flechten seiner Haare. Wirr und halb aufgelöst standen sie um Leymons Kopf. Doch sein Gesicht lag im Schatten.

»Es stimmt wirklich.« Leymon klang ernst. »Seit ich weiß, dass du Taluns Magie in dir trägst, betrachte ich die Monde und frage mich, was für eine grausame Ironie das sein soll, dass sich die Abbilder unserer göttlichen Seelen am Himmel spiegeln. Erst jetzt weiß ich, was es wirklich bedeutet: Wir hätten wissen können, dass wir zusammengehören. Wir hätten es die ganze Zeit wissen können.« Jetzt kam das Lachen durch seine Nase. Mit einer winzigen Geste duckte er sich in Tailins Halsbeuge, pustete das Lachen über seine Haut und streifte sein Ohr mit den Lippen. Als er den Kopf wieder hob, schimmerte das Licht der Monde in seinen Augen. »Wir hätten nur den Himmel fragen müssen.«

Ein heftiger Schauer erfasste Tailin. Wie alt mochten die Namen der Monde sein? Und wie war es möglich, dass die Benennung etwas vorhersah, was noch jahrhundertelang in ferner Zukunft gelegen hatte?

»Aber wenn du die Faruaner fragst«, fuhr Leymon fort, »dann heißen die Monde anders. Der große ist Talun, nur darin sind wir uns einig. Aber den mittleren nennen sie Maluna und den kleinen Galeja.« Wieder lachte er leise zischend. »Was meinst du, wie viele Abende wir am Lagerfeuer mit den faruanischen Rebellen darüber diskutiert haben! Es war unmöglich, sich auf die Namen der Monde zu einigen. Die Faruaner werfen uns vor, wir seien egozentrisch, die Monde nach unseren eigenen Göttern zu benennen und den Namen der wichtigsten Göttin zu unterschlagen.« Er beugte sich tiefer über Tailins Gesicht. Wie eine warme Brise streifte Leymons Atem über seine Wange. »Aber zu Maluna haben wir noch eine andere These. Alte Priester wie Salmi sagen, dass es vor langer Zeit einen weiteren Himmelskörper gab, der Malunas Namen trug. Aber was auch immer es war – es ist vom Himmel verschwunden.«

Tailins Herzschlag geriet ins Stolpern. Was, wenn sich die ganze Wahrheit am Himmel spiegelte? Wenn sie nur hinsehen und zuhören und glauben mussten? Und was, wenn er nur Leymons Kuss und seine Visionen brauchte, um alle Geheimnisse zu lüften?

»Nein!« Leymon klang erschrocken. »Keine Visionen! Nicht heute Nacht.« Seine Hand löste sich vom Boden, berührte Tailins Wange und strich durch seine Haare. »Die Visionen verschmelzen uns und reißen uns fort. Aber ich möchte dich einmal als Mensch lieben, dich im Mondlicht sehen und endlich begreifen, dass es wahr ist. Und wenn es das einzige Mal sein sollte, bitte tu mir den Gefallen: Schau nicht in meine Gedanken.« Leymons Gesicht flackerte. Plötzlich war es voller Schatten und Gefahren, umhüllt von Geheimnissen, die geheim bleiben sollten. »Nur ein einziges Mal«, hauchte er. »Ich liebe dich so sehr, Tailin. Ich bin verbrannt ohne dich, ich brenne immer noch. Alles tut weh, wenn ich dich ansehe.«

Das Brennen griff auf Tailin über. Sengend kroch es durch seine Brust. Leymon sollte ihn küssen, berühren, einen Weg unter seine Kleidung finden.

Der Boden, auf dem sie lagen, war nackter Stein. Auch hinter Leymon ragte der Fels auf, eine steile Wand, die wie ein Ungeheuer in die Höhe wuchs, beschienen vom Licht der Monde. Galun. Ohne den Berg je aus der Nähe gesehen zu haben, wusste Tailin, dass sie ihr Ziel erreicht hatten. Nur noch der Aufstieg fehlte. Nur noch die Begegnung mit Galeron.

Doch nicht heute. Das Licht der Monde gehörte allein ihnen. In dieser einen Nacht würden sie nur Menschen sein.

Erst jetzt fiel Tailin auf, dass Chaveen nicht mehr bei ihnen lag, sondern etwas entfernt. Nur ihr Schnurren klang leise zu ihnen herüber.

Ohne ihr Fell war es kalt auf den Steinen, ungemütlich.

»Warte«, flüsterte Leymon. Mit einem Sprung stand er auf, lief zu der Katze und befreite sie von den Satteltaschen. Mit schnellen Bewegungen schnürte er die zusammengerollten Felle los und warf sie zu Tailin auf den Boden. Zu zweit bedeckten sie die Felsen mit einer weichen Schicht und konnten sich kaum genug beeilen.

Tailin versuchte gerade, einen Fellzipfel über eine scharfe Felskante zu schlagen, als Leymon neben seinem Ohr knurrte: »Wie lange willst du dich noch damit aufhalten?«

Tailin musste lachen. »Nur so lange, bis wir uns nicht mehr am Fels wehtun.« Der Zipfel war zu kurz. Er selbst kniete auf dem Fell, ging auf alle viere und zog einen längeren Zipfel hervor.

»Dein Ernst?« Leymon packte seine Hüften und hielt ihn fest. »Du kannst auch einfach so hocken bleiben, dann geht es gleich ganz schnell.« Seine Hände schoben sich unter Tailins Hemd, fuhren an seinen Seiten entlang und zerrten das Hemd über seinen Kopf. »Aber ich will nicht, dass es schnell geht.« Seine Hand strich über Tailins Rücken abwärts, schlich sich unter den Bund seiner Hose.

Ein gewaltiger Schauer lief durch Tailins Körper. Er wollte mehr, wollte es jetzt. Ganz gleich, wie schnell es ging.

Leymons Hand fuhr über seinen Po, schob sich von hinten zwischen seine Beine. »Bitte halt mich auf. Ich will dich nicht schnell und dreckig nehmen wie einen dieser …« Er sprach es nicht aus. Doch Tailin wusste, was er meinte. Schuld und Reue strömten aus Leymons Nähe. Bis jetzt hatte Chaveen alle Männer getötet, mit denen er schlief. Es war die einzige Art von Sex, die er kannte.

Mit einem Ruck riss Leymon sich los, stöhnte auf und rollte

sich auf dem Fell zur Seite. »Ich hab das nicht verdient. Ich hab weder dich verdient noch die Gnade, mit der Svaris mich verschont hat. Nur weil ich ein Gott bin, heißt das nicht …«

»Schscht!« Tailin beugte sich über ihn, legte den Zeigefinger auf Leymons Lippen und strich darüber. »Gnade liegt im Ermessen derer, die sie gewähren. Sonst wäre es keine Gnade, sondern Recht. Wenn ich also denke, dass du meine Gnade verdient hast, dann ist das meine Entscheidung.«

Dunkle Weite zeigte sich in Leymons Augen.

Tailin berührte einen der geflochtenen Zöpfe. Langsam ließ er die Finger daran hinabgleiten, fand das Band, das die Haare zusammenhielt, und zog es heraus. »Ich habe deine Haare noch nie offen gesehen.« Vorsichtig löste er die Flechten. Krause Locken sprangen ihm entgegen.

Auf ihrer Wanderung durch Pamal hatte Leymon nur manchmal einen einzelnen Zopf neu geflochten, aber niemals alle.

»Sind die Locken von den Zöpfen? Oder sind sie immer so kraus?« Tailin löste die nächste Strähne.

Leymon packte seine Hand und hielt sie fest. »Willst du das jetzt mit allen Zöpfen machen? Es dauert ewig.«

Tailin grinste ihn an. »Ich dachte, wir haben die ganze Nacht Zeit.«

Leymons Iris wurde enger und weiter. Ein ungeduldiges Knurren mischte sich in seine Stimme. »Mir würden noch ein paar andere Stellen an deinem Körper einfallen, die ich mir noch nie genau angeschaut habe. Und ein paar Dinge, die ich immer schon mit dir tun wollte.«

Ein heißes Gefühl stieg in Tailins Wangen. »Ich habe noch nie eine ganze Nacht mit einem Mann verbracht.« Die Aussage überraschte ihn selbst, aber es stimmte. Nur die eine, drogenberauschte Nacht mit Zenju war eine Ausnahme gewesen. Doch alles, was vorher war – seine pragmatische Beziehung mit Kaylen, ein paar jüngere Krieger, deren Namen er nie erfahren hatte … »Im Heerlager musste es immer schnell gehen. Unauffällig. Wenn wir also wollen, dass es lange dauert, sollten wir mit ein paar langweiligen Dingen anfangen.«

Ein wildes Lachen sprang aus Leymon hervor, löste seine Anspannung und griff auf Tailin über. Niemand sonst lachte so ansteckend wie er. Eine nervöse Leichtigkeit klang darin. Leymon fasste nach Tailins Hand, zog sie zu sich, bis seine Finger das Lederhemd streiften.

Früher hatte Tailin geglaubt, die Pamuschkrieger besäßen ein feines, weiches Fell. Doch es war nur dieses Hemd, das sie hauteng nähten, um ein Fell vorzutäuschen. Mehr als das trugen sie nicht zum Schutz, nicht einmal im Kampf. Auf diese Weise waren sie wendig und schnell.

Und gleichzeitig so schrecklich verwundbar. Fühlbar dicht lagen die Muskeln unter Leymons Hemd. Dennoch war es viel zu weit, längst nicht mehr hauteng.

Leymon musste monatelang gehungert haben. Vor Kummer. In dem Wunsch, sich ein letztes Mal zu verausgaben und dann zu sterben. Tailin war versucht, sich in seine Gedanken zu tasten. Doch da war eine Grenze – wie eine milchige Trennwand, hinter der Leymons Gefühle versteckt lagen.

»Nicht«, flüsterte der Pameli. »Nur Menschen … bitte.«

Etwas stimmte nicht mit ihm. Irgendetwas verheimlichte er vor Tailin. Doch vielleicht war es besser so. Jetzt. Für diese Nacht. Tailins Hand schlüpfte unter den Hemdsaum. Die Haut darunter war glatt. Es gab nicht ein Haar auf Leymons Brust, nur ein paar winzige Narben von alten Verletzungen.

Leymons Göttlichkeit war geringer als seine. Schlimme Verletzungen konnten ihn töten. Aber was würde geschehen, wenn Leymon starb? Starben sie dann gemeinsam? So wie Pamusch und Reiter zusammen starben? Tailin wusste nicht, ob es ein schrecklicher oder ein schöner Gedanke war. Aber vielleicht war es einfach nur konsequent. »Ich will nicht mehr ohne dich leben.«

Leymon stöhnte auf, seine Hände packten Tailins Schultern. Gleich darauf küssten sie sich. Zuerst wild und stürmisch, dann langsam und vorsichtig. Kein Blut. Wenn sie Menschen bleiben wollten, durften Leymons Zähne ihn nicht verletzen. Tailins Zunge wagte sich vor und zog sich zurück, strich über Lippen und Schneidezähne, wich den Reißzähnen aus und spielte dennoch mit dem Risiko.

Im nächsten Moment wollte er Leymon woanders küssen, überall. Hastig richtete er sich auf, schob beide Hände unter das Leder und zog es über Leymons Kopf. Mit der gleichen Eile löste er die Verschnürung der Hose. Doch das enge Leder war störrisch. Zu zweit zerrten sie die Hosenbeine von Leymons Füßen.

Der Pameli lachte, während er unter den Bund von Tailins Stoffhose griff und ihn mit spielerischer Leichtigkeit davon befreite. »Diese Priesterkleidung hat eindeutig Vorteile.«

»Das ist Novizenkleidung«, erklärte Tailin. »Ich bin noch kein Priester.« Nur mit sinnlosem Geplänkel ließ sich die Aufregung bekämpfen.

»Kein Priester?« Leymon sprang auf die Ablenkung an. »Jemand wie du ist kein Priester?«

»Nur ein Anwärter.« Endlich konnte Tailin auch Leymons Hose zur Seite werfen. »Ich habe alles von Lenja gelernt, was sie mir beibringen konnte. Aber als Talun noch lebte, war er ein vollwertiger Gott. Einen Priester Taluns hat es nie gegeben. Entsprechend wusste niemand, was zu tun ist, um mich zum Priester zu weihen.«

Leymon richtete sich auf, schaute ihn an, als wäre es wichtig, was sie redeten.

Tailin winkte ab, packte ihn an den Armen und drängte ihn zu Boden. Leymon rollte sich zur Seite, zog ihn mit sich, bis Tailin auf ihm lag.

Im Rausch der Visionen hatten sie mehr als einmal miteinander geschlafen, aber nie so wie jetzt, nie so bewusst. Alles an

Leymon war schmal, viel zu zart für einen Krieger. Wäre da nicht seine Kraft gewesen. Rau und fordernd strichen seine Hände über Tailins Rücken, schoben sich über seinen Po und umfassten seine Schenkel.

Schwindel ergriff ihn. Tailin wollte mehr, brauchte es jetzt, sofort.

Auch Leymons Körper zitterte unter seinem. »Es tut mir leid, aber ich … kann nicht mehr warten.«

Sie mussten nicht warten. Wozu sollten sie? »Wir können es auch zweimal tun oder dreimal. Wir haben die ganze Nacht.«

»Viermal.« Leymon schluckte zwischen den Worten. »Ich will dich viermal. Oder öfter. In jeder Variante.« Seine Hände pressten ihn an sich. »Versprich mir, dass es danach nicht vorbei ist, dass wir weiter …« Sein Keuchen drängte sich in den Satz, vermischte sich mit der Welle, die Tailin erfasste. Kurz bevor sie kamen, griffen ihre Gefühle ineinander, rissen die Trennwand nieder, mit der Leymon seine Gedanken abschottete. Ihre Lust zerstob zu einer Kaskade aus Funken und kochendem Wasser. Das Feuer explodierte und riss das Wasser mit sich, tosender, heißer Regen, der sie beide unter sich begrub.

Für einen Augenblick lag Leymons Schmerz offen vor Tailin. Seine Schuld. Die schmutzigen Gesichter von Kindern …

Erschrocken schnappte Leymon nach Luft. Seine Hände stießen gegen Tailins Schultern. Doch er schubste ihn nicht fort, nur ihre Gedanken rissen auseinander.

Ohne Leymons Gefühle legte sich Kälte auf Tailins Brust. Das, was sein Freund vor ihm geheim hielt, schmerzte mehr als alles, was er längst von ihm wusste.

Sie mussten auch dieses Geheimnis teilen. Aber nicht jetzt. In dieser Nacht duldete es Aufschub.

Ihre Körper lösten sich voneinander, doch ihre Hände kehrten zu dem anderen zurück. Behutsam fanden sie die empfindlichsten Stellen, zeichneten die Wege mit den Lippen nach und begannen zu spielen. Während sich die Monde über den Himmel schoben, schliefen sie ein ums andere Mal miteinander. Jedes Mal brauchten sie länger, und das versprochene vierte Mal währte endlos, bis sie lachend abbrachen und erschöpft in die Arme des anderen sanken.

Dennoch war an Schlaf nicht zu denken. Tailins Finger zeichneten Spuren auf Leymons Brust, während dieser auf dem Rücken lag und in den Himmel schaute. Doch Leymons Gedanken waren weit entfernt. Auch sein Blick wirkte verloren.

»Was auch immer es ist«, flüsterte Tailin. »Du kannst es mir sagen.«

Ein hartes Lachen drängte sich aus Leymons Brust. »Nein. Du täuschst dich.«

Vielleicht war es diese Härte, die Tailin Angst machte. Sie zwei waren aneinander gebunden. »Wir sind eins«, flüsterte er. »Du weißt, dass du mich nicht lange fernhalten kannst.«

Leymon schnaubte leise. »Du findest das romantisch, oder? Unsere Verbindung. Eins sein. Jeden Gedanken und jedes Gefühl zu teilen. Aber glaub mir, das ist nicht romantisch. Du kannst niemals allein sein. Nie eigene Entscheidungen treffen, nie unbemerkt Fehler machen. Da ist immer einer, der dich beobachtet. Und sei es nur so eine verdammte Katze. Ich bin Chaveen schon mein ganzes Leben so nah, und glaub mir: Manchmal möchte man einfach nur seine Ruhe haben und dieses Scheißbiest aussperren.«

Bilder von Manu flackerten auf, dem Jungen, den Leymon schon geliebt hatte, bevor Chaveen zu ihm gekommen war, und von dem er sich nicht hatte fernhalten können, bis die Katze ihm seinen Kopf vor die Füße geschleudert hatte.

Doch heute ging es nicht um Manu. Auch nicht um die anderen Männer, die durch Leymons Schuld gestorben waren. Es schien noch mehr in seinen Abgründen zu lauern, etwas, das noch verachtenswerter war.

Die Angst schnürte Tailin die Kehle zu. Was konnte noch schlimmer sein als der Mord an unschuldigen Liebhabern?

Urplötzlich kam Wut in ihm auf. »Und jetzt bin ich das Scheißbiest, das du aussperrst?«

Leymon fuhr herum. Seine Ohren legten sich an, Entsetzen zeigte sich in seinem Blick. »So hab ich das nicht gemeint. Du bist kein Scheißbiest. Du bist …«

Alles! Plötzlich waren seine Gedanken da. Ganz dicht. Verzweifelt. Und so laut, dass Tailin sie aussprechen musste: »Du bist alles, was Sinn ergibt, alles, was uns beide am Leben hält, alles, was diese Welt braucht, um gesund zu werden.«

Die Sehnsucht in Tailins Brust schlug über. Wieder berührte er die geflochtenen Zöpfe. Und dieses Mal widersprach sein Freund nicht, als er die Flechten daraus löste, einen Zopf nach dem anderen, bis Leymons Haare wie eine wilde Mähne um seinen Kopf standen.

Nachdem der mittlere Mond den größten überholt hatte, waren beide hinter dem Horizont verschwunden. Nur noch der kleine warf einen matten Schimmer auf Leymons Locken.

Tailin vergrub seine Hände darin und lehnte die Stirn an die des Pameli. Leymons Gedanken waren längst wieder fort. Blitzschnell hatte er die milchige Trennwand in eine schwarze Mauer verwandelt. Allein seine Körperwärme war noch da.

Tailins Blick fiel auf den kleinen Mond. Seine silbrige Scheibe verschwand langsam hinter dem Berg. »Er geht unter«, flüsterte er. Bald würde es dunkel sein. Mit dumpfer Wucht keimte die Panik auf.

»Schscht«, machte Leymon. »Ich bin da! Ich bin bei dir, siehst du?« Sein Arm legte sich um Tailin, zog ihn an sich, bis sich ihre Körper ineinander verschlangen. »Schließ die Augen. Dann zeige ich dir das Licht der Sterne.«

Tailin fürchtete die schwarze Mauer. Doch Leymon zog die Grenze beiseite. Das Licht der Sterne glitzerte auf den Felsen.

Gleich darauf begann Leymon zu singen, ganz leise nur, ein altes Wiegenlied in der Sprache der Pameli. Seine Stimme klang ruhig. Und schön. Und friedlich. So lange, bis Tailin einschlief.

***

Als Tailin erwachte, war es hell. Er hatte lange geschlafen. Das wusste er, noch bevor er die Augen öffnete. Der intensive Geruch von frischem Wild drang in seine Nase. Doch es war nicht seine eigene Wahrnehmung. Die Katze war fortgelaufen, um zu jagen, und wo auch immer sie war – sie belauerte eine Lumaniherde.

»Nicht die Lumanis«, flüsterte Tailin. Doch die Katze antwortete mit einem Knurren. Das Tier, auf das sie fokussiert war, war ein verletztes Kalb. Es würde so oder so verenden.

Tailin gab es auf. Es hatte keinen Sinn, mit den Gedanken einer Pamusch um ihre Beute zu diskutieren. Stattdessen blinzelte er.

Auch Leymon schien bereits seit einer Weile auf den Beinen zu sein. Mit nacktem Oberkörper stand er neben den Satteltaschen. Wassertropfen glitzerten auf seiner Haut, und die Haare hingen nass und lockig über seinen Schultern.

Am liebsten hätte Tailin ihn zu sich gewunken, hätte seine Locken berührt und ihm zugeflüstert, dass er mit diesen Haaren aussah wie ein junger Priester. Er wollte Leymon zurück zwischen die Felle ziehen und ihn noch einmal lieben.

Doch etwas in Leymons Gegenwart hielt ihn davon ab. Wenn sein Freund vorgehabt hätte, ihre Liebesnacht in den Tag zu verlängern, hätte er ihn mit einem Kuss geweckt oder gewartet, bis Tailin von allein wach wurde. Dann hätten sie gemeinsam im Fluss gebadet und die Spiele der letzten Nacht im Wasser fortgesetzt.

Doch Leymon hatte die gemeinsame Zeit von seiner Haut gewaschen, ohne Tailin auch nur davon zu erzählen. Jetzt strahlte stille Einsamkeit von ihm ab, während er ein frisches Lederhemd aus der Satteltasche zog und es überstreifte.

Nur ganz vorsichtig tasteten Tailins Gedanken in seine Richtung. Doch der andere ließ ihn nicht zu sich. Die schwarze Wand, die Leymon in der Nacht errichtet hatte, trennte ihre Gedanken noch immer. Selbst Chaveen schien außerhalb der Mauern zu stehen, mit denen Leymon sich schützte.

Für eine gefühlte Ewigkeit lag Tailin still und sah zu, wie Leymon eine Feuerstelle errichtete. Er stapelte Holz auf, das er wohl irgendwann an diesem Morgen gesucht hatte. Vermutlich noch vor dem Bad.

Wie lange war er schon wach? Um in der kargen Landschaft so viel Holz zu finden, musste er schon seit der Morgendämmerung unterwegs sein.

Oder hatte er Tailin nur in den Schlaf gesungen und dann wach neben ihm gelegen?

Was ist mit dir?, dachte Tailin. Doch er sprach es nicht aus, und Leymon schien nicht einmal zu bemerken, dass er wach war.

Mit bloßen Händen machte sich der Pameli daran, ein Feuer zu entzünden. Zum ersten Mal sah Tailin, wie er Magie dafür verwendete. Nur seine Fingerspitzen tanzten, seine Augen waren geschlossen, starke Hitze strahlte von ihm ab. Dann entlud sich die Magie, und der Zunder ging in Flammen auf. Es sah deutlich mühsamer aus als die spielerische Art, mit der Aimisch ein Feuer entzündete. Doch in seiner Ausbildung hatte Tailin gelernt, dass die Magie der Pamuschkrieger zu weit aufgespalten war, um allein Feuermagie zu bewirken.

Fast lautlos stand Tailin auf, wickelte ein Ledertuch um seinen Körper und trat hinter Leymon. »Ich dachte, deinesgleichen könnten so etwas nicht.«

Leymon zuckte zusammen. Doch er drehte sich nicht um. Er hockte nur da und starrte ins Feuer. »Ich bin der Einzige, dessen Feuermagie stark genug ist. Aber ich kann es auch nicht immer.« Der Schein des Feuers fing sich in seinen hellbraunen Locken. Je mehr sie trockneten, desto krauser fielen sie umeinander.

Tailin kniete sich hinter ihn, schob Leymons Haare zur Seite und küsste ihn in den Nacken. »Warum kannst du es heute?«

Ein heftiger Schauer lief durch Leymons Körper. Kühle Gänsehaut bildete sich unter Tailins Lippen. »Weil ich so wütend bin, dass ich jemanden umbringen könnte.«

Tailin hielt inne. Da war sie wieder. Die schwarze Mauer. Leymons Gedanken zogen sie mit solcher Wucht in die Höhe, dass er fast körperlich daran abprallte.

Auf wen bist du wütend? Warum bist du wütend? Tailin wollte weiterfragen, doch die Mauer lähmte selbst die Worte in seinem Mund.

»Zieh dich an, Tailin.« Leymons Stimme klang rau.

Tailin blieb, wo er war. Für einen Moment war er versucht, den anderen zu provozieren, ihn weiter zu küssen oder seinen nackten Körper an ihn zu schmiegen. Er würde ihn nur lange genug reizen müssen, dann würde die Wut hinter der schwarzen Mauer hervorspringen. Vielleicht wäre der Ausbruch stark genug, um ein paar Steine einzureißen und zu zeigen, was dahinter lag.

Leymons Ohren zuckten. »Bitte«, flüsterte er. »Lass es gut sein, Tailin. Wir müssen heute noch da hoch.« Er wies mit dem Kopf Richtung Steilwand.

Tailin nickte und stand auf. Ohne Leymon noch einmal anzusehen, zog er sich an und rollte die Schlaffelle zusammen.

Erst ein raues Schnurren zog seine Aufmerksamkeit erneut zum Feuerplatz. Chaveen war zurückgekehrt. Mit hocherhobenem Kopf trug sie das Lumanikalb in ihren Fängen. Direkt vor Leymon ließ sie es fallen, kam dann aber zu Tailin und setzte sich an seine Seite.

Er legte den Arm um ihre Schultern und lehnte sich an sie. Ihr Schnurren verstärkte sich, ihre Gedanken krochen zu ihm, ihre Wahrnehmung legte sich über seine. Er roch Blut und rohes Fleisch, den Rauch des Feuers – und darunter einen Duft, der sich vertraut anfühlte. Leymon. Es war sein Geruch, seine Gegenwart. Ein starkes Gefühl strömte durch Tailins Brust. Oder war es das Gefühl der Katze? Es sollte sich wie Liebe anfühlen. Doch zugleich lag ein dunkler Unterton darin: Verstörung. Etwas an Leymons Gegenwart verstörte die Pamusch.

Es war die schwarze Wand. Chaveen hatte Angst vor ihm – immer dann, wenn er so war wie jetzt.

Leymon hatte damit begonnen, das Lumani auszuweiden. Nur kurz hob er den Kopf und sah zu ihnen herüber. Tailin versuchte, wenigstens eine Spur seiner Gefühle zu erhaschen. Doch Leymons Blick war undurchdringlich. Trotz der Helligkeit waren seine Pupillen weit und schwarz. Etwas in der Katze duckte sich vor ihm. Ein leises Knurren grollte in ihrer Kehle.

Für einen Moment hoffte Tailin, dass Leymon wenigstens jetzt etwas sagte. Aber sein Freund senkte den Blick auf seine Arbeit.

Tailin löste sich von Chaveen, trat an Leymons Seite und half ihm, das Lumani zu häuten. Gemeinsam waren sie schnell und routiniert. Im letzten Jahr hatten sie das oft getan, jeder wusste, wo er anpacken musste. Sie brauchten keine Worte, um sich abzustimmen. Aber das Schweigen, das sich nun zwischen ihnen ausbreitete, war die Kälte der schwarzen Mauer.

Was stimmt nicht mit dir? Immer wieder huschte die Frage durch Tailins Kopf. Doch Leymons Gedanken hörten sie nicht. Und es war nicht der richtige Moment, um sie laut zu stellen.

Es dauerte nicht lange, ehe die ersten Fleischstücke über dem Feuer brieten. Einen weiteren Teil hatte Chaveen verschlungen, und den Rest schnitten sie in schmale Streifen, die sie zum Trocknen aufhängten. Als sämtliche Arbeit getan war, setzte Leymon sich neben das Feuer und bewegte die Finger. Die Flammen schienen der Bewegung zu folgen, tanzten höher und brachten das Fleisch zum Zischen.

»Was tust du da?« Tailin widerstand dem Drang, sich neben ihn zu setzen.

»Ich versuche, den Garprozess zu beschleunigen. Damit es nicht den halben Tag dauert, bis wir losgehen können.«

Auch solche Magie hatte Tailin noch nie bei ihm beobachtet. Lag es noch immer an Leymons Wut? Oder hatte er früher jegliche Magie vor ihm verborgen?

»Wird das unser Frühstück?« Eine Stimme ließ Tailin herumwirbeln, ein vertrauter Klang, in dem eine milde Spur von Spott lag.

Aimisch!

Der Valjaner und Lenja kamen von dort, wo ein Geröllfeld den Hang hinaufführte. Leichtfüßig sprang Aimisch das Gefälle herab.

Auch Lenja beschleunigte ihre Schritte, doch ihre Füße rutschten auf dem Geröll. »Tailin!«, rief sie von weitem. »Du bist wieder da!« Ihre Erleichterung flutete ihm entgegen.

Oder war es seine eigene Erleichterung? Als er sie zuletzt gesehen hatte, war sie schwach gewesen von dem Blutverlust, mit dem sie sein Leben gerettet hatte.

»Lenja!« Er fing an zu laufen. Direkt voreinander blieben sie stehen. »Du lebst!«, murmelte er. Doch ihr Anblick erschreckte ihn: Breite Silbersträhnen zogen sich durch ihre Haare, deutliche Fältchen strahlten um ihre Augen.

Sie hatte einen weiteren Teil ihrer Lebenszeit für ihn geopfert.

»Lenja!«, stieß er noch einmal hervor. »Was hast du getan?« Seine Finger ergriffen eine der grauen Strähnen.

Ein tiefes Grollen durchbrach ihre Begrüßung, dicht gefolgt von einem Zischen: »Ravi Karesch!« Leymon sprang der Katze entgegen.

Hastig wich Tailin von Lenja zurück. Die Katze duldete keine Nähe zu anderen, keine stärkere Zuneigung. Auch wenn Tailin nur Freundschaft empfand – Chaveen erfasste, dass Lenja deutlich mehr für ihn fühlte.

Auf Pameli redete Leymon auf die Katze ein, und plötzlich waren seine Gedanken offen. Eine Welle von Zärtlichkeit spülte über Tailin und die Katze hinweg, so überwältigend, dass er darunter erstarrte. Das Knurren verstummte, wich einem Schnurren, das tief in Tailins Körper fuhr.

Mit ausgebreiteten Armen stand Leymon vor der Katze. Sein Lächeln entblößte die Eckzähne, seine Augen funkelten, und die Ohren zuckten. Mit den offenen Haaren sah er aus wie ein Gaukler, der die Wildheit seiner Katze gegen Geld vorführte. Nur ein einziges Mal hatte Tailin so jemanden gesehen, in Anmare auf dem Markt. Einen versklavten Pameli mit seiner Katze. Beide hatten in Ketten gelegen, bedauernswerte Kreaturen mit räudigem Fell und dreckigen Haaren. Dennoch hatten sie für die Sapioner ein Schauspiel aufgeführt, das ihrem Besitzer viel Geld einbrachte.

Tailin wusste nicht gleich, warum Leymons Blick ihn daran erinnerte. Bis er begriff, dass es nicht der Blick, sondern das Gefühl war. Sie drei waren gefangen. Unzertrennlich aneinandergekettet, ganz gleich, welche Konsequenzen daraus folgten. Es gefiel Leymon nicht, dass Lenja und Aimisch hier waren, dennoch war er nicht mehr frei genug, einfach zu gehen.

Als die Katze ruhig wurde, trat Leymon vor ihr zurück. Knapp nickte er den Besuchern zu und ging wieder zum Feuer.

»Dir auch einen schönen Tag«, stichelte Aimisch. Doch Leymons abweisende Begrüßung schien ihn nicht zu wundern. Auch Lenja zuckte nur die Schultern.

Da war es wieder: Die malunischen Priester hatten ein Problem mit Leymon – und umgekehrt schien es genauso zu sein.

»Wir haben euch von oben gesehen.« Übergangslos wechselte Lenja das Thema. »Heute Morgen, direkt nach dem Aufstehen.«

Deshalb waren sie den Berg herabgekommen. Lenja und Aimisch waren schon länger auf dem Weg hierher. Ursprünglich war Tailin mit ihnen gewandert, um Galeron auf dem Berg zu besuchen. Bis Chaveen ihn abgeholt hatte, damit er Leymon das Leben rettete. »Heißt das, ihr wart schon auf dem Berg? Habt ihr Galeron gefunden?«

Aimisch schüttelte den Kopf. »Wir waren noch nicht oben. Gestern sind wir ein Stück den Berg hinaufgegangen. Weiter drüben kommt man die erste Etappe ganz leicht hoch. Aber danach folgt eine Steilwand.« Er deutete die graue, hohe Wand hinauf, die sich neben ihnen in den Himmel reckte. »So wie hier.«

»Wir saßen in einer Sackgasse«, ergänzte Lenja. »Aber dann haben wir euch gesehen und sind erstmal hergekommen. Wisst ihr schon, wie ihr raufgelangen wollt?«

Tailin schauderte bei dem Gedanken, eine Steilwand hinaufzuklettern. »Nein. Wir sind auch gerade erst eingetroffen.« Er versuchte, Leymons Blick zu erhaschen. Ob sein Freund bereits einen Plan hatte?

Doch Leymon schien gar nicht zuzuhören. Oder er ließ es sich nicht anmerken.

Aimisch stieß ein leises Pfeifen durch die Zähne. Sein Blick richtete sich ebenfalls auf Leymon. »Ich bin beeindruckt. Ein Pamuschkrieger, der dem Feuer befiehlt?« Er trat näher an Leymon heran und schaute in die Flammen. »Allerdings frage ich mich, was du da tust. Wenn du so weitermachst, ist das Fleisch bald von außen schwarz und innen noch roh.«

Leymon antwortete mit einem Zischen. Doch seine Finger richteten sich weiter auf die Flammen, hoben sie höher und ließen sie knapp unter dem Fleisch entlangstreifen.

»Du musst behutsamer vorgehen.« Aimisch hockte sich neben ihn und streckte die Finger vor. Mühelos zupfte er die Flammen aus Leymons Kontrolle, drückte sie tiefer, bis sie in der Glut versanken. Nur das Rot der Holzkohlen wurde intensiver. Starke Hitze strahlte davon ab. Doch es war keine Hitze, die außen auf der Haut brannte.

Hastig trat Tailin von dem Feuer zurück. Was auch immer Aimisch da tat, es fühlte sich an, als würde die Hitze tief in seinen Körper eindringen.

»Es ist gruselig, wenn er das tut.« Auch Lenja hielt sich von dem Feuer fern. »Aber warte ab. Es wird nicht lange dauern, dann können wir essen.«

Wieder fiel Tailins Blick auf die silbernen Strähnen in Lenjas Haar. Als er sie zuletzt gesehen hatte, hatte der Blutverlust sie beinahe getötet. »Hast du lange gebraucht, um dich zu erholen?«

Ein mattes Lächeln huschte über ihr Gesicht. »Nur ein paar Tage. Danach ging es.«

»Von wegen ein paar Tage.« Kopfschüttelnd sah Aimisch zu ihnen auf. »Ich würde eher sagen, wir sind erst vor ein paar Tagen wieder aufgebrochen.«

Das also war der Grund, warum Lenja und Aimisch erst jetzt hier angekommen waren.

Tailin hätte ihr gern gesagt, dass sie ihr Leben nie wieder für ihn aufs Spiel setzen sollte. Aber wenn sie nicht so schnell und entschlossen gehandelt hätte, wäre sein Herz an jenem Morgen einfach stehen geblieben.

Ein verärgertes Fauchen lenkte Tailin ab. Es war das Feuer. Die Flammen stießen in Aimischs Richtung. Wütende Wellen gingen von Leymon aus und brachten das Feuer gegen den Valjaner auf.

Doch Aimisch antwortete mit einem überraschten Lachen. »Nicht schlecht!«, rief er. »Bist du ein Pamuschkrieger oder ein mutierter Valjaner?«

Die Flammen zappelten. Kurz sah es aus, als könnten sie sich nicht entscheiden, wem sie gehorchen wollten. Dann schnipste Aimisch mit den Fingern. Eine Flammenzunge stieß auf Leymon zu, verfehlte sein Gesicht um Haaresbreite und zog sich in die Glut zurück.

Es wäre fast albern, wenn es nicht so ernst gewesen wäre. Was war zwischen Leymon und den anderen vorgefallen? Woher kam diese Feindschaft?

Leymon knurrte. Wie ein Pfeil schoss er vom Boden hoch, sprang elegant von dem Feuer zurück und pfiff nach der Katze. »Chaveen!«, bellte er.

Geduckt schlich sie zu ihm. Ihre Glieder zitterten unter der Angst.

Ungerührt bückte Leymon sich zu den Haltegurten, warf sie über den Rücken der Katze und begann sie festzuschnallen.

Tailin trat neben ihn. »Was hast du vor?«

Leymon schnaubte. »Was wohl?« Er sprach laut genug, um alle mithören zu lassen. »Ich habe Dringenderes zu tun, als die Feuershow eines eitlen Valjaners zu bewundern. Chaveen und ich werden den Weg nach oben auskundschaften.« Sobald er die Gurte festgezurrt hatte, ging er zurück zum Feuer. Mit einem Ruck zog er einen der Spieße heraus, zerrte das halb gebratene Fleischstück herunter und warf den Stock in die Glut. »Mir persönlich schmeckt das Fleisch auch außen knusprig und innen roh.« Wie zum Beweis biss er in den Fleischbrocken und riss ein blutiges Stück mit den Fangzähnen heraus. Dann sprang er freihändig auf den Rücken der Katze, ließ sie herumwirbeln und jagte über das Geröllfeld den Berghang hinauf.

»Schlechte Stimmung?«, fragte Lenja, als Leymon hinter einer Felsgruppe verschwunden war.

Tailin schluckte gegen den Klumpen an, der sich in seinem Hals gebildet hatte. »Ja«, murmelte er. »Seit heute Morgen. Aber frag mich nicht, warum.«

10. Kapitel

Galejas wissende Chronik der Vergangenheit
Buch Nelja

Jahr 14999 der Wasserära bis Jahr 1 der Blutära

Walerius, oberster Berater von Sapion, wurde vor allem für die Reden berühmt, die er vor dem Volk hielt. Er war der Erste, der den Sapionern erläutern konnte, warum ihr Land in den letzten Jahrzehnten so sehr verelendet war. Auf Ruann, so erklärte er, herrsche eine große Ungerechtigkeit, ausgelöst durch die malunischen Götter. Jene Götter bevorzugten die nördlichen Völker, zum einen die Faruaner, die an den Grenzen Maluns lebten, aber besonders die blonden Vaikuni, die in direkter Linie von den Göttern abstammen sollten und die oft selbst göttliche Kinder hervorbrachten.

Vor Urzeiten, so erklärte Walerius dem Volk, hatten die Götter Maluns das Land unter den Menschen aufgeteilt. Aber sie verteilten es nicht gerecht. Obwohl die Sapioner das größte Volk waren, bekamen sie das kleinste und trockenste Land – während die Faruaner eine riesige Fläche besaßen, auf der weitaus weniger Menschen lebten. Die Vaikuni, obwohl es nur so wenige von ihnen gab, hatten das allermeiste bekommen. Ihnen gehörte ganz Zeylem. Selbst viele Dörfer und Städte im staatenlosen Gebiet standen unter ihrer göttlichen Kontrolle, obwohl sie auch dort in der Minderheit waren. Fast überall außerhalb Sapions beteten die Menschen die göttlichen Vaikuni an. Diese hingegen nutzten ihre Magie, um sich zu bereichern und andere zu unterdrücken.

Dass Sapion Sapion, der letzte Herrscher aus seiner gleichnamigen

Linie, in den Wäldern Faruas umgekommen war und damit sein Volk in eine Zeit der Unsicherheit gestürzt wurde, war ebenfalls ein Werk der Vaikunigötter.

Wann immer Walerius diesen Punkt seiner Rede erreichte, brach das Volk in größte Empörung aus. Doch Walerius wäre nicht der gerissene oberste Berater gewesen, wenn er nicht eine Lösung für das Volk parat gehalten hätte: Mit Rabanus kehrte der rechtmäßige Erbe Sapions in ihr Land zurück, und unter seiner Herrschaft galt es, ein neues Reich zu gründen. Doch nun, so erklärte Walerius, hätten sich die Machtverhältnisse geändert, denn auch die Blutgöttin Sapia hatte sich auf die Seite Sapions geschlagen.

Schon seit einiger Zeit hörte Walerius die Stimme der Göttin in seinem Kopf. Nacht für Nacht sprach sie zu ihm und wies ihn an, was zu tun war, um Sapions Volk zu retten. Sapia wünschte sich den Krieg. Bald schon, so sagte sie, würde in den Nächten die Blutsonne am Himmel aufgehen, und dann sollte es so weit sein.

Auch in seinen Reden sprach Walerius von der Blutsonne und den Worten der Göttin Sapia: In ihrem Namen sollten die Sapioner an den malunischen Göttern Rache nehmen. Rabanus selbst sollte der Heerführer sein, der die Kräfte des Heeres sammelte und seine Krieger Richtung Norden führte. Unter Sapias Flagge sollten sie kämpfen und einen gerechten Anteil an ihrer Welt erobern.

Doch Walerius versprach den Kriegern nicht nur Rache und Ruhm. Er versprach ihnen auch Gerechtigkeit: Von nun an sollte die Erstgeborenenhochzeit aufgehoben sein. Stattdessen sollte eine Auslese am Ende der Armeezeit darüber entscheiden, welche Männer heiraten durften. Die besten Kämpfer des Heeres sollten als Belohnung das Recht erhalten, eine Schwesternsippe zu heiraten.

Fortan schöpften auch die Zweit- und Drittgeborenen wieder Hoffnung. Alle unverheirateten Männer traten freiwillig in das Heer ein, um sich eine Zukunft zu erkämpfen. Auf diese Weise wuchs das Heer Sapions zu einer gewaltigen Größe.

Und dann, in jener Nacht, als die Blutsonne zum ersten Mal am

Himmel aufging, traten alle Prophezeiungen in Kraft, die Sapia im Schlaf an Walerius weitergegeben hatte. Und mit dem Anblick der Blutsonne gaben Walerius und Rabanus den Befehl, der für eine ganze Blutära andauern sollte: Der Krieg sollte beginnen, Sapion sollte in Zeylem einmarschieren, sollte die Herrschaft der Vaikuni beenden und alle Gottgeborenen vernichten.

★★★

Heerlager Sapions

Rabanus

Als sie in das Heerlager einritten, war der Platz nur noch eine Wüste aus Trümmern und Zerstörung. Mehr als die Hälfte aller Zelte waren abgerissen worden. Doch ein Teil des Materials lag noch über den Erdboden verstreut, dreckig und zertreten von unzähligen Männerstiefeln. Der Sturm trieb zerfetzte Planen und Müll vor sich her, hungrige Schweine suchten grunzend im Unrat, und Wollschafe liefen meckernd vor den Reitern davon.

Nur Menschen waren nirgends zu sehen. Das Heer hatte das Lager verlassen. Aber nicht, um zu desertieren, sondern allein, um zu kämpfen, um die Rebellen und Pamuschkrieger zu töten und alles zu tun, damit Malun endlich in die Hände Sapions fiel.

Wie ein Rausch fegte das Feuer durch Rabanus' Adern. Die Zerstörung wühlte ihn auf und erfüllte seinen Körper. Er wollte mehr davon, wollte nicht nur die Trümmer sehen, sondern die grausamen Tode fühlen, in denen sich die Krieger für ihn opferten. Dort hinten, weit entfernt auf dem Schlachtfeld, ergoss sich ihr Blut in den sonnenerhitzten Boden. Dort hinten schrien die Sterbenden ein letztes Mal auf, ehe ihre Qual in einem Gurgeln erstickte.

Rabanus wollte es mit eigenen Augen sehen, wollte sein Pferd zum Galopp treiben, um endlich dort zu sein und seinen Hunger zu stillen. All das war sein Werk, seine Schöpfung, die Vollendung von allem, was er sich jemals ersehnt hatte.

Oder nicht? Opferten sich die Krieger tatsächlich für ihn? Oder für jemand anderen?

Der Gedanke war irritierend. Natürlich opferten sie sich für ihn! Alles Grauen, das in der Ära seiner Herrschaft über Ruann gekommen war, entsprang seiner Schöpfung und erfüllte seine Bedürfnisse.

Einzig Walerius trug einen ähnlich großen Anteil daran. Erhaben und mit prüfendem Blick ritt der oberste Berater an seiner Seite. Doch seit dem letzten Halt saß er nicht mehr allein im Sattel. Vor ihm hockte ein kleiner Junge, den er sich aus dem Dorf mitgenommen hatte. Dass der Kleine gebeugt und mit trübem Blick in sich zusammenfiel, störte den Alten in keiner Weise. Walerius würde seinen Spaß mit ihm haben, bis das Kind an den Folgen starb. Rabanus kannte die wahren Vorlieben seines Beraters schon lange – dennoch war es das erste Mal, dass Walerius sie so offen zeigte.

Ein raues Gefühl zog durch Rabanus' Brust. Im Angesicht des Sturmes gab es keine Grenzen mehr, keine Tabus, keine Gesellschaft, an deren Regeln sich auch ein Herrscher zu halten hatte. Von nun an konnten sie tun, was sie wollten. Der Krieg ging in seine letzte Phase – und an seinem Ende würde ohnehin nichts mehr existieren, das Walerius und er nicht für sich selbst beanspruchten.

Vielleicht war es sogar an der Zeit, sich von seinem Berater zu trennen. Doch nicht sofort. Erst später, wenn seine Hilfe nicht mehr nötig war.

»Nur das Offizierslager steht noch«, stellte Walerius fest, während sie den größten Hügel hinaufritten. Dort oben, auf dem höchsten Punkt, standen die großen Zelte der Offiziere, umgeben von den bunten Hurenzelten, in denen die Spielzeuge der Kommandeure schliefen.

Ob sich noch Huren darin finden ließen? Seit sie durch das Heerlager ritten, hatte Rabanus nicht eine einzige Sklavin gesehen. Auch die Offiziere schienen nicht da zu sein. Ihr Lager wirkte still und verlassen. Nur die Zeltplanen knatterten im Sturm.

Wenn der Heerführer ebenso wenig da war, würde Rabanus seinen Platz einnehmen. So wie früher. In den ersten Jahren des Krieges, als es noch leicht gewesen war, das Feuer von einem Dorf zum anderen zu tragen. Alles in ihm verlangte danach, wieder zu brandschatzen und die Todesschreie von Menschen zu hören. Doch Walerius hatte ihm geraten, die Führung des Heeres abzugeben, sobald es schwierig geworden war, schnelle Siege zu erringen. Rabanus war ein Herrscher, und Herrscher durften im Kampf nur Erfolge vorweisen. Scheitern und Misserfolge überließ er besser anderen Männern.

Schon vor langer Zeit hatte Walerius ihm empfohlen, den Herrscher Rabanus in einen lebenden Mythos zu verwandeln: *»Nur eine Figur, die sich kaum öffentlich zeigt, wird irgendwann mehr Mythos sein als Mensch. Nur so könnt Ihr Euren Status als Gott bewahren.«*

Obwohl Walerius schweigend neben ihm herritt, schien es Rabanus, als würde sein Berater die Worte zum tausendsten Mal laut sprechen. Ihm und seinen Ratschlägen zu vertrauen war über viele Jahre richtig gewesen. Aber in den letzten fünfzehn oder sechzehn Jahren hatte sich etwas geändert. Seither alterte Walerius zusehends. Und nicht nur das – auch seine Weisheit und seine Magie schienen nachzulassen. Was er an Fähigkeiten einbüßte, versuchte er mit Grausamkeit wettzumachen. Doch Rabanus konnte er nicht täuschen. Walerius strahlte nur noch wenig Magie aus – und ohne das verkam er zu einem verbitterten, alten Mann. Nur seine politische Position verlieh ihm noch Macht. Aber auch die lag allein in Rabanus' Hand. Oder nicht?

Was würde passieren, wenn er seinen obersten Berater absetzte? Oder konnte er das gar nicht? Womöglich hatte Walerius sein Machtgeflecht viel zu tief in die Strukturen Sapions eingearbeitet.

Unwillig schüttelte Rabanus den Kopf. Er musste die Gedanken vertagen, musste sich auf ihre nächste Mission konzentrieren. Zielstrebig ritten sie auf das Zelt des Heerführers zu. Sobald sie in Sichtweite kamen, spürte Rabanus eine Veränderung in der Temperatur. Oder in der Luft? Von Dorgens Zelt ging etwas aus, ganz so, als wäre es lebendig, als würde es atmen …

Magie! Im Zelt des Heerführers sammelte sich Magie.

Ein Schaudern erfasste Rabanus. Was bedeutete das? Bei seinem letzten Besuch hatte Dorgen keine Magie gezeigt. Obwohl Walerius sich immer sicher gewesen war, dass er welche besitzen musste.

Vielleicht hatte sein Berater doch recht.

Erneut wallte Unbehagen in Rabanus auf. Oder war da noch jemand? Eine zweite Person in Dorgens Zelt? Ja, nicht nur der Heerführer war dort. Jemand Mächtiges war bei ihm.

Als sie das Heerführerzelt erreicht hatten, trat Dorgen mit aufrechter Haltung aus dem Eingang – dicht gefolgt von einer Frau.

Scharfes Entsetzen schnürte Rabanus die Kehle zu. Die Frau war blond! Er hatte sie noch nie gesehen, und dennoch kam sie ihm bekannt vor. Noch einmal änderte sich die Atmosphäre der Luft, und plötzlich war es eindeutig: Starke Magie flutete den Platz vor dem Zelt, griff nach seinem Geist und drang in ihn ein. Beinahe spielerisch neigte die Frau den Kopf und bannte ihn mit ihrem Blick. Die Narben auf seinem Gesicht kribbelten, ganz so, als kämen sie wieder hervor.

Vaikunigöttin. Das Wort schoss durch seine Gedanken. Schon lange hatte er keine Vaikunigöttin mehr gesehen, immerhin hatten sie die Vaikuni fast überall ausgerottet. Doch diese hier schien sich ihrer Macht voll und ganz bewusst zu sein. Ihr Blick glitt weiter zu Walerius. Ganz sanft neigte sie den Kopf in die andere Richtung und bannte seinen Berater mit derselben Leichtigkeit.

Walerius stieß ein Zischen aus. Sein Hass glühte auf, sein letzter Funken Magie loderte hoch und vereinte sich mit Rabanus' Feuer. Die Göttin musste getötet werden! Rabanus wollte sein Schwert ziehen und vom Pferd springen, wollte die Göttin mit einem Streich köpfen, um ganz sicherzugehen.

Doch etwas hielt ihn im Sattel fest, als würde die Vaikuni ihn noch immer bannen. Oder war es seine Vernunft? Sie trug eine schwarze Rüstung, ganz ähnlich wie die Lederrüstung der Krieger, aber ihre war mit einem Stehkragen aus eisernen Stacheln bewehrt.

Er konnte sie nicht einfach köpfen. Doch auch ein Kampf kam nicht infrage. Ehe es ihm gelingen würde, sie zu überwältigen, hätte sie ihre Magie gegen ihn ausgespielt.

Wieder kribbelte seine Haut. Die Narben kamen allmählich hervor.

Dabei war es noch gar nicht lange her, dass er sich an der Göttin verjüngt hatte. Eigentlich sollte er noch Zeit haben, ehe sich seine Hässlichkeit das nächste Mal zeigte.

Mühsam widerstand er dem Drang, sein Gesicht zu befühlen. Konnte die Vaikunigöttin seine Narben sehen? Oder sah sie noch etwas anderes in ihm? Etwas, das viel bedrohlicher war als ein entstelltes Gesicht?

»Seid gegrüßt, Heerführer!« Walerius sprach förmlich. Nur sein Unterton verriet die Abscheu.

»Der Blutgöttin zur Ehre«, gab der Heerführer zurück. Mit scheinbarem Respekt nickte er Walerius zu. Doch in diesem Moment fiel es Rabanus auf: Auch Dorgen besaß Magie. Mit jedem Blick feuerte er seine Macht, als wäre sie eine Kanonenkugel. »Schwiegervater.« Diese Kugel war an Walerius gegangen. Dann schoss sein Blick auf Rabanus. »Großer Herrscher von Sapion.« Er deutete auf sein Zelt. »Im Namen des Kampfes – seid eingeladen in mein Hauptquartier.« Sein Tonfall klang ernst, dennoch triefte seine Einladung vor Spott. Dorgen, Schwiegersohn des Walerius und amtierender Heerführer von Sapion, führte längst nicht mehr den Kampf, der ihm befohlen wurde.

Aber welchen führte er dann?

Scheinbar ungerührt blieb Walerius im Sattel sitzen. Nur mit dem Kinn deutete er auf die Vaikunigöttin. »Warum lasst Ihr eine Sklavin in Rüstung an Eurer Seite spazieren? Ist das ein neuer Fetisch?«

»Sie ist meine Adjutantin.« In Dorgens Tonfall schwang eine Autorität, vor der Rabanus sich ducken wollte. Funken stoben durch die Luft, wollten seine Kräfte einfangen und sie aneinanderkoppeln. Oder abstoßen?

Rabanus sog scharf die Luft ein. Wieder war er kurz davor, vom Pferd zu springen, doch dieses Mal, um sich vor Dorgen auf die Knie zu werfen und seine Gnade zu empfangen. Oder den Tod? Wenn der Heerführer ihn enthauptete, würde es endlich vorbei sein. Dieses zornige, unendliche Leben.

Eine Welle aus Wut ging von Walerius aus, zielte auf Dorgen und die Vaikunigöttin. »Eure Adjutantin? Seit wann beschäftigt Sapion faruanische Huren in den Reihen des Heeres?«

»Seit ich der Heerführer bin.« Unbeirrt schaute Dorgen zu Walerius auf. Auch die Vaikunigöttin lächelte perfide.

»Und wo ist das Heer?« Die Sporen des Beraters klirrten in den Steigbügeln, als er die Stiefel daraus löste. Federnd wie ein junger Mann sprang er neben dem Heerführer zu Boden. Nur das geschundene Kind blieb auf dem Pferd sitzen.

»Das Heer ist an der Front und kämpft.« Dorgen war einen halben Kopf größer als Walerius. Beinahe abschätzig sah er auf den alten Mann herab.

War der Oberste Berater schon immer so klein gewesen? Oder war er geschrumpft?

Die blonde Göttin streifte das Kind mit dem Blick. Kurz veränderte sich ihr Ausdruck, bekam eine warme, mitleidige Note. Dann zuckte ihr Kopf herum. Unumwunden fuhr ihr Blick in Rabanus' Seele.

Glühender Schmerz erfasste ihn. Keuchend krümmte er sich, fiel aus dem Sattel und blinzelte. Auf einmal war es dunkel um ihn herum. Nur die Flammen erhellten die Nacht. In ihrem Licht stand ein Mann. Sein Gesicht war entstellt, kaum noch als Gesicht zu erkennen. Wer war dieser Mann? Und warum stand er da?

Er sah ihm zu. Aber wobei?

Schmerz! Überall Schmerz! Feuer. Flammen! Alles an ihm brannte. Der Mann mit dem entstellten Gesicht sah zu, wie er verbrannte.

Dann waren die Bilder fort. Rabanus kniete neben dem Pferd am Boden.

Die Vaikunigöttin sah auf ihn herab. Auch Walerius schaute prüfend zu ihm.

Rabanus sprang auf. Was war das gerade gewesen? Wer war der Mann mit dem entstellten Gesicht?

Es musste in seiner Kindheit gewesen sein, in jener Zeit, an die er sich nicht erinnerte. Nur aus den Erzählungen seines Großvaters wusste er, was mit seiner Familie geschehen war. Bei einem Schiffbruch war der Rest seiner Sippe umgekommen. Sein Vater, seine Mutter – und die anderen Frauen, die sein Vater geheiratet hatte. Erst Jahre später war Rabanus am Meeresufer angespült worden. Lebendig, aber schwer entstellt von den Brandnarben. Bislang hatte er geglaubt, dass er bei dem Schiffsbrand verletzt worden war.

Aber warum hatte der Mann ihm zugesehen?

Die blonde Göttin stand noch immer vor ihm, und plötzlich war es, als würde sie die Gedanken aus ihm heraussaugen. Ungeniert durchstöberte sie seine Erinnerung und lockte sämtliche Geheimnisse hervor.

Rabanus wollte aufschreien und blieb dennoch stumm. Er

wollte sein Schwert ziehen, sich vorstürzen und die Göttin mitsamt dem Heerführer niederstrecken. Doch sein Körper war gelähmt unter ihrem Blick.

»Folgt mir!« Dorgen durchbrach seine Gedanken, drehte sich um und öffnete den Eingang des Zeltes.

Ohne zu überlegen, stand Rabanus auf und folgte ihm. Auch Walerius ließ sein Pferd mitsamt dem Jungen im Sattel stehen. Nebeneinander gingen sie in das Zelt – Dorgen vor ihnen, die Göttin hinter ihnen –, wie eingeschlossen in der Eskorte ihrer Feinde. Die Göttin überholte sie und trat neben Dorgen. Plötzlich war die Magie der beiden so dicht wie giftiger Nebel.

Rabanus wagte es nicht, sich zu rühren. Jederzeit konnte die Göttin auf seine Erinnerungen zugreifen und ihn ins Feuer werfen.

Nur Walerius kämpfte gegen sie an. Seine Magie mochte schwach geworden sein – doch nun brach sie in einer Welle hervor. »Wo ist Siberi?«

Die Magie der Vaikunigöttin schwankte, kämpfte, rang mit der Macht des obersten Beraters. Dorgen hingegen blieb standhaft. »Er ist an der Front und befehligt das Heer.«

»Warum tut Ihr das nicht?«, bellte Walerius.

»Weil Siberi es besser beherrscht.« Dorgen schaute seinem Schwiegervater in die Augen. »Ihr kennt seine Stärke. Er war ganz hungrig darauf, das Heer zu führen. Seither habe ich es nicht mehr nötig, an der Front zu stehen. Siberi erledigt das für mich.«

Die Magie der Göttin drängte die Macht des obersten Beraters zurück. Oder war es Dorgens Magie? Oder arbeitete die Magie der beiden zusammen?

Rabanus kämpfte gegen den Drang, aus dem Zelt zu fliehen. Hieß das, Dorgen und die Vaikunigöttin waren stärker als Siberi? Bis jetzt war *niemand* stärker gewesen als der Junge. Nicht einmal er selbst. Und Walerius schon gar nicht. Mit Siberi hatte Walerius den stärksten Gott erschaffen, der jemals auf Seiten Sapions gekämpft hatte. Doch nicht jedes Götterkind entwickelte sich so, wie Walerius es beabsichtigt hatte. So manches seiner Experimente war bereits außer Kontrolle geraten.

Und nun also Siberi? Mustersohn und ganzer Stolz seines Vaters. Bis jetzt hatte er die Pläne des obersten Beraters minutiös ausgeführt. Doch Siberi war gefährlich. Seine Stärke reichte nicht nur aus, um Walerius zu besiegen – er wäre auch in der Lage, die Führung des ganzen Staates an sich zu reißen.

Sie durften nicht zulassen, dass der Junge sich gegen sie wandte.

»Holt Siberi vom Schlachtfeld!«, verlangte Walerius. »Und sagt ihm, dass ich ihn sprechen will.«

Kurz war es still im Zelt. Nur die Magie der Vaikunigöttin summte in der Luft.

Dann schüttelte Dorgen den Kopf. »Nein«, erklärte er selbstsicher. »Wenn Ihr Siberi sprechen wollt, müsst Ihr ihn selbst holen.«

Walerius' Beherrschung zerfiel. Mit einem Ruck wandte er sich ab, stapfte zum Ausgang und verließ das Zelt. Rabanus blieb allein zurück. Allein mit dem unheimlichen Heerführer und seiner Hurengöttin. Im ersten Moment wollte er ebenfalls fliehen. Dann widerstand er.

Die Vaikunihure mochte stark sein. Aber war sie sich dessen auch bewusst? Rabanus hob den Kopf und starrte sie an. Ohne zu blinzeln, hielt er ihren Blick, so lange, bis die Angst unter ihrer Fassade hervorkam. Sie war eine Frau – und es wäre nicht das erste Mal, dass ein Mann ihr Gewalt antat. Langsam ging Rabanus auf sie zu, streckte die Hand nach ihr aus und berührte ihre Wange. »Adjutantin«, zischte er. »Du bist eine Hure, nichts weiter. Ich könnte dir befehlen, mir in mein Zelt zu folgen.« Nichts grauste ihn mehr als die Vorstellung, ihr noch näher zu kommen. Selbst die Berührung ihrer Haut sträubte ihm die Nackenhaare.

Doch ihre Beherrschung geriet ins Wanken. Ihre mächtige Aura bekam Risse.

Dies also war ihr Schwachpunkt. Sie hatte Angst vor dem, was er im Bett mit ihr tun konnte. Und er würde es tun. Alles, was sie befürchtete, und noch viel Schlimmeres.

Wenn er sie nicht so abscheulich fände.

Fast unbemerkt trat Dorgen neben sie. Die Aura der beiden griff ineinander, verstärkte die Macht der Vaikunigöttin zu einer glühenden Mauer.

Hastig zuckte Rabanus zurück.

»Sie gehört mir.« Dorgen legte den Arm um ihre Schultern. »Ich weiß, dass Ihr mir höhergestellt seid und sie für Euch beanspruchen könntet. Aber glaubt mir, Ihr hättet keine Freude an ihr.«

Nein, die hätte er nicht. Dunkelheit senkte sich über seinen Verstand. Wieder die Schmerzen. Feuer. Sein Körper wurde verzehrt.

Dann verschwand das Bild. Nur mühsam hielt er sich aufrecht. Die Aura der beiden Götter hielt ihn gefangen. Wie ein hilfloses kleines Kind sah er zu Dorgen auf.

Mit letzter Kraft drängte er die Angst zurück, sammelte all seine Magie und bellte dem Heerführer entgegen: »Lasst mir ein Zelt bereit machen! Ich gedenke, mich auszuruhen.«

Fast gelangweilt schüttelte der Heerführer den Kopf. »Es ist niemand da, dem ich befehlen könnte, ein Zelt herzurichten. Selbst die Sklaven sind für Sapion in die Schlacht gezogen. Aber es stehen genug Offizierszelte leer. Sucht Euch das schönste aus.«

Rabanus wollte fordern, dass die Vaikunihure ihm das Zelt fertig machte. Doch sie würde höchstens ihre Magie in sein Kopfkissen weben.

Schaudernd wich Rabanus zurück, erreichte die Zeltplane und floh nach draußen. Walerius und das Pferd, in dessen Sattel der Junge gesessen hatte, waren verschwunden.

***

Dorgen

Als Rabanus fort war, fiel etwas von ihm ab, eine urtümliche, gewaltige Kraft, die ihn durch das Gespräch getragen hatte. Nie zuvor hatte er seine eigene Magie so deutlich gefühlt. Aber nun gab es keine Zweifel mehr: Seine Kräfte waren groß, größer sogar als die Macht des Herrschers und seines obersten Beraters.

Oder hatte Alia ihm diese Macht verliehen? War er nur zusammen mit ihr so stark?

In jedem Fall hatte sie ihm geholfen. Dank ihrer Schutzaura hatte er die Attacken der beiden mächtigen Männer abwehren können. Doch nun ließ die Schwäche seine Knie weich werden.

Erst Alias Lächeln zeigte den Triumph. »Hast du das gespürt?«, flüsterte sie. »Sie misstrauen Siberi, weil sie glauben, dass er mit uns zusammenarbeitet. Und sie wissen, wie stark er ist. Walerius und Rabanus werden nun alles daransetzen, ihm die Führung des Heeres zu entziehen.«

Dorgen spürte das Lachen, das ihm in die Kehle stieg. Wie es aussah, hatten sie all ihre Ziele erreicht. Behutsam zog er Alia an sich. Sie waren kein Paar mehr, nur noch Partner. Die spitzen Stacheln rund um ihren Kragen machten es unmöglich, ihr zu nahe zu kommen, dennoch küsste Dorgen sie auf die Stirn. »Du bist unglaublich«, wisperte er. Genau diesen Plan hatte sie vorgeschlagen. Wenn Rabanus und Walerius Siberi die Macht über das Heer entzogen, konnten Dorgen und Alia in das Machtvakuum springen und die Krieger wieder unter ihre Kontrolle bringen. Bis eben hatte Dorgen daran gezweifelt. Erst jetzt glaubte er tatsächlich an Alias Plan.

Doch etwas in ihren Augen flackerte. Kurz wich sie seinem Blick aus. Als sie ihn wieder ansah, lag etwas Verstörtes in ihren Augen. »Da ist nur eines … Der Junge, der vor Walerius im Sattel saß. Mit ihm tut er dasselbe wie mit allen Kindern.«

Etwas Raues presste sich in Dorgens Hals. »Du meinst also, wir sollten ihn retten.«

Alia zögerte. »Ich kann ihn nicht bei Walerius lassen. Aber …« Sie blickte zum Zelteingang. »Walerius wird sich den Jungen nicht einfach wegnehmen lassen. Und wenn wir das Kind retten, bringen wir alles andere in Gefahr.«

***

Walerius

Mehrere Tage musste er reiten, um die Aschewüste und die Ebene Nordfaruas zu durchqueren. Erst dann erblickte er den Hügel, auf dem Siberi stand und die Hände wie ein Dirigent bewegte. Von weitem sah es aus wie ein Tanz, wie eine Meditation, in der Siberi zu sich selbst fand. Doch allein diese Handbewegungen reichten aus, um ein ganzes Heer zu führen. Immer wieder zuckten Blitze vom Himmel, verzweigten sich durch Siberis Hände und stießen in die Reihen der Krieger. Nie zuvor hatte Walerius solch gewaltige Magie gesehen. Nie hatte es einen mächtigeren Gottgeborenen gegeben als Siberi. Nicht einmal er selbst zu seinen besten Zeiten hatte auch nur annähernd die Macht seines Sohnes besessen.

Bis jetzt hatte er geglaubt, Siberi stünde ihm loyal gegenüber. Umso mehr nagte nun der Zweifel an ihm. Auch Dorgen war stark geworden. Er besaß dieselbe Magie wie Rabanus, doch er war deutlich stärker, als der Herrscher es je gewesen war. Ganz zu schweigen von der Vaikunigöttin, mit der er sich zusammengetan hatte. Was, wenn die beiden tatsächlich mit Siberi verbündet waren? Seite an Seite konnten Dorgen und Siberi nicht nur das Heer befehligen – sie könnten die Macht über ganz Ruann erringen.

Von seinem Sohn würde Walerius die Wahrheit nicht erfahren. Siberi konnte jede Lüge in täuschende Wirklichkeit verwandeln. Und selbst wenn er kein gemeinsames Spiel mit Dorgen trieb, so verfolgte er dennoch seine eigenen, machthungrigen Pläne. So schnell wie möglich musste Walerius ihn in eine Falle locken.

Doch jetzt war der falsche Moment, um ihm entgegenzutreten. Siberi würde nur seine Schwäche bemerken.

Stattdessen legte Walerius den Arm um den Jungen, der vor ihm im Sattel eingeschlafen war. Ganz fest presste er das Kind an sich. Bevor er ins Heerlager zurückritt, würde er einen Abstecher in eines der verlassenen Dörfer machen. Irgendwohin, wo er mit dem Jungen allein sein konnte.

Und dann brauchte er einen Plan – eine Strategie, mit der sich Siberi und Dorgen beseitigen ließen.

11. Kapitel

Galejas wissende Chronik der Vergangenheit
Buch Nelja

Jahr 1 bis 30 der Blutära

Zeylem war das erste Land, das durch den Krieg vernichtet wurde. Binnen weniger Tage marschierten die Sapioner ein, eroberten die Burg des Königs und töteten seine Familie sowie alle Bewohner. Nach der Eroberung wurde die ehemalige Königsburg in Blutburg umbenannt. Ihren Besitz forderte die Blutgöttin Sapia für sich, um dort ihren neuen Kriegssitz zu errichten. Von nun an zogen die Sapioner durch die Dörfer, plünderten Nahrungsmittel und Vieh und brannten alles Restliche nieder. Auch die Menschen, sofern sie nicht vorher im Kampf gestorben waren.

Vor allem die Vaikunigötter galt es zu vernichten. Kein Blondling sollte die Säuberungen in den Dörfern überleben. Ortschaft für Ortschaft rückten die Sapioner vor und drangen selbst in die entferntesten Gebiete ein, bis ganz Zeylem ein Reich von Toten war.

Doch von nun an starb auch das Getreide auf den Feldern, das Gras auf den Wiesen, die Bäume in den Wäldern. Die Sapioner, die das Land für sich nutzen wollten, wurden für ihre Gier bestraft, indem die Dürre alles vernichtete.

Allein die Vaikunigötter trugen Schuld daran, so glaubten die Sapioner. Deshalb nutzte Walerius die Kriegsjahre, um die Jagd auf die Vaikuni zu perfektionieren. Als die Grenzen zum staatenlosen Gebiet überschritten wurden, galt es, die Menschen nach Haarfarben zu sortieren. Alle Blondlinge wurden getötet, während die Rothaarigen versklavt wurden.

Doch ganz gleich, wie sorgfältig die Soldaten alle Vaikuni vernichteten – immer neue Blondlinge wurden unter den Sklaven geboren, und viele von ihnen wiesen die Kennzeichen von Gottgeborenen auf. Fast schien es Walerius, als wären es inzwischen mehr Kinder als Erwachsene, welche göttliche Eigenschaften besaßen.

Zu jener Zeit aber geschah es, dass die Blutgöttin Sapia alle blonden Kinder für sich forderte. Alle Mädchen mit blonden Haaren und blauen Augen verlangte sie als Blutopfer. Aber auch alle braunäugigen Blondlingsmädchen und alle blonden Jungen sollten fortan zu ihr gebracht werden.

Von nun an wurde der Kerker der Blutburg das Zuhause für alle blonden Kinder. Dort unten wuchsen sie auf, sofern sie nicht an Hunger oder Krankheiten starben. Alle Mädchen wurden früher oder später geopfert. Die Jungen hingegen blieben in der Dunkelheit, bis sie alt genug waren, um im Dienste Sapias neue Blutopfer zu finden.

Auf diese Weise entstand die erste Generation der Blutsucher.

★★★

Malun, Berg Galun

Tailin

Tatsächlich dauerte es nicht mehr lange, bis das Fleisch einen schmackhaften Duft verströmte. Aimischs Feuermagie garte die dicksten Brocken in kürzester Zeit und war gleichzeitig behutsam zu den Fleischstreifen, die einfach nur trocknen sollten. Die fertigen Bratenstücke waren saftig und weich, als sie davon aßen, während das Trockenfleisch zart und würzig schmeckte.

Dennoch schaffte Tailin nur eine kleine Portion. Aufregung rumorte in seinem Magen. Der bevorstehende Aufstieg machte ihm ebenso viele Sorgen wie Leymons sonderbares Verhalten am Morgen. Auch Lenja hatte nur Leymons kurzen Auftritt gebraucht, um zu merken, dass etwas nicht stimmte. Ein paarmal hakte sie nach und fragte ihn, ob er sich mit Leymon gestritten hatte.

Doch Tailin wollte nicht mit Lenja darüber reden. Nicht, bevor er nicht von Leymon erfahren hatte, was eigentlich los war.

Sobald sie gegessen hatten, packten sie das restliche Fleisch zusammen, löschten das Feuer und machten sich an den Aufstieg. Für den ersten Teil des Weges gab es nur eine Möglichkeit. Also wanderten sie das Geröllfeld an der Seite des Berges hinauf. Was danach kommen würde und wie sie die Sackgasse vermieden, in die Aimisch und Lenja geraten waren, fand Leymon hoffentlich gerade heraus.

Sie waren bereits ein ganzes Stück gegangen, und die Mittagszeit musste längst vorbei sein, als Tailin Chaveen spürte. Noch konnte er sie nirgends sehen, aber sie wurde schneller, um wieder bei ihm zu sein. Endlich. Vollständig. Zu dritt. Bei dem Gefühl fing Tailin an zu rennen, lief um eine Felsgruppe herum, die seine Sicht versperrte.

Dann sah er sie. Wie ein Wirbelwind fegte Chaveen auf ihn zu, ihre Ohren angelegt und Leymon tief geduckt auf ihrem Rücken. Mit vollem Tempo kam sie auf Tailin zu – und brauchte nur wenige kurze Sprünge, um vor ihm zu halten. Mitten in der Bewegung sprang Leymon ab. »Ich habe den Aufstieg gefunden!«, rief er. »Es ist, wie Aimisch sagt, die halbe Strecke kann man einfach bergauf reiten, und dann …« Ein seltsames Strahlen erwachte in seinen Augen. »Und dann geht man durch den Berg. Aber etwas in der Art hast du noch nie gesehen. Dieser Berg ist unglaublich!«

Von nun an ging auch Leymon zu Fuß weiter. Anfangs lief er neben Tailin, doch seine Schritte waren schneller und müheloser. Immer wieder hängte er sie ab und wartete dann, bis sie aufholten.

Erst bei Einbruch der Dämmerung erreichten sie den Ort, den Leymon als unglaublich bezeichnet hatte: Richtung Süden gerichtet fand sich der Eingang einer gewaltigen Höhle. Doch das Ungewöhnliche daran war die Form. Der Höhleneingang sah aus wie eine riesige Ohrmuschel, die in die Welt hinaus lauschte.

»Und jetzt?« Lenja klang gleichzeitig beeindruckt und ratlos, als sie am unteren Teil der Ohrmuschel stehen blieben.

Auch Tailin wusste nicht sofort, wie es weitergehen sollte. In der Dämmerung war das Innere der Höhle kaum zu erkennen. Erst mit einem Gurren der Katze änderte sich seine Wahrnehmung. Plötzlich war das Innere von diffusem Licht erhellt. An der Seitenwand der Ohrmuschel wanden sich Pfade und Gänge hinauf.

»Da entlang!« Leymon deutete nach rechts in die Höhle.

Aimisch zog eine Fackel aus dem Rucksack und entzündete sie mit einem Fingerschnipsen. Das Licht der Flamme war gleißend im Vergleich zu dem matten Schimmer, den die Wahrnehmung der Katze malte. Doch die Fackel warf nur einen leuchtenden Kreis um sie herum, während alles andere umso dunkler wurde.

Ohne das Licht der Flamme konnte Tailin besser sehen. Also ging er schneller als die anderen, setzte sich neben Leymon und die Katze an die Spitze ihres Trupps, um außerhalb des Lichtkranzes zu laufen. Immer weiter führte der Pfad an den Wänden hinauf, zuerst in einem Halbkreis am Rand der Ohrmuschel entlang und schließlich durch einen engen, gewundenen Tunnel, der sich immer höher in den Berg hineinschraubte. Hier oben wurde es so finster, dass selbst das Augenlicht der Katze nicht mehr ausreichte, um etwas zu sehen. Tailin schauderte und ließ sich in den Lichtkreis der Fackel zurückfallen. Doch die Dunkelheit lauerte ihm auf, verfolgte ihn von hinten und erwartete ihn in der Ferne. Es war nur eine Frage der Zeit, ehe das Brennmaterial verbraucht war, das die Fackel nährte. Ob Aimischs Feuermagie dann noch etwas ausrichten konnte?

Der Tunnel schien kein Ende zu nehmen. Nur hier und da mündeten weitere Abzweigungen ein, immer neue Röhren, aus denen zugige Luft heranströmte. Erst auf den zweiten Blick erkannte Tailin, dass jeder Gang in eine weitere Ohrmuschel hinausführte. Dieser Berg schien dutzende, wenn nicht gar hunderte von Ohren zu haben, mit denen er die Welt belauschte. Und schließlich – Tailin hatte längst aufgehört, die Einmündungen zu zählen – vernahm er ein leises Flüstern, das an den Wänden des Tunnels entlangwaberte. Wie auch immer die Konstruktion funktionierte – was er hörte, schienen die Stimmen von Menschen zu sein, die der Wind herantrug. Oder lag es gar nicht an der Konstruktion? War es am Ende seine Göttlichkeit, mit deren Hilfe er die Stimmen hörte?

Je höher sie kamen, desto lauter wurde das Flüstern. Doch er konnte keines der Worte verstehen. »Hört ihr das auch?«, fragte er schließlich.

»Ja«, wisperte Aimisch.

Auch Lenja nickte. »Allerdings verstehe ich nichts.«

Nur Leymon starrte abwesend nach vorn, so konzentriert, als könnte er entschlüsseln, was die Stimmen sagten. Doch seine Gedanken hielten sich noch immer von Tailin fern.

Die ganze Nacht hindurch wanderten sie weiter, stiegen immer höher, bis ein schwacher Widerschein der Morgendämmerung durch die Ohrmuscheln hereinfiel. An einer der Einmündungen blieb Leymon stehen und schaute in das diffuse Morgenlicht. Während die anderen hinter ihnen zurückgefallen waren, gesellte Tailin sich an seine Seite. Leymons Wärme strahlte in seine Richtung, doch seine Gedanken blieben stumm.

Vorsichtig ergriff Tailin seine Hand. »Sollen wir nach vorn gehen? Hinaus in die Ohrmuschel? Und schauen, wie die Welt von oben aussieht?«

Leymon versteifte sich. Kurz glaubte er, dass sein Freund sich losreißen würde, doch dann schlossen sich seine Finger um Tailins. »Nein. Ich kann das jetzt nicht. Ich habe Angst … vor den Visionen.«

»Kannst du die Stimmen verstehen?«

Leymons Atem ging gepresst. »Nicht richtig. Aber sie sind … verwandt. Es ist die Zeit, die sich hier fängt. Allerdings scheint es die Vergangenheit zu sein.« Ein kaum merkliches Zittern ging durch seinen Körper.

»Ist dort etwas?« Lenja erschien hinter ihnen.

Tailin zögerte. Auch Leymon sagte nichts. Nur seine Hand klammerte sich noch fester um Tailins Finger.

Am liebsten wäre Tailin hiergeblieben. Allein mit Leymon. Um weitere Erklärungen aus ihm herauszulocken. Doch sie mussten weiter. Irgendwo ganz oben musste Galeron zu finden sein.

»Nein. Hier ist nichts.« Tailin löste sich widerwillig. Kurz hielt Leymon ihn noch fest. Dann wurden seine Finger schlaff und glitten aus Tailins Hand.

Was stimmte nicht mit ihm?

Dieses Mal gingen Aimisch und Lenja vor, während Leymon und Chaveen hinter ihnen blieben. Auch Tailin wurde langsamer, bis er wieder neben seinem Freund ging. »Wovor hast du Angst?«

Leymon antwortete nicht. Nur seine Schritte hielten inne. Als Aimisch und Lenja um die nächste Wegbiegung verschwanden, drehte er sich zu Tailin, schob ihn rückwärts gegen den Felsen und küsste ihn. Verzweiflung und Angst drangen aus der Berührung. Leymons Hände pressten sich gegen seine Schultern, seine Zähne streiften seine Lippen. Blut rann hervor, doch es war keine Absicht. Sie beide wollten den Rausch nicht, durften es nicht zulassen, nicht jetzt.

Hastig wich Leymon zurück. »Tut mir leid. Ich … wollte nur sagen … Ich liebe dich. Ganz egal, was dort oben passiert, was Galeron zu uns sagt, was du … über mich erfährst.«

Das also war es. Galeron kannte die Vergangenheit. Und Leymon fürchtete nichts mehr als das, was bereits geschehen war. Weil er etwas Schlimmes getan hatte, von dem er Tailin nichts sagen wollte.

Das Blut schmeckte metallisch. Mit zitternden Händen wischte Tailin es von seinen Lippen.

Leymon starrte darauf. Sichtbar mühsam riss er sich los und lief mit schnellen Schritten voran. Wenige Wegbiegungen später hatten sie Lenja und Aimisch eingeholt.

Irgendwann fiel ihnen erneut schummeriges Licht entgegen. Dieses Mal kam es direkt von oben. Auch das Flüstern wurde lauter, zischelte auf sie zu und rauschte in einer Welle über sie hinweg, sobald sie aus dem Ende des Tunnels traten.

Vor ihnen öffnete sich eine weitere Höhle. Auch hier kam Licht von draußen. Aber die Öffnung, die links im Felsen lag, war keine Ohrmuschel. Es war … etwas anderes. Voller Ehrfurcht ging Tailin darauf zu. Unter ihm erstreckte sich endlose Weite, im Vordergrund die raue Berglandschaft und dahinter die Wälder und Wiesen, Flüsse und Seen. Ganz Malun lag ihm zu Füßen, bis hin zu den Grenzbergen am Horizont.

Tailin trat an den Rand des Abgrunds und berührte die gewölbte Scheibe, die ihn vor dem Absturz bewahrte. Diese Höhle war keine Ohrmuschel. Es war ein Auge.

Dennoch sammelte sich das Flüstern an den Höhlenwänden, summte in der Luft und bildete eine undurchdringliche Schicht aus Worten, Erinnerungen und Gefühlen.

Nur zögernd drehte Tailin sich um. Auch die anderen waren in den Anblick der Landschaft versunken. Doch das, was sie suchten, lag nicht draußen in der Ferne. Sie mussten in den rückwärtigen Teil der Höhle. Dort hinten waren Buchstaben und Worte an die Wände geschrieben, dicht an dicht, unterbrochen nur durch Bücherstapel, die sich davor türmten.

Aber wo war Galeron?

Langsam ging Tailin in den hinteren Teil der Höhle. Chaveen trat an seine Seite. Allein durch ihre Augen konnte er im Dämmerlicht sehen. Hier hinten waren die Wände geformt wie die inneren Windungen eines Schneckenhauses. Die Kurven führten tiefer in den Fels und verloren sich in der Schwärze. Doch die Buchstaben begannen schon hier. Über und über waren die Wände mit weißem Kreidestaub beschrieben, in alten Schriftzeichen, die er bei seiner Ausbildung zum ersten Mal gesehen hatte. Nur in göttlicher Trance ließen sie sich lesen. Es war die Sprache der Götter, uralt und unerklärlich, keine Worte, die sich übersetzen ließen, sondern etwas, das tiefer ging und sich mit der Magie eines Gottgeborenen zusammenschloss, um mächtige Zauber zu wirken. Ein heftiges Kribbeln erwachte in seinen Fingern, zog durch seinen Arm und wollte die Magie hervorlocken.

Je weiter er ging, desto lauter wurde das Flüstern. Wie das Rauschen einer Brandung schlug es über ihm zusammen.

Und dann sah er den alten Mann. Gebeugt kniete er am Boden. Er hielt einen Kalkstein in der Hand und schrieb in hektischen Bewegungen auf einen Fels. Doch alle Buchstaben glitten ineinander. Die Spuren des Kalkes hatten sich längst zu einer weißen Fläche zusammengefügt. Nicht ein Wort war darin zu erkennen.

Der Schein der Fackel schob sich näher. Aimisch und Lenja traten neben Tailin, doch selbst jetzt schien der alte Mann sie nicht zu bemerken. Er blinzelte nur, als das Licht in seine Augen fiel.

»Guten Morgen!« Lenjas Stimme erfüllte die Höhle wie der Klang von Regentropfen. »Seid Ihr Galeron? Ältester Priester Galejas und weiser Herr über die Vergangenheit?«

Ganz kurz hielt der Alte inne. Dann schrieb er weiter, als hätte ihn nur das Brummen einer Fliege gestört.

Vorsichtig richtete Tailin seine Wahrnehmung auf den Mann. Das Wispern der Stimmen wurde noch lauter, klarer. Beinahe konnte er die Worte verstehen. Doch darunter lauerte die Trance, tief und verloren in den Weiten der Vergangenheit.

Hastig zog er sich zurück. Galerons Gedanken waren gefährlich.

Dennoch änderte sich etwas. Endlich bewegte der Alte den Kopf. Mit leerem Blick sah er durch sie hindurch. »Habt ihr Papier mitgebracht?«

Lenja räusperte sich. »Ja. Das haben wir. Wir haben uns schon gedacht, dass ein Priester Galejas Papier braucht, um die Vergangenheit aufzuschreiben.« Ihre Stimme klang nervös. Hastig setzte sie den Rucksack ab, zog drei gebundene Kladden, eine makellose Schreibfeder und ein Tintenfass hervor und legte es vor Galeron auf den Stein.

Auch Aimisch holte etwas aus seinem Rucksack: Es war eine kleine Öllampe, die er mit einem Fingerschnipsen entzündete und neben die Kladden stellte. »Die Flamme ist unendlich. Nur auspusten dürft Ihr sie nicht.«

Im Licht der Öllampe verschwanden die Schatten aus Galerons Gesicht. Seine Wangen waren eingefallen und mager. Ledrig spannte sich die Haut darüber. Dennoch schien er nicht so alt zu sein, wie Tailin erwartet hatte. Seine Haare schimmerten in einem kräftigen Blond, und die Tiefe seiner Falten ließ ihn nicht älter aussehen als fünfzig Blutjahre.

Ohne eine Antwort nahm Galeron die Kladden an sich, legte zwei davon beiseite und schlug die dritte auf. Mit einem Lächeln drehte er die Schreibfeder in seinen Fingern, setzte sie auf die erste Seite und schrieb etwas. Zuerst glaubte Tailin, er wolle das Papier und die Feder nur testen. Doch Galeron schrieb ein Wort nach dem anderen, füllte die erste Seite und schlug die nächste auf. Immer schneller kratzte die Feder über das Papier, bis es keinen Zweifel mehr gab: Galeron hatte sich erneut in sein Schreiben vertieft. Wellen von Trance griffen in Tailins Richtung, ließen ihn ahnen, in welche Tiefen sich Galerons Geist zurückgezogen hatte. Die jahrelange Askese hatte ihn vom Menschsein entfremdet und ihn gänzlich in einen Gott verwandelt.

Ein heftiger Schauder lief durch Tailins Körper. Er selbst trug doppelt so viel Magie wie Galeron – hieß das, auch er würde diese Art von Göttlichkeit erreichen? Oder war es allein Galerons Entscheidung, ein solches Leben zu führen?

»Wir sind hier, um einen Rat zu erbitten!« Dieses Mal sprach

Aimisch. Er fasste Tailin an den Schultern und schob ihn auf Galeron zu. »Das hier ist Tailin, aus der Sippe der Verborgenen, Sohn des Iosaca. Er trägt ein Drittel von Taluns Magie. Ich bin mir sicher, Ihr habt bereits von ihm gehört.«

Erneut trieb ein Schauder durch Tailins Körper. Wenn Galeron von ihm gehört hatte, dann durch die riesenhaften Ohrmuscheln.

Wieder sah es aus, als hätte der Alte die Stimme gar nicht wahrgenommen. Doch schließlich hob er den Kopf. Das Blau seiner Augen war klar wie Wasser und tief wie die Endlosigkeit. War es Neugier, die darin schimmerte? Oder Erkennen?

»Ja …«, murmelte der Alte langsam, »ich kenne dich. Du bist der Junge, dem das schlimmste Grauen angetan wurde und dessen Seele sich trotz allem selbst beschützt hat.«

Tailins Herzschlag raste. Die Dunkelheit. Das Grauen. Galeron durfte die Vergangenheit nicht wecken.

Leymon trat neben ihn, nahm seine Hand und hielt sie fest.

»Du bist stark, Tailin von Taluns Magie, unfassbar stark«, fuhr Galeron fort, »und dennoch fehlt es dir an etwas. Du machst Fehler, wenn du dich mit den unterirdischen Seen in deiner Höhle verbindest.«

Das war der Grund, das ungeklärte Rätsel, wegen dem sie hergekommen waren.

Doch Tailins Kehle war versperrt. Er brachte die Fragen nicht hervor.

»Genau darum sind wir hier.« Lenja sprang für ihn ein. »Ich bin Tailins Lehrerin. Aber ich weiß nur wenig über die Macht eines Seelenheilers. Deshalb sind wir auf der Suche nach einer Überlieferung. Wie hat Talun seine Magie angewendet? Was kann Tailin tun, um seine Fähigkeiten zu nutzen? Und wie ist es möglich, eine Seele zu heilen?«

In einer seltsamen Geste wiegte Galeron den Kopf hin und her. Mit einer behäbigen Bewegung stand er auf und streckte den Rücken. Eine Welle von Macht schob sich vor ihm her, erfasste

Tailin und ließ ihn schwanken. Der Alte griff nach seinen Händen und umschloss sie mit seinen. Schwärze glitt über Tailin hinweg, ein tiefer Sog, als würde er fallen. Dann tanzten Lichtpunkte vor seinen Augen, stoben zur Seite und gaben den Blick auf den alten Mann frei.

Galeron hatte die Augen geschlossen. Seine Pupillen rollten unter den Lidern hin und her. »Du wurdest geboren in der weißen Stadt. Dort bist du aufgewachsen bis zu ihrem Untergang. Schlimmes ist dir widerfahren, aber die Details verbergen sich in der Dunkelheit.« Stumm bewegten sich seine Lippen weiter, immer schneller rollten seine Pupillen. Dann entfuhr ihm ein leises Stöhnen. »Doch die wichtigsten Antworten finden sich nicht in deinem Leben. Den letzten Talun … *Ihn* gilt es zu sehen.« Ganz allmählich wurden seine Pupillen ruhiger. »Der letzte Talun war noch jung, als er starb. Die Sapioner enthaupteten ihn, als er versuchte, die kleine Maluna vor ihrem schlimmsten Schicksal zu bewahren.« Wieder zuckte sein Kopf, seine Hände krampften sich um Tailins Finger. »Dies geschah, noch bevor ich geboren wurde. Aber Galvon, mein Vorgänger, der das Dreifache meiner Magie in sich trug, hat den jungen Talun gekannt. Galvon war der Älteste im damaligen Rat von Malun. Er war Taluns Lehrer und Berater. Doch mit dem Schicksal Malunas waren sie alle überfordert.« Galerons Lider zuckten, sein Mund bewegte sich, als müsse er die nächsten Erklärungen erst suchen. Dann entwich ihm ein ärgerliches Zischen. »Meine Magie ist zu schwach, um alles zu sehen. Die Bilder verbergen sich, wann immer ich sie fassen will.« Mit einem Ruck ließ er Tailins Hände los, öffnete die Augen und fuhr zu Leymon herum. »Und wen haben wir da?«

Leymon zuckte zurück, seine Angst explodierte und strömte in Tailins Gefühle. Dennoch verneigte er sich. »Ich bin Leymon, aus dem Volk der Schneekrieger …«

»Ich weiß, ich weiß!« Galeron nickte ungeduldig. »Pamuschkrieger und Gottgeborener Gamons.« Ein wütender Unterton knurrte in seiner Stimme. »Hybriden wie dich gibt es nur selten. Dir fällt eine besondere Rolle zu. Doch die Macht eines Göttermischlings ist gefährlich, unberechenbar und schwer zu kontrollieren. Zu viele Elemente kreuzen sich in dir. Wasser und Feuer, Zeit und Luft. Nur eine sorgfältige Ausbildung kann einen Hybriden wie dich bezähmen. Aber da ist etwas in dir. Eine Verletzung. Eine schwärende Wunde in deiner Seele. Wenn sie nicht verheilt, wird dein Geist immer am Abgrund stehen. Die gebrochenen Gottgeborenen von Sapion sind ein Witz im Vergleich zu dem Inferno, das du anzurichten vermagst, wenn deine volle Macht erwacht, aber dein Geist keine Heilung findet.«

Tailin fröstelte. War das der Grund, warum die Priester Leymon so sehr misstrauten? Nicht nur, weil er ein unberechenbarer Hybride war, sondern auch, weil er Dinge getan hatte, die auf eine gebrochene Seele hindeuteten?

»Ich bin ein Seelenheiler«, murmelte Tailin. »Sagt mir nur, was ich tun muss, um ihn zu heilen. Wenn sein Geist nicht mehr am Abgrund steht, wird er voll und ganz auf unserer Seite sein. Ist seine Hybridenmacht dann nicht umso wertvoller?«

Galeron wirbelte herum. »Du magst ein Seelenheiler sein«, sagte er laut. »Aber die Grundlage deines Geistes ist menschlich. Und auch du trägst Verletzungen, schlimme, schwärende Wunden, von denen du kaum etwas weißt. Glaubst du ernstlich, jemanden wie ihn halten zu können, wenn er fällt? Dieser Hybride vereint die Elemente Zeit und Feuer. Niemanden sonst gab es je, der diese Elemente in sich vereinte. Zeit und Feuer, so heißt es, bilden das Ende allen Lebens: den Tod.« Damit packte er Tailins und Leymons Hände. Fast mit Gewalt fügte er sie zusammen.

Bilder zucken auf. Kinder mit zerrissenen Kleidern. Ihre Gesichter waren dreckig, ihre Augen verstört, ihre Seelen nahezu gebrochen. Dennoch würde es nötig sein, sie in den Krieg zu schicken.

Ruckartig riss Leymon seine Hand fort, der Gedanke brach

ab. Ein selbstgerechtes Lachen dröhnte aus Galerons Kehle. »Es ist richtig, Tailin, Sohn des Iosaca. Ihr zwei habt eine gemeinsame Aufgabe, die nur dieser Hybride mit dir erfüllen kann. Er muss Malunas Rolle übernehmen, damit du deine Rolle spielen kannst. Er muss dich halten, damit du es vermagst, deinen Körper in der Seelenpassage zu verlassen und wieder in ihn zurückzukehren. Er und die Katze müssen dich schützen, wenn ihr euren Gegnern im Kampf ausgesetzt seid, und nur sein Blick in die Zukunft kann euch vor Fehlern bewahren. Dennoch sei gewarnt: Ihr zwei könnt eure Aufgaben nur erfüllen, wenn ihr wahrhaftig eins werdet. Doch die Verletzungen eurer Seelen besitzen die Zerstörungskraft von Sprengstoff. Treffen sie im falschen Moment und mit zu großer Wucht aufeinander, werden sie euch für immer zerreißen. Nur behutsam und in der richtigen Reihenfolge wird es möglich sein, eure Wunden zu heilen. Und nur in Verbindung mit dem roten See vermag es Taluns Macht, dieses Kunststück zu vollbringen.«

Der rote See. Ein gewaltiges Frösteln fuhr durch Tailins Körper. »Habe ich das richtig verstanden? Sollen wir im roten See baden?«

Erneut wich ein Lachen aus der Kehle des Alten. »Der rote See besitzt die Macht, eure Seelen zu reinigen. Aber Vorsicht: Die Macht des Sees kennt keine Gnade. Sie trennt heilbare Verletzungen von unheilbaren Brüchen. Nur mithilfe des Sees kann Talun eine Seele vollkommen heilen. Aber sollte die Magie des Hybriden auch nur einen Kratzer aufweisen, den du nicht heilen kannst, wird der rote See euch beide in den Tod reißen.« Die Spannung wich aus Galerons Schultern. Erschöpft fiel er in sich zusammen, kniete sich wieder an seinen Schreibplatz und griff nach der neuen Feder. Ohne noch einmal aufzusehen, setzte er den letzten Satz fort.

»War das alles?« Lenja klang ungläubig. Auch Aimisch stand ratlos da. Nur von Leymon ging kalte Angst aus.

Für einen Moment hielten sie alle den Atem an. Es war noch nicht vorbei.

Plötzlich fuhr Galeron auf, starrte zu Leymon hoch und zischte ihn an: »Der rote See enttarnt jedes Geheimnis! Besser, du nimmst die Wahrheit mit deinen Worten vorweg. Die *ganze* Wahrheit.«

Leymon erstarrte. Seine Angst erfüllte den Raum wie Nebel. »Muss ich derjenige sein?«, flüsterte er. »Gibt es nicht jemand anderen, der Malunas Aufgabe übernehmen kann?«

Panischer Schreck erfasste Tailin. »*Das kannst du nicht tun!*«, wollte er rufen. »*Niemand anderes kann deine Aufgabe übernehmen. Niemand sonst wird mir je so nahekommen.*«

Doch in Leymons Augen glänzte Todesangst.

»Schau sie an«, blaffte Galeron und deutete auf Lenja. »Sie hat ihn ins Leben zurückgeholt, als die Seen ihn ausgezehrt haben – und mehr als zwanzig Jahre ihrer Lebenszeit dafür geopfert. Nein, mein Lieber. Sosehr es mir widerstrebt, dich in dieser Rolle zu sehen – du bist der Einzige.« Nur kurz blitzten seine Augen in Leymons Richtung. Dann beugte Galeron sich über das neue Buch und schrieb weiter, als hätte er niemals eine Pause gemacht.

Hieß das, ihre Audienz war beendet?

Tailins Blick schweifte zu den Büchern, die sich vor den Höhlenwänden stapelten. Welch wertvolles Wissen mochte darin verborgen sein? Es war ein Jammer, dass sie hier versteckt lagen. Sollten sie nicht besser für alle Priester zugänglich gemacht werden?

Leymon trat einen Schritt rückwärts. Ein heftiger Fluchtimpuls trieb ihn in Tailins Richtung.

»Halt!« Mit scharfer Stimme fuhr der Priester dazwischen. Dann gingen seine Worte in ein Murmeln über: »Eine einzige Geschichte hat mich in die Einsamkeit dieses Berges getrieben. Aber ich bekomme sie nicht zu fassen: Maluna … was ist damals mit ihr geschehen? Ich sehe Männer. Soldaten. Sie liegen über ihr. Einer nach dem anderen. Und dann der Befehl. Sie sollen das Mädchen töten. Aber was passiert danach? Ich kann das Ende der Geschichte nicht sehen!« Erneut starrte er Tailin in die Augen.

»Nur du! Du bist eng genug mit ihr verbunden. Finde heraus, was aus ihr geworden ist!«

Leymon packte Tailins Hand. Das Flüstern der Wände fiel über sie her, reagierte mit Leymons Magie und erfasste sie beide. Die Stimmen der Zukunft raunten und zischten, bildeten Worte und waren dennoch nur durch Leymons Gedanken zu verstehen. Nicht Tailin war mit Maluna verbunden. Jemand anderes war es. Jemand, der ihm nahestand.

Aber wer?

»Das goldene Netz«, raunte Leymon. »Die Wahrheit findet sich dort, wo Schwarz und Gold einander kreuzen.«

Ihre Hände rissen auseinander, die Vision verschwand. Nur das Lachen des alten Priesters flatterte um sie herum. »Mächtig scheint der Hybride wohl zu sein«, spottete er. »Wenn ihr Antworten sucht, haltet euch an die Macht der Hybriden. An die Macht der Unterschätzten und ihrer stillen Gaben.«

Tailin stolperte rückwärts. Er musste fort von Galeron, fort von dem Wispern der Höhlenwände. Auch Leymon wich nach hinten. Sie beide mussten weg von hier!

Nur Lenja und Aimisch blieben stehen. Ihr Bedauern erfüllte die Luft, richtete sich auf die Bücher, die sinnlos vermoderten.

»Nehmt sie mit!«, rief Galeron und wedelte nachlässig mit der Hand. »Nehmt sie einfach alle mit!«

12. Kapitel

Sapion, Oase »Walis«

Feyla

Seit Tagen lagen sie oberhalb der Oase auf der Lauer, seitlich neben der Schlucht, versteckt zwischen Felsen. Von hier oben wirkte der Palast wie glitzerndes Spielzeug. Vor allem die Türme des Töchterpalastes leuchteten und funkelten, während sich das Sonnenlicht in den Fensterscheiben der Schlafzimmer spiegelte. Dort unten lebten ihre Schwestern mit den Babys. Sie galt es zu retten, damit sie nicht umkamen – und damit Dorgen endlich frei war, um seine Magie auf der richtigen Seite spielen zu lassen.

Zum unzähligsten Mal glitt Feylas Blick über die Oase hinweg. Sie entdeckte den Wasserfall und die Grasfläche daneben. Vor genau einem Jahr, während der Doppelsonnenzeit, hatte Dorgen ihr an dieser Stelle das Kämpfen beigebracht. Wie viel doch in der wenigen Zeit geschehen war! Ein ganzes Leben hatte Feyla verloren – und dafür ein neues Leben gewonnen.

Ihr Blick wanderte weiter über die Apfelbäume, den Bach entlang, bis dorthin, wo das Schwimmbad ihrer Schwestern lag. Ob sie das Wasser noch immer genießen konnten? Oder langweilten sie sich inmitten des Luxus? Vermissten sie Dorgen, so wie Feyla ihn vermisste? Oder gingen sie voll und ganz in ihrer Mutterrolle auf, ohne den Vater ihrer Kinder noch länger zu benötigen?

Zumindest auf diese Fragen würde sie bald eine Antwort bekommen. Vielleicht. Wenn ihre Pläne aufgingen.

Feyla lauschte auf Nuszam, der hinter ihr mit dem Boten redete. Doch sie hatten ihre Stimmen gesenkt. Nur einzelne Satzfetzen drangen zu ihr: »Sprengstoff am Staudamm angebracht« … »noch kein Befehl« … »jederzeit beginnen.«

Wieder ließ Feyla ihren Blick zum Wasserfall schweifen. Ihre Schwestern hatten das Wasser, das durch die Oase floss, immer für echtes Quellwasser gehalten, das in den Bergen entsprang. Auch Feyla hatte ihre ganze Kindheit und Jugend hindurch daran geglaubt – bis sie herausgefunden hatte, dass ihr Vater das Wasser aus Farua herbringen ließ. Der See, der oberhalb der Oase in den Bergen lag, war künstlich angelegt worden, und Walerius beschäftigte mindestens fünfzig Sklaven, die immer neues Wasser heranschaffen und in den See füllen mussten. Wasser, das mühsam in den Bergwerken von Farua gefördert wurde und das anderswo auf Ruann als Trinkwasser oder für die Bewässerung von Feldern fehlte.

Und jetzt wollte Walerius den Staudamm des Sees sprengen lassen – um seine Sippe zu ermorden, die unterhalb des Wasserfalls in der Oase lebte.

Nervosität flatterte durch Feylas Magen. Um jeden Preis mussten sie den richtigen Moment abpassen. Mehrmals am Tag schickte Nuszam einen Boten zu den Wassersklaven, die am Stausee arbeiteten. Zwei von ihnen gehörten zum Widerstand und sammelten Informationen für ihn. Doch jeder einzelne Gang war gefährlich. Sämtliche Boten waren abtrünnige Akademiker. Wenn sie von Walerius' treuesten Männern erwischt wurden, geriet ihre ganze Mission in Gefahr.

Dennoch war das Risiko notwendig. Nur so konnten sie den passenden Zeitpunkt für ihren Angriff herausfinden. Noch wurde der Palast von kampferprobten Soldaten bewacht. Doch Nuszam ging davon aus, dass Walerius seine besten Männer abziehen würde, bevor er die Oase flutete. Immerhin gab es nicht viele gute Männer, und nicht einmal Walerius konnte es sich leisten, ihre Leben zu verschwenden.

Sobald die Soldaten den Palast verließen, war der richtige

Zeitpunkt gekommen. Dann mussten sie angreifen und ihre Schwestern mitsamt den Babys retten. Nach Möglichkeit wollte Feyla auch die Sklaven in Sicherheit bringen. Aber das Zeitfenster würde klein sein.

Erneut rumorte die Nervosität in ihrem Magen. Ihr Blick huschte zu dem Knabenhaus, in dem ihre kleinen Brüder lebten. Ob Siberi auch dort aufgewachsen war? Oder hatte Walerius ihn noch strenger abgesondert?

Wehmut gesellte sich zu der Nervosität. Sie durfte nicht zu viel über Siberi nachdenken. Vielmehr sollte sie froh sein, dass sie ihren Zwilling nie richtig kennengelernt hatte. Was man nicht kannte, konnte man nicht vermissen.

Oder doch? Warum tat es so weh, an ihn zu denken?

»Hat sich was verändert?« Nuszam rutschte neben ihr an die Felskante. Genau wie sie legte er sich auf den Bauch und spähte in den Abgrund.

»Nein.« Feyla musste das Wort gegen den Widerstand in ihrem Hals hinausschieben. »Aber was, wenn sich auch nichts ändern wird? Vielleicht lässt mein Vater die Männer gar nicht abziehen. Er hat so viele Menschen auf dem Gewissen, warum sollte er ausgerechnet ein paar Elitesoldaten schonen? Immerhin wären sie auch Zeugen, wenn er sie überleben lässt.«

Mit zusammengekniffenen Augenbrauen ließ Nuszam den Blick über das Tal gleiten. »Ich weiß, es ist nur eine vage These. Aber wir haben noch unsere Spione bei den Wassersklaven. Sobald sie den Befehl bekommen, den Staudamm zu sprengen, greifen wir an.«

Feyla entkam ein hartes Lachen. »Wenn sie den Befehl erhalten, ist es längst zu spät. Dann sind wir gerade noch rechtzeitig da unten, um uns ertränken zu lassen.«

Nuszam wandte sich in ihre Richtung. »Denkst du, wir sollten sofort gehen? Und gegen fünfzig Elitesoldaten kämpfen? Ich bin mir nicht sicher, ob wir das schaffen.«

Fünfzig Männer – in etwa so viele hatten sie auf den Posten rund um den Palast gezählt. Während sie selbst nur mit dreißig Frauen gekommen waren. Eine größere Truppe hätten sie nicht unauffällig in den Bergen verstecken können. Ihre Gruppe war ohnehin nur schwer zu tarnen. Sie alle versuchten, sich zwischen den Felsen zu verbergen – doch letztendlich waren sie darauf angewiesen, dass niemand hier oben entlangkam.

»Du könntest mich zu ihnen bringen.« Thia robbte auf Nuszams anderer Seite an die Felskante. Erst jetzt bemerkte Feyla, dass sie ihnen zuhörte. »Wir könnten ein Schreiben von Walerius fälschen, das mich als Geschenk an die Männer deklariert. Dann wären sie eine Weile abgelenkt, während ihr den Palast stürmt.«

Eine einzelne Sklavin für fünfzig Männer? Feyla wollte widersprechen, doch das Entsetzen lähmte ihre Zunge.

»Du willst *was?*« Auch Nuszam war blass geworden. »Das kommt nicht infrage, Thia. Ich werfe dich nicht in den Rachen von fünfzig ausgehungerten Männern.«

»Warum nicht?« Thia zuckte leichthin die Schultern. »Es wäre mir ein Vergnügen, sie zu töten.«

Ein raues Fluchen kam aus Nuszams Kehle. Mit einem Ruck stieß er sich von der Felskante ab und wich in die Deckung zurück. »Ich sage dir, warum nicht: weil sie gleichzeitig über dich herfallen werden. Aber du kannst sie nicht gleichzeitig töten. Spätestens wenn du dem Ersten den Dolch zwischen die Rippen rammst, werden die anderen dich umbringen, falls sie dich nicht vorher schon zu Tode … ach verflucht!« Nuszam war zwischen den Felsen aufgesprungen. Thia war ihm gefolgt und ging auf ihn zu. Das Sonnenlicht fing sich in ihren blonden Haaren, ihr Mädchenlächeln leuchtete. Selbst Feylas Herz zog sich bei ihrem Anblick zusammen. Doch Nuszam drückte sich rückwärts gegen einen Felsen.

»Wer sagt, dass ich einen Dolch brauche, um sie zu töten?« Thia blieb direkt vor ihm stehen. »Traust du mir gar nichts zu? Ich habe meine Magie, um sie einzuwickeln.«

Nuszams Hände hoben sich in ihre Richtung, fielen wieder herab und klammerten sich an den Stein.

Thia gab ein leises Lachen von sich. »Es ist sehr niedlich, dass du Angst um mich hast. Aber das musst du nicht.« Sie stellte sich auf die Zehenspitzen, ihre Hand berührte seine Wange – dann küsste sie ihn.

Nuszams Beherrschung zerfiel mit einem überraschten Laut. Seine Arme schlossen sich um ihren Rücken. Ihr Kuss war wild und ungestüm, hungrig und viel zu intim.

Auch Feyla sprang auf. Sie sollte eingreifen, wenn Nuszam sich auf Thia einließ. Er selbst hatte sie beauftragt, notfalls das Schwert zu benutzen.

Aber war es richtig? Seine Liebe war echt. Was, wenn Thia ihn ebenso aufrichtig liebte?

Langsam trat Feyla auf die beiden zu. Das hier war kein Kuss für die Öffentlichkeit. Nuszams Hände schoben sich unter Thias Kleidung, leises Keuchen fing sich zwischen den Felsen.

Feyla zwang sich zu einem Räuspern. »Nuszam?«

Kurz schien es, als hätte er sie nicht gehört. Dann presste er die Hände gegen Thias Schultern und schob sie von sich. »Entschuldige!« Perplex starrte er Feyla an.

Thia lachte leise. Es klang so leicht wie alles an ihr. »Dann ist das geklärt? Ich kümmere mich um die Männer, und ihr« – sie machte eine raumgreifende Geste – »holt die Frauen und die Babys aus dem Palast?«

Verzweifelte Irritation flackerte in Nuszams Blick. »Thia? Bitte lass uns kurz allein. Ich bespreche das mit Feyla.«

»Kein Problem.« Thia lächelte ihm zu. Schwungvoll drehte sie sich um und verschwand zwischen den Felsen. Dort hinten lag das provisorische Lager, das die Frauen errichtet hatten.

Als sie fort war, lehnte Nuszam den Kopf gegen den Felsen. »Bitte sag, dass das gerade nicht passiert ist.«

Feyla wusste nicht, ob sie gegen ihr Grinsen ankämpfen sollte.

»Ich fürchte, doch. Allerdings sah es aus, als hätte es euch beiden gefallen.«

Nuszam stieß ein Schnauben aus. »Keine Ahnung, ob es ihr gefallen hat. Sie will diese fünfzig Männer. Und dafür braucht sie meine Zustimmung. Vermutlich war das alles.« Ein trauriger Schimmer lag in seinen Augen. »Das war doch nur eine Machtdemonstration. So wie sie mich einwickelt, kann sie jeden einwickeln. Wenn ich es richtig verstanden habe, werden ihr diese fünfzig Männer zu Füßen liegen und sich abschlachten lassen.«

Feyla schluckte. War es wirklich nur das? »Ich würde es euch gönnen, wenn das zwischen euch echt wäre.«

Nuszam lachte auf. Ein verräterisches Glitzern erschien in seinen Augen. »Erzähl das niemandem. Sämtliche Wüstenfrauen werden über mich spotten, weil Thia mich zum Narren hält.«

Ein lauter Ruf ertönte aus der Oase, dicht gefolgt von einem zweiten. Erst jetzt bemerkte Feyla, dass sich etwas an der Geräuschkulisse geändert hatte. »Was ist los?«

Binnen weniger Augenblicke war Nuszam an die Kante gerobbt. Feyla folgte ihm.

Vor dem Palast erhob sich ein Tumult. Eine Transportkutsche war vorgefahren, die Soldaten riefen Befehle, und schließlich kamen Sklaven aus dem Palast, die stapelweise etwas vor sich hertrugen: Bücher.

»Die Bibliothek!« Feyla keuchte auf. »Mein Vater lässt sie räumen.«

Die Abenddämmerung war inzwischen angebrochen. Durch die Fenster der Bibliothek leuchtete Kerzenlicht. Schatten von Menschen huschten dahinter umher.

»Das ist ein Zeichen!« Auch Nuszam klang atemlos. »Sind das wertvolle Bücher, die er dort aufbewahrt?«

Wertvoll war gar kein Ausdruck. Erst nachträglich hatte Feyla begriffen, welche Art von Schriften ihr Vater sammelte. »Es sind Bücher dabei, die eigentlich verboten sind, letzte Exemplare vernichteter Schriften. Walerius hortet sie wie Schätze – und ich war so dumm zu glauben, dass es ganz normale Bücher sind. Dabei war es schon mein Todesurteil, als ich die erste dieser Schriften in die Hand genommen habe.«

Einen Moment lang betrachtete Nuszam das Treiben auf dem Vorplatz. Dann atmete er aufgeregt ein. »Das ist die perfekte Gelegenheit! Ich weiß, wie wir sie austricksen. Nicht nur deine Schwestern und die Babys – auch die Bücher werden bald bei uns sein.«

***

Kurze Zeit später lag Feyla mit zwei weiteren Kämpferinnen unter ein paar Decken auf der offenen Ladefläche einer Transportkutsche. Nuszam und Thia saßen vor ihr auf dem Kutschbock. Durch einen Spalt zwischen zwei Decken konnte Feyla sie sehen. Ihr Bruder lenkte die Pferde den Berg hinab, während Thias Erscheinung im sterbenden Abendlicht leuchtete. Sie hatte sich in ein weißes Kleid gehüllt, das mit glitzernden Pailletten bestickt war und ihre Brüste halbnackt hervorhob. Ihre Haare waren zu einem unschuldig anmutenden Kranz geflochten. Doch in ihren Schnürschuhen versteckte sich der Dolch. Fast schon wütend hatte Nuszam sie in seinen Plan einbezogen, und Thia schien höchst zufrieden zu sein. Jetzt saßen sie schweigend nebeneinander. Nahezu greifbar lag Nuszams Zorn in der Luft. Dennoch machte er keine Anstalten, noch einmal mit Thia zu diskutieren. Feyla fragte sich, was in ihm vorging. War er so wütend, weil er Thias Leben riskierte? Oder brauchte er die Wut, um sich gegen das Grauen abzuschotten, das sie freiwillig auf sich nahm?

Fünfzig Soldaten. Feyla schauderte. Doch Thia schien ihre Magie bereits zu sammeln. Je weiter sie den Berg hinabfuhren, desto deutlicher wurde die Aura, die sie umgab. Ihre Anziehungskraft steigerte sich, bis selbst Feyla am liebsten den Arm unter der Decke hervorschieben wollte. Sie müsste nur Thias Rücken berühren, damit sie sich zu ihr umdrehte, damit sie über die Trennwand zu ihr krabbelte und sie küsste. Feyla wollte das leuchtende Kleid unter den Fingern fühlen, wollte ihre Hände darunterschieben und Thias weiche Haut erkunden.

»Himmel, Thia!« Nuszams Stimme durchbrach ihren Tagtraum. »Wenn du so weitermachst, bringst du mich um, bevor wir da sind.«

Thia antwortete mit einem leisen Lachen. »Soll ich dich festketten, damit du deine Hände bei dir behältst?« Die Magie ihrer Stimme schlug Wellen, erfasste Feyla ebenso wie Nuszam. Tiefe Sehnsucht erfüllte ihre Brust, erinnerte sie an den Kuss, den sie mit Thia geteilt hatte. Selbst die beiden anderen Kriegerinnen, Garna und Zari, kicherten unter der Decke.

»Festketten wäre nicht die schlechteste Idee.« Nuszams Hände zitterten. Es sah fast mühsam aus, als er beide Fahrleinen in eine Hand nahm und die andere löste, um sich den Schweiß abzuwischen. Danach ließ er die Hand zwischen sich und Thia auf dem Sitz liegen.

Fast unmerklich rutschte seine Hand näher. »Thia, ich …«

»Nicht reden!« Scharf fuhr Thia dazwischen. »Wenn du jetzt weitersprichst, kommen wir nicht an. Dann kriegst du die Dosis für fünfzig Männer allein ab.«

Dosis von was? Beinahe hätte Feyla laut gefragt. Meinte Thia den Sex, den sie mit fünfzig Männern haben würde? Oder redete sie von etwas anderem?

Womit wollte sie töten, wenn es nicht der Dolch war?

Nuszams Hand lag noch immer auf dem Kutschbock. Seine Finger streiften Thias Kleid.

»Und nicht anfassen!« Feyla hörte sich selbst. Ihre Hand schnellte vor und schlug auf Nuszams Finger.

»Au!« Er zuckte am ganzen Körper zusammen, zog seine Hand zurück und griff nach den Zügeln.

Den Rest der Fahrt verbrachten sie schweigend. Kurve um Kurve kroch ihr Gefährt die Serpentinen hinab, bis sie den Zufahrtsweg des Palastes erreichten. Schon am äußersten Tor war eine Wache postiert, die Nuszam aufhielt. »Wer seid Ihr, und was wollt Ihr?«, rief der Soldat.

Nuszam brauchte einen Moment, um sich aus Thias Aura zu befreien. »Ich bin Sklavenhändler aus Anmare. Ich komme im Auftrag von Walerius und bringe diese Sklavin als Geschenk an seine treuesten Männer.« Damit zog er einen versiegelten Brief aus dem Ablagekorb und reichte ihn dem Wachmann.

Feyla war selbst dabei gewesen, als die alte Vio den Brief und das Siegel gefälscht hatte. Bis zu diesem Zeitpunkt hatte sie nicht verstanden, warum Nuszam ausgerechnet die uralte Frau aus der Wüstenfestung auf solch eine Mission mitnahm. Überhaupt hatte sie nie erfahren, welche Rolle Vio unter den Wüstenfrauen spielte. Selbst bei den wichtigsten und geheimsten Besprechungen ließ Kori sie dabei sein. Aber Vio redete so gut wie nie. Bislang hatte Feyla geglaubt, die Alte wäre einfach zu harmlos, als dass man sie während einer Besprechung fortschicken musste.

Doch dann hatte sie erfahren, welche Fähigkeiten die Alte besaß: Vios Handschrift war nicht nur gestochen scharf – sie entsprach der von Walerius bis ins letzte Detail. Auch sein Siegel schienen die Wüstenfrauen schon häufiger benutzt zu haben, zumindest hatten sie es aus Blei nachgegossen. Selbst das Papier enthielt das Wasserzeichen, mit dem Walerius die Bögen eigens in einer Manufaktur in Anmare herstellen ließ.

Entweder gehörte der Papierschöpfer ebenfalls zum Widerstand oder Nuszam hatte ihn extrem gut bezahlt.

Der Wachmann prüfte den Brief sorgfältig, betrachtete ihn im Licht einer Öllampe und gab ihn dann an Nuszam zurück. »In Ordnung.« Sein Blick streifte Thia und blieb an ihr hängen. »Für wen, sagtet Ihr, ist diese Hure?« Seine Stimme klang belegt.

Nuszam beugte sich zu ihm. Die Geste wirkte vertraulich,

doch seine Worte waren laut genug. »Seid Ihr einer von Walerius' treuesten Männern?«

Der Wachmann straffte die Schultern. »Aber natürlich!«

»Dann folgt uns doch, wenn die Nacht angebrochen ist.« In Nuszams Stimme klang ein anzügliches Lächeln. »Ich bin sicher, Eure Kameraden lassen Euch noch ein Stückchen von ihr übrig.«

»Und was ist mit meinem Dienst? Ich muss noch bis morgen früh Wache stehen!«

Nuszam lachte leise. »Ist das so? Dann sagt mir: Wie oft kommt es vor, dass Euer Herr Euch derart üppig für Eure Treue belohnt? Ist die übliche Belohnung auch so wertvoll, dass Ihr die *besondere* Belohnung freiwillig verpasst, nur um ihm die Treue zu halten?«

Der Wachmann wirkte verwirrt. »Meine Treue? Was? Ich ...«

Feyla unterdrückte ein Kichern. Selbst sie musste Nuszams Worte dreimal durchdenken, ehe sie verstand, dass sie vor allem der Verwirrung dienten.

Auch der Soldat schien sich auf diese Erkenntnis zu besinnen. Verlegen räusperte er sich und straffte die Schultern. »Fragt am Haupttor nach Wimor. Er wird wissen, an wen Ihr die Hure übergeben sollt.«

»Habt Dank!« Nuszam richtete sich auf und ließ die Pferde mit einem Schnalzen antraben. Ruckelnd nahm die Kutsche Fahrt auf. Feyla zog den Spalt zwischen ihrer und Garnas Decke zu, um von den nächsten Wachen nicht doch noch gesehen zu werden.

Allein an den Kurven ahnte sie, wie weit sie im Park vorangekommen waren, bis die Kutsche langsamer wurde und anhielt.

»Wer seid Ihr?«, fragte der nächste Wachmann. »Was ist Euer Auftrag?«

»Ich habe zwei Aufträge«, antwortete Nuszam. Wieder hörte Feyla Papier rascheln, als ihr Bruder den zweiten versiegelten Umschlag hervorholte. »Ich bin Händler. Walerius hat mich beauftragt, diese Sklavin als Geschenk an seine treuen Wachsoldaten zu übergeben. Im Austausch soll ich die Bücher aus der Bibliothek abholen und sie in sein Stadthaus bringen.«

»Das ist seltsam«, erwiderte der Wachmann. »Vorhin kam schon eine Kutsche, die die Bücher abholen sollte. Sind es denn so viele, dass wir zwei Wagen brauchen?«

»Nein.« Nuszam klang erstaunlich gelassen. »Walerius hat seinen Auftrag geändert, als ihm klar wurde, dass ich ohnehin in die richtige Richtung zurückfahre. Zumindest klang es so, als er mit mir sprach. Aber das steht sicher alles in seiner Nachricht.«

»Na, dann schauen wir mal«, antwortete der Soldat. Kurz herrschte Schweigen, während er mit dem Papier knisterte und das Wachssiegel zerbrach.

Feyla wusste, was in der zweiten Nachricht stand: dass der Fahrer der ersten Kutsche nicht vertrauenswürdig war und umgehend festgenommen werden sollte – während sämtliche Schätze der Bibliothek auf den Wagen des Sklavenhändlers verladen werden sollten. Weiterhin stand in dem Brief, dass Thia ein Geschenk an die Soldaten war – als Dank für die treuen Dienste.

»Ja, dann …«, stellte der Wachsoldat schließlich fest. »Fahrt am besten durch den Torbogen in den Innenhof vor die Bibliothek. Dort steht schon die andere Kutsche. Dann kann direkt alles umgeladen werden. Ich gebe die Befehle so weiter. Und die Sklavin …« Er machte ein Pause. Etwas in der Luft änderte sich, während der Soldat in Thias Aura geriet. »Große Göttin. Wer soll dieses Mädchen bekommen?«

»Ihr alle«, säuselte Nuszam.

»Und unsere Arbeit? Bis Mitternacht soll alles geräumt sein.«

Bis Mitternacht also … hieß das, der Staudamm wurde um Mitternacht gesprengt? Oder kurz danach?

»Ich nehme an, Eure Arbeit darf nicht zu kurz kommen«, entgegnete Nuszam. »Aber wie wäre es, wenn Ihr Euch die Sklavin jeweils zu fünft vornehmt, während die Übrigen weiterarbeiten? Ihr werdet doch sicher nicht so lange mit ihr brauchen.«

Der Soldat stieß ein nervöses Lachen aus. »Lange? Beim Namen der Blutgöttin, wohl kaum. Auch wenn ich wünschte, ich hätte ein ganzes Leben mit ihr.«

»Leider nur diese eine Nacht. Sie ist eine Edelhure. Walerius hat nur bis morgen früh bezahlt. Schickt doch einfach Eure besten Männer zuerst.«

»Das mache ich.« Die Stimme des Soldaten entfernte sich, seine Schritte umrundeten die Kutsche, bis er auf Thias Seite stehen blieb. »Komm zu mir, meine Schöne.« Die Kutsche neigte sich, als Thia abstieg.

Er wollte sie für sich behalten! Thia würde nur einen Mann töten, weil alle anderen gar nicht erfuhren, dass sie hier war.

»Soldaten!«, rief Nuszam, und seine Stimme hallte über den Vorplatz. »Seht her, welches Geschenk ich Euch von Walerius bringe!«

An den Schritten hörte Feyla, wie die Männer herbeiliefen. Dann fuhr die Kutsche an. Kies knirschte unter den Rädern, doch nur kurz, ehe sie auf glatten Steinen weiterrollten. Überlaut hallte der Hufschlag von den Wänden der Einfahrt wider. Feyla sah den Torbogen vor ihrem inneren Auge. Dieser Eingang diente den Politikern, die Walerius besuchten. Offiziell hatte Feyla niemals hierherkommen dürfen. Nur ein paarmal hatte sie es trotzdem getan.

Als Nuszam die Kutsche anhielt, erhob sich Tumult um sie herum. Dem Klang nach standen sie noch mitten in der Durchfahrt. Stiefelschritte stürmten durch den Torbogen, Männer schienen miteinander zu ringen. »He! Was soll das?«, rief jemand. »Warum nehmt ihr mich fest?«

Auch auf dem Vorplatz herrschte Unruhe. »Ihr geht höchstens zu fünft mit der Hure. Alle anderen machen ihre Arbeit.«

»Aber wer darf zuerst?«

»Ich hab den höchsten Rang, sie kommt als Erstes mit mir!«

»Von wegen! Wir beide haben denselben Rang!«

»Aber wohin?«, fragte ein Vierter. »Wohin gehen wir mit ihr?«

Die Männer riefen ihre Vorschläge durcheinander, so lange, bis Thias Stimme sich einmischte. Mit einem Schlag wurden die Soldaten ruhig. »Wie wäre es einzeln?«, schlug sie vor. »Dann habt ihr am meisten davon. Und jeder kann sich seinen Ort selbst aussuchen.«

Feyla schauderte. Einzeln und jeder an einem anderen Ort. Einen besseren Weg gab es nicht, um möglichst viele Männer zu töten, ehe sie die Hinterlist bemerkten.

Nach Thias Worten wurde es still im Durchgang. Die letzten Männer gingen nach draußen, wo die Soldaten lautstark die Reihenfolge ausknobelten.

»Jetzt!« Nuszam zischte ihnen zu.

Vorsichtig schlug Feyla die Decke zurück. Die anderen Kriegerinnen taten es ihr gleich. Lautlos sprangen sie von der Ladefläche und zogen sich die Kapuzen über den Kopf. Sie hatten farbige Sklavenumhänge angezogen, in der gleichen Art, wie Walerius seine Sklavinnen einkleidete. Dass sie unter den Umhängen Schwerter und Lederrüstungen trugen, war von außen nicht zu sehen.

Nuszam ging zu der Kutsche, die vor ihnen im Gang stand. Sie versperrte den Weg in den Innenhof. Aber der Eingang zur Bibliothek lag ohnehin direkt hinter der Durchfahrt. »Ich bleibe hier und sorge dafür, dass alle Bücher auf unseren Wagen kommen. Sucht ihr die Babys. Viel Glück.«

Feyla nickte, dann gingen sie los. Lange hatten sie überlegt, wie sie am unauffälligsten durch den Palastgarten kamen, doch es gab nur eine sinnvolle Möglichkeit: Sie liefen mit hocherhobenem Haupt über die Wege, wie Bedienstete, die etwas von einem Palast in den anderen brachten. Zielstrebig führte Feyla ihre Mitkämpferinnen zu dem Flügel des Töchterpalastes, in dem der Sklaventrakt lag. So leise wie möglich schob sie die Tür auf.

Still und dunkel lag der Eingangsbereich vor ihr. Nur hier und da hingen Öllampen und beleuchteten die Vorratskisten. Eine einzelne Sklavin hockte davor und schrieb etwas auf eine Liste. Feyla kannte sie. Es war Misela, eine ältere Küchensklavin, die immer schon hervorragend gekocht hatte. Deshalb hatte Walerius sie im Töchterpalast zur Chefköchin ernannt. Doch schon in ihrer Kindheit war Misela bei ihnen gewesen, und Feyla hatte unzählige Tage heimlich bei ihr in der Küche verbracht.

Feyla bedeutete den anderen Kämpferinnen, draußen zu warten. Dann trat sie ein und schob die Kapuze ihres Umhangs zurück. »Misela?«, flüsterte sie.

Erschrocken fuhr die Sklavin herum. »Wer ist da?« Blinzelnd spähte sie in den Schatten, der Feyla verbarg.

»Ich bin es, Feyla.« Erst jetzt ließ sie ihre Stimme erklingen.

Misela nahm eine der Öllampen und kam näher. »Feyla? Wie kannst du hier sein? Ich dachte, du wärst …«

»… tot?« Feyla schüttelte den Kopf. »Walerius hat mich in der Wüste ausgesetzt. Aber ich habe überlebt. Misela …«

Sie wollte schnell erklären, was los war. Doch die Sklavin rannte die letzten Schritte auf sie zu und schloss sie in die Arme. »Feyla! Du lebst! Wer hätte gedacht, dass du lebst. Mein Mädchen … Ich bin so glücklich, dich zu sehen!« Ihre mütterlichen Arme schlossen sich eng um Feylas Körper, ließen ihr kaum Luft zum Atmen. »Es war so eine schreckliche Geschichte. Wir haben das schon lange geahnt. Dass Walerius dir einen Strick daraus drehen wird, weil du die Tochter deiner Mutter bist. Aber niemand durfte darüber reden. Kennst du die Wahrheit inzwischen? Hat es dir jemand gesagt?«

»Ja.« Feyla machte sich vorsichtig los. »Nugia hat mir alles erzählt.« Nugia, die beste Freundin ihrer Kindheit und Jugend. Schon als Jugendliche hatte Walerius sie als Sklavin in seinem Haus gehalten – und Feyla hatte immer geglaubt, dass sie auf ähnliche Weise versklavt worden war wie alle anderen. Erst als Feyla schon drauf und dran gewesen war, aus der Oase zu fliehen, hatte

Nugia ihr erzählt, dass sie beide dieselbe Mutter hatten: Suleja, eine faruanische Diplomatin, die von Walerius in eine Falle gelockt worden war.

Die Augen der älteren Frau wurden glasig. »Nugia ... Walerius hat sie ...«

»Ich weiß.« Nur mühsam unterdrückte Feyla ihre Eile. »Nugia lebt ebenfalls. Wir haben sie gerettet. Aber das ist eine lange Geschichte. Und heute haben wir keine Zeit für Geschichten. Misela, hör zu, ich kann es dir nur ganz kurz erklären: Wir müssen weg von hier. Du, die anderen Sklaven, meine Schwestern und die Kinder. Walerius hat vor, diese Oase zu vernichten. Noch heute Nacht.«

»Vernichten?« Entgeistert starrte Misela sie an. »Wie will er sie vernichten? Und warum? Einfach so?«

»Auch das ist eine lange Geschichte.« Feyla sprach schnell. »Über der Oase in den Bergen liegt ein Stausee. Walerius wird den Damm sprengen, und dann wird hier alles überflutet. Jeder, der dann noch hier ist, wird ertrinken. Misela, du musst mir jetzt genau zuhören und tun, was ich sage: Ich hole meine Schwestern und die Kinder. Weck du in der Zwischenzeit die anderen Sklavinnen und Sklaven. Einer von ihnen soll hinübergehen in den Mütterpalast und dort den Sklaven Bescheid sagen. Außerdem brauchen wir die Pferde. Die Stallsklaven sollen sämtliche Reitpferde satteln und zäumen und sich mit ihnen im Stall bereithalten. Aber lauft noch nicht los! Wir gehen zusammen, sobald ich mit den Kindern und meinen Schwestern wieder hier bin. Vor dem Palast sind etwa fünfzig Wachen, wir haben sie abgelenkt, und mit Glück sind einige tot, wenn wir dort hinkommen. Aber stellt euch darauf ein, dass wir uns den Weg freikämpfen müssen.«

»Kämpfen?« Misela war mit jedem Wort blasser geworden. »Wie sollen wir kämpfen? Und wo sollen wir hin?«

»Wir haben einen sicheren Ort für euch. Mach dir darum keine Sorgen. Und wir haben dreißig Kämpferinnen dabei. Aber jetzt müssen wir erstmal hier raus. Weißt du, ob meine Schwestern schon schlafen?«

Die Sklavin brauchte einen Moment, um zu antworten. »Ja … nein … so genau weiß ich das nicht. Miljuna und Amerill wollten früh zu Bett. Cilinja liest vielleicht noch. Sie hat es sich angewöhnt, seit du fort bist. Und Schejma kann sich an ihrem Baby gar nicht sattsehen. Sie ist für gewöhnlich auch lange wach.«

Feyla atmete erleichtert aus. Besser konnte es kaum laufen. »Haben sie noch dieselben Zimmer wie letztes Jahr? Und sind die Babys noch bei ihnen oder schon im Kindertrakt?«

Misela wiegte den Kopf hin und her. »Unterschiedlich. Miljuna bekommt Kopfschmerzen, wenn sie zu wenig schläft. Sie hat ihren Sohn im Kinderzimmer einquartiert. Wenn er nachts schreit, müssen sich die Sklavinnen um ihn kümmern. Die anderen sind noch bei ihren Müttern.«

Feyla konnte nicht verhindern, dass sich einer ihrer Mundwinkel zu einem Grinsen verzog. »Danke. Bitte geh jetzt und tu, was ich gesagt habe.«

»Aber Feyla!« Misela griff nach ihrer Hand. »Miljuna und Amerill … sie sind nicht gut auf dich zu sprechen. Ich weiß nicht, ob sie dir glauben, wenn du jetzt zu ihnen …«

»Überlass das mir.« Feyla ließ sie nicht ausreden. Misela sollte später nicht das Gefühl haben, mitschuldig zu sein. »Ich habe mir überlegt, was ich tue. Kümmere du dich um die Sklaven.« Fast beiläufig öffnete sie die Eingangstür und winkte Zari und Garna herein. »Das sind meine Mitkämpferinnen.«

Dass sowohl Zari als auch Garna groß und dunkelhaarig waren, schien Misela zu irritieren. »Wer sind sie?«

»Später. Alle Erklärungen müssen bis später warten. Wir gehen jetzt zu meinen Schwestern.« Um weiteren Fragen auszuweichen, eilte Feyla voran durch den Sklaventrakt. Fast lautlos liefen Zari und Garna hinter ihr her. Am Ende des Flures endete der Wirtschaftsbereich der Sklaven und führte in den Speisesaal ihrer

Schwestern. Vorsichtig öffnete Feyla die Tür, durch die die Sklaven normalerweise die Speisen auftrugen. Doch der runde Raum unter der Glaskuppel war ebenso still und verlassen wie der Sklaventrakt. Nur oben auf der Galerie fiel Licht aus einem Türspalt.

Feyla bedeutete Garna, unten vor der Wendeltreppe Wache zu halten, und stieg mit Zari zur Galerie hinauf.

Die angelehnte Tür führte zu Cilinjas Zimmer. Feyla ging lautlos darauf zu und klopfte an. Das leise »Ja, bitte?« wartete sie kaum ab, ehe sie eintrat.

Cilinja saß mit einem Buch auf einem Sessel vor den großen Fenstern. Neben ihr auf dem Tisch stand ein Öllämpchen. Abgesehen davon war es dunkel. »Wer ist da?«, fragte sie unsicher.

»Ich bin es, Feyla.« Langsam trat sie in den Lichtkegel.

»Feyla?« Erschrocken klappte Cilinja das Buch zu. Erst sah es aus, als wolle sie aufspringen – dann erstarrte sie. »Aber ich dachte … hat Walerius dich nicht …?«

»Doch«, antwortete Feyla knapp. Sie konnte nicht schon wieder alles erklären. »Aber ich lebe. Hör zu …«

»Du bist ein Geist.« Cilinja bekam große Augen. »Ich habe in den Büchern davon gelesen. Es gibt Geister, in deren Gestalt die Toten zurückkommen.«

Geistergeschichten waren erfunden! Feyla wollte es dazwischenrufen, doch auf Cilinjas Gesicht zeichnete sich ein entrückter Ausdruck ab. »Oh. Wie gut, dass du zu mir gekommen bist, Geist von Feyla. Ich möchte dir noch so vieles sagen! Du hast immer von den Büchern geredet. Von Iosaca, deinem Lieblingsschriftsteller. Von all den Dingen, die in unserer Welt vor sich gehen. Aber ich wollte dir nie glauben. Ich wusste nicht, wie wichtig es ist, all diese Dinge zu lesen. Doch jetzt weiß ich es. Ich habe deine Bücher gelesen. Iosacas Buch. Du hast so recht! Er ist ein großartiger Schriftsteller, und was er schreibt, ist wahr und so wichtig. Ich weiß jetzt, wie dumm ich war. Seit ich gelesen habe, wie es in der Welt zugeht, fühle ich mich um so vieles klüger. Aber gleichzeitig ist es so schrecklich, all das zu wissen. Feyla! Was sollen wir nur tun mit dieser Welt? Damit unsere Kinder nicht so leiden müssen wie die Generationen vor ihnen. Bitte gib mir einen Rat, ehe du wieder gehst.«

Feyla war mit jedem Satz näher getreten. Nun stand sie direkt vor ihrer Schwester und kniete sich vor ihr nieder. Die Schwertspitze klirrte, als sie den Boden berührte. »Cilinja. Sieh mich an. Ich bin kein Geist. Du kannst mich nicht nur sehen, du kannst mich auch berühren. Und ich kann dein Buch bewegen. Siehst du?« Sie streckte die Hand aus und zog das Buch von Cilinjas Schoß. Es war ihr Lieblingsbuch von Iosaca, das weiße mit den rotbraunen Sprenkeln auf dem Umschlag. Blut! Vermutlich war das Buch dabei gewesen, als ihr Vater schreckliche Dinge getan hatte. »Iosaca war ein Staatsfeind. Walerius hat ihn gejagt und umgebracht. Dieses Buch, das du auf deinem Schoß hältst, ist offiziell verboten. Wer es dennoch liest, wird dafür hingerichtet. Auch ich bin klüger geworden, Cilinja. Ich weiß nun, dass es nur einen Grund gibt, warum Walerius uns diese Bücher lesen lässt: weil er ohnehin von Anfang an vorhatte, uns umzubringen.«

»Unser Vater hat *was* vor?« Cilinjas Finger zitterten, als sie Feylas Haare berührte. Mit einem ungläubigen Blinzeln strich sie über die Locken.

»Glaubst du mir jetzt, dass ich lebe?« Feylas Atem streifte das Handgelenk ihrer Schwester.

Cilinja zuckte zurück. »Du fühlst dich lebendig an. Aber wie kann das sein? Und wie bist du zurückgekommen?«

Feyla fiel es schwer, ihre Ungeduld zu unterdrücken. Sie hatten keine Zeit! »Cilinja! Du musst mir glauben, dass ich echt bin. Und du musst mir glauben, was ich dir zu sagen habe: Walerius will euch alle umbringen. Seine ganze Sippe, alle Sklaven. Vielleicht sogar seine Soldaten. Unser Vater ist ein böser Mann. Er hat schon so viele Menschen gequält und getötet – und wir sind nicht seine erste Sippe. Er war schon vorher verheiratet. Mehrmals. Auch alle anderen Sippen hat er getötet.«

Cilinja schluckte sichtbar. Doch allmählich wurde ihr Blick klarer.

»Es wird noch heute Nacht geschehen. Ich bin gekommen, um euch zu retten. Du musst jetzt dein Kind nehmen und mit mir gehen. Alles Weitere erkläre ich dir später. Bitte!«

Einen Moment lang war kaum auszumachen, ob Cilinja ihr glaubte. Wie in Trance erhob sich ihre Schwester und trat an die Wiege, die neben ihrem Bett stand. Ihre Bewegung wirkte zärtlich, während sie das schlafende Mädchen heraushob. Doch als sie Feyla ansah, lag bittere Erkenntnis in ihrem Gesicht. »Du hast recht. Wenn man diese Bücher gelesen hat, müsste es eigentlich klar sein. Dass all das Übel in der Welt auf das Wirken von wenigen, machthungrigen Männern zurückfällt. Und unser Vater ist einer der mächtigsten.«

Feyla entkam ein überraschter Laut. Cilinja hatte die Wahrheit erstaunlich schnell begriffen. »Komm mit! Draußen ist jemand, der auf dich aufpassen wird, bis ich die anderen geholt habe.«

Gemeinsam traten sie auf die Galerie hinaus. Mit stummen Gesten bedeutete Feyla Zari und Cilinja, dass sie zusammen warten sollten. Dann ging sie zu Schejmas Tür. Auch hier fiel Licht durch den schmalen Spalt am Boden. Leise schob Feyla die Tür auf, dieses Mal, ohne zu klopfen.

Bei Schejma im Zimmer war es heller. Sie hatte die Öllampen ringsum im Raum verteilt und kniete vor einer Babydecke auf dem Boden. Darauf lag ein munteres, rosafarben gekleidetes Mädchen, das eine Rassel schüttelte. Schejma war so in das Spiel mit ihrer Tochter vertieft, dass sie Feyla gar nicht bemerkte.

»Schejma?« Feyla räusperte sich.

Ihre Schwester fuhr herum. Überraschung und Freude spielten auf ihrem Gesicht, kurz bevor sie aufsprang. »Feyla! Du bist wieder da.«

»Pscht!« Hastig hob Feyla den Finger an den Mund. »Sei leise. Niemand darf uns hören.«

Schejma runzelte die Stirn. *Warum nicht?*, schien sie zu denken. Doch aus ihrem Mund kam etwas anderes: »Ich habe gewusst, dass du noch lebst. Du warst doch immer seine Lieblingstochter. Und Dorgens Lieblingsfrau. Um nichts in der Welt hätten sie dich umgebracht.«

Wenn du wüsstest … Feyla wollte es sagen, doch Schejma fasste sie an der Hand und zog sie zu der Babydecke. »Schau sie dir an! Sie ist so schön, so klug. Meine kleine Nilja. Sie sieht aus wie Dorgen, findest du nicht?«

Ja, die Kleine hatte seine Augen, seinen Mund und die gerade Nase. »Sie ist wunderschön.« Feyla musste sich plötzlich zusammenreißen, um nicht in Tränen auszubrechen. Sie hatten nicht mehr viel Zeit. Um Mitternacht wurde der Staudamm gesprengt – und wer wusste schon, wie genau diese Zeitangabe war. »Aber Schejma, du täuschst dich in Walerius. Er wollte nicht nur mich umbringen. Er will uns alle töten. Noch heute Nacht.«

Verwirrung legte sich auf Schejmas Gesicht. »Uns alle? Wie? Warum?«

»Ich erkläre es dir später. Vertrau mir einfach, ja? Bitte nimm Nilja und komm mit. Ich bringe euch in Sicherheit. Wenn ihr hierbleibt, werdet ihr alle sterben. Cilinja steht schon draußen und wartet.«

Schejma wich einen Schritt vor ihr zurück. Kurz sah es aus, als wollte sie widersprechen oder weitere Fragen stellen – oder sich weigern? Doch dann nickte sie und hob ihr Kind hoch. Mit dem Baby auf ihrem Arm wirkte sie ungewohnt erwachsen. »Natürlich. Ich vertraue dir.«

Feylas Herz klopfte hart, als sie zu den anderen traten.

Cilinja kam ihr entgegen und wies mit dem Kopf zu Amerills und Miljunas Türen. »Ich weiß nicht, ob es gut ist, wenn du zu ihnen gehst. Vielleicht sollte besser *ich* mit ihnen reden.«

Feyla presste die Zähne aufeinander. *Niemand* sollte mit Miljuna und Amerill reden. Aber das war allein ihre Entscheidung. »Nein. Bitte geht schon vor. Zari bringt euch nach draußen. Dort wartet ihr auf uns.«

Cilinja nickte. Doch die Sorge lauerte in ihren Augen. Feyla wartete, bis die drei mit den Kindern die Treppe hinabgegangen waren und ihre leisen Schritte im Sklaventrakt verhallten. Dann winkte sie Garna zu sich die Treppe herauf.

Was jetzt passieren musste, hatten sie längst abgesprochen. Das hier war der schwerste Teil. Vielleicht nicht, weil es so knifflig war, sondern weil es die härteste Entscheidung erforderte.

Sie würde Miljuna und Amerill nicht mitnehmen. Nur ihre Kinder.

Hinter Amerills Tür war es dunkel. Doch selbst das musste nicht heißen, dass ihre Schwester schlief. Feyla trat als Erste ein, horchte in den Raum und schaute zu dem großen Bett, auf dem sich nichts rührte. Die Wiege stand an der gegenüberliegenden Wand.

Von Amerill war nur der leise Atem zu hören – ebenso von dem Baby, bis es einen leisen Babyseufzer ausstieß.

Etwas in Feylas Herz überschlug sich. Dieses Kind gehörte zu Dorgen, selbst wenn Amerill es geboren hatte. Es hatte jede Liebe verdient, und es sollte in Geborgenheit aufwachsen.

Garna tat einen leisen Schritt in Amerills Richtung. Die Kämpferin hatte ihr Schwert gezogen – für alle Fälle.

Feyla schloss die Augen und atmete langsam ein. Wenn sie jetzt das Baby nahm und Amerill hierließ, würde ihre Schwester sterben. Dann war es, als hätte sie ihr eigenhändig den Dolch ins Herz gestoßen. Aber hatte sie eine Wahl? Wenn sie Amerill mitnahm, würde sie alles in Gefahr bringen – angefangen damit, dass sie darauf bestehen würde, auch Miljuna zu wecken. Und ihre älteste Schwester würde sie eher verraten, als mit ihnen zu fliehen.

Entschlossen ging Feyla die letzten Schritte zur Wiege. Vorsichtig schob sie ihre Hände unter das schlafende Baby. Der Kleine fühlte sich schwer an, als sie ihn mitsamt der Decke hochhob. Wieder seufzte er. Sein Gesichtchen regte sich unbehaglich. Dann wurde er still.

Feyla nickte ihrer Mitkämpferin zu. Mit leisen Schritten machten sie sich an den Rückzug.

Das Kind lag warm in ihren Armen, als sie die Treppe nach unten stiegen. Es schlief und vertraute ihr, obwohl sie es stahl. Niemals würde es seine Mutter wiedersehen, würde sich später nicht einmal an sie erinnern – genauso wie Feyla niemals eine eigene Mutter gehabt hatte.

Doch dieses Mal trug sie die Schuld daran.

Feyla presste die Zähne aufeinander, versuchte, ihr Gewissen zum Schweigen zu bringen. Nicht darüber nachdenken. Sie mussten sich beeilen, sonst würden sie alle sterben.

Miljunas Kind fehlte noch. Wenn es stimmte, was Misela gesagt hatte, dann schlief es im Kindertrakt, womöglich in Gesellschaft einer Sklavin.

Feyla übergab Amerills Sohn an Garna und bedeutete ihr, am Eingang des Kindertraktes zu warten.

Doch im Flur vor den Kinderzimmern kam ihr die Sklavin bereits entgegen. Es war eine jüngere Frau, die Feyla nur kurz kennengelernt hatte. Walerius hatte sie erst gekauft, als er für den Töchterpalast neue Sklavinnen brauchte.

»Ich weiß es schon«, erklärte die Sklavin. »Misela hat es mir erzählt. Der Kleine ist angezogen und gewickelt. Wir können los.« Aufregung klang in ihrer Stimme. Eilig lief sie ins Kinderzimmer. Feyla folgte ihr, nur sicherheitshalber, doch die Frau hielt den Jungen bereits auf ihrem Arm. Er war das älteste von Dorgens Kindern. Aufrecht hockte er auf der Hüfte der Sklavin, blinzelte verschlafen und duckte sich dann an ihre Schulter. Gleich drei von seinen Fingern verschwanden in seinem Mund, und er begann daran zu nuckeln.

Eine warme Welle sickerte durch Feylas Körper. Auch wenn es schrecklich und falsch war, Miljuna und Amerill zurückzulassen – es war umso richtiger, ihre Kinder zu retten. Schon allein, damit sie außerhalb der sapionischen Gesellschaft aufwuchsen.

Zusammen gingen sie zu Garna, liefen lautlos in den Sklaventrakt, in dessen Eingangshalle sich die Sklavinnen und Sklaven versammelt hatten. Schweigend stand die Dienerschaft beisammen und sah ihnen entgegen. Auch Cilinja und Schejma waren bei ihnen.

»Wo sind Amerill und Miljuna?«, kam es von Cilinja.

Dies war der Moment, den Feyla schon die ganze Zeit fürchtete, über den sie oft nachgedacht hatte und für den sie dennoch keine Lösung wusste. Wie sollte sie ihren Schwestern erklären, dass sie in dieser Nacht über Leben und Tod entschied? Jeder würde glauben, dass sie Miljuna und Amerill aus Rache sterben ließ, aber so war es nicht. Wenn es eine Chance gegeben hätte, sie zu retten, hätte sie anders entschieden. »Ich hatte keine Wahl«, erklärte sie knapp.

Schejma sog heftig die Luft ein. Kurz öffnete sie den Mund. Alles in Feyla spannte sich an, machte sich bereit, sie zum Schweigen zu bringen, falls sie schrie oder nach ihren Schwestern rief.

Aber Schejma blieb still. Voller Entsetzen schaute sie zu Cilinja, als würde sie den Rat der Älteren suchen.

Cilinja war blass geworden. Sie hielt ihre Tochter in einem Arm und presste Iosacas Buch mit dem anderen an sich. Ganz kurz glitt ihr Blick auf das weiße Leder mit den Blutsprenkeln. Ein sachtes Zittern schüttelte ihren Körper. Dann schloss sie die Augen – und nickte. Kaum sichtbar.

Feyla atmete auf. Cilinja mochte die Entscheidung nicht gutheißen, aber sie schien sie zu verstehen.

Mit einem Ruck ging Feyla an ihren Schwestern vorbei und zog den Sklavenumhang aus. In ihrer schwarzen Lederrüstung trat sie vor die Sklaven. »Hört zu!«, rief sie leise. »Wir gehen jetzt zusammen durch den Park. Aber sobald die Wachen unsere Flucht bemerken, müssen wir mit einem Kampf rechnen. Deshalb bleiben die älteren Frauen und diejenigen mit den Kindern in der Mitte. Alle jüngeren Frauen und Männer laufen außen. Ich werde mich an die Spitze begeben, und Garna und Zari werden euch flankieren. Wir sind bewaffnet und werden kämpfen, wenn es dazu kommt. Auf den Bergen sind zehn Scharfschützinnen mit Pfeilen, die versuchen werden, uns zu schützen. Damit sie uns im Dunklen erkennen, bindet sich jeder ein weißes Tuch um den Kopf.«

Żari zog die Tücher hervor, die sie noch am Nachmittag aus ihren Schlaflaken zugeschnitten hatten. Während die Sklaven und ihre Schwestern sie umbanden, sprach Feyla weiter: »Abgesehen von den Scharfschützen haben wir noch zwanzig Kämpferinnen, die sich von vorn an den Vorplatz anpirschen. Sie werden uns helfen, wenn wir gegen die Wachen antreten müssen. Zwei unserer Leute sind jetzt schon im Eingangsbereich und lenken die Wachen ab.«

»Wer sind deine Leute?«, rief eine der Sklavinnen.

Feyla überlegte kurz, wie sie es nennen konnte, ohne viel erklären zu müssen. »Wir sind die Widerstandsarmee von Sapion. Wir kämpfen für ein freies Volk.«

Ein leises Raunen ging durch die Anwesenden. Doch für mehr Erklärungen blieb keine Zeit. Feyla nahm ebenfalls eines der weißen Tücher und band es sich um. Dann ging sie zur Tür. »Los geht's. Wir verhalten uns leise, bis wir entdeckt werden!«

Draußen herrschte Dunkelheit. Wie eine schweigende Prozession folgten ihre Schwestern, die Sklavinnen und Sklaven Feyla durch den Park. Einzig die weißen Bänder leuchteten in der Dunkelheit. Kurz kam es Feyla vor, als würden sie sich gerade dadurch verraten. Doch dieses Denken war Unsinn. Eine Menschentraube wie ihre würde immer auffallen, sobald jemand in ihre Richtung sah.

Auch Zari und Garna hatten inzwischen ihre Umhänge abgeworfen, um besser an ihre Waffen zu kommen.

Das Jungenhaus! Ein heißer Impuls stieß in Feylas Herz, als sie daran vorbeikamen. Selbst wenn ihre Schwestern noch keine Söhne hatten, die alt genug waren – ihre jüngsten Brüder lebten dort.

Aber sie wusste zu wenig über das Jungenhaus, um die Kinder retten zu können. Vielleicht hatte Walerius die Knaben längst selbst evakuiert. Immerhin waren sie noch jung genug, um sich später an nichts zu erinnern. Wenn er sie aus der Oase rettete, konnte er sie beliebig für seine Pläne einsetzen.

So wie Siberi.

Feyla presste die Zähne so fest aufeinander, dass ihr Kiefer davon schmerzte. Ganz gleich, wie viel Mühe sie sich gab – auch unschuldige Menschen würden in dieser Nacht sterben. Ihre Müttersippe, ihre jüngeren Geschwister, die noch im Mütterpalast lebten … Wenn sie doch wenigstens ein paar der Kinder retten könnte!

Doch wie? Die Kinder waren zu groß, um sie ohne das Wissen ihrer Mütter zu entführen – und allein Alranas Gegenwart machte jeden Versuch zu einer unkalkulierbaren Gefahr. Walerius' älteste Ehefrau würde Alarm schlagen, sobald sie Feyla auch nur erblickte.

Und was, wenn sie Alrana umbrachten? Feyla umfasste den Griff ihres Schwertes. Warum ging sie nicht einfach in den Mütterpalast, tötete Alrana und nahm die anderen mit?

Weil ihr weder die Kinder noch die anderen Mütter folgen würden, wenn noch Alranas Blut an ihren Händen klebte. »Verdammt!« Das Wort rutschte ihr laut heraus. Doch nur die vorderen Sklavinnen waren nah genug, um es zu hören.

Kurz bevor sie den Palastflügel erreichten, in dem die Bibliothek lag, erhob sich Tumult. »Sie ist eine Mörderin!«, schrie jemand. »Sie hat ihn umgebracht!«

Thia! Sie war enttarnt worden!

Feyla hielt die Sklavinnen zurück, bedeutete ihnen, sich hinter dem Bibliotheksflügel in den Büschen zu verstecken. Zusammen mit Garna und Zari schlich sie an der Hauswand entlang.

»Wer ist tot?«, rief jemand anderes. »Was ist hier los?«

»Da fehlen noch mehr!« Auch der dritte Soldat klang alarmiert. »Alle, die bei der Hure waren.«

Feyla war inzwischen nah genug, um in die Tordurchfahrt spähen zu können. Nuszam war noch dort und verlud in scheinbarer Seelenruhe die Bücherkisten. Nur das Fuhrwerk hatte er längst gewendet. Fluchtbereit. Auch die zweite Kutsche, mit der die Bücher eigentlich abgeholt werden sollten, stand so da, dass man mit ihr fliehen konnte. Um sie zu wenden, hatte Nuszam sie jedoch weiter in den Innenhof gefahren.

»He, du!« Einer der Soldaten erschien hinter Nuszam in der Durchfahrt. »Wo ist deine Hure? Und wer bist du wirklich?«

»Ich? Ich bin Sklavenhändler. Das sagte ich doch.« Nuszam stellte sich unschuldig. »War die Hure etwa ungehorsam?«

»Ungehorsam?«, knurrte der Soldat. »Sie ist eine Mörderin! Ihr habt uns ausgetrickst.« Mit schnellen Schritten kam er auf Nuszam zu, zog sein Schwert und griff an.

Blitzschnell zog Nuszam sein eigenes Schwert von der Ladefläche, parierte den Angriffsschlag und setzte einen zweiten hinterher.

Plötzlich war der Kampflärm überall. Auch auf dem Vorplatz klirrten Schwerter. Frauen- und Männerstimmen vermischten sich, brüllten im Kampf und schrien vor Schmerz.

Feyla schaute noch einmal zu der zweiten Kutsche. Die Dunkelheit im Innenhof tarnte sie weitgehend vor prüfenden Blicken. Vier ausgeruhte Pferde waren eingespannt. Zudem hatte Nuszam sämtliche Decken auf die Ladefläche geworfen, während alle Bücher auf seinem eigenen Wagen lagen. Abgesehen davon war die Ladefläche leer. Alle Sklaven dort unterzubringen würde nicht möglich sein, aber der Platz reichte mit Glück für alle Kinder und die Älteren.

Feyla schlich zurück zu den Sklaven. Unter ihnen war ein Bursche, der zu den Stallsklaven gehörte. »Kiro!«, rief sie ihn leise zu sich. »Lauf zum Pferdestall und sag Bescheid, dass es losgeht. Bringt alle Pferde hierher. Und zwar schnell.«

Kiro nickte eifrig. »Ich werde fliegen.« Damit drehte er sich um und flitzte davon.

Hastig wandte Feyla sich an die Übrigen. Der Reihe nach lotste sie die Frauen zu der Kutsche. Zuerst ihre Schwestern mit den Babys sowie diejenigen, die Miljunas und Amerills Kinder hielten. Dann die älteren Frauen und alle anderen, die Kinder hatten. Am liebsten hätte sie Garna und Zari als Fahrerinnen bestimmt und die Kutsche sofort zur Flucht getrieben. Aber der Wagen mit den Büchern stand vorn und versperrte den Weg zum Torbogen. Außerdem tobte der Kampflärm noch immer direkt vor der Ausfahrt.

Oder hatte das Schwerterklirren bereits abgenommen? Feyla wünschte sich, sie hätte den Vorplatz einsehen können. Doch sie erkannte nur Nuszam, der die Ausfahrt wie ein Berserker verteidigte. Den ersten Soldaten hatte er niedergestreckt. Aber immer weitere kamen nach.

Feyla bedeutete Zari, auf die Frauen aufzupassen. Dann schlich sie im Schatten näher an den Torbogen. Dies hier war ihr Fluchtweg. Notfalls musste sie Nuszam beispringen.

»Wo ist die Hure?«, brüllte einer der Wachmänner. Blutüberströmt und mit nacktem Oberkörper stürmte er aus einem Keller, dessen Eingangstür mitten im Torbogen abzweigte. »Sie will uns alle umbringen!«, kreischte er. »Überall sind tote Männer. Wenn ich sie finde, steche ich sie ab!« Er zog sein Schwert und riss die Tür zum gegenüberliegenden Keller auf.

Feyla musste ihn aufhalten. Mit leisen Schritten rannte sie zum Kellereingang. Doch der Soldat war bereits in der Dunkelheit verschwunden. Stattdessen stürmte ein anderer mit erhobenem Schwert auf sie zu.

Gerade noch rechtzeitig riss sie das Schwert hoch und blockte den Angriff ab. Der zweite Schlag kam prompt, und plötzlich war sie mitten im Kampf. Ein Hieb folgte auf den nächsten, schnell und gnadenlos. »Verhexte Frauen!«, brüllte der Krieger. »Wo kommt ihr alle her?«

Offenbar hatten die anderen ihm harte Kämpfe geliefert. Zumindest machte er nicht den Fehler, Feyla zu unterschätzen. Seine Schläge zielten mit voller Wucht. Ihr einziger Vorteil lag darin, dass er bereits ermüdete – während ihre Kraft noch frisch war. Sie erwischte seine ungedeckte Flanke, landete einen zweiten Schlag auf sein Schlüsselbein. Schreiend ging der Soldat in die Knie. Kurz stand Feyla da und zögerte. Dann sah sie das Schwert, das von hinten in seinen Rücken getrieben wurde. Auf seiner Brustseite kam die Spitze wieder heraus.

»Keine Gnade.« Garna stand hinter dem Krieger und zog ihr Schwert aus seinem Brustkorb. Tot sackte er vor Feylas Füße.

Doch hinter Garna stürmten die nächsten Angreifer in die Durchfahrt. »Pass auf!«, rief Feyla.

Die Kriegerin wirbelte herum, wehrte den ersten Angriff ab, während Feyla vorsprang und gegen den zweiten kämpfte.

Immer weitere Kämpfer tauchten in der Einfahrt auf. Wachsoldaten genauso wie Frauen. Offenbar verlagerte sich der Kampf vom Vorplatz hierher.

Feyla kämpfte und wirbelte zwischen den Angriffen herum, traf ihre Gegner und wurde von Schwertspitzen gestreift. Doch jeder Schmerz ertrank in einer Welle aus Wut. Als der nächste Gegner in die Knie ging, hörte sie auf zu zählen. Es war nicht erheblich, gegen wen oder wie viele sie kämpfte. Es ging nur um die wunden Punkte, auf die sie zielen konnte – und um die Hiebe, die sie abwehren musste. Menschen wurden verletzt und starben um sie herum, Frauen wie Männer gleichermaßen. Oder waren die Männer längst in der Überzahl? Wie viele Frauen lagen tot am Boden?

Hieß das, sie verloren den Kampf?

Wenn das Wasser kam, würden sie ohnehin alle sterben.

Feyla hatte keine Zeit, um zu denken. Sie musste kämpfen. Überleben. Nur das.

Bis zu dem Kampf, in dem sie nicht mehr genug Kraft hatte. Der Angreifer war zu allem entschlossen. War es der, der vorhin nach Thia gesucht hatte?

Sie dachte zu viel. Sie war zu langsam. Seine Schläge kamen zu schnell. Der nächste zielte auf ihren Kopf. Sie wollte sich zur Seite werfen, aber ihr Körper reagierte nicht. Doch plötzlich fuhr ein weiteres Schwert dazwischen, fing den Angriff ab und schleuderte das Schwert aus der Hand des Gegners. Mit einem weiteren Hieb streckte ihr Retter den anderen nieder und tötete ihn mit einem Stich ins Herz.

Ihr Helfer war keine Frau – es war ein Mann, den sie noch nie gesehen hatte. Er trug die schwarze Rüstung der Sapioner. Und er war nicht allein. In der Einfahrt kämpften noch weitere Männer in Schwarz. Sie alle traten gegen die Wachen an, deren Rüstungen in Walerius' Farben leuchteten: ein blaues Wappen auf weißem Grund.

Erst jetzt schien sich der Kampf zu lichten. Kein weiterer Gegner stürzte auf Feyla zu. Weder von hinten noch von vorn. Mit dem Rücken zur Wand zog sie sich in den Schatten zurück. Endlich konnte sie sich einen Überblick verschaffen.

Nuszam kämpfte noch immer. Doch er stand auf dem Kutschbock und attackierte seine Gegner von oben. Die Frauen hingegen waren längst in der Unterzahl. Vielleicht kämpften sie noch woanders. Aber hier standen nur noch die Männer in Schwarz auf ihrer Seite.

Aus dem Innenhof hörte Feyla das nervöse Schnauben der Pferde. Waren das die Sklavinnen mit den Pferden, die Kiro aus dem Stall geholt hatte? Sie versuchte, etwas zu sehen, aber ihre Augen hatten sich an das Licht in der Tordurchfahrt gewöhnt. Dahinter war alles dunkel.

Dann ging alles ganz schnell. Weitere Sapioner und einige Frauen stürmten in den Durchgang, mischten sich in die Kämpfe, bis die letzten Wachsoldaten zusammenbrachen. Übrig blieben nur die Frauen und die schwarzgekleideten Männer. Kurz gab es Verwirrung, weil einige Frauen auf die fremden Männer losgingen – doch die Schwarzgekleideten ließen die Schwerter fallen und hoben die Hände.

»Nicht mehr angreifen!« Feyla hörte sich selbst rufen. »Sie kämpfen auf unserer Seite!«

Auch Nuszam ließ sein Schwert sinken. Keuchend stand er auf dem Kutschbock. Sein beigefarbenes, harmlos aussehendes Händlerhemd klebte klitschnass auf seinem Körper. Fast schon irritiert sah er sich zwischen den fremden Männern um. »Livoi!«, rief er dann und sprang vom Kutschbock. Erleichtert fiel er einem der Helfer in die Arme. »Wo kommt ihr auf einmal her?«

»Wir beobachten die Oase schon seit Monaten.« Die Antwort stammte von einem zweiten Mann. Er trug die Abzeichen eines Offiziers. »Dorgen hat uns den Auftrag gegeben, seine Frauen zu befreien. Aber wir hatten nie genug Männer gegen Walerius' Soldaten.«

Livoi zog den anderen an seine Seite und klopfte auf seine Schulter. »Das ist Karer. Ehemals Offizier im Heer von Sapion und zuletzt Dorgens Leibwächter. Seinen Namen dürftest du bereits gehört haben.«

Nuszam stieß ein erleichtertes Lachen aus. »Allerdings. Männer des Widerstands – Korians Armee heißt euch willkommen! Gut, dass ihr hier seid.«

Fast atemlos folgte Feyla dem Gespräch. Dennoch drängte Unbehagen in ihr herauf. Wie lange hatten sie noch bis Mitternacht? Was, wenn ihr Kampf zu einem vorgezogenen Befehl für die Sprengung geführt hatte? Hastig trat sie aus dem Schatten. »Wir haben keine Zeit mehr. Wir müssen hier weg!«

»Feyla hat recht!« Nuszam steckte das Schwert in die Scheide und bückte sich zu einer der Leichen. »Helft mir, die Toten aus dem Weg zu räumen. Jeden Moment wird der Staudamm gesprengt!«

Livoi wurde sichtbar blass. Auch auf Karers Gesicht zeigte sich Unruhe, ehe er einen der Toten beiseite zog. Nicht alle Gegner waren tot. Doch es war nicht mehr nötig, die übrigen zu töten. Während die Männer den Fluchtweg freiräumten, half Feyla den verletzten Frauen, zwischen die Bücher auf die Ladefläche ihrer Kutsche zu klettern.

Dann war der Durchgang frei.

»Hier hinten sind alle aufgesessen!«, rief Zari.

»Wo ist Thia?« Nuszam sprach aus, was Feyla kaum zu denken gewagt hatte. Bis jetzt hatte sie gehofft, dass das Mädchen einfach auftauchen würde. Doch es war nichts von ihr zu sehen.

Sie hatten keine Zeit mehr. Dennoch rannte Feyla zum nächstgelegenen Kellereingang. »Thia!«, schrie sie. »Thia, wo steckst du?«

Von unten kam keine Antwort.

Feyla rannte zum zweiten Keller. Aber auch dort war es still. »Sie könnte überall sein! In den Soldatenunterkünften, den Fluren, einer leeren Sklavenkammer …« Der Palast war riesig. Allein die Räumlichkeiten, die den Sklaven und Soldaten zur Verfügung standen, waren unüberschaubar.

»Die Bibliothek!« Nuszam wirbelte herum. »Dorthin ist sie zuletzt mit einem Soldaten gegangen!«

Feyla rannte ihm nach. Zusammen stolperten sie in den Palastflügel ihres Vaters, stürmten die Treppe hoch und riefen nach Thia.

»Ich bin hier!« Fast hätten sie die Antwort überhört. Thias Stimme kam nicht von oben. Sie kam von unten.

Gemeinsam liefen sie zurück – und fanden Thia im Schatten unter der Treppe. Blutüberströmt lehnte sie an der Wand. Um sie herum lagen fünf tote Soldaten. Doch diese fünf sahen nicht aus, als hätte Thia sie hinterrücks überwältigt. Ihre Körper waren entblößt und ihre Kleidung zerrissen – als wäre es mitten beim Sex zum Kampf gekommen. Auch die Schnittwunden, die sich wahllos über ihre Körper verteilten, sprachen von einem wilden Ringen.

Thia selbst sah nicht besser aus. Ihr weißes Kleid war zerfetzt und mit Blutflecken übersät. An ihren Brüsten klaffte es auseinander, und über den Hüften war es in eindeutiger Pose hochgeschoben.

»Verdammt, Thia!« Feyla hockte sich neben sie. Sie wagte es nicht, das misshandelte Mädchen zu berühren.

»Große Göttin!« Wie erstarrt blieb Nuszam stehen.

Auf Thias Gesicht mischten sich Blut und Tränen. »Nun schaut nicht so. Ich war gut. Sechzehn Männer gehen auf mein Konto. Nur fünf auf einmal waren ein bisschen viel.«

»Halt den Mund, Thia!« Auch Nuszam fiel neben ihr auf die Knie. »Tu sowas nie wieder! Ich lass nicht zu, dass dich nochmal jemand so verletzt!« Damit beugte er sich vor, zog das Kleid über ihre Beine und nahm sie auf die Arme. »Entschuldige. Aber wir müssen weg.« Plötzlich klang er fast scheu.

Thia legte den Kopf in seine Halsbeuge. Ihr ganzer Körper bebte, während er sie nach draußen trug. Doch erst im Licht der Tordurchfahrt erkannte Feyla, dass auch Nuszam weinte. Vorsichtig bettete er Thia zwischen die Bücher auf der Ladefläche. Alles in seiner Bewegung wirkte zärtlich. Erst dann kehrte seine Eile zurück. »Los geht's!«, rief er. Karer und Livoi saßen auf dem Kutschbock der zweiten Kutsche.

Feyla kletterte neben Nuszam auf den Fahrersitz. Dann ließ er die Pferde antraben. Hinter der Durchfahrt lagen weitere Leichen, zwar verstreut, aber dennoch Hindernisse, die sie im Slalom umfahren mussten. Danach trieb Nuszam die Pferde zum Galopp.

Feyla hielt sich an seinem Arm fest und warf einen Blick nach hinten. Die vierspännige Kutsche, die von Karer gelenkt wurde, brauchte länger, um die Leichen zu umrunden. Doch schließlich trieb auch Karer die Tiere an, und der Vierspänner holte auf. Dahinter folgten die Pferde, auf denen die Sklavinnen und Sklaven ritten. Nur schemenhaft sah Feyla, dass sie teilweise zu zweit auf einem Pferd saßen. Die ersten Pferde gingen durch und überholten die Kutschen, andere ließen sich anstecken, bis sie in einem wilden Rennen nach vorn rasten. Von nun an konnte Feyla nur noch hoffen, dass niemand stürzte.

Zwischen den durchgehenden Pferden hatte Nuszam alle Hände voll zu tun, seine beiden Wallache ruhig zu halten, ohne ihr Tempo zu bremsen. Beruhigend sprach er auf sie ein, trieb sie aber an, sobald sie langsamer wurden.

Der Vierspänner war schneller, unaufhaltsam rückte er näher und setzte auf der breiten Zufahrt zum Überholen an. Feyla konnte nicht sehen, ob auch Karer die Kontrolle über die Pferde verloren hatte oder ob er der wagemutigere Fahrer war. Erst als beide Wagen auf gleicher Höhe waren, hörte sie Karer leise schnalzen, während seine Peitsche über die Kruppe der Pferde strich. Ruhig und konzentriert lenkte er die Tiere an Nuszam vorbei.

Feyla verstand: Nur hier auf der Zufahrt war es möglich, das schnellere Gefährt nach vorn zu bringen.

»Wir müssen den Berg hoch!«, rief Nuszam ihm zu. »Egal wo, nur so schnell wie möglich nach oben.«

Karer nickte, ohne den Blick von den Pferden und dem Weg zu lösen. Dann passierten sie den Kontrollposten, an dem niemand mehr war, und erreichten die Ausläufer der Schlucht. Geradeaus ging es durch ein Hochtal Richtung Anmare. Doch rechts und links führten Serpentinen in die Berge.

Karer war vor ihnen und wählte den Weg nach links. Nur in dieser Richtung konnten sie abbiegen, ohne das Tempo zu bremsen. Sobald die Pferde die Steigung erreicht hatten, ließ der Offizier die Peitsche knallen und jagte sie den Weg nach oben. Nuszam tat es ihm gleich, und Feyla brauchte all ihre Kraft, um sich in der Kurve am Kutschbock festzuklammern.

Die Pferde der Sklavinnen waren längst außer Sicht. Erst auf den zweiten Blick entdeckte Feyla einige, die in die Berge hinaufpreschten.

Je höher sie kamen, desto enger wurden die Serpentinen. Karer parierte zum Trab und kurz darauf zum Schritt. Auch Nuszam blieb nichts anderes übrig. Doch das langsame Tempo war schlimmer als das wilde Rennen zuvor. Feylas Herzschlag jagte vor Angst. Wie hoch würde das Wasser die Schlucht überfluten?

Sie hatten gerade den halben Berg erklommen, als eine gewaltige Detonation den Boden erschütterte. Die Pferde bäumten sich auf. Doch Karer vor ihnen bekam seine Tiere so schnell in den Griff, dass seine Kutsche Nuszams Gefährt ausbremste.

Dann erhob sich ein Tosen, ein tobendes Inferno weiter hinten in den Bergen. Wie eine gewaltige Lawine rauschte das Wasser auf sie zu, stürzte in die Tiefe und brodelte unter ihnen. Ohrenbetäubender Lärm hallte aus den Tiefen der Schlucht und ließ keine Rückschlüsse zu, welcher Teil der Oase zerstört wurde und welcher nicht.

Alles wurde zerstört – exakt so hörte es sich an.

Doch erst als der Lärm hinter ihnen war, als die Pferde ein weiteres Mal durchgingen und das Wasser sie dennoch nicht erreichte, begriff Feyla, dass sie es geschafft hatten.

Sie waren hoch genug.

Sie lebten noch.

Schejma und Cilinja, Dorgens Kinder und die meisten Sklaven waren vor ihnen auf der Kutsche oder mit den Pferden in den umliegenden Bergen.

Nur ihre jüngeren Geschwister waren noch unten in der Oase – ebenso wie Miljuna und Amerill und die Sippe ihrer Mütter.

Urplötzlich schlug die Verzweiflung zu. Ein heftiges Schluchzen erschütterte Feylas Körper. Ihr Kopf sank an Nuszams Schulter. »Da unten sind noch so viele Menschen! Warum konnten wir nicht alle retten?«

Nuszam scheuchte die Pferde ein weiteres Mal vorwärts, schnalzte und rief ihnen zu. Feyla glaubte nicht daran, dass er etwas zu ihrer Frage sagen würde. Doch dann flüsterte er in ihre Haare: »Du darfst niemals von dir erwarten, alle retten zu können. Wir befinden uns im Krieg, und im Krieg kann man immer nur das Risiko und die Möglichkeiten gegen die Anzahl an Leben abwägen. Gemessen daran haben wir heute Nacht das Unmögliche erreicht.«

13. Kapitel

Galejas wissende Chronik der Vergangenheit
Buch Galeron

Jahr 30 bis 90 der Blutära

Der Krieg in Zeylem und dem staatenlosen Gebiet nahm einen langen Verlauf. Über Jahre hinweg erreichten die Sapioner weder einen Fortschritt noch wichen sie zurück. Sie besetzten das Land, das sie erobert hatten – doch die Grenzen zu Farua tasteten sie nicht an.

Was so mancher in Farua als Respekt vor ihrem Staat verstand, war in Wirklichkeit bloße Strategie. Walerius nutzte die Zeit, um die Magie zu erforschen. Die Kraft der Gottgeborenen ließ sich nicht auslöschen. Mit jedem Tod kehrten ihre Seelen in ein neues Leben zurück. Nach den Jahren der Götterverfolgung wurden unzählige Kinder mit sonderbaren Eigenschaften geboren, nicht nur unter den Blondlingen, sondern auch unter den rothaarigen Sklaven – sogar im Volk der Sapioner. Walerius setzte alles daran, derartige Kinder zu finden. Er sammelte sie und sperrte sie in Lager. Dort fing er an, mit ihnen zu forschen. Denn Walerius, oberster Berater von Sapion, wollte vor allem eines wissen: wie sich die Magie umformen ließ und wie es gelingen konnte, die göttlichen Kinder in sapionische Soldaten zu verwandeln.

Die Faruaner hingegen ahnten nichts von seinen Machenschaften. Stattdessen hofften sie, der Krieg ließe sich mit diplomatischen Mitteln beenden. Sie glaubten, selbst ein Walerius ließe sich von den Fähigkeiten einer Valjanerin verändern. Doch während die Faruaner all ihre Hoffnungen in Suleja setzten, die in das Haus Walerius heiraten sollte, quälte ihr zukünftiger Gatte hunderte von Kindern in dutzenden von Lagern, die er nur zu diesem Zweck geschaffen hatte.

Nur einer zog aus, um sich dem weißgekleideten Mann entgegenzustellen: ein junger Pamuschkrieger, der sich noch kaum bewährt hatte und der unter seinen Leuten auf große Skepsis stieß. Leymon aus dem Volke der Schneekrieger war ein Hybride. Er trug die Macht Gamons und das Erbe Pamans in sich. Doch seine Elemente waren eine so gefährliche Mischung, dass er selbst das ewige Leben und den Tod in sich zu vereinen schien. Was aus ihm werden würde, entzog sich jeder Weissagung, denn er vermochte es, die Zukunft zu sehen und zu beeinflussen wie kein Zweiter.

Doch in jener Zeit, während der Krieg scheinbar stillstand, sich aber in Wirklichkeit nur auf den nächsten Schlag vorbereitete, war Leymon der Einzige, der die Weggabelungen sehen konnte, welche über die Zukunft entschieden.

Die Kinder. Er musste die Kinder retten, damit sie nicht gebrochen wurden. Aber nicht allein diese Sorge trieb ihn nach Süden. Es war ein ganz persönliches und so heftiges Gefühl von Liebe, dem er sich nicht entziehen konnte. Dort unten im staatenlosen Gebiet, unter den misshandelten Kindern, befanden sich alle Menschen, die er jemals lieben würde. Er kannte sie nicht, und er wusste nicht, wo sie waren. Er wusste nur, dass seine eigene Zukunft daran hing.

Doch Leymon war allein, als er losritt. Und er blieb allein. Nur er und seine Katze gegen die Macht des weißgekleideten Mannes.

★★★

Tailin

Leymons Geheimnis stand zwischen ihnen wie die schwarze Mauer, mit der er seine Gedanken abschirmte. Galeron hatte kaum einen Zweifel daran gelassen, was zu tun war. Sie mussten beide in die Novizensiedlung zurückkehren. Leymons Seele musste im roten See geheilt werden, und dann sollten sie herausfinden, was mit Maluna geschehen war.

Doch Leymons Geheimnis stand allem im Weg. Erst wenn er Tailin die ganze Wahrheit gestanden hatte, konnten sie die Heilung im roten See riskieren.

Aber Leymon hüllte sich in beharrliches Schweigen. Anstatt sich auf den Rücken der Katze zu schwingen und Richtung Süden zu reiten, wanderten sie quälend langsam an Lenjas und Aimischs Seite. Sie brauchten Chaveen, um Galerons Bücher zu tragen. Doch im Prinzip wussten sie alle, dass dies nur eine willkommene Ausrede war.

Die Bücher wogen schwer in Chaveens Satteltaschen. Immerzu forderte die Katze Pausen, in denen sie ruhen und schlafen musste. Dann blieb sie stehen und rollte sich am Boden zusammen, bis sie wieder genug Kraft gesammelt hatte, um die Bücher weiterzutragen. Auch Leymon kehrte zurück in den Schlafrhythmus der Pamuschkrieger, und selbst Tailin konnte sich nicht gegen die Müdigkeit wehren. Wann immer Leymon und Chaveen schliefen, wurde er ebenfalls in die Dunkelheit gezogen – und je häufiger er schlief, desto mehr schien ihn seine Göttlichkeit zu verlassen.

Nur im Übergang zwischen Wachsein und Schlaf hörte er das Flüstern der Bücher. Galerons Schriften. Sein gesammeltes Wissen über die Vergangenheit. Irgendwo in Chaveens Satteltaschen verbarg sich ein Buch, das Leymons Geschichte erzählte.

Tailin müsste es nur suchen und lesen.

Vielleicht war das der Grund, warum er sich umso gründlicher von den Büchern fernhielt. Nur Aimisch tat das Gegenteil. Wann immer sie Rast machten, nahm er eine der gebundenen Kladden und las darin. Auch Lenja verbrachte ihre mittäglichen Pausen mit den Büchern. Sie hoffte auf eines, in dem etwas über den roten See stand. Tailin wusste noch immer nicht, wie die Heilung ablief und was er beachten musste. Aber vielleicht gaben die Bücher eine Antwort.

Akribisch suchte Lenja nach einer Lösung. Über den roten See hatte sie noch nichts entdeckt, doch bei den Wanderungen am Tag erzählte sie von anderen Geschichten, die erwähnenswert waren.

Bei Aimisch hingegen war es anders. Der Valjaner schien dem Flüstern der Bücher zu verfallen. Wann immer sie anhielten, fing er an zu lesen, und schließlich schlief er nicht einmal mehr in den Nächten. Je länger er wach blieb, desto deutlicher kam seine Göttlichkeit hervor. Wie eine Aura strahlte sie um ihn herum, während er selbst beim Wandern in undurchdringlicher Trance versank.

Leymon hielt sich von ihm fern. Etwas in ihrer jeweiligen Magie schien sich aneinander zu reiben, bis selbst Chaveen fauchte, sobald sie in Aimischs Nähe geriet.

Vielleicht war es das Buch, das Leymons Geschichte enthielt. Was, wenn Aimisch es längst gelesen hatte? Manchmal glaubte Tailin, das Wissen darüber in Aimischs Augen zu erkennen.

An den Abenden war der Valjaner der Herr über die Satteltaschen und die Bücher. Sobald Leymon die Pamusch abgesattelt hatte, fing Aimisch an, in den Taschen zu wühlen, zog Bücher heraus, ordnete sie zu Stapeln und steckte sie in anderer Ordnung wieder in die Taschen. Was genau er tat, war schwer zu durchschauen, aber irgendwann nahm er eine der Schriften an sich und begann zu lesen.

Bis zu jenem Abend, an dem er von seinem üblichen Vorgehen

abwich. Schon seit sie angehalten hatten, füllte das Wispern der Bücher die Luft. Oder war es nur das Wispern des einen Buches, das Leymon und Tailin so sehr fürchteten?

Wie jedes Mal kramte Aimisch in den Taschen. Doch heute wühlte er schneller, als würde er etwas Bestimmtes suchen. Als er es gefunden hatte, hielt er inne, packte das Buch mit beiden Händen und zog es langsam hervor.

Das Flüstern zischte auf. Erschrocken wich Tailin unter der Wucht zurück. Leymon und er hatten sich abseits von den anderen ein Schlaflager errichtet. Chaveen hatte sich längst hingelegt, auch Leymon saß schon auf den Fellen, und bis eben war Tailin todmüde gewesen. Doch nun jagte sein Herzschlag vor Angst.

Aimisch trug das Buch in ihre Richtung, legte es ein Stück von ihnen entfernt auf den Boden und ging zurück zu den Satteltaschen. Fast beiläufig zog er ein anderes Buch heraus, entzündete mit einem Fingerschnipsen das Feuerholz, das Lenja aufgestapelt hatte, und setzte sich daneben. Ohne auch nur einen Blick an seine Mitreisenden zu verschwenden, senkte er den Kopf und fing an zu lesen.

Das Buch, das er gebracht hatte, lag am Boden und zischelte. Tailin musste Leymons Gedanken nicht wahrnehmen, um zu wissen, dass sie beide dasselbe dachten. Dieses Buch war es. Zwischen diesen beiden Lederdeckeln stand alles, was Leymon vor ihm geheim hielt. Und nun lag es dort. Wie eine Mahnung. Oder war es eine Drohung?

Sie konnten nicht länger davonlaufen.

Auch Lenja schien zu ahnen, was es mit dem Buch auf sich hatte. Sie saß bei Aimisch am Feuer und schaute zu ihnen herüber. In einer Mischung aus Aufforderung und Mitleid sah sie zwischen Tailin und dem Buch hin und her. Dann begann sie, selbst in einer der Schriften zu lesen.

Wie dichter, undurchdringlicher Nebel sickerte Leymons Angst in Tailins Wahrnehmung. Die Dunkelheit hatte inzwischen die Abenddämmerung verdrängt und legte sich schwer auf Tailins Gemüt. Normalerweise wäre dies der Moment gewesen, in dem er die Nähe des anderen suchte. Aber jetzt war es unmöglich, näher an Leymon heranzurücken.

Nur zögernd setzte Tailin sich auf das Schlaffell.

Leymon entwich ein Keuchen. Er beugte sich vor und vergrub die Hände in den Locken.

Angst und Wut vermischten sich in Tailins Brust. Warum konnte Leymon nicht einfach erzählen? Hatte er so wenig Vertrauen zu ihm? »Was tust du, wenn ich jetzt aufstehe und in dem Buch lese?«

Ein raues Lachen wich aus Leymons Mund. »Dich aufhalten.«

Tailin knirschte mit den Zähnen, wie um die Angst wegzubeißen. »Und wie willst du mich aufhalten? Willst du mit mir kämpfen? Mich verletzen?«

»Wohl eher nicht. Aber ich könnte das Buch verbrennen.«

Aimisch hob den Kopf und sah zu ihnen herüber. Er saß zu weit entfernt, um sie zu hören. Dennoch schien er zu ahnen, worüber sie redeten.

»Aimisch wird das zu verhindern wissen«, murmelte Tailin. »Seine Kontrolle über das Feuer ist größer als deine.«

Leymons Gesicht wirkte grau und erschöpft. Vorsichtig versuchte Tailin in seine Gedanken vorzudringen. Doch hinter seiner Fassade erhob sich kalte Schwärze. Wie konnte er sich so konsequent abschirmen? »Warum sagst du es nicht einfach? Ich muss es doch ohnehin erfahren.«

Leymons Ohren zuckten. Rückwärts ließ er sich in die Felle sinken. »Ich weiß.« Er atmete ein, als wolle er noch mehr sagen, hielt dann aber die Luft an und starrte hilflos in den Himmel. Erst nach einer Weile begann er zu flüstern: »Ich kann es nicht sagen. Wenn du alles erfährst, wirst du mich verlassen.« Seine Hand schob sich unter dem Fell hervor, griff nach Tailins Arm und schloss sich darum.

Ein heftiges Kribbeln zog durch seinen Körper, die ganze Wucht, mit der er Leymons Nähe vermisste. Er wollte sich vorbeugen und ihn küssen, wollte die schwarze Mauer niederreißen und die Angst vergessen. Doch ein Kuss hätte ihre Probleme nicht gelöst. »Ich kann dich nicht verlassen, das weißt du. Ganz egal, was du angestellt hast.«

Abrupt ließ Leymon sein Handgelenk los. Kalte Luft strömte darüber. »Dann wirst du mich eben hassen und trotzdem mit mir zusammenbleiben. Macht es das besser?«

»Ich denke nicht, dass ich dich hassen kann.«

Leymon stieß ein bitteres Lachen aus. »Tailin, der Reine.« Sein Blick strich weich über Tailins Gesicht. »Alles an dir ist ehrlich und wahrhaftig. Niemals hast du einem Menschen aus eigenem Antrieb Leid angetan, und wenn du es tun musstest, hast du dich selbst dafür gehasst. Aber ich … ich bin alles andere als wahrhaftig. Ich bin ein grausamer Kriegsherr mit einer verrückten Seele und seltsamen Eingebungen. Ich habe Menschen auf schäbigste Weise benutzt und ausgebeutet, nur um sie dem Kriegszweck unterzuordnen. Ich … kann dir das nicht erzählen.« Ehrliches Bedauern schimmerte in seinen Augen.

Tailin beugte sich zu ihm, so nah, als wollte er ihn küssen. Doch er ließ nur seinen Atem über Leymons Mund streifen. »Wenn du es nicht erzählen kannst, dann zeig es mir in Bildern.«

Etwas in Leymon bröckelte … Die schwarze Wand, sie löste sich auf. Dahinter öffnete sich ein Fensterausschnitt: Erinnerungen. Kinder in abgerissener Kleidung. Ihre Verzweiflung lag in der Luft – und dennoch reifte eine Strategie in ihm. Kalt und aus nüchternem Kalkül.

Das Bild riss ab. Leymon drehte den Kopf zur Seite. »Ich kann das nicht. Es tut mir leid!«

Tailin stieß sich mit der Hand vom Boden ab, rollte sich auf den Rücken und starrte mit klopfendem Herzen in den Himmel. Ein Teil von ihm wollte aufgeben.

Doch das war nicht so einfach …

Seine Hand fand Leymons Finger zwischen den Fellen. Kurz erwiderte sein Freund die Berührung. Dann riss Leymon sich los und setzte sich auf. »Also gut.« Er strich die zerzausten Locken nach hinten, fasste sie zusammen und ließ sie wieder fallen. »Ich erzähle dir etwas.« Er lehnte sich gegen einen Felsen, zog die Felle mit sich und hüllte sich hinein. »Du weißt, dass ich älter bin als du, oder? Deutlich älter …«

Ganz am Anfang hatte Leymon erwähnt, dass die Pameli ihr Alter nicht zählten. Auch über sein eigenes Alter hatte er nie geredet. »Wieso? Wie alt bist du?«

Leymon blickte zu Boden. »Ich war schon ein Pamuschkrieger, als du noch ein Kind warst. Damals, bevor die Sapioner in Farua einmarschierten.«

Tailin bemühte sich, die Zeitbegriffe zu ordnen. Doch nur einer davon setzte sich deutlich durch: als er noch ein Kind gewesen war.

»Damals gab es noch keine Waldgarde, nicht einmal eine Front. Lange Jahre verharrte der Krieg im staatenlosen Gebiet. Die Faruaner glaubten, sie könnten alle Konflikte mit den Sapionern diplomatisch lösen – und die Pamuschkrieger hielten sich aus dem Krieg heraus, solange die Faruaner nicht um Hilfe riefen. Nur ich hatte Visionen. Kinder, denen grausame Dinge geschahen.« Leymon schluckte. »Irgendwann bin ich Richtung Süden geritten. Bis ins staatenlose Gebiet. Ich wollte diese Kinder finden und befreien.«

Eine dunkle Ahnung rumorte in Tailins Bauch. Zu einer Zeit, als er selbst noch ein Kind gewesen war … Hatte er damals in der weißen Stadt gelebt? Mit seiner Familie? Oder war es in der Zeit gewesen, an die er sich nicht erinnerte?

»Rückblickend weiß ich viel mehr als damals.« Leymons Finger zwirbelten an seinem Schlaffell. »Was ich in den Visionen sehen konnte, waren Experimente. Walerius hat die Fähigkeiten von

Götterkindern erforscht. Es waren verschiedene Experimente an verschiedenen Orten – doch in meinen Visionen liefen alle Bilder zusammen. Ich wusste nur grob, wo ich nach den Kindern suchen sollte. In den östlichen Bergen. Irgendetwas war dort, das mich anlockte.«

Dumpfe Übelkeit trieb durch Tailins Magen. Die weiße Stadt hatte im Osten gelegen. Hieß das, Leymon hatte nach *ihm* gesucht?

»Dann fand ich diesen Ort. Er lag an den Ausläufern der Ostberge. Die Hütten sahen aus, als wäre es früher ein normales Dorf gewesen. Aber nun war alles mit hohem Stacheldraht umzäunt, und alle Tore wurden von Sapionern bewacht. Ich fand einen Aussichtspunkt, von wo aus ich den Ort mit dem Fernglas beobachten konnte. Und dann sah ich sie: die blonden Frauen und Kinder, bewacht von Sapionern. Ich brauchte eine Weile, ehe ich verstand, was sie dort taten. Aber dann begriff ich es: Es war eine Zuchtanlage.«

Wie ein Messer stach das letzte Wort in Tailins Eingeweide. »Du meinst, sie haben Opfer gezüchtet? Für die Göttin?«

Leymons Ohren zuckten. »Ja und nein. Also ja, vermutlich ist ein Teil der Kinder der Göttin geopfert worden. Aber nein, das war nicht das Ziel dieser Anlage.« Er senkte den Kopf, bis ihm die Locken ins Gesicht fielen. »Das Hauptziel lag darin, Götterkinder zu züchten. Aber nicht normale Gottgeborene. Walerius wollte Hybriden erschaffen.«

Ein kalter Schauer rann über Tailins Rücken. *Und dann?*, wollte er fragen, doch er durfte nicht drängeln.

Leymons Finger zwirbelten immer schneller an dem Fell. »Irgendwann wurde das Lager aufgelöst. Ich war noch auf meinem Aussichtsposten, als ich Walerius in das Dorf einreiten sah. Alle Frauen wurden aus den Hütten gerufen und mit Schwertern und Äxten niedergemetzelt. Die Kinder haben sie in Transportkutschen verfrachtet und aus dem Dorf gebracht. Ich bin ihnen nachgeritten. Die Kinder wurden bewacht, als wären sie aus Gold. Mindestens dreißig Wachen hat Walerius dafür abgestellt. Ich hingegen hatte nur Chaveen. Dennoch haben wir in der ersten Nacht angegriffen.« Leymon sah wieder auf. »Glaub mir, ich wollte diese Kinder retten. Alle. Aber es waren zu viele Sapioner. Und sie waren gute Kämpfer. Elitesoldaten. Einer hat mir ein Schwert in den Rücken geschlagen. Mit letzter Kraft konnte ich mich an Chaveen festklammern. Den Rest hat sie gemacht. Sie hat ein Bündel mit den Zähnen gepackt. Was es war, habe ich erst entdeckt, nachdem Chaveen uns in Sicherheit gebracht hatte: Es war ein Baby. Ein kleines Mädchen, eingewickelt in diesem Bündel.« Leymons Stimme bekam eine zärtliche Note. Seine Finger strichen über das Fell. »Ihr Name war Thia.«

Tailin schauderte so heftig, als würde er den Namen kennen. Aber woher?

»Ich hätte sie nach Malun bringen sollen«, flüsterte Leymon weiter. »Sie war eine Hybridin. Nur dort wäre sie adäquat ausgebildet worden. Aber ich konnte den Osten nicht verlassen. Da waren noch die anderen Kinder. Also behielt ich das Baby bei mir. Ich suchte uns ein Versteck, in dem wir sicher waren. Anfangs dachte ich, es wäre nur für den Übergang, bis ich herausfinden würde, was Walerius mit den Kindern anstellte. Nach und nach wollte ich ihm alle wegnehmen und sie in den Norden bringen.« Leymon atmete tief ein. »Aber weitere Kinder konnte ich nicht befreien. Die meiste Zeit war ich allein mit Thia und Chaveen, und schließlich wurde aus dem Baby ein kleines Mädchen.«

Ein heftiger Ruck ging durch Leymons Körper. Plötzlich sprang er auf, das Fell fiel herab, und seine Beine zitterten. »Verdammt, Tailin! Sie war wie eine Tochter für mich. Selbst Chaveen hat sie adoptiert. Ich wusste nicht, dass Pamuschkatzen so etwas tun, dass es vorkommen kann – aber Chaveen hat sich benommen, als wäre Thia ihr Katzenbaby. Sie hat ihr … Milch gegeben.«

Plötzlich sah Tailin vor sich, wie die Katze das Menschenbaby säugte. Zärtliche Wärme ging von Chaveen aus, die Gefühle einer Mutter. Dass so etwas überhaupt möglich war, dass die Katze überhaupt Milch besaß, obwohl sie keinen eigenen Nachwuchs bekommen hatte …

Ihre Muttergefühle mussten übergroß gewesen sein.

Oder waren es Leymons Vatergefühle?

Zärtlichkeit glänzte in den Augen des Pameli, Tränen liefen über sein Gesicht. »Ich hatte kein Recht auf dieses Kind. Ich war ein Krieger, kein Vater – und Thia gehörte nach Malun. Aber ich hatte schreckliche Angst, sie zu verlieren, Angst, dass die Priester sie mir wegnehmen. Also sind wir in dem Versteck geblieben. Mehrere Jahre lang.« Mit beiden Händen wischte er über sein Gesicht und stand mit gesenktem Kopf da.

Tailin wollte aufstehen und ihn in den Arm nehmen.

Doch Leymon wich vor ihm zurück. Mit glasigen Augen starrte er ihn an. »Dann kamen die Visionen, heftiger als je zuvor. Ich sah Krieg und Vernichtung, Feuer und Tod. Den Einmarsch der Sapioner in Farua. Die Visionen haben mich gezwungen – ich musste zurück in den Norden. Um die Pamuschkrieger zu warnen. Um ihnen zu sagen, dass wir den Waldgürtel besetzen müssen, damit wenigstens Nordfarua standhält.«

Ein seltsames Gefühl von Größe durchströmte Tailin. »Heißt das, du hast auch das geplant? Die Besetzung des Waldgürtels – das Einzige, was die Sapioner über zehn Jahre aufgehalten hat?«

Leymon stieß ein verächtliches Schnauben aus. »Ja. Für diese Planungen hat Svaris mich zum dritten Hauptwächter ernannt.« Er warf einen Blick zu Chaveen. Sie saß ein Stück entfernt und belauschte sie. »Aber es kam, wie es kommen musste. Ich sollte Thia in die Obhut der Priester geben. Ich wusste, dass es richtig war. Immerhin herrschte Krieg, und ich konnte sie unmöglich mit an die Front nehmen. Aber dabei hatte ich nicht mit dem Sturkopf eines kleinen Mädchens gerechnet: Thia hat sich geweigert, mit den Priestern zu gehen. Sie wollte bei mir bleiben.«

Plötzlich sah Tailin sie vor sich, einen kleinen, blonden Wirbelwind, der den Priestern ausriss, um zu Leymon zurückzukehren. Gegen den Willen aller folgte sie ihrem Ziehvater in das Lager der Pamuschkrieger. Und schließlich ließen die Pameli sie gewähren. Tagsüber tobte sie zwischen den Kriegern umher und wickelte jeden mit ihrem Lächeln um den Finger – und nachts kuschelte sie sich an Leymon und die Katze. Doch das Mädchen wurde älter und ihre Art ruhiger. Thias Lächeln bekam etwas, das die Pamuschkrieger nervös machte. Immer häufiger musste Chaveen sie gegen die anderen Katzen verteidigen. Immer dramatischer wurden die Wunden, die sich die Tiere zufügten. Und schließlich vermochte selbst Leymon die Augen vor der Gefahr nicht länger zu verschließen.

»Thia war noch nicht ganz zehn Jahre alt, als klar wurde, dass sie um keinen Preis bei den Pamuschkriegern bleiben konnte. Aber ausgerechnet in dieser Zeit kehrten die Visionen zurück.« Leymon ließ sich wieder auf den Boden sinken. Matt lehnte er sich gegen den Felsen und schloss die Augen. »Plötzlich sah ich Thia als Spionin bei den Gegnern. Sie war geschickt mit dem Dolch, eine skrupellose Mörderin und perfekt in ihrer Tarnung. Dass sie eine Hybridin ist, hatte ich immer gewusst, doch in den Visionen sah ich zum ersten Mal, was ihre Kombination der Elemente aus ihr macht: eine Liebesgöttin, die absolut jeden Menschen verführen und manipulieren kann. Die perfekte Waffe gegen den größten unserer Gegner, gegen Walerius.«

Sie war noch ein Kind! Etwas in Tailin schrie auf – oder kam der Protest von Leymon?

Sein Freund vergrub den Kopf in den Händen. »Ich wollte das nicht tun, Tailin. Ich wollte den Visionen widerstehen und sie einfach nach Malun bringen. Aber die Trance griff immer stärker auf mich über. Ich bekam Fieber, kaum dass wir losgeritten waren. Nach der ersten Pause konnte ich nicht wieder aufstehen. Thia kümmerte sich rührend um mich. Sie versuchte, mein Fieber mit kaltem Wasser zu kühlen. Doch die Visionen wurden immer schlimmer. Immerzu sprachen sie von Thias Bestimmung. Und dann, ich erinnere mich kaum, muss ich ihr erzählt haben, was ich sehe. Von da an sprach sie davon, dass sie meine Spionin sein will, dass sie diejenige sein möchte, die den größten unserer Gegner zu Fall bringt.«

Sie war noch ein Kind!

Tiefe Schuld ging von Leymon aus, setzte sich in Tailins Herz und nagte daran. »Das Fieber ließ erst nach, als wir Richtung Süden ritten. Allerdings war ich immer noch schwach. Nur mühsam konnte ich mich auf Chaveens Rücken festhalten. Ich erinnere mich nur noch verschwommen. An Thia, die in unseren Pausen mit dem Dolch übte, an ihr Lachen und ihre gelöste Art. Und dann an den Sklavenmarkt. Meine Visionen wussten, bei welchen Händlern Walerius seine Sklaven am liebsten kaufte. Und Thia wollten sie alle haben. Ich tarnte mich unter einem Umhang als Mensch. Dann übergab ich sie an den Haus- und Hofhändler des obersten Beraters. Dieser erkannte auf den ersten Blick, dass sie ein ganz besonderer Leckerbissen für seinen besten Kunden war.«

Leymons letzter Satz fiel bitter in die Stille der Nacht. Tailin bemerkte erst jetzt, wie steif er dasaß.

Zehn Jahre hatte Thia bei Leymon gelebt. Demnach war es wohl keine Übertreibung, sie als seine Tochter zu bezeichnen. Dennoch hatte er sie an Walerius verkauft.

»Ich weiß nicht, was aus ihr geworden ist. Ich habe es nie erfahren.« Leymon schob die Hände tiefer in seine Haare, vergrub den Kopf unter seinen Armen. Ein verhaltenes Zucken lief durch seinen Körper. Doch seine Gedanken waren weit fort.

Grausiges Entsetzen lähmte Tailin. Was bedeutete das alles? All die Andeutungen, die Leymon gemacht hatte … Hatte er jedes Mal von Thias Geschichte geredet? Oder war da noch mehr?

Wie hatte Leymon am Anfang gesagt? Er erzähle ihm etwas. *Etwas*. Nicht *alles*. Und dennoch enthielt diese Geschichte alles, was man über Leymon wissen musste: Wer sogar seine eigene Tochter opferte, würde so ziemlich jeden opfern. »War das die Geschichte, derentwegen ich dich hassen und verlassen werde?«

Leymon stieß ein heiseres Lachen aus, sein Kopf fuhr hoch und legte sich in den Nacken. »Ich weiß es nicht. Entscheide du. Jetzt weißt du, wozu ich fähig bin. Ich könnte mich herausreden. Ich könnte sagen, dass es immer meine Visionen sind, die mich über Leichen treiben. Aber so einfach ist es nicht. Ganz egal, was meine Visionen verlangen – warum bin ich nicht stark genug, um ihnen zu widerstehen?«

Tailins Herz pochte schmerzhaft. Wie war es wirklich? Hatte Leymon seine Tochter geopfert oder verloren? Und war es überhaupt möglich, solchen Visionen zu widerstehen?

»Lass das!« Leymons Stimme klang rau. »Du versuchst schon wieder, mir zu verzeihen. Aber nichts von alldem lässt sich je verzeihen.«

Da war noch mehr! Leymon redete nicht von *einer* schlimmen Sache, die er getan hatte, er redete von *alldem*. Die Kinder in den abgerissenen Kleidern … Bis jetzt hatte Leymon sie mit keinem Wort erwähnt.

»Das war noch nicht alles, oder? Es gab noch mehr Kinder. Noch mehr schlimme Dinge.«

Verzweifelt lachte Leymon auf. »Lass es gut sein, Tailin. Bitte. Für heute Nacht waren das genug Schauergeschichten.«

Der Schmerz zog Tailins Herz zusammen. Ein Teil von ihm wollte Leymon berühren, wollte ihn in den Arm ziehen und sie beide trösten. Doch dafür musste er ihm verzeihen. Aber konnte er das? »Wirst du auch mich verraten? Wenn dich die Visionen dazu zwingen?«

Leymon sprang auf die Füße, so plötzlich, dass er beinahe über Tailin fiel. »Zum Henker!« Fluchend schaute er sich um, schien einen Ausweg zu suchen und keinen zu finden. Erst als er zu Aimisch sah, hielt er inne. Der Valjaner beobachtete sie noch immer.

»Du!«, schrie Leymon. »Du warst es! Du hast mich gezwungen, das zu erzählen.« Mit einem gewaltigen Satz sprang er über die Schlaffelle, jagte wie eine Raubkatze auf Aimisch zu.

Tailins Wahrnehmung vermischte sich mit Leymons. Er sah Aimischs Kehle vor sich, setzte zum Sprung an und wusste, dass er sein Ziel nicht verfehlen würde. Dies war nicht der erste Mann, den er mit seinen Zähnen tötete. Und jedes Mal hatte es gutgetan. Das wirksamste Mittel gegen die Wut.

Alles an Aimisch war langsamer als er – die Bewegung, mit der er aufsprang, der kurze Schreck in seinen Augen … Bis das Lagerfeuer explodierte. Eine riesige Feuerwalze fauchte auf Leymon zu.

Er wollte zurückspringen. Doch der Schwung trieb ihn nach vorn. Nur knapp konnte er sich ducken und auf den Boden werfen.

Tailin wurde in seinen Körper zurückgeschleudert. Leymon drückte sich flach auf die Erde. Das Feuer verpuffte über ihm. In der Luft lag der Gestank von verschmorten Haaren. Sein graues Fellhemd trug schwarze Spuren.

Als Leymon sich erhob, war die Verbindung zu seinen Gedanken wieder da. Seine Wut war verraucht. Dennoch wollte er weg. Weg von Aimisch, fort von Tailin, fort von allen, denen er Rechenschaft schuldete. Mit schnellen Schritten stürmte er auf Chaveen zu, wollte sich auf ihren Rücken schwingen und davonreiten.

Doch die Katze sprang auf. Fauchend wich sie vor Leymon zurück. Ihre Ohren drückten sich flach an den Hinterkopf, ihre Reißzähne blitzten ihm entgegen. Niemals würde sie zulassen, dass Leymon sie von Tailin fortzwang. Thia war auch ihr Kind gewesen. Niemals würde sie zulassen, dass etwas Ähnliches wieder geschah.

Das Fauchen, mit dem Leymon ihr antwortete, klang fast genauso gefährlich wie ihres. Seine Ohren legten sich ebenso flach an, kurz bevor er sich abwandte und auf eigenen Füßen fortlief.

Tailin wollte bei ihm bleiben, wollte seinen Gedanken folgen.

Doch plötzlich wuchs die schwarze Wand vor ihm empor. Nur Chaveens Gefühle waren noch da. Sie beide waren ausgesperrt auf dieser Seite der Wand. Mit gesenktem Kopf schlich die Katze zu ihm.

»Ach du.« Tailin vergrub die Hand in ihrem Fell, lehnte sein Gesicht gegen ihren Hals und atmete den Raubtiergeruch ein. Angst schlich durch ihre Gefühle. Sie liebte Leymon, wie sie Tailin liebte – und wie sie Thia geliebt hatte. Doch ihre Angst, ihn zu verlieren, war groß.

Würden sie alle drei sterben, wenn einer von ihnen getötet wurde? Oder wäre es möglich, zu zweit zu überleben?

»Er wird wiederkommen«, flüsterte Tailin. Der große Mond war aufgegangen, und kurz schaute er aus Leymons Augen – wie die Landschaft im fahlen Licht an ihm vorbeizog. Sein Freund rannte, in einem Tempo, das kein normaler Mensch zurücklegen konnte. Doch das, wovor er weglief, würde ihn verfolgen. Überallhin. Auch Leymon wusste längst, dass er zurückkehren würde. Doch nicht sofort.

Tailin schloss die Augen. Seine Hände vergruben sich tiefer im Fell der Katze. Es gab noch einiges, das Leymon nicht erzählt hatte. Aber wollte er es wirklich wissen? Oder war es besser, nicht alles zu erfahren?

Als er die Augen öffnete, fiel sein Blick auf Lenja. Entsetzt saß sie neben dem Feuer und starrte ihn an. Sorge glitt über ihr Gesicht. Kurz machte sie Anstalten aufzustehen.

Doch Tailin wollte nicht, dass sie herkam. Er konnte jetzt nicht reden. Nicht über Leymon und nicht über seine Gefühle. Kaum merklich schüttelte er den Kopf.

Lenja verstand. Auch Aimisch hatte sich wieder neben das Feuer gesetzt und senkte seinen Blick auf eines der Bücher. Nur manchmal sah er zu Tailin herüber. Fast greifbar lag seine Magie über dem Lagerplatz. Feuer und Luft. Der Valjaner hatte seine Elemente an Leymons Magie angekoppelt, hatte ihn in einen

Magiekreis gezwungen und ihm das Geständnis entlockt. Und dennoch war es nur ein Teil der Wahrheit gewesen.

Das Buch mit Leymons Geschichte lag noch immer am Boden. Jederzeit konnte Tailin es lesen. Doch er wollte es nicht. Nicht hinter Leymons Rücken.

Gemeinsam mit Chaveen rollte er sich am Boden zusammen. Vielleicht schlief er ein, vielleicht auch nicht.

Irgendwann war Leymon wieder da. Etwas in ihm war zur Ruhe gekommen. Dennoch blieb er wach. Ebenso wie Tailin. Schlaflos lagen sie nebeneinander. Ohne zu reden. Und ohne sich zu berühren.

So lange, bis sich die Morgendämmerung über das Gebirge schob. Vielleicht döste Tailin doch noch ein. Als er das nächste Mal blinzelte, lagen beide Sonnen nebeneinander auf dem Bergkamm.

Der Tag des gemeinsamen Sonnenaufgangs. Midjahr. Von nun an würde die Nachtwechselzeit beginnen, in der die Blutsonne am Ende der Nacht aufging und sich immer weiter in die Mitte der Nacht hineinschob.

Seltsame Aufregung kam in Tailin auf. Letztes Jahr um diese Zeit war er ebenfalls mit Leymon in den Bergen gewesen. Damals hatten sie gemeinsam den Sonnenaufgang beobachtet. Auch jetzt schien Leymon wach zu sein. Tailin hörte seinen verhaltenen Atem.

Doch etwas an den beiden Sonnen erschien merkwürdig. Die Blutsonne wirkte winzig. War sie immer schon kleiner gewesen als der kleine Mond? Oder hatte es sich im Laufe des letzten Jahres geändert?

Und wie war es früher gewesen? In seiner Kindheit? Tailin versuchte, sich zu erinnern. Noch einmal blinzelte er zu den beiden Sonnen – und plötzlich sah er Dorgen und sich im Rekrutenlager, wie sie auf dem Appellplatz standen und artig ihr Gebet zum Midjahr sprachen. Groß und rot hatte Sapia über dem Horizont gelegen. »Als ich ein Kind war, da erschien sie mir viel größer.«

Leymons Atemrhythmus änderte sich, hielt inne und setzte sich umso schneller fort. »Ich weiß. Damals in den Schneebergen. Wenn wir nachts durch den Schnee liefen, um zu jagen oder zu spielen – da war sie riesig. Als wäre sie gekommen, um unseren Schnee zu verglühen.«

★★★

Zeylem, Blutburg

Nelja

Seit der Blutsohn gegangen war, konnte Nelja nicht aufhören zu schreiben. Sie hatte die dicke Kladde schon fast zur Hälfte gefüllt, dennoch glitt die Feder kaum so schnell über das Papier, wie ihre Gedanken hervortrieben. Die Mauern des Kerkers atmeten die Geschichten aus und ein, wie eine unsterbliche Kreatur, die auf ein jahrtausendelanges Leben zurückblickte. Oder war es der Atem eines anderen, den sie hörte? Noch immer hatte Nelja das Gefühl, nicht allein zu sein. Doch selbst als sie mit der Lampe an das Gitter zur Nachbarzelle trat, konnte sie niemanden entdecken. Nur Ratten huschten durch die Ecken und knabberten an dem schimmligen Stroh.

Stammte das Atemgeräusch von ihnen? Oder war es ihr eigener Atem, der von den Wänden zurückhallte?

Es hatte keinen Sinn, solche Fragen zu stellen.

Entschlossen kehrte Nelja zu ihrem Schreibplatz zurück, beugte sich über das Heft und folgte dem Strom der Worte. Immer tiefer glitt sie in die Vergangenheit, trieb mit den Geschichten davon, bis sie sich selbst darin auflöste.

»Was schreibst du da?« Die Stimme kam von weitem. Unwirklich. Fremd. Nelja wollte sie fortscheuchen wie eine lästige Fliege.

Im nächsten Moment schreckte sie auf. Plötzlich waren die Wände still. Schwarz und feucht lag der Kerker um sie herum. Der Geruch von Moder und Fäule drang in ihre Nase.

»Was schreibst du da?«, wiederholte die Stimme.

Nelja zuckte zusammen. Mit einem Satz sprang sie auf, wirbelte herum und entdeckte die Gestalt, die in der Nachbarzelle hinter dem Gitter stand.

Es war ein Mann. Sein Gesicht war eingefallen, und die Kleidung hing zerrissen und schmutzig an seinem abgemagerten Körper. »Die Mauern und Wände«, murmelte er. »Du schreibst auf, was sie dir zuflüstern, richtig? Oder ist es der Himmel, der für dich singt?«

Mit rasendem Herzen starrte Nelja ihn an. Die Haare des Mannes waren schwarz, und soweit sie es unter dem struppigen Bart sehen konnte, trug er keine Narben in seinem Gesicht. Auch seine Kleidung schien vor langer Zeit ein Anzug aus feinem blauen Stoff gewesen zu sein.

»Ihr seid Sapioner«, flüsterte sie erstaunt. »Ein Akademiker?«

Ein heiseres Lachen wich aus seinem Mund. »Ja, das war ich mal.« Seine Stimme klang rau und ungeübt, ganz so, als hätte er seit Jahren nicht mehr gesprochen. »Aber jetzt bin ich niemand.«

Neljas Herz raste noch immer. Dennoch spürte sie keine Angst. Schritt für Schritt ging sie in Richtung des Fremden. »Wie ist Euer Name?« Sie fragte nach, aber ein Teil von ihr schien die Antwort längst zu wissen. Sie musste sich nur zurück an ihr Buch setzen, um seinen Namen niederzuschreiben. Allein die Gegenwart des Mannes atmete seine Geschichte aus, auf ähnliche Weise, wie es die Wände des Kerkers taten, und dennoch anders. Kontrollierter. Er allein entschied, was sie von ihm hören sollte und was nicht. Nur deshalb hatte sie seine Geschichte nicht eher wahrgenommen. Nur deshalb hatte sie so lange in seiner Gegenwart leben können, ohne ihn zu bemerken.

Der Fremde antwortete nicht auf die Frage nach seinem Namen. Dennoch wusste sie, dass er dieselbe Fähigkeit besaß wie sie. »Ihr seht die Vergangenheit auf dieselbe Weise wie ich. Habe ich recht? Seid Ihr deshalb in diesem Kerker?«

Ein mattes Zucken erschien um seine Mundwinkel. Kaum wahrnehmbar bewegte sich sein Kopf zu einem Nicken. Plötzlich ging ein Zittern durch seinen Körper. Kraftlos ließ er sich am Gitter zu Boden gleiten. Vornübergebeugt hockte er da. Seine Stirn ruhte an den Gitterstäben, während sich seine Hände darum klammerten.

Erst jetzt begriff Nelja, was mit ihm los war. Seit Monaten lebte sie neben ihm in der Zelle. Aber nie war jemand bei ihm gewesen, um ihm Nahrung zu bringen. »Wann habt Ihr zuletzt gegessen?«

Wieder stieß er das heisere Lachen aus. »Das muss gewesen sein, als ich noch ein Mensch war. Frag mich nicht, wie viele Monate es her ist – oder Jahre? In der Dunkelheit verliert Zeit ihre Bedeutung.«

Soweit es ihre Fußketten zuließen, trat Nelja näher an das Gitter. Als sie sich auf den Boden setzte und die Hand ausstreckte, konnte sie ihn beinahe erreichen. »Wer seid Ihr? Und warum seid Ihr inhaftiert worden?« Sie müsste ihn nur berühren, um all das auch gegen seinen Willen zu erfahren.

Doch dieses Mal antwortete er: »In meinem früheren Leben war ich Dorgen, Sohn des Kolibrius.« Er sprach so leise, dass sie seine Worte mehr ahnte als hörte. Oder war es das Flüstern der Vergangenheit, das aus seiner Gegenwart strömte? »Ich war Student an der Akademie von Anmare. Zuletzt habe ich ein Buch geschrieben. Über den zyklischen Stand der beiden Sonnen in den letzten fünfzehntausend Jahren – und in den kommenden tausend Jahren.« Erst sein raues Lachen verriet, dass die Worte tatsächlich aus seinem Mund kamen. »Aber es ist nicht erwünscht, dass wir Bücher schreiben, kleine Nelja. Niemand will die Wahrheit erfahren, die darin steht.«

Heiß, wie die Flammen eines Scheiterhaufens, glitten seine Worte in Neljas Bewusstsein. Turors Mutter war wegen ihrer Bücher verbrannt worden – und dieser Dorgen war aus demselben Grund ohne Nahrung und Wasser eingesperrt, wer weiß, wie lange schon.

Plötzlich tat Nelja es doch. Ihre Hand streckte sich durch das Gitter und griff nach seiner. Seine Geschichte erfasste sie mit voller Wucht, glitt jedoch so schnell an ihr vorbei, dass kaum etwas haften blieb – bis sie auf den Teil stieß, von dem er selbst nichts wusste: »Walerius hat dich inhaftiert, weil dein Buch eine Gefahr für die sapionische Weltordnung ist, die er geschaffen hat. Er hat dich und dein Werk verschwinden lassen, damit niemand von deinem Wissen erfährt. Selbst deinen Vater hat er glauben lassen, du seist tot. Nur eins von dir hat Walerius nicht ausgelöscht: deinen Namen. Sohn des Kolibrius. Er hat diesen Namen einem anderen Dorgen gegeben, der jetzt sein Schwiegersohn und zugleich der Heerführer von Sapion ist.«

14. Kapitel

Galejas wissende Chronik der Vergangenheit
Buch Dorgen, »Zyklischer Lauf der beiden Sonnen von Ruann und Prognose des Sonnenstandes für die nächsten 1000 Blutjahre«

Einleitung

In diesem Buch soll es darum gehen, ein Mysterium zu klären. Genau genommen geht es um das größte Mysterium, das die Menschen seit jeher beschäftigt. Doch dieses Werk wird zum ersten Mal einen ungetrübten Blick auf die Wahrheit werfen.

Es soll um Sterne gehen, um Sterne und um Sonnen. Der Verfasser wird hierbei von der Vergangenheit erzählen. Doch Vergangenheit wiederholt sich. Insbesondere Sterne folgen einem wiederkehrenden Rhythmus. Allein deshalb wird es auch um die Zukunft gehen, um eine Prognose des Sonnenstandes für die nächsten 1000 Blutjahre – und vielleicht darüber hinaus.

Zunächst aber wird dieses Werk von Ruann erzählen. Ruann ist ein Planet, eine Art Ball in einem endlosen schwarzen Raum, der sich Universum nennt. Aber in welcher Beziehung steht Ruann zu Rabanus und Sapia? Dieser Frage widmet sich die Erkenntnis, die dem Buch zugrunde liegt: Ruann kreist genau wie alle Planeten um eine Sonne. Diese Sonne nennen wir Rabanus. Auch Sapia ist eine Sonne, doch zu ihr steht Ruann in einem ganz anderen Verhältnis: Rabanus und Sapia bilden ein Doppelsternensystem. In weitläufigen Ellipsen kreisen die beiden Sonnen umeinander. Dabei kommen sie sich in der einen Phase näher – und treiben anschließend sehr weit auseinander.

Doch Ruann kreist allein um Rabanus. Deshalb ist Sapia von unserer Welt aus nur in jener Zeit zu sehen, in der sich die beiden Sonnen nahe stehen. Weitaus länger ist hingegen die andere Phase. In dieser Zeit ist Sapia nur ein winziger Punkt am Nachthimmel, kaum größer als ein gewöhnlicher Stern.

Zurzeit befinden wir uns in der Phase, in der Sapia uns nahe steht. Doch dies wird nicht mehr lange andauern. Nur noch wenige Blutjahre verbleiben, in denen Sapia am Himmel zu sehen sein wird. Dann treibt sie rasch von uns fort und taucht unter in der Masse anderer Sterne. Nur große Kenner des Himmelsbildes werden sie dann noch identifizieren können. Für die meisten wird es hingegen so aussehen, als sei sie verschwunden. Ihr Verschwinden wird jedoch weitreichende Konsequenzen haben. Folgen für unsere Gesellschaft, für unsere Religion und für unser Klima.

Aber dies sei nur vorweggenommen. Die Erklärungen dessen sind komplex und werden viele Seiten füllen. Wer diese Erkenntnis aber nicht nur glauben, sondern verstehen möchte, den lade ich ein, mir in dem vorliegenden Werk in die Tiefen des Weltalls zu folgen.

***

Farua

Sapionas

Voller Wut trieb ihn der Sturm voran, ließ ihn durch die verwüsteten Ebenen dahinrasen, immer weiter voran bis nach Farua. Die Energie des Windes durchströmte ihn und übertrug sich auf sein Pferd, ließ es ungebrochen voranstürmen, ganz gleich, wie viele Tage und Nächte sie durchritten. Unablässig galoppierte der Blutsohn voran, bis er den ehemaligen Waldgürtel erreichte. Dort, wo die abgerissenen Zeltreste der Soldaten lagen, fand sich nichts mehr, das für ihn von Interesse war. Voller Spott trieb ihn der Sturm daran vorbei, weiter durch die Aschewüste bis hinaus in die Ebene von Nordfarua. Irgendwo da hinten, am Fuß der Berge, schlug seine Magie eine wütende Schlacht. Doch dazwischen war noch etwas. Jemand. Sapionas spürte sein Echo im Strom der Magie. Solange er zurückdenken konnte, war seine Macht ein raues, ungezügeltes Inferno gewesen, das unkontrolliert über die Welt hereinbrach. Nun aber gab es diese eine Person, die den Sturm bündelte und lenkte.

Eine tiefe Sehnsucht erfasste den Blutsohn. Sapionas musste wissen, wer der Fremde war, wollte ihm zusehen und verstehen, wie sich die Wut seines Sturmes kontrollieren ließ. Schon von weitem spürte er den Sog, mit dem die Magie sie verband. Sie beide wurden von dem Luftstrom durchflossen wie von einem gewaltigen Fluss, der sie vereinte.

Wer auch immer der andere war, sie gehörten zusammen. Gemeinsam konnten sie die mächtigsten Götter auf ganz Ruann sein, mächtiger noch, als Rabanus und Walerius es je gewesen waren.

Und dann sah er ihn, den dunkelhaarigen Jungen, der von der Kuppe eines Hügels auf das Geschehen herabblickte. Siberi. Bald hatten sie die Schlacht geschlagen. Bald waren die gegnerischen Stellungen vernichtet. Dort hinten, vor den Bergen, spielte der Kampf seinen letzten, tödlichen Akt. Sobald die Stellungen überwunden waren, würden ihre Gegner endgültig fallen. Sapionas spürte das Sterben wie ein Echo des Donners.

Doch irgendetwas stimmte nicht. Irgendetwas war anders als erhofft.

Der nächste Blitz erhellte Siberis Gestalt und riss Sapionas aus der Ferne zurück. Ein heftiges Kribbeln schoss in seinen Körper, nahm ihn gefangen wie ein Faden, der sich in ihm verknotete. Sapionas ritt vorwärts, den Hügel hinauf, bis er den dunklen Jungen erreichte. Direkt neben ihm sprang er von seinem Pferd, nah genug, um den anderen berühren zu können. Er musste die Magie in Siberis Händen fühlen. Ganz sanft berührte er die Finger des Jungen und schloss die Hand darum. Lebendigkeit strömte von Siberi zu ihm, erfasste ihn. Dann wurde es gleißend hell. Harter Strom stieß in sein Herz, floss durch ihn hindurch und vereinte ihn mit dem anderen. Gleich darauf schossen leuchtende Blitzfäden aus seinen Händen, verzweigten sich nach vorn und trafen die Krieger in der Ferne. Kurz leuchteten die Männer vor seinem inneren Auge auf, tobende Horden, die sich auf die Stellungsgräben stürzten, die vor ihnen lagen, Leichen, die den Boden wie ein Teppich bedeckten.

Dann erlosch das Bild, und der Blitz war fort. Nur die Berührung ihrer Finger blieb. Mit einem wissenden Lächeln sah Siberi zu ihm, und endlich begriff Sapionas, mit welcher Leichtigkeit der Junge die Fäden führte. Das Dunkel in Siberis Augen zog ihn an. Seine Magie war ihm fremd, und dennoch ergänzte sie sich mit seiner. Gemeinsam könnten sie jegliche Herrschaft an sich reißen und alle Menschen unter ihre Kontrolle zwingen.

Dort hinten, hinter den Bergen, lag Malun. Jenes Land, das es zu erobern galt. Sapionas spürte die Macht in seinen Adern, einen gewaltigen Strudel, der ihn und Siberi vereinte. Gier und Hass brodelten umeinander, jederzeit bereit, die ganze Welt zu verschlingen. Nur tief in dem Hass verborgen lag jene endgültige Gewissheit: Wenn sie Malun vernichteten, gab es keine Welt und keine Menschheit mehr. Zusammen mit Malun würde ganz Ruann vernichtet werden.

Seine Sehnsucht bebte. Genau das war sein größter Wunsch. Allein die endgültige Vernichtung würde seinen Hass befriedigen. Nur im Nichts würde er Erlösung finden.

Oder nicht? Ein seltsamer Zweifel verbarg sich inmitten seiner Wut. Die Macht seiner Magie strudelte um ihn herum, wirbelte die Haare vor seine Augen und erfasste Siberi, der sie spielerisch an sich riss. Sapionas hingegen war dem Strudel ausgeliefert. Niemals würde er seine Magie so kontrollieren wie Siberi. Ohne den dunklen Jungen wäre er noch immer verloren.

»Wie schaffst du es, sie zu zähmen?«, flüsterte er. Er musste es wissen, musste die Magie begreifen, damit sie ihn nicht zum Narren hielt.

Doch Siberi lächelte nur. Kein Wort kam über seine Lippen. Keine Erklärung und kein Schwur, um ihr Bündnis zu besiegeln. Erst in diesem Moment begriff Sapionas: Siberi würde ihm nicht verraten, wie er die Magie kontrollierte – weil er die Macht für sich haben wollte. Der andere brauchte zwar den Sturm, den der Blutsohn geweckt hatte, jene ungezügelte Magie, die Sapionas weder lenken noch aufhalten konnte – doch den Blutsohn selbst brauchte er nicht.

Voller Enttäuschung ließ Sapionas die Finger des anderen los. Als ihre Hände auseinanderfielen, wandte Siberi gelangweilt den Blick ab.

★★★

Heerlager Sapions

Dorgen

Die Schlacht vor den Grenzbergen von Malun endete plötzlich. Dorgen spürte das Finale der Kämpfe in jener Nacht, in der ein letzter Blitz vom Himmel schoss. Kurz danach wurde es finster, und das wolkenlose Gewitter, das sich über Siberi entladen hatte, verfiel in Schweigen.

Am nächsten Tag kehrte ein Teil der Krieger in das abgerissene Heerlager zurück. Doch ihre Gestalten waren zerlumpt und abgemagert, kaum noch lebendig. Die meisten brachen auf dem Boden zusammen, sobald sie das Heerlager erreicht hatten, und blieben erschöpft liegen.

Zusammen mit Alia wanderte Dorgen durch das Lager und

versuchte, das Chaos zu verstehen. Wie tot lagen die Männer da. Die meisten rührten sich selbst dann nicht, wenn er sie mit den Stiefelspitzen anstieß. Dennoch schienen fast alle zu atmen.

»Sie sind wie Marionetten, deren Fäden nur lose gehalten werden«, analysierte Alia. »Ich nehme an, das ist Siberis Werk. Im Moment braucht er sie nicht mehr, aber er hält sie noch fest. Vermutlich kann er sie später wieder erwecken.«

Dorgen hockte sich neben einen der Krieger und berührte seine Halsschlagader. Das Blut pochte leise unter seinen Fingern. Wenn er die Augen schloss, konnte er das goldene Netz sehen. Doch die meisten Knoten waren weit entfernt. Hier, direkt vor ihm, war der schwarze Teil des Netzes, jener Teil, auf den er keinen Zugriff besaß. Trotzdem war er nah daran. Dunkel und zerbrechlich lag der schwarze Knoten unter seinen Fingern: die Seele des Kriegers. In seiner Gegenwart war sie bröselig wie Kohle. Dorgen müsste nur ein Feuer in ihr entfachen, und schon würde die Seele ein letztes Mal aufglühen, würde alle Reserven für ihn geben und dann endgültig zu Asche zerfallen.

Genau das war es, was Siberi tat. Er setzte ihre schwarzen Seelen in Brand, nutzte ihre letzte, feurige Energie, bis ihr verkohlter Geist zu Asche zerfiel und für immer verging.

Ob es möglich wäre, etwas Ähnliches mit ihnen zu tun, aber auf andere Weise? Konnte Dorgen diesen Krieger erwecken und für sich kämpfen lassen, ohne ihn damit zu töten?

»Nein!« Alia sprach an seiner Stelle, ganz so, als hätte sie seine Gedanken belauscht. »Jedenfalls nicht so einfach. Du willst nicht seine verkohlte Seele benutzen. Du möchtest, dass sie ihre goldene Farbe zurückbekommt. Nur wenn die Krieger in das goldene Netz zurückkehren, werden sie wirklich für dich kämpfen. Vielleicht könntest du auch die schwarzen Seelen für dich benutzen. Aber der Preis dafür wäre hoch. Deine eigene Seele würde sich daran schwärzen.«

Dorgens Finger zuckten vor dem Krieger zurück. »Und wie?

Wie ist es möglich, das Gold seiner Seele zurückzuholen? *Ist* es überhaupt möglich?«

Alia kniete sich neben ihn. So behutsam, wie er es getan hatte, berührte sie die Halsschlagader des Soldaten. Ein gewaltiges Zittern glitt durch sie hindurch, ehe ihre Hand zurückzuckte. »Nein. Und ja. Vielleicht wäre es möglich, seine Seele zu heilen. Aber nicht mit den Mitteln, die mir zur Verfügung stehen. Die Verbindung des Armreifs wird nicht stark genug sein, um ihn zu erreichen, und die Tränen des Steines besitzen nicht genug Macht, um ihn zu heilen.« Ihr Blick rückte in weite Ferne, eine seltsame Grimasse verzerrte ihr Gesicht. »Um etwas so Großes zu vollbringen wie die Heilung des ganzen Heeres, bräuchten wir die Quellen von Malun.«

Dorgen spürte den Drang, Alia zu berühren. Sie war Teil seines goldenen Netzes, allein durch die Berührung konnte er sie erreichen und seine Magie mit ihrer zusammenfügen. Aber hier, inmitten des Chaos, war seine Angst zu groß, sich darin zu verlieren. Sie beide hatten seit Tagen weder geschlafen noch gegessen oder getrunken. Immer tiefer nistete sich die Askese in ihnen ein und umhüllte sie mit einer Aura von Magie. Wenn sie Rabanus und Walerius noch einmal entgegentraten, brauchten sie all ihre Kräfte, um ihnen zu widerstehen. Auch Siberi befand sich auf dem Weg hierher. Ganz deutlich konnte Dorgen ihn fühlen. »Denkst du, unser Trick hat funktioniert? Denkst du wirklich, sie werden sich gegenseitig entmachten?«

Alia lächelte grimmig. »Ich hoffe es. Jedenfalls wird es nicht mehr lange dauern, ehe wir das erfahren.«

In den letzten Tagen hatten sich Walerius und Rabanus in ihre eigenen Zelte zurückgezogen. Nur von weitem hatte Dorgen beobachtet, dass sie hin und wieder herauskamen und etwas miteinander besprachen. Auch die beiden obersten Sapioner schienen sich in Askese zu üben. Nicht ein Brot oder Wasserkrug fanden den Weg in ihre Zelte. Nur den kleinen Jungen hatte Walerius noch immer bei sich. Was der Alte mit ihm tat, war offensichtlich.

»Wir müssen ihn retten …«, flüsterte Dorgen. Wen er meinte, musste er Alia nicht erklären. Die blonde Faruanerin folgte seinen Gedanken noch immer. Erneut schloss er die Augen und zeigte ihr das goldene Netz. Auch der Junge befand sich darin. Doch sein Knoten wurde von zunehmendem Schwarz durchwuchert. »… solange wir ihn noch erreichen können.«

»Ich weiß«, flüsterte Alia zurück. »Aber wenn wir ihn von Walerius fortreißen, wird dieser alles daransetzen, uns zu beseitigen. Spätestens dann müssen wir fliehen.«

Und wenn sie flohen, würde es keine Möglichkeit mehr geben, die Kontrolle über das Heer zurückzugewinnen. Aber gab es überhaupt eine Chance? Was, wenn die Seelen der Krieger längst zu unheilbarem Schwarz verkohlt waren?

Wieder sah Dorgen das goldene Netz. Doch plötzlich leuchtete ein Knoten auf, der nicht weit entfernt war. Mourina? War sie es?

Nein. Es war jemand anderes. Und er befand sich im Heerlager.

Dorgen sprang auf. Mit einem Schlag wusste er, wo er die Person suchen musste. Er rannte los, ohne Alia etwas zu erklären, sprang über die schlafenden Soldaten hinweg und hetzte zu einem der alten Pferdeställe.

Schon seit Siberi die Schlacht begonnen hatte, waren keine Pferde mehr da gewesen. Die meisten waren an die Front getrieben worden, die übrigen hatten die Soldaten geschlachtet. Nur wenige Pferde waren mit den erschöpften Kriegern zurückgekehrt. Doch seither kümmerte sich niemand um sie. Die Männer ließen sie einfach laufen, wenn sie aus ihren Sätteln fielen.

Ein Teil der herrenlosen Pferde hatte sich vor dem Pferdestall versammelt. Auch drinnen herrschte Chaos. Hungrig liefen die Tiere durch die Stallgasse, stießen leere Futtertröge um und drängten sich in die Boxen, um die letzten Strohhalme zu knabbern, ganz gleich, wie viel Mist daran klebte.

»Ja«, murmelte eine beruhigende Stimme zwischen den Pferden. »Schscht. Ich weiß, ihr seid hungrig. Aber ich habe nichts mehr für euch.« Die Stimme klang unglücklich, mitleidig – und vertraut. Irgendwo hatte Dorgen sie schon einmal gehört.

Dann entdeckte er den Jungen, der zwischen den Pferden auf der Stallgasse stand. Als er ihn zuletzt gesehen hatte, war er noch kleiner gewesen, ein junger Knappe, der seine Arbeit im Stall des Heerlagers gerade erst begonnen hatte.

»Gubin?«

Der Junge wirbelte herum. Erschrocken starrte er in Dorgens Richtung. Dann drehte er sich um und rannte los. Binnen Augenblicken war er zwischen den Leibern der Tiere verschwunden. »Gubin?«, rief Dorgen ihm nach. »Ich bin es, Dorgen! Ich erinnere mich an dich. Du warst mal mein Knappe, bevor ich zur Auslese gekommen bin.«

Niemand antwortete. Nur die Pferde schnaubten nervös.

Alia war ihm in den Stall gefolgt. Jetzt trat sie an Dorgens Seite. »Du musst keine Angst haben!«, rief sie dorthin, wo Gubin im Dunkel des Stalles verschwunden war. »Wir werden dir nichts tun. Auch Dorgen wird dir nichts tun.«

Dorgen spürte den Knoten in dem goldenen Netz noch immer. Eine Verbindung ging davon aus und zog ihn vorwärts. Bis zu der Holzwand, die hinter einer der Boxen den Raum beendete. Aber war diese Wand tatsächlich die Außenseite des Stalles? Wenn ja, hätte der Grundriss an dieser Stelle eine sonderbare Ecke gehabt.

Dorgen blieb vor der Wand stehen und klopfte dagegen. »Gubin? Bist du da drin? Wenn ja, komm bitte heraus. Ich könnte deine Hilfe gebrauchen. Um jemanden zu retten.« Er hielt die Luft an, als er den Satz aussprach. Wann hatte er das hier geplant? Und hatte er es überhaupt geplant? Oder war es eine dumme Idee?

Alia deutete auf die Ritzen, die sich seitlich und oben in der Bretterwand fanden. Vorsichtig drückte sie dagegen – bis die Wand wie eine Tür nach hinten aufschwang.

In dem niedrigen Verschlag war es dunkel. Es gab kein Licht, und nur der verhaltene Atem eines Menschen war zu hören.

Alia duckte sich in das Versteck. »Gubin?«, flüsterte sie. »Hab keine Angst vor mir. Ich war eine Sklavin. Aber Dorgen hat mich befreit. Wir tun dir nichts.«

Erst jetzt löste sich ein Rascheln aus der Stille des Verschlages. Kurz darauf kehrte Alia zurück, dicht gefolgt von dem Jungen. Gubin war gewachsen. Seine Gestalt war noch immer schlaksig, doch inzwischen war er fast so groß wie Dorgen. »Mein Herr?« Er senkte den Kopf. »Ich hörte, Ihr seid der Heerführer?« Furcht klang aus seinem Tonfall.

Dorgen nickte – und schüttelte gleich darauf den Kopf. »Offiziell bin ich das. Aber das Heer hört schon lange nicht mehr auf mich. Entweder sie folgen ihren eigenen Interessen, oder sie werden von bösen Göttern gelenkt.«

Gubin starrte ihn mit offenem Mund an. »Böse Götter? Ich dachte, es gibt keine Götter. In unserer Ausbildung durften wir das Wort nicht einmal erwähnen.«

»Ich weiß.« Dorgen sprach sanft. »Die Sapioner haben alle faruanischen Götter verboten. Aber sie selbst nutzen göttliche Kräfte, um die Menschen zu unterwerfen. Rabanus und sein oberster Berater Walerius sind die skrupellosesten Götter von allen.«

Gubin stieß ein entsetztes Geräusch aus.

Dorgen warf einen Blick auf den Verschlag hinter Gubin. »Es gibt jemanden, den wir retten müssen. Aber weder Alia noch ich können das tun, ohne dass Rabanus und Walerius es bemerken. Doch von dir wissen sie nichts. Denkst du, du könntest dich unbemerkt durch das Lager schleichen?«

Gubin grinste. »Sicher kann ich das. Oder habt Ihr mich in den letzten Monaten irgendwann bemerkt?«

Tatsächlich hatte Dorgen nicht einmal geahnt, dass noch jemand Normales in diesem Lager lebte – obwohl er nach Menschen wie Gubin gesucht hatte.

»Wer ist die Person?«, wollte der Junge wissen.

Dorgen wechselte einen Blick mit Alia. Sie schien seine Pläne längst zu durchschauen. Zustimmend nickte sie.

»Es ist ein kleiner Junge, den Walerius in seinem Zelt gefangen hält. Ich würde dir gern den Auftrag geben, ihn dort herauszuholen.«

***

Als sie am Abend durch das Heerlager eilten, war alles besprochen und geplant. Während Dorgen und Alia eine Besprechung mit Rabanus und Walerius abhielten, würde Gubin den Jungen befreien. Mourina würde ihm helfen und sich dann mit den beiden Knaben in dem Verschlag verstecken.

Wenn Walerius den Verlust des Kindes anschließend bemerkte, würde er hoffentlich außerhalb des Heerlagers nach ihm suchen. Dennoch musste Dorgen auf alles vorbereitet sein. Notfalls auch darauf, die Jungen und Mourina freizukämpfen.

Je näher sie dem Offizierslager kamen, desto mehr bemühte Dorgen sich, alle Zweifel zu verbannen. Wenn sie Walerius und Rabanus entgegentraten, mussten sie größtmögliche Stärke verkörpern. Auch Alia sammelte ihre Magie. Mit aufrechter Haltung schritt sie an seiner Seite. Sie trug noch immer die schwarze Lederrüstung mit dem eisenverstärkten Stehkragen. Seit Rabanus und Walerius hier waren, hatte sie die Schutzkleidung nicht mehr abgelegt. Dennoch schien jegliche Angst von ihr abgefallen zu sein. Neben ihr zu laufen fühlte sich an, als befänden sie sich unter einer magischen Hülle, an der jeder Angriff abprallen würde.

Kurz bevor sie das Heerführerzelt erreichten, drückte Dorgen ihre Hand. Ein gewaltiger Fluss von Magie griff auf ihn über. Als er sie wieder losließ, schien sich seine Wahrnehmung um ein Vielfaches geschärft zu haben. Blitzschnell erfasste er seine Umgebung – und sortierte die Dinge in gefährlich und ungefährlich.

Der Boden war trocken und festgetreten, kaum noch bereit, jemals wieder Wasser aufzunehmen.

Derzeit ungefährlich.

Auch im Offizierslager lagen vereinzelt Krieger auf dem Boden. Bei manchen erkannte er den braunen Rock oder die Kommandeursabzeichen.

Ebenfalls ungefährlich.

Der seltsame Sturm war noch immer da. Doch er strömte nicht mehr zielgerichtet nach Norden. Vielmehr strudelte er in kleinen Kreiseln durch das Lager.

Unberechenbar.

Es war der Blutsturm. Sapionas sandte ihn aus, und Siberi lenkte ihn. Aber was bedeutete dieses ziellose Kreiseln? Worauf wartete der Sturm? Lag der Blutwind noch immer in Siberis Händen?

Eine seltsame Ahnung erfasste Dorgen, kurz bevor er den Zelteingang erreichte. Sehr bald würde er erfahren, was hier vorging.

Er nickte Alia zu und öffnete den Zelteingang. Nebeneinander traten sie ein – und blieben direkt dahinter stehen.

Gefährlich!

Nicht nur Rabanus und Walerius standen an Dorgens Schreibtisch. Auch Siberi war bei ihnen – und neben ihm ein vierter Mann. Der Unbekannte war größer als die anderen. Seine Haare waren hellblond, seine Augen strahlten in einem kühlen Blau. Er trug dieselbe schwarze Lederrüstung wie ein sapionischer Krieger, auch seine Haare waren auf dieselbe Art zu einem Kriegerzopf gebunden.

Doch er war kein Krieger. Starke Magie strahlte von ihm ab, wurde umso stärker, als er den Blick auf Dorgen richtete.

Nie zuvor hatte er den Blutsohn gesehen, dennoch wusste er, wen er vor sich hatte. Einzig die Blutsucher waren blonde Männer in sapionischer Rüstung – und diese raue Art von Magie konnte nur von einem stammen.

Die Augen des Blutsohnes wurden schmal, als er zu Alia sah. Ihre Schutzaura schwankte. Kurz flackerte sie so heftig, als würde sie zusammenbrechen.

Glühende Wut flammte in Dorgen auf. Alia hatte ihm erzählt, was Sapionas mit ihr getan hatte. Und jetzt stand er hier, ihnen gegenüber.

Dorgen wollte ihn töten! Alles in ihm bebte, wollte sich der Kontrolle entziehen und auf den anderen zustürmen. Magie besaßen sie beide. Aber seine Magie war das Feuer. Vielleicht konnte er den Kampf gegen den Blutsohn gewinnen.

Im letzten Moment riss er sich zusammen. Nicht jetzt. Dieses Gespräch war zu wichtig.

»Ihr kommt gerade richtig!« Walerius trat mit ausgestreckten Armen auf Dorgen zu. Wie ein Geschäftspartner packte er seine Hand. »Seid gegrüßt, *Heerführer*.« Er sprach das Wort mit einem Hauch von Ironie. »Wir waren gerade dabei, ein paar Umstrukturierungen zu erläutern.«

Dorgen verdrängte den Zorn und richtete sich auf. Er zog seine Hand aus der des obersten Beraters und wandte sich an Siberi. Dies war der kritische Moment. Rabanus und Walerius sollten glauben, dass Siberi und er gemeinsame Sache machten. Es würde nicht leicht sein, dieses Schauspiel in Siberis Gegenwart glaubhaft weiterzuführen. Umso entschlossener sprach Dorgen: »Die überlebenden Krieger kehren von der Front zurück. Es heißt, die Schlacht sei vorbei. Konnten wir das Gebiet vor den Grenzbergen erobern?«

In Siberis Augen erschien ein stolzes Leuchten. »Allerdings. Wir haben alle Stellungen überwunden. Sämtliche Rebellen und Pamuschkrieger sind in die Berge geflohen. Ihr ehemaliges Lager ist geräumt. Am besten folgen wir ihnen in die Berge und greifen sie dort oben an. Möglichst schnell, bevor sie sich hinter neuen Stellungen verschanzen. Und solange unsere Krieger noch die Kraft dafür haben.«

Dorgen unterdrückte ein abfälliges Schnauben. Siberis ganze

Strategie beruhte darauf, die letzten Kräfte der Krieger für die Schlacht aufzuzehren. Vielleicht konnte Siberis Magie sie noch einmal hochtreiben. Doch wenn sie weiterhin nichts aßen, würden sie verhungern.

»Die Männer brauchen Erholung«, wandte Dorgen ein. »Wenn sie in ihrem derzeitigen Zustand weiterkämpfen, werden sie bald tot zusammenbrechen. Außerdem sollten wir sie zählen, um zu wissen, wie viele wir noch haben.«

Walerius und Rabanus wechselten einen Blick. Allein damit schienen sie sich zu einigen. Über was auch immer.

»Der Einwand des Heerführers ist nicht dumm«, erklärte Walerius. »Allerdings möchte ich gern auf unser Eingangsthema zurückkommen.« Damit richtete er sich an Dorgen. »Der Herrscher und ich haben uns eingehend beraten. Wir sind mit der Art Eurer Heeresführung nicht einverstanden. Daher wollen wir eine personelle Änderung herbeiführen.«

Der Boden unter Dorgens Füßen schien sich zu bewegen. Er widerstand dem Drang, einen Blick mit Alia zu wechseln. Hatte Walerius bemerkt, dass sie versucht hatten, Siberi und ihn gegeneinander auszuspielen? Vielleicht war die Loyalität zwischen Siberi und seinem Vater größer, als sie geglaubt hatten.

»Die kurze Pause in der Schlacht erlaubt es uns, den wahren Heerführer nun auch ganz offiziell einzusetzen«, fuhr Walerius fort und schaute vielsagend zu seinem Sohn.

Nur kurz wirkte Siberi überrascht. Dann erschien ein selbstzufriedenes Lächeln auf seinem Gesicht.

Dorgen musste beide Füße fest in den Boden stemmen, um das Gleichgewicht zu halten. Hieß das, ihr Plan war gescheitert? Hatten sie Walerius und sein Misstrauen gegenüber Siberi so falsch eingeschätzt?

Wenn Siberi nun zum Heerführer eingesetzt wurde, hatten sie nichts gewonnen. Jegliche Chancen, doch noch mit dem Heer überzulaufen, wären damit verloren.

»Aber es stimmt, das Heer ist erschöpft und braucht Erholung«, säuselte Walerius. »Also lasst uns keine Zeit verlieren. Siberi! Bitte ruf die Krieger auf den Appellplatz. Ihr Herrscher möchte zu ihnen sprechen.« Bei dem Wort Herrscher richtete er sich an Rabanus.

Dieser quittierte die Ansage mit einem hoheitsvollen Nicken.

Siberi schloss die Augen. Ein seltsames Zittern ging durch seinen Körper, kurz bevor sich die magische Energie im Raum veränderte. Ein starker Druck legte sich in die Luft, raubte Dorgen den Atem und ließ ihn erstarren. Auch der Blutsohn schloss die Augen. Sein Körper schwankte, als würde er jeden Moment in sich zusammenbrechen. Alia entkam ein schmerzerfülltes Stöhnen, kurz flackerte ihr Schutzschild auf.

Dann löste sich der Druck. Nur ein leises Knistern raschelte noch in der Luft. Siberi bewegte die Hände, ganz so, als wolle er die Krieger in ihre nächste Schlacht lenken.

Die Magie hatte sich nicht aufgelöst. Siberi hatte sie nur gebündelt. Wie die Fäden von Marionetten führte er sie in seinen Händen.

Atemlos standen sie alle da. Selbst Rabanus und Walerius.

Bis Siberi die Augen öffnete und in die Runde nickte. »Wenn Ihr mich nun entschuldigt? Ich werde meine Krieger zusammenrufen.« Mit einem seltsamen Lächeln ging er an Dorgen vorbei. Leise Verachtung lag darin – und zugleich etwas anderes. Enttäuschung? Zorn? Der verletzte Stolz eines gehörnten Liebhabers?

Gefährlich. Dorgens Sinne schlugen Alarm. Was auch immer Siberis Lächeln bedeutete und ganz gleich, wie stark Alias Schutzschild war – der Junge konnte ihm noch immer gefährlich werden.

Als Siberi gegangen war, standen Walerius und Rabanus dicht beieinander. Unhörbar flüsterte Walerius etwas in das Ohr des Herrschers.

Erst jetzt fiel Dorgens Blick auf den Blutsohn. Seine Haut

wirkte blass. Fast kränklich stützte er sich auf die Rückenlehne eines Sessels. Dennoch schaute er unablässig zu Alia. Zwischen den beiden ging etwas vor, wieder zitterte die Magie im Zelt, und plötzlich schien die Luft feucht zu werden. Dorgen begann zu schwitzen. Oder war es Kondenswasser, das sich auf seiner Haut niederschlug? Auch der Blutsohn schwitzte. Immer zügiger rann das Wasser über sein Gesicht. Fast ließen sich die Tropfen auf seinen Wangen mit Tränen verwechseln.

Alia hingegen schien ihre Fassung zurückzugewinnen. Herausfordernd erwiderte sie den Blick des Blutsohnes. Bis Dorgen blinzelte, weil sein Blickfeld verschwamm. Doch es waren weder Schweiß noch Tränen, die seine Augen benetzten. Der weiße Schleier, der seine Sicht behinderte, lag in der Luft. Nebel! Wann hatte er zuletzt Nebel gesehen?

Falls Walerius und Rabanus das Schauspiel ebenfalls wahrnahmen, ließen sie sich nichts anmerken. Mit einem spöttischen Lächeln wandte Rabanus sich an Dorgen und sprach in dröhnendem Bass: »Dorgen, Schwiegersohn von Walerius, Ihr seid hiermit Eures Amtes als Heerführer enthoben und werdet in den Stand eines einfachen Hauptmanns zurückversetzt. Bitte verlasst augenblicklich das Zelt des designierten Heerführers und begebt Euch zum Appellplatz.«

Die Worte trafen Dorgen wie ein Schlag. Ihre Strategie war gescheitert. Walerius hatte also nicht Siberi abgesetzt, sondern ihn.

Wie hatte er nur glauben können, die Mächtigen ließen sich so leicht gegeneinander ausspielen?

Alia ergriff seine Hand und führte ihn aus dem Zelt. Ein kalter Windhauch schien ihnen zu folgen. Männer liefen über die Wege, abgemergelte Gestalten, die zielstrebig auf den Appellplatz zueilten. Dort hinten wogte bereits eine Masse schwarzgekleideter Krieger, vermischt mit Sklaven in zerlumpter Kleidung und Bauern in wollfarbenen Gewändern. Von überallher hatte Siberi die schwarzen Seelen an die Front befohlen. Männer und Frauen,

Sapioner und Sklaven. Zusammen mit dem Blutsturm waren sie von überallher aus dem besetzten Farua und Sapion hierhergekommen. Viele von ihnen waren längst in den Piken der Stellungsgräben umgekommen. Doch jene Bauern und Sklaven waren erst in den vergangenen Tagen eingetroffen und hatten noch nicht genug Zeit an der Front verbracht, um dort zu sterben.

Siberi hatte sich längst auf dem Podest des Heerführers eingefunden. Seine Hände bewegten sich noch immer wie die eines Dirigenten, weckten die Männer und riefen sie zusammen.

»Vielleicht sollten wir den Moment nutzen, um zu fliehen«, wisperte Alia. »Gubin dürfte seinen Auftrag inzwischen erfüllt haben. Wenn wir jetzt zum Pferdestall gehen, wird es niemand bemerken.«

Dorgen war versucht, ihr zuzustimmen. Im Heer gab es für sie beide keine Zukunft mehr. Die schwarzen Seelen der Krieger waren verloren. Ausgerechnet sie zu den Gegnern überführen zu wollen war ein aussichtsloses Unterfangen. Dorgen konnte allenfalls mit Alia, Mourina und den Jungen zu den Rebellen fliehen.

Ob Feyla seine Kinder und Frauen inzwischen in Sicherheit gebracht hatte?

Irgendetwas zog ihn weiter, hin zum Appellplatz. War es Siberis Magie? Besaß er trotz allem noch Einfluss auf ihn? Oder trieb ihn seine eigene Neugier?

Am Rand des Appellplatzes blieb er mit Alia stehen. Doch die nachströmenden Krieger drängten sie immer weiter in die Mitte.

»Dorgen?« Alia fasste ihn an der Hand. »Lass uns zurückgehen.«

Sie hatte recht. Er wollte ihr folgen. Aber vorher musste er sehen, was passierte. Sämtliche Krieger hatten ihre Plätze eingenommen. Rabanus, Walerius und Sapionas stiegen zu Siberi auf das Podest. Schließlich trat Rabanus an die Trichterkonstruktion und fing an zu sprechen: »Heer von Sapion! Als euer Herrscher trete ich heute vor euch.«

Das Heer wurde still unter den Worten. Nur der Wind knatterte in den Fahnen.

»Ihr habt eine große Schlacht geschlagen, habt sämtliche Stellungsgräben in einem heroischen Kampf überrannt und den Boden vor den Grenzbergen Maluns gewonnen! Sämtliche Rebellen und Pamuschkrieger sind in die Berge zurückgeschlagen worden. Dafür gebührt euch großer Dank, und ihr dürft zu Recht stolz sein auf eure Taten.«

Ein raues Murmeln erhob sich in den Reihen. Auch Dorgen konnte einen spöttischen Laut kaum unterdrücken. Das, was er von der »Schlacht« gesehen hatte, ließ sich nicht einmal mit viel Euphemismus als »heroischer Kampf« bezeichnen. Vielleicht hatte das Heer den Boden vor den Grenzbergen tatsächlich erobert, aber dies hatten sie nur geschafft, indem sie die Stellungsgräben mit Leichen anfüllten, über die das restliche Heer nun einfach hinwegspazieren konnte.

»Dennoch solltet ihr eines nicht vergessen!«, sprach der Herrscher weiter, und das Raunen der Männer verstummte. »Es war die Macht der großen Blutgöttin, die euch die Ausdauer gegeben hat, diesen Kampf führen zu können. Deshalb gebührt die größte und die wahrhaftigste Ehre unserer großen Göttin, meiner Gemahlin.«

Wieder erhob sich das Murmeln und mündete in artige Jubelrufe.

»Doch selbst die Kraft der großen Göttin hätte nicht ausgereicht, wenn es nicht einen Mann gäbe, dessen Fähigkeiten sich mit Sapias Kräften vereint haben …«

Jetzt schwoll das Jubeln der Krieger an, wurde immer lauter, bis es ohrenbetäubend in Dorgens Verstand klirrte.

Auch Rabanus musste mehrfach ansetzen, ehe das Heer wieder still genug wurde, um ihn hören zu können. »Deshalb ist es nun an der Zeit, den wahren Machtführer auch offiziell als Heerführer einzusetzen.«

Siberi trat vor, um sich neben Rabanus zu stellen.

Doch der Herrscher streckte seinen Arm in die andere Richtung aus und zog Sapionas neben sich an die Trichter. »Nicht die Blutgöttin allein hat euch diese Kraft verliehen. Ein guter Teil der Magie stammt von ihm, meinem Sohn: Sapionas. Auch bekannt als *Blutsohn.* Vom heutigen Tag an wird er euer Heerführer sein.«

Bei dem Wort Blutsohn war das Heer in ungläubiges Murmeln ausgebrochen. »Hoch lebe der neue Heerführer!«, skandierten einige, doch ihre Begeisterung hatte einen zögernden Beiklang.

Rabanus hob noch einmal die Hand. »Aber das ist noch nicht alles. Die Führung über dieses Heer ist nur die Vorstufe. Sobald es Sapionas gelungen ist, das Heer in den Sieg zu führen, werde ich zurücktreten und ihn zum neuen Herrscher von Sapion ernennen.«

»Unser neuer Herrscher!«, rief Walerius und trat an die andere Seite des Blutsohnes.

Die Krieger wiederholten seinen Ruf. Doch irgendetwas stimmte nicht. Die Begeisterung der Männer schwand nach wenigen Wiederholungen.

Dorgens Blick fiel auf Siberi. Entsetzt war er auf der Bühne zurückgewichen.

»Er hat losgelassen«, flüsterte Alia. »Siberi hat die Magiefäden losgelassen.«

Siberi fing sich schnell. Mit gemessenen Schritten ging er von der Bühne und tauchte in die Menge ein. Nur vage erkannte Dorgen, wie er die Männer zur Seite stieß und anfing zu rennen.

***

Sapionas

Wie ein sonderbarer Traum rauschte die Rede seines Vaters an ihm vorbei. Er sollte der neue Heerführer werden? Und danach, sobald er Malun erobert hatte, der Herrscher von Sapion? Nie zuvor hatte er darüber nachgedacht, dass er eines Tages die Nachfolge von Rabanus antreten könnte. Sein Vater war der Ewig Junge. Er brauchte keinen Nachfolger. Irgendetwas an Rabanus' Rede war falsch, und ohnehin war es unvorstellbar, dass Sapionas eine politische Rolle einnahm. Er war der Blutsohn. Seine Bestimmung war es, blonde Kinder zu jagen. Etwas anderes hatte er nie gelernt. Nein, was auch immer Rabanus im Schilde führte – diese Rede und seine Beförderung zum Heerführer dienten nur der Ablenkung.

Doch im Grunde war das alles gleichgültig. Nur eines fesselte seine Aufmerksamkeit: die blonde Sklavin, die den ehemaligen Heerführer begleitet hatte. Lunis kannte sie. Sie war das Mädchen aus den Wäldern von Farua. Das Mädchen, das ihn damals gerettet hatte: Alia. Allein mit ihr hatte er für eine kurze, glückliche Zeit gefühlt, wie ein menschliches Leben sein konnte.

Doch zugleich war sie diejenige, die der Blutsohn im Bergwerk von Ljimgart vergewaltigt hatte.

Kalte Übelkeit senkte sich in seinen Magen. Die Bühne drehte sich unter seinen Füßen. Auch jetzt stand die Sklavin am Rand des Appellplatzes, gemeinsam mit dem schönen Heerführer, der ihre Hand hielt. Unablässig musste Lunis sie ansehen, musste sich an ihr festhalten, um nicht inmitten des Schwindels sein Gleichgewicht zu verlieren.

Auch sie erinnerte sich an alles. Schon als sie das Zelt des Heerführers betreten hatte, waren ihre Erinnerungen wie eine lebendige Welle über ihn hinweggespült, hatten ihn hin und her geworfen zwischen Lunis' Vergangenheit und der schrecklichen Grausamkeit, zu der Sapionas verkommen war. Seit jenem Moment war sein Inneres in Aufruhr. Einerseits wollte er ihren Blick und ihr Entsetzen abschütteln – andererseits konnte er nicht aufhören, sie anzusehen. Lunis wollte sie zurückhaben. Wollte wieder bei ihr sein. Wollte endlich wieder der werden, der er gewesen war.

Doch während er zwischen Rabanus und Walerius auf der

Bühne stand, während ihm die Menge zujubelte und sich der finstere Sohn des obersten Beraters enttäuscht zurückzog, musste er unablässig die blonde Frau am Rand des Appellplatzes ansehen. Und schließlich begriff er, warum er sich fühlte, als wäre ein gähnendes Loch in sein Inneres gerissen worden: Voller Angst und Hass starrte Alia ihn an. Mit der Vergewaltigung hatte er sein blondes Mädchen verloren. Womöglich hatte sie damals, im Bergwerk, nicht sofort durchschaut, dass er der Junge aus den Wäldern war. Doch nun wusste sie es. Er erkannte es in ihren Augen.

Überhaupt hatte sie sich verändert. Die Vaikunigöttin, die ihren Schutzschild über den ehemaligen Heerführer warf, war nicht mehr die junge Sklavin, die er so leicht überwältigt hatte. Inzwischen strahlte große Macht von ihr ab, irgendeine Art von Magie, die mit seiner kommunizierte und die sich dennoch davon abstieß wie zwei gleiche Magnetpole.

Alles in ihm sehnte sich danach, die Pole wieder so auszurichten, wie es früher gewesen war. Lunis und Alia hatten einander angezogen.

Doch hier und heute, in diesem Heerlager, hatte er sie noch ein zweites Mal verloren – an das Herz dieses widerlich schönen Heerführers, den er ersetzen sollte. Ganz dicht standen Alia und Dorgen nebeneinander, flüsterten sich zu und hielten sich an den Händen. Wie ein Schwert bohrte sich der Anblick in Lunis' Brust. Doch vielleicht war noch nicht alles verloren. Zumindest dem Blutsohn kam eine rettende Idee.

***

Alia

Unablässig starrte Sapionas sie an. Schon im Zelt war es so gewesen, doch auch jetzt, während er mit Rabanus und Walerius auf der Bühne stand, wich sein Blick nicht von ihr.

Er erinnerte sich an sie. Nicht nur an die Vergewaltigung im

Bergwerk, sondern auch an das, was früher zwischen ihnen gewesen war, in den alten Wäldern rund um Ljimgart. Er sah dieselben Erinnerungen wie sie, und seine Gefühle …

Alia durfte nicht mit ihm mitfühlen. Es war zu gefährlich. Stattdessen musste sie fort. Gemeinsam mit Dorgen. Für sie beide gab es keine Zukunft mehr im Heerlager. Schon allein deshalb, weil sie dem Blutsohn nie wieder so dicht gegenübertreten durfte wie vorhin.

Alias Schutzschild schwankte. Wenn sie noch länger blieb, würde sie die Magie nicht mehr halten können. »Lass uns gehen.« Vorsichtig zog sie an Dorgens Hand.

»Wohin?« Er klang noch immer ratlos.

Alia konnte nicht über ihre Pläne nachdenken. Nicht hier, nicht jetzt, nicht solange der Blick des Blutsohnes auf ihr ruhte. Er belauschte sie. Alles, was in ihr vorging, vermochte er wahrzunehmen. Er konnte das bei jedem Menschen. Auf diese Weise fand er die blonden Kinder.

»Wir müssen fliehen!« Endlich war Alia imstande, sich aus dem Bann zu lösen. Dorgen folgte ihr durch die Menge, dennoch brauchte sie die Wärme seiner Hand, um sich seiner Gegenwart sicher zu sein. Irgendetwas an dem Blutsohn hielt sie fest, eine seltsame Verbindung, die warm in ihre Richtung pulsierte. Da war ein Teil in ihm, der nicht Sapionas war. War es der Junge von damals? Lunis? War er trotz allem noch in ihm?

Ohne sich umzudrehen, wusste sie, dass er die Bühne verließ. Er folgte ihr, drängte sich durch die Menschenmenge, die ihm im Weg stand.

Allein durch das Gedränge der Krieger hatten sie einen Vorsprung. Der Appellplatz lag hinter ihnen. Endlich konnten sie rennen. Dorgen überholte sie und zog sie mit sich. An seiner Hand hatte sie das Gefühl zu fliegen.

Als sie den Pferdestall erreichten, herrschte wieder Ordnung. Gubin hatte die Tiere in ihre Boxen gesperrt und gelbes Gras von den Feldern geholt. Jetzt kauten die Pferde zufrieden vor sich hin. Nur von Gubin, Mourina und dem geretteten Jungen war nichts zu sehen. Mit einem Blick erkannte Alia, dass der Verschlag von innen verschlossen war.

»Sag ihnen Bescheid«, murmelte Dorgen. »Ich suche uns passende Pferde aus.«

Alia huschte zu dem Versteck und klopfte an die Tür. »Ich bin es, Alia. Mach auf. Schnell.«

Nur zögernd wurde die Tür aufgezogen. Gubin schaute ihr erschrocken entgegen. »Was ist passiert?«

»Wir müssen fliehen. Sind die anderen bei dir? Hat alles geklappt?«

Gubins Augen schimmerten hell im Halbdunkel. »Ja. Aber es war nicht leicht, den Kleinen wegzulocken. Ich musste ihn tragen. Jetzt schläft er.«

Alia sah sich zu Dorgen um, der inzwischen drei Pferde in die Stallgasse geführt hatte. Ein viertes schien er noch auszusuchen. »Hilf uns, die Pferde zu satteln. Die anderen sollen noch in der Deckung bleiben, bis wir aufsitzen. Aber wir haben nicht viel Zeit. Der Blutsohn ist uns gefolgt. Er kann jeden Moment hier sein.«

»Der Blutsohn?«

Alia konnte es jetzt nicht erklären. »Komm schon!«

Gubin flüsterte jemandem zu – vermutlich Mourina –, dann folgte er Alia. So schnell sie konnten, trugen sie Sattelzeug zusammen und zäumten die Tiere auf. Dorgen warf Pferdedecken in die Satteltaschen und gab Gubin den Auftrag, die letzten Haferreste in einen Beutel zu füllen. Kurz darauf standen vier gesattelte Pferde auf der Stallgasse.

Gubin huschte zum Verschlag, um Mourina und den Jungen herauszuholen. Dorgen löste die Zügel der Pferde und gab Alia zwei von ihnen in die Hand. Entschlossen führte sie die Tiere zur Tür.

Noch auf halbem Weg erstarrte sie.

Sapionas lehnte im Türrahmen und sah ihr zu. Wie lange stand er schon so da? Seit wann beobachtete er sie?

Die Verbindung von vorhin war verschwunden. Da war keine Spur seiner Gedanken. Und erst recht keine Gefühle. Seine Miene wirkte hart, während er sich vom Rahmen löste. »Dorgen, Schwiegersohn des Walerius!«, rief er. »Ich bin Euer Nachfolger im Amt des Heerführers. Damit gebührt jeglicher Besitz des Heerführers mir. Ich verlange die Herausgabe dieser Sklavin!«

Alias Herzschlag verlangsamte sich.

Sapionas trat vor, riss ihr die Zügel aus der Hand und packte sie am Arm. Die Pferde scheuten und wichen zurück.

»Niemals!« Dorgen stürzte an den Tieren vorbei, zog sein Schwert und schubste Alia beiseite. »Nur über meine Leiche!«

Stolpernd fiel sie gegen eine der Pferdeboxen. Die Tiere hinter ihr quiekten auf. Auch Sapionas hatte sein Schwert gezogen. Dann klirrte Metall gegen Metall. Wie Berserker gingen die Männer aufeinander los. Rasend schnell schlugen sie aufeinander ein, immer wieder.

»Nein!«, schrie Alia, doch ihr Schrei ging unter in dem Lärm. Vielleicht konnte sie dennoch fliehen, an den Männern vorbei, die um sie kämpften.

Wenn der Kampf nicht ausgerechnet inmitten der Türöffnung stattgefunden hätte. Nie im Leben käme sie an den beiden vorbei, und schon gar nicht mit einem scheuenden Pferd.

Der Blutsohn kämpfte wütend und schnell. Immerzu schien er Dorgen einen Schritt voraus zu sein, wehrte seine Angriffe mühelos ab und setzte gefährliche Schläge hinterher. Weiter und weiter musste Dorgen zurückweichen, um den Attacken zu entgehen.

Es war Magie! Alia begriff es mit eisigem Entsetzen. Der Blutsohn las Dorgens Gedanken. Allein dadurch sah er jeden Schwerthieb voraus.

Dorgen konnte diesen Kampf nicht gewinnen, vielleicht noch nicht einmal überleben. Sapionas war ein Gott. Ihn umzubringen war so gut wie unmöglich. Dorgens magischer Anteil mochte zwar ebenfalls hoch sein. Aber er war weitaus leichter zu töten.

Für einen winzigen Moment wirkte Dorgen unkonzentriert. Sein Blick flog zu ihr, ein klitzekleiner Schwachpunkt, den der Blutsohn sich nicht entgehen ließ. Mit dem nächsten Angriff trieb er Dorgen in eine Nische.

»Vorsicht!«, rief Alia. »Pass auf!« Doch es war bereits zu spät. Dorgen hatte kaum noch Platz, um mit dem Schwert auszuholen. Wieder wich er einem Schlag aus, und schließlich stand er mit dem Rücken zur Wand.

»Nein!«, rief eine andere Stimme. Gubin. Er stürmte über die Stallgasse auf Sapionas zu. Mit beiden Händen hob er ein Schwert.

»Tu das nicht!«, schrie Dorgen. »Du kannst ihn nicht töten! Geh weg!«

Gubin fing an zu zittern. Das Schwert sank zu Boden. Doch der Blutsohn nutzte die Ablenkung, sein Schwert fuhr auf Dorgen zu. Nur knapp konnte dieser sich zur Seite werfen.

Er würde sterben!

»Nein!«, brüllte nun auch Alia. Sie hatte den Entschluss nicht getroffen, es geschah einfach so. Ihr Körper bewegte sich nach vorn. Mit ausgestreckten Armen sprang sie zwischen die beiden Kämpfer. »Aufhören!«, schrie sie und trat dem Blutsohn entgegen. »Wenn Ihr ihn ziehen lasst, gehe ich mit Euch.«

Zischend fuhr Sapionas vor ihr zurück. Seine Augenbrauen zogen sich misstrauisch zusammen.

»Alia!«, rief Dorgen hinter ihr. »Tu das nicht!«

Doch Alia musste es tun. Irgendwo in ihrem Inneren sammelte sich Entschlossenheit. Sicherheit. Ein trotziges Gefühl, mit dem sie nicht nur Dorgen retten wollte – sie musste sich auch dem Monster stellen, um es endlich zu besiegen. »Doch«, sagte sie ruhig. »Ich muss das tun. Ich gehe mit ihm. Ich gehe einfach mit ihm.«

Dorgen entwich ein Keuchen. Sein Schwert glitt klirrend zu

Boden. Der Blutsohn streckte die Hand nach Alia aus, packte sie am Arm und zog sie zu sich. »Hiermit beschlagnahme ich sämtlichen Besitz des Heerführers. Auch das Hurenzelt.«

***

Siberi

Ziellos wie die wirbelnden Windböen lief er durch das Heerlager. Der Zorn in seinem Inneren kochte, wahllos wollte sich die Magie entladen, zuckte durch seinen Körper, stieß durch seine Haut. Die Luft knisterte, Funken sprühten und stoben um ihn herum. Wie kamen Walerius und Rabanus dazu, solch eine Entscheidung zu treffen? Sie beide wussten, wer das Heer in der Schlacht geführt hatte. Siberi war der Einzige, der die Macht des Sturmes beherrschte. Auch wenn die Magie von dem Blutsohn stammte, Sapionas würde sie niemals so erfolgreich lenken können.

Der Grund, warum Walerius ihn eingesetzt hatte, musste also ein anderer sein. Reine Schikane, ein Angriff, der allein auf Siberi zielte. Aber warum?

Siberi fand keine Antwort, und je länger er zwischen den Zelten umhertrieb, desto leerer wurden seine Gedanken. Haltlos taumelten sie durcheinander, nicht länger in der Lage, einem roten Faden zu folgen. Immer tiefer durchströmte ihn die Leere. Oder war es ein Gefühl? Etwas, das so stark war, dass er keine Worte dafür fand?

Urplötzlich stand Walerius vor ihm. Hinter einem höheren Zelt trat er hervor und stellte sich Siberi entgegen.

Sein Vater hatte ihn betrogen! Eine große Zukunft hatte er ihm versprochen. Immerzu hatte er Pläne geschmiedet, in denen Siberi eine wichtige Rolle spielte. Walerius hatte von Loyalität gesprochen und Loblieder auf die Fähigkeiten seines Sohnes gesungen.

Erst jetzt zeigte sich sein wahres Gesicht. Walerius hatte ihn immer nur benutzt. Vorwiegend, um seine eigene Macht zu stärken.

Siberis Wut kochte auf. Nur mit Mühe ließen sich die Funken zurückhalten, verwandelten sich in Wellen aus elektrischem Strom. Mit einem einzigen Schlag hätte er Walerius töten können. Seine Finger bewegten sich und spielten mit der Möglichkeit.

Im nächsten Moment durchfuhr ihn heftiger Schmerz. Siberi zuckte zurück, fiel auf die Knie und fand sich in der Dunkelheit. Nur ein kurzes Bild flackerte auf: eine Fackel. Ein riesenhafter Mann hielt sie in der Hand. Dann zischte das Feuer auf, und die Dunkelheit kehrte zurück.

Nur ein dumpfes Gefühl blieb, tiefe Angst, die ihn lähmte. Der riesenhafte Mann war Walerius. Von ihm stammte der Schmerz.

Welche Art von Schmerz?

Siberi fasste sich an den Kopf. Doch die Erinnerung verschwamm.

Taten nicht alle Väter ihren Söhnen weh? Um sie zu erziehen? Um sie zu guten Kriegern oder eifrigen Akademikern zu formen? Der Ungehorsam eines Kindes verdiente harte Strafen.

Aber war er jemals ungehorsam gewesen? Hatte er seinem Vater jemals getrotzt? »Habe ich Euch nicht immer gute Dienste erwiesen?« Seine Stimme klang weinerlich, würdelos, wie ein verunsichertes Kind.

»Sicher«, erwiderte Walerius. »Du hast deine Aufgaben stets mit äußerster Perfektion erfüllt.«

Siberi widerstand dem Drang, den Kopf zu senken. Was war falsch an Perfektion? »Warum Sapionas?«

Walerius hob die Augenbrauen. »Dachtest du, dass ich *dich* zum Heerführer mache?« Ein spöttisches Grinsen formte sich um seine Mundwinkel, steigerte sich zu einem Lachen. »O ja, das dachtest du wohl. Armer Junge.«

Siberis Zorn wallte auf. Seine Magie zischte, wollte sich entladen und seinen Vater töten. Erst im letzten Moment ballte er die Fäuste, um den Strom zu halten. Die Magie füllte ihn bis zum Bersten.

»Du musst das verstehen«, säuselte Walerius. »Du bist jung und unerfahren. Niemand kennt dein Gesicht, und kaum jemand weiß, wer du bist. Aber Sapionas ist nicht nur der Sohn unseres Herrschers. Er ist auch der Blutsohn. Eine lebende Legende. Jeder zollt ihm Respekt, Ehrfurcht und Angst. Wenn du wirklich so schlau wärst, hättest du längst wissen müssen, dass er eines Tages Rabanus' Nachfolger wird. Auch wenn du vielleicht das größere Talent besitzt.«

Feurige Sterne tanzten vor Siberis Augen. Etwas in seinem Inneren zerriss, wie ein Faden, der ihn immer gehalten hatte: die letzte Loyalität zu seinem Vater. Siberis Atem ging schwer. Er konnte jetzt nicht sprechen, sonst wäre seine Magie explodiert und hätte seinen Vater getötet.

Warum tat er es nicht? Jetzt und hier? Einfach so.

Irgendwo, inmitten des Funkenregens, fing er Walerius' Blick auf. Und plötzlich begriff er: Sein Vater fürchtete ihn – weil Siberis Fähigkeiten seine eigenen bei weitem übertrafen. Allein deshalb ließ Walerius ihn nicht weiter aufsteigen.

»Du wirst an der Front nicht mehr gebraucht«, fuhr sein Vater fort. »Aber ich habe eine neue Aufgabe für dich.« Damit hielt er Siberi die Akte hin, die bis eben unter seinem Arm geklemmt hatte. Sie war verknickt und abgegriffen, wie ein Lieblingsbuch, das unzählige Male gelesen worden war und auf zahlreichen Reisen zum Begleiter gewählt wurde. »Du musst einen Krieger für mich finden, der vor einiger Zeit aus dem Heer desertiert ist. Finde heraus, was aus ihm geworden ist, wo er sich befindet und ob er Kontakte zum Widerstand unterhält. Es gibt Hinweise darauf, dass dieser Junge einer unserer mächtigsten Gegner ist.«

Siberi nahm die Akte entgegen, drehte sie und las den Namen, der darauf stand. »Tailin, Sohn des Iosaca.«

Sein Vater verzog das Gesicht, als bereite der Name ihm

Schmerzen. »In der Akte steht alles, was wir über Tailin wissen. Du musst ihn so schnell wie möglich finden. Aber wenn du ihn hast …« Seine Stimme versagte. Für einen winzigen Moment schien er sich sammeln zu müssen. »… dann bring ihn zu mir. Ich will ihn lebendig.«

Ein lebendiger Gegner? Vermutlich wollte Walerius seine Freude mit dem Gefangenen haben. Aber war ein ausgewachsener Krieger für einen alten Mann wie Walerius tatsächlich noch eine Freude?

Womöglich würde seinem Vater bald gar nichts mehr Freude bereiten. Siberi presste die Akte an sich, trat einen Schritt zurück und starrte Walerius grimmig an. »Wie Ihr befehlt, Herr. Ich bin schon auf dem Weg. Nur eines ist allzu schade …« Er atmete tief ein und zwang sich, seinem Vater ins Gesicht zu schauen. »Wenn ich fort bin, werde ich das Versagen des Blutsohnes nicht sehen. Aber genießt Ihr den Anblick für mich.« Damit wandte er sich ab. Vermutlich wäre es eine einfache Übung gewesen, Walerius auf der Stelle zu töten. Doch von nun an hielt er ein weitaus spektakuläreres Ende für ihn bereit.

Es war an der Zeit, seinen größten Plan in die Tat umzusetzen.

15. Kapitel

Galejas wissende Chronik der Vergangenheit
Buch Galeron

Jahr 1496 der Wasserära bis Jahr 20 der Blutära

Ein alter Fluch besagte, dass Maluna zu sterben hatte. Sie, die unsterbliche, vollwertige Göttin, wurde deshalb zum Ende einer jeden Ära aus ihrem Leben gerissen, um anschließend neu geboren zu werden.

So geschah es auch zum Ausklang der letzten Wasserära. Die Ära ging zu Ende, und Maluna starb. Talun hingegen war nicht in derselben Form von dem Fluch betroffen. Er lebte kurze Zeit über Maluna hinaus. Doch mit dem Tod seiner Geliebten erfasste ihn eine entsetzliche Qual. Auch dies war ein Teil des Fluches, denn die Qual verdammte Talun dazu, den Freitod zu suchen. Nur so starben Maluna und Talun zum Ende jeder Ära gemeinsam – und wurden anschließend in zwei neuen Kindern wiedergeboren.

Doch das Ende der letzten Wasserära fiel zusammen mit den ersten Unruhen in Sapion. Pünktlich beim Übergang zu der nächsten Ära begann der Krieg.

Umso größer war die Sorge der Gottgeborenen und Priester, denn nur Talun wurde im Land der Götter wiedergeboren. Seine ganze Kindheit hindurch träumte er von dem Mädchen, das er später einmal lieben würde. Anfangs war sie ein fröhliches Kind, das von seinen Eltern geliebt wurde. Doch mit Beginn des Krieges sah Talun schreckliches Leid über das Mädchen hereinbrechen. Die kleine Maluna war eine blonde Vaikuni, und so dauerte es nicht lange, ehe die Götterverfolgung ihre Familie erreichte. In seinen Träumen sah Talun, wie ihre Eltern hingerichtet wurden. Er sah den dunklen Kerker, in dem das Mädchen fortan gehalten wurde, und schließlich die Versuche, mit denen sie getötet werden sollte. Aber die kleine Maluna überlebte alle Verletzungen. Denn eine vollwertige Göttin ließ sich nur durch eine Enthauptung töten.

Doch irgendwann brachen Taluns Träume ab. Ob Maluna noch lebte oder ob der Tod sie von ihm fortgerissen hatte, konnte er nicht feststellen. Und so beschloss er, sich selbst auf die Suche nach ihr zu machen.

Talun war ein junger Mann, als er allein Richtung Süden wanderte. Bis nach Zeylem wollte er reisen, um die Spuren der Götterverfolgung aufzunehmen. Doch von dieser Reise kehrte Talun niemals zurück. Seither ist seine Seele ebenso verschollen wie die Seele Malunas.

Nicht einmal der Verfasser dieses Buches kann sehen, wie oft die beiden Götter seit damals getötet und wiedergeboren wurden. Um diese Frage zu klären, bedarf es anderer Mächte. Nur der, dessen Seele mit Maluna verbunden ist, kann ihre Vergangenheit sehen. Und nur der, dessen Sicht in die Zukunft reicht, kann Konsequenzen daraus ziehen.

★★★

Malun

Leymon

Silbrig und fahl hing das Licht der Monde über der Berglandschaft, fing sich auf dem hellen Beige der Schlaffelle und schimmerte auf Tailins Haut. Sein Freund schlief. Doch sein Kopf wand sich gequält hin und her, Schweiß glänzte auf seiner Stirn, und seine Haare klebten strähnig in seinem Gesicht.

Schon seit Tagen waren Tailins Albträume zurück. Jede Nacht lag er so da wie jetzt. Seine Pupillen bewegten sich unter den Lidern, seine Lippen zuckten.

Leymon hockte neben ihm auf einem kleinen Felsen. Nur

seine Füße waren noch unter den Fellen vergraben, während sein restlicher Körper in der Dunkelheit fror. Tailins Träume weckten ihn jede Nacht. Die Wucht, mit der sie seinen Freund erfassten, war selbst für Leymons Schutzwall zu groß. Wie eisige Wellen schwappten die Bilder in seinen Schlaf, bis er hochfuhr wie ein Ertrinkender, der endlich an die Luft kam.

Nur Tailin blieb in den Träumen gefangen. Leymon wünschte sich, er könne ihn daraus befreien. Doch die Träume waren Tailins Bestimmung. Er musste nur lernen, wie er sie nutzen konnte. Und dafür brauchte er ihn.

Leymon fröstelte. Er hatte seinem Freund nur einen Teil der Geschichte erzählt. Die schlimmsten Details und die grausige Fortsetzung fehlten noch.

Etwas weiter entfernt flackerte das Feuer, an dem Aimisch saß und in einem der Bücher las. Leymon wollte nicht wissen, wie viele Tage und Nächte der Valjaner nicht mehr geschlafen hatte. Inzwischen besaß seine Aura eine zwingende Macht.

»Dorgen …« Immer heftiger warf Tailin den Kopf hin und her.

»Schscht.« Leymon kniete sich neben ihn, legte die Hand an seine Wange und wischte den Schweiß von seinen Schläfen. »Schscht, Kleiner. Es ist gut. Ich bin hier.«

»Jetzt geht es also wieder los.« Eine leise Stimme schreckte ihn hoch. Lenja stand hinter ihm. Sie hatte sich in ihr Schlaffell gewickelt und ließ sich auf dem Stein nieder, auf dem er bis eben gesessen hatte. »Es ist das Fieber, oder? Magiefieber. Es ist zurück.«

Leymon atmete schwer. Er hatte sich einreden wollen, dass es nur Albträume waren, aber sie hatte recht. »Ja, ich fürchte, es ist das Fieber.« Zögernd setzte er sich neben sie.

»Du weißt, dass ich Magiefieber nicht heilen kann. Es wird auf dich und die Katze übergreifen. Kurz danach werdet ihr alle sterben. Euch bleibt nicht mehr viel Zeit.«

Leymons Muskeln verspannten sich. Seine Kiefer pressten sich hart aufeinander. »Sprich es ruhig aus! Ich bin eine feige, närrische Missgeburt von einem Hybriden. Mächtig und voller Überraschungen, aber nicht in der Lage, vernünftige Entscheidungen zu treffen. Nur weil ich vor allem davonlaufe, sind wir noch hier. Dabei müssten wir längst im roten See sein. Dann könnte er mich heilen, und wir könnten endlich mit dem anfangen, wofür wir bestimmt sind.«

Wenn es denn so einfach gewesen wäre … Der rote See würde sie beide töten.

»Ich hatte tatsächlich ein bisschen Hoffnung«, murmelte Lenja. »Seine Träume … das Magiefieber. Ich dachte, das wäre vorbei. Jetzt, da du bei ihm bist.«

Ein harter Knoten bildete sich in Leymons Kehle. In mancher Hinsicht waren Lenja und Tailin sich ähnlich. Sie beide verziehen zu schnell. »Dabei solltest du es eigentlich besser wissen. Dass man mir nicht vertrauen kann.«

Lenja schwieg. Sie wusste es besser. Und dennoch hatte sie ihm noch eine Chance gegeben.

Ein bitteres Schnauben stieß durch seine Nase. »Ihr hättet mich verurteilen und hinrichten sollen. Damals. Ich habe gegen so viele Regeln verstoßen! Ich hätte das mehr als verdient.«

Lenja erwiderte sein Schnauben. »Ja, das hättest du. Aber dann wärst du jetzt nicht mehr da. Um bei ihm zu sein. Ich glaube, Salmi hat das gewusst. Er hat für dich gesprochen. Und Svaris … Er hat dich immer sehr geschätzt.«

Leymon vergrub den Kopf in seinen Händen. Salmi und Svaris, der oberste Priester Gamons und der erste Hauptwächter der Pamuschgarde. Mächtigere Fürsprecher konnte ein Pameli nicht haben. Doch auch ihre Gunst hatte Leymon nicht verdient. »Ich tue es immer wieder, Lenja. Wenn die Göttlichkeit mich treibt, opfere ich Menschen. Kinder. Unschuldige. Ganz egal, wen. Ich opfere selbst die, die ich liebe.«

Sein Blick fiel auf Tailin, der so hilflos dalag. Schmerzen verzerrten sein Gesicht, Schweiß rann über seine Haut.

Leymons Liebe schlug über. Er wollte Tailin wecken und ihn festhalten. Nie wieder durfte er zulassen, dass ihm etwas Schlimmes geschah.

Doch er war ein Verräter. Er hatte Thias Liebe verraten, er hatte unschuldige Kinder dem Krieg geopfert, und Tailin … »Verdammt. Lenja, ich, ich …« Er brachte das Geständnis nicht heraus – und spürte zugleich den Drang, es wenigstens einmal laut auszusprechen. »Ich habe Tailin geopfert.«

Entsetzt stieß Lenja die Luft aus. »Was heißt das? Wie? Wofür?«

Ihm entkam ein hartes Lachen. »Die Frage lautet nicht *wie* oder *wofür*. Sondern *wann*.«

Lenja krauste misstrauisch die Stirn. »Was meinst du damit? Die Zukunft? Wirst du ihn in der Zukunft opfern?«

Leymon ließ den Kopf nach vorn fallen. Warum hatte er das gesagt? Er konnte Lenja nicht erklären, was er getan hatte. Nur Tailin – nur ihm schuldete er die Wahrheit. »Ich kann nicht.«

»Leymon! Du …« Lenja sprang auf und schrie ihn an: »Du kannst nicht so etwas andeuten, und dann …«

Er hob die Arme über seinen Kopf. Sie sollte ihn schlagen. Bestrafen. Und wenn nicht Lenja, dann Aimisch. Der Valjaner sollte ihn mit Stromschlägen und Feuer zur Rechenschaft ziehen. Jene gerechte Strafe, die schon lange überfällig war.

Doch nichts dergleichen geschah. Nur Lenjas Entsetzen lag zum Greifen in der Luft.

»Ihr müsst gehen!« Eine weiche, machterfüllte Stimme ließ ihn auffahren. Aimisch. Der Valjaner stand vor ihnen. Sein weißes Gewand leuchtete im Licht der Monde. Auf der Schulter trug er die gepackten Satteltaschen. »Hier sind alle Bücher, die ihr braucht.« Er stieß einen leisen Pfiff aus. Heiße Feuermagie sprang daraus, zielte auf die Pamusch und zwang sie aufzustehen. Mit sicheren Griffen warf Aimisch die Satteltaschen über ihren Rücken und schnallte sie fest.

Als er sich zu Leymon umdrehte, hielt er ein einziges Buch

in der Hand. »Ich habe Maluna gesehen. Ihre Geschichte ist der Schlüssel zu allem. Doch in diesen Zeilen ist sie unvollständig.« Er hielt Leymon das Buch hin. Eine pulsierende Hitze strahlte davon ab. »Nur ihr könnt den Rest ihrer Geschichte erfahren. Wenn Ruann gerettet werden soll, muss Malunas Magie zurückkehren, ganz gleich, was es kostet.«

Erst jetzt vermochte Leymon sich zu rühren. Vorsichtig griff er nach dem Buch. Feuer schlug ihm entgegen. Schmerzen. Beinahe hätte er losgelassen.

Dann war das Feuer fort. Aimisch hatte seine Hand von dem Buch zurückgezogen. Stattdessen deutete er auf Tailin. »Bring ihn zu den Höhlen. Aber vorher muss er alles erfahren. Alles! Kein Detail darfst du auslassen. Sonst wird die Kraft der Seen euch einverleiben und töten.«

Leymons Herz pochte hart. Angst strömte durch seine Sinne. Dennoch nickte er. »Ich weiß. Ich habe es verstanden.«

***

Tailin

Er hatte kaum Kraft, als sie aufsaßen und losritten. Nur mühsam klammerte er sich an Leymon fest, während dieser die Katze zum Galopp trieb. Seit sein Freund ihn geweckt und hochgehoben hatte, war sein Körper schwach und ausgelaugt. Schon in den Tagen zuvor hatte es begonnen. Die Träume zogen ihn immer tiefer in einen Kreislauf aus Erschöpfung und zerrissenem Schlaf. Selbst jetzt, während sie im rasenden Galopp Richtung Süden jagten, riefen die Seelen der Menschen nach ihm. Dorgen und Alia, der Blutsohn und Nelja. Alles war aus den Fugen geraten. Sein Geist musste zu ihnen, um das Schlimmste zu verhindern.

Doch er brauchte die Seen. Und Leymon. Nur gemeinsam konnten sie der Aufgabe nachkommen.

Die Umarmung des anderen fühlte sich schön an. Zärtlich

und behutsam hielt Leymon ihn aufrecht. Manchmal löste er eine Hand von den Haltegriffen und strich über Tailins Arm. Dennoch blieben ihre Seelen getrennt.

In der nächsten Nacht machten sie eine Pause. Leymon entzündete ein Feuer und zog Tailin an sich, als sie gemeinsam unter den Fellen lagen. Endlich waren sie wieder allein. Endlich berührten sie einander. Leymons Hände ließen keinen Zweifel daran, was er wollte, was sie beide wollten. Tailin war noch immer müde, unablässig zogen die Träume ihn an. Doch Leymons Küsse holten ihn zurück. Halbschlaf und Traum, Sehnsucht und Sex gingen ineinander über, bis er jegliches Gespür für Zeit und Raum verlor. Vielleicht liebten sie sich die ganze Nacht – oder es waren nur kurze Momente. Vielleicht war es auch nur ein Traum.

»Keine Angst«, flüsterte Leymon in die Pausen zwischen ihren Küssen. *»Ich werde dir alles erzählen. Alles.«*

Aber sagte er das wirklich? Oder war auch das nur ein Hirngespinst?

Am nächsten Morgen schaffte Tailin es nur mit Leymons Hilfe auf Chaveens Rücken. In der nächsten Nacht ritten sie durch und in der darauffolgenden ebenfalls.

Drängende Eile erfasste Leymon. »Halte durch, Kleiner. Wir sind bald da.«

Aber stimmte das? Tailin hatte die Landschaft noch nie gesehen. Sie ritten durch eine karge, steinige Gegend, die aus schwarzen Felsen bestand. In der Ferne zeichnete sich eine Kette von kegelförmigen Bergen ab. Über dem größten schwebte eine dunkle Wolke. Nachts schien sie an ihrer Unterseite zu glühen.

Tailin wollte fragen, was das für ein Ort war. Doch erst als die Katze in Schritt fiel und zwischen blubbernden Wassertümpeln hindurchlief, konnte er genug Kraft sammeln, um zu sprechen. »Wo sind wir? Das ist nicht der Weg zur Novizensiedlung.«

»Wir haben einen Abstecher gemacht.« Leymon lenkte Chaveen um einen der Tümpel herum. Eine Wasserfontäne schoss hoch und zerstäubte sich in der Luft. Warme Tröpfchen rieselten auf sie nieder.

»Das hier ist die Grenzregion zwischen Malun und Pamal. Vulkangebiet. Das Wasser in den Tümpeln ist heiß. Manchmal kocht es in der Tiefe. Dann schießt es in Geysiren hoch, so wie eben. Wir sollten also aufpassen, nicht hineinzufallen.«

Hieß das, Leymon brachte ihn nach Pamal? Das sah ihm ähnlich. Dass er noch immer versuchte davonzulaufen. »Dann reiten wir nicht in die Novizensiedlung?«

Scheinbar konzentriert lenkte Leymon die Katze zwischen zwei blubbernden Tümpeln hindurch. »Doch. Aber erst später.«

Und was tun wir vorher? Tailin war nicht imstande, die Frage laut zu stellen. Und Leymon gab sich keine Mühe, sie aus seinen Gedanken zu lesen.

Irgendwann auf diesem langsamen Ritt zwischen den Tümpeln schlief Tailin ein. Das Letzte, was er fühlte, waren Leymons Hände, die seine Arme enger um seine Taille zogen. »Nicht fallen. Du bleibst schön bei mir.«

Als Tailin das nächste Mal erwachte, wehte heißer Wind um sie herum. Die Luft roch nach Schwefel, und schwarzer Dunst hing über dem Weg. In engen Serpentinen wand sich der Pfad den Berg hinauf. »Wohin reiten wir?«, flüsterte Tailin.

»Wir sind bald da.«

Immer höher schraubte Chaveen sich den Berg hinauf, immer dichter wurde der schwarze Rauch, bis Tailin hustete und nichts mehr erkannte.

Eine heiße Windböe erfasste die dunkle Wolke und trieb sie auseinander.

»Was für ein Ort ist das?« Endlich konnte er die Frage stellen.

»Ein heiliger Vulkan. Ein Ort voller Rituale und Geschichten. Es ist der heilige Ort der Pamuschkrieger. Hier werden wir geweiht und in die Gemeinschaft der Wächter aufgenommen. Aber das ist nicht seine einzige Bedeutung.«

Von irgendwoher drang ein brodelndes Zischen. Immerzu mussten sie aufpassen, nicht in einen der kochenden Tümpel zu fallen. Auch Chaveen ließ ihren Schwanz unruhig hin und her peitschen. Hin und wieder stieß sie ein leises Knurren aus.

»Was ist mit ihr?« Eine seltsame Angst kroch in Tailin hoch.

»In dieser Gegend leben männliche Pamuschkatzen«, erklärte Leymon. »Aber Chaveen ist nicht paarungsbereit. Deswegen ist sie nicht gerade begeistert.«

Diffuse Verwirrung spukte durch Tailins Kopf. »Paarungsbereit? Du meinst, die Pamuschkatzen … paaren sich?« Es widersprach allem, was Leymon je über die Tiere erzählt hatte.

Sein Freund stieß ein amüsiertes Lachen aus. »Na, was dachtest du denn? Irgendwie müssen sie sich ja vermehren.«

»Ich dachte …« Leymon hatte es so erklärt, als müssten Katzen und Reiter in ewiger Enthaltsamkeit leben. Aber offenbar traf das nur auf die Reiter zu. »Dann suchen sich die Katzen Partner, und die Reiter gehen leer aus?«

Leymon stieß sein hohes Lachen aus, das normalerweise so ansteckend auf Tailin wirkte. Nur heute war er zu erschöpft, um mit ihm zu lachen. Und zu verwirrt.

»Ganz leer gehen die Reiter auch nicht aus.« Leymon senkte die Stimme. »Pamuschkrieger dürfen nicht lieben, das stimmt. Weil unsere Katzen jeden umbringen würden, mit dem wir eine Beziehung führen. Aber was den Sex betrifft … gibt es winzige Ausnahmen.«

»Hast du mir nicht gesagt, dass ihr niemals Sex haben dürft?« Genau genommen hatte Leymon gesagt, dass Pamuschkrieger es mit niemandem *trieben*. Und er hatte Tailin gestanden, dass Chaveen sämtliche Männer getötet hatte, mit denen er bereits im Bett gewesen war.

»Dass wir niemals Sex haben dürfen, war die vereinfachte Fassung.« Leymons Stimme wurde wieder ernst. »Für das, was sich zwischen uns beiden entwickelt hat, hätte es keinen Unterschied gemacht. Wenn du nicht ihr Reiter wärst, hätte sie dich genauso umgebracht wie alle anderen. Und ich wäre im Traum nicht drauf gekommen, dass Chaveen dich als zweiten Reiter annimmt. Deshalb habe ich dir die Details nicht erzählt. Du solltest dir keine falschen Hoffnungen machen.«

Tailin drückte seine Nase in Leymons Fellkleidung. »Und wie ist es wirklich?«

Sein Freund stieß ein amüsiertes Schnauben aus. »In Wirklichkeit ist es so, dass die Pameli sich auch irgendwie vermehren müssen. Hast du dich nie gefragt, wie wir das tun, wenn wir keinen Sex haben?«

Tatsächlich hatte er kaum darüber nachgedacht. »Gibt es nicht normale Pamelimänner? Solche, die weder Pamuschkrieger noch Priester Gamons sind?«

Leymons Hand strich zärtlich über Tailins Arm. »Nein. Die gibt es nicht. Männliche Pameli besitzen entweder Gamons Fähigkeiten oder sie werden zu Pamuschkriegern. Die Priester Gamons haben fast alle einen Hang zu Männern. Und die Pamuschkrieger *dürfen* nicht. Unter normalen Umständen. In dieser Konstellation hätten wir also ein ernsthaftes Fortpflanzungsproblem.«

Tailin schloss die Augen und hoffte, dass Leymon weitererzählen würde. Er war zu schwach, um noch einmal nachzufragen.

»Aber jede Pamuschkatze gelangt früher oder später in die Paarungszeit. In dieser Zeit läuft sie ihrem Reiter davon und kommt hierher. Dann paaren sich die Katzen in den Vulkanbergen. Wenn sie trächtig werden, bleiben die Weibchen hier. So lange, bis sie ihren Nachwuchs zu den jungen Pamuschkriegern bringen. Erst dann kehren sie zu ihrem Reiter zurück.«

Demnach gab es also eine Zeit, in der auch die Pamuschkrieger ohne die Gegenwart ihrer Katze lebten, in der sie frei waren, um sich selbst eine Frau zu suchen. Tailin ahnte, worauf es hinauslief.

»Die Pamuschkatzen paaren sich immer zur selben Jahreszeit. Die Sapioner nennen es die Doppelsonnenzeit, wenn es am wärmsten ist. Dann schmilzt ein Teil des Schnees auf den Bergen. In dieser Zeit sieht man, welche Pamuschkatzen davonlaufen und welche bleiben. Schon seit Generationen haben die Pameli daraus ein Ritual entwickelt: Alle Pamuschkrieger, deren Katzen fort sind, werden zu einem Fest zusammengerufen. Es findet nicht in den Dörfern statt, damit später niemand weiß, wo die Frauen wohnen. Es ist ein zentraler Platz, an dem sich alle Frauen treffen, die bereit sind, ein Kind zu bekommen. Es gibt drei große Völker der Pameli. Die Schneekrieger, also meines, die Feuerkrieger, die ganz in der Nähe der Vulkane wohnen, und das Volk der Weisen, in dem die meisten Pameli mit der Gabe Gamons geboren werden. Aber zu dem Fest kommen sie alle. Unter den Männern sind nicht nur Pamuschkrieger, sondern auch Priester Gamons. Es ist das größte Treffen der Pameli. Wir entzünden Feuer, essen und erzählen Geschichten. Später wird getanzt. Aber wir wählen unsere Frauen nicht selbst. Ein Priester Gamons leitet die Zeremonie und wählt aus, welche Frauen und Männer füreinander bestimmt sind. Und dann haben wir drei Tage – oder besser gesagt drei Nächte, denn an den Tagen dazwischen halten sich Frauen und Männer voneinander fern. Viele sagen, dass es besser ist, nicht zu reden und nicht nach dem Namen der Frau zu fragen. Um sich nicht zu verlieben und damit man später nichts über sie weiß, womit man der Katze verraten könnte, an welche Frau man so oft denken muss.«

Erneut schloss Tailin die Augen. Das alles klang so, als hätte Leymon es miterlebt. »Heißt das, du warst schon einmal dabei?«

»Ja.« Seine Stimme wurde heiser. »Ein einziges Mal. Ich war noch sehr jung. Das Mädchen auch. Es war … ziemlich verkrampft. Und ganz sicher nicht schön. Ich glaube, sie war enttäuscht von mir.«

Nur langsam sickerte die vollständige Bedeutung zu Tailin durch. »Dann hast du ein Kind? Irgendwo?«

Leymon zuckte die Schultern. »Ich weiß es nicht. Wir erfahren nicht, ob die Frauen schwanger werden. Nie. Genauso wenig wie wir wissen, wer unsere Väter sind.«

Eine seltsame Wehmut sickerte durch Tailins Herz. All das hörte sich einsam an, verloren. Musste die Sehnsucht nach einer Frau oder einem Kind nicht irgendwann unerträglich sein? Und wenn man wusste, dass es irgendwo ein Kind gab, wollte man dann nicht danach suchen?

Der Gedanke trieb einen Schauer über seinen Rücken. »War das vor Thia? Oder nach ihr?«

Leymons Atem stockte. Sein ganzer Körper verspannte sich – kurz bevor er die Luft wieder ausstieß. »Davor. Direkt davor, um genau zu sein. Vielleicht war das ein Grund. Warum ich die Kinder in den Visionen gesehen habe. Warum ich sie retten wollte. Und warum ich Thia nicht wieder abgeben konnte. Auch Chaveen muss trächtig gewesen sein. Aber sie kam schneller zurück als die anderen Katzen. Ich glaube, sie hatte eine Fehlgeburt.«

Erst jetzt setzten sich die Puzzleteile beider Geschichten zusammen. »Deshalb hat sie Thia als Junges angenommen? Weil sie ihre eigenen Jungen verloren hat?«

Leymon stieß ein heiseres Lachen aus. »Vermutlich. Ein schwuler Pamuschkrieger und seine Katze, die ihren eigenen Kindern nachtrauern und dann ein fremdes Baby von einer anderen Menschenart großziehen. Du musst mich für vollkommen irre halten.«

Harter Schmerz floss durch Tailins Brust, warme Tränen drängten sich in seine Augen. »Bis hierhin klingt das alles sehr menschlich.«

Bis hierhin … und noch ein kleines Stück weiter. Bis zu dem Punkt, an dem Leymon seine Tochter als Sklavin verkauft hatte.

Leymons Gedanken streiften seine … und zuckten zurück. Der Wind wurde stärker und blies den Rauch beiseite. Sie hatten die Kuppe des Berges fast erreicht. Die Kuppe des Vulkans. Vor ihnen leuchtete rötliches Licht. Glühende Hitze strahlte ihnen entgegen.

Leymon zuckte jetzt selbst, in heftigen Stößen zog sich sein Brustkorb zusammen, bis sein ganzer Halt in sich zusammenbrach. Auch Chaveens Beine knickten ein. Zu dritt fielen sie zu Boden, landeten hart und weich zugleich auf den Gliedmaßen und im Fell der anderen und dennoch halb eingeklemmt unter Beinen, Armen und dem riesigen Katzenkörper.

»Verdammt, Tailin.« Leymons Hände griffen nach ihm, zogen ihn an sich und schoben ihn wieder von sich. Mit geschlossenen Augen lag er am Boden, sein Körper bebte unter den Schluchzern, Tränen liefen wie Regen über sein Gesicht.

Tailin wollte ihn berühren. Trösten. Doch das, was hier geschah, ließ es nicht zu. Die glühende Tiefe des Vulkans lag nur wenige Manneslängen entfernt. »Leymon? Was für ein Ort ist das? Und was tun wir hier?«

Leymons Weinen beruhigte sich nur langsam. Doch schließlich kam er auf alle viere. Stolpernd stand er auf und lief auf den glühenden Schlund zu.

»Ley!« Tailin wollte schreien. Doch es war nur ein heiseres Flüstern.

»Wir sind hier, damit du eine Entscheidung treffen kannst.« Schwankend drehte Leymon sich zu ihm um. »Ich erzähle dir den Rest der Geschichte. Alles, was du wissen musst. Und dann überlegst du dir, ob ich weiterleben darf.«

Entsetzt sprang Tailin auf. Seine Knie gaben nach, ließen ihn beinahe stürzen. Nur mühsam fing er sich und blieb aufrecht stehen. »Was soll das? Glaubst du, ich würde dich da runterstoßen?«

Wieder lachte Leymon auf, dieses Mal klang das Lachen hoch und verzweifelt, mit einer Spur von den Tränen, die noch nicht geweint waren. »Warum nicht? Das hier ist der einzige Ort, an dem ein Gott sterben kann, ohne dass man ihn köpfen muss. Nur so bleibt die Macht eines Gottes bei seiner Wiedergeburt vollständig.

Talun ist schon oft an diesem Ort gestorben. Es heißt, er hätte sich jedes Mal in die Glut gestürzt, wenn seine geliebte Maluna starb. Auf ihnen beiden lastete ein Fluch, seitdem Talun seinen Vater Zabino im Duell geschlagen hatte. Am Ende jeder Ära musste Maluna sterben. Talun hingegen war unsterblich. Doch auch er war verflucht: Ohne Maluna litt er die entsetzliche Qual der Einsamkeit. Nur indem er sich selbst in diesen Krater stürzte, konnte er der Qual entfliehen – und wurde anschließend neu geboren. Aber das ist nicht die einzige Bedeutung dieses Ortes.« Leymon drehte sich um sich selbst, machte eine ausladende Geste über die Kuppe des Vulkans. »Die Pamuschkrieger … Wenn wir geweiht werden, kommen wir hierher, um in den heißen Quellen zu baden und am Rand des Vulkans unsere Treue zu schwören. Auch unsere Schwerter werden in der Glut des Vulkans geschmiedet.« Er machte eine winzige Pause, kaum lang genug, um neuen Atem zu holen. »Also Ehre genug für mich, um an diesem Ort zu sterben.«

Tailin wollte noch einen Schritt auf ihn zugehen, wollte ihn vom Rand des Vulkans wegziehen, von hier fortjagen. Doch Leymon stand zu nah am Abgrund. Nur ein unbedachter Schritt, und er würde fallen.

»Ich habe versprochen, dir meine ganze Geschichte zu erzählen.« Leymon sprach noch immer unter Tränen. »Beim letzten Mal habe ich dir einen Teil verschwiegen. Nachdem ich Thia weggebracht hatte, verschwand das Fieber. Von diesem Tag an war etwas in mir gebrochen. Aber ich sprach mit niemandem darüber. Alle Pamuschkrieger und Rebellen glaubten, ich hätte Thia nach Malun gebracht. Nur ich kannte meine Schuld. Aber ich wollte nicht mehr daran denken. Stattdessen habe ich mich in einen grausamen Kriegsherrn verwandelt. Die Visionen kamen immer häufiger, und sie allein bestimmten, was ich tun musste. Ich sah jeden Schritt vorher, den die Sapioner gingen. Im Waldgürtel hatten wir eure Front zum Stillstand gebracht. Doch von da an begannen eure Überfälle auf die Dörfer im Westen.«

Leymons Wortwahl trieb dumpfe Übelkeit durch Tailins Magen: *eure Front, eure Überfälle.* Tailin selbst hatte in diesem Krieg gekämpft – auf der Seite der Sapioner. Allzu gut erinnerte er sich an die Vorstöße in den Westen. Auch dort gab es ausgedehnte Wald- und Moorgebiete. In schrecklichen Einsätzen waren sie in die Dörfer eingefallen, hatten die Bewohner zusammengetrieben und jeden getötet, der sich wehrte – während der Rest versklavt wurde. »Ich erinnere mich daran«, flüsterte er.

Doch Leymon schien Tailins Schuldgefühle kaum wahrzunehmen. Blass und zittrig stand er am Rand des Vulkans. Seine Augen starrten glasig in die Ferne – und Tailin verstand: Sein Freund sah nur seine eigene Schuld. »Ich war damals schon der dritte Hauptwächter. Mein Teil der Armee sollte das Moorgebiet im Westen verteidigen. Tatsächlich konnten wir den einen oder anderen Überfall der Sapioner verhindern. Aber das Gebiet war zu groß. Während wir das eine Dorf retteten, brannte ein anderes nieder. Und immer war es meine Entscheidung, wo die Menschen überlebten und wo sie starben.« Leymons Gestalt wurde vom Feuer des Vulkans glutrot angestrahlt. Bäche von Schweiß strömten über sein Gesicht. Dennoch war er so fahl, als würde er jeden Moment kollabieren. »Eines Tages kamen wir in ein weiteres Dorf. Aber wir waren zu spät. Die Häuser brannten, auf der Dorfstraße lagen die Leichen, und es stank so grässlich nach verkohltem Fleisch, dass wir genau wussten, wo die meisten Dorfbewohner ihren Tod gefunden hatten. Ich war ohnehin schon voller Wut – aber dieses Dorf gab mir den Rest. Bis unsere Katzen die Witterung von Überlebenden aufnahmen. Wir sind der Fährte nachgeschlichen, und dann sahen wir sie: sapionische Krieger, die einen Treck von Kindern, vor allem Mädchen, mit sich führten. Später erfuhren wir, dass nicht alle Kinder aus diesem Dorf stammten. Die Sapioner hatten sie unter den jeweiligen Dorfbewohnern ausgesucht. Nur schöne Mädchen hatten sie am Leben gelassen, und dazu ein paar niedliche Knaben, nicht älter als acht Blutjahre. In diesem

Moment sah ich, was das geplante Schicksal der Kinder war: Sie sollten an reiche sapionische Herren verkauft werden, um deren perverse Bedürfnisse zu stillen. Noch mitten in diesen Bildern habe ich den Befehl gegeben, die Kinder zu befreien. Und tatsächlich ist es uns gelungen, die Sapioner zu töten und die Kinder mitzunehmen.«

Leymons Zittern wurde heftiger, kurz fürchtete Tailin, er würde rückwärts in den Vulkan fallen – bis er einen Schritt vom Kraterrand wegtrat und erschöpft in die Knie ging. »In jener Zeit waren Lenja und Aimisch in meinem Teil der Waldgarde stationiert. Lenja als Heilerin und Aimisch … Offiziell war es seine Aufgabe, den Einsatz von Magie zu verstärken. Zusammen mit ihm konnten die Pamuschkrieger gefährliche Magiepfeile bilden. Mit seiner Hilfe vermochten wir die Sapioner mit Blitzen zu töten. Aber meistens ging es ihm darum, Gefangene zu machen und Informationen aus ihnen herauszuholen. Aimisch ist der beste Verhörspezialist, den ich kenne. Oft braucht er nur Worte, um alles zu erfahren. Aber wenn das nicht reicht, wird er zum skrupellosen Folterknecht. Ein kleiner Stromschlag hier, ein winziges Feuer da – und schon wird der härteste Sapioner zum bereitwilligen Singvogel.«

Tailin schloss die Augen. Im Krieg hatten sie also alle schon gemordet und gefoltert. Wenn selbst Priester zu solchen Dingen fähig waren – gab es dann überhaupt noch Menschen mit reinen Seelen? Oder waren sie alle längst Huren des Krieges?

»Aber ich denke, dass Aimisch noch einen anderen Auftrag hatte«, fuhr Leymon fort. »Er war vor allem da, um mich zu überwachen. Die Priester wussten längst, dass ich ein Hybride bin. Dass ausgerechnet ich zum dritten Hauptwächter ernannt wurde, hat ihnen noch nie gefallen – aber inzwischen hatte sich herumgesprochen, dass Thia niemals in Malun angekommen war. Aimisch versuchte mehrmals, die Wahrheit aus mir herauszubekommen. Aber seinen Worten konnte ich widerstehen.

Vielleicht wäre ich eingeknickt, wenn er mich gefoltert hätte, aber so weit kam es nicht. Vermutlich, weil Chaveen dann eingegriffen hätte.«

Selbst jetzt stieß die Katze ein leises Knurren aus. Sie lag noch immer hinter Tailin am Boden. Hieß das, sie war genauso geschwächt wie er? Oder war es Leymons Niedergeschlagenheit, die auf sie übergriff?

»Als wir die Kinder gerettet hatten, nahm Lenja sie in ihre Obhut. Sie versorgte ihre Wunden und kümmerte sich um sie wie eine Mutter. Auch Aimisch half ihr und zeigte dabei seine zweite Seite. Mit den Kindern war er ein Ausbund an Optimismus und Lebensfreude. Er brachte sie zum Lachen, sorgte aber auch dafür, dass sie sich ihren Kummer von der Seele redeten. Die Kinder hatten schlimme Erlebnisse hinter sich. Mit Lenjas und Aimischs Hilfe hätten sie dennoch in ein neues Leben finden können. Aber dann kamen meine Visionen.« Bis hierhin hatte Leymon noch flüssig erzählt, doch mit den nächsten Worten geriet seine Erzählung ins Stocken. »Zuerst sah ich die Zukunft der Kinder, die wir verhindert hatten. Nächtelang musste ich mir anschauen, wie sie in den Häusern Sapions missbraucht wurden. Ich bekam Fieber, und tagsüber war mir so übel, dass ich kaum noch essen konnte. Lenja hat mir Nahrung und Wasser eingeflößt, und Aimisch hat versucht, etwas über meine Magie herauszufinden. Er analysierte meine Elemente und wurde immer misstrauischer. Die Nahrung konnte ich nicht bei mir behalten. Anfangs liefen die Visionen ganz schrecklich durcheinander. Ich sah nicht nur die Kinder als Sklaven in den Häusern Sapions, ich sah auch Thia in einer Art Kinderbordell. Doch es ging ihr gut. Sie wurde nicht missbraucht. Noch nicht. Der Ort, an dem sie war, hatte etwas Luxuriöses, Edles, mit weichen Betten, fließendem Wasser und glücklichen Kinderspielen. Thia war nicht das einzige Mädchen dort, und allen ging es gut. Doch gleichzeitig lernten die Kinder etwas: wie man Männern gefällt – und wie man mit ihnen spielt. Ich sah Thia mit ihrem Dolch üben, heimlich, denn das gehörte nicht zu dem, was sie lernen sollte. Und ich spürte, dass ihre Gedanken noch immer bei mir und Chaveen waren. Nicht in Hass und Wut. Sondern in Liebe und Dankbarkeit.« Tränen und Schweiß liefen über Leymons Gesicht.

Tailin streckte die Hand nach ihm aus.

Doch sein Freund schreckte zurück. »Ich verlor mich in den Visionen von Thia. Bis ihr Bild verschwamm und ich die anderen Kinder sah. Die Visionen zeigten mir eine alternative Zukunft. Möglichkeiten. Strategien. Ich brauchte den Visionen nur zu folgen, um etwas sehr Wertvolles aus den Kindern zu machen. Was sie in ihren Dörfern gesehen hatten, hat sie beinahe gebrochen. Sie alle standen an einer Schwelle, an der Menschen ihre Menschlichkeit verlieren. Jedes Kinderlachen war nur Fassade, das begriff ich jetzt. Die äußeren Verletzungen hatten die Kinder überstanden, dennoch waren sie voller Wut. Insbesondere die älteren. Und plötzlich sah ich sie und ihr ganzes kriegerisches Potenzial. Die Visionen zeigten mir, zu was diese Kinder fähig sein würden, wenn wir sie ausbildeten. Kinder sind als Spione tausendmal unauffälliger als jeder Erwachsene, und als Krieger sind sie tausendmal skrupelloser. Wenn es uns also gelang, diesen Kindern das Handwerkszeug eines guten Spions zu zeigen, konnten wir sie an strategischen Stellen als Sklaven einschleusen, wo sie wichtige Informationen für uns und den Widerstand sammeln sollten. Meine Visionen wurden immer klarer und deutlicher und fingen an, mir einzelne Kinder zu zeigen und die Erfolge, die sie als Spion haben würden.«

Auch Tailin sah die Kinder vor sich, einzelne Gesichter in schneller Abfolge. Der Schmutz war längst abgewaschen, manchmal zuckte ein Lächeln um ihre Lippen – doch zumeist schauten sie ernst und entschlossen. Sie waren zu allem bereit, um ihre Familien zu rächen.

»Als ich das nächste Mal zu mir kam, besaß ich wieder genug

Kraft, um zu handeln. Damals habe ich mir eingeredet, dass ich den Kindern ihre freie Entscheidung lasse. Ich habe sie gefragt, ob sie für mich zu Spionen werden wollen, ob sie bereit seien, den Tod ihrer Familien zu vergelten. Und letztendlich habe ich nur die Kinder ausgebildet, die sich bereit erklärten.« Leymon atmete schwer. Wieder wischte er den Schweiß von seinem Gesicht, doch Tailin konnte mitfühlen, wie sehr ihm die Glut des Vulkans zusetzte. Seine Haut fühlte sich wund an, sein Durst brannte. Alles in seinem Körper wollte sich dem Feuer ergeben und endlich Erlösung finden.

»Aber inzwischen weiß ich, dass die Entscheidung der Kinder nicht frei war.« Mit rauer Stimme sprach Leymon weiter. »Nicht nur die schrecklichen Bilder vom Tod ihrer Familien haben sie in die Rache gezwungen. Auch ich war es. Meine Magie. Unter dem Einfluss der Visionen war ich kalt und unnachgiebig. Allein meine Worte haben die Kinder manipuliert. Aimisch hat mir auf den Kopf zugesagt, dass ich durch die Mischung der Elemente auch die Fähigkeiten eines Valjaners besitze und dass sie ungezügelt hervorkommen. Er wollte mich aufhalten und hat es darauf ankommen lassen, sich mit mir zu messen. Doch unter den Visionen war meine Magie stärker als seine. Ich hatte die uneingeschränkte Befehlsgewalt über meinen Teil der Pamuschkrieger – und damit konnte ich auch auf ihre Magie zugreifen und habe sie genutzt, um Aimisch und Lenja in meinen Magiekreis zu ziehen. Am Ende haben sie alle getan, was ich wollte. Sie alle haben dazu beigetragen, die Kinder auszubilden. Und dann waren alle daran beteiligt, sie in Sapion einzuschleusen.«

Tailin sah Leymon vor sich, als charmanten Befehlshaber, dessen Worte sich wie Samt in das Herz schlichen. Wenn er mit dieser Magie auftrat, wollte ihm jeder folgen. Nur Tailin konnte die Besessenheit und die Wut sehen, die unter Leymons Lächeln lauerten. Thias Verlust hatte etwas in ihm gebrochen. Ohne sie verlor er jegliche Skrupel. Doch das allein war es nicht. Es war seine Hybridenmagie, die ihn kalt und herzlos machte: die Kombination aus Zeit und Feuer, von der es hieß, sie verkörpere den Tod.

Ein glühender Luftzug wehte aus dem Vulkan herauf, und plötzlich konnte Tailin die vernichtende Energie spüren, die entstand, wenn das Feuer auf die Zeit traf – wenn Leymons Seele brach, wollte sein Feuer nicht nur alles Leben vernichten, sondern auch die Zeit selbst für immer beenden. In ihrer gebrochenen Form waren Leymons Elemente nicht nur der Tod – sie waren das Ende allen Seins.

Aber zu was führten Zeit und Feuer, wenn seine Seele gesund war?

»Meine Seele ist nicht gesund.« Leymon antwortete auf Tailins Gedanken. Seine Knie zitterten, als er sich vor dem Schlund des Vulkans erhob. »Meine Seele ist ein brodelnder Abgrund. Und nach allem, was ich dir erzählt habe, solltest du das wissen.«

Tailins Herz raste. Mühsam kämpfte auch er sich auf die Füße. »Was hast du vor?«

Leymon lachte trocken. »Ich bin viel zu oft verschont worden. Immer gab es jemanden, der noch Hoffnungen in mich gesetzt hat. Aber ich habe alle enttäuscht und verraten. Selbst dich. Und wenn du mich nicht aufhältst, werde ich es wieder tun. Deshalb musst du mich in den Abgrund stoßen.« Plötzlich war Leymons Magie da. Die fesselnde, unbezwingbare Magie, die aus den Worten eines Valjaners strömte. »Du müsstest längst wissen, wie gefährlich ich bin. Nur deine Liebe hat diese Tatsache ignoriert. Aber wenn ich dir die Liebe nehme, wirst du mich töten wollen.«

»Nein.« Tailin wollte schreien, aber er konnte das Wort nur hauchen. Er durfte nicht zulassen, dass Leymon ihn kontrollierte. Aber wie sollte er es verhindern?

Leymons Blick wirkte wie Gift, wickelte ihn ein und zog ihn näher. »Was ich dir erzählt habe, war immer noch nicht alles.« Seine Stimme klang tief. »Du kennst eines der Kinder, die ich an die Sapioner verkauft habe.« Seine Gedanken ließen Tailin zu sich.

Gesichter leuchteten auf, Kindergestalten, in schneller Abfolge und dennoch lange genug, um sie zu erkennen. Die meisten waren Mädchen, nicht älter als acht oder neun Blutjahre – und dann sah er das eine Gesicht, das er kannte. Ein Mädchen mit Stupsnase und roten Haaren. Leymon zeigte es länger als alle anderen, bis Tailin zweifelsfrei begriff, wer es war. Nureen! Die kleine Sklavin, die bei ihm im Zelt gelebt hatte. Damit er sie vor den anderen Kriegern beschützen konnte.

Die Wut in Tailins Bauch setzte sich wie ein Puzzle zusammen. Die ersten Teile fanden sich nur langsam. Fürsorge zuckte durch sein Herz, das warme, brüderliche Gefühl, das er Nureen entgegengebracht hatte. Sie war ihm dankbar gewesen, weil sie in seiner Gegenwart endlich nicht mehr vergewaltigt wurde.

Aber vorher. Vorher war es so oft geschehen. So viele Männer hatten sich an ihr vergriffen. Auch später. Nachdem Tailin gegangen war. Zailosch. Von ihm, von dem Heerführer Sapions, war sie schwanger geworden.

Und das alles, weil Leymon sie dafür ausgebildet hatte – als Märtyrerin, die sich dem Heerführer opferte. Nur für ein paar mickrige Informationen, die er nachts in ihr Ohr flüsterte. Oder auch nicht.

Das Gefühl von Fürsorge zersplitterte. Immer schneller fielen die Puzzleteile an ihren Platz. Nureen war gerade acht Blutjahre alt gewesen, als sie mit ansehen musste, wie ihre Familie und ihr Dorf verbrannt wurden. Nach ihrer Rettung hätte sie in Sicherheit sein können. Sie hätte in Malun aufwachsen können oder in einem nordfaruanischen Dorf.

Stattdessen war sie Leymon und seinem falschen Charme verfallen.

Tailins Wut kochte über, erfasste seinen Kopf, glühte in seiner Brust. Welcher Teil von Leymon war echt? Und welcher diente nur dazu, ihn in ein falsches Spiel zu verwickeln? Liebte Leymon ihn wirklich? Oder benutzte er ihn ebenfalls?

Plötzlich fiel die Schwäche von ihm ab, ließ ihn sicher stehen und wurde ersetzt von rasendem Hass. Er musste Leymon stoppen, musste dafür sorgen, dass er nie wieder morden und manipulieren konnte, dass er keine Unschuldigen mehr für seine Pläne missbrauchte und aufhörte, den Krieg voranzutreiben.

»Jetzt weißt du es«, flüsterte Leymon. Er stand wieder am Rand des Vulkankraters. Bereitwillig streckte er die Arme zu den Seiten aus und ließ den Kopf sinken. Das Licht des Vulkans glühte in seinen Locken. Magie strahlte von ihm ab, braute sich in seiner Stimme zusammen und zischelte auf Tailin zu: »Du musst mich töten!« *Für Nureen und für Thia, für all die Kinder, die ich auf dem Gewissen habe.*

Tailins Kraft explodierte, ließ ihn voranstürmen. Er wollte Leymon stoßen, vernichten, seine kranke Macht für immer zerstören. Schon sah er seine Hand auf Leymons Brust, spürte die Körperspannung des anderen, die sich bereitmachte, um zu fliegen.

Doch dann war der Druck auf seiner eigenen Brust, kalt und gewaltsam. Etwas Hartes stieß Tailin zurück, splitterte und ritzte in seine Haut. Eisig und warm strömte die Flüssigkeit über seine Brust. Mit dem nächsten Blinzeln fand er sich am Boden. Auch Leymon war noch da. Keuchend war er am Rand des Kraters zusammengesunken.

Tailin tastete nach seiner Brust, fühlte die Flüssigkeit an seinen Fingern. Eine Mischung aus Blut und Wasser. Glassplitter schnitten in seine Finger.

Die Phiole! Es war die Phiole, die Lenja ihm gegeben hatte, in der sich das Wasser aus der Quelle der heilenden Tränen befand. Sie war zersplittert und hatte ihn verletzt. Doch mit dem kühlenden Wasser war auch der Hass verschwunden. Nur Wärme und Klarheit erfassten ihn. Um ein Haar hätte er Leymon getötet. Aber nicht sein eigener Hass hatte ihn getrieben – es war Leymons Selbsthass, den er auf ihn übertragen hatte.

Direkt vor ihm war sein Freund zusammengebrochen. Sein Körper krümmte sich am Boden, bebte und zitterte, als wolle er sich in Schuld und Trauer auflösen.

Tailin erhob sich. Das Wasser der heilenden Quelle drang in sein Blut, nahm jede Schwäche aus seinem Körper und ließ ihn klar sehen. Leymons Verzweiflung war die Bürde der Hellseher. Der Preis, den jeder zahlte, der gezwungen war, den Lauf der Zukunft zu beeinflussen. Leymons Entscheidungen waren fatal und grausam wie die eines Gottes gewesen, und dennoch musste er sie treffen, weil sie im Kontext des Ganzen einen Sinn erfüllten.

Selbst Nureens Opfer erfüllte nach all der Zeit einen Sinn. Nur durch ihren Einfluss war Dorgen ein Mensch geblieben. Nur durch ihre Inspiration wollte er zum Widerstand überlaufen. Allein sie war noch da gewesen, um ihn zu halten, als seine Seele kurz vor dem Zusammenbruch stand. Und selbst wenn Nureen bei der Geburt ihrer Zwillinge gestorben war – den Kontakt zu den Rebellen hatte sie an Alia weitergegeben. Von nun an würde die blonde Faruanerin ihr Werk fortsetzen, ebenso wie Dorgen, der das Heer noch immer auf die Seite der Rebellen überführen wollte.

Und all das nur, weil Leymon alles vorhergesehen hatte, weil seine Magie ihn gezwungen hatte, Nureen und die anderen Kinder zu opfern.

Noch war die Zukunft nicht entschieden, und viele ihrer Pläne mochten auf Messers Schneide stehen – doch letztendlich konnten Dorgen und Alia die entscheidenden Funken sein, die den Krieg wendeten.

Direkt neben Leymon ging Tailin in die Knie. Seine Hand war noch nass von Blut und Quellwasser, als er sie in Leymons Nacken legte.

Sein Freund schreckte auf. Die Augen waren rot von Hitze und Tränen. »Warum hast du mich nicht getötet?«

Tailin berührte seine Wange. »Weil ich es verstehe.« Plötzlich schlossen sich ihre Gefühle zusammen. Tiefes Verzeihen sickerte durch Tailins Brust, übertrug sich auf den anderen und trieb ein erneutes Beben durch Leymons Körper. »Du hast das alles getan, um die Zukunft zu retten«, murmelte Tailin. »Du magst die Seele eines Menschen haben, Leymon, aber deine Entscheidungen sind die eines Gottes. Du musst endlich Frieden mit dir selbst schließen. Ruann braucht dich mit all deinen Fähigkeiten. Und ich auch.«

16. Kapitel

Galejas wissende Chronik der Vergangenheit
Buch Nelja

Jahr 15 bis 85 der Blutära

Sapia war eine Legende. Zunächst war sie nur eine Legende aus Worten, die der oberste Berater von Sapion erzählte, um die Sapioner für den Kampf zu motivieren. Sapias Symbol war die Blutsonne am Himmel, und genau dieses Symbol kennzeichnete die Flaggen der Sapioner: die rote Sonne auf blauem Grund. In der Legende, die der oberste Berater erzählte, gab es Sapia wirklich, und ihr Sitz war die Blutburg von Zeylem. Doch eine leibhaftige Göttin hatte lange Jahre niemand gesehen.

Aber je länger der Krieg währte, desto unruhiger wurde das Volk von Sapion. Die Dürre nahm zu, und der Krieg brachte kaum eine Verbesserung. Sämtliche Männer waren Soldaten. Die Auslese ließ nur wenige von ihnen überleben, und selbst diese waren gezeichnet vom Krieg, wenn sie nach Hause zu ihren Frauen durften. Nur die Akademiker besaßen Privilegien, und die Unzufriedenheit der anderen wuchs.

In einer solchen Zeit brauchte es mehr als nur Legenden, um ein unruhiges Volk zu kontrollieren. Und so schuf Walerius eine leibhaftige Göttin, die er ebenfalls Sapia nannte. Sie war ein Vaikunimädchen, das große Macht verströmte und das in seiner Gefangenschaft erwachsen geworden war.

Um dem Volk die leibhaftige Sapia zu zeigen, arrangierte Walerius eine Hochzeit zwischen Rabanus und der Blutgöttin. Sämtliche Politiker und alle Offiziere des Heeres waren zu der Hochzeit geladen, die auf der Blutburg gefeiert wurde. Und sie alle spürten die grausige Macht der leibhaftigen Sapia, die von oben bis unten verschleiert war und nur von einer Balkonbrüstung auf die Gäste herabblickte. Es wurde eine pompöse, jedoch sehr kurze Hochzeit, denn alle Gäste nutzten die erstbeste Gelegenheit, um dem Fest und der schaurigen Gegenwart der Göttin zu entfliehen.

Doch von nun an verbreitete sich die Kunde von der Schauerlichkeit der Blutgöttin. Und schließlich, nur einen Monat nach der Hochzeit, forderte Sapia ihr erstes Opfer. Blonde Kinder sollten gesucht und zu ihr gebracht werden. Das Blut der blauäugigen Mädchen wollte sie trinken, um sich und ihre Macht dadurch zu stärken – und die blonden Jungen sollten zu ihr kommen und ihr die Opfer darbringen.

Die Macht der Blutgöttin war so gewaltig, dass sie Jungen sogar zwingen konnte, ihre eigenen Schwestern zu opfern. Und schließlich verbreitete sich eine Kunde des Schreckens über ganz Ruann. Alle Familien, in denen es noch blonde Kinder gab, versuchten, diese zu verstecken.

Wenn nur nicht die Blutsucher gewesen wären. Sie alle dienten der Blutgöttin und waren besessen davon, blonde Kinder zu fangen.

Ein jeder fürchtete Sapia und ihre Gewalt. Selbst Rabanus, der Herrscher von Sapion, mied die Gegenwart der Göttin, obwohl sie seine Gemahlin war. Seit der Hochzeit hatte er nicht ein einziges Mal ihr Bett geteilt, und vermutlich hätte er es niemals getan, wenn nicht die Politik ihn gezwungen hätte.

Die Unruhen im Volke Sapion steigerten sich. Die dunkelhaarigen Sapioner fürchteten die Macht der Blutgöttin nur wenig. Stattdessen mehrten sich die Männer, die den Schriften Iosacas verfielen. Deserteure und versklavte Sapioner, faruanische Sklaven und sogar Frauen schlossen sich zu einer Bewegung zusammen, die nach den Lehren Iosacas leben wollte. Sie verließen Sapion und strebten nach Freiheit. Die Abtrünnigen drohten immer mehr zu werden, und so war schließlich ein weiteres Zeichen der Abschreckung nötig: Rabanus brauchte einen leibhaftigen Sohn, eine weitere Figur, die größtmögliche Macht verkörperte und die irgendwann sein Nachfolger sein sollte.

So kam es, dass Rabanus im Jahr 84 der Blutära ein einziges Mal den Beischlaf mit seiner Gattin pflegte. Nur durch ein Blutopfer, das Rabanus ihr persönlich darbrachte, war Sapia bereit, ihn zu empfangen. Doch das frische Blut machte sie lüstern und gierig, und so reichte jene eine Nacht aus, um den Blutsohn zu zeugen.

***

Farua, Heerlager Sapions

Alia

Mit festem Griff hielt der Blutsohn sie am Arm, führte sie von den Ställen fort und schlug den Weg zum Offizierslager ein. Seine langen Schritte gaben das Tempo vor. Alia bemühte sich mitzuhalten. Manchmal musste sie laufen, um neben ihm zu bleiben. Doch ganz gleich, was passierte, sie ging mit hocherhobenem Haupt. Offiziell mochte sie von nun an sein Eigentum sein. Dennoch würde er sie nicht unterwerfen. Weil sie es nicht zuließ.

Ihr Herzschlag pulsierte hart und kräftig. Aber der Grund dafür war nicht Angst. Nur ihre Magie nährte sich daraus. Mit jedem Atemzug blies sich ihr Schutzschild auf, er umhüllte sie wie eine Aura aus Glas. Falls der Blutsohn versuchte, sie zu zertrümmern, würde er sich selbst daran schneiden.

Hastig ließ Sapionas ihren Arm los. Seine Hand zuckte zurück, als hätte er sich verletzt. Mit der anderen umklammerte er seine Finger.

Blutete er tatsächlich? Oder war es ein Phantomschmerz, der seine Hände zum Zittern brachte?

»Wo?« Knurrend stieß er das Wort hervor. »Wo ist dein Hurenzelt?«

Wieder war sie sich der Metallspitzen bewusst, die rund um

ihren Hals standen. Sie war nicht mehr die verletzliche Sklavin, die er im Bergwerk vergewaltigt hatte. Inzwischen war sie jemand völlig anderes.

Eine Vaikunigöttin.

»Es ist dort!« Mit ausgestrecktem Arm zeigte sie in die Richtung. Hinter den anderen Zelten war nur ein kleiner Zipfel des Daches zu sehen. »Das bunte dort hinten.« Ihre Stimme blieb ruhig. Sie war selbst überrascht, wie beherrscht sie klang.

Irritation huschte über das Gesicht des Blutsohnes. Doch nur kurz, ehe er sie von oben bis unten musterte. Eisige Kälte drang in ihre Richtung. Alia kannte die Art der Magie. Seine Gedanken wollten in ihre eindringen.

Doch ihr Schutzschild blockte den Angriff ab.

Mit einem verärgerten Schnauben schaute er nach vorn. »Komm mit!«, befahl er und wurde schneller. Dennoch rückte er auf Abstand.

Kurz darauf lag das Hurenzelt vor ihnen. Mit zitternden Händen öffnete der Blutsohn die Plane, hielt sie hoch und ließ Alia eintreten. Als sie unter seinem Arm hindurchtauchte, glitt ihre Aura durch seine. Ein schmerzerfülltes Zischen entkam ihm.

Alia lief ein paar Schritte weiter. Erst in der hinteren Hälfte drehte sie sich um und sah ihm entgegen. Ihr Herz klopfte noch lauter. Plötzlich fing sie an zu frieren. Nicht nur seine Aura strahlte Kälte ab. Ihre eigene schien noch kälter zu sein. Zornige Eiskristalle sammelten sich in der Luft und hefteten sich als Raureif an die Zeltplane.

Der Blutsohn war direkt neben dem Eingang stehen geblieben. Sein Atem formte sich zu einer weißen Wolke. Kurz öffnete er den Mund, als wollte er etwas sagen. Doch er schwieg.

Alia zwang sich, seinem Blick standzuhalten. Fast war es wie damals im Bergwerk. Sie musste ihn ansehen, um seinen Wahnsinn von sich fernzuhalten, musste ihn bezwingen, indem sie ihm in die Augen starrte. Erst dann begriff sie den Unterschied: Bis jetzt versuchte er nicht, sie anzugreifen. Er stand einfach nur da, großgewachsen und schmal, mit hängenden Armen. Auf seinem Gesicht lag keine brutale Härte. Seine Züge wirkten weich, auf irritierende Weise unschuldig. Beinahe wie ein Kind, das sich fürchtete.

Der Blutsohn hatte Angst!

Wovor?

Vor dir. Die Antwort erschien flüsternd in ihrem Kopf. Die Magie im Zelt veränderte sich. Von ihm ging etwas aus, das in ihre Schutzaura eindrang. Doch nicht bösartig. Eher vorsichtig, tastend, wie eine zarte Bitte um Erlaubnis. Seine Gedanken wollten ihr etwas sagen. Seine Magie ähnelte ihrer, ganz leicht konnten sie sich zusammenschließen.

Alia schnappte nach Luft. Mit einem Sprung wich sie zurück und riss ihre Magie mit sich. Niemals durfte er auf ihre Fähigkeiten zugreifen! Niemals!

Endlich war die Schutzaura wieder vollständig. Kalt und abweisend füllte sie das Zelt. Nur dort, wo er stand, schien sie einen winzigen Raum auszusparen.

Sichtbares Unbehagen zeigte sich auf seinem Gesicht. Etwas in ihm duckte sich vor ihr. Seine eigene Magie zog sich zurück und kapitulierte vor der eisigen Aura, die sie ihm entgegenschleuderte. Er trat einen Schritt nach hinten, tastete nach der Zeltplane und hielt inne. Als er sich aufrichtete, dehnte sich seine Aura aus und drückte gegen ihre. »Ihr seid meine Sklavin!«, stieß er hervor. »Vergesst das nicht. Vor diesem Zelt wird ab heute mein bester Wachmann stehen.«

Alia entwich ein verächtliches Schnauben. Die Zeltplanen blähten sich unter der Eisluft. Wie vom Sturm getroffen wich der Blutsohn nach hinten und verschwand nach draußen.

Erleichterung flutete Alias Körper. Doch die Stille folgte sofort. Eine gefühlte Ewigkeit stand sie an derselben Stelle und atmete. Ein und aus. Immer eisiger wurde die Luft, bis der Raureif in weißen Flocken von der Zeltdecke rieselte. Alia fror erbärmlich. Sie fing an zu zittern, immer heftiger, bis sie sich aus der Starre löste und zu ihrem Bett ging. Als sie sich hineinlegte, geschah es nicht vor Müdigkeit. Sie brauchte nur die Wärme.

Doch ihre Rüstung behielt sie an. Es war nicht leicht, mit der Halskrause eine bequeme Position zu finden. Erst als sie den Schutz mit Kissen ausstopfte, konnte sie liegen, ohne ihr Gesicht an den Eisenstäben zu scheuern.

Obwohl sie für den Rest des Tages im Bett blieb, schlief sie nicht ein. Auch mitten in der Nacht, als der Blutsohn wieder hereinkam, war sie noch wach. Sie starrte ihm entgegen und bemühte sich, die Schutzaura aufrechtzuhalten. Ein Teil von ihr wollte aufspringen und fliehen. Doch ihr Körper konnte sich nicht rühren.

Kurz blieb der Blutsohn im Eingang stehen. Dann kam er näher, löste die Arm- und Beinmanschetten und den Brustpanzer seiner Lederrüstung. Nur sein Hemd behielt er an, ehe er neben ihrem Bett verharrte.

Alias Atem stockte. Es war ein Gefühl, als würde sich ihr Geist ganz klein in ihrem Inneren zusammenrollen, während ihr Körper starr blieb. Dennoch bestand die Schutzaura weiterhin. Wie eine Seifenblase hing sie über ihr. Jederzeit konnte sie zerplatzen.

Was, wenn er sie noch einmal vergewaltigte? Wenn er seine Kettenpeitsche herausholte und sie schlug? Wenn er noch einmal versuchte, seinen Wahnsinn in ihren Geist zu treiben?

Würde sie die Nacht durchstehen, wenn er erst einmal anfing? Und wie lange würde der Schutzschild halten, wenn er von nun an jede Nacht wiederkam?

Der Blutsohn sah noch immer auf sie herab. Alia wollte ihn anflehen, Nureens Bett zu nehmen – oder ihn fragen, ob sie in das andere Bett gehen durfte. Aber sie brachte keinen Ton hervor.

Seine Bewegung war langsam, als er sich zu ihr setzte. Die Matratze bewegte sich, während er sich hinlegte. Plötzlich war er nah. Ihre Aura machte sich schmal. Auch er hielt seine Aura von ihr fern. Dennoch pulsierte seine Magie direkt neben ihrer.

Nur für winzige Momente wagte Alia es, ihn anzusehen. Stumm lag er da und schaute an das Zeltdach. Um ihn herum strahlte Einsamkeit. Verlorenheit. Verzweiflung. Deshalb lag er hier, bei ihr. Nicht, weil er ihr etwas tun wollte. Vielmehr schien er etwas zu suchen, ein anderes, schöneres Gefühl, das er vor langer Zeit verloren hatte.

Erschrocken wandte Alia sich ab. Der Blutsohn hatte mehr als nur einen Namen. Und sie kannte nicht nur die Kreatur, zu der er geworden war.

Etwas in ihrer Aura wurde weich, durchlässig, berührte seine und floss mit seiner Magie zusammen, nur für einen winzigen Augenblick, ehe ihre Wahrnehmung von ihm fortzuckte. Doch sie hatte genug gesehen.

Lunis! Sein zweiter Name war Lunis. Als sie noch Kinder gewesen waren, hatte Alia sich in ihn verliebt. Damals, bevor der Krieg nach Farua gekommen war. Bevor Lunis sich in den Blutsohn verwandelt hatte.

Aber wer von beiden lag jetzt neben ihr?

Sie hätte ihn fragen können. Einfach so: ob Lunis noch in ihm war. Immerhin hatte sie bis vor kurzem von ihm geträumt.

Doch sie durfte das Schweigen nicht brechen.

Für den Rest der Nacht lagen sie wach nebeneinander. Sie sprachen kein Wort, sahen sich nicht an und brauchten all ihre Konzentration, um ihre Magie von dem anderen fernzuhalten.

Am nächsten Morgen ging er fort und kehrte erst in der Nacht zurück. Auch dieses Mal rührte er sie nicht an. Er lag nur da und schaute nach oben. Dennoch brauchte es eine dritte und eine vierte Nacht, ehe Alia in seiner Gegenwart einschlief. Und einen fünften Abend, an dem sie die Rüstung auszog, um bequemer zu liegen. In dieser Nacht träumte sie. Von der Dunkelheit des Kerkers. Gequält und zerschlagen lag Lunis neben ihr. Ratten liefen um ihn herum. Blutschlieren zogen sich über seinen nackten Rücken, die Spuren der Kettenpeitsche, mit der der Blutsohn ihn gezüchtigt hatte.

Er selbst. Er selbst hatte sich das angetan. Immer wieder. Monat um Monat.

Atemlos schreckte Alia auf. Draußen war es noch dunkel. Nur im Bett war es warm. Jemand lag neben ihr und sah sie an. Der Blutsohn! Wie lange schon? Wie lange hatte er ihren Traum bewacht?

Ob er wusste, wovon sie träumte?

Schatten verdunkelten seine Augen und umhüllten seine Wangen. Nur seine blonden Haare leuchteten in der Dunkelheit. Wirr und strähnig klebten sie an seiner Stirn.

Tiefer Schmerz zuckte durch Alias Brust. Sapionas und Lunis waren ein und dieselbe Person. Oder waren sie zwei Seelen in einem Körper?

Eine Windböe griff in die Zeltplane und rüttelte daran. Der Sturm, mit dem Siberi das Heer gelenkt hatte, war abgeflaut. Nur diese Böen waren geblieben. Hin und wieder stoben sie durch das Lager.

Der Sturm war der Blutwind. Der Wahnsinn des Blutsohnes wohnte darin.

Hieß das, sein Wahnsinn war ebenso abgeflaut wie der Sturm? Nur noch ein Auf und Ab von kurzen Ausbrüchen?

Wer war dieser Mann, der nachts in ihrem Bett lag und sie ansah? Und wer war er, wenn er morgens das Zelt verließ und seinen Posten als Heerführer ausfüllte? Falls er den Posten *überhaupt* ausfüllte.

An den Tagen herrschte Tumult im Heerlager. Die Geräusche klangen nach Chaos und Anarchie, nach Saufgelagen und Prügeleien, nach Drogenmissbrauch und dumpfem Irrsinn, der fast alle Männer erfasst hatte. Immer und überall schienen schlimme

Dinge zu passieren. Aber Alia war von allem isoliert. Seit der Blutsohn sie hergebracht hatte, war sie nicht mehr vor das Zelt gegangen.

Aber war sie seine Gefangene? Oder wollte der Blutsohn sie vor der Außenwelt beschützen? Manchmal schien auch diese Botschaft in seinen Augen zu glimmen.

Sie musste es nur wagen, in seine Gedanken einzutauchen – darin fanden sich alle Antworten.

Vielleicht war es das, worauf er lauerte. Weshalb er sie nächtelang ansah. Damit sie seine Gedanken las – und ihm endlich in die Falle ging. Sobald sie ihm zu nah kam, würde sein Wahnsinn sie gefangen nehmen.

Ein leises Fiepen ließ sie zusammenzucken. Die spitze Nase einer Ratte schob sich aus dem Kragen seines Hemdes. Das Tier glotzte sie an und huschte piepsend über die Brust des Blutsohnes. Auf der anderen Seite verschwand es hinter ihm.

Doch es war nicht die einzige Ratte. Zwei weitere schoben sich aus seinem Ärmel, tasteten sich schnuppernd über das Bett und kamen Alia näher.

Auch Lunis hatte die Ratten bei sich getragen – damals in den Wäldern. Selbst in ihren Träumen. Hieß das, er war es? Oder fühlten sich die Tiere bei Sapionas genauso wohl?

Die Ratte erreichte Alias Decke, krabbelte daran herauf und schnupperte an ihrem Finger. Ihre Hand zuckte. Sie wollte das Tier berühren, einfach nur, um zu spüren, dass es echt war.

»Nicht streicheln!«, flüsterte der Blutsohn. »Sie müssen dich erst in ihr Rudel aufnehmen, sonst beißen sie.«

Seine Stimme trieb ein heißes Gefühl durch ihren Körper. Diese Worte kamen nicht von Sapionas. Diese Art, mit der er sich um sie sorgte – das war Lunis.

Aber woher wusste sie das? In ihren Träumen hatte er niemals geredet – und damals, im Wald von Farua, hatte sie seine Sprache nicht verstanden. Doch nun lag etwas Vertrautes in seiner Stimme.

Erst dann begriff Alia, was es war: Er hatte Faruanisch mit ihr gesprochen.

***

Sapionas

Er konnte das Heer nicht kontrollieren. Es war seine Magie, die in Böen über das Land wehte, aber er vermochte sie nicht zu bündeln und zu leiten, wie Siberi es getan hatte. Anfangs versuchte er es. Er stellte sich auf den Hügel neben dem Heerlager und bewegte die Hände, wie er es bei Siberi gesehen hatte. Doch bei ihm blieb die Wirkung aus. Vermutlich war nicht die Bewegung seiner Hände entscheidend, sondern etwas, das in Siberis Gedanken und Vorstellungen stattgefunden hatte.

Aber was war es? Sapionas fand keinen Zugang dazu. Niemand hatte ihm je erklärt, was es mit seiner Magie auf sich hatte. Alles, was er darüber wusste, hatte er selbst herausfinden müssen. Doch es war nicht viel, nur eine kümmerliche Ahnung, die ihn befähigte, die Gedanken anderer Menschen auszuspähen. Manchmal.

Warum war er nicht in Siberis Gedanken eingedrungen? Vielleicht hätte er genug Informationen daraus gewinnen können, um die Magie zu beherrschen.

Doch nun war es zu spät. Siberi war fort. Und er war allein mit diesem Heer, das zu einem chaotischen Haufen zerfallen war.

Selbst Walerius und Rabanus wollten sich nach wenigen Tagen verabschieden. Walerius wirkte unruhig, als er sein Pferd am Zügel hielt. Er sah sich im Lager um, als würde er etwas suchen.

Oder jemanden.

Sapionas erfasste die Gedanken des Alten: Er suchte den Jungen, jenen Knaben, den er sich mitgebracht hatte. Doch das Kind war fortgelaufen. Jetzt musste er es finden. Dringend. Und wenn nicht dieses Kind, dann ein anderes. Die Sucht danach wurde immer größer.

Eine Welle von Übelkeit überkam den Blutsohn. Ein seltsames Bild flackerte vor seinen Augen, ein weißgekleideter Mann in der Dunkelheit. Er hob sein Gewand und entblößte sich.

Sapionas zuckte zurück. Woher kannte er dieses Bild?

Nicht darüber nachdenken! Nicht solche Fragen stellen!

Hastig sah er zu Rabanus. Auch sein Vater schien es eilig zu haben. Seine Kapuze hatte er tief über das Gesicht gezogen. In dem Schatten darunter waren die Narben nur zu erahnen. Doch Sapionas hatte sie längst gesehen: Sein Vater war entstellt wie das Opfer eines verheerenden Brandes. Gestern war er noch jung und schön gewesen. Über Nacht mussten die Narben zurückgekehrt sein.

Sapionas hatte seinen Vater nicht oft zu Gesicht bekommen – dennoch wusste er längst, dass diese Narben die wirkliche Gestalt des Herrschers zeigten. Wie die Blutgöttin schien auch er ein Ritual zu benötigen, das ihn regelmäßig heilte und verjüngte.

Tiefe Abscheu überkam ihn. Es war besser, wenn Walerius und Rabanus das Heerlager verließen. Wenn sie nicht sofort gingen, würde er die Kettenpeitsche aus seinem Gürtel ziehen und sie vertreiben!

Rabanus klopfte ihm mit der Faust gegen die Schulter. »Bring mir Ruhm und Ehre!« Seine Stimme klang rau. Beißender Rauchgestank schlug aus seinem Atem. »Sohn!« Das letzte Wort spuckte er aus wie einen blutigen Schleimklumpen.

Sapionas wich zurück. Seine Hand fuhr an den Knauf der Peitsche. Doch die beiden Männer wandten sich ab und saßen auf. Ohne ihn noch einmal anzusehen, schnalzte Rabanus mit der Zunge und trabte an. Nur Walerius' Blick glitt über seinen Körper, tastete sich daran herab, als könne er die Kleidung durchdringen und das nackte Kind darunter sehen.

Lunis' Hand klammerte sich enger um den Knauf der Peitsche. Er war kein Kind mehr! Die Tage im Kerker waren gezählt! Jetzt war er der Heerführer. Walerius selbst hatte ihn dazu gemacht.

Ein anzügliches Grinsen stahl sich auf das Gesicht des obersten Beraters. Gleich darauf trabte er an und folgte dem Herrscher.

Mit zitternden Händen blieb Sapionas stehen. Ein heißes Gefühl stieg in ihm auf, eine heftige Böe wehte über das Lager und brachte die Flaggen zum Knattern. Von irgendwoher drangen die Schreie einer Schlägerei. Dazwischen das Wimmern einer Frau.

Sapionas ließ den Blick über das schweifen, was vom Heerlager noch übrig war. Die verbliebenen Zelte waren grau geschwärzt von Ruß und Staub, sofern die Planen nicht gänzlich vom Sturm zerfetzt worden waren. Von zahlreichen Zelten stand nur noch das Gerippe aus Stangen. Wieder andere Zeltplätze waren vollkommen leergefegt. Ein Teil des Materials lag längst auf der anderen Seite des Waldgürtels, irgendwo in der Ebene von Nordfarua, nachlässig hingeworfen, weil sie dort ein neues Lager errichten sollten.

Doch niemand baute ein neues Lager auf. Und niemand reparierte dieses hier. Eine Gruppe von Soldaten torkelte an Sapionas vorbei. Die Männer trugen Mostkrüge und schubsten sich gegenseitig. Einer fiel auf die Knie, und die anderen lachten.

Sapionas wandte sich ab, ging in die entgegengesetzte Richtung und sah einen einzelnen Soldaten am Boden liegen. Wie ein Wahnsinniger ritzte er mit dem Messer in die Haut an seinem Oberarm, rieb die milchig blutenden Blätter einer Kabakpflanze darüber und lehnte sich stöhnend zurück. Von irgendwoher kam ein zweiter Soldat, riss dem Ohnmächtigen die Blätter aus der Hand und huschte stolpernd davon.

Eine weitere Sturmböe wehte die Haare vor das Gesicht des Blutsohnes und ließ seine Ärmel flattern. Der Rest seiner Kleidung war unter der Lederrüstung fest verschnürt.

Als er die Haare zurückstrich, entdeckte er eine Gruppe von Männern, die in einem Kreis standen. Genau genommen waren es ein innerer und ein äußerer Kreis. Die Männer des inneren Kreises bedrohten die anderen mit Messern. Was dahinter, im Zentrum der beiden Kreise geschah, konnte Sapionas erst sehen, als er näher kam: Weitere Männer hockten über einem Schwein, weideten es aus und schnitten es in Stücke. Einer von ihnen biss hungrig in das rohe Fleisch.

»Wenn ihr uns nichts abgebt, spießen wir euch auf!«, schrie einer der äußeren Männer und zog sein Schwert. Die anderen taten es ihm gleich. Dann schlugen die Schwerter aufeinander.

Sapionas wich zur Seite und umrundete den Kampfplatz. Die Männer würden sich gegenseitig abschlachten. Wie sie es jeden Tag taten, im Kampf um Nahrung und Wasser.

Die nächste Windböe dauerte länger an, erfasste den Blutsohn von hinten und trieb ihn fort von dem Geschehen. Seine Finger lösten sich aus den verkrampften Fäusten. Es war seine Magie, die in dem Sturm wütete. Warum konnte er sie nicht kontrollieren? Warum konnte er die Männer nicht lenken und durch den verbrannten Waldgürtel an die Front schicken? Wenigstens das Heerlager mussten sie dort hinten wieder aufbauen.

Aber wie sollte er sie zum Appell zusammenrufen? Wie sollte er ihnen Befehle geben? Nicht einmal die Offiziere waren noch bei Sinnen. Mit ihnen zu reden war aussichtslos.

»Es ist dein Werk«, flüsterte eine Stimme in seinem Kopf. *»Es ist dein Wahnsinn, der sie ergriffen hat.«*

»Nein!«, zischte Sapionas. So wahnsinnig war er nicht. Müsste er sonst nicht ebenfalls nach Alkohol und Drogen greifen?

Vielleicht sollte er das tun. Damit dieses Elend ein Ende hatte. Wenn er sich schon nicht töten konnte, würden die Drogen ihn wenigstens von den Gedanken befreien.

Heiße Luft wirbelte um ihn herum, riss staubige Erde mit sich und trieb sie in seine Augen. »Die Blutgöttin!«, stieß er hervor. »Von ihr stammt der Sturm. *Sie* ist die Wahnsinnige. Nicht ich.«

Doch auch das war nicht die Wahrheit. Nicht die ganze Wahrheit. *»Vielleicht seid ihr es beide. Ruft sie dich noch? Müsstest du nicht bald wieder bei ihr sein?«*

Nein! Niemals! Niemals würde er zu der Blutgöttin zurückkehren, nicht einmal, wenn sie ihn rief. Sollte sie doch krepieren auf ihrem Thron.

Doch eine Kreatur wie sie konnte nicht sterben. Sie würde nur für alle Ewigkeit vor sich hinsiechen.

Sapionas wollte die Verbindung trennen, wollte die Fäden der Magie durchschneiden. Doch es war gleichgültig, was er wollte. Eines Tages würde sie wieder etwas von ihm fordern. Vermutlich das Mädchen, das er im Kerker der Blutburg zurückgelassen hatte.

Sapionas fing an zu rennen. Immer schneller sprintete er zwischen den Zelten hindurch, bis der Pferdestall vor ihm lag. Im ganzen Heerlager schien es nur noch einen Menschen zu geben, der bei Verstand war. Von weitem sah er, wie Dorgen zwei Tränkeeimer in den Stall trug. Neben ihm lief ein Knappe, der ebenfalls zwei Eimer schleppte. Schon oft hatte er die beiden beobachtet. Tagein, tagaus kümmerte sich der ehemalige Heerführer um die Pferde, fütterte und striegelte sie, trainierte sie auf einem der Brachfelder – und verteidigte sie mit dem Schwert, wenn die anderen Soldaten sie schlachten wollten.

Zusammen mit dem Knappen verteidigte er auch den Stall, in dem er wohnte.

Lunis duckte sich hinter einem Zelt. Ein weiteres Mal sah er zu, wie die beiden Wasser holten. Doch eigentlich wollte er hingehen und Dorgen gegenübertreten. »Du musst mir helfen«, flüsterte er. »Vielleicht können wir das Heer gemeinsam führen. Alleine schaffe ich es nicht.«

Doch er konnte ihn nicht fragen, nicht, nachdem er ihm sein Amt und sein Mädchen gestohlen hatte.

Bis zum Abend blieb er neben dem Zelt hocken, auch dann noch, als es dunkel wurde und sich am Pferdestall niemand mehr rührte.

Erst mitten in der Nacht kehrte er um und ging zu dem Zelt, in dem er mit der Sklavin lebte. Turor stand davor und schaute ihm entgegen.

Er war der Letzte, der Einzige, dem er noch vertrauen konnte. Doch es gab einen Ort, an dem Turor dringender gebraucht wurde. »Du musst zurückreiten zur Blutburg. Du musst das Mädchen beschützen, das wir in der weißen Stadt gefangen haben. Um keinen Preis darf die Blutgöttin sie bekommen.«

Mitleidig und sanft strich Turors Blick über Lunis' Gesicht. Mit einem Nicken wies er auf das Zelt. »Was ist das zwischen dir und ihr? Es ist nicht zu übersehen, dass sie Schwestern sind.«

Bilder flackerten auf: der Wald von Farua, der See, in dem sie gebadet hatten. Das Mädchen lächelte ihn an. Unverständliche Worte kamen aus ihrem Mund, und dennoch lagen so viele Gefühle darin, dass er den wesentlichen Inhalt erfasste.

Scharfer Schmerz zog durch seine Brust. Auch wenn sie dort in dem Zelt war, auch wenn er jede Nacht zu ihr ging und neben ihr lag – er hatte sie für immer verloren. Kurz war er versucht, Turor davon zu erzählen. Doch er fand keine Worte, die den Schmerz beschreiben konnten.

Turor verstand es auch so. Ein mitleidiger Ausdruck huschte über sein Gesicht. Väterlich klopfte er auf Lunis' Schulter. Gleich darauf wandte er sich ab und ging Richtung Pferdestall. Noch heute Nacht würde er losreiten, um den Auftrag zu erfüllen.

Während Lunis ihm nachschaute, war es, als würde ein weiterer Teil in seinem Inneren zerfallen. Ohne Turor war er allein.

Nun gab es nur noch das Mädchen. Sie war die Einzige, die bei ihm war, auch wenn sie ihn hasste.

Zögernd trat er durch den Zelteingang. Allein an der Magie spürte er, dass sie schlief. Ihre Schutzaura umhüllte sie eng, wie eine zweite Decke, die über ihr lag.

Es war gut so. Lunis wollte ihr nichts tun. Aber Sapionas war unberechenbar.

Vorsichtig wie immer ging er auf sie zu, zog seine Rüstung aus und legte sich neben sie.

Damals im Wald hatten sie die Worte des anderen nicht verstanden. Doch inzwischen war es anders. Nicht nur Alia beherrschte die Sprache ihrer Besatzer – auch Lunis hatte Faruanisch für sie gelernt. Heimlich hatte Turor ihm seine Muttersprache beigebracht.

Aber nun, da er neben Alia im Bett lag, wusste er nicht, was er sagen sollte. Ein Teil von ihm wollte ihr alles erzählen, von seiner Kindheit im Kerker, von der Zeit danach, in der er zum Blutsohn geworden war – und nicht zuletzt von seinem inneren Kampf, in dem er immer versucht hatte, trotz allem Lunis zu bleiben.

Doch seine Lippen brachten kein Wort hervor. Es gab keine Entschuldigung für das, was er war – und noch weniger konnte er sich für das rechtfertigen, was er ihr angetan hatte.

Eines Tages würde er sie freigeben müssen. Das war der einzige und letzte Gefallen, den er ihr tun konnte.

Wieder lag er die halbe Nacht lang neben ihr und schaute sie an. Ihre helle Haut unter den hellen Haaren, ihr makelloses Gesicht, auf dem sich nicht eine Narbe abzeichnete. Selbst die Haut an ihrem Arm, der unter der Bettdecke hervorlugte, war glatt und von der Sonne braun gebrannt.

Damals, im Bergwerk, hatte sie noch Narben auf ihrer Haut getragen, auf ihren Beinen und Armen. Allzu gut erinnerte er sich daran. Die Schorfmaden hatten ihre Haut zerstört. Um das zu wissen, hatte ein Blick auf die Art der Entstellungen gereicht.

Doch nun waren die Narben fort.

Es war die Göttlichkeit, die sie geheilt hatte. Offenbar war sie erst in den Monaten danach zu ihrer vollen Stärke erwacht.

Welche Art von Magie war es? Sie ähnelte seiner, und dennoch war sie anders. Schöner. Reiner. Vollkommen in ihrer Gutartigkeit.

Lunis spürte den Drang, die Haut an ihrem Arm zu berühren. Aber er durfte es nicht. Niemals wieder durfte er ihr so nah kommen. Niemals durfte er sie in diese Gefahr bringen. Jederzeit konnte Sapionas hervorkommen und sie in seine Gewalt zwingen.

Hoffentlich war ihr Schutzschild stark genug, um es zu verhindern. Vorsichtig streifte sein Geist daran entlang, spürte ihre Magie und fühlte die Elemente, die sie beherbergte.

Plötzlich wusste er, welche Art von Zauber es war. Sein Atem ging schneller. Aufregung zuckte durch sein Inneres. Die Worte ließen sich nicht länger aufhalten. Nur seine Bewegung war vorsichtig. Er beugte sich an ihr Ohr, so nah wie möglich, aber ohne ihre Aura zu durchbrechen. »Bitte heile mich«, flüsterte er. »Du musst mich heilen, sonst sind wir alle verloren.«

17. Kapitel

Malun

Leymon

Vier Tage lang jagten sie im Galopp Richtung Süden. Dann erreichten sie den Wald, in dem ihr Ritt langsamer wurde. Am liebsten hätte Leymon die Pamusch die Bäume hinaufgetrieben, um in den Baumkronen von Ast zu Ast zu springen, aber Tailin schlief auf dem Rücken der Katze. Permanent musste Leymon ihn festhalten, damit er nicht fiel. Sowohl sein Fieber als auch seine Visionen waren zurückgekehrt. Leymon wusste nicht, wovon er träumte. So gut er konnte, hielt er sich von Tailins Gedanken fern. Wenn er jetzt in die Visionen hineinrutschte, würden sie niemals ankommen.

Es war ein Wettlauf gegen die Zeit. Das Wasser in Tailins Phiole schien sein Fieber nur vorübergehend gelindert zu haben. Seit die Wirkung nachließ, kehrte es umso heftiger zurück. Erschreckend schnell wurde Tailin schwächer.

Sie mussten die Novizensiedlung endlich erreichen, mussten die Heilung im roten See hinter sich bringen. Auch wenn es Leymon ein Rätsel war, wie das gelingen sollte.

Drei weitere Tage ritten sie durch den Wald, ehe die Katze vor Erschöpfung in Schritt fiel. Oder griff das Fieber auf sie über?

»Nur noch ein halber Tagesritt«, flüsterte er Chaveen zu. »Wir schaffen das.«

Die Katze stolperte und knickte ein. Hastig sprang Leymon zu Boden, um sie zu entlasten. Doch Chaveen blieb mit pumpendem

Atem stehen. Sie zitterte am ganzen Körper, ihre Augen blinzelten. Jeden Moment würde sie zusammenbrechen.

»Nur noch kurz«, flüsterte Leymon. »Komm schon. Du schaffst das.«

Plötzlich zuckte der Kopf der Katze herum. Sie legte die Ohren an und fauchte.

Ein Angriff! Hinter ihm! Leymon wirbelte herum.

Etwas Kleines kam auf ihn zu, schälte sich zwischen Farn und Gestrüpp hervor und sprang über Zweige und Baumstämme hinweg.

Doch es war kein Angriff. Es war ein rothaariges Mädchen, das in flinkem Tempo zu ihm gerannt kam. Direkt vor ihm blieb die Kleine stehen. Atemlos und mit leuchtend grünen Augen sah sie zu ihm auf.

Es war etwas Sonderbares an ihr. Sie war von starker Magie umhüllt, aber das allein war es nicht. Mit einem verhaltenen Lächeln entblößte sie die Zähne. Sie waren spitz. Wie von einem Pamelikind. Und dennoch sah sie aus wie ein Faruamädchen.

Plötzlich wusste er, wer sie war. Tailin hatte von ihr erzählt. »Sayra?«

Die Kleine nickte. Ihre Hand griff nach seiner, zog daran und brachte ihn dazu, ihr in die Augen zu sehen.

Sie redete nicht. Auch davon hatte Tailin berichtet. Sayra hatte in ihrem ganzen Leben noch kein Wort gesprochen. Nur ihre Augen schienen ihm etwas mitzuteilen. Leymon konnte die Worte nicht ablesen, aber sie waren da, ein ganzer Wasserfall von Worten, die auf ihn einprasselten – nur dass er keines davon verstand.

Die schwarze Mauer! Er schirmte seine Gedanken vor allen anderen ab. Nicht nur vor Tailin und Chaveen – er unterdrückte die Gabe des Gedankenlesens schon lange.

Doch das Mädchen hatte etwas Wichtiges zu sagen. Etwas, das er hören musste. »Warte«, flüsterte er. »Ich verstehe dich nicht. Noch nicht.« Direkt vor ihr ging er in die Hocke.

Etwas Mächtiges ging von ihr aus, zog ihn an und kommunizierte mit seiner Magie. Zusammen konnten sie einen mächtigen Kreis bilden …

»Halt!« Leymon wehrte sich gegen den Sog. »Du lässt meine Magie sofort los. Das, was du vorhast, können wir nicht kontrollieren.«

Die Magie des Mädchens zuckte zurück.

Die Kleine war eine Hybridin. Ihre Magie brodelte stark und unkontrolliert. Doch eigentlich wollte sie ihm nur etwas mitteilen.

Leymon schloss die Augen. Vorsichtig schob er seine Wahrnehmung über ihre.

»Du musst ihn zu dir lassen!« Ihre Gedanken schrien ihn an. *»Du musst eins mit ihm werden. Jetzt gleich. Sonst bringt das Fieber ihn um.«*

Kalter Schweiß brach durch Leymons Haut. »Was soll das heißen? Steht es so schlimm um ihn?«

»Schlimmer. Die Magie frisst ihn auf. Nur wenn du einen Teil davon abnimmst, kann er es bis zu den Höhlen schaffen.«

Leymon wurde schwindelig. Tailin hatte viel über Sayra erzählt. Sie beherrschte Vergangenheit und Zukunft – und sie besaß die Gabe des Heilens. Vermutlich wusste sie besser als jeder andere, in welchem Zustand Tailin sich befand – und wohin es führen würde.

Aber was würde passieren, wenn er sich mit Tailin verband? »Ich werde genauso zusammenbrechen wie er. Dann schaffen wir beide keinen weiteren Schritt.« Und die Katze auch nicht. Chaveen hatte Tailin längst zu sich gelassen – und sie war jetzt schon am Ende.

»Ich habe Hilfe mitgebracht«, wisperten die Gedanken des Mädchens. *»Aber du musst es jetzt tun. Um den Rest werden wir uns kümmern. Vertrau mir einfach.«*

Wir … Wen meinte sie damit? Und gab es irgendwen in der Novizensiedlung, dem er vertrauen konnte?

»Ley.« Es war Tailins Stimme. Sie klang erschöpft und flehend.

Leymon wirbelte herum. Tailin stand neben der Pamusch am Boden. Doch er sah nicht aus, als wäre er freiwillig abgestiegen. Vielmehr lehnte er an Chaveens Flanke, als wäre er heruntergerutscht und bräuchte ihren Halt, um nicht wie ein Sack zu Boden zu sinken.

Mit wenigen Schritten war Leymon bei ihm. »Was ist? Wie geht es dir?«

Schwer und müde lehnte Tailin sich an ihn. »Warum ist sie hier? Wenn Sayra uns entgegengelaufen ist, dann ist es wichtig.«

»Sie möchte, dass ich mich mit dir verbinde. Damit sich das Fieber auf uns drei verteilen kann.«

Tailin schloss die Augen. »Bin ich so nah am Tod?« Seine Zähne schlugen hart aufeinander, sein ganzer Körper zitterte. »Vielleicht ist die Idee gut. Ich weiß nicht, wie lange ich noch …« Sein Satz blieb unvollendet. Schlaff sackte er in Leymons Arme.

»Tailin?« Panik zuckte durch Leymons Brust. Er öffnete seine Wahrnehmung, suchte die Gedanken des anderen, die in der Dunkelheit verschwanden. Da war ein Abgrund, Kälte, schwarzes Nichts. Wenn Tailin jetzt fiel, würde er nicht zurückkehren.

»Gib das Fieber zu mir«, flüsterte Leymon. »Schnell. Zusammen halten wir es aus.« Seine Worte erreichten den anderen, irgendwo dort in der Dunkelheit.

Dann war die Schwäche da. Schwindel erfasste ihn, seine Knie wurden weich. Er fiel. Der Boden fing sie auf. Halb lagen sie aufeinander. Eisige Kälte spülte über seinen Körper, schüttelte ihn und krümmte ihn zusammen. Auch die Katze lag hinter ihnen, weich und groß – und beinahe regungslos.

»Sayra!« Ein aufgeregtes Rufen drang in die Dunkelheit. Er blinzelte. Zwei Männer tauchten zwischen den Bäumen auf, dicht gefolgt von einem kleinen Jungen.

Leymon kannte die Männer. Sie waren Priester Gamons. Lesku und Shuvan.

»Sayra?«, rief Lesku. »Was ist passiert? Ist alles in Ordnung?«

Vehement schüttelte das Mädchen den Kopf. »Nein«, flüsterte sie. »Tailin … Er stirbt.«

***

Tailin

»Er stirbt.« Sayras Flüstern drang zu ihm.

War das so? Starb er wirklich? Und seit wann konnte Sayra reden?

Er versuchte zu blinzeln. Doch es ging nicht. Alles war schwer – und leicht zugleich. Nur die Stimmen redeten durcheinander. Aufgeregt. Besorgt. Eilig. Er konnte die Worte nicht sortieren. Dennoch erkannte er, wer es war: Monji und Lesku, Shuvan und … Leymon? Sein Freund sagte nichts. Dennoch war er da, ganz nah.

»Ich bin hier«, wisperten Leymons Gedanken. *»Bei dir. Auch, wenn es dunkel ist. Hab keine Angst.«*

Dunkel. Das war es. Doch diese Dunkelheit war anders. Nicht bedrohlich und schmerzhaft, sondern …

Leise. Endgültig.

»Schnell«, murmelte jemand. »Heb ihn hoch. Wir müssen sie zu den Höhlen bringen. Sonst sterben sie beide.«

Etwas löste sich unter ihm. Oder löste er sich? Arme hoben ihn hoch, trugen ihn voran.

Dann griff die Dunkelheit zu.

***

Kälte! Wasser! Eisig schwappte es über seine Brust.

Tailin fuhr hoch. Atemlos sah er sich um. Sayra kniete neben ihm. Ein erleichtertes Lächeln huschte über ihr Gesicht. In der Hand hielt sie eine leere Glasflasche.

»Das war knapp.« Auch Monji klang erleichtert. Er hockte neben seiner Schwester.

»Woher stammt das Wasser?«, fragte jemand. Lesku. Er kniete hinter den Zwillingen. Shuvan stand ebenfalls dort, direkt neben Chaveen, die erschöpft am Boden lag.

»Sayra sagte, ich soll es aus der Quelle der heilenden Tränen holen«, erklärte Monji. »Weil das Wasser sein Magiefieber schon häufiger geheilt hat. Aber es hält nicht lange an.«

Tailin sah an sich hinab. Seine Brust war nackt. Das Wasser war warm geworden auf seiner Haut.

»Wo sind wir?« Das war Leymon. Er lag neben ihm. Seine Stimme krächzte, als wäre er aus tiefem Schlaf erwacht.

»In der schwarzen Höhle«, antwortete Lesku. »Neben dem Spiegelsee.«

Erst jetzt erkannte Tailin, dass sie sich auf der schwarzen Brücke befanden. Neben ihnen begann der Tunnel, der in die weiße Höhle führte.

»Was tun wir jetzt?« Sichtbar erschöpft richtete Leymon sich auf.

»Ihr müsst die Heilung durchführen.« Lesku klang ernst. »Im roten See. Ihr müsst es schaffen, bevor das Fieber zurückkehrt.«

Schwäche sickerte durch Tailins Körper. Das Fieber. Es kehrte bereits jetzt zurück. »Und wie?«, hauchte er. »Wie funktioniert die Heilung? Galeron hat darauf keine Antwort gegeben.« Sein Blick schweifte zu Chaveen. Sie trug noch die Satteltaschen mit den Büchern. »Hat jemand die Bücher angeschaut? Wisst ihr, ob etwas Nützliches darin steht?«

Shuvan schüttelte den Kopf. »Bis jetzt hatten wir keine Zeit. Wir mussten euch hertragen.«

»Der See zeigt alle Verletzungen.« Monji sprach langsam. Sein Blick heftete sich an Sayra und schien die Antwort aus ihren Augen zu lesen. »Die schlimmsten Teile des Lebens. Ihr werdet alles noch einmal vor euch sehen.« Mit gekrauster Stirn starrte Monji seine Schwester an, fast so, als könnte er die nächste Erklärung nicht finden.

Ungeduldig riss Sayra sich von ihm los. Ihre grünen Augen blitzten, als sie Tailin ansah, ihre Gedanken flogen ihm entgegen: *»Zuerst musst du allein in den See. Um dich selbst zu heilen. Leymon darf um keinen Preis mit in das Wasser. Sonst würde der See eure Geschichten vermischen und deine Kräfte überfordern.«* Ein mitleidiger Schimmer erschien in Sayras Augen. *»Du wirst deine schlimmste Vergangenheit noch einmal erleben. Das, woran du dich nicht erinnerst.«*

Erschrocken hielt Tailin den Atem an. Heute würde er also erfahren, was damals gewesen war. Woher die Panik stammte, die ihn in der Dunkelheit überfiel. »Werde ich das überstehen?«

Sayra zuckte die Schultern. *»Deine Zukunft ist an seine Zukunft gebunden.«* Sie deutete auf Leymon. *»Ich kann sie nicht sehen. Ich weiß nur, was damals geschehen ist.«* Schnell senkte sie den Kopf. Nur kurz wollten die Bilder zu Tailin überspringen, reißender Schmerz in seinem Bauch. Hastig schnappte er nach Luft. Dann war der Schmerz fort.

»Wichtig ist eines«, erklärte Sayra weiter. *»Du musst mit deiner Vergangenheit ins Reine kommen, bevor du seine Heilung wagst. Nur wenn deine Seele rein ist, hat sie die Kraft, um eine andere Seele zu heilen. Und dann geht ihr beide zusammen ins Wasser.«*

Verblüfft starrte Tailin sie an. Da hatte er so lange nach einem Weg gesucht, wie er die Magie der Seen nutzen konnte – und jetzt kannte ausgerechnet Sayra die Lösung.

Aber wie hatte Galeron es formuliert? *Wenn ihr Antworten sucht, haltet euch an die Macht der Hybriden. An die Macht der Unterschätzten und ihrer stillen Gaben.*

Damit hatte er Sayra gemeint.

»In der Begegnung zwischen Vergangenheit und Zukunft entsteht die Gegenwart«, wisperten Sayras Gedanken.

Auch damit war sie gemeint! Schon die ganze Zeit. Wie hatte

er nur glauben können, dass es um die Begegnung zwischen Leymon und Galeron ging?

»Aber alles beginnt mit der weißen Höhle«, erklärte Sayra weiter. *»Zu dritt müsst ihr hindurchgehen. Nur du und Leymon und Chaveen. Der weiße See wird die Verbindung zwischen euch erneuern.«*

Tailins Blick traf auf Leymons. Seine Pupillen waren geweitet. Dennoch glühte das Orange seiner Augen im Fackellicht. Auch er hörte Sayras Gedanken. Angst und Entschlossenheit erfüllten ihn gleichermaßen. Was ihnen nun bevorstand, würde nicht nur ihr eigenes Schicksal entscheiden, sondern das von ganz Ruann.

»Was geht hier eigentlich vor?« Lesku mischte sich ein. Irritiert sah er von einem zum anderen. Vermutlich deshalb, weil er Sayras Gedanken nicht hören konnte.

»Sayra hat ihnen gesagt, was sie tun müssen«, erklärte Monji. »Sie sollten jetzt anfangen.« In seiner hohen Kinderstimme versteckte sich die Wucht eines Befehls. Sayras Luftmagie strich in einem Windhauch durch die Höhle.

Tailins Hände zitterten, als er sich den Schweiß aus dem Gesicht wischte. Gemeinsam mit Leymon kämpfte er sich hoch. Alles in seinem Körper fühlte sich weich an, während sie sich über die schwarze Brücke schleppten. Auch Chaveen schlich geduckt hinter ihnen her. Alle anderen blieben zurück, als sie den Tunnel zur weißen Höhle erreichten.

Grelles Licht schlug ihnen entgegen. Die Salzsäulen leuchteten. Der See flackerte und blitzte, zischelte und gluckerte. Wellen schlugen gegen die Brücke und brachten sie zum Schwanken.

Erschrocken blieben sie stehen. Der See fing an zu toben, peitschte gegen die Brückenpfeiler, bis die Gischt zu ihnen hochspritzte. Wieder blitzten die Salzsäulen, und plötzlich waren sie eins. Tailins Atem weitete sich und fand die anderen. Drei Körper, die lebten und atmeten, drei Blickwinkel, aus denen sie durch die Höhle schauten. Schwindel erfasste sie. Es war kaum möglich zu laufen. Jeder Schritt brachte sie aus dem Gleichgewicht. Entweder weil ihre Füße zu tief landeten oder zu hoch. Und dennoch war es schön, die anderen zu fühlen. Vollkommen. Ihre Hände schlossen sich zusammen, die Nase der Katze stupste an ihre Schultern. Gleich darauf fanden ihre Schritte einen neuen Rhythmus, setzten sich voreinander, während das Leuchten der Höhle durch drei Augenpaare in sie eindrang. Kraft. Die Helligkeit verlieh ihnen Kraft, eine Energie, die sie brauchen würden, um die Heilung zu überstehen.

Dann wurde es dunkler, der Schwindel ließ nach. Ihre Körper trennten sich, und dennoch blieb eine Verbindung. Sein Name war Tailin. Leymon stand neben ihm und war in ihm zugleich. Auch Chaveen war bei ihnen. Sie standen auf der Brücke, die über den blauen See führte. Die Sonne schien durch die offene Felsendecke. Das Wasser darunter leuchtete türkisblau. In kleinen Glitzerwellen reflektierte sein Licht an den schwarzen Felswänden. Eine leise Windböe strich durch die kahlen Zweige des Malunabaumes. *»Ihr müsst herausfinden, was mit Maluna geschah.«*

Das mussten sie. Aber nicht heute. Ein unheilvolles Wispern rief sie von der anderen Seite der Höhle: der rote See.

Die Kraft des weißen Sees pulsierte noch immer durch ihre Körper. Gemeinsam waren sie dazu geschaffen, ihre Aufgaben zu meistern. Aber konnten sie auch das hier? War es möglich, die Heilung zu überstehen, wenn die Vergangenheit mit unvorstellbarem Schrecken auf sie lauerte?

»Ich habe Angst«, flüsterte Leymon – und Tailin spürte es. Die Furcht seines Freundes genauso wie seine eigene.

Langsam gingen sie weiter. Wie ein gieriger Schlund gähnte ihnen die rote Höhle entgegen. Rostrot sickerte das Rinnsal aus ihrem Eingang und pitscherte auf das Brückengeländer.

Dann waren sie da. Der Eingang lag über ihnen. Nur die Stiege mussten sie noch hochklettern. Das blutige Rinnsal tropfte immer schneller. Zischend und blubbernd prallten die Tropfen auf das Brückengeländer und spritzten in ihre Richtung.

Dumpfer Druck legte sich auf Tailins Lungen. Dunkelheit. Schmerzen … Sobald sie dort oben waren, würde er alles erfahren.

Leymon hatte es längst gesehen, damals in der Prüfungshöhle. Nur vage strich die Erinnerung durch ihre gemeinsamen Gedanken.

»Du schaffst das«, flüsterte Leymon. »Wenn es jemanden gibt, der diese Qual durchleben und der trotzdem er selbst bleiben kann, dann bist du das.«

Hoffentlich.

Die Höhle über ihnen pulsierte. Das Rot in ihrem Inneren waberte, rauschte, formte einen gleichförmigen Takt. Diese Höhle war der Herzschlag und zugleich die Seele der Welt – und sie war nur deshalb rot, weil sie für die vielen gebrochenen Menschen blutete.

Als sie die Leiter betraten, wallte Panik in Tailin auf. Mit aller Kraft kämpfte er dagegen an, klammerte sich an die Sprossen und geriet dennoch aus dem Gleichgewicht. Leymon musste ihn stützen, damit er nicht fiel. Dann erreichten sie den Höhleneingang und kletterten hinein.

Die Wände leuchteten hellrot. Das Wasser hingegen war dunkel, fast schwarz. Träge wie Blut schwappte es ans Ufer, zischelte und flüsterte, noch immer im Takt des Herzschlags. Auch die Wände pulsierten, kamen näher und zuckten fort. Tailin schwankte. Alles in dieser Höhle war in Bewegung. Da war keine Konstante, keine Ruhe, nichts, woran er sich festhalten konnte. Der See selbst war klein. Kreisrund lag er in der Mitte der Höhle, umgeben von einem schmalen, steinernen Steg, der sich nur knapp über der Wasseroberfläche befand. Noch standen sie im Eingang. Doch wenn sie seitlich um den See herumgingen, würden die pulsierenden Wände sie zum Wasser schubsen.

Nur ganz hinten, in der Mitte, war eine Plattform, die etwas mehr Platz versprach. Bis dorthin mussten sie es schaffen, ehe er das Wasser betrat.

Flüchtig schaute Tailin zurück. Doch der Eingang hatte sich hinter ihnen verschlossen. Auch Chaveen war draußen zurückgeblieben.

Ob sie die Höhle bewachte? Würde sie Alarm schlagen, wenn sie Hilfe brauchten?

Es gab keinen Weg zurück. Erst wenn die Heilung vollendet war, würden sie die rote Höhle wieder verlassen können.

Es sei denn, sie starben.

Mit angehaltenem Atem tasteten sie sich an der lebenden Wand entlang. Der Steg war schmal. Um nicht ins Wasser zu fallen, mussten sie sich dem Pulsieren anpassen. Zwei Schritte voran, während die Wände sich weiteten. Stehen bleiben und die Balance halten, wenn sie näher kamen. Schritt für Schritt. Bis sie den hinteren Bereich der Höhle erreichten. Auch die Plattform waberte und schwankte. Dennoch war sie breit genug. Leymon kniete sich nieder. Krampfhaft suchten seine Hände nach Halt, klammerten sich um einen rauen Stein, bis das Weiß seiner Knöchel hervortrat. Mit zusammengepressten Zähnen nickte er Tailin zu. *»Mach dir um mich keine Sorgen. Ich komme klar. Hauptsache, du überlebst.«*

Tailin schaute auf das blutige Wasser. Der Boden fiel in flachen Stufen ab. Sein Herz raste, während er hinunterstieg. Das Wasser zischelte, Wellen schwappten vor, sprangen auf seine Füße und zuckten zurück. Der See begann zu dampfen. Roter Nebel umhüllte seine Beine, kletterte seinen Oberkörper herauf. Als die Schwaden seinen Hals erreichten, schloss Tailin die Augen. Heiß und feucht wickelte sich der Nebel um seinen Kopf. Schweiß trieb über sein Gesicht. Er blinzelte, und plötzlich war alles rot. Wieder schwankte der Boden. Er suchte Halt, doch da war nichts. Ein heftiges Plätschern schwappte auf ihn zu, umfing seine Waden …

… und zog ihn von den Füßen. Tailin fiel, rutschte. Ein greller Schrei brüllte ihm nach, Wasser schlug über seinem Kopf zusammen.

Dann kam die Dunkelheit.

Unter ihm war es kalt. Eisiger Stein. Moderige Luft.

Stille.

Er war allein. Aber wie lange schon? Tage? Monate?

Nur diese Dunkelheit und sonst nichts.

Angst verschnürte seine Brust. Umhüllte seinen Verstand. Ließ ihn wimmern und flehen, bis er nicht mehr wusste, ob seine Stimme echt war oder nur in seinem Kopf.

Als der weißgekleidete Mann das erste Mal kam, brachte er Licht mit. Eine Fackel! Allein der Blick in die Flamme bekämpfte die Angst. Allein dafür sprang er auf und fiel dem Mann in die Arme.

Endlich war jemand bei ihm. Ein anderer Mensch. Von nun an würde alles wieder gut werden.

Was der Mann von ihm wollte, sagte er deutlich und in klaren Worten. Dennoch begriff Tailin die Bedeutung nur langsam. Etwas Ähnliches hatte er noch nie getan. Tief und verstörend rann der Ekel durch seinen Körper, während er tat, was von ihm verlangt wurde, während er aushielt, wozu der Mann seinen Körper missbrauchte. Aber was zählte schon der Schmerz gegen die Einsamkeit? Solange der Mann da war, blieb wenigstens die Dunkelheit fern.

Schlimmer wurde es, als nicht der weißgekleidete Mann kam, sondern die anderen. Ihre Kleidung war schwarz. Sapionische Soldaten. Mit Schlägen und Tritten prügelten sie ihn zu Boden. Nicht, weil er etwas tun oder aushalten sollte. Die schwarzen Männer verübten die Gewalt einfach so. Und sie hörten erst auf, wenn er still lag. Wenn er blutete. Wenn jeder Knochen schmerzte und jeder Atemzug rasselte.

Sobald sie fort waren, kehrte die Dunkelheit zurück. In der Finsternis zeichneten nur noch die Schmerzen ein Bild von seinem Körper – während die Stille einzig von seinem Weinen durchbrochen wurde. Wieder dauerte es ewig. Lange genug, um die Splitter seines Körpers zusammenwachsen zu lassen und die Wunden zu heilen.

Erst wenn das Weinen versiegte und die Schmerzen verschwunden waren, kehrten die Soldaten zurück. Anfangs war er beinahe froh. Besser das Licht und der Schmerz als die Dunkelheit und die Stille. Sobald die Fackeln den Raum erhellten, sah er an sich hinab und fand makellose Haut, ganz so, als wäre er nie verletzt worden. Doch jedes Mal brachten die Soldaten ein neues Werkzeug, eine andere Methode. Irgendetwas, womit sich ein menschlicher Körper zerstören ließ. Er lernte die Art der Verletzung an den Schmerzen zu unterscheiden: Quetschungen und Brüche, tiefe Schnitte und oberflächliche Hautwunden. Innere Blutungen und schwere Verbrennungen. Jeder Schmerz schrie auf eine andere Weise – und jeder von ihnen gab der Dunkelheit eine andere Form.

So lange, bis die Wunden ein weiteres Mal heilten und die Schmerzen verschwanden. Ganz egal, was ihm angetan wurde, die Verletzungen hinterließen nicht einmal Narben.

Die Folter selbst war so vielfältig, wie es nur die grausamste Fantasie eines Menschen zustande brachte. Nur eines geschah zuverlässig und immer wieder: Der weißgekleidete Mann führte die Instrumente nie selbst. Doch er war anwesend und sah zu. Sobald die Soldaten fort waren, kam er zu ihm. Wenn es direkt nach der Folter geschah, gingen seine Taten in den Schmerzen unter. Dann machte es kaum einen Unterschied, ob Tailin einfach so in die Ohnmacht fiel oder ob ihn das Keuchen des Mannes in die Schwärze begleitete.

Doch oftmals kam der Mann in der Stille dazwischen. Wenn die Wunden längst heilten und die Schmerzen verebbten. Dann musste Tailin gehorsam sein und Wünsche erfüllen. Als Belohnung erfüllte auch der weißgekleidete Mann einen Wunsch: Er war der Herr des Lichts. Solange er da war, brannten die Fackeln und besiegten die Dunkelheit. Und je artiger Tailin war, je mehr

Wünsche er erfüllte und je eifriger er die Bedürfnisse vorhersah, desto länger blieb das Licht.

Zwischen all dem Schmerz waren dies die besten Momente. Die Härte, mit der sein Herr von ihm forderte, war nichts gegen die Qual der Folter. Doch seine Worte und sein Flüstern waren wie Balsam auf Tailins Seele. In der Stimme des weißgekleideten Mannes lag etwas, das warm durch seine Brust sickerte. Der Alte wollte und brauchte ihn. Nur hier und mit ihm konnte er sein tiefstes Bedürfnis stillen. Und Tailin war der beste Junge, den er je gehabt hatte. Der Einzige, der ihn so sehr zum Fühlen brachte.

Der Mann missbrauchte ihn nicht nur, er liebte ihn auch, auf eine sonderbare, grausame Art. Und Tailin liebte ihn zurück. Weil er das Licht brachte und einen letzten Anker in die Schwärze seines Daseins schlug.

Doch schließlich änderte sich etwas. Anfangs war die Folter noch wahllos gewesen, wie ein lüsternes Experiment, das allein der Grausamkeit diente. Aber nun folgten die Verletzungen einem System. Von Mal zu Mal steigerten sie sich, als ginge es darum, die Grenzen seiner Unsterblichkeit auszuloten. Da war ein Messer, das ihn verletzte, erst oberflächlich und dann immer tiefer. Im Vergleich zu anderen Methoden waren die Messerverletzungen fast erleichternd. Je tiefer die Schnitte, desto schneller schwanden seine Sinne. Wenn sein Bewusstsein zurückkehrte, waren die schlimmsten Schmerzen oft schon vorbei. Doch der nächste Angriff folgte prompt, und mit jedem fand die Grausamkeit eine neue Dimension. Bald schnitten die Männer nicht nur durch seine Haut – sie durchtrennten auch seine Muskeln. Bis die Messerspitzen auf seine Knochen stießen. Bis der Schmerz so tief und so rasend durch seinen Körper brüllte, dass er alles andere verschlang. Seinen Geist, seinen Willen, sein Ich. Er verlor seinen Namen genauso wie jede Vergangenheit. Nur die Schwärze und der Abgrund blieben, bis er nur noch eines wollte: verschwinden, ausgelöscht werden. Sterben.

Doch er starb nicht. Nicht einmal daran.

Stattdessen zerbrach etwas in seinem Inneren, in seiner Seele.

Oder nicht? Er wollte es nicht, durfte es nicht zulassen. Es musste einen anderen Weg geben, um diesen Ort zu verlassen.

Und dann geschah es. Als sie ihn das nächste Mal quälten, verließ er seinen Körper. Erst sah er sich selbst von oben, einen kleinen Jungen, der sich am Boden krümmte, bis zur Unkenntlichkeit verstümmelt und nur noch in seiner Form menschlich. Im nächsten Augenblick wurde er eins mit den Soldaten. Doch sie empfanden keine Freude bei ihren Taten. Namenloses Grauen erfüllte sie, während sie das Kind verstümmelten. Sie alle taten es nur, weil sie einem Befehl folgten, weil sie den weißgekleideten Mann fürchteten und ihm nicht widersprechen durften. Ihnen wurde schlecht, wenn sie das zerstörte Kind nur ansahen. Trotzdem mussten sie weitermachen.

Doch die Soldaten waren nicht die einzigen Menschen an diesem Ort. Erst jetzt bemerkte Tailin die anderen Kinder, die in der Dunkelheit lebten. Sie waren nach ihm gekommen, aber mit ihnen geschah das Gleiche wie mit ihm. Doch die meisten blieben nicht lange. Manche hielten die Qual nur wenige Tage durch, andere schafften immerhin ein paar Monate. Wenn sie neu in den Folterkeller kamen, hatten sie Angst. Dann weinten sie und flehten. Danach schrien sie unter der Folter, und schließlich wurden sie still.

Wenn sie gingen, dann immer, weil sie starben.

Anfangs wünschte er sich, ihnen helfen zu können. Er wollte ihre Hände halten und sie trösten, wollte bei ihnen sein, damit sie nicht allein waren.

Doch schon bald wurde ihm klar, wie sinnlos das war. Er konnte die Kinder nicht retten. Ihre Verletzungen waren zu schwer.

Nur er überlebte tödliche Wunden.

Doch dann tauchte der andere Junge auf. Dass sie einander

ähnlich waren, spürte er im ersten Moment. Direkt im Käfig nebenan wurde der andere untergebracht. Er war blond und hatte ein ähnliches Alter wie Tailin.

Aber noch etwas hatten sie gemeinsam: Auch der andere überlebte die tödlichen Verletzungen – und schließlich begannen die Männer, ihnen beiden parallel das Gleiche anzutun. Die gleichen Knochenbrüche. Die gleichen Quetschungen. Die gleichen Messerstiche.

Der Mann kam in denselben Nächten zu ihnen beiden.

Erst im Nachbarkäfig, bei dem anderen, sah Tailin das Gesicht des weißgekleideten Mannes, während er sich an dem Kind verging: Er war der Einzige, dem es Spaß machte, sie zu quälen. Was sich wie Liebe angefühlt hatte, war nur Tailins Verzweiflung, seine Einsamkeit, die sich an den einzigen Menschen klammerte, der da war.

Doch nun gab es noch jemanden. Den anderen Jungen. Tailin war nicht länger allein – und der andere sollte es auch nicht sein.

Der Junge in der Nachbarzelle war ein Spiegel seiner selbst, und zugleich entstand etwas zwischen ihnen, eine Verbindung, die sie beide retten konnte. Vielleicht.

Wenn die Folterknechte eine Pause machten und der weißgekleidete Mann fort war, robbte er zu dem anderen und hielt seine Hand. Tatsächlich nahm der Junge den Trost an. Sie beide schliefen eng an das Gitter geschmiegt, fühlten die nackte, gequälte Haut des anderen und gleichzeitig seine Schmerzen. Dennoch war es erlösend, nicht mehr allein zu sein. Nicht mehr als Einziger zu überleben, ganz egal, was ihnen angetan wurde. Der Tod konnte eine Gnade sein, aber für sie beide existierte diese Gnade nicht. Ihre einzige Gnade war der Sieg über die Einsamkeit.

Manchmal, wenn es ganz ruhig wurde und die letzten Wunden genug verheilt waren, dass sie die Schmerzen ertragen konnten, versuchte Tailin, mit dem fremden Jungen zu sprechen. Er wollte wissen, wie er hieß und woher er kam. Er versuchte es mit Faruanisch und dann auf Sapionisch. Doch der andere antwortete ihm nicht. Nur ihre Gefühle kommunizierten miteinander. Manchmal sah er Bilder – Erinnerungen –, die nicht von ihm selbst stammten. Der andere kannte fast nichts als die Schwärze. Er war im Kerker aufgewachsen, wenn auch nicht in diesem. Dennoch gab es Menschen, die immer gut zu ihm gewesen waren. Tailin sah einen blonden Mann, der sich um den kleinen Jungen kümmerte. Immer wieder tauchte sein Gesicht in den Erinnerungen auf und manchmal auch sein Name: Turor. Mitten in diesen Erinnerungen fand er auch den Namen des anderen Jungen. Der blonde Mann hatte ihn benutzt, wenn er mit dem Kleinen sprach: Lunis.

Fortan war es die Nähe zu Lunis, die Tailin durch die Folter trug. Er wusste nicht, ob es Monate oder Jahre waren, die sie nebeneinander in Schmerzen verbrachten. Aber am Ende waren alle anderen Kinder fort. Sie zwei waren die letzten Überlebenden. Doch die Versuche waren noch nicht vorbei. Die Befehle des weißgekleideten Mannes steigerten die Grausamkeit ins Unermessliche. Feuer. Die Soldaten mussten die Folter mit Feuer fortsetzen. Zunächst waren es glühende Eisen auf ihrer Haut, dann glühende Messer, die immer tiefer schnitten. Tagelang krümmte er sich um die Wunde in seinem Bauch, die ihn töten sollte und die er dennoch überlebte.

Auch Lunis starb nicht. Wenn die Soldaten mit den Fackeln kamen, konnte Tailin an dem anderen sehen, wie sich die Wunden innerhalb weniger Tage schlossen und verschwanden. Selbst die allerschlimmsten.

Doch zuletzt kam der weißgekleidete Mann selbst. Und dieses Mal trug er eine Kanne mit Öl.

Das Zischen des Feuers ließ das Bild aufflackern. Der Rest erstickte in seinem Schrei. Die Schmerzen rasten. Er wollte sterben, einfach nur sterben. Aber es ging nicht. Der andere Junge wollte dasselbe. Und dennoch überlebten sie. Ihre Haut heilte, aber das Feuer kam erneut. Immer wieder.

Und dann änderte sich doch etwas. Jegliche Hoffnung starb, selbst jene, die in der Gegenwart des anderen lag. Es war so sinnlos, einander helfen zu wollen. Stattdessen mussten sie doch nur zusehen, wie der andere die eigenen Qualen durchlitt. Auch wenn sie überlebten. Etwas von ihnen beiden verbrannte im Feuer und starb.

Als ihre Wunden das nächste Mal verheilt waren, kam Lunis nicht mehr ans Gitter. Er sah nicht mehr zu ihm herüber. Tagelang wartete Tailin auf ein Zeichen, dass der andere noch bei ihm war. Doch dann erfasste ihn die Wut. Unangemeldet und groß. Tailin sprang gegen das Gitter und schrie den anderen an. Seine Verzweiflung tobte. Er wollte nicht allein sein, durfte nicht verlassen werden.

Doch der andere blieb unerreichbar. Seine Seele, so wie sie vorher war, hatte sich davongestohlen. Nur finsterer Zorn loderte in Lunis' Gesicht. Zorn auf Tailin, weil er nichts von alldem verhindern konnte. Weil ihre Nähe letztendlich kein Trost, sondern nur ein Spiegel gewesen war, der alles Leid noch deutlicher zeigte.

Irgendwann kamen die Soldaten. Sie schauten zu, wie Tailin schrie und tobte. Sie lachten, stießen sich gegenseitig an und witzelten in ihrer fremden Sprache.

Doch schließlich holten sie Tailin aus dem Käfig – und Lunis ebenfalls. Erstmals standen sie einander ohne die trennenden Gitter gegenüber. Nicht einmal die Männerhände hielten sie fest.

Aber Lunis starrte noch immer finster und gleichgültig vor sich hin. Tailin konnte es nicht ertragen. Der andere musste wieder bei ihm sein. Sofort. Noch mit dem Gedanken sprang er auf ihn zu, schubste ihn und schlug auf ihn ein.

Doch Lunis boxte zurück. Kräftig und ohne Rücksicht. Kurz darauf gab es keine Grenzen mehr. Mit aller Wucht gingen sie aufeinander los, griffen nach Gegenständen und zertrümmerten sie auf dem Körper des anderen.

Zunächst lachten die Soldaten, aber dann hörten selbst sie damit auf. Was hier vor sich ging, hatte zu große Macht, als dass ein normaler Mann darüber hätte lachen können. Sturm kam auf und fegte durch das Gewölbe des Kellers. Folterinstrumente und Messer flogen umher und trafen die Körper der Schaulustigen ebenso wie die der kämpfenden Jungen. Doch die beiden Knaben waren weitaus mehr als normale Menschen. Das hier war nichts gegen all jenes, was sie überlebt hatten. Einzig die Soldaten mussten sich in Sicherheit bringen, um nicht im Kampf der Jungen zu sterben.

Das Spektakel endete erst, als der weißgekleidete Mann die Stufen herabkam. Erschrocken fuhren die Jungen auseinander.

Auch der Mann lachte und schaute zwischen ihnen hin und her. Dann packte er sie an den Haaren, zog sie von beiden Seiten an sich und säuselte ihnen zu: »Ihr seid doch beide meine Lieblinge. Keiner muss eifersüchtig auf den anderen sein.« Seine Lippen streiften die Wangen der Kinder.

So wie jetzt begann es häufig. Jeden Moment würde der Alte sie zu Boden stoßen.

Doch dieses Mal nicht! Tailin würde es kein weiteres Mal dulden. Weder bei sich noch bei Lunis. Und was sollte schon passieren, wenn er sich wehrte?

Auch von Lunis sprang etwas über: Hass und Verzweiflung, ein so mächtiger Zorn, dass er die Luft in einen Sturm verwandelte. Heiße Wirbel tobten durch das Gewölbe. Doch dieses Mal wurden die Gegenstände nicht wahllos mitgerissen. Der Sturm schleuderte einen Dolch hoch, riss ihn herum und jagte ihn in gerader Linie in Walerius' Rücken.

Der Alte sackte zusammen. Leblos und mit gestreckten Gliedern lag er am Boden.

Bebend und voller Wut beugten sie sich über ihn. Sie hatten ihn getötet. Und dennoch reichte es nicht. Ihre Hände suchten weitere Messer, fanden sie und stachen auf den Alten ein. Immer wieder, bis er im Blut nicht länger zu erkennen war.

Genugtuung und Hass brandeten in Tailin auf. Oder stammte das Gefühl von Lunis? Hatten wirklich sie beide auf den Alten eingestochen? Oder nur der Blutsohn?

Erst jetzt stürmten weitere Männer die Treppe herab. Sie packten die Jungen und zerrten sie zu den Käfigen.

Abermals erhob sich der Sturm. Wieder flogen Messer, Kisten und Folterwerkzeuge umher und trafen die Männer. Manche gingen ächzend und sterbend zu Boden. Anderen gelang die Flucht.

Doch was als Nächstes geschah, ging unter in einer Welle aus Magie. Der weißgekleidete Mann hatte sich wieder erhoben. Sein Blick glühte Tailin entgegen. Offenbar war der Alte ebenso unsterblich wie sie.

Eine weitere Welle von Magie ließ Tailin zurücktaumeln. Ohnmächtig sank er in sich zusammen.

Als er wieder zu sich kam, war seine Vergangenheit wie ausgelöscht. Da war nichts mehr. Keine Erinnerung. Keine Bilder. Kein Gefühl. Nur das Schaukeln eines Wagens, der durch eine heiße Landschaft fuhr. Und die vage Ahnung, dass zuletzt etwas sehr Schlimmes geschehen war.

Tailin wurde fortgerissen. Etwas Heißes umfasste ihn und spuckte ihn aus. Als er die Augen öffnete, war seine Umgebung rot. Er hustete und keuchte, spuckte rotes Wasser und fühlte die Hände eines anderen, die nach ihm griffen.

»Tailin! Ich hab dich! Ich ziehe dich raus!« Raus aus dem Wasser, an ein Ufer aus glattem, glitschigem Stein.

Wer war der andere? Woher kannten sie sich? Was bedeutete das Gefühl, das ihn erfasste?

Zuneigung. Liebe. Konnte es so ein Gefühl überhaupt noch geben? Oder waren alle Gefühle in den Schmerzen getötet worden?

Die Erinnerung war wieder da. Alles. Jedes Detail der Folter, jeder winzige Moment in der Dunkelheit.

Leymon. Das war der Name des anderen. Er hielt Tailin auf dem Schoß. Seine Haut war rot verschmiert, als hätte er einen Schwerverletzten geborgen.

War das Tailins Blut? Oder das Wasser des Sees?

Der See zischte und fauchte. Ein raues Plätschern schlug ans Ufer, als wolle er das Opfer zurückfordern, das ihm entrissen wurde.

Doch Leymon hatte Tailin eng umschlungen, wiegte sie beide vor und zurück. Er keuchte und schluchzte gleichzeitig, würgte und kämpfte gegen die Übelkeit. Tränen strömten über seine Wangen und tropften auf Tailins Gesicht. Er war dabei gewesen. Schon wieder.

Nur Tailin hatte es heute erst erfahren.

»Verdammt, Kleiner. Jetzt weißt du es.« Leymons Kuss streifte seine Stirn. Angst strömte von ihm zu Tailin, eine irrsinnige Furcht, dass die Erinnerung ihn gebrochen hatte.

Tailin wollte sich rühren, wollte irgendetwas tun. Doch er konnte sich nicht bewegen. Zu sehr hielt ihn das Grauen umklammert. Von nun an würden die Erinnerungen bleiben. Nachts würde er aufwachen, weil sein Körper brannte. Glühende Eisen und brennendes Öl. Das Messer in seinem Bauch. Sayra spürte den Schmerz schon lange. Seit sie Tailin zum ersten Mal gesehen hatte, hatte sie Visionen von der schlimmsten Qual seiner Vergangenheit.

Plötzlich wallte die Übelkeit auf, sein Körper fuhr hoch. Brennend und bitter schoss das Grauen aus ihm hervor, entleerte sich als stinkende Flüssigkeit auf die Plattform.

Das rote Wasser zischte. Wellen schwappten über den Stein und leckten an der Lache, als wollten sie das Grauen in sich aufnehmen.

Leymon packte Tailin an den Schultern, zog ihn nach hinten, weg von der ätzenden Flüssigkeit, fort von dem blutigen Wasser. »Du bist nicht gebrochen«, flüsterte Leymon. »Damals nicht und heute erst recht nicht. Lass nicht zu, dass die Erinnerung mehr Macht bekommt als die Gegenwart.«

War das so? War er damals nicht gebrochen worden? Warum nicht? Wie hatte er es geschafft, dieses Grauen zu überstehen?

»Etwas in dir ist stärker als alle Grausamkeit. Die Gefühle für andere Menschen. Das Mitgefühl für Lunis hat deine menschliche Seele lebendig gehalten. Du warst bei den anderen, anstatt dich nur um dich selbst zu sorgen. Du hast die anderen gesehen, nicht nur die anderen Kinder, sondern auch die Soldaten – und du hast verstanden, warum sie gezwungen waren, diese Dinge zu tun. Dein Mitleid galt ihnen, mindestens genauso wie dir selbst.«

Tailin schloss die Augen und lauschte den Worten. Es waren seine eigenen Worte, die aus Leymons Mund kamen, das Wissen eines Seelenheilers, das der andere für ihn rezipierte.

Leymon strich noch immer durch seine Haare. Die Wellen des Sees leckten an der bitteren Lache und wuschen sie Stück für Stück vom Stein.

Doch die entscheidende Frage musste noch beantwortet werden: Konnte er mit der Erinnerung leben? Konnte er akzeptieren, dass ihm solche Dinge angetan wurden? Konnte er damit umgehen, dass Walerius noch immer seine Ränke schmiedete und Menschen quälte?

»Er ist verachtenswert und grausam, ein Feind, den wir zur Strecke bringen müssen. Aber lass nicht zu, dass die Rache dich übernimmt. Wenn du heilen willst, musst du trotz allem deinen Frieden schließen.« Leymon sprach noch immer die Worte des Seelenheilers. Und dennoch bekamen sie etwas Zwingendes, Anziehendes, als spräche er mit der Stimme eines Valjaners. »Du magst sehr mächtig sein, Tailin, aber du konntest die anderen Kinder nicht retten. Zu keinem Zeitpunkt hattest du die Möglichkeit, auch nur einen von euch zu befreien. Du warst hilflos und klein, aber das darfst du dir nicht vorwerfen. Und vor allem darfst du dir nicht vorwerfen, was du gefühlt hast. Er hatte dich in seiner Gewalt. Du musstest dich fügen, um dich selbst zu schützen. Und dass du ihn auf diese sonderbare Art geliebt hast, anstatt ihn zu hassen, hat deine Seele gerettet. Deine Liebe ist deine stärkste Waffe. Mit ihr hast du so viel gekämpft, wie du nur kämpfen konntest. Du hast Lunis gehalten, du warst bei den anderen Kindern. Du hast sogar wieder einen Funken von Menschlichkeit in den Soldaten geweckt. Deshalb darfst du dir deine Liebe nicht vorwerfen, auch nicht den Teil davon, den du an einen widerlichen alten Mann verschenkt hast.«

Ein heftiges Zittern ergriff Tailins Körper. Das war es, die wahre Schuld, die er sich selbst vorwarf: Nicht nur, dass er Lunis und die anderen nicht hatte befreien können – er ekelte sich vor sich selbst, weil er etwas für diesen grausamen, sadistischen Mann empfunden hatte. Eine bittere, verzweifelte und manchmal sogar sehnsüchtige Liebe, die Walerius ganz sicher nicht verdient hatte und die sich so anfühlte, als wäre er damit selbst zum Täter geworden.

Das Beben nahm überhand, zog seine Muskeln zusammen und krümmte ihn zu einem elenden, winzigen Wurm. Harte Tränen pressten sich hervor. Wie durch ein Wunder hatte er das alles damals überstanden, und dennoch war ein winziger Teil in ihm gebrochen worden, eine innere Wunde, die sich über dem Eiter geschlossen hatte. Erst jetzt brach sie auf. Mit jedem Schluchzer kam mehr von dem stinkenden Abszess zum Vorschein. Leymon hielt ihn fest und weinte mit ihm. Wie lange, ließ sich kaum ermessen. Es konnte ein ganzer Tag sein. Oder mehrere.

So lange, bis sich sein Inneres leer und hohl anfühlte und sein Körper ruhig wurde. Auch der See lag wieder still da. Die stinkende Pfütze war fortgewaschen, als hätte es sie nie gegeben.

Hieß das, er war geheilt? Konnte das alles gewesen sein? Oder war es erst der bittere Anfang?

Seine Augen fielen zu, sein Körper sackte tiefer in die Arme des anderen. Er musste schlafen. Endlich Ruhe finden. Als Leymons Flüstern zu ihm drang, kam es aus weiter Ferne: »Da ist noch etwas. Ich hätte es dir viel eher sagen sollen, aber ich habe es nicht über mich gebracht. Damals, als du im Folterkeller der weißen Stadt warst, hätte ich dich retten können. Aber ich habe es nicht getan.«

Nur flüchtig sickerte das Geständnis in Tailins Bewusstsein. Doch die Dunkelheit war stärker. Seine Gedanken glitten in die Schwärze.

***

Ein leises Raunen weckte ihn auf. Rotes Licht erfüllte den Raum. Kühle Luft zog an seinem Rücken vorbei, ganz so, als wäre es dort bis eben warm gewesen. Leymon! Sein Freund war nicht mehr da.

Tailin fuhr auf. Das Raunen wurde lauter. Es war der See. Er flüsterte jemandem zu.

Leymon stand am Rand des Ufers. Wie in Trance starrte er in das rote Wasser. Nur ein Schritt fehlte, und er würde den See betreten.

»Halt!« Tailin sprang auf. Sein Körper schwankte. Fast wäre er wieder gefallen. Oder war es die Höhle? Alles war in Bewegung. Die Wände zuckten, der Boden gab nach und ließ ihn straucheln. Mit ausgebreiteten Armen erlangte er das Gleichgewicht. »Nicht in den See!«, rief er. »Nicht ohne mich, sonst tötet er dich.«

Nur langsam drehte Leymon den Kopf. Sein Blick glitt durch Tailin hindurch. »Du kannst mich nicht heilen. Ich habe dich verraten. Und ich habe es nicht einmal geschafft, dir die ganze Wahrheit zu sagen. Weil ich ein charakterschwacher, triebgesteuerter Hybride bin. Ich bin es nicht wert, an deiner Seite zu stehen.« Er sah zurück zum See.

Tailin sprang vor, packte Leymons Hand, doch sein Freund tat den Schritt im selben Moment. Das Wasser erfasste ihn. Neben Tailin rutschte er weg, riss an seiner Hand, sie beide fielen. Zähes

Wasser ergriff sie, saugte sie ein, zog sie tiefer, bis alles rot wurde – und gleich darauf weiß.

Eisige Schneeflocken wirbelten an Tailin vorbei. Um ihn herum lag ein Dorf, braune Holzhütten in weißem Schnee. Rauch stieg aus den Schornsteinen auf, Kinder lachten und liefen zwischen den Häusern hindurch.

Es war das Dorf, in dem Leymon aufgewachsen war. Eine Horde kleiner Jungen rannte vorbei. Einer davon war Leymon. Kurz blieb er stehen und sah zu Tailin auf. Ein irritiertes Lächeln huschte über sein Gesicht, als wäre er der Einzige, der einen Geist sehen konnte. Dann drehte er sich um und rannte den anderen Kindern hinterher.

Kurz darauf sah er Leymons Mutter, wie sie in einem der Häuser stand und den Tisch deckte. Fünf Jungen ließen sich daran nieder und rangelten um den Eintopf. Doch die Frau war nicht Leymons richtige Mutter. Sie zog ihn nur auf, seit er klein war. Wer seine richtige Mutter war und woran sie gestorben war, hatte Leymon nie erfahren. Doch er empfand keinen Schmerz darüber. Hier war es ihm immer gut gegangen.

Die Bilder wechselten schneller, zeigten Leymons Kindheit in rascher Abfolge. Doch ein Gesicht schien darin die Hauptrolle zu spielen, ein Junge, der zusammen mit Leymon älter wurde. Manu. Sein bester Freund. Womit sich die anderen Jungen die Zeit vertrieben, interessierte Leymon nur wenig. Er wollte nicht jagen und schießen, auch wenn er gut darin war. Er wollte nicht rennen und klettern, auch wenn er fast immer als Erster ankam. Viel dringender wollte er die Geheimnisse klären, die ihn mit Manu verbanden.

Im Volk der Schneekrieger gab es nicht viele, die Gamons Gabe in sich trugen. Doch Manu und er bemerkten es früh. Dürre und Krieg zeichneten sich in ihre Träume, und sie beide wollten die Visionen verstehen, wollten die Zukunft durchschauen und sie zum Besseren ändern. Sie wurden älter, ihre Gefühle verwandelten sich. Und plötzlich reichte es nicht mehr, beste Freunde zu sein. Sie wollten einander berühren, küssen, den Körper des anderen erforschen.

Als sie es zum ersten Mal taten, änderten sich die Visionen. Sie griffen nach den Seelen der Jungen, jagten sie in den Krieg, bis sie im Fieber dalagen. Dörfer brannten und Menschen wurden dahingemetzelt. Was sie sahen, war die Zukunft. Manu und er mussten es aufhalten. Aber wie? Wie konnten zwei Jungen einen Krieg verhindern?

Das nächste Bild sprang in den Tempel von Pamal. Ein deutlich jüngerer Salmi war da. Er sprach mit den Jungen und erklärte, was mit ihnen geschah. Die Zeit im Tempel fühlte sich gut an. Heilend. Erleichternd.

Doch sie waren noch zu jung für die Ausbildung zum Priester. Ein paar Jahre würde es noch dauern. Also kehrten sie in den Schnee zurück.

Kurz darauf kam die Katze. Chaveen. Ein kleines graues Fellbündel auf der Türschwelle seines Hauses. Leymon glaubte, sie sei für einen seiner Brüder. Aber die Katze wollte zu ihm. Nur zu ihm.

Wieder änderten sich seine Gefühle, zogen fort von dem anderen Jungen, hin zu der Katze. Doch zugleich kam die Eifersucht. Von zwei Seiten. Manu und Chaveen. Im Spiel raufte Leymon mit der Katze. Oder war es gar kein Spiel? Ging es um den Jungen, den er liebte, aber nicht mehr lieben durfte?

Chaveen knurrte, wann immer Manu in Leymons Nähe kam – und schließlich musste Leymon sich von seinem Freund fernhalten. Chaveen wurde größer. Endlich war ihr Rücken stark genug, um ihn zu tragen. In schnellen Ritten fegten sie durch den Schnee, wirbelten herum, rasten die Berge hinauf.

Doch seine Sehnsucht nach dem Freund kehrte zurück.

Die Ausbildung zum Pamuschkrieger stand bevor. Bald würde er das Dorf verlassen. Eine Ausbildung zum Priester Gamons würde es nicht geben, ebenso wenig wie weitere Zeit mit Manu. Es blieb nur der Abschied von seinem Freund. So verboten wie dringend.

Leymon wollte vernünftig sein. Doch sie schafften es nicht. Ihr gemeinsamer Wunsch war zu groß. Aus dem Abschiedskuss wurde mehr. Bitterer, gewaltiger Ernst lag in ihrer Liebe, eine Verzweiflung, für die es nur diese eine Gelegenheit gab.

Der nächste Morgen folgte rasch. Manus Kopf im Schnee. Blut. Überall Blut. Oder war es das Wasser des Sees?

Ihre Umgebung rumorte, dröhnte. Das Wasser wurde heißer. Es war zäh wie flüssiges Metall, hielt sie fest und zog sie tiefer.

Tailin musste die Verletzung heilen. Schnell. Aber wie?

Was hatte Lenja erklärt? Wie heilte sie eine körperliche Wunde?

Er musste die seelische Wunde durchschauen, Leymons Verzweiflung und seine Schuld.

Die Schuld! Sie war es! Wie ein roter Faden zog sie sich durch Leymons Leben. Mit Manus Tod hatte es begonnen. Auf dieser Schuld baute alles Weitere auf.

Wieder zeigte der See die Bilder, Leymons Ausbildung zum Pamuschkrieger, die jungen Pameli und ihre Katzen im Kampf. Von nun an wollte Leymon nur noch das: ein Krieger sein, der beste, der je für Malun gekämpft hatte. Er musste sein Leben hingeben, um die Götter zu beschützen. Sämtliche Gefühle gingen unter in diesem Lebenssinn. Wozu brauchte er Gefühle? Sie waren nur hinderlich.

Als er seine Ausbildung beendet hatte, war er besessen von dem Gedanken, die Sapioner zu besiegen. Dass er noch immer die Gabe Gamons in sich trug, verdrängte er. Umso heftiger und unerwarteter fielen die Visionen über ihn her. In tagelangem Fieber sah er die geplünderten Dörfer, die versklavten Faruaner, die Geschwindigkeit, mit der der Krieg über Farua hinwegfegen würde.

Als die Visionen nachließen, wollte er den Pamuschkriegern begreiflich machen, was geschehen würde. Doch niemand nahm seine Vorhersagen ernst. Er mochte ein Doppeltalent sein, aber er besaß keine Ausbildung zum Priester Gamons. Andere Hellseher teilten seine Visionen nicht. Also wurde er vertröstet wie ein Kind, das zu viel Fantasie besaß. Oder wie ein junger Krieger, der sich selbst zu ernst nahm.

Er sprach in Farua vor. Aber auch hier wurde er kaum angehört. Die gottgeborenen Valjaner, die Farua als Diplomaten dienten, glaubten noch immer, sie könnten das Problem politisch lösen. Als Leymon ihnen mitteilte, dass Walerius ihre beste Diplomatin zuerst heiraten und dann töten würde, unterbrachen sie die Anhörung und fragten ihn, woher er solches Wissen besaß. Als sich herausstellte, dass er ein nur halb ausgebildeter Hybride war, ließen sie ihn und Chaveen einsperren, um zu prüfen, wie gefährlich er war.

In Gefangenschaft bekam er weitere Visionen. Er sah Walerius, der längst eigene Götter züchtete, die für ihn in den Krieg ziehen sollten.

Doch auch von diesen Götterkindern und den Experimenten wollten die Faruaner nichts hören. Warum sie Leymon dennoch freiließen, hatte er nie erfahren. Vielleicht hatte jemand für ihn gesprochen. Sicher war nur noch eines: Wenn er Walerius aufhalten und den Krieg verhindern wollte, musste er das ganz allein tun. Eine Handvoll Experimente musste Walerius noch durchführen, ehe seine Pläne vollständig waren. Danach würde er nur noch warten, bis seine Armee von Gottgeborenen herangewachsen war.

So viel Zeit blieb Leymon also, um das blutige Schicksal von Ruann abzuwenden. Er musste die Götterkinder finden und retten, ehe sie gebrochen wurden.

Und dann sah er ihn, eines Nachts, in seinen Träumen. Den einen Jungen, dessen Gegenwart sich tief in sein Herz stahl. Immer wieder träumte er von dem Kerker, von Dunkelheit und Schmerzen. Und zugleich formte sich eine Liebe in ihm, wie er sie nicht einmal mit Manu erlebt hatte.

Er ritt Richtung Südosten, fand ein Dorf an den Ausläufern der Berge und darin die Götterkinder, die Walerius mit blonden Frauen züchtete. Doch Leymon konnte nur Thia retten. Mit ihr zog er sich in die Berge zurück, in eine Höhle, in der Chaveen das kleine Mädchen säugte.

Und plötzlich waren sie dort, inmitten der winzigen Höhle. Graue Felsen duckten sich über ihnen. Der süßliche Geruch von Milch hing in der Luft. Chaveen lag am Boden und schnurrte. Eine Fackel warf flackernde Schatten auf ihr Fell, auf das Menschenbündel, das aus ihren Zitzen trank. Leymon lag im Fell der Katze und hielt das Baby in seinem Arm. Heftige Zärtlichkeit durchströmte seine Brust. Beinahe erstickte er an der Liebe. Thia. Das war ihr Name. Ein Göttermädchen.

Nie wieder durfte er sie allein lassen. Niemals durfte das Schicksal, vor dem er sie gerettet hatte, sie einholen.

Tage vergingen, in denen sie zu dritt zusammenlagen. Oder waren es Monate? Leymon und Chaveen mussten weder essen noch trinken. Nur einatmen und ausatmen, nur schlafen und Kraft sammeln, um dieses Mädchen großzuziehen.

Draußen wechselte das Licht von Tag zu Nacht. Dunkel und hell, dunkel und hell. Auch die Farbe der Tage veränderte sich – von grell zu rötlich und wieder zurück. Das kleine Mädchen wuchs und gedieh. Es schlief immer weniger. Thia lernte sitzen und begann zu brabbeln, hob sich auf alle viere und erkundete die Höhle wie ein munterer Welpe.

Doch je länger sie sich versteckten, desto dumpfer drückte die Schuld. Da waren noch mehr Kinder. Ganz in der Nähe. Und während Thia in seinen Armen das Lachen lernte, wurden die anderen verletzt und gequält, missbraucht und verstümmelt. Mit jedem Monat, der verstrich, mussten die Kinder mehr leiden.

Unter ihnen war der eine, ein Junge, der sich Nacht für Nacht in Leymons Träume stahl, der ihn mitnahm in den Kerker unter der weißen Stadt und der ihm zeigte, was dort unten geschah. Der

Geist des Jungen klammerte sich an ihn. Ganz so, als wüsste er, wie nah Leymon war. Nah genug, um sie alle zu retten.

Dieser Junge war das Kind, dessentwegen er aufgebrochen war. Bei dem Gedanken an ihn zog sich sein Herz zusammen, als wolle es sterben. Dennoch gab es einen Grund, warum er nicht in die weiße Stadt ritt, warum er nicht in diesen Keller einbrach und den Jungen herausholte …

»Nein!« Eine heisere Stimme durchbrach den Gedanken.

Die dunkle Höhle verschwand, schleuderte sie zurück in den roten See. Das Wasser zischte und blubberte, stieg höher und wurde heißer. Leymon war von ihm fortgetrieben. Tailin wollte zu ihm schwimmen, doch sein Freund wich zurück.

Das Wasser zischte auf. Eine Wolke von Dampf stieg hoch, hüllte Tailin ein und riss ihn fort.

Plötzlich waren sie im Wald, im Lager der Pamuschgarde. Es war Krieg. Wie ein Geschwür brodelte der Zorn in Leymons Seele. Immerzu musste er kämpfen und töten. Doch etwas in ihm verrohte mit jedem Mord. Was zählte schon das Leben eines Sapioners? Nur eine Nummer in seiner Sammlung aus Toten. Er hörte auf, seine Gegner mit dem Schwert zu schlagen. Allein mit den Zähnen wollte er sie zerfetzen, brauchte das Gefühl von reißendem Fleisch, um das Bedürfnis nach Rache zu stillen. Endlich Gerechtigkeit nach all den Irrgängen, nach all den Fehlern, nach all den Splittern, die sich in seiner Seele verhakt hatten.

Die Erinnerungen flackerten, sprangen hin und her, zehn Jahre Krieg in einem wilden Durcheinander. Und immer wieder die Kinder. Seine Spione. Im Schnelldurchgang tauchten die Gesichter auf, Nureen und die anderen. Erst schmutzig und zerrissen. Dann sauber und mit entschlossenen Blicken.

Nur Nureen hatte lange genug überlebt, um es in das Bett des Heerführers zu schaffen.

Die Bilder zuckten, wollten etwas zeigen, das Leymon zurückhielt. Wieder erschien die graue Höhle vor ihnen. Leymon stand an ihrem Ausgang, trat nach draußen …

Schwarze Flecken schoben sich über das Bild. Selbst jetzt, in den Wellen des Sees, wollte Leymon die Wahrheit noch verbergen.

Dann sah Tailin sich selbst, sein eigenes Gesicht. Im Wald von Farua stand er Leymon gegenüber. Als Krieger im Heer von Sapion. Es war damals gewesen, wenige Tage, bevor Dorgen zur Auslese einberufen wurde, auf ihrem letzten gemeinsamen Einsatz im Waldgürtel. Aber Leymon kämpfte nicht gegen den Sapioner mit den rotschwarzen Haaren. Er konnte es nicht mehr. In diesem Moment, mitten im Wald, brach alles in ihm zusammen, alle Schuld, alle Hilflosigkeit, gepaart mit dem Bedürfnis, den gegnerischen Krieger einfach zu küssen, anstatt ihn zu töten. Warum konnte Krieg nicht durch Liebe beendet werden?

Wieder folgten dunkle Flecken, wieder stand Leymon am Ausgang der Höhle. Dieses Mal lehnte er am Felsen. Seine Hand strich über den Stein, und sein Körper zuckte vor Verzweiflung. Er musste den Jungen retten – aber er konnte es nicht.

»Nein!« Seine Stimme krächzte, zerriss die Höhle und schleuderte ihn zurück nach Nordfarua. Es war viele Jahre später. Nach der Begegnung mit dem Krieger im Wald. Der Sapioner war der Junge von damals. Leymon hatte ihn erkannt. Aber der andere erinnerte sich nicht. Natürlich nicht. In Wahrheit hatten sie sich nie gesehen. Und dennoch hatten sie einander das Herz zerrissen. Etwas in Leymon entgleiste.

In der Zeit danach wünschte er sich nur noch eines: Liebe. Und wenn schon nicht das, dann wenigstens Sex. Seine Schuld war ohnehin bereits übergroß. Worauf kam es jetzt noch an?

Es war nicht schwer, Männer mit seiner Neigung zu finden. Es gab Treffpunkte. Selbst jetzt, im Krieg. Gerade jetzt. Und in Nordfarua gab es viele Männer, die andere Männer begehrten. Weil sie schon frühzeitig vor der Schwulenfeindlichkeit der Sapioner in den Norden geflohen waren. Viele hatten sich den Rebellen angeschlossen. Aber das Töten fiel ihnen schwer. Sie wollten damit aufhören. Oder mit allem aufhören?

Die Männer, die Leymon sich aussuchte, wollten sterben. Er spürte es. Und er war ihr Erlöser. Erst für eine Nacht. Dann für immer. Er machte keinen Hehl daraus, wie gefährlich er war, wenn er mit der Katze an seiner Seite in den Spelunken auftauchte. Die Männer wählten ihr Schicksal selbst.

Oder war es wie mit den Kindern? War es die Macht seiner Stimme, die sie verführte? Manipulierte?

Leymons Schuld schlug über ihm zusammen. Eine rote Welle schwemmte über seinen Kopf.

Der See zischte und schäumte. Heißer Dampf vernebelte Tailins Sicht. Das Wasser brannte auf seiner Haut. Leymon war hinter dem Nebel. Er musste zu ihm, wollte schwimmen und paddeln. Doch das Seewasser hielt ihn fest. Zäh und klebrig umfing es seine Füße und haftete an seinen Armen.

Er musste Leymon erreichen. Der See würde kochen, wenn er seinen Freund nicht heilte. »Ley!« Er schrie gegen das Zischen an. »Zeig es mir! Du musst es mir zeigen. Was siehst du, wenn du aus der Höhle kommst?«

Leymons Lachen drang durch den Nebel, verzweifelt und hart. »Du willst das nicht wissen.«

Die Wellen des Sees schwappten höher, warfen sie wie Treibholz hin und her. »Doch! Ich muss es wissen! Zeig es mir!« Erneut griff das Wasser nach ihren Füßen, umwickelte sie und zog nach unten. »Schnell! Der See will uns ertränken!« Panik erfasste ihn.

Dann kam die Erinnerung. Wieder die graue Höhle, der süßliche Duft von Milch, fast schon friedlich. Am liebsten hätte Leymon vergessen, was draußen vor sich ging. Manchmal blieb er ganze Monate in der Höhle, um es nicht zu sehen.

Aber heute musste er nach draußen. Der Tag war gerade angebrochen, als er vor den Eingang der Höhle trat.

Unter ihm befand sich ein Tal, und am Rand des Tals, direkt

unter seinem Berg, lag die weiße Stadt. Flirrend und grell leuchteten die Mauern in der Sonne. Fast konnte man meinen, der Ort wäre ausgestorben, so still war es dort unten. Aber dann kamen die Soldaten aus den Häusern. Zielstrebig gingen sie zu dem Turm, der inmitten der Stadt lag, und verschwanden in seinem Hintereingang.

Wieder fiel die Stille über die Stadt, aber dieses Mal täuschte sie. Die Visionen erfassten ihn. Dort unten war der Junge, gefangen unter dem Turm. Er war nicht das einzige Kind. Aber er war schon länger da als alle anderen – und was die Männer mit ihm taten, war schlimmer als jede normale Folter.

Leymon taumelte zurück in die Höhle, übergab sich neben dem Eingang und blieb am Boden liegen. Seit Monaten sah er die Bilder. Auch jetzt fühlte es sich an, als würde der Junge seinen Körper verlassen und sich an Leymons Geist festklammern. Oder wurde Leymon dorthin gesogen? In den Kerker?

Es war beides. Abwechselnd.

Leymon wehrte sich gegen den Sog. Noch einmal würde er die Folter nicht ertragen, weder die Schmerzen noch die Gefühle des anderen.

Dabei könnte es so einfach sein. Dieser Junge hatte ihn gerufen. Er war das Kind, dessentwegen er in den Osten geritten war. Leymon musste nur in der Nacht den Berg hinunterreiten, er musste nur mit Chaveen über die Stadtmauer klettern und die Soldaten überwältigen. Er wusste längst, in welchem Rhythmus die Wachen patrouillierten, wann die meisten schliefen und welche Soldaten die besten Kämpfer waren. Er kannte sogar die Zeiten, zu denen der weißgekleidete Mann in den Turm ging. Und er wusste, wann der Alte wieder herauskam und wie lange er schlief, wenn er sich in sein Haus zurückzog. Es war weder das größte noch das schönste Haus in der Stadt. Doch es hatte Iosaca gehört, dem ärgsten Feind des Weißgekleideten. Es nun in Besitz zu nehmen befriedigte den Alten, ebenso wie der Besitz des kleinen Jungen, Iosacas Sohn, an dem er sich verging.

Doch dieses Haus besaß nur einen Eingang, und das Feuerholz lagerte ganz in der Nähe.

Es wäre so einfach gewesen, den Jungen und die anderen Kinder zu retten. Es wäre so leicht, den weißgekleideten Mann zu töten und sich für all seine Taten zu rächen.

Wenn nicht dieses Gefühl gewesen wäre, das Leymon zu dem Jungen hinzog. Er wollte den Kleinen nicht nur retten. Er wollte ihn nicht nur von der Qual befreien und in Sicherheit bringen. Er wollte ihn bei sich behalten. Aber nicht wie Thia. Nicht als Vater, der sich um das Kind sorgte. Nein. Da war diese tiefe, verstörende Neigung, mit der er den Jungen liebte. Wie er Manu geliebt hatte. Nur schlimmer. Intensiver. Wie eine Sucht, bei der er nur noch an ihn dachte.

Dabei war der Kleine noch keine sieben Jahre alt.

Wenn Leymon ihn zu sich holte, würde er dann besser sein als der weißgekleidete Mann? Würde seine Liebe darauf warten, dass das Kind erwachsen wurde?

Seine Seele zersplitterte an diesem Gedanken. Ein ums andere Mal brach er auf dem Boden der grauen Höhle zusammen. Ein ganzes Jahr blieb er in dem Versteck über der weißen Stadt, während die Kinder unter dem Turm gefoltert und getötet wurden, während immer neue Kinder gebracht wurden und kaum eines überlebte. Leymon allein hätte sie retten können. Doch er tat es nicht. Aus Angst vor sich selbst – und vor seinen Neigungen.

Ein heißes Glühen erfasste ihn. Die Erinnerung löste sich auf in Dampf und Glut. Der rote See. Er würde kochen.

Tailin kehrte in seinen Körper zurück. Alles in ihm fühlte sich starr an, ungläubig. »Du wolltest mich missbrauchen?«

»Nein!« Leymon klang hilflos. »Ich weiß es nicht. Wahrscheinlich nicht. Aber … ich habe es befürchtet. Damals.«

Plötzlich war Tailins Wut da, hart und stürmisch, kochend heiß wie der See. »Deshalb hast du mich dort gelassen? Du hast gesehen, was sie mit mir getan haben! Du hast ein ganzes Jahr lang zugesehen und hast mich trotzdem dagelassen? Weil du mich sonst vergewaltigt hättest?«

»Nein!« Leymons Hände suchten nach ihm, klammerten sich an seine Arme. »Ich hätte dich nicht vergewaltigt. Ich hätte dich in Sicherheit gebracht und dann auf dich gewartet. Aber das weiß ich erst jetzt. Damals wusste ich nicht, ob ich mich kontrollieren kann. Weil ich dich wollte. Weil ich dich geliebt habe. Weil die Visionen Gegenwart und Zukunft vermischt haben und uns beide als Paar zeigten.« Der See fing an zu blubbern. Immer höher schlugen die Wellen. »Und dann Chaveen. Die Erinnerung an Manu. Ich wusste, dass ich nie wieder jemanden lieben darf. Weil sie dich sonst sofort gerissen hätte. Wie hätte ich wissen sollen, dass du und Chaveen, dass wir …« Er brach ab.

Plötzlich musste Tailin lachen, hoch und hysterisch. Also hatte Leymon damals schon die gleichen falschen Dinge geglaubt wie heute. Und Chaveen war ebenso verwirrt gewesen. Hatte sie deshalb das Menschenbaby gestillt? Weil sie Tailins Gegenwart in Thia gesucht hatte?

Etwas in seinem Inneren fiel, irgendein Teil von ihm, der sich an Leymon festgehalten hatte. Seit damals? Hielt er sich schon seit damals an Leymon fest?

Auf einmal stieg etwas anderes herauf. Maßlose Wut durchflutete seinen Körper, griff immer höher und erfasste seinen Verstand. »Du hast mich verraten!« Seine Hände wanden sich aus Leymons Griff, kamen frei und boxten wahllos auf den anderen ein. »Du hast mich im Stich gelassen! Als ich dich am dringendsten gebraucht hätte!« Wieder holte er aus. Ein ums andere Mal schlug er zu, traf Leymons Arme, seine Schultern, sein Gesicht.

Leymon duckte sich unter den Schlägen. Doch er wich ihm nicht aus. Nur das Wasser schäumte höher, wogte über seinen Kopf und zog ihn nach unten. Der See dampfte und sirrte, wie ein riesiger Wasserkessel, der anfing zu sieden.

Die Wellen drückten Leymon nach unten, der See saugte ihn

ein, bis die Schläge ihn nicht mehr erreichten. Doch es geschah ihm recht. Alle, die so hart über ihn geurteilt hatten, wussten, warum er keine Gnade verdiente. Seine Sicht in die Zukunft war nicht mehr als ein verkümmertes Talent. Und die Mischung seiner Elemente schuf ihn als Werkzeug des Todes. Leymon selbst war das Verderben. Sich von ihm einwickeln zu lassen war der Untergang. Und seine Liebe war nicht besser als die des grausamen weißgekleideten Mannes.

Nur kurz kam Leymon wieder hoch, verzweifelt schnappte er nach Luft. Dann warf er sich nach vorn, wollte zum Ufer schwimmen. Doch die Wellen zogen ihn zurück, drückten ihn in die Tiefe.

Ein ohrenbetäubender Schrei fuhr in Tailins Gedanken. Etwas Großes wirbelte durch den Nebel, stürzte sich in die Fluten und tauchte dorthin, wo Leymon untergegangen war.

Chaveen! Ihr Fell war rot verschmiert, als sie zurück durch die Oberfläche stieß. Ein lebloses Bündel hing zwischen ihren Fangzähnen. Doch das Wasser war zäh. Die Katze strampelte und kämpfte um ihr Leben. Oder um Leymons?

Es war dieser Anblick, der etwas in Tailin änderte. Das Gefühl von Rache zerbarst. Stattdessen setzten sich die Fakten anders zusammen. Was wäre geschehen, wenn Leymon ihn gerettet hätte? Und was wäre nicht geschehen?

Tailin wäre niemals ins Rekrutenlager gekommen. Er wäre kein Soldat geworden, und er hätte Dorgen nicht kennengelernt. Ohne ihn wäre Dorgen ein anderer gewesen. Nur durch Tailins Einfluss hatte er der Gewalt standgehalten. Nur durch ihn war er menschlich geblieben.

Ohne ihn wäre Dorgen gebrochen worden. Seine Göttlichkeit hätte sich ins Gegenteil gekehrt, in einen gefährlichen Feuergott, der alles zerstörte. Dorgen wäre ein Teil von Walerius' magischer Armee geworden. Vielleicht sogar der Anführer dieser Armee, stärker noch, als Rabanus es je gewesen war.

Aber wo war die magische Armee jetzt? Falls es Soldaten gab, in denen böse Magie schlummerte, hatte Tailin sie nie bemerkt. Siberi war nur ein Einzelner. Ebenso wie der Blutsohn. Sie beide mochten mächtig sein. Doch eine magische Armee war etwas vollkommen anderes.

Die anderen Kinder in der weißen Stadt! Sie alle waren göttlich gewesen. Wenn Walerius sie nicht bei den Experimenten getötet hätte, wenn er sie nur gebrochen hätte, wären sie für ihn in den Kampf gezogen.

War es das? Der Sinn, warum Tailin die Qualen durchleiden musste? Er war das erste Kind gewesen, das gefoltert wurde. Nur durch ihn war Walerius zu den Versuchen inspiriert worden. Hätte Leymon ihn schon nach wenigen Tagen gerettet, wären die anderen Kinder nie in die weiße Stadt gebracht worden. Dann hätte Walerius sie zu der göttlichen Armee geformt, die er ursprünglich geplant hatte.

Aber so hatten nur Tailin und der Blutsohn überlebt.

Schwindel erfasste ihn. Der See sirrte lauter. Schmerzhaft brannte das Wasser auf seiner Haut. Auch die Katze stieß ein Jaulen durch die Zähne. Sie kämpfte mit aller Kraft, um Leymon über Wasser zu halten, paddelte auf der Stelle und versuchte gleichzeitig, zum Ufer zu kommen. Doch der See ließ sie nicht. Immer wieder zogen die Wellen sie zurück in die Mitte.

Reglos hing Leymon in ihrem Maul. Mit jeder Bewegung baumelte sein Kopf hin und her.

Doch er musste noch leben – sonst wäre auch Chaveen längst tot zusammengebrochen. Und Tailin selbst wäre ebenfalls gestorben.

Sie beide waren verbunden. Schon seit damals, seit Tailin sich an Leymons Geist geklammert hatte, um den Kerker zu überstehen.

»All das ergibt einen Sinn!«, rief er Leymon zu. Er musste den anderen erreichen, ehe er starb. »Du trägst keine Schuld. Nicht so, wie du glaubst. Alles, was du anderen angetan hast, hast du tun müssen. Um noch Schlimmeres zu verhindern.« Auch wenn die

Zusammenhänge verworren waren und selbst Leymon sie nicht durchschaute – nichts von dem war geschehen, weil er Fehler gemacht hatte. »Für dich mag es aussehen wie Schuld, aber deine Visionen haben das geringste Übel gewählt. Deshalb haben sie dich zu den Entscheidungen gezwungen. Weil es der einzige Weg war, um den Untergang unserer Welt zu verhindern.«

Erst jetzt schnappte Leymon nach Luft. Er hustete und keuchte, spuckte Blut und versuchte, sich im glitschigen Wasser irgendwo festzuhalten. Doch seine Hände erwischten nur das Fell der Katze. Wieder gerieten sie unter Wasser.

»Ley!« Tailin schwamm auf ihn zu, kämpfte gegen die Wellen und die zähe Konsistenz. »Bleib bei mir, Ley. Ich verzeihe dir. Ich verzeihe dir alles.« Das tat er wirklich. Wie die heißen Wellen brach das Gefühl über ihn herein. Vielleicht hatte Leymon damals nicht seinen Körper gerettet. Aber sein Geist war bei ihm in Sicherheit gewesen. Und jetzt waren sie zusammen. Alles würde gut werden. Selbst ihre Aufgaben konnten sie erfüllen. Er musste es nur schaffen, Leymon zu heilen.

Doch das Wasser brodelte. Scharfe Schmerzen quälten seine Haut, vernebelten seine Gedanken. Sie mussten hier raus. Aber wie?

Verzweiflung überkam ihn. Seine Finger erreichten Leymons Arm. Mit der zweiten Hand erwischte er Chaveens Bein, zog sich näher an sie heran.

Doch sein Freund war still geworden. Atmete er noch? Oder stand er kurz vor dem Tod? »Ley! Schau mich an. Ich verzeihe dir. Alles, was du getan hast, war richtig!«

Aber war das der Punkt? Wie funktionierte die Heilung? Ging es darum, dem Gebrochenen seine Taten zu verzeihen? War Tailin nur dann ein guter Seelenheiler, wenn er alles und jedem verzieh?

Oder ging es um etwas anderes?

Ein pfeifendes Geräusch erfüllte jetzt die Höhle, ging von dem Wasser aus, das den Siedepunkt fast erreicht hatte.

Das Wasser würde sie umbringen! Wenn es kochte, wäre nicht einmal ihre Göttlichkeit stark genug, um sie zu retten. Weil die Magie des Wassers stärker war als jede Göttermagie.

Nur schwach konnte er Leymon fühlen. Sein Freund hatte aufgegeben. Er wollte sterben. Alles vergessen. Wenn der See ihn tötete, geschah es ihm recht. Wie ein Knäuel hatte sich die Schuld um sein Herz gewickelt.

Das war die Verletzung seiner Seele! Seine eigene Schuld, die er sich nicht verzeihen konnte. »Du musst dir verzeihen!«, rief Tailin. »Nur wenn du dir selbst verzeihst, kann ich dich heilen.«

Leymon schnappte nach Luft. Endlich rührte er sich. Seine Arme schlugen um sich. Aber hatte er Tailin gehört?

»Ley!« Tailin packte sein Handgelenk, seine Hände krallten sich an den anderen. Und plötzlich waren ihre Seelen eins. Leymon war bei ihm, in ihm. Auch Chaveen war da. Das Wasser verbrannte sie, doch ihre Seelen gingen fort. Gemeinsam. Hier und jetzt würden sie sterben.

»Nein!« Tailin wusste nicht, ob er tatsächlich schrie oder nur in Gedanken. *»Du musst dir verzeihen. Du hast uns alle gerettet. Ganz Ruann. Du darfst nicht sterben. Diese Welt braucht dich. Uns beide!«*

Ihre Umgebung kehrte zurück. Ihre Haut brannte, ihre Sinne rasten. So war es also zu sterben.

Doch dann wurde der See ruhiger. Die Wellen rissen ihre Körper nicht mehr hin und her. Endlich zog Chaveen sie vorwärts. Ihre Krallen angelten nach den Uferfelsen. Immer wieder rutschten ihre Pfoten ab.

Aber das Wasser wurde kühler. Oder war ihre Haut so schwer verbrannt, dass sie nichts mehr fühlten?

Leymons Haut war rot. Seine Arme, sein Gesicht, sein Oberkörper.

»Komm mit!« Tailin zog ihn. Inzwischen weinte er. Heulte. Ein tiefes Schluchzen presste sich zwischen seine Worte. »Wir müssen hier raus!«

Plötzlich schob der See sie an. Die nächste Welle erfasste sie und warf sie ans Ufer.

Erschöpft brachen sie zusammen. Leymon lag in seinen Armen. Direkt hinter ihnen hockte die Katze.

Aber war die Heilung gelungen? Oder würden sie sterben?

Plötzlich erhob sich eine Gestalt im roten Nebel. Fast durchsichtig, als wäre sie selbst aus Wasserdampf. *»Tailin, aus der Sippe der Verborgenen, Sohn des Iosaca und Gottgeborener Taluns …«* Die Nebelgestalt sprach wabernd und laut – oder redete sie nur in seinem Kopf? *»In mir siehst du Taluns Geist, deine eigene Kraft, die sich zu einem Drittel in dir verbirgt. Du hast es vollbracht, dich und den Hybriden zu heilen. Hiermit weihe ich dich zum Priester der heilenden Tränen. Von nun an sollst du über alle Fähigkeiten und Kräfte verfügen, die dir gegeben sind.«*

Bei diesen Worten wallte das Wasser auf. Mit einer mächtigen Welle spülte es über sie hinweg und schob sie auf das hintere Ende der Höhle zu. Doch dort lag nicht länger die Felswand. Ein tiefer Schlund öffnete sich, wie die Speiseröhre eines riesigen Tieres.

Dann wurden sie verschlungen.

18. Kapitel

Galejas wissende Chronik der Vergangenheit
Buch Galeron

Jahr 85 bis 96 der Blutära

Nach all den Jahren des Krieges, nach all den Eroberungen in Zeylem und dem staatenlosen Gebiet wussten Rabanus und Walerius vor allem eines: Wenn sie bis Malun vorrücken wollten, würde der Krieg in letzter Instanz ein Kampf gegen die Magie sein. Dennoch waren sie entschlossen, diesen letzten Kampf zu gewinnen. Walerius selbst war von magischer Natur, und in den Jahren der Götterverfolgung hatte er Möglichkeiten gefunden, um über die Magie zu herrschen. Er musste nur ein großes Netz an Gottgeborenen erschaffen, die auf seiner Seite kämpften.

Göttliche Kinder waren hierfür der Schlüssel, ein vielversprechender Rohstoff, den er nur finden und formen musste, um sie in wirksame Waffen zu verwandeln. Längst hatte er herausgefunden, wie sich die Göttlichkeit eines Kindes brechen ließ, und ebenso wusste er, dass ein Gottgeborener nicht an seiner Haarfarbe zu erkennen war. Nach den ersten Jahren der Göttervernichtung wurden die göttlichen Kinder in sämtlichen Völkern wiedergeboren. Doch Walerius hatte ein System entwickelt, mit dem alle Kinder frühzeitig geprüft wurden.

Nicht immer war es leicht, der Kinder habhaft zu werden. Viele Sklaven versteckten ihren Nachwuchs, und in den sapionischen Häusern musste er behutsam vorgehen, um nicht durch seine grausamen Testmethoden aufzufallen. Doch alle Besonderheiten an einem Kind sollten ihm unverzüglich gemeldet werden.

Über die Jahre hinweg gelang es ihm, eine ganze Reihe göttlicher Kinder zu sammeln. Sie alle wollte er brechen, um sie anschließend zu einer göttlichen Armee zu formen.

Dann aber wurden Walerius' Pläne gestört. Die Unruhen in Sapion wuchsen immer weiter an, und die Anhänger Iosacas fanden sich längst in allen Teilen der Bevölkerung. Iosaca selbst war hingegen seit einigen Jahren verschwunden. Walerius hatte ihn suchen lassen, und schließlich erreichte ihn die Kunde, dass der Erzfeind Sapions in den östlichen Bergen eine Stadt gegründet hatte.

Über zwei Jahre ließen Rabanus und Walerius die Stadt belagern. Erst dann gelang es, die Bewohner auszuhungern und Cum Loi einzunehmen.

Tailin, der sechsjährige Sohn Iosacas, war der einzige Überlebende in der weißen Stadt. Walerius wusste sofort, dass er göttlicher Natur war, und so ließ er das Kind einsperren und prüfen. Doch in der Gegenwart des Jungen erlag der weißgekleidete Mann seiner Gier. Der Knabe war von so großer Göttlichkeit, dass Walerius kaum genug davon bekommen konnte. Weder von dem Jungen selbst noch von dem Gedanken, dass auch die anderen Götterkinder von solcher Größe sein könnten. Alle Pläne, die er zuvor entwickelt hatte, warf er über Bord, indem er weitere Versuche an den gottgeborenen Kindern durchführen ließ. Doch Walerius hatte sich in seiner Gier verführen lassen, und so kam es, dass all der wertvolle göttliche »Rohstoff« in seinem Folterkeller getötet wurde.

Mit den Kindern starb auch der Traum von einer göttlichen Armee auf Seiten Sapions. Von nun an würde es wieder Jahrzehnte dauern, weitere Götterkinder zu sammeln und aufzuziehen.

Rabanus aber überkam die Ungeduld. Er wollte einen Fortschritt des Krieges, und er verlangte ihn jetzt – und so marschierten die Sapioner in Farua ein, ohne eine göttliche Armee zu besitzen.

Doch auch aus seinen letzten Forschungen hatte Walerius gelernt – deshalb beschloss er, wenigstens einen sapionischen Gott zu erschaffen, dessen Magie so groß war wie die von Tailin und Sapionas.

Siberi, sein eigener Sohn, den er mithilfe eines magischen Seelenstei-

nes gezeugt hatte, sollte die formvollendete Krone seiner göttlichen Schöpfung sein.

***

Farua, östliche Berge

Siberi

Die Verzweiflung in seinem Inneren tobte, während er Richtung Osten ritt. Wie spöttischer Hohn klang der Auftrag seines Vaters: Er sollte Tailin finden, diesen Krieger, der vor mehr als einem Jahr desertiert war. Als ob er jemanden finden könnte, für dessen Aufenthalt es keine Anhaltspunkte gab! Sollte er auf gut Glück nach Malun reiten? Oder nach Pamal? Oder systematisch ganz Ruann absuchen?

Wohl kaum.

Sicher, wenn er viel Zeit hätte, könnte er Gegner gefangen nehmen. Er könnte sie foltern und nach Tailin fragen – in der Hoffnung, dass er auf der anderen Seite der Front unter demselben Namen bekannt war.

Aber aussichtsreich war nichts davon. Und ganz egal, wie er es anging – es konnte Jahre dauern, diesen Tailin zu finden.

Nein, in Wirklichkeit hatte Walerius ihm den Auftrag nur zu einem Zweck erteilt: Sein Vater wollte ihn aus dem Weg räumen. Sie beide waren Konkurrenten. Auch wenn Siberi bis jetzt nicht vorgehabt hatte, seinem Vater die Macht aus der Hand zu reißen – sie beide wussten, dass es eine Leichtigkeit gewesen wäre. Walerius besaß nicht mehr genug Magie, um seine Position zu verteidigen.

Aber glaubte sein Vater wirklich, ihn mit diesem billigen Trick aufzuhalten? Musste er nicht wissen, dass er sich erst hiermit einen neuen Feind geschaffen hatte?

Siberi hatte längst einen Kriegsplan in der Hinterhand, eine Möglichkeit, die größer war als alles, was sein Vater je geschaffen hatte. Vermutlich hätte er noch eine Weile damit gewartet, seine Pläne umzusetzen, bestimmt hätte er einen günstigeren Zeitpunkt gefunden, der die strategischen Vorteile besser nutzte – und vielleicht hätte er seine Kräfte sogar auf Seiten seines Vaters spielen lassen.

Aber nun waren die Würfel gefallen. Von nun an waren nicht nur die Rebellen und die Pamuschkrieger seine Gegner.

Von nun an ging es um alles.

Wenn nur nicht die Akte des desertierten Soldaten wäre, die einen sonderbaren Reiz auf Siberi ausübte. Ein einziges Mal hatte er sie aufgeschlagen und die Zusammenfassung gelesen, um zu wissen, nach wem er suchte. Seitdem ritt er tage- und nächtelang ununterbrochen. Doch der Sog, der von dem gebundenen Papier ausging, wurde immer größer. In diesem Buch verbarg sich noch mehr: Vergangenheit. Wissen. Zusammenhänge. Die ganze Zeit steckte es in seiner Satteltasche. Er hätte nur anhalten und es herausholen müssen.

Gefühle. Etwas an diesem Schriftstück strahlte Gefühle aus, die sich wie Garn um seinen Verstand wickelten.

Als er das nächste Mal anhielt, um das Pferd an einem winzigen Tümpel zu tränken, konnte er nicht länger widerstehen. Vorsichtig zog er die Akte aus der Tasche.

Tailin, Sohn des Iosaca. Der Sohn des Erzfeindes.

Mit den Fingern strich Siberi über die Schnittkante. Das Papier vibrierte, zischte, lockte ihn an. Er sollte das Schriftstück aufschlagen, nur wenige Seiten hinter dem Anfang. Fast von allein blätterte es sich auf, als Siberi den Einband aufklappte.

Wir fanden Tailin als letzten Überlebenden nach der Belagerung der weißen Stadt. Er war sechs Jahre alt und nannte uns den Namen seines Vaters in seiner Muttersprache: Faruanisch. Was der Grund für sein Überleben war, erschloss sich dem Kenner von göttlicher Magie auf den ersten Blick. Dieser Junge war ein Gottgeborener, und seine Magie war stark, wenn auch sehr ungewöhnlich. Eine mächtige Schutzaura umgab das Kind, die zu durchbrechen kaum möglich war. Doch zugleich lag eine große Anziehungskraft in der Gegenwart des Jungen.

Die Verhöre in den Folgetagen ergaben, dass ein Durchbruch durch die Aura nur auf zwei Wegen möglich war: sanfte Güte, die sich das Vertrauen des Jungen erschlich – oder harte Gewalt. Doch Letztere drang selbst nach Tagen gröbster Misshandlungen kaum zum Bewusstsein des Jungen durch. So entschloss ich mich, beide Methoden miteinander zu kombinieren: zuerst das Vertrauen des Jungen zu gewinnen, um ihn dann im Inneren seiner Aura mit Gewalt zu bezwingen.

Der letzte Absatz versetzte Siberi in Aufruhr. Ein dunkles Bild schob sich vor seine Augen, der modrige Gestank eines Kerkers. Die Gegenwart von Männern. Schmerzen, die seinen Körper zerrissen.

Keuchend ließ er die Akte sinken. Schweiß kitzelte in seinem Nacken. Mit zitternden Händen wischte er ihn fort.

Er durfte die Akte nicht lesen! Stattdessen sollte er lieber aufsitzen und nach Osten reiten. Doch er konnte sie nicht weglegen. Wie ein Magnet haftete das Papier an seinen Fingern. Scheinbar wahllos blätterte er weiter.

Verglichen mit anderen Gottgeborenen zeigen die Züchtigungen der ersten Tage keine Auswirkung auf seine Magie. Nur die Dunkelheit scheint die Schutzaura des Jungen ins Wanken zu bringen. Wir haben uns daher entschlossen, ihn mit längeren Dunkelheitsphasen zu zermürben. Auch die Methoden der Pein werden wir straffen müssen. Ich habe dazu folgende Systematik entwickelt. Reaktion und Folgen bitte in der Tabelle eintragen.

Auf den nächsten fünfzehn Seiten folgte eine Liste, die akribisch Foltermethoden, Verletzungen und emotionale Reaktionen dokumentierte. Während Siberi die Einträge überflog, griff ein kaltes Gefühl in seinen Nacken. Mit jeder Zeile wurden die körperlichen Folgen drastischer. Die Beschreibung der Wunden war nüchtern und bildlich zugleich, zeichnete eine Skizze zunehmender Zerstörung. Irgendwann wurden der Liste auch die Regenerationszeiten beigefügt. Selbst für einen Gottgeborenen erschienen sie Siberi ungewöhnlich kurz. Zumeist waren Tailins Wunden schon nach wenigen Tagen ausreichend verheilt, sodass die nächste Stufe der Folter begonnen wurde. Nur die schweren Verstümmelungen, die in der zweiten Hälfte der Liste begannen, brauchten etwas länger. Aber auch sie heilten folgenlos aus.

Mit zunehmender Faszination glitt Siberis Blick über die Zeilen – doch es war eine Formulierung, die ihn stocken ließ: *sexuelle Bestrafung*. Ganz beiläufig und wie selbstverständlich waren die beiden Wörter zwischen den Foltermethoden aufgelistet. Vom Anfang bis zum Ende zogen sie sich durch das Protokoll, immer im Wechsel mit der restlichen Folter.

Das kalte Gefühl löste sich aus Siberis Nacken und rieselte über seinen Rücken, als er die Spalten dahinter studierte. Als Vorletztes war die emotionale Reaktion aufgeführt: *weinerlich* und *fügsam* waren häufige Beurteilungen, bis hin zu *anhänglich* und *will gefallen*.

Es waren diese winzigen Wörter, die das Grauen bis in jeden Winkel seines Körpers trieben. *»Siberi, mein Kleiner. Komm zu mir. Heute sind wir ganz allein.«*

Worte … Wenn der weißgekleidete Mann kam, brachte er Worte mit. Sprache. Gefühle. Alle anderen brachten nur Schmerzen.

»So ist es gut, mein Kleiner. Du willst mir gefallen, nicht wahr?«

Heiß und kalt spülte der Ekel durch seinen Magen, erfasste seine Brust und brannte sich in seine Eingeweide.

»Wenn du groß bist, wirst du stärker sein als das hier. Dann wirst du mächtig sein. Dafür wird es sich lohnen. Dann wirst du verstehen, warum ich das mit dir tun muss.«

Siberis Finger zitterte, als er die Zeilen bis zum Ende nachfuhr. In der letzten Spalte standen die Kürzel der Soldaten, welche die

Folter durchgeführt hatten. Hinter der *sexuellen Bestrafung* stand jedes Mal dasselbe Kürzel. Obwohl es nur wenige Buchstaben waren, erkannte Siberi den typischen Schwung, mit dem sein Vater unterschrieb: *W. o. B. S.*

Siberi wollte die Akte zuschlagen. Doch seine Finger blätterten weiter. Hinter der Tabelle folgten Zeichnungen. Folterinstrumente und Beschreibungen ihrer Funktionsweise. Zuletzt eine Zeichnung von dem Raum, in dem die Folter stattgefunden hatte.

Siberis Atem versiegte. Er hatte das alles schon einmal gesehen. Irgendwann.

Als sein Atem wieder einsetzte, ging er keuchend und schwer. Schweiß drängte sich aus seiner Haut. Am ganzen Körper. Binnen Augenblicken war er nass. »Nein.« Er flüsterte, um das Gefühl aufzuhalten. »Nicht daran denken.«

Doch es war zu spät. Etwas Glühendes stach in seinen Bauch.

»Nein!« Wieder keuchte er. Sein Körper krümmte sich nach vorn, wand sich um den Schmerz. Dann schrie er. Gellend sprang das Geräusch in seine Ohren. Nur noch das. Nur der Schrei. Seine einzige Sprache. Dieser hohe, spitze Schrei, der »sterben« bedeutete.

Doch Siberi starb nicht. Weder heute noch damals.

Als der Schrei versiegte und der Schmerz verebbte, lag er auf dem Rücken. Sein Blick glitt tief in den blauen Himmel. Doch in seinem Inneren herrschte Dunkelheit. »Ich war auch da«, flüsterte er. »Ich war an demselben Ort wie du, Tailin.« Damals, als er ganz klein gewesen war, noch bevor Menschen eine Sprache lernten. In jenen ersten Jahren, an die er sich nicht erinnerte.

Walerius hatte das alles angeordnet. Und die einzige Liebe, die Siberi je bekommen hatte, war Sex mit seinem Vater.

Gewalt.

Zerstörung.

Tränen. Überall Tränen. Selbst jetzt.

Irgendwann schlief er ein. Als er aufwachte, war alles in seinem Inneren kalt. Der Himmel hatte seine Farbe in dunkles Blau verwandelt. Nur das rötliche Licht der Blutsonne warf ihren Schein durch die Nacht.

Siberi erhob sich. Fast behutsam las er Tailins Akte vom Boden auf, steckte sie in die Satteltasche und schwang sich auf den Rücken des Pferdes. Er trieb die Sporen in die Flanken des Tieres und preschte Richtung Osten. Schließlich fand er das Tal, an dessen Eingang ein Wäldchen wachte. Im Galopp stob er hindurch, bis zu den Höhlen, in denen er seine Gefangenen hielt.

Die Wachen grüßte er nur kurz. Dann marschierte er in die Tiefe des stillgelegten Bergwerkes. Laurek war noch da, als er den Gefangenentrakt erreichte. Siberi hatte keine Zeit gefunden, den Verhörmeister auszutauschen. Doch inzwischen war es egal.

Laureks Begrüßung hörte er kaum. Interessant war nur die Magie, die sich in Siberi zusammenbraute. Es war an der Zeit, sein Werk zu vollenden.

Seit er die Führung des Heeres an Sapionas abgegeben hatte, hatte er auch die Fäden fallen lassen, mit denen sich der Sturm kontrollieren ließ. Seither wehte der Blutsturm in Böen über das Land. Doch Siberi musste nur die Finger bewegen. Allein seine Wut und die Kälte lockten den Sturm an. Der Luftdruck in den Höhlen änderte sich, presste sich um seinen Körper und ließ Laurek innehalten. Von weitem zischte das Säuseln des Windes. Siberi musste die Wucht des Sturmes zähmen, damit er die Höhlengänge nicht zertrümmerte. Doch auch das war eine Leichtigkeit. Langsam kam das Säuseln näher. Als der Windzug den Verhörraum erreichte, wirbelte er die Papiere hoch, die sich auf Laureks Schreibtisch stapelten. Gleich darauf fügte sich der Sturm in Siberis Finger, bündelte sich und wartete auf seinen Einsatz.

Irritiert sammelte Laurek die Papiere ein. Dennoch bemühte er sich um einen geschäftsmäßigen Tonfall. »Worum geht es heute?«

Um dein Ende. Siberi neigte den Kopf und lächelte. »Bring mich in den Zellentrakt.«

Laurek reagierte auf das Lächeln. Fast schwebend erhob er sich und schloss die Tür auf.

»Es geht um Vertrauen«, wisperte Siberi. Auch der Sturm wisperte in seinen Fingern. »Vertraust du mir, Laurek?« Ein winziger Luftfaden löste sich und strömte mit der Atemluft in Laureks Richtung.

Das Gesicht des Verhörmeisters wirkte selig. »Ja, natürlich vertraue ich dir. Was soll ich tun?«

Siberi machte eine ausladende Geste durch den Zellentrakt. »Öffne die Türen. Lass sie frei.«

»Alle?« Überraschung und Erleichterung vermischten sich in Laureks Miene. Er hoffte also wirklich, dass die politischen Gefangenen freikamen. Spätestens jetzt hatte er seine wahre Gesinnung verraten.

»Ja. Alle. Es sei denn, du wartest, bis ich es mir anders überlege.« Leiser Spott spielte in Siberis Stimme, nicht stark genug, um das Vertrauen zu durchbrechen.

Eilig lief der Verhörmeister zu den Zellen. Fast schon euphorisch öffnete er die Schlösser. »Kommt heraus! Ihr seid frei! Ihr seid frei!«

Zögernd traten die Gefangenen an die Türen. »Frei? Warum das?« Irritiert sahen sie sich um, entdeckten Siberi und schauten ihn ungläubig an.

Wieder lösten sich Luftfäden aus seinen Fingern, säuselten zu den Männern und wickelten sie ein. Sobald das Vertrauen sie erreichte, änderten sich ihre Blicke. Mit entrückten Mienen traten sie in den Zellengang.

»Was ist hier los?« Zwei Wachen kamen aus den hinteren Räumen.

Siberi schickte einen raschen Windstoß. Die Männer durften gar nicht erst zweifeln. Flatternd fing sich die Böe in ihren Hemdsärmeln. Dann lächelten auch sie und freuten sich über die Befreiung.

Als Laurek alle Zellen geöffnet hatte, musste Siberi ihm nur zunicken. Der Verhörmeister verstand. Er hakte die Tür zum Vorraum ein und öffnete das Gitter in die Freiheit.

Mit einer weiteren Fingerbewegung setzten sich die Insassen in Bewegung. In einem gehorsamen Zug traten sie in den Höhlengang. Laurek lief voran, dann die Gefangenen, zum Schluss die anderen Wärter.

Siberi folgte ganz am Ende. Nur seine Sturmfäden streckten sich nach vorn, lenkten Laurek und den Gefangenenzug. Weitere Wärter kamen ihnen entgegen, wurden von den Leinen umwickelt und reihten sich zwischen den anderen ein.

Siberi ließ die Magie fließen, bis sie alle glaubten, er würde sie erlösen. Auch die Wärter wollten frei sein, wollten der Dunkelheit unter Tage entfliehen und endlich wieder unter freiem Himmel leben.

Sie alle vertrauten ihm, ganz egal, wohin die Fäden sie führten. Sie zögerten nicht einmal, als er sie in den rechten Abzweig lenkte. Die Monster in den Katakomben waren still. Doch Siberi spürte ihre Gegenwart in den Tiefen unter dem Tunnel. Sie wussten, dass ihre große Zukunft kurz bevorstand, dass sie nur still sein und warten mussten, ehe es so weit war.

Als die ersten Gefangenen die Klappe im Boden erreichten, schickte Siberi einen Impuls durch die Fäden. Gehorsam bückte Laurek sich nach der Falltür und entriegelte sie.

Die Monster schwiegen auch dann noch, als die Luke offen stand. Nur zwei der Wachsoldaten schoben sich an den Gefangenen vorbei und positionierten sich rechts und links daneben.

Jetzt! Der nächste Impuls war ein Befehl. Laurek und die Wachen nickten Siberi zu. Der erste Gefangene trat einen Schritt vor. Ein seliges Lächeln glitt über sein Gesicht, kurz bevor die Wachen ihn in die Luke stießen.

Selbst als er fiel, blieb er stumm. Nur ein dumpfes Klatschen verriet, dass er unten angekommen war.

Siberi streckte die Fäden in die Tiefe, fing die Monster ein und hielt sie still. Sie alle würden ihr Fressen bekommen. Doch nicht sofort. Erst musste sein Werk hier oben beendet sein.

Der Nächste! Wieder brauchte er nur diesen Impuls, nur ein Lächeln an Laurek und die Wachsoldaten, und schon stürzten sie den nächsten Gefangenen in die Tiefe.

So ging es weiter, bis alle Insassen in der Grube verschwunden waren. Nur die Wachen standen noch neben der Luke und schauten ihn an.

Sie vertrauten ihm. Siberi hielt sie voll und ganz in seiner Hand. *Ihr auch!* Mit einem letzten Lächeln schaute er in die Runde.

Fast zärtliches Glück huschte über die Mienen der Männer. Dann wandten sie sich ab – und sprangen.

Laurek war der Letzte, der noch oben war. Doch selbst jetzt lag kein Argwohn in seinem Gesicht. Weil er Siberi vertraute. Weil er ihn liebte.

Siberi schloss die Augen. Seine Hände bewegten sich, während Laurek seinen letzten Treueschwur sprach: »Im Namen Siberis, des Allmächtigen.«

Ein Stoß von Magie wallte durch den Tunnel. Siberi riss die Augen auf, um das Ende zu sehen. Laurek schwankte unter dem Magiestrom. Doch er fiel nicht in Ohnmacht. Stattdessen trat er vor und sprang.

Erst jetzt erhob sich das Rumoren in den Katakomben. Wie eine Walze tobten die Monster auf ihre Opfer zu. Vielstimmiges Schmatzen und Gurgeln klang von unten herauf.

Bedächtig trat Siberi an die Luke und spürte der Magie nach, die er den Männern mitgegeben hatte. Vertrauen. Bis dort unten reichten seine Fäden und verankerten sich in den Toten. Was die Monster fraßen, war pures Vertrauen. Zu ihm. Zu Siberi, dem Allmächtigen.

Als alle Opfer verspeist waren, verfielen die Kreaturen in satte Ruhe. Siberi kniete sich an die Luke und horchte hinab. Obwohl sie still waren, konnte er sie hören, ihren strömenden Atem, ihre raschelnden Füße, sogar ihre gespitzten Ohren, mit denen sie auf ihn lauschten.

Und schließlich, wie von allein, kamen die Worte aus seinem Mund. Doch es war keine Sprache, die von Menschen gesprochen oder verstanden wurde. Jene Laute, die über seine Lippen krochen, entsprangen einer uralten, göttlichen Sprache. Wie eine Urgewalt drangen sie in den spärlichen Verstand der Monster, verbanden sich mit ihrem Vertrauen und verwandelten Siberi in ihren Führer.

Von nun an konnte er sie lenken. Jederzeit. Und wohin er wollte.

19. Kapitel

Galejas wissende Chronik der Vergangenheit
Buch Galeron

Blutära

Walerius war von göttlichem Blut. Allein diese göttliche Natur sorgte dafür, dass er langsamer alterte als ein gewöhnlicher Mensch. Über viele Jahre blieb seine Gestalt die eines jungen Mannes. An der Seite von Rabanus, dem ewig Jungen, fiel dieser Umstand nicht sofort ins Auge. Dass Rabanus nicht alterte, wusste jeder. Es war der Grund, warum er als Gottherrscher anerkannt und gefürchtet wurde.

Walerius hingegen wollte seine Göttlichkeit bedeckt halten. In dieser Hinsicht wurden ihm die anderen Politiker als Erste gefährlich. Während sie reiften und alterten, kam Walerius nur sehr langsam in ein mittleres Alter – in dem er wiederum über viele Jahre fortlebte.

Doch die älteren Politiker starben ohnehin bald aus, und der oberste Berater sorgte dafür, dass alle kritischen oder neugierigen Stimmen frühzeitig ausgetauscht wurden. Zumeist umgab er sich mit jungen Politikern, die gerade von der Akademie kamen und die so lange bleiben durften, bis sie sein sichtbares Alter überholten.

Auf diese Weise herrschten Walerius und Rabanus über viele Generationen, in denen sie immer junge Männer waren. Sobald ihnen jemand auf die Schliche kam, tauschten sie sämtliche Politiker aus.

Etwas anderes war jedoch ihr Privatleben. In den ersten Jahren der gemeinsamen Herrschaft lebte Walerius als Alleinstehender. Ganz nach Lust und Laune vergnügte er sich mit jungen Sklavinnen und Sklaven.

Doch seine Vorliebe für kleine Jungen drohte bekannt zu werden. Und schließlich hielt er es für sinnvoll, wenigstens vordergründig den gesellschaftlichen Normen zu entsprechen. So kam es, dass er zum ersten Mal eine Schwesternsippe heiratete. Anfangs gefiel es ihm, sich von den jungen Mädchen verwöhnen zu lassen. Seine Frauen waren jedoch von menschlicher Natur. Während Walerius jung blieb, alterten ihre Körper sichtbar. Auch seine Kinder wuchsen heran, wurden erwachsen und erreichten dasselbe Alter wie ihr Vater. Manche seiner Söhne waren Walerius loyal ergeben, sodass er sie in die Politik des Landes einbinden konnte. Andere widersetzten sich seiner Autorität. Einige entpuppten sich gar als Gegner, die sensible Informationen über ihn weitergaben.

So entschied Walerius sich zu einem strikten Vorgehen: Er ließ sämtliche Familienmitglieder beseitigen, die ihm und seiner Macht gefährlich wurden, ganz gleich, ob es seine Söhne, Töchter oder Frauen waren.

Über die Zeit hinweg stellte er jedoch fest, dass ihm fast jeder, mit dem er viel Zeit verbrachte, über kurz oder lang gefährlich wurde. Obendrein war er seiner alternden Frauensippe längst überdrüssig. Schon seit Jahren vergnügte er sich nur noch mit jüngeren Sklaven. Doch irgendwann entschied er sich, einen klaren Schlussstrich zu ziehen. Er fingierte ein Unglück, bei dem seine Sippe im Feuer verbrannte.

Danach heiratete er eine neue, blutjunge Schwesternsippe. Aber auch diese Frauen überholten Walerius in seinem sichtbaren Alter. Und wieder wurde ein Teil seiner Kinder zu seinen Feinden. So geschah es, dass Walerius auch seine zweite Sippe tötete.

Mit der nächsten Sippe lernte er aus seinen Fehlern. Dieses Mal plante er deren Ende bereits mit der Hochzeit. Auch jede Familie, die er danach gründete, bekam ein Datum zugeteilt, an dem er sie tötete. In der Regel legte er dieses Datum auf das Jahr, in dem seine ersten Kinder erwachsen wurden und ihm schaden konnten.

Fünfmal begann Walerius auf diese Weise ein neues Leben. Jede Vernichtungswelle tarnte der oberste Berater als Unfall. Drei Sippen starben im Feuer. Eine unter einer Lawine. Walerius nutzte fast immer strategische Momente, in denen andere Unruhen von seinem persönlichen

Unglück ablenkten. So kam es, dass fast niemand sein tödliches Treiben durchschaute.

Nur wenige Frauen, die Walerius schon vorzeitig in die Wüste verstoßen hatte, überlebten und gaben das Wissen weiter. Und nur dort, in der Festung der Wüstenfrauen, kannten die Menschen seine wahre Natur.

Vio, jene uralte Frau, die in der Wüstenfestung wohnte, war die erste Tochter des Walerius, die in der Wüste ausgesetzt wurde, aber dennoch überlebte. Viele Jahre hauste sie allein in den Berghöhlen, ehe sie ihre jüngere Halbschwester Kori rettete und mit ihr die Festung der Wüstenfrauen gründete.

★★★

Wüste, Festung der Wüstenfrauen

Feyla

Im Schneidersitz saßen ihre Schwestern auf den Betten. Schejma stillte ihr Baby, während Cilinja ihr Kind betrachtete, das neben ihr auf der Matratze lag und mit einem zerknüllten Blatt Papier spielte. Immer wieder musste sie nasse Papierschnipsel aus dem Mund ihrer Tochter ziehen.

Feyla hockte zwischen ihren Schwestern am Boden und sah ihnen zu. Sie musste lachen, als die Kleine voller Begeisterung in den Papierball biss.

Doch ihre Freude verging schnell. Es war nicht richtig zu lachen. Einen knappen Monat war es jetzt her, dass sie diesen Teil ihrer Sippe gerettet hatte – während der andere vor ihren Augen gestorben war. Unzählige Male hatte sie über ihre Entscheidungen nachgegrübelt, und immer kam sie zu demselben Schluss: Wenn diese eine Nacht noch einmal bevorstünde, würde sie wieder genauso handeln. Dennoch fühlte es sich falsch an, dass sie die Entscheidung über die Lebenden und die Toten getroffen hatte.

Seit sie hier waren, hatten ihre Schwestern mit keinem Wort über jene Nacht gesprochen. Anfangs hatte sie Cilinja und Schejma alles gezeigt, was es in der Kolonie zu sehen gab. Aber die meiste Zeit saß sie einfach nur hier und betrachtete die spielenden Kinder.

Doch ihre Schwestern redeten kaum. Einzig Cilinja stellte gelegentlich eine leise Frage. Schejma hingegen sprach nur mit ihrem Kind. Oder sie sang der Kleinen etwas vor. Zumeist waren es leise, traurige Melodien.

Bis heute hatte Feyla nicht feststellen können, ob Schock und Trauer über ihre Schwestern herrschten oder ob sie ihr den Tod der restlichen Sippe vorwarfen.

Vielleicht war auch das ein Grund, warum sie so oft bei Cilinja und Schejma saß. Weil sie da sein wollte, wenn die beiden den Vorwurf aussprachen.

Voller Unruhe klopften Feylas Finger auf den Boden. Für einen winzigen Moment sah Cilinja sie an. Ihr Mund öffnete sich, als wollte sie etwas sagen. Dann schaute sie wieder auf ihr Kind.

Mit einem Mal hielt Feyla es nicht mehr aus. Immer dieses Schweigen, immer nur ihre Blicke. »Ich verstehe, dass ihr wütend seid.« Plötzlich brachen die Worte aus ihr hervor. »Ich wollte das nicht tun. Ich wollte sie nicht zurücklassen. Ich wollte nicht, dass sie sterben. Nicht einmal Miljuna und Amerill – ihr dürft nicht denken, dass ich das aus Rache getan habe. Oder als Genugtuung. Oder weil ich sie gehasst hätte … Ich hasse sie gar nicht mehr. Ich habe sie nie so gehasst wie sie mich.« Tränen fluteten ihre Augen, mischten sich in ihre Stimme und verzerrten ihren Tonfall. Sie klang wie ein weinerliches, kleines Mädchen, das seine Puppe verloren hatte. »Ach, verdammt.« Damit sprang sie auf, wischte sich die Tränen aus den Augen und schaute zum Ausgang.

Was tat sie überhaupt noch hier? Bald würde die Besprechung

in Koris Quartier beginnen. Wenn sie zu spät kam, büßte sie das neu gewonnene Vertrauen der Anführerin gleich wieder ein. »Ich muss gehen.«

»Nein! Warte!« Es war Cilinja. Plötzlich stand ihre Schwester neben ihr. Doch Feylas Tränen ließen ihr Gesicht verschwimmen. War das Mitleid in Cilinjas Stimme? Verständnis?

»Ich habe lange darüber nachgedacht«, sprach Cilinja weiter, »aber ich weiß jetzt, warum du die anderen zurücklassen musstest. Seitdem frage ich mich viel eher … also …« Sie stockte. »Um ehrlich zu sein, ich weiß nicht, warum du uns überhaupt gerettet hast. Du hast dich und deine Leute in Gefahr gebracht. Die Oase ist direkt nach unserer Flucht überflutet worden, aber es hätte auch kurz vorher passieren können. Und …« Cilinja senkte den Kopf. »Nach allem, was wir dir angetan haben – ich weiß gar nicht, ob wir die Rettung verdient haben.«

Hastig wollte Feyla widersprechen. »Natürlich habt ihr –«

Doch Cilinja legte die Hand auf ihren Arm. »Es tut mir leid, dass ich dich damals überredet habe, diesen Trank anzunehmen. Ich wusste nicht, dass Gift darin ist. Ich … mit so viel Boshaftigkeit habe ich nicht einmal bei Alrana gerechnet.«

Irritiert starrte Feyla sie an. Endlich waren die Tränen fort. Schuld und Reue lagen in Cilinjas Blick. Doch Feyla brauchte einen Moment, um zu sortieren, wovon sie sprach.

Damals, in ihrem ersten Ehejahr, hatte Alrana die Tränke gebraut, die angeblich für Fruchtbarkeit und später für eine gesunde Schwangerschaft sorgen sollten. Feyla hatte ihrer Stiefmutter nicht getraut und die Tränke verweigert. Doch ein einziges Mal hatte Cilinja sie dazu überredet, einen von Alranas Tränken anzunehmen. Kurz darauf hatte Feyla ihr Baby verloren.

Aber was hatte Walerius gesagt? Das Gift sei nicht in den Tränken gewesen. »Du warst das nicht«, flüsterte sie. »Das Gift war in meinem Essen. Es war jeden Tag in meinem Essen. Walerius hat es angeordnet. Er hat es mir selbst erzählt.«

Schrecken und Erleichterung stritten sich in Cilinjas Gesicht, verwandelten sich in Wut und funkelten in ihren Augen. »*Walerius* hat dein Baby abgetrieben? Um dich dann in die Wüste zu schicken?«

Feyla nickte. »Ich wusste zu viel. Ich war zu trotzig. Er wollte mich loswerden.«

»Walerius ist ein böser Mann.«

Der Satz kam von Schejma. Es waren die ersten zusammenhängenden Worte, die sie seit einem Monat sprach.

Erschrocken fuhren sie zu ihrer Schwester herum. Schejma stillte noch immer ihr Baby. Scheinbar ungerührt beugte sie sich über ihre Tochter. »Ich dachte immer, es wären nur Albträume gewesen. Aber …« Sie sprach nicht weiter.

»Aber was?« Cilinja klang alarmiert.

Feyla hielt den Atem an. Ein mulmiges Gefühl drückte in ihrer Magengrube.

»Was hat er getan?«, wiederholte Cilinja.

Kurz schüttelte Schejma den Kopf. Die Haare fielen vor ihr Gesicht, während sie sich noch tiefer über ihr Kind beugte und ihm die Stirn küsste.

War das eine Träne, die auf das Gesicht ihrer Tochter fiel? Oder nur ein Lichtreflex?

»Manchmal nachts …« Schejma nuschelte so leise, dass sie kaum zu verstehen war. »… aber ich war noch ganz klein. Vielleicht … nur ein schlechter Traum.«

Feyla schnappte nach Luft. Es war kein Traum! Ganz sicher war es kein Traum gewesen.

Wie viele Kinder hatte Walerius schon missbraucht? Wie viele? Und wie oft? Und was hatte er ihnen angetan? »Dieser Bastard muss sterben.« Die Worte rutschten ihr heraus, knurrend und voller Hass. Plötzlich wusste sie, wie Kori sich fühlte – wenn sie wieder eine Frau, oft noch ein halbes Kind, aufsammelte, die von Walerius vergewaltigt, geschwängert und dann verstoßen worden war. Feylas Hand griff an ihr Schwert. Sie wünschte sich, dass er jetzt vor ihr stünde – damit sie ihm eigenhändig den Kopf abschlagen konnte.

Ohne weitere Worte wirbelte sie herum, lief aus der Höhle ihrer Schwestern und rannte durch das Gewirr an Gängen, bis sie die Haupthalle erreichte. Seltsame Unruhe rumorte in der riesigen Höhle. Es war voller als sonst. Im Zickzack musste Feyla zwischen den Gruppen hindurchlaufen, die sich auf dem Boden niedergelassen hatten. Doch einige saßen nicht, sondern standen. In der Schlange vor dem Suppenkessel hatte sich eine große Traube von Menschen gebildet. Manche von ihnen trugen blau-rot gemusterte Umhänge, die Feyla noch nie gesehen hatte. Nicht nur Frauen, auch Kinder waren in diese Farben gekleidet. Aber Feyla kannte keines der Gesichter. Angesichts der einheitlichen Umhänge musste es eine ganze Schwesternsippe mit ihrem Nachwuchs sein – doch sie sahen nicht so aus, als wären sie in der Wüste ausgesetzt worden. Ihre Umhänge waren sauber, und ihre Gesichtsfarbe wirkte gesund.

Normalerweise hätte Feyla jemanden gefragt, was das für Leute waren und woher sie kamen. Doch nicht jetzt!

Sie musste Koris Höhle erreichen. All ihre Planungen und Ideen mussten endlich konkret werden. All ihr Training musste für etwas gut sein. Feyla wollte Walerius töten – und wenn es das Letzte war, was sie tat.

Als sie in Koris Höhle stolperte, waren alle anderen schon da. Nuszam, Sonjem und die alte Vio, die wie immer neben Kori saß. Dazu die besten Kämpferinnen aus der ersten Kampfgruppe, die Kori zu Kommandeurinnen ernannt hatte. Außerdem eine Handvoll Elitekriegerinnen, die für spezielle Disziplinen wie Giftmorde und Spionage verantwortlich waren. Selbst Thia war hier. Seitdem sie in Walerius' Palast sechzehn Soldaten erstochen hatte, gehörte sie offiziell zur Kampfelite.

Doch abgesehen von Nuszam befanden sich noch zwei weitere Männer im Raum. Bis jetzt kannte Feyla sie nur flüchtig: Karer und Livoi, die beiden Offiziere aus Dorgens Heer, die ihnen im Palast zu Hilfe geeilt waren. Direkt nach der Rettungsaktion waren sie wieder fortgeritten – um ihre eigenen Sippen in Sicherheit zu bringen.

Das also waren die Frauen und Kinder vor der Essensausgabe!

»Du bist spät!« Koris Vorwurf unterbrach ihre Gedanken. »Ich habe dich nicht in den Führungsstab aufgenommen, damit wir unsere Besprechungszeiten von nun an nach dir richten müssen. Hast du irgendwas dazu zu sagen?«

Voller Unbehagen senkte Feyla den Kopf. Die Wut in ihrem Inneren rumorte, drängte vorwärts und konnte mit dem Grund nicht hinter dem Berg halten. »Walerius hat meine jüngere Schwester vergewaltigt. Als sie noch ein kleines Kind war. Das … hat sie mir gerade erzählt.«

Im Raum wurde es still. Ein heißer Schauer überkam Feyla. Warum erzählte sie so etwas? Vor der ganzen Runde? Dass Walerius ein perverser Verbrecher war, wussten sie alle – da mussten sie nicht auch noch erfahren, dass Schejma eines seiner Opfer war.

Als sie Kori wieder ansah, fürchtete sie, dass die Anführerin in einen ihrer Tobsuchtsanfälle geriet. Doch Kori hielt sich ungewohnt ruhig. Nur ihre Wangenmuskeln zuckten. Mit einem ruckartigen Kopfnicken wies sie auf den freien Platz neben Nuszam. »Setz dich! Karer und Livoi wollten uns gerade erzählen, wie es dazu kam, dass sie sich an eurer Rettungsaktion beteiligt haben.«

Mit einem unguten Gefühl ließ Feyla sich neben Nuszam nieder. Auch ihr Bruder wirkte seltsam verärgert. Nur Thia schaute von seiner anderen Seite zu Feyla und nickte ihr mit einem grimmigen Lächeln zu. Seit knapp einem Monat lief sie mit diesem Lächeln umher. Seit ihre Verletzungen geheilt waren, war es wie eine giftige Blume auf ihrem Gesicht gewachsen. Was sich bis dahin sorgsam unter ihrer Oberfläche verborgen hatte, war nun offensichtlich: Thia war eine Killerin, eine Märtyrerin im Namen aller geschundenen Mädchen. Und sie trug ihren neuen Titel mit eisigem Stolz.

»In der Nacht, als der Regen losbrach, hat Siberi uns festnehmen lassen«, erzählte Karer. Er schien damit eine Geschichte fortzusetzen, die er schon vorher begonnen hatte. »Aber wir wurden nicht hingerichtet. Uns wurde auch nicht mitgeteilt, welches Verbrechen man uns vorwarf. Wir wurden nur mit einem Gefangenentreck Richtung Süden geschickt. Die meisten in diesem Treck waren desertierte Soldaten, die wieder aufgegriffen worden waren. Aber irgendwann bog der Treck Richtung Osten ab. Kurz danach stießen weitere Gefangene aus Sapion zu uns. Darunter auch einige Sklaven, aber zumeist waren es Akademiker, die offenbar als politische Gegner galten.«

Nuszam gab ein verärgertes Brummen von sich.

Auch Kori wirkte beunruhigt. »Waren Leute aus unserem Widerstand dabei?«

Karer wiegte den Kopf hin und her. »Davon ist auszugehen. Aber die meisten haben sich bedeckt gehalten. Immerhin mussten wir damit rechnen, belauscht zu werden. Auch dass sich Spione von Walerius in den Reihen der Gefangenen befanden, war nicht auszuschließen. Deshalb ließ sich nicht erkennen, wer tatsächlich zum Widerstand gehörte.«

»Nur ein Gefangener war in dieser Hinsicht auffällig«, nahm Livoi den roten Faden auf. »Es war ein Sklave, der ehemals für Walerius gearbeitet hat. Aber kein Faruaner, sondern ein Sapioner, der in der Auslese verloren hatte und danach von Walerius angeheuert wurde. Er war wütend auf seinen Herrn. Deshalb hat er seine Geschichte überall herumerzählt. Von sich selbst hat er behauptet, er sei Walerius gegenüber immer loyal gewesen. Dass der Berater ihn trotzdem gefangen genommen hat, hat er nicht verkraftet. Bald wusste jeder in dem Treck, welches sein letzter Auftrag für Walerius war: Er hat eine große Menge Sprengstoff besorgt. Damit sollte der Staudamm gesprengt werden, um die Oase zu überfluten.«

Feyla rann ein eisiger Schauer über den Rücken. Dahin führte es also, wenn Walerius seine Lieblingssklaven nicht mehr brauchte – oder wenn sie zu viel wussten.

»Dieser Treck war ein Todestreck.« Karers Stimme klang tief und voller Unheil. »Offiziell wurde er nicht so genannt, aber es war offensichtlich. Spätestens als wir Richtung Osten abbogen, war absehbar, dass unser Ziel in irgendeiner menschenleeren Gegend liegen musste, irgendwo, wo man selbst sapionische Gefangene ohne Gerichtsurteil beseitigen kann. Es war also klar, dass wir fliehen mussten. Aber die Planungen dauerten einige Zeit. Schließlich konnten wir uns mit einer kleinen Truppe vertrauenswürdiger Männer zusammenschließen. In einer Nacht haben wir die Wachen überfallen, konnten ein paar Pferde stehlen und sind geflohen. Von da aus sind wir auf direktem Weg zur Oase geritten. Der Palast war streng bewacht. Wir wussten nicht, wie wir die Soldaten überwältigen sollten – aber dann kamt ihr.« Er sah zwischen Nuszam und Feyla hin und her. »Als wir gesehen haben, wie ihr oberhalb der Oase auf der Lauer lagt, wussten wir nicht, ob ihr Freunde oder Feinde seid. Deshalb haben wir uns nicht bemerkbar gemacht. Erst in der Nacht eures Angriffes haben wir uns entschieden, euch zu helfen.«

Feyla atmete tief durch. »Was für ein Glück, dass ihr da wart.« Sie sprach ihren Gedanken laut aus. Ohne Karer und seine Leute wäre es knapp geworden.

»Das kann man so sagen«, bestätigte Nuszam. Doch in seiner Haltung lag Unruhe. »Seid ihr über die neuesten Ereignisse an der Front informiert? Wir haben Berichte darüber, dass Siberi die Führung der Armee übernommen hat. Er soll sie in einen selbstmörderischen Kampf gegen die Stellungen der Pamuschkrieger getrieben haben. Nach unseren Informationen steht die Front inzwischen direkt vor den Grenzbergen von Malun.«

Feyla spürte, wie sich Nuszams Unruhe auf sie übertrug. Diese Informationen waren erst wenige Tage alt. Doch die Boten, die sie gebracht hatten, waren mehr als einen Monat unterwegs gewesen. Inzwischen konnte die Lage schon wieder vollkommen anders aussehen.

Karer nickte finster. »Diese Gerüchte habe ich auch gehört. Aber wenn ihr mich fragt, gibt es nur einen Mann, der die Lage zu unseren Gunsten wenden könnte.« Plötzlich wandte er sich an Feyla. »Du weißt, dass ich Dorgens Leibwächter war. Ich kenne ihn sehr gut. Er ist ein redlicher Mann mit einer ehrlichen Seele. Er plant schon lange, zu den Rebellen überzulaufen, am liebsten mit dem ganzen Heer. Doch bis jetzt waren ihm die Hände gebunden, weil er seine Frauen und Kinder nicht in Gefahr bringen wollte.« Mit dem letzten Satz wandte er sich an Kori und Nuszam. »Dorgen muss so schnell wie möglich erfahren, dass seine Sippe in Sicherheit ist. Und er braucht Unterstützung. Seine magischen Kräfte sind stark. Vielleicht könnte er das Heer tatsächlich auf seine Seite bringen. Aber seine Kräfte sind gerade erst erwacht. Das macht ihn anfällig für Siberis Manipulation.«

Feyla versuchte, die Informationen zu ordnen. Erinnerungen an ihre Träume flackerten auf. Siberi hatte sie benutzt, um Dorgen in seinen Bann zu ziehen. Aber inzwischen war er befreit worden. »Es gibt eine weitere Gottgeborene, die Dorgen beschützt.« Feyla hörte sich selbst sprechen. »Sie hat ihm geholfen, Siberis Einfluss zu entgehen.«

Alle Blicke flogen zu ihr herum. Feyla zuckte zusammen. Es war dumm gewesen, den Gedanken auszusprechen. Nur Nuszam wusste von ihrer fatalen Verbindung zu Siberi. Und Thia.

Doch es war bereits zu spät. Kori bedachte sie mit misstrauischem Blick. »Woher weißt du das? Ich dachte, du hättest keine magischen Fähigkeiten?«

Ein harter Knoten setzte sich in Feylas Hals. Hilfesuchend sah sie zu Nuszam. Doch ihr Bruder funkelte sie nur wütend an.

Feyla wurde es heiß und kalt zugleich. Kori würde sie nicht so straflos davonkommen lassen wie er. Ihre Verbindung zu Siberi war gefährlich. Wenn die Anführerin davon erfuhr, würde sie auf Nummer sicher gehen und Feyla beseitigen.

»Sie weiß es von mir.« Es war Thia. Ihr Lächeln wirkte weich und ehrlich, während sie sich an Kori richtete. »Ich kenne Dorgen von früher. Ein Teil meiner Magie ist die gleiche wie seine. Als wir in der Quarantänehöhle waren, habe ich ihn in einer Vision gesehen. Die Gottgeborene, mit der er zusammen ist, trägt Taluns Magie in sich. Sie kann nicht nur Gedanken lesen, sie kann auch Seelen beschützen. Zusammen mit Dorgen hat sie ein Schutznetz über ganz Ruann gespannt. Über alle gesunden Seelen. Darunter sind viele, die am Widerstand beteiligt sind.« Thia schaute in die Runde, bedachte jeden Einzelnen mit ihrem Lächeln und wandte sich dann an Nuszam. »Dorgen und Alia haben auch mich in ihr Schutznetz eingebunden. Vermutlich ist das einer der Gründe, warum ich so viel ertragen kann.« Der letzte Satz gehörte allein Nuszam. Er machte sich Sorgen um sie. Seit er sie blutend und halbnackt aus dem Palastkeller getragen hatte, wusste er nicht mehr, wie er mit ihr umgehen sollte. Sie beide schienen die Nähe des anderen zu suchen. Dennoch wich Nuszams Blick ihr aus. Auch jetzt zuckte er vor Thias Lächeln zurück.

Doch Thia ließ sich nicht irritieren. Fast beiläufig schob sie ihre Hand auf seine. Dann wandte sie sich wieder an Kori: »Was Feyla sagt, stimmt. Die Gottgeborene hat Dorgen geholfen, sich von Siberi zu befreien. Aber die Lage an der Front hat sich geändert. Siberi ist nicht mehr im Heerlager. Walerius und Rabanus haben ihn abgesetzt. Der Blutsohn soll jetzt das Heer führen. Die Krieger sind von seinem Wahnsinn befallen. Aber er kann das Heer nicht kontrollieren. Im Moment sind die Soldaten führungslos.«

Thias Ausführungen endeten in atemloser Stille. Alle Kriegerinnen schienen zu warten, ob noch etwas folgte. Auch Karer und Livoi wirkten sprachlos. Magie … Was Thia erzählte, mochte stimmen. Dennoch hatte sie Magie verwendet, um die anderen von Feylas Verbindung zu Siberi abzulenken.

Spätestens als Thia ihr Lächeln an Feyla richtete, gab es keinen Zweifel mehr. Sie hatte die anderen manipuliert, um ihr Leben zu retten.

»Ich denke, die Sache ist eindeutig.« Kori nickte Thia anerkennend zu und sprach dann in die Runde. »Ich würde gern einen Boten zu Dorgen schicken, der ihm mitteilt, dass seine Frauen und Kinder in Sicherheit sind. Möchte jemand diese Aufgabe übernehmen?«

Karer hob die Hand. »Ich kann das machen. Wenn ihr meine Frauen und Kinder so lange beschützt, würde ich ein schnelles Pferd nehmen und noch heute Abend losreiten.«

»Ich auch.« Livoi ließ ihn kaum ausreden. »Zu zweit haben wir bessere Chancen, falls wir unterwegs angegriffen werden.«

Kori nickte langsam. »In Ordnung. Ich wäre dafür. Oder spricht etwas dagegen?« Damit wandte sie sich an ihren Sohn.

Doch Nuszam schaute nachdenklich ins Leere. Er schien Kori gar nicht zu hören.

»Nuszam?«

Erst jetzt hob er den Kopf. Mit einem grimmigen Lächeln sah er sich um. »Karer und Livoi sollen ruhig als Boten vorreiten. Aber ich würde sagen, es ist an der Zeit.« Kurz nickte er Kori zu. Dann stand er auf und legte die Hand an sein Schwert. »Ich bringe die ganze Widerstandsarmee Richtung Norden. Wenn die letzte große Schlacht um Malun bevorsteht, werden wir gebraucht.«

20. Kapitel

Malun

Tailin

Als er die Augen öffnete, war seine Umgebung grün. Belaubte Zweige neigten sich über ihn. Buntes Licht spielte in den Blättern, leiser Wind rauschte hindurch, und neben ihm plätscherte Wasser. Der Ort kam ihm bekannt vor. Dennoch kehrte die Erinnerung nur langsam zurück. Mühsam drehte er den Kopf. Neben ihm befand sich ein Wasserbecken. Farbige Lichtsäulen leuchteten darin. Die Quelle der heilenden Tränen. Er lag direkt daneben, im Gras unter den Malunabäumen.

Irgendetwas Schlimmes war geschehen. Schmerzen, Dunkelheit, Angst. Aber was genau …?

Der rote See! Die Heilung! Der dunkle Rachen der Höhle hatte sie verschlungen. Aber wie war er von dort aus hierhergekommen? Und wo war Leymon?

Die letzte Frage rüttelte ihn wach. Er wollte sich aufsetzen, musste seinen Freund suchen.

Doch sein Körper war schwach. Nicht einmal seine Finger ließen sich bewegen. Dennoch konnte er Leymon spüren. Seine Wärme war direkt neben ihm. Tailin müsste nur die Hand zur Seite strecken, müsste nur in die andere Richtung schauen.

Noch einmal nahm er seine Kraft zusammen, bemühte seine ganze Konzentration, um den Kopf zu drehen.

Als er Leymon sah, zog sich alles in ihm zusammen. Rote Brandblasen und tiefe Furchen bedeckten seinen Körper. Seine

Arme und Beine waren ebenso entstellt wie seine Brust und sein Bauch. Nur im Gesicht waren die Brandblasen schwächer. Es war nicht ganz so lange unter Wasser gewesen.

Doch Leymon war nicht allein. Sayra saß bei ihm. Ihre Hände glitten über seine Haut, ihr Mund bewegte sich. Stumme Verzweiflung ging von ihr aus, während sie versuchte, die Wunden zu heilen. Immer wieder strich sie über dieselben Stellen. Aber die Haut glättete sich nur langsam.

Wie lange war sie schon hier?

Viel zu lange. Es dauerte zu lange. Der Gedanke stammte von ihr und streifte durch Tailins Kopf. Mehrere Tage und Nächte waren vergangen, seit sie versuchte, Leymons Wunden zu heilen. Vorher waren die Verletzungen noch schlimmer gewesen, doch inzwischen war es ein Wettlauf gegen die Zeit. Derart schwere Verbrennungen endeten auch für Gottgeborene tödlich, sofern ihre Kräfte nicht ausreichten, um die Heilung zu beschleunigen.

Tailin schloss die Augen, um dem Anblick zu entgehen. Erst jetzt spürte er das wunde Gefühl auf seiner Haut. Auch ihn hatte das Wasser verbrüht. Da waren Schmerzen gewesen, irgendwo in der Dunkelheit seiner Ohnmacht. Doch jetzt waren sie fort. Der Großteil seiner Haut war längst geheilt. Vermutlich deshalb, weil seine Magie stärker war als Leymons.

Sein Freund atmete schwer. Immer wieder mischte sich ein Stöhnen in den Laut. Tailin suchte nach Leymons Gedanken. Doch sein Bewusstsein war weit entfernt.

Plötzlich begann Sayra zu murmeln, leise und unverständlich, raunend und fremdartig. Tailin versuchte, ihre Worte zu verstehen. Erst dann begriff er, dass es die uralte Sprache war, die sich weder übersetzen noch verstehen ließ. Nur ihre magische Wirkung erfüllte die Luft, strömte von Sayra zu Leymon – und gleichzeitig zu Tailin. Eine ganze Weile lauschte er dem Klang und wartete auf Leymons Heilung.

Doch die Magie prallte an seinem Freund ab.

Endlich konnte Tailin den Arm bewegen, schob ihn zu Leymons Hand, wagte es jedoch nicht, sie zu berühren.

Zum ersten Mal, seit er erwacht war, hob Sayra den Blick. Unumwunden sah sie Tailin in die Augen. Sie vermochte Leymon nicht allein zu heilen! Nur wenn sie körperliche und psychische Heilung zusammenschlossen, konnte es gelingen. Die Magie musste im Kreis fließen – und er musste ihn schließen, damit es geschah.

Das Wasser der Quelle plätscherte lauter, die Säulen leuchteten auf.

»Das Wasser«, flüsterte Tailin. »Das Quellbecken wird uns helfen.«

Sayra nickte. Abgesehen von ihnen war niemand auf der Lichtung. Nur Chaveen lag mit struppigem Fell in der Nähe. Sie wirkte ebenso erschöpft wie ihre Reiter.

Wie sollten sie Leymon zum Becken bekommen? Tailin versuchte, sich zu erheben. Doch sein Körper sackte immer wieder zu Boden. »Chaveen!«, rief er heiser. »Hilf uns. Allein schaffen wir es nicht.«

Müde hob die Pamusch den Kopf. Das Bild schwankte vor seinen Augen, mischte sich mit ihrer Wahrnehmung. Er sah sich selbst und Leymon, wie sie dalagen und sich kaum noch rührten.

Halbtot. Nicht mehr lange lebendig.

Bald würde all das ein Ende finden.

Ihr Kopf sank zurück auf die Pfoten.

»Nein.« Tailins Stimme schreckte sie auf. »Komm her. Sei bei uns.«

Ein flüchtiges Gefühl erfasste die Katze. Sie wollte ihn lecken und trösten, noch ein letztes Mal bei ihm sein. Mühsam zog sie die Pfoten unter ihren Körper, drückte sich hoch und schleppte sich zu ihren Reitern.

»Das Wasser. Wir müssen ins Wasser.« Sprach Tailin? Oder befan-

den sich die Worte in ihren Gedanken? *»Zieh uns. Du musst es versuchen.«*

Chaveen öffnete das Maul, packte Leymons Handgelenk und scheute sich zuzubeißen.

»Na los. Zieh ihn. Deine Bisswunde kann niemals so schlimm sein wie das hier.«

Plötzlich war die Entschlossenheit da. In der Katze. In ihm. Chaveen biss zu, stemmte ihre Beine in den Boden und zog. Tailin kam auf alle viere, versuchte, ihr zu helfen. Sayra fasste Leymons Beine. Zu dritt rückten sie seinen Körper zur Seite. Stück für Stück.

Ein schweres Stöhnen entwich Leymons Mund. Tailin zitterte. Auch die Katze bebte am ganzen Körper. Dann fielen sie über den Rand des Wasserbeckens, rutschten hinein und blieben ineinander verschlungen liegen.

Wieder begann Sayra zu murmeln. Erneut sprach sie in der uralten Sprache. Die bunten Säulen flackerten, dann erloschen sie.

Und strahlten glühend hell wieder auf! Doch nun leuchteten nur noch fünf Säulen: die rote und die braune, die violette ebenso wie die schwarze und die blaue. Eine große Erschütterung ging durch das Becken, ihre gemeinsamen Kräfte wallten auf. Heftig und stark floss die Magie durch Tailins Körper, zuckte, als Sayra seine Hand ergriff, und schloss sich mit ihrer Magie zusammen. Immer stärker brodelten die Kräfte durch ihn und die anderen hindurch, drohten ihn auszulaugen – wenn nicht die Quelle gewesen wäre, die jegliche Energie auffüllte und nährte. Immer schneller strömte die Magie durch Leymons geschundenen Körper, immer mächtiger wurde der Kreis aus geistiger und körperlicher Heilkraft, bis sich die ersten Wunden schlossen. Selbst die schwer verbrannte Haut glättete sich, sodass nur noch eine leichte Rötung blieb.

Ein erleichtertes Keuchen kam aus Leymons Mund. Das Orange seiner Iris war nah, als er die Augen öffnete. Ein schwaches Lächeln huschte über sein Gesicht.

Dann brach die Energie des Kreises zusammen. Tailin konnte nicht mehr. Erschöpft sank er auf Leymons Brust.

***

Leymon

Als er erwachte, lag Tailin schlafend neben ihm. Die Haare seines Freundes waren noch nass. Aber das Wasser auf seiner Haut schien längst getrocknet zu sein. Auch Leymon spürte weder Kälte noch Nässe – obwohl er beinahe nackt war.

Nur diffus schlich sich die Erinnerung in seine Gedanken. Da waren der rote See, die Vergangenheit, seine schlimmsten Taten und seine grässlichste Schuld. Und zuletzt diese Lichtung, das Quellbecken mit den leuchtenden Säulen. Tailin und Sayra hatten seine Verbrennungen in der Quelle geheilt.

Ungefähr das war seine letzte Erinnerung. Doch irgendjemand musste sie wieder aus dem Wasser gezogen haben. Jetzt lagen sie neben dem Quellbecken im Gras.

Leymon hob die Hand und betrachtete sie. Die Haut an seinem Arm war makellos weiß, als hätte es die Verbrennungen nie gegeben. Dennoch war das wunde Gefühl geblieben, wie ein Phantomschmerz, der niemals ganz verging. Auch die Schuld war noch da. Doch sie fühlte sich nicht mehr dumpf und drückend an. Vielmehr war sie brennend und feurig, wie eine schwere Wunde, die neu aufgebrochen war, nun aber endlich heilen würde.

Wenn er in das Licht blinzelte, das durch die Baumkronen fiel, war es, als würde er aus dem dunklen Keller hinaufsteigen, in dem Tailin gefoltert worden war. Doch der Junge von damals war nicht mehr hilflos und klein. Er war nicht mehr allein dort unten, wo Leymon ihn im Stich gelassen hatte. Er war hier oben, direkt neben ihm, schlafend und gesund.

Leymon wollte die Hand nach ihm ausstrecken. Doch er wagte nicht, den anderen zu berühren. Tailin sollte weiterschlafen.

Leymon wollte ihn nur ansehen. Oder hatte er Angst vor dem Moment, in dem sein Freund aufwachte?

Tailin hatte ihm verziehen. Nicht nur in seiner gutmütigen Art, mit der er immer an das Beste in ihm geglaubt hatte, sondern tief und wahrhaftig – und das, obwohl er die Wahrheit in ihrer ganzen Schrecklichkeit erfahren hatte.

Aber konnte Leymon sich selbst genauso gut verzeihen? War er wirklich und wahrhaftig geheilt? Oder war der Phantomschmerz seiner Wunden ein Zeichen dafür, dass noch ein Teil der Heilung fehlte?

Seine Gedanken drehten sich im Kreis – bis er es nicht mehr aushielt, neben Tailin zu liegen und ihn anzusehen.

Stattdessen richtete er sich auf. Chaveen lag ein ganzes Stück abseits unter einem der Malunabäume. Auch sie schlief erschöpft und mit strubbeligem Fell, das noch immer nicht ganz trocken war. Auf der anderen Seite der Lichtung saß Sayra an einen der Bäume gelehnt. Sie hielt ein dickes, gebundenes Buch auf dem Schoß, in das sie etwas hineinzeichnete. Ihr Zwillingsbruder hockte neben ihr und sah ihr beim Zeichnen zu.

Doch die Kinder hoben nur kurz den Kopf, als Leymon aufstand. Sayra lächelte ihm mit spitzen, blitzenden Zähnen zu. Dann senkte sie den Kopf und zeichnete weiter.

Leymon wusste nicht recht, wohin mit sich. Mit zitternden Knien schleppte er sich über die Lichtung, ließ sich neben Chaveen zu Boden sinken und lehnte sich in ihr Fell.

Irgendwann musste er wieder eingenickt sein. Erst ein mehrstimmiges Murmeln schreckte ihn auf. Priester waren auf die Lichtung gekommen. Er erkannte Lenja und Aimisch, die mit Lesku und Shuvan zusammenstanden. Leymon hörte nur Fetzen ihres Gespräches, doch offenbar waren Lenja und Aimisch soeben von ihrer Wanderung zurückgekehrt. Die beiden Pameli erklärten ihnen, was passiert war.

Tailin hingegen schlief noch immer. Sein Anblick trieb ein

heftiges, sehnsüchtiges Gefühl durch Leymons Herz. Für einen Moment rang er mit sich. Er wollte aufstehen und wieder zu ihm gehen. Doch die Schwäche lag noch zu schwer in seinen Knochen.

Dann entdeckte er die kleine Gestalt, die über die Lichtung auf ihn zulief. Monji. Sayras Zwillingsbruder. Er trug eine dampfende Schale in der Hand und ließ sich vor Leymon nieder. »Suppe«, erklärte er leise. »Ich soll sie dir bringen. Damit du wieder zu Kräften kommst.«

Dankbar nahm Leymon die Schüssel entgegen. Den ersten Löffel probierte er nur vorsichtig. Er rechnete damit, dass sich sein Magen gegen die Nahrung auflehnen würde. Aber die Suppe rann warm und angenehm seine Kehle hinab. Mit jedem Schluck kehrte ein Teil seiner Kraft zurück, und das Zittern seiner Hände ließ allmählich nach.

Der kleine Mischlingsjunge kniete noch immer vor ihm und sah ihm neugierig zu. Von dem Kind ging etwas aus. Halboffene Gedanken, Fragen, die sich wie Wellen durch die Luft stahlen. Er hatte etwas auf dem Herzen. Nur schien ihm noch der passende Mut zu fehlen, um seine Fragen zu stellen.

»Nun sag schon«, murmelte Leymon nach einer Weile. »Was willst du wissen?«

Überrascht starrte der Junge ihn an. »Ich … also …« Vorsichtig druckste er herum. Dann gab er sich einen sichtbaren Ruck. »Woran merkt man, dass man später ein Pamuschkrieger wird?«

Leymon ahnte, worauf der Junge hinauswollte. »Möchtest du wissen, ob du Pamans Gabe in dir trägst?«

Monji nickte hastig. Ein roter Schimmer zog sich über seine Wangen.

Durch Leymons Brust strich ein warmes Gefühl. Etwas an diesem Jungen rührte ihn. Wie er dasaß, unsicher und ängstlich und voller Ungewissheit über das, was er war. Plötzlich erschien ihm dieser Junge wie ein Spiegel der Sorgen, die er sich selbst als Kind gemacht hatte. Monjis Schwester war eine Hybridin mit großer Macht. Sie war etwas Besonderes, und ganz Malun hatte sich den Kopf darüber zerbrochen, wie sie auszubilden war, damit ihre Macht in kontrollierte Bahnen gelenkt wurde. Aber was war mit ihrem Zwilling? Keiner der Priester hatte je herausgefunden, ob Monji ebenfalls Magie trug. Auch wenn er von allen geliebt wurde, war er in gewisser Hinsicht nicht mehr als der Schatten seiner Schwester.

»Die meisten Priester sagen, dass immer nur ein Zwilling Magie trägt«, stieß Monji hervor. »Aber es heißt auch, dass alle Pamelimänner entweder Gamons Gabe tragen oder die von Paman. Aber Gamons Gabe ist auf Sayra übergegangen. Sie ist das einzige Mädchen, das jemals die Macht des Hellsehens hatte. Außerdem sind wir Mischlinge. Und es gibt viele Menschenmänner ohne Magie. Heißt das, ich bin gar nichts? Ganz ohne Fähigkeiten? So, wie sie sagen?«

Die Verzweiflung des Jungen lag zum Greifen in der Luft. Aber da war noch mehr: Die ganze Seele des Kleinen schien sich vor Leymon zu offenbaren. Wenn er gewollt hätte, hätte er sämtliches Wissen über das Kind aus der Luft lesen können. Zwischen ihnen lag eine Verbindung, eine warme, vertraute Gewissheit, und plötzlich sah Leymon die Wahrheit vor sich. »Du bist noch jung, Monji. Es wird noch Jahre dauern, bis du von einer Katze ausgewählt wirst – aber du trägst die Gabe Pamans. Und sie ist jetzt schon sehr stark. Ich kann dich wahrnehmen.«

Die grünen Augen des Jungen begannen zu leuchten. »Du … du kannst mich wahrnehmen? Wie meinst du das?«

Ein seltsamer Schauer lief durch Leymons Körper. Er hatte beinahe vergessen, dass er diese Fähigkeit besaß. Sie war auf ihn übergegangen, als Svaris sich ihm untergeordnet hatte, und bis jetzt hatte er nicht gewusst, wie weit sie tatsächlich reichte. »Ich bin der erste Hauptwächter der Pamuschgarde«, erklärte er, und die Erkenntnis ließ seine Stimme zittern. »Ich kann euch alle fühlen. Jeden einzelnen Pamuschkrieger und alle Kinder, die eines Tages dazu werden. Es ist die Wassermagie, sie macht es möglich, die Gedanken anderer zu lesen. Durch sie kannst du nicht nur Sayras Gedanken hören – sie verbindet auch uns miteinander.«

Vor der Heilung hatte er seine Führungsposition in der Pamuschgarde beinahe vergessen. Doch jetzt spürte er die Verbindung überdeutlich. Er sah die Pamuschkrieger nicht alle gleichzeitig vor sich, aber die Hierarchie machte es möglich, dass er zu jedem einzelnen vordringen konnte.

Erst in diesem Moment begriff er, was sich mit der Heilung geändert hatte: Die schwarze Mauer in seinen Gedanken war verschwunden. Er schirmte sich nicht länger vor anderen ab. Auch Chaveen war wieder bei ihm. Ihre Gedanken trieben in der Dunkelheit des Schlafes. Doch ihr Bewusstsein kehrte allmählich zurück. Bald würde auch sie aus der Erschöpfung erwachen.

Genauso wie Tailin. Sein Freund regte sich. Eben gerade war er aufgewacht.

Leymons Blick flog zu ihm hinüber. Tailin lag noch immer zusammengerollt am Boden. Doch er blinzelte ihm zu. Vorsichtig hob er den Kopf und richtete sich auf.

Leymon wollte aufspringen und zu ihm gehen – aber jemand anderes war schneller.

»Tailin!« Lenjas Stimmte hallte über die Lichtung. Mit raschen Schritten rannte sie zu Tailin und fiel neben ihm auf die Knie. Leymon war zu weit entfernt, um sie zu verstehen. Er konnte nur sehen, wie sie miteinander redeten. Erneut huschte Tailins Blick zu ihm. Aber Lenja schien immer neue Fragen zu stellen, und Tailins Antworten wurden immer länger.

Die Heilung. Sie sprachen über die Heilung.

Auch Monji stellte weitere Fragen. Über das Leben als Pamuschkrieger. Wie es war, eine Katze aufzuziehen. Wie alt er sein würde, wenn die Katze zu ihm kam. Im Novizendorf hatte der Junge nur selten einen Pamuschkrieger getroffen, und nun schien er jede Information aufzusaugen, die er bekommen konnte. Leymon bemühte sich, sämtliche Fragen zu beantworten, doch seine Aufmerksamkeit war zur Hälfte bei Tailin. Immerzu hoffte er, dass sein Freund das Gespräch mit Lenja beendete und zu ihm herüberkam. Genau genommen wollte er mit ihm allein sein, musste dringend mit ihm sprechen, nur um sicherzugehen, dass Tailin ihm tatsächlich verziehen hatte.

Irgendwann stand der andere tatsächlich auf. Doch er kam nicht zu Leymon. Stattdessen ging er zu Sayra, die noch immer an dem Baum lehnte und in ihr Buch zeichnete.

Ein harter Stich fuhr in Leymons Magengrube. Die Kleine deutete mit der Schreibfeder in ihr Buch, und Tailin redete leise mit ihr. Leymon hätte versuchen können, seine Gedanken zu lesen und mitzuhören. Doch es erschien ihm falsch. Oder hatte er Angst?

»Tailin denkt auch an dich.« Monjis Stimme durchbrach seine Zweifel.

»Was?« Überrascht fuhr Leymon zu ihm herum.

»Er denkt schon die ganze Zeit an dich. Seit er aufgewacht ist. Er sitzt nur bei Sayra, weil er dein Gespräch mit mir nicht stören will. Eigentlich wünscht er sich, dass alle gehen, damit ihr endlich allein sein könnt.«

Ein heftiger Schauer glitt über Leymons Rücken. »Hast du das einfach so aus seinen Gedanken gelesen? Und aus meinen? Während du mit mir über was anderes geredet hast?«

Monji zuckte die Schultern, ein Lächeln erhellte sein Gesicht. »Das war leicht. Eure Gedanken fliegen quasi durch die Luft.«

Leymon entwich ein erstauntes Lachen. »Deine Wassermagie scheint sehr stark zu sein. Du wirst einmal ein sehr großer Pamuschkrieger.« Vermutlich sogar einer, der bis in die obersten Ränge der Pamuschgarde aufsteigen würde. Jemand wie Svaris oder Cubris – oder wie er selbst.

Auf Monjis Gesicht erschien ein stolzes Lächeln. Auch das hatte seine Gedankenmagie mit angehört.

Leymon konnte seine Neugier nicht länger bezähmen. »Und worüber reden die beiden?« Er deutete zu Tailin und Sayra. »Weißt du das auch?«

»Natürlich.« Wieder zuckte Monji mit den Schultern. »Sayra zeichnet Magiekreise in ihr Buch. Sie zeigt Tailin, mit welcher Magie du geheilt wurdest – und welche Möglichkeiten es gibt, so komplizierte Magie wie deine und ihre zu nutzen.«

Hieß das, Sayra wusste das, was sonst niemand wusste? Hatte sie die Antworten auf seine drängendsten Fragen?

Leymon wollte nachhaken. Am liebsten wäre er aufgestanden und hätte sich die Magiekreise selbst angeschaut. Doch plötzlich fiel ein Schatten auf sein Gesicht. Jemand trat vor sie und ging dann neben Monji in die Hocke. Es war Lesku. Er legte seinem Sohn den Arm um die Schultern, doch seine Worte richteten sich an Leymon. »Heute Morgen ist ein Gast gekommen, der dich sprechen möchte. Wir haben uns gerade beraten, ob wir das gleich heute angehen oder erst morgen. Aber vermutlich ist es besser, keine Zeit zu verlieren.«

Alarmiert schaute Leymon sich um. Auf der Lichtung befand sich kein Fremder. »Wer ist es? Kenne ich ihn?«

»Ja. Du kennst ihn.« Lesku drehte sich zu Aimisch um und machte ihm ein Zeichen.

Der Valjaner verließ die Lichtung – und kehrte kurz darauf mit einem alten Mann zurück.

»Salmi?« Leymon konnte kaum glauben, was er sah. Der oberste Priester Gamons hatte den Tempel schon lange nicht mehr verlassen.

Doch er war es wirklich. Zielstrebig kam Salmi auf sie zu. Als er sie erreichte, richtete er sich an Lesku: »Ich würde gern allein mit ihm sprechen.«

»Natürlich.« Lesku stand auf und zog Monji mit sich. Kurz darauf verließen auch die anderen die Lichtung, selbst Tailin und Sayra.

Dann waren sie allein. Nur Salmi und er. Und Chaveen, die noch hinter ihm schlief.

Mit einem leisen Ächzen ließ sich der alte Mann neben ihm nieder.

Ein seltsames Gefühl erfasste Leymon. Was Salmi ihm zu sagen hatte, musste wichtig sein, wenn er den weiten Weg vom Tempel bis hierher zu Fuß gekommen war. »Willst du mich höchstselbst zum Tempel schleifen? Damit ich nicht wieder vor meiner Ausbildung davonlaufe?«

Der Alte lachte leise. »So ähnlich. Aber wir werden nicht zum Tempel zurückgehen. Ich gedenke, dich hier auszubilden.«

Wenigstens das war eine gute Nachricht. Leymon musste bei Tailin bleiben, und Tailin brauchte die Nähe zu den Höhlen.

»Aber es gibt etwas, was ich mit dir besprechen muss.« Salmi wurde wieder ernst.

Leymons Herzschlag geriet ins Stolpern. Irgendetwas stimmte nicht.

Der Alte schaute zu Boden, seine Hände lagen in seinem Schoß und rangen sich umeinander. Als er den Kopf hob, atmete er tief durch. »Es ist eine längere Geschichte. Sie beginnt damit, dass ich deine Mutter kannte.«

»Meine Mutter?« Überrascht starrte Leymon ihn an. Warum erfuhr er das erst jetzt? »Du kanntest sie? Wer war sie? Und warum hast du das nie erzählt?«

Salmis Hände bewegten sich. Kurz sah es aus, als wolle er nach Leymons Hand greifen. Dann ließ er den Arm wieder sinken. »Ihr Name war Nijana. Auch sie war etwas Besonderes: eine Pamelifrau mit der Gabe Galejas. Sie hat eine Weile lang im Tempel Gamons gelebt. In dieser Zeit war ich noch ein einfacher Priester. Immerzu war ich auf der Suche nach Antworten, und so wurden Nijana und ich Freunde. Wenn wir uns unterhielten, dann war es, als würden Vergangenheit und Zukunft ineinandergreifen und eine bessere Gegenwart erzeugen. Es war magisch, mit ihr zu reden. Niemals zuvor und niemals danach bin ich den Antworten auf das große Ganze so nah gekommen wie mit ihr.«

Leymon wollte mehr hören, mehr Details, mehr über den Charakter seiner Mutter und die Freundschaft zwischen ihr und dem Priester. Auch Chaveen hatte sich hinter ihm aufgesetzt. Sie gähnte und spitzte die Ohren. Doch Leymon wagte es nicht, Salmis Erzählung zu durchbrechen.

»Als Nijana zu uns kam, war der oberste Priester Gamons schon alt. Dass ich sein Nachfolger werden sollte, wusste damals noch niemand, auch ich nicht. Aber dann, ein paar Jahre später, wurde er sehr krank. Es war kurz vor der Zeremonie, mit der die Pamelifrauen und Männer zusammengeführt werden. Eigentlich hätte er diese Zeremonie geleitet. Aber nun erwählte er mich als seinen Vertreter.«

Angespannt hielt Leymon den Atem an. Worauf wollte Salmi hinaus?

»Wie immer wurden einige Priester Gamons ausgewählt, die in dem Jahr Vater werden sollten. Aber auch Nijana kam mit uns. Weil sie den Wunsch verspürte, ein Kind zu bekommen. Und so reisten wir zu dem Ort, an dem das Fest stattfinden sollte.«

Ein drückendes Gefühl setzte sich in Leymons Kehle. Seine Mutter hatte sich also ein Kind gewünscht – nur um bei der Geburt zu sterben und ihr Baby niemals in die Arme nehmen zu können.

»Bei der Zeremonie kam es anders als erwartet«, fuhr Salmi fort. »Die Visionen sagten mir, welche Frauen und Männer zusammengehörten und wie ich sie auszuwählen hatte. Nijana blieb als Letzte übrig, und schließlich wählten die Visionen mich.«

»Dich?« Leymon wurde schwindelig. Nur langsam ordneten sich seine Gedanken und fanden die einzig mögliche Schlussfolgerung. »Das heißt, du bist …?« Er konnte es nicht aussprechen.

»Dein Vater, so ist es.« Salmis Stimme klang zärtlich. »Ich bin dein Vater, Leymon.«

Obwohl Leymon die Worte hörte, obwohl er die Bedeutung verstand, rieselten sie auseinander wie trockener Sand. Sein ganzes Leben lang hatte er sich gefragt, wer seine Mutter gewesen war. Doch einen Vater hatte er sich niemals vorgestellt.

Und nun ausgerechnet das. Aber Salmi … Er hatte Leymon gekannt, und er hatte gewusst, wer er war – schon die ganze Zeit.

Leymon entwich ein Keuchen. »Warum hast du nichts gesagt? Du weißt, wie sehr ich mich gemartert habe – weil ich so bin, wie ich bin … ein verkrüppelter Hybride … eine Kreatur, die es gar nicht geben dürfte und deren bloße Existenz schon gefährlich ist. Ein Doppeltalent.«

Letzteres war der einzige positive Begriff, mit dem er je benannt worden war. Aber nur Salmi hatte seine Gabe so bezeichnet. Offenbar hatte nur sein Vater etwas Positives in ihm gesehen.

»Ich hatte Angst um dich.« Auf einmal klang Salmis Stimme rau. »Als du entstanden bist, war ich nur ein einfacher Priester. Aber kurz darauf wurde ich der oberste Priester Gamons. Was, glaubst du, wäre passiert, wenn sich herausgestellt hätte, dass so ein mächtiger Mann wie ich einen Hybriden als Sohn hat? Auf natürlichem Weg entstehen Hybriden nur sehr selten. Man hätte uns vorgeworfen, dass wir dich absichtlich so geschaffen haben. Dass ich meine Macht stärken wollte, indem ich eine Kreatur heranzog, die mächtiger war als alle anderen. Du wärst an keinem Ort der Welt sicher gewesen, Leymon. Es hätte eine Anhörung gegeben. Aber alle Beweise hätten gegen mich gesprochen. Der braune Stein der Priester Gamons war während der Zeremonie in meinem Besitz. Zuvor musste ich ihn hier von den Säulen der Quelle holen. Sie hätten mir vorgeworfen, den schwarzen Kristall Pamans ebenfalls entwendet und dich mit der Magie beider Steine geschaffen zu haben. Und dann hätten sie uns beide hingerichtet.«

Leymon schloss die Augen. Ein kalter Schauer lief ihm über den Rücken. All die Feindschaft, die ihm entgegengeschlagen war … es hätte sogar noch viel schlimmer kommen können.

»Es gab tatsächlich eine Anhörung«, raunte Salmi. »Mehrere sogar. Aber dabei ging es immer nur um dich, um die Gefahr, die von dir ausging, und um die Vergehen, die dir vorgeworfen wurden. Ich habe jedes Mal für dich gesprochen. Aber das konnte ich nur, weil niemand von unserer Verbindung wusste.«

Leymon ahnte, wann es die Anhörungen gegeben hatte: das erste Mal, als Manu gestorben war. Dann nachdem Thia verschwunden war. Ein drittes Mal, als er seine Fähigkeiten missbraucht hatte, um eine Armee von Kinderspionen auszubilden. Und mit Sicherheit ein weiteres Mal, als Chaveen zwölf Männer gerissen hatte, nur weil er mit ihnen geschlafen hatte.

Und jedes Mal hatte Salmi ihm das Leben gerettet? Nur ein Vater tat derartige Dinge. Oder jemand, der sich große Macht davon versprach.

Ein kaltes Gefühl übermannte Leymon. »Und was ist die Wahrheit? Bin ich einer dieser seltenen Fälle, in denen ein Hybride einfach so entsteht? Oder hast du den schwarzen Stein tatsächlich an dich genommen und mich mit beiden erschaffen?« Er musste sich zwingen, Salmi in die Augen zu sehen. Für das, was nun kam, musste er jede Lüge ausschließen können.

Tränen glänzten in Salmis Augen. Mit einer schwachen Bewegung schüttelte er den Kopf. »In dem Moment, als wir dich zeugten, wussten wir beide, dass du so sein würdest. Wir fühlten die Magie, die durch uns hindurchströmte, um sich in dir zu sammeln. Aber weder Nijana noch ich hatten das so geplant. Es war die magische Verbindung aus Vergangenheit und Zukunft, die dich erschaffen hat – weil unsere Gegenwart eine Kreatur wie dich braucht, um gesund zu werden.«

Der nächste Atemzug fühlte sich an wie pure Erleichterung. Sämtliche Spannung wich aus Leymons Körper. Sein Kopf fiel nach vorn und vergrub sich unter seinen Händen.

»Ich habe immer an dich geglaubt, Leymon«, flüsterte Salmi. »Und ich habe daran geglaubt, dass alles, was du tust, einen Sinn erfüllt, auch wenn sich dieser nicht sofort erschloss. Auch deshalb habe ich für dich gesprochen. Nicht nur, weil du mein Sohn bist.«

Leymon bemerkte die Tränen erst, als sie da waren, als sie seinen Körper schüttelten und ihn zur Seite sinken ließen. Salmis Schulter fing ihn auf. Der Arm des Älteren legte sich um ihn. Die Geste eines Vaters an seinen Sohn. Zum ersten Mal.

»Auch Nijana hat dich sehr geliebt. Sie wusste vom ersten Moment an, dass deine Magie zu stark und unkontrollierbar war. Sie wusste, dass du die ganze Schwangerschaft hindurch von ihrer Energie zehren würdest und dass ihr geschwächter Körper keine Chance hatte, die Geburt zu überleben. Trotzdem war sie glücklich, weil sie dir das Leben schenken durfte. Bis zur Geburt bin ich bei ihr geblieben. Wir haben viel geredet, auch wenn das Magiefieber sie immer schwächer gemacht hat. Nijana sagte, sie könne jede tote Seele spüren, die von deiner Magie angezogen wurde und sich in dir vereinte. Die Magie von jedem Pamuschkrieger und von jedem Priester Gamons, der während ihrer Schwangerschaft gestorben ist, hat sich in dir verdichtet. Allein daran konnten wir ahnen, wie mächtig du sein würdest. Aber deine Zukunft vermochte ich zu keinem Zeitpunkt zu sehen. Kein Priester Gamons ist imstande, deine Zukunft zu sehen – weil du sie ändern kannst wie kein Zweiter.« Salmis Hand strich sanft über Leymons Arm. »Nur eines hat Nijana gewusst. In ihren Visionen hat sie gesehen, dass es ein Wesen wie dich schon einmal gab. Vor fünfzehntausend Jahren wurde ein Hybride geboren, der dieselben Fähigkeiten besaß wie du. Nur durch ihn konnte die letzte Blutära beendet und in eine neue Wasserära überführt werden.«

Leymons Gedanken wirbelten durcheinander. Die Zahlen und Worte waren zu groß, als dass er sie erfassen konnte. Nie zuvor hatte er von Zeiträumen gehört, die sich über fünfzehntausend Jahre erstreckten. *Wasserära* war ein Begriff, der ihm niemals untergekommen war – und das Wort *Blutära* existierte allenfalls in den Legenden. Bis jetzt hatte er geglaubt, Geschichtenerzähler hätten den Begriff erfunden, als Zusammenfassung für die blutigen Zeiten, in denen sie lebten.

Doch in allen Legenden lag immer ein Kern aus Wahrheit.

»Aber was bedeutet das?«, flüsterte Leymon. »Warum klingt es so, als würde sich die Geschichte ein ums andere Mal wiederholen?«

»Nijana hat behauptet, dass es so ist.« Salmis Stimme klang warm und ruhig, fast tröstlich. »Aber diese Zyklen aus Wasserära und Blutära liegen so weit auseinander, dass der menschliche Verstand sie nicht begreifen kann. Die Dauer einer Blutära lässt sich vielleicht noch über das Gedächtnis von drei bis vier Generationen beschreiben. Aber die Methoden menschlicher Geschichtsschreibung werden niemals lange genug fortleben, um vom Beginn bis zum Ende einer Wasserära zu reichen. Auch Nijana hat diese Geschichte nur sehr undeutlich gesehen. Eines allerdings wusste sie sicher: Wir haben unsere Monde danach benannt.«

Überrascht hob Leymon den Kopf. War ihm die Namensgleichheit mit den Monden tatsächlich wie ein zynischer Zufall vorgekommen? Oder hatte er nur nicht darüber nachdenken wollen, ob es einen Zusammenhang gab?

»Die Himmelskörper waren das Einzige, was Nijana deutlich in ihrer Vision gesehen hat. Aber nicht nur die Monde. Auch von den Sonnen hat sie erzählt. Die zweite Sonne erscheint alle fünfzehntausend Jahre am Himmel. Dann heizt sich alles auf, und das Wasser geht verloren. In dieser Zeit gerät die Welt aus den Fugen, wird zerstört und gestaltet sich anschließend neu. Auch die Arten, die auf Ruann leben, werden immer wieder ausgelöscht, und dann entwickeln sich andere. Menschen und Pameli hat es nicht immer gegeben, und nicht immer trugen Götter unsere Gestalt.«

Leymon rieb sich mit den Händen das Gesicht. Sein Verstand musste ebenfalls klein und menschlich sein – zumindest gelang es ihm nicht ansatzweise, all das zu erfassen.

»Aber der Geschichtsunterricht kann warten, bis wir deine Ausbildung beginnen«, fuhr Salmi fort. »Heute sollst du nur eine

Sache verstehen: Als wir dich gezeugt haben, wussten wir nicht, wohin das alles führen würde. Aber unsere Magie hat uns geleitet – und wir haben gespürt, dass deine Zukunft von großer Bedeutung sein wird. Nijana hat nicht einen Moment gezögert, als ihr klar wurde, dass sie ihr Leben für dich opfern musste. Auch für mich gab es keinen Zweifel. Ich stand unter dem Einfluss der Magie. Sie hat mich gelenkt – und ich habe den Visionen vertraut.«
Salmi legte den Kopf zur Seite, bis ihre Haare einander berührten. »Ich habe meiner Magie immer vertraut, und ich habe niemals einen Fehler damit gemacht. Das ist es, was du als Erstes lernen musst. Deine Magie, ganz gleich wie stark und unheimlich sie ist, will für unsere Welt immer das Beste erreichen.«

Leymon atmete ein, tief und langsam und vorsichtig. Fast wartete er auf das Gefühl von drückender Schuld, das zeit seines Lebens wie ein Geschwür in seiner Brust gewachsen war. Doch zum ersten Mal blieb es aus. Selbst der brennende Phantomschmerz auf seiner Haut ließ allmählich nach.

»Als ich jung war«, murmelte Salmi irgendwann, »habe ich dir sehr ähnlich gesehen. Am Anfang hatte ich Sorge, dass jemand unsere Verwandtschaft erkennt. Aber das ist wohl ein Vorteil am Altsein. Niemand betrachtet mein Aussehen genauer. Und niemand kann sich noch vorstellen, dass ich mal jung war.«

Tatsächlich ging es Leymon genauso. Er war noch ein Kind gewesen, als er Salmi zum ersten Mal gesehen hatte. Auch damals war er schon nicht mehr der Jüngste gewesen.

Doch sie zählten ihr Alter nicht in Jahren. Es wäre zwecklos gewesen, den Priester danach zu fragen.

Behutsam hob Salmi die Hand und strich über Leymons Haare. »Diese Locken, die hast du von deiner Mutter.«

Seine Mutter … Leymon blinzelte weitere Tränen aus seinen Augen. Bis jetzt waren alle Fragen zu seiner Mutter vergeblich gewesen. Niemand hatte sie ihm beantworten können. Als wäre sie eine Unbekannte, die ihn irgendwo ausgesetzt hatte.

Ein tiefes Seufzen stahl sich aus Salmis Brust. Als er weitersprach, klang er traurig. »Nijana hat lange genug gelebt, um dich einmal im Arm zu halten und dir einen Kuss zu geben. Danach hab ich dich zu einer jungen Frau gebracht, die zu Nijanas Volk gehörte und von der ich wusste, dass sie Waisenkinder aufzieht.«

Leymon presste die Lippen aufeinander – also war das die einzige Verbindung, die immer richtig gewesen war: Er gehörte zumindest zur Hälfte zum Volk der Schneekrieger. Und zur anderen Hälfte zum Volk der Weisen.

Eine ganze Weile lang saßen sie so da. Nur das Plätschern des Wassers hallte durch den Quellhain. Während Salmi sanft durch seine Locken strich, versuchte Leymon zu begreifen, was soeben geschehen war: Er hatte einen Vater. Und er wusste endlich, dass seine Mutter ihn nicht verstoßen, sondern geliebt hatte.

»Morgen beginnen wir mit deiner Ausbildung«, erklärte Salmi schließlich. »Aber ich glaube, für heute hast du genug mit einem alten Mann geredet. Es gibt jemand anderes, mit dem du viel dringender sprechen möchtest.«

Leymons Herzschlag machte einen überhasteten Satz. Salmi hatte recht. Nach alldem wollte er Tailin noch dringender sehen als vorher.

Salmi lachte gutmütig. Mit einem leisen Stöhnen erhob er sich und sah von oben auf Leymon herab. »Dass dieser Junge dich liebt, wusste ich schon, als ich ihn in der Prüfungshöhle vor mir hatte. Ich bin froh, dass die Geschichte zwischen euch ein gutes Ende gefunden hat. Und du solltest lernen, das Gute in deinem Leben anzunehmen. Du hast es dir verdient.«

Hatte er das? Das Brennen auf Leymons Haut war beinahe fort gewesen, doch nun kehrte ein Hauch davon zurück. Hatte er diese Heilung und das gute Ende tatsächlich verdient?

Als Salmi fort war, schloss er die Augen. Vorsichtig lehnte er sich gegen Chaveens Schulter.

War es Verrat, dass Salmi ihm nie die Wahrheit gesagt hatte?

Oder war es ein unerwartetes Geschenk, es wenigstens jetzt zu erfahren?

Letzteres.

»Du siehst aus, als wärst du heruntergeschluckt und wieder ausgespuckt worden.« Tailins Stimme schreckte ihn auf. Er stand vor ihm, blass und mager und auf unsicheren Beinen. Nur auf seinem Gesicht lag ein Lächeln.

Leymon entkam ein leises Lachen. »Danke. Ungefähr so fühle ich mich. Aber du siehst auch nicht besser aus.«

Für einen winzigen Moment schwebte das Lächeln wie sanfter Nebel zwischen ihnen. Dann lief ein heftiges Zittern durch Tailins Körper. Vorsichtig, als könnte er sich mit einer unbedachten Bewegung verletzen, setzte er sich neben Leymon.

Chaveen begrüßte ihn mit einem freundlichen Brummen, als er sich in ihr Fell lehnte. Doch ihr Kopf blieb auf den Pfoten liegen.

»Salmi ist mein Vater.« Leymon konnte nur flüstern.

»Ich weiß.« Tailin drehte den Kopf und sah ihn an. Plötzlich lagen ihre Gesichter voreinander. »Deine Gedanken sind wieder bei mir. Ich habe das ganze Gespräch gehört.«

Dunkles Herzklopfen erfüllte Leymons Brust. »Ich war mir immer so sicher, ein Monster zu sein. Wie soll ich jetzt etwas Besseres werden? Wie soll ich mir selbst vertrauen?«

In Tailins Gesicht stand dieselbe Dunkelheit, dieselbe vergangene Verzweiflung, an der Leymon beinahe erstickte. Dennoch glitt wieder dieses Lächeln über seine Lippen. »Ich habe nie das Monster in dir gesehen, auch wenn du noch so oft behauptet hast, eines zu sein. Manchmal hatte ich Angst, dass es sich einfach nur zu gut vor mir versteckt. Aber jetzt, nachdem ich das Monster kennengelernt habe, weiß ich, dass es nicht echt ist. Denn echte Monster begehen ihre Verbrechen niemals aus Liebe. Aber du hast fast alles aus Liebe getan.« Seine Hand berührte Leymons Wange, sein Mund kam näher. Im nächsten Moment küssten sie sich.

An diesem Tag glitten sie ein weiteres Mal in das Quellbecken. Lachen und Tränen flossen aus ihnen heraus und vermischten sich mit der Magie des Wassers. Ihre Körper vereinten sich in Schwäche und Verzweiflung, in Hoffnung und Liebe, immer wieder, während die Kraft der Quelle in sie einströmte und die letzten Reste ihrer seelischen Wunden heilte. Sie gehörten zusammen, und sie verziehen einander – alles, was je geschehen war. Und alles, was von nun an geschehen würde, sollte auf dem aufbauen, was mit jedem Kuss immer tiefer in ihnen ankerte: Vertrauen. Vertrauen in sich selbst, Vertrauen in den anderen und Vertrauen in die gewaltige Magie, die sie beide vereinte und von der sie nun wussten, dass sie ein Segen war und kein Fluch.

21. Kapitel

Heerlager Sapions

Dorgen

Seitdem er Alia an den Blutsohn verloren hatte, wusste er nicht, wohin mit sich. Im Heer gab es keine Aufgaben mehr für ihn, keine Befehle und keine Einsätze. Im Grunde war der Haufen an verlotterten und verrückten Männern, die sich noch zwischen den Zelten herumtrieben, nicht einmal mehr als Heer zu bezeichnen. Tag und Nacht lungerten sie herum, prügelten und bestahlen sich gegenseitig oder versanken im Rausch der Drogen. Manche jagten die verbliebenen Schweine und Wollschafe, die jetzt frei umherliefen und sich von Unrat ernährten. Doch für die meisten Männer schienen Kabak und Meljok die einzigen Nahrungsmittel zu sein. Oder wurden sie noch immer von der Magie ernährt?

Anders war kaum zu erklären, dass sie noch lebten. Wenn sie von Nahrung abhängig gewesen wären, hätten die meisten längst verhungert sein müssen.

Doch welche Art von Magie war es, die über das Heerlager wehte? Falls sie noch immer von dem Blutsohn stammte, schien er dennoch keine Kontrolle zu haben. Weder über die Magie noch über die Männer. Manchmal sah Dorgen ihn von weitem, wie er durch die Gänge schritt und die Soldaten beobachtete.

In diesen Momenten wirkte Sapionas wie der letzte vernünftige Mensch in diesem Heerlager.

Doch Dorgen hielt sich von ihm fern. Nur manchmal pirschte er sich in die Nähe jenes Zeltes, in dem Alia die Gefangene des

Blutsohnes war. Dann spürte er ihre Magie darin und fragte sich, wie es ihr ging und was der Blutsohn ihr antat. Doch sie kam niemals heraus – und Sapionas ließ den Eingang sorgfältig bewachen. Anfangs war es ein blonder, älterer Blutsucher gewesen, der seine Aufgabe sehr ernst nahm und seinen Posten niemals verließ. Aber irgendwann war er verschwunden. Seitdem schien Sapionas das Zelt selbst zu bewachen. Zumindest stand er tagelang davor und starrte ins Nichts, ehe er wieder im Inneren des Zeltes verschwand.

Niemand hätte sich daran gestört oder es überhaupt nur bemerkt, wenn Dorgen in dieser Zeit davongeritten und nicht mehr zurückgekehrt wäre. Aber er konnte nicht desertieren, ohne zuvor Alia zu retten und sie mitzunehmen. Und er konnte nicht fort, solange sich seine Frauen und Kinder in Walerius' Händen befanden.

Zwischen alldem gab es nur noch eines, das seinem Leben Sinn verlieh: Gubin, Mourina und der kleine Junge lebten in dem Verschlag im Pferdestall. Diese drei zu beschützen und für sie zu sorgen war seine größte und einzige Aufgabe. In den Nächten schlief Dorgen bei ihnen im Verschlag und hielt abwechselnd mit Gubin Wache. Doch tagsüber musste er etwas tun, um nicht verrückt zu werden. Die meiste Zeit kümmerte er sich um die Pferde. Zusammen mit Gubin fütterte und striegelte er die Tiere, trainierte sie auf den brach liegenden Feldern neben dem Heerlager und verteidigte sie gegen angreifende Männer. Zwischendurch bemühte er sich um Nahrung. Zumindest Gubin und der kleine Junge waren einfache Menschen, die regelmäßig essen mussten.

Doch trotz aller Mühen ging es dem Kleinen alles andere als gut. Seit sie ihn aus Walerius' Fängen befreit hatten, hatte er kein Wort geredet. Nicht einmal seinen Namen hatte er verraten.

Dorgen musste endlich dafür sorgen, dass die drei in Sicherheit gebracht wurden. Auch wenn er das Heerlager nicht verlassen konnte – die anderen hatten eine bessere Zukunft verdient.

»Ihr müsst von hier fort«, flüsterte Dorgen seinen Schützlingen zu, als er an diesem Abend zu ihnen in den Verschlag kroch. »Noch heute Nacht bringe ich euch durch den verbrannten Waldgürtel nach Nordfarua. Von den Grenzbergen aus könnt ihr nach Malun wandern oder bei den Rebellen Unterschlupf finden.«

Mourina nickte. Dennoch lauerte Besorgnis in ihren Augen. »Und was ist mit Euch? Was wird aus Eurem Vorhaben überzulaufen? Wenn wir schon in den Norden reiten, müsst Ihr ebenfalls bei den Rebellen bleiben.«

»Nein!« Unruhig sprang Dorgen auf. »Ihr wisst, warum ich nicht desertieren kann.«

Mourina sah ihn lange und eindringlich an. »Aber es gäbe noch einen Weg, wie Ihr die Kontrolle über das Heer zurückgewinnen könntet: Ihr bräuchtet einen ausgebildeten Valjaner an Eurer Seite. Mit ihm zusammen könntet Ihr Magie über die Männer ausüben und sie unter Eure Kontrolle bringen. Kommt mit uns nach Malun! Dort werdet Ihr einen Valjaner finden, der ausreichend Macht für diese Aufgabe besitzt.«

Für einen winzigen Moment war Dorgen versucht, der Idee zu folgen. Aber dann schweiften seine Gedanken zu Alia. Er konnte sie unmöglich allein mit dem Blutsohn zurücklassen. Mourina kannte diesen Grund. Also schüttelte er nur den Kopf.

Mehr als das sprachen sie nicht darüber. Mitten in der Nacht holten sie die besten Pferde aus den Ställen, sattelten sie auf und ritten los.

Niemand beachtete sie, als sie das Heerlager durchquerten – und niemand kam ihnen nach, als sie den verbrannten Waldgürtel erreichten.

In den nächsten Tagen ritten sie gen Norden. Zuerst durch die Aschewüste, die weder Nahrung noch einen Platz zum Ausruhen bot. Allein die Sturmböen fühlten sich wohl inmitten der Zerstörung. In kleinen Windhosen rissen sie die Asche hoch, wirbelten sie umher und ließen sie wieder fallen. Dorgen konnte die Magie darin fühlen – lodernder, heißer Zorn. Und plötzlich spürte er, was Mourina behauptet hatte. Er müsste seine Magie nur mit der eines Valjaners zusammenschließen, um sich der Magie des Sturmes entgegenzustellen. Es wäre ähnlich wie der Moment, in dem Siberi sich mit ihm vereint hatte, um den Waldbrand zu entzünden. Doch wenn er sich mit der Magie eines ungebrochenen Valjaners zusammenschlösse, wären die Auswirkungen nicht zerstörerisch. Vielmehr würden ihm die Männer folgen, weil sie in ihm einen Anführer erkannten, der sie in den Frieden führen wollte. Um das zu erreichen, brauchte er jedoch einen Valjaner, der stark genug war, um die Krieger aus dem Einfluss des Sturmes zu befreien.

Als die Asche des Waldgürtels endlich hinter ihnen lag, wirkte das Land dahinter kaum lebendiger. Dort, wo das Heer die Grasnarbe nicht zertreten hatte, war der Boden zwar mit magerem Grün bewachsen – aber die Dörfer waren ebenso tot wie die verlassenen Orte in Zeylem. Auch hier klapperte nur noch der Wind in den lose hängenden Türangeln. Fast konnte Dorgen den Irrsinn spüren, der sich in den Böen versteckte.

Sapionas. Er war es. Sein Wahnsinn. Seine Haltlosigkeit. Ausgerechnet er, der Alia in seinen Händen hielt.

Was tat er mit ihr?

Dorgen durfte sich die Frage nicht stellen. Sonst würde er darunter zusammenbrechen.

Irgendwann überquerten sie die Fläche, die Siberi für ein neues Heerlager vorgesehen hatte. Loses Material von Zelten und Bretterbuden sammelte sich auf dem freien Feld. Doch Siberi war abgesetzt worden, noch ehe er sein Werk vollenden konnte.

Dass Walerius einen Fehler gemacht hatte, indem er Siberi fortschickte, war offensichtlich. Aber wirkte der Fehler zu Dorgens Gunsten oder zu seinen Ungunsten?

Der ganze Krieg war kaum noch als solcher zu bezeichnen. Eigentlich war es nur noch Chaos. Die Rebellen und Pamuschkrieger müssten sich nur in einem offenen Kampf auf das zerfallene Heerlager stürzen – und schon wäre Sapion vernichtet.

Doch weder Rebellen noch Pamuschkrieger waren hier. Hinter der Materialsammlung der Sapioner folgten die Stellungen, gegen die Siberi seine letzte Schlacht geführt hatte. Aber Dorgen brauchte nur einen flüchtigen Blick darauf zu werfen, um zu sehen, dass »Schlachten« ein besserer Begriff für das gewesen wäre, was hier vorgegangen war. Die sapionischen Krieger hatten sich blindwütig in aufgestellte Spieße und Fallen gestürzt.

Voller Grauen lenkten Dorgen und Gubin ihre Pferde um die Leichen herum. Süßlicher Gestank erfüllte die Luft und hinterließ einen fauligen Geschmack im Mund. Auch Mourina war bleich vor Entsetzen. Mit einer Hand lenkte sie das Pferd, während sie die andere auf die Augen des Jungen legte, der vor ihr auf dem Pferderücken saß. »Du sollst das nicht sehen«, murmelte sie. »Es ist der Wahnsinn selbst, der sich hier in den Tod gestürzt hat.«

Mehr als acht Tage ritten sie im Schritt über das Schlachtfeld. Trab oder Galopp wäre angesichts der Fallgruben lebensgefährlich gewesen. Stattdessen mussten sie immer wieder absitzen und testen, ob die Grasnarbe wirklich der Boden war oder nur die Abdeckung über einer Grube.

Während all der Zeit aßen sie nichts und tranken nur das restliche Wasser aus ihren Feldflaschen. Sie schliefen abwechselnd auf dem Rücken der Pferde oder auf einer der wenigen knappen Flächen, auf denen keine Leichen lagen. Inzwischen füllte der Totengeruch ihre Nasen so beständig, als hätten sie selbst den Gestank von faulendem Fleisch angenommen.

Am Ende des neunten Tages erreichten sie die letzten Stellungen und dahinter ein Tal, das offenbar den Rebellen als Lagerplatz gedient hatte. Die Plätze, an denen die Zelte gestanden hatten, waren flach gedrückt, und die Feuerstellen hatten graue Löcher im Boden hinterlassen.

Doch die Partisanen hatten ihren Rückzug geordnet vollzogen. Im Tal waren keine brauchbaren Materialreste zu finden. Nur auf der linken Seite schmiegte sich ein kleines Dorf in die Berge. Als sie darauf zuritten, wirkte es ebenso verlassen wie die anderen Dörfer in Nordfarua. Eines der Häuser zog Dorgen jedoch an wie ein Magnet. Vorsichtig führte er seine Flüchtlingsgruppe dorthin. Mit dem Schwert stieß er die Tür auf. Gubin gab ihm Deckung, als er eintrat.

Drinnen war es dunkel und leer. Der Geruch von Holz kam ihm entgegen und vermischte sich mit etwas, das Dorgen einen Schauer über den Rücken trieb: Magie. Die Reste einer magischen Aura füllten den Raum. Wie die Erinnerung an eine mächtige Gottheit, mächtiger noch als Siberi oder Alia. Noch vor kurzem musste sie hier gewesen sein.

Aber nun war die Hütte leer. Weder Menschen noch Götter wohnten darin. Nur der Luftzug wirbelte die Tierhaare auf, die sich in den Ecken gesammelt hatten.

Pamuschkatzen! Tiefe Kratzspuren zeichneten sich in die Fußbodendielen. Auch der Raubtiergeruch mischte sich unter den harzigen Duft des Holzes.

Ein leises Kribbeln erfasste Dorgen, fast so, als läge etwas Vertrautes in der Aura der Hütte.

Fast wünschte er sich, einer der Pamuschkrieger möge aus einer Ecke springen. Dann hätte er sich ergeben und wäre zu den Rebellen übergelaufen, ganz egal, was und wen er dafür zurückließ. Sowohl Alia als auch seine Frauen und Kinder waren verloren. Nur Feyla war noch da. Irgendwo.

Ob er sie eines Tages wiedersah?

Bis zum Abend rührte sich nichts und niemand in dem Dorf. Keine Pamuschkrieger, keine Rebellen, nicht einmal versprengte Soldaten schienen sich hier zu verstecken.

Als die Dunkelheit hereinbrach, legten sie sich in der Hütte zum Schlafen nieder. In dieser Nacht träumte Dorgen von Feyla. Doch ihr Gesicht trieb immer wieder fort.

Ein Knacken schreckte ihn hoch. Aber in der Hütte war niemand. Auch der nächste Morgen kam, ohne dass sie von einer Pamuschpatrouille geweckt wurden. Spätestens jetzt galt es für ihn, eine Entscheidung zu treffen: entweder Abschied nehmen oder mit den anderen in die Grenzberge reiten.

Als sie im ersten Licht der Tagsonne die Pferde sattelten, wusste Dorgen noch immer nicht, was er tun sollte. Gemeinsam mit den anderen verstaute er das Gepäck in den Satteltaschen, und schließlich half er Mourina, hinter dem Jungen in den Sattel zu steigen. Doch er selbst blieb am Boden stehen.

»Ihr solltet uns begleiten.« Die Heilerin schaute besorgt zu ihm herab. »Im Heerlager von Sapion gibt es keine Zukunft.«

»Ich weiß.« Dorgen konnte ihren Blick nicht erwidern. Stattdessen zog er den Sattelgurt ihres Pferdes nach. Erst jetzt wurde ihm klar, dass er schon längst eine Entscheidung getroffen hatte. »Ich werde nachkommen, wenn ich Alia gerettet habe.«

Ein sanftes Lächeln huschte um Mourinas Mund. »Ihr seid ein guter Mensch. Zu gut für diese Welt.«

»Bin ich das?« Er musste die Zähne zusammenbeißen, um nicht die Beherrschung zu verlieren, um nicht hier und jetzt am Fuß der Berge zusammenzubrechen. Stattdessen ging er zu Gubin, der neben seinem gesattelten Pferd stand. »Von nun an musst du auf sie aufpassen. Schaffst du das?«

Sein Knappe straffte die Schultern und antwortete mit einem stolzen Nicken. »Natürlich, mein Herr. Ich werde sie mit meinem Leben beschützen.«

Dorgen kraulte Gubins Wallach die Mähne. »Besser nur beschützen. Ohne dein Leben dafür zu verwenden.«

Wieder nickte Gubin. »Ich versuche es, mein Herr.«

Dorgen widerstand dem Drang, den Jungen zum Abschied zu umarmen. Stattdessen klopfte er ihm auf die Schulter.

Entschlossen setzte Gubin einen Fuß in den Steigbügel und zog sich auf den Pferderücken.

Als er oben saß, sammelte sich das Schweigen zwischen ihnen. Keiner brachte es fertig, Lebewohl zu sagen.

»Wenn wir den Rebellen begegnen«, setzte Mourina noch einmal an, »sagen wir ihnen, dass Ihr uns folgen werdet. Dass der ehemalige Heerführer von Sapion zu ihnen überlaufen will. Dann sind sie vorbereitet, wenn Ihr kommt. Damit sie Euch nicht angreifen.«

Dorgen zwang sich zu einem Lächeln. »Vielen Dank. Vielleicht rettest du mir damit das Leben.« Er sagte es, doch er glaubte nicht daran. So gut wie nichts konnte sein Leben noch retten. »Aber jetzt los!« Damit klopfte er Gubins Pferd auf die Kruppe. Wenn sie nicht sofort davonritten, wäre er doch noch vor ihren Augen zusammengebrochen.

Eigentlich wollte er sich abwenden, sobald sie losgeritten waren, wollte sein eigenes Pferd losbinden und sich auf den Rückweg machen. Doch er blieb einfach stehen und schaute ihnen auch dann noch nach, als sie längst hinter den Felsen verschwunden waren.

In der Nacht darauf schlief er noch einmal in der Hütte. Wieder fühlte es sich an, als wäre jemand hier. Jemand Vertrautes. Jemand, der ihm helfen konnte.

Doch niemand kam. Weder in der Nacht noch am nächsten Morgen. Also sattelte er sein Pferd und machte sich auf den Rückweg. Tage und Nächte verschwammen ineinander, wurden eins mit Tränen und Wut, mit Verzweiflung und Ausweglosigkeit, mit dem Gestank der Leichen und dem böigen Sturm, in dem der Wahnsinn des Blutsohnes wohnte. Als er den Aschegürtel durchquert hatte und in die Trümmer des Heerlagers zurückkehrte, bestand sein Inneres aus Leere und Hoffnungslosigkeit.

Dorgen wusste nicht, was er wollte, als er auf das Hurenzelt des Heerführers zuritt. Vielleicht kam er her, weil es sein Zelt war. Weil Alia darin lebte. Weil von nun an alles gleichgültig war. Aber im selben Moment verwandelte sich etwas in seinem Inneren.

Der verzweifelte Dorgen zog sich zurück und überließ jemand anderem das Kommando.

Der Blutsohn saß vor dem Zelt auf einem Baumstamm. Er sprang auf und sah Dorgen finster entgegen.

Doch der Mann, der neben Sapionas anhielt und auf ihn hinuntersah, war der ehemalige Heerführer und zugleich der Gott, der gerade erst in ihm erwacht war. »Ihr könnt das Heer nicht allein führen!«, stellte Dorgen fest und deutete vom Sattel aus in die Runde. »Es gibt weder einen Plan für den Krieg, noch gebt Ihr Befehle. Euer Heer hat keinen geregelten Tagesablauf, es bekommt keine Nahrung und besitzt keine Zelte zum Schlafen. Vielleicht wäre das egal, wenn Ihr die Magie so nutzen könntet, wie Siberi es getan hat. Aber dazu seid Ihr nicht imstande. Stattdessen sitzt Ihr hier und starrt ins Leere.« Provozierend hob Dorgen sein Kinn. »Die Legenden haben immer behauptet, Ihr wärt ein großer Gott – aber hier, vor diesem Zelt, sitzt nur ein zu groß geratenes Kind und schnitzt Spielzeug.« Damit deutete er auf den Holzklotz und das Messer, das der Blutsohn in der Hand hielt. Es schien ein Tier zu werden. Vielleicht eine Ratte. Oder ein Wasserzausel?

Verstörung glomm im Blick des Blutsohnes. Doch nur kurz, ehe sich die magische Aura um ihn herum aufbaute. Stolz hob er den Kopf. »Was wollt Ihr von mir?« Seine Stimme klang tief und bedrohlich.

Alia! Nur flüchtig huschte der Gedanke durch Dorgens Kopf. Es war nicht die Antwort, die er geben durfte, auch wenn es sein größter Wunsch war.

Der Soldat Dorgen sagte etwas anderes: »Wir könnten das Heer gemeinsam führen. Wenn wir Eure und meine Magie zusammenschließen, sind wir mächtig genug, um wieder Befehle zu geben.« Er fröstelte unter seinen Worten. Wie konnte er so etwas vorschlagen? Nie im Leben würde es ihm gelingen, die Magie des Blutsohnes zu bezwingen.

Oder doch? Was, wenn Alia ihm half? Gemeinsam könnten sie stärker sein als Sapionas.

Viel stärker! Und wenn sie den Sturm und die Magie des Blutsohnes zu lenken vermochten, brauchten sie nicht einmal einen Valjaner, um den Bann zu lösen, der auf den Soldaten lag.

Auch die Miene des Blutsohnes hatte sich verändert. Plötzlich stand er aufrechter und stiller. Sein Blick forschte in Dorgens Augen.

Er las seine Gedanken! In der Gegenwart des Blutsohnes waren die falschen Gedanken gefährlich.

Plötzlich begann Sapionas zu lachen, rau und hart. »Netter Versuch, Soldat. Aber tatsächlich werde ich darüber nachdenken. Wer von uns beiden der stärkere Gott ist, wird sich schon noch zeigen.« Das Lachen des Blutsohnes änderte sich, verwandelte sich in das verspielte Kichern eines Kindes.

Oder war es der pure Wahnsinn, der daraus sprach?

Mit einer beiläufigen Geste winkte Sapionas ihn fort.

Auch dieses Mal war es der Soldat, der sein Pferd wendete und zurück zum Pferdestall ritt. Für den verletzlichen Dorgen gab es keinen Platz in diesem Heerlager.

Doch irgendetwas war ungewohnt, als er vor dem Pferdestall absaß. Nervöses Schnauben und Stampfen klang aus dem Inneren, hier und da ein erschrockenes Kieksen. Abgesehen davon war es still.

Fremde Pferde! So verhielten sich die Tiere, wenn fremde Pferde in den Stall gebracht wurden.

Aber wo waren ihre Reiter?

Ganz in der Nähe! Dorgen spürte sie. Wie sie ihn beobachteten, belauschten, ihm auflauerten.

Er zog sein Schwert und ging langsam auf den Stall zu. Seinen Wallach ließ er draußen, damit er nicht im Weg war, wenn er kämpfen musste. »Ist da jemand?« Vorsichtig stieß er die Tür auf. Doch nur sein lauter Herzschlag antwortete.

Langsam trat er über die Schwelle, wandte sich blitzschnell nach links und rechts …

… und begriff, dass er in der Falle saß. Auf beiden Seiten stand jemand. Einer sprang von hinten auf ihn zu, drehte seinen Arm auf den Rücken und drückte ihm ein Messer an die Kehle.

»Still!«, zischte der Fremde. Doch etwas in seiner Stimme kam Dorgen bekannt vor.

Der andere trat aus dem Schatten hinter der Tür. Er trug eine Kapuze und ein Tuch vor dem Gesicht. *Siberi!* Der Gedanke ließ Dorgen zusammenzucken.

Aber es war nicht Siberi. Dieser Mann war größer und breiter. »Entschuldige den Überfall«, erklärte der Fremde höflich. »Aber wir müssen erst sichergehen, ob du wirklich noch du selbst bist.« Er zog das Tuch herunter, mit dem er sein Gesicht verhüllte.

»Karer!« Überrascht stieß Dorgen den Namen aus. »Wo kommst du her? Wo warst du so lange? Ich habe schon geglaubt, du wärst tot.« Erleichtert wollte er den anderen umarmen.

Wenn nicht das Messer an seiner Kehle wäre.

»Er ist es wirklich«, erklärte die Stimme hinter ihm. Auch diesen Mann kannte er.

Das Messer verschwand. Livoi lachte und befreite sein Gesicht von der Verkleidung, während er hinter Dorgen aus der Nische trat. »Wir sind gekommen, um dir eine wichtige Botschaft zu bringen.«

22. Kapitel

Heerlager Sapions

Alia

Je mehr Zeit sie im Zelt des Blutsohnes verbrachte, desto weniger Angst hatte sie vor ihm. Tagsüber ging er hinaus, doch seine Aura war selten weit entfernt. Meistens spürte sie seine Magie direkt vor dem Zelt. Seitdem der alte Blutsucher fort war, bewachte er sie selbst. Oder beschützte er sie?

Letzteres.

Manchmal ging Alia zum Eingang des Zeltes, um ihn zu belauschen. Da lag Fürsorge in seiner Aura. Trauer. Einsamkeit.

Alia zuckte vor seinen Gefühlen zurück und wurde gleichzeitig von ihnen angezogen.

Irgendwann begann er damit, kleine Holzfiguren auf die Kiste neben ihrem Bett zu stellen. Es waren geschnitzte Pferde und Vatus, eine kleine Herde von Karis und ein Tier mit langem Hals und kurzen Beinen, das Alia als Lumani identifizierte. Nur in einem alten Kinderbuch hatte sie die Tiere schon einmal gesehen. Schließlich schnitzte er drei winzige Ratten, genau wie jene, die nachts aus seinen Ärmeln krochen – und zuletzt drei Wasserzausel, die aussahen wie die von Mariusch.

Die Wasserzausel tauchten alle gleichzeitig auf ihrer Holzkiste auf. Irgendwann in der Nacht, während sie schlief, musste er sie dorthin gestellt haben. Als Alia am Morgen erwachte, war er längst wieder fort. Nur die Wasserzausel schauten neugierig zu ihr hoch.

»Mariusch.« Sie flüsterte den Namen, während sie eines der

Holztiere vor sich ins Bett hob. Er sah genauso aus wie derjenige, der nach Mariuschs Tod zu ihrer Schwester gelaufen war. »Nelja.« Sanft strich sie über den Rücken des kleinen Tieres. Das Holz war glatt geschliffen, fast genauso weich wie echtes Fell. »Wo bist du, kleine Schwester?« Alia schloss die Augen, während sie das Holztier streichelte. Etwas war an diesem Wesen, das sich lebendig anfühlte, fast so, als hätte der Blutsohn ihm nicht nur eine Gestalt gegeben, sondern auch eine Seele.

Magie …

Ob so etwas möglich war? Die Seele eines Wesens in eine Figur zu bannen? Oder war es nur ihre Trauer, die dem Holztier eine Seele zusprach?

Alia nahm den Wasserzausel mit unter die Bettdecke, griff nach dem zweiten und dem dritten und hielt sie alle im Arm. Sie schlief noch einmal ein. Als sie wieder erwachte, hörte sie Stimmen vor dem Zelt. Vertraute Stimmen.

Dorgen! Und der Blutsohn. Sie sprachen miteinander. Allerdings zu leise, als dass sie sie verstehen konnte. Nur der Klang drang zu Alia durch. Er wechselte von feindlich zu sachlich, wurde bedrohlich und endete mit dem Lachen des Blutsohnes. Etwas jagte Alia einen Schauer über den Rücken. Zuerst wirkte sein Lachen kalt, bis es sich änderte und in kindliche Verletzlichkeit mündete.

Ohne darüber nachzudenken, stand sie auf, schlich zum Eingang und fühlte die Aura des Blutsohnes. Als Dorgen davonritt, war er ein Kind. Klein und verloren in der Dunkelheit.

Alias Magie wollte ihn berühren, wollte das verstörte Kind trösten.

Was war nur los mit ihr? Was war das zwischen ihr und ihm?

Für den Rest des Tages musste sie an ihn denken – und in der Nacht darauf träumte sie von ihm. Sie war in einem runden Turmsaal. An einer Seite stand ein Podest mit einem Thron – und darauf saß *sie*. Die Blutgöttin. Sapia.

Seine Mutter. Er musste zu ihr gehen. Musste das Ritual erfüllen, ein ums andere Mal. Die Kinder schrien und wanden sich unter seinen Händen. Die Übelkeit in seinem Magen quälte ihn und überdeckte alles, was er tun musste. Blut. Da war Blut. So viel von der klebrigen Flüssigkeit, dass alles darunter versank. Jedes Bild, jedes Gefühl, jede Tat. Mehr noch als das Blut hasste er nur die Berührung. Der Körper seiner Mutter ekelte ihn an. Er wollte fort von hier. Einfach nur weg. Egal wohin. Selbst der Kerker war besser als das hier.

Lunis erwachte in der Dunkelheit. In seiner Zelle. Vertrautheit sickerte aus den kalten Wänden. Im Gang vor seinem Gefängnis saß jemand. So wie immer. Turor. Er bewachte ihn. Aber nicht, um ihn einzusperren, nur um da zu sein, wenn er einen Menschen brauchte.

Aber Lunis wollte keine Gesellschaft. Nicht nach allem, was er getan hatte.

Seit sein Körper erwachsen war, rief das Ritual nach ihm. Seitdem hörte er die Stimme seiner Mutter in seinem Kopf. Es war ein Zwang, dem er nicht entgehen konnte.

Schlimmer als alles zuvor.

Lunis wollte verschwinden. Er wollte sterben und nicht mehr zurückkehren. Einfach nur, damit es vorbei war.

Doch es ging nicht. Ganz gleich, was er seinem Körper antat, er kehrte immer wieder zurück.

Irgendwann in dieser Zeit stellte Sapionas sich vor ihn. Er war schon lange da. Seit damals. Seit der dunkelsten, schmerzhaftesten Zeit gab es den großen Bruder, der stärker war als der kleine Lunis.

Für das Ritual brauchte er die Stärke. Die Härte. Die Grausamkeit. Sapionas lachte, wenn Lunis weinte. Er brüllte, wenn Lunis verstummte. Er schlug die Kette über seinen Körper, wenn es galt, eine angemessene Strafe zu finden.

Lunis brauchte ihn. Zu seinem Schutz. Um morgens aufstehen und tagsüber Haltung bewahren zu können. Um die Blutsucher zu befehligen und im ganzen Land die Kinder zusammenzutreiben. Je stärker Sapionas wurde, desto leichter war alles zu ertragen.

Und wenn er am Ende doch zusammenbrach, direkt nach dem Ritual, dann brauchte er Sapionas für die Rache an sich selbst.

Nur Turor kannte sein Geheimnis. Nur er war da, wenn Lunis weinte. Und das Mädchen aus seinen Träumen, das er im Wald von Farua getroffen hatte und das seitdem sein Herz beherrschte.

Allein für sie musste Lunis bleiben.

Doch er hatte sie verloren. Im Bergwerk von Ljimgart hatte er sie endgültig verloren.

Eisige Kälte erfasste Alia, wirbelte sie fort und trieb andere Bilder heran. Tiere. Eine Herde von Karis in der Prärie von Farua. Damals, vor dem Krieg, als ihre Welt noch heil gewesen war. Oder lag die Erinnerung noch weiter zurück? Vor diesem Leben? Da waren keine Menschen, die jagten, keine Dörfer, die das Land zersiedelten. Da waren nur Karis und Lumanis, ganze Herden, deren Schönheit ungestört und sanft wirkte.

Und dazwischen war er, Talun, seine Magie, die alles umhüllte und beschützte. Solange er da war, würde kein Wesen leiden.

Lunis lachte, als der Wind seine Haare zerzauste. Er war wieder klein und stand inmitten der Wiese. Turor war an seiner Seite und zeigte ihm die wilde Herde. Keine Lumanis. Nur Karis. Lumanis waren ausgestorben in Farua. Die Menschen hatten sie ausgerottet, weil ihr Fell so weich und schneeweiß war.

Lunis weinte über das Schicksal der Lumanis. Er wollte sie zurückholen und fing an, sie zu schnitzen. So naturgetreu wie möglich, nach dem Bild aus dem Kinderbuch, das Turor ihm mitbrachte.

Alia zuckte im Schlaf, wachte auf und blinzelte. Die Holzfiguren standen auf ihrer Truhe und bewegten sich, wurden lebendig und sprangen zu Boden, wuchsen größer und bevölkerten ihr Zelt. Da war das Pony, auf dem Turor ihm das Reiten beigebracht hatte. Es war weiß mit grauen Flecken und schüttelte seine schwarze Mähne. Sein kleiner Reiter taufte es auf den Namen Lumani, nach seinen Lieblingstieren und ganz ähnlich wie sein eigener Name. Turor lächelte über seine Fortschritte und seine Freude, nahm ihn in die Arme und las ihm aus den Büchern vor, wenn die Tage dem Ende entgegengingen und sie beide sich in die Hütte zurückzogen, in der sie heimlich wohnten.

Eigentlich sollte Lunis im Kerker aufwachsen. Doch Turor sperrte sich gegen den Befehl seines Herrn, gegen die Worte von Rabanus, der sich ohnehin fast nie auf der Blutburg blicken ließ.

Das Pony in Alias Zelt wuchs weiter, wurde heller und größer, bis sein Fell so weiß war wie das der Schimmel, auf denen die Blutsucher ritten. Namenlose Pferde, von denen eines gegen das nächste ausgetauscht wurde, wenn es vor Schwäche zusammenbrach. Mithilfe der Magie ließen sich die Tiere länger reiten, tage- und monatelang ohne Pause. Doch sobald die Magie von ihnen abfiel, starben sie.

Sapionas erinnerte sich kaum noch an Lumani und die verlassene Hütte in Zeylem, an sein Leben mit Turor und das freundliche Licht außerhalb des Kerkers. All das war zerbrochen in der Dunkelheit unter der weißen Stadt.

Unter Turors Verrat, den er ebenfalls vergessen hatte.

Etwas in Alias Körper presste sich zusammen unter seiner Verzweiflung, wollte endlich weinen und den Schmerz hervorstoßen. Doch sie konnte nicht. Ihr Atem war gelähmt unter dem Druck, warme Flüssigkeit ergoss sich über ihre Brust.

Alia zuckte zusammen, schreckte auf und konnte nur blinzeln. Fiepend liefen die Ratten über ihr Bett. Doch der Druck auf ihrer Lunge blieb.

Lunis! Er war es. Sein Kopf lag auf ihrer Brust, seine Arme umklammerten sie, sein Körper zuckte, während das Weinen ihn schüttelte. Warme Tränen sickerten durch ihr Hemd, sammelten sich auf ihrer Haut und vermischten sich mit den Tränen des Steines. Alia musste sein Leuchten nicht sehen, um zu wissen, dass er ebenfalls weinte. Allein das Zittern auf ihrer Haut verriet die Lebendigkeit des Schmuckstücks.

Der Traum hielt sie noch immer umfangen. Lunis hatte dieselben Bilder gesehen wie sie. Sie beide hatten gemeinsam geträumt. Oder sich erinnert?

Alia wusste noch längst nicht alles von ihm. Dennoch spürte sie die Grausamkeit, mit der seine Seele zerrissen worden war. Ihre Hände schlossen sich über seinem Rücken, strichen durch seine Haare und hielten ihn fest.

Ganz sanft hatte sich seine Aura in ihre geschoben. Nur deshalb sah sie seine Träume, nur deshalb konnte er ihr so nah kommen. Doch es war gut so. Er war Lunis. Der erste Junge, in den sie sich verliebt hatte, und der einzige, dessen Gedanken sich mit ihren vermischten – wenn sie es nur zuließ.

Sein Körper wurde ruhiger. Seine Gefühle kamen näher, bis die Einsamkeit in ihrem Inneren brannte.

»Heil mich«, flehten seine Gedanken. *»Bitte heil mich.«*

Seine Worte trafen sie tief. Tatsächlich wollte sie ihm helfen, wollte ihn von alldem befreien. Aber konnte sie ihn heilen, obwohl er der Blutsohn war? Konnte sie stärker sein als der Wahnsinn, der seine Seele zersetzte?

Und wollte sie das? Um ihn zu heilen, musste sie ihm verzeihen, alles, was er getan hatte.

Als sie den weinenden Stein berührte, wusste sie nicht, dass sie eine Entscheidung getroffen hatte. Die Tränen benetzten ihre Finger, übertrugen sich auf seine Haut, während sie seine Wange streifte. »Lunis.« Sein richtiger Name kam im Flüsterton aus ihrem Mund. Und plötzlich schlug die Magie über, funkte von ihr zu ihm und wieder zurück. Ihre Aura griff in seine und koppelte sie aneinander. Sein Gesicht war vor ihr. Hoffnung und Angst leuchteten in seinen Augen. In diesem Moment war er Lunis und niemand sonst, nur der Junge, den sie liebte.

Doch er war kein Junge mehr. Er war ein Mann. Einzig das

sanfte Lächeln stammte noch von dem Kind. Liebe und Dankbarkeit strömten auf sie ein.

Dann küsste er sie.

Ein schwarzer Tunnel riss sie fort, warf sie in die Dunkelheit und ließ sie aufprallen. Plötzlich war die Angst da. Schwarz und omnipotent. An diesem Ort war nichts. Nur Finsternis und Kälte. Einsamkeit und Härte. Panik und Todesangst. Und dennoch die Ewigkeit.

Sie mussten weg. Fort. Irgendwohin!

Etwas wirbelte sie herum, riss sie heraus aus dem winzigen Körper und trieb sie in die Höhe.

Distanz war wichtig. Sie mussten sehen, was geschehen war – ohne es noch einmal zu erleben.

Unter ihnen lag die Dunkelheit des Kerkers, ein winziges Baby am Boden, ohne Kleidung und ohne Nahrung. Bis jetzt besaß es noch nicht einmal einen Namen. Dennoch konnte es nicht sterben. Das Kind war ein Gott, und Götter waren unsterblich.

Bei manchen Kindern wartete die Göttlichkeit lange, ehe sie sich zeigte. Doch dieser Junge brauchte sie schon am ersten Tag. Einfach nur, um zu überleben. Allein die Göttlichkeit ließ sein Herz schlagen und seinen Körper wachsen, ließ ihn Kälte und Hunger überstehen und verdammte ihn zu diesem Leben in vollkommener Grausamkeit.

Nur gegen die Angst war selbst die Göttlichkeit hilflos. Angst und Grauen beherrschten die kleine Seele, waren alles und nichts zugleich.

Irgendwann tauchte der Mann auf. Der eine, der ausgewählt wurde, ihn aufwachsen zu lassen. Turor hatte Mitleid. Er holte das Kind aus der Dunkelheit, obwohl es ihm verboten war, hüllte es in Kleidung und gab ihm Nahrung. Weil es noch so klein war, besorgte er eine Amme, die den Jungen an ihren Brüsten nährte.

Von diesem Tag an besaß das Kind einen Namen: Lunis. Es war

das Wort, mit dem Turor ihn rief, und das Wort, das die Amme in seine Ohren flüsterte. Endlich wurde die Angst vertrieben. Fürsorge und Geborgenheit hüllten seine Seele ein und versuchten zu heilen, was noch zu heilen war. Von Turor und seiner Amme erfuhr der Junge, wie sich Liebe anfühlte. Von ihnen lernte er die Sprache, und sie zeigten ihm das Licht.

Bis zu jenem Verrat. Jahre später. Turor brachte das Kind fort, in eine Stadt, die ganz und gar aus weißen Häusern bestand. Doch Lunis sah die Häuser nur kurz. Im Keller darunter war es dunkel. Wie im Kerker. Auch die Angst war da.

Und der Schmerz. Grauenhafter Schmerz, der alles überdeckte.

Alia kannte die Bilder bereits. Aus ihren finstersten Träumen, zu dunkel und zu schmerzhaft, um sie im Bewusstsein zu behalten. Auch Lunis wollte nicht an diesen Ort zurückkehren. Sein Kuss trug sie fort, riss sie heraus aus der Finsternis, hinein in das Zelt. Sein Mund spielte mit ihrem. Ungestüm und wild fuhr sein Kuss über ihre Wangen, bedeckte ihren Hals und wanderte tiefer. Schauer liefen durch ihren Körper, ihre Hände griffen nach seinem Kopf, wollten ihn festhalten und dafür sorgen, dass er weitermachte. Wenn sie hierblieben und einander liebten, würde das Grauen an ihnen vorüberziehen.

»Ihr dürft nicht fliehen«, flüsterte eine Stimme. *»Die Erinnerung zuzulassen ist der erste Schritt der Heilung. Folgt mir, und ich zeige euch den Weg.«*

Die Magie des Dritten riss sie mit sich, ließ sie durch Raum und Zeit wirbeln, bis sie an der Decke einer Höhle schwebten. Der Raum war schwarz wie der Kerker. Nur der See, auf den sie hinabschauten, zeigte dunkle Bilder. Dort unten im See war der Kerker unter der weißen Stadt. Auch der Dritte war da, dort unten im Wasser. Seine Magie war dieselbe wie ihre. Sie mussten sich nur fallen lassen, damit ihre Kräfte zusammenwuchsen.

Aber war dies der richtige Ort, um Lunis zu heilen?

»Den Ort der Heilung könnt ihr in der Trance nicht erreichen«, er-

klärte der Dritte. *»Aber dieser Ort wird euch helfen, die Vergangenheit zu verstehen.«*

Und dann fielen sie, hinein in den See, hinein in den Folterkeller. Auch der Dritte war dort. Nicht heute, sondern damals. Als Kind. Tailin, das war sein Name. Tailin aus der Sippe der Verborgenen, Sohn des Iosaca, des größten und wahrhaftigsten Schriftstellers, der von den Sapionern bis zu seinem Tod verfolgt worden war.

Tailin war der letzte Überlebende der weißen Stadt, und nun wurde der Keller unter dem Turm sein Gefängnis.

Ihr Gefängnis.

Sie drei trugen dieselbe Magie, waren drei Teile derselben Gottheit. Doch in dem Keller unter der weißen Stadt sollten Lunis und Tailin gebrochen werden.

Doch nicht heute. Es war lange her. Distanz war wichtig.

Wieder sahen sie von oben auf die Szene hinab. In der Dunkelheit unter ihnen waren die Jungen gefangen. Schnell und grausig reihten sich die Bilder der Folter hintereinander, zeigten rohe Gewalt und schreckliche Apparaturen, die Grausamkeit, zu denen Menschen fähig waren, und unfassbare Verletzungen, mit denen die Jungen entstellt wurden.

Und dazwischen immer wieder der weißgekleidete Mann, der die Jungen missbrauchte. Beide. Abwechselnd. Vor den Augen des anderen. Lunis erlitt dasselbe wie Tailin. Sie beide trugen dieselbe Magie. Sie beide besaßen dasselbe Alter. Dennoch brach die Seele des einen und die des anderen nicht.

Aber was war der Unterschied? Warum blieb der eine verschont, und der andere ging zugrunde?

Ihre Erinnerungen schleuderten herum, vermischten alle Bilder, die an ihnen vorbeigezogen waren, und ordneten sie neu. Bis Alia begriff: Der Unterschied war der Anfang. Jene allerersten Tage eines winzigen Kindes, die Lunis auf den kalten Fliesen zwischen den Beinen seiner apathischen Mutter verbracht hatte – und die Zeit danach, während derer er allein in der Dunkelheit eines Kerkers vor sich hin vegetierte. Mehr als ein halbes Jahr war vergangen, ehe sich erstmals ein Mensch um ihn kümmerte.

In derselben Zeit hatte Tailin eine Familie besessen, eine Mutter, die ihn umsorgte, einen Vater, der ihn liebte. Er hatte Lachen gelernt und Gefühle erlebt, die ihn mit Sicherheit füllten. Bei Tailin hatte es alles gegeben, was ein Kind brauchte, um ein Mensch zu werden. Ohne Brüche. Ohne Qualen. Bis zu jener schrecklichen Zeit, die ihn in den Folterkeller geführt hatte.

Das Bild flackerte, warf Alia zurück in die Gegenwart, zurück in das Zelt des Heerführers. Lunis küsste sie noch immer. Oder schon wieder? Doch es reichte nicht. Sie mussten noch näher sein, mussten einander fühlen und eins werden. Ihre Hände fuhren unter die Kleidung des anderen, schoben alles beiseite, was sie voneinander abgrenzte. Bis sie nackt waren. Bis nur noch der leuchtende Stein Alias Brust bedeckte und weinte. Auch Lunis trug einen Stein. Als er sich über sie beugte, blieb ihr Blick daran haften. Ihre Finger berührten das Schmuckstück. Der Stein war grün. Doch im Gegensatz zu ihrem blieb er dunkel. Erloschen. Tot.

»Malunas Stein«, flüsterte sie. Ihre Hand schloss sich um das Glas und wollte es zum Leben erwecken.

Aber der Stein blieb kalt und still.

Was bedeutete das? Hieß das, Lunis trug beide Gottheiten in sich? Talun und Maluna? Ein mächtiger Hybride mit gespaltener Seele, deren einer Teil für immer zerstört war?

Lunis' Gedanken waren bei ihr, lauschten dem Rätsel und gaben dennoch keine Antwort. Nur sein Körper schob sich über ihren. Der Länge nach lag er auf ihr, warm und drängend, vorsichtig und sanft, nur jener Teil von ihm, der immer ein guter Mensch geblieben war.

Sie wollte ihn, brauchte ihn, musste die Splitter seiner Seele heilen und seine wahre Magie zurückholen. Allein ihr Blick gab ihm die Erlaubnis, allein sein Lächeln versprach ihr, dass sie es nicht bereuen würde. Dann war er in ihr. Weich und vollkommen.

Kurz bevor die Schmerzen zuschlugen.

Sie beide fielen. Rasende Qual erfasste ihre Körper. Ein irrsinniger Schrei zerfetzte ihre Ohren, seiner und ihrer zugleich.

Weg von hier! Nicht die Schmerzen spüren. Distanz! Sie brauchten Distanz!

Der Gedanke wirbelte sie auf, riss ihren Geist aus dem Körper, bis sie die Jungen von oben sahen. Tailin und Lunis. Sie beide lagen am Boden ihrer Zellen, mit verdrehten Gliedmaßen und entstellten Körpern. Dennoch flüsterte die Fürsorge von Tailin zu Lunis. Er bezwang jegliche Schmerzen, um dem anderen nah zu sein, um ans Gitter zu kriechen und Lunis zu trösten. Freundschaft und Wärme durchdrangen die Dunkelheit, bildeten einen Schutzfilm, mit dem Tailin versuchte, den anderen zu retten.

Von Folter zu Folter wurde das Grauen schlimmer. Immer schrecklicher wurden ihre Körper gepeinigt, immer verheerender waren die Verletzungen. Dennoch heilten ihre Wunden, und ganz gleich, was passierte, immer versuchte Tailin, den anderen zu schützen.

Lunis musste das alles sehen, musste verstehen, was der andere für ihn getan hatte. Dass es selbst in seinen dunkelsten Tagen noch jemanden gegeben hatte, der bedingungslos für ihn da war.

Doch dann kam das Feuer. Die letzte Stufe der Folter. Mit brennendem Pech klebten die Flammen an ihren Körpern, fraßen sie auf, bis jegliches Leben aus ihnen hätte getilgt sein müssen. Dennoch blieben die Kinder lebendig.

Alia konnte nicht mehr. Sie wollte weg von hier. Aber sie musste Lunis zeigen, was er damals nicht gesehen hatte: Selbst jetzt war die Luft noch durchdrungen von Trost und Wärme. Trotz allem versuchte der eine, den anderen zu beschützen und zu heilen.

Damals war es zu spät gewesen. Die eine Seele war in der Glut des Feuers zerborsten. Aber heute – heute musste Lunis erkennen, dass Liebe stärker war als jegliche Grausamkeit.

Das Bild zersprang, warf sie zurück in das Zelt und entließ

sie in die Wärme des anderen. Sein Körper bebte in ihren Armen, seine Tränen benetzten ihre Haut, vermischten sich mit ihren und denen des blauen Steines. Sie alle weinten, bis sämtliche Bilder darunter verschwammen. Mit aller Macht hielten sie einander fest, mussten die Liebe spüren, um das Grauen zu besiegen. »Lunis!«, flüsterte Alia. Immer wieder ließ sie seinen wahren Namen erklingen, damit er den anderen vergaß. Sie streichelte seinen Rücken und seine Schultern, die nackte Haut, die sich weich und unversehrt anfühlte. Sein Körper hatte all das überstanden – nur seine Seele musste noch aus dem Feuer befreit werden.

Seit damals besaß er zwei Seelen. Oder eine Seele in zwei Teilen? Doch es brauchte nicht so zu bleiben. »Du kannst dich entscheiden«, wisperte sie. »Du kannst den Blutsohn für immer zurücklassen – und nur noch als Lunis weiterleben.«

Doch er hatte sich längst entschieden. Als die Tränen ihre Sicht freigaben, erkannte sie es in seinen Augen. Er wollte Lunis sein und niemand sonst.

Aber reichte das aus? War diese Nacht genug, um ihn zu heilen?

Wahre Heilung brachte nur der rote See.

Trotzdem wollte sie es hoffen. Lunis war der Mann in ihren Armen, derjenige, mit dem sie schlief und dessen Tränen sie schmeckte. Ihre Aura war eins geworden, vermischte ihre Körper und Seelen und spann sie in einen Kokon aus Liebe und Zärtlichkeit, Licht und Hoffnung.

Auch der blaue Stein leuchtete die ganze Nacht, vergoss seine Tränen und tränkte das Laken mit seinem Schmerz.

Nur der grüne Stein blieb schwarz. Wie tot. Als wäre Maluna ein für alle Mal gestorben.

Wenn es denn möglich war, dass Götter endgültig starben. Doch irgendwo musste sie noch sein. Allein ihre Seele war zu dunklem Schwarz erloschen.

23. Kapitel

Heerlager Sapions

Alia

Als sie erwachte, schien Helligkeit durch die Zeltplane. Lunis' Körper schmiegte sich von hinten an ihren, sein Arm umfasste sie, und seine Hand ruhte auf ihrem Bauch. Er lag ganz still. Nur die Ratten wuselten fiepend über seine Kleidung am Fußende des Bettes.

Alia wagte es nicht, sich zu bewegen. Er war ebenfalls wach, so viel spürte sie. Doch seine Gedanken hatten sich aus ihren zurückgezogen. Nur ihre gemeinsame Wärme fing sich unter der Decke. Solange er hinter ihr lag, konnte sie sein Gesicht nicht sehen, konnte nicht daraus schließen, ob er an diesem Morgen Lunis oder der Blutsohn war.

Ob Sapionas sie so im Arm halten würde? Oder hätte er sie im Schlaf längst ein weiteres Mal vergewaltigt?

Nicht darüber nachdenken! Er war nicht mehr der Blutsohn, durfte es nicht sein.

Eine Ewigkeit lagen sie so da. Still und regungslos. Als würden sie beide auf eine Reaktion des anderen warten. Doch schließlich mischte sich seine Unruhe in die Stille, steigerte sich, bis er mit einem Ruck von ihr fortrollte.

Erst jetzt drehte Alia sich um. Er saß auf der Bettkante und vergrub das Gesicht in den Händen.

Alia öffnete den Mund. Doch ihre Stimme brachte kein Wort hervor. Was würde jetzt aus ihnen werden? Er war und blieb der

Heerführer, der gemeinsame Sohn des Herrschers und der Blutgöttin, den alle Welt als Blutsohn bezeichnete. Ganz gleich, ob sein Name Sapionas oder Lunis lautete.

Ein kurzes, verzweifeltes Lachen entfuhr ihm. Dann stand er auf, suchte seine Kleidung zusammen und zog sich an. Die Ratten sprangen zu ihm, schlüpften in seine Ärmel und kamen darin zur Ruhe.

Erst als er fertig war, sah er Alia an. Schmerz und Verzweiflung spielten in seinem Gesicht. Kurz setzte er sich neben sie, zog sie an sich und küsste sie auf die Stirn. Dann sprang er auf und stürmte nach draußen.

»Wer bist du?«, flüsterte Alia ihm nach. Doch sie fand keine Antwort.

***

Dorgen

»Mourina hat recht. Um das Heer zu führen, bräuchtest du einen Valjaner an deiner Seite.« Mit großen Schritten lief Karer in der Stallgasse hin und her. Schon seit einer ganzen Weile ging er ihre Möglichkeiten durch und dachte laut. »Deine Magie ist in den letzten Monaten gewachsen. Selbst ich kann sie spüren, obwohl ich selbst keine Fähigkeiten habe. Vermutlich bist du mächtiger als jeder Priester Zabinos, den es sonst noch auf Ruann gibt. Gemeinschaft und Frieden. Selbst hier zwischen all den irrsinnigen Soldaten strahlst du eine Wärme aus, in der man sich wohlfühlen möchte. Wir bräuchten nur einen Priester Valjans, der den Bann löst, der auf den Kriegern liegt – dann würden sie alle dir gehören.«

»Und einen ausgebildeten Valjaner finden wir am ehesten bei den Rebellen.« Übergangslos schloss Livoi seine Schlussfolgerung an. »Hier im Heerlager ist nichts mehr zu gewinnen, Dorgen. So schnell wie möglich sollten wir nach Nordfarua reiten und uns den Rebellen anschließen.«

Dorgen atmete tief durch. Seit der Morgendämmerung standen sie in der Stallgasse zusammen und besprachen ihre Lage. Dass nicht nur Feyla, sondern auch seine Kinder und die meisten seiner Frauen gerettet waren, änderte alles. Endlich war er frei, um das zu tun, was er für das Beste hielt.

Aber was war das Beste? Und wie war es am ehesten zu erreichen?

»Lasst uns noch einmal unsere Ziele zusammenfassen.« Karer wendete zwischen den Pferdeboxen und kam wieder zurück. »Was ist dir am wichtigsten, Dorgen?«

Zumindest diese Antwort war nicht schwer. »Der Krieg muss beendet werden. Ich will das Heer nicht zum Kämpfen auf meine Seite bringen – sie sollen vor den Rebellen kapitulieren und alle Waffen niederlegen.«

Und zwar, bevor Feyla mit der Frauenarmee hier ankam. Auch wenn sie eine gute Kämpferin war – wie lange würde sie durchhalten, wenn sie gegen zornige, verzweifelte Männer kämpfte? Jeder Trick würde den Soldaten recht sein, um ihre Gegnerin zu vernichten. Was Feyla im Krieg erwartete, konnte ihr das Training kaum beibringen. Sobald sie den einen Gegner besiegte, würde sich sofort der nächste auf sie stürzen – mitunter auch zwei oder drei Männer gleichzeitig. Dass sie eine Frau war, würde sie im Krieg nicht schützen. Ganz im Gegenteil.

»Ich will nicht, dass Feyla kämpft«, erklärte er. »Bis sie mit ihren Leuten hier ist, müssen wir Frieden geschlossen haben. Das ist mein Hauptziel.«

Livoi sprang von dem Mäuerchen, das die Pferdeboxen von der Stallgasse trennte. »Dann sollten wir keine Zeit verlieren und endlich aufbrechen. Es wird kein Problem sein, unter den Rebellen einen Valjaner aufzutreiben. Bei ihnen sind immer auch Priester stationiert.«

Zum unzähligsten Mal staunte Dorgen über die Kenntnisse, die Karer und Livoi besaßen. Sie kannten nicht nur die Pläne des

Widerstandes, sie sprachen auch vollkommen selbstverständlich über Götter und ihre Fähigkeiten. Und sie wussten, welche Kräfte Dorgen besaß.

Nur eine Sache sprach gegen ihren schnellen Aufbruch. »Was ist mit Alia und dem Blutsohn? Ich kann sie nicht mit ihm zurücklassen. Selbst wenn sie nur ein Mensch wäre, wäre es grausam. Aber sie ist eine mächtige Göttin. Wenn er sie bricht, besitzt sie genug Macht, um alles zu zerstören. Mit ihm zusammen erst recht.«

Karer hielt mitten auf der Stallgasse inne. Auch Livoi wirkte zerknirscht. Ratlos sahen sie einander an.

»Das ist ein Problem«, gestand Karer. »Vielleicht sollten wir zu dritt versuchen, sie freizukämpfen.«

Gegen den Blutsohn? Das Unwohlsein drehte sich in Dorgens Magen. »Ich habe schon gegen Sapionas gekämpft. Er ist unbesiegbar. Seine Macht ist zu groß. Es ist unmöglich, ihn im Kampf zu töten. Selbst wenn ich so viel Magie trage, wie du sagst – er kann Gedanken lesen. Damit ist er mir immer einen Schritt voraus. Und solange er lebt, wird er Alia nicht gehen lassen.«

Kurz herrschte Schweigen. Karers Wangenmuskeln zuckten. Nervosität flackerte in seinen Augen.

Auch Livoi starrte ins Leere. Oder schaute er auf den Verschlag, in dem Gubin, Mourina und der Junge gehaust hatten? »Wir müssen ihn nicht töten, um ihn zu besiegen. Es würde reichen, ihn gefangen zu nehmen und einzusperren. Dann können wir Alia holen und fliehen. Bis er sich selbst befreit hat, sind wir über alle Berge.«

Aufregung kribbelte in Dorgens Nacken. Man musste nur von außen einen sicheren Riegel anbringen. Und die Holzwände mit Metallstreben verstärken, damit sie nicht so leicht aufzubrechen waren.

»Interessante Pläne!« Eine melodiöse Männerstimme ließ sie herumfahren.

Der Blutsohn! Er lehnte in der Stalltür, als würde er schon länger zuhören. Der Reihe nach sah er sie an, ehe er sich vom Türrahmen löste. »Allerdings wird es nicht nötig sein, mich aus dem Weg zu schaffen. Ich werde das Heerlager noch heute verlassen.« Mit lässiger Bewegung kam er durch die Stallgasse. Er trug sein Schwert im Gürtel. Mit jeder Bewegung klirrte die Kettenpeitsche dagegen. Doch er ließ sich Zeit, hielt bei jeder Pferdebox an und warf einen Blick hinein.

Etwas an ihm hatte sich verändert. Dorgen konnte nicht sagen, was es war, bis er bei einer Schimmelstute stehen blieb und leise schnalzte. Die Stute kam auf ihn zu. Vertrauensvoll senkte sie die Nase in seine Hände, während er ruhig mit ihr redete.

Seine Art wirkte sanft. Weich. Er war nicht länger der schaurige Gott aus den Legenden. Auch seine Magie wirkte anziehend, als könnte man ihm vertrauen.

Der Blutsohn nahm ein Halfter, das neben der Box hing, legte es der Stute an und öffnete die Tür. Doch erst als er das Pferd in die Stallgasse führte, bemerkte Dorgen, wie steif er selbst dastand. Auch Karer und Livoi schien es nicht besser zu gehen. Erstaunt traten sie zur Seite, als der Blutsohn das Pferd direkt neben ihnen anband.

Sapionas wandte sich an Dorgen. »Ich werde das Heer nicht weiter führen. Deshalb übertrage ich die Führung zurück an Euch.«

Dorgen schauderte. Kurz wechselte er einen Blick mit Karer und Livoi – die beiden Offiziere wirkten ebenso verblüfft wie er.

Aber ganz gleich, was Sapionas ihm anbot, er konnte das Heer nicht allein führen. Ohne einen Valjaner, der die Krieger von der Macht des Sturmes befreite, würden sie bis in alle Ewigkeit auf Siberis nächsten Befehl warten. »Ist das mit Eurem Vater besprochen? Oder mit Walerius?«

Sapionas lachte trocken auf. »Mein Vater spricht sich nicht mit mir ab. Ebenso wenig wie sein hochgeschätzter Berater.« Etwas im Gesicht des Blutsohnes flackerte. Eine Welle von Übelkeit ging von ihm aus. Mit einem Ruck wandte er sich ab, suchte ein weiteres Pferd aus und holte es aus seiner Box. Es war ein gutmütiger brauner Wallach, den Dorgen als zuverlässiges Reittier kannte. Sapionas band ihn neben der Stute an und zäumte beide Pferde mit schnellen Bewegungen auf. »Dann ist es also entschieden«, erklärte er, während er den letzten Sattelgurt anzog. »Von nun an seid Ihr wieder der Heerführer.« Er machte die Pferde los und hielt sie rechts und links am Zügel. »Tut mit dem Heer, was Ihr wollt. Treibt es in die nächste Schlacht, lasst es verhungern, schickt es nach Hause.« Wieder stieß er ein kurzes Lachen aus. Es klang verbittert und hoffnungslos.

Ohne Abschied führte er die Tiere auf die Tür zu und verschwand nach draußen.

Zwei Pferde! Wofür brauchte er zwei?

Eisige Angst packte Dorgen. Mit großen Schritten rannte er los, setzte dem Blutsohn nach und holte ihn ein. »Was ist mit Alia?«

Sapionas reagierte nicht. Er ging einfach weiter, versteckt zwischen den beiden Tieren.

Dorgen musste den Wallach überholen, um sich vor ihm aufbauen zu können. »Was ist mit Alia?«

Nur widerwillig blieb Sapionas stehen. Er war einen knappen Kopf größer als Dorgen. Von oben sah er auf ihn herab. »Sie wird mit mir mitkommen.«

»Niemals!« Dorgens Hand griff nach dem Schwert. »Ich lasse nicht zu, dass Ihr sie entführt.« Eher würde er noch einmal um sie kämpfen.

Auf dem Gesicht des Blutsohnes formte sich ein Lächeln. »Und wenn sie mich freiwillig begleitet?«

Irritiert hielt Dorgen inne. Sapionas wirkte ehrlich. Etwas in seinem Lächeln sprach von wahrer Zuneigung.

Es war eine Falle! Niemals war der Blutsohn fähig, jemanden zu mögen. Und niemals würde Alia freiwillig mit ihm gehen. »Ich will mit ihr sprechen!«

Der Blutsohn antwortete mit einem würdevollen Nicken. »Wie Ihr wünscht. Ihr könnt sie selbst fragen. Ihr müsst mir nur aus dem Weg gehen, damit wir weiterkommen.«

***

Alia

Als er zurück ins Zelt kam, blieb er eine gefühlte Ewigkeit im Eingang stehen. Seine Haltung war gerade und aufrecht, sein Gesicht wirkte glatt und schön, fast bewegungslos, während seine Aura kühl von ihm abstrahlte.

Den ganzen Morgen hatte sie damit verbracht, das Zelt aufzuräumen und die Dinge zu ordnen, die in den Truhen lagen. Einiges stammte noch von Zailosch oder Nureen. Aber das meiste gehörte Dorgen. Eigentlich hatte sie Lunis bitten wollen, ihm die Sachen zurückzugeben.

Aber wer war der Mann, der im Zelteingang stand? Lunis? Oder Sapionas? Sein Blick wirkte fremd, betrachtete sie, als würde er sie zum ersten Mal sehen. Oder überlegte er, was er mit ihr tun sollte?

Alia schauderte. Seine Gedanken waren weit entfernt, wie eingeschlossen in seiner kalten Aura.

»Was ist?« Sie wollte ihn laut und deutlich fragen. Doch ihre Stimme brachte nur ein klägliches Krächzen hervor.

Sein Blick löste sich von ihr, wanderte über die geordneten Kisten und kehrte dann zu ihr zurück. »Pack deine Sachen, wir gehen! Sobald alles in den Satteltaschen verstaut ist, reiten wir los.«

Alias Herz schlug hart. Ihre Zunge klebte trocken an ihrem Gaumen. »Wohin gehen wir?«

Plötzlich flackerte seine Aura auf, glühte hell und fiel dann in sich zusammen. Mit hängendem Kopf kam er auf sie zu. Als er sie ansah, wirkte sein Gesicht weich, zärtlich und seltsam verstört. »Deine Schwester«, flüsterte er. »Ich bringe dich zu deiner Schwester.«

Alias Herzschlag stolperte. »Nelja? Woher kennst du sie? Weißt du, wo sie ist?«

Ein geflüstertes Lachen entwich ihm. »Ja. Ich weiß es.« Seine Arme umfassten ihre Schultern, zogen sie an sich, bis ihr Kopf an seiner Brust lehnte. Er roch warm und vertraut, wie der Junge aus ihren Träumen.

Hatte sie wirklich an ihm gezweifelt? Seit letzter Nacht war der Blutsohn fort.

Aber woher wusste er, wo Nelja war?

»Ich habe sie gefangen genommen«, flüsterte er. »Als ich noch der Blutsohn war. Aber jetzt muss sie befreit werden.«

Schwindel erfasste Alia. Für einen Moment konnte sie nur stehen, weil er sie hielt. Nelja war seine Gefangene? Dann mussten sie dorthin. So schnell wie möglich!

Als er sich löste, lag das Lächeln noch auf seinen Lippen. Noch einmal küsste er sie auf die Stirn, ehe er sich abwandte und anfing, seine Sachen in einen Beutel zu stopfen.

Alia folgte seinem Beispiel. Es gab ohnehin nicht viel, das ihr gehörte – und nur noch wenig, das sie von Nureen übernehmen konnte. Es dauerte nicht lange, bis sie fertig war. Nur die Rüstung musste sie noch anziehen. Wenn sie das Zelt verließ, wollte sie nicht ohne Schutz sein. Den Lederpanzer festzuschnüren war nicht ganz leicht. Lunis kam zu ihr, ohne dass sie ihn darum bitten musste. Als wäre es das Selbstverständlichste der Welt, half er ihr, die Rüstung anzulegen und zu verschnüren.

Als er die letzte Schnalle verschlossen hatte, beugte er sich an ihr Ohr. »Draußen steht jemand. Er will dich sprechen.«

***

Nebeneinander kamen sie aus dem Zelt: der Blutsohn und Alia. Doch sie war weder gefesselt, noch hielt er sie fest. Stattdessen trug sie die Lederrüstung mit dem Metallkragen. Auch ihre Aura war noch da, stark und ungebrochen.

Der Blutsohn hatte sie nicht vergewaltigt. Er schien sie nicht einmal schlecht behandelt zu haben. Fast wie ein Paar gingen die beiden nebeneinanderher. Aufrecht wie eine Kriegerin kam Alia auf Dorgen zu. Als sie ihn erreichten, blieb sie stehen, während Sapionas ihm die Zügel der Schimmelstute abnahm. Er führte sie ein ganzes Stück zur Seite und begann damit, die Satteltaschen zu packen, weit genug entfernt, um nicht hören zu können, was Dorgen und Alia redeten.

Eine Spur von Scheu huschte über Alias Gesicht. Verlegen klopfte sie dem Wallach den Hals und drückte das Bündel mit ihren Habseligkeiten an sich.

Schlagartig kehrten Dorgens Sorgen zurück. »Er sagt, du reitest freiwillig mit ihm? Stimmt das?«

Alia sog scharf die Luft ein. Ihre Hände zitterten, als sie anfing, ihr Bündel hinter dem Sattel zu befestigen. Ungeschickt fingerte sie an dem Spannriemen. Doch schließlich nickte sie. »Er bringt mich zu meiner Schwester.«

Zu ihrer Schwester? Zu dem blonden, blauäugigen Mädchen? Nelja war das perfekte Opfer. Wenn der Blutsohn wusste, wo sie war, konnte das nichts Gutes bedeuten. »Das ist eine Falle.«

Erst jetzt drehte Alia sich zu ihm um. Vehement schüttelte sie den Kopf. »Nein. Das ist keine Falle.« Sie deutete auf Sapionas, der den Sitz seines Sattels überprüfte. »Er ist anders, als man denkt. Er ist … nicht mehr der Blutsohn.«

Dorgen entkam ein abfälliges Lachen. Wie sollte der Blutsohn nicht mehr der Blutsohn sein? Genauso wenig wäre Siberi nicht mehr Siberi. »Wenn er so tut, als wäre er nicht mehr der Blutsohn, dann ist das erst recht eine Falle.«

Ein weiches Schimmern erschien in ihren Augen. Als würde er ihr wehtun, wenn er schlecht über den Blutsohn sprach.

Kaltes Entsetzen überkam ihn. Mit einem Schlag begriff er. Deshalb ging sie so vertraut neben Sapionas, deshalb war sie verlegen und scheu. »Willst du mir jetzt sagen, dass du dich in ihn verliebt hast?«

Tränen schossen in ihre Augen. Hastig wandte sie sich ab. Ihre Hände fuhren über den Sattel und das Gepäck, spielten an den Schnüren und Schnallen, ohne etwas Sinnvolles zu tun.

Scharf und ätzend brannte sich das Entsetzen in Dorgens Kehle. Was hatte der Blutsohn mit ihr angestellt? War es das Gleiche, was Siberi mit ihm getan hatte? »Er hat dich in seinen Bann geschlagen.«

»Nein.« Heftig schüttelte Alia den Kopf. »Es ist kein Bann, es ist …« Sie verstummte. Endlich hatten ihre Hände eine Schnalle gefunden, die sie enger ziehen konnte.

»Das ist nicht dein Ernst!« Dorgen rief die Worte zu laut, riss sich nur mühsam zusammen und fuhr gedämpfter fort: »Wir reden hier von dem Blutsohn! Er hat unzählige Mädchen an die Blutgöttin geopfert und hunderte von Frauen vergewaltigt. Er hat *dich* vergewaltigt! Und falls dir das noch nicht schlimm genug ist: Er wollte deine Schwester opfern – ach, was sage ich – wahrscheinlich will er es immer noch!«

»Er ist nicht mehr der Blutsohn!« Alia klang verzweifelt. »Er hat das alles nur getan, weil ihm schreckliche Dinge zugefügt wurden. Als er noch ein Kind war.«

Wieder stieg ein Lachen in Dorgen auf, sarkastisch und hohl. Doch er schluckte es herunter. »Und nur, weil du Mitleid hast, ist er plötzlich ein guter Mensch?«

Alia fuhr auf. »Ich habe ihn geheilt!«, zischte sie. Eine Welle von Magie spülte über Dorgen hinweg. »Ich habe ihn geheilt, wie ich *dich* geheilt habe.«

Ihre Magie ließ ihn schwanken. Gefühle und Gedanken

wirbelten durcheinander, rissen in seinem Inneren und zeigten dunkle Nächte – ehe sich seine Gedanken glasklar und voller Grauen wieder zusammensetzten: Der Blutsohn hatte Alia nicht vergewaltigt. Sie tat es freiwillig. »Du hast mit ihm geschlafen?«

Ruckartig wandte Alia sich ab. Sie hob den Fuß zum Steigbügel und brauchte drei Anläufe, bis er nicht mehr abrutschte.

Auch der Blutsohn war aufgesessen. Seelenruhig saß er auf seiner Schimmelstute und schaute auf sie herab.

Erst jetzt bemerkte Dorgen die Ruhe, die über dem Heerlager lag. Der seltsame Sturm, der seit Monaten tobte, hatte in der letzten Nacht nachgelassen. Selbst die heftigen Böen, die zum Schluss noch geblieben waren, waren abgeflaut.

Wenn es stimmte, dass der Blutsturm von Sapionas stammte – hieß das, Alia hatte ihn tatsächlich geheilt?

Ihr Blick wirkte traurig, als sie Dorgen ansah. »Leb wohl«, flüsterte sie.

Auch der Blutsohn nickte ihm zu, hoheitsvoll – und seltsam freundlich –, als wären sie Kameraden gewesen.

Dann ritten sie davon, Seite an Seite. Ganz ungezwungen. Wie ein freies Paar, das sich auf den Heimweg machte.

***

Alia

Lunis schwieg, als sie das Heerlager hinter sich ließen. Auch die Luft war still, während sie Richtung Süden ritten. Jegliche Sturmböen waren verstummt, als hätte der Wahnsinn des Blutsohnes endlich Ruhe gefunden. Fast schon friedlich lag die Landschaft vor ihnen. Gelbes Gras wogte auf den Hügeln. Hier und da fanden sich kleine Waldstücke, in denen das Laub zwar gelb an den Bäumen hing, jedoch noch nicht gefallen war.

Wenn die Welt überall so aussähe wie hier, bestünde vielleicht noch Hoffnung.

Oder lag die Hoffnung in ihrem gemeinsamen Ritt? Lunis hatte den Blutsohn hinter sich gelassen und wollte ihre Schwester befreien.

Aber stimmte das wirklich? Oder war es doch eine Falle?

Alia schauderte. Lunis war noch immer von seiner Aura umgeben. Ihre eigene Magie streifte nur außen daran entlang. Vielleicht konnte sie unter seinen Schutzschild vordringen.

Doch ein Teil von ihr scheute sich davor.

Warum? Weil sie fürchtete, dass Dorgen recht hatte? Weil sie Angst hatte, dass es doch der Blutsohn war, an dessen Seite sie ritt?

Dorgen war eifersüchtig gewesen. Vieles in seiner Haltung und den Worten hatte darauf hingedeutet. Und konnte sie es ihm verdenken? Auch wenn er Feyla am meisten liebte und sie nicht noch einmal betrügen wollte, hatte er dennoch etwas für Alia empfunden.

Aber was, wenn er trotz allem recht hatte?

Alias Gedanken kreisten auf der Stelle, auch dann noch, als Rabanus dem Horizont entgegensank und die Abenddämmerung über das Land fiel. Lunis hatte noch immer kein Wort geredet. Doch sein Gesicht hatte sich verändert. Etwas Düsteres umfing seinen Blick.

Wer war der Mann, der neben ihr herritt? Und wo genau hielt er ihre Schwester gefangen?

Sie musste ihn danach fragen. »Wenn du sagst, dass wir meine Schwester befreien – wohin reiten wir eigentlich? Ist Nelja in einem Gefängnis?«

Er antwortete nicht. Nur sein Blick glitt suchend über die Landschaft.

Alia überlegte gerade, ob sie die Frage wiederholen sollte, als er sein Pferd anhielt und zu Boden sprang. Wortlos holte er etwas aus seiner Satteltasche, das sie hinter dem Rücken des Pferdes nicht sehen konnte.

Die Dämmerung senkte sich bereits tief über das Land. Bald

würde es vollkommen dunkel sein – so lange, bis Sapia mitten in der Nacht aufging. Es war der beste Zeitpunkt, um eine Pause zu machen. »Du hast recht«, murmelte Alia. »Eine Rast ist vermutlich eine gute Idee.« Damit löste sie die Füße aus den Steigbügeln.

Doch Lunis packte ihren Wallach an den Zügeln. »Nein. Wir machen keine Rast. Du kannst sitzen bleiben.«

Alia fröstelte. Irgendetwas stimmte nicht. »Was genau hast du vor? Wohin reiten wir, und wie lange werden wir brauchen?« Sie beugte sich nach vorn, um ihn besser sehen zu können. Erst jetzt entdeckte sie den Führstrick, den er durch das Zaumzeug ihres Pferdes gezogen hatte. Das Ende hielt er in der Hand, als er wieder aufsaß. Mit schnellen Bewegungen band er es zu einer Schlaufe und knotete es an seinem Sattelknauf fest. »Ich bringe dich zur Blutburg«, erklärte er. »Du bist dazu bestimmt, an meiner Seite die neue Blutgöttin zu werden.«

24. Kapitel

Malun, Novizensiedlung

Tailin

Es war noch früh am Morgen, als die Gemeinschaftslichtung ihn rief. Tailin hatte gerade erst eine winzige Portion Getreidebrei gegessen, und schon drängte ihn die Lichtung, zur Kochhöhle zu gehen, um dort bei den Vorbereitungen für das Mittag- und Abendessen zu helfen. Nur Silvara war bereits da, als er in den Schatten der Felsen trat. Sie räumte Gemüse aus einer Kiste auf den Tisch und lachte ihm entgegen. »Du schon wieder.« In ihrem Lachen lag der knarrende Unterton einer alten Frau.

»Ich schon wieder.« Tailin verkniff sich ein Seufzen. Seit Leymon und er die Heilung überlebt hatten, rief die Gemeinschaftslichtung ihn fast jeden Tag. Inzwischen musste er Silvara nicht mehr fragen, was zu tun war. Ein Blick auf den Kochplan reichte, um zu wissen, welches Gericht es geben sollte und in welcher Größe und Form das Gemüse geschnitten werden musste.

Kilvoi und Zarin, zwei junge Priester Valjans, kamen mit weiteren Gemüsekisten aus der Vorratshöhle und stellten sie neben ihnen ab. Tailin nahm freiwillig die Nesselwurzeln. In der Suppe waren sie schmackhaft und würzig – beim Schälen und Kleinschneiden zählten sie hingegen zu dem unbeliebtesten Gemüse.

Tailin zog sich Handschuhe an, die bis zu den Ellenbogen reichten, und suchte sich das schärfste Messer. Erst dann machte er sich daran, die drahtigen Härchen abzuschneiden, mit denen sich die Wurzeln vor Fressfeinden schützten. Bei der leisesten

Berührung schnitten die Härchen in die Haut und hinterließen juckende Quaddeln. Auch die Schale der Wurzeln war rau und hart und wirkte wie ein Reißbrett, wenn man sich daran schabte – während der ungekochte Saft heftige Hautschwellungen hervorrief.

Alles in allem gab es nichts an dieser Wurzel, das man mit bloßer Haut auch nur berühren wollte.

Tailin brauchte einen Moment, um die Handschuhe so zurechtzurücken, dass ihm das Messer nicht mehr verrutschte. Doch schließlich hatte er die richtige Position gefunden und konnte die zähe Schale Stück für Stück abschälen. Wie jeden Tag fand er sich in einen gleichförmigen Arbeitsrhythmus: Wurzel enthaaren, Wurzel schälen, Wurzel in Scheibchen schneiden, die nächste … Kilvoi und Zarin trugen noch weitere Kisten heran, bis sich drei Kisten mit Nesselwurzeln neben ihm stapelten.

Er würde sehr lange beschäftigt sein.

Doch Tailin kam es gerade recht. Die monotone Tätigkeit war das Einzige, das die Unruhe besänftigen konnte. Unablässig flüsterte der Spiegelsee ihm zu. Auch jetzt mischte sich das Wispern in das schabende Geräusch des Messers. Nur wenn er konzentriert arbeitete, hörte er es kaum noch.

So dringend es auch war – er konnte dem Ruf des Spiegelsees nicht folgen. Nicht, solange Leymon ihn nicht begleitete. Und sein Freund war vollauf mit seiner Ausbildung zum Priester Gamons beschäftigt. Schon im Morgengrauen stand Leymon auf, um sich mit Salmi zu treffen. Danach lernte er den ganzen Tag, bis er spätabends neben Tailin ins Bett fiel. Manchmal erzählte er im Flüsterton, was er am Tag gelernt hatte. Es waren Techniken, mit denen er Visionen rufen und kontrollieren konnte, Kennzeichen, durch die sich eine veränderbare Zukunft von einer festgelegten Zukunft unterscheiden ließ. Er lernte die Geschichte Ruanns, soweit sie bekannt war. Und nicht zuletzt verbrachten Salmi und Leymon viel Zeit damit, die psychischen Veränderungen zu verstehen, die durch die Visionen ausgelöst wurden. Angst- und Schockzustände waren häufige Reaktionen, unter denen junge Novizen litten. Doch nach der ersten Gewöhnungszeit und bei längeren Visionen stellte sich emotionale Kälte ein. Je größer und bedeutungsvoller eine Vision wurde, desto berechnender und skrupelloser agierte ein Priester Gamons unter dem Einfluss.

Alles, was Leymon getan hatte, ließ sich auf diese Weise erklären. Dennoch sollte die Ausbildung ihn lehren, die Grenzen von Menschlichkeit und Machtmissbrauch auch unter den Visionen noch wahrzunehmen und einzuhalten. Für den allergrößten Notfall zeigte Salmi ihm Möglichkeiten, eine Vision vorzeitig zu beenden.

Wenn Leymon mit den Visionen probte, kam er oft tagelang nicht in ihre Wohnhütte zurück. Manchmal sah Tailin ihn nicht einmal zu den Mahlzeiten. Dann nahm Salmi ihn mit in den Wald, um mit ihm allein zu sein. Nur Lesku ging einige Male mit ihnen.

An solchen Tagen war Tailin versucht, sich mit Leymons Geist zu verbinden, um zu erfahren, wie es ihm ging. Doch schon nach dem ersten Versuch war er zurückgeschreckt. Leymons Visionen besaßen eine Wucht, die ihn in einen Strudel riss. Wenn sie sich verbanden, sahen sie nicht nur die Zukunft, sondern auch die Gegenwart anderer Personen, in einer so rasanten Mischung, dass alles durcheinandergeriet und selbst mit den Mitteln eines Priesters nicht mehr kontrollierbar war.

Seit diesem Versuch hielt Tailin sich von Leymons Wahrnehmung fern. Nur in den Nächten, wenn sie sich küssten und aneinanderdrängten, ließ er die Verbindung zu.

Allein der Gedanke daran erzeugte ein weiches Kribbeln. Die letzte Scheibe der Wurzel schnitt er zu nah an seinem Finger. Wie so oft rutschte die Klinge ab. Erst im letzten Moment konnte er die Wucht bremsen, um sich nicht zu schneiden.

»Uhhh, Vorsicht!« Plötzlich stand Lenja vor seinem Tisch. »Mit abgetrennten Gliedmaßen würdest selbst du mir ein bisschen

Mühe machen.« Sie kam um den Tisch herum, ließ den Arm über seine Schultern streifen und stellte sich auf den Arbeitsplatz neben ihm. »Unser einziger Priester Taluns schon wieder beim Gemüseschneiden. Dabei sollte man meinen, dass du am wenigsten Zeit hast.«

Tailin zuckte die Schultern und setzte das Messer vorsichtiger an. »Es lenkt mich ab.«

»Wovon?« Lenjas Tonfall bekam einen anzüglichen Nebenklang. »Von ihm?« Sie deutete über die Lichtung.

Drei Pameli traten gegenüber aus dem Wald. Ein älterer mit weißen Haaren und zwei jüngere. Salmi, Leymon und Lesku. Salmi schien etwas zu erklären. Leymon ging mit gesenktem Kopf und nickte, während Lesku hin und wieder etwas Kürzeres einwarf. Erst als die drei am Feuer stehen blieben, hob Leymon den Kopf und schaute zu Tailin. Sein Blick war ernst und durchdringend, noch halb gefangen in dem Gespräch und dennoch abgelenkt, als wollte er zu ihm herüberfliegen.

Tailins Herzschlag flatterte. Er hätte sich am liebsten losgerissen und wäre zu Leymon hinübergegangen. Wenigstens einen Kuss könnte er ihm stehlen, ehe sie beide weitermachten.

Aber die Gemeinschaftslichtung erlaubte ihm nicht zu gehen. Und Lesku stieß Leymon in die Seite und deutete auf den Wald.

Tailin musste lachen. Er konnte fast hören, was Lesku sagte: *»Entweder du konzentrierst dich, oder wir gehen wieder zurück.«*

Auch Leymon lachte und riss sich von Tailin los. Die drei setzten sich ans Feuer und fuhren mit ihrem Gespräch fort. Gehorsam richtete Leymon seinen Blick auf das Feuer und hörte den anderen zu.

Nur Tailin konnte sich nicht von ihm abwenden. Leymon hatte seine Haare zu einem losen Knoten hochgebunden. Einzelne Strähnen fielen heraus und ringelten sich um sein Gesicht. Die Art, in der er die Ellenbogen auf die Knie stützte, wirkte erschöpft und müde. Doch wann immer er redete, erschien er aufgekratzt und auf eine Weise konzentriert, die Tailin von übermüdeten Kriegern kannte. Er aktivierte seine letzten Reserven, um Hochleistungen zu erbringen.

Schon morgen sollte seine Prüfung zum Priester Gamons stattfinden.

»Sieht nicht so aus, als würde das Gemüse als Ablenkung gut funktionieren.« Lenja klang amüsiert.

»Es ist nicht wegen Leymon.« Tailin zwang sich, von seinem Freund abzulassen. Stattdessen griff er in die Kiste mit den Nesselwurzeln.

Messerscharfer Schmerz fuhr durch seinen Unterarm. Zischend zog er den Arm zurück, umklammerte ihn mit der Hand und schloss die Augen. Der Schmerz brannte und ließ ihn schwanken. »Verfluchte Biester!«

Lenja lachte. Milder Spott flutete aus ihrer Stimme. »So viel zum Thema Ablenkung. Zeig mal her.« Damit nahm sie seinen Arm und drehte ihn zu sich.

Tailin presste die Zähne zusammen und atmete flach. Offenbar war sein Handschuh am Arm verrutscht. Eine der Nesselwurzeln hatte ihm quer durch die Haut geschnitten. An der Schnittstelle quollen die Wundränder auf und warfen glasige Brandblasen.

»Ts, ts, ts.« Noch immer lachend schüttelte Lenja den Kopf. »Die Gemeinschaftslichtung wusste wohl, dass eine Heilerin in der Küche gebraucht wird, wenn es Eintopf mit Nesselwurzeln gibt.« Sanft ließ sie ihre Finger über die Wunde gleiten, schloss die Augen und atmete tief ein. Fast konnte Tailin spüren, wie sie dieselbe Luft atmete, die er nur stoßweise hervorpresste. Ihre Magie tastete nach seinem Körper, fand die Zerstörung seiner Haut und konzentrierte sich auf die Wunde. Er zuckte, als sich der Schmerz verschärfte. Doch Lenja hielt seinen Arm fest – so lange, bis sich das Brennen verwandelte. Ein seltsames Kitzeln rührte sich in der Wunde, trieb einen Schauer über seinen Rücken und ein Schütteln durch seinen Körper.

Dann nahm sie die Hand fort, und die Wunde war verschwunden. »Bitte sehr!« Schelmisch grinste sie ihn an. »Gern geschehen.«

»Danke.« Tailin rückte den Handschuh zurecht und sah dieses Mal hin, als er die nächste Wurzel aus der Kiste holte.

»Willst du dich nicht nochmal schneiden? Dich zu heilen ist so schön einfach. Wie ein Kinderspiel. Einmal kurz die Hand auflegen, fertig.«

»Sehr witzig!« Tailin widerstand dem Drang, sich über die Stelle zu streichen, die eben noch geschmerzt hatte.

»Na gut. Dann halt nicht. Aber dafür schuldest du mir eine Antwort.« Lenjas Grinsen wurde diebisch. »Also raus damit: Was ist mit dir los? Und wovon brauchst du Ablenkung?«

Tailin stieß ein langsames Seufzen aus. »Es ist die Verantwortung. Der Spiegelsee ruft nach mir. Selbst von weitem kann ich spüren, wie die ganze Welt im Wahnsinn zerbricht. Die Menschen brauchen mich. Unzählige Menschen, auf ganz Ruann. Aber ich stehe hier, schneide Gemüse und muss darauf warten, dass Leymon seine Ausbildung beendet. Und was danach kommt, können wir uns beide kaum vorstellen. Vielleicht verbringen wir ein paar Monate im Spiegelsee, vielleicht auch den Rest unseres Lebens. Womöglich sind das hier die letzten Tage, in denen ich ein Mensch sein kann, bevor wir uns …« Er fand keine Worte, musste sich das Unvorstellbare erst vorstellen, ehe er es beschreiben konnte. »Bevor wir in den Visionen versinken und uns in eine sonderbare Supergottheit verwandeln, die brabbelnd in einer Höhle hockt und abstrakte Weisheiten vor sich hin murmelt.«

Lenja lachte über die Beschreibung. Tröstend strich ihre Hand über seine Schulter. Doch offenbar wusste selbst sie kein Gegenargument. Die Wahrscheinlichkeit, dass es genau so kam, war hoch.

Noch einmal atmete er tief durch. »Aber das ist noch nicht einmal meine größte Angst.«

»Dann erzähl es uns: Was ist deine größte Angst?«

Die Frage kam nicht von Lenja. Es war Aimisch. Auch er war am Rand der Höhle aufgetaucht und kam hinter die Arbeitstische.

»Du also auch?« Lenja deutete auf die Gemüsemengen, die sich um sie herum in den Kisten stapelten.

Mit hochgezogenen Augenbrauen sah Aimisch sich um. »Ja, ich auch. Anscheinend bereiten wir ein Festmahl vor. Für wen auch immer.«

Ein greller Blitz fuhr in Tailins Gedanken, ließ ihn straucheln und zeigte flackernde Bilder. »Pamuschkrieger. Novizen. Sie sind von Pamal aus auf dem Weg hierher. Heute Abend machen sie Station im Novizendorf, um sich auszuruhen. In zwei Tagen ziehen sie weiter, um am Vulkan zu Pamuschkriegern geweiht zu werden.«

Überrascht starrten die anderen ihn an.

»Und das weißt du jetzt woher?«, fragte Lenja.

Leymon saß vornübergebeugt am Feuer und drückte die Finger zwischen seine Augenbrauen. »Leymon. Er hat es gesehen. Gerade eben.«

Lenja pfiff leise durch die Zähne. »Eure Magie ist erstaunlich.« Wieder betrachtete sie das Gemüse. »Also ein Festmahl für die Pamuschnovizen. Ob wir die mit Gemüsesuppe satt bekommen?«

Nein. Nicht nur mit Gemüsesuppe. Chaveen jagte. Schon mitten in der Nacht war sie verschwunden, um im Wald nach Karis zu jagen. Eines hatte sie bereits am Morgen auf der Gemeinschaftslichtung abgelegt, ehe sie erneut aufgebrochen war.

Endlich wusste Tailin, warum sie so viel Fleisch brauchten.

Aimischs Blick rief ihn zurück in die Gegenwart. Eindringlich schaute der Valjaner ihn an. »Aber du wolltest uns gerade erzählen, was deine größte Angst ist.«

Tailin schluckte. »Ich hab Angst, dass wir es nicht schaffen. Ruanns Schicksal hängt an uns beiden. Aber was können wir schon tun?« Der letzte Satz versank in einem Flüstern. »Und was, wenn wir es nicht schaffen, Leymons Hybridenmagie zu kontrollieren?

Seine Ausbildung war viel zu kurz. Aber wir haben keine Zeit mehr.«

»Verstehe.« Aimisch hob eine Kiste mit Blauknollen auf den Tisch und fing an, sie zu schälen. Im Vergleich zu Nesselwurzeln waren sie ein sehr freundliches Gemüse. »Lesku und ich haben uns ähnliche Gedanken gemacht. Wir haben sehr viel Zeit darauf verwendet, Leymons Magieflüsse zu analysieren. Dass seine Magie extrem gefährlich sein könnte, wissen wir schon lange. Deshalb haben wir uns mit Salmi zusammengesetzt und alles besprochen.«

Tailin nickte. Einen Teil davon konnte er sich denken: Leymons Elemente verliehen ihm nicht nur die Fähigkeiten von Gamon und Paman. Wenn sie über Kreuz reagierten, besaß er die Magie Valjans und vielleicht sogar Kräfte, die mit Tailins Magie vergleichbar waren.

Aber die größten Sorgen machten sie sich um zwei Kombinationen: Es gab keinen Gottgeborenen, in dem sich Wasser und Zeit kreuzten. Entsprechend wusste niemand, welche Form von Magie sich daraus ergab. Doch am schlimmsten stand es um die Kombination aus Feuer und Zeit. »Ich weiß«, flüsterte Tailin. »Feuer und Zeit bringen den Tod hervor.«

»Vielleicht«, gab Aimisch zurück. »Aber vielleicht ist es auch ganz anders. Salmi hat erzählt, dass es vor fünfzehntausend Jahren schon einmal eine Kreatur mit Leymons Fähigkeiten gab. Genau am Übergang zwischen Blutära und Wasserära. Vielleicht ist es das, wofür die Kombination seiner Elemente gebraucht wird. Vielleicht bewirken Feuer und Zeit das Ende der einen, blutigen Ära – während Wasser und Zeit eine neue, fruchtbare und glücklichere Ära schaffen. Allerdings ist das nur eine Theorie.« Aimisch breitete entschuldigend die Arme aus. »Wie das in der Praxis aussieht, kann sich bis jetzt noch niemand vorstellen.«

Tailin schauderte. Erneut schweifte sein Blick über die Lichtung. Aber dieses Mal hielt er bei Sayra inne, die schon wieder ihr Buch auf dem Schoß hielt und hineinzeichnete.

Ob Lesku, Aimisch und Lenja wussten, dass sie Magiekreise entwarf? Tailin hatte den Kreis gesehen, in dem sie die Heilung gezeichnet hatte, die sie gemeinsam mit ihm an Leymon vollzogen hatte. Es war ein komplizierter Magiekreis, der selbst die Energie der Quelle mit einbezog. Außerdem hatte Sayra ihre eigene Magie aufgezeichnet, die in einem sauber geschlossenen Kreis verlief, der aus drei Elementen bestand. Im Gegensatz zu Leymons unberechenbaren Elementen schien ihre Hybridenmagie deutlich harmloser zu sein.Vermutlich war das der Grund, warum niemand sie für gefährlich hielt.

Aber ihr Buch schien noch mehr zu enthalten. Was, wenn wertvolle Erkenntnisse in ihren Zeichnungen steckten?

»Tailin?« Jemand rief ihm zu, näherte sich von der Seite und blieb vor seinem Tisch stehen. Es war Lesku. Ein ernstes Lächeln glitt über sein Gesicht. »Würdest du bitte mitkommen? Wir müssen etwas mit dir besprechen.«

Tailins Unruhe flammte auf. Auch die Gemeinschaftslichtung stellte ihn von seiner Aufgabe frei. Es war ein Gefühl, als öffnete sich sein sicherer Kokon und schubste ihn hinaus – in eine feindliche, fordernde Welt.

Seine Hände zitterten, als er das Messer niederlegte und die Handschuhe auszog. Jeder Schritt fühlte sich weich und unwirklich an, während er Lesku über die Lichtung folgte. Leymon saß noch immer mit Salmi zusammen. Schon von weitem wirkte ihr Gespräch ernst und bedrohlich.

Kurz bevor sie das Lagerfeuer erreichten, tauchte Chaveen unter den Bäumen auf. Dieses Mal trug sie mindestens fünf Waldhühner im Maul. Mit einem grüßenden Brummen trabte sie an Tailin vorbei und lief weiter zum Kochplatz, um die Hühner dort niederzulegen. Dann schien die Gemeinschaftslichtung auch sie freizustellen. Sie schloss im Galopp zu Tailin auf und gesellte sich an seine Seite.

Leymon hob erst den Kopf, als sie vor dem Feuerplatz stehen

blieben. Zögernd setzte Tailin sich neben ihn, während Lesku den Platz neben Salmi einnahm.

Leymons Gegenwart fühlte sich sonderbar an. Ein Bann aus starker Magie umgab ihn, wie eine Form, die ihn hielt und mit der er sich selbst kontrollierte. Auch Chaveen schien es zu bemerken. Sie zuckte vor Leymons Aura zurück und rollte sich hinter Tailin zusammen.

Ohne weitere Umschweife wandte Salmi sich an Tailin. »Du weißt, dass Leymons Prüfung zum Priester Gamons morgen stattfinden soll. Allerdings gab es einen kleinen Zwischenfall.«

Ein drückendes Gefühl setzte sich in Tailins Magengegend.

»Lesku, Leymon und ich hatten heute Nacht eine gemeinsame Vision«, fuhr der alte Priester fort. »Darin ging es um die Prüfungen. Leymon ist kein normaler Gottgeborener. Deshalb reicht es nicht, ihn einer gewöhnlichen Prüfung zu unterziehen. Vielmehr muss er gemeinsam mit dir und Chaveen geprüft werden. Ihr drei bildet eine einzigartige Gottheit. Bis jetzt wussten wir nicht sicher, wie wir dem gerecht werden sollen. Aber in der Vision hat sich der Weg offenbart.«

Das drückende Gefühl verwandelte sich in Angst. Auch Leymon räusperte sich unbehaglich.

Tailin ahnte, was die ernsten Blicke bedeuteten. »Diese Prüfung wird gefährlich sein, oder?«

Leymon entkam ein abgehacktes Lachen. Eine Spur von Hysterie klang darin, ehe er sich zusammenriss. »Wenn wir die Prüfung bestehen, wird sie uns sehr mächtig machen. Aber sie wird keine persönlichen Schwächen dulden. Wenn wir uns dieser großen Macht nicht als würdig erweisen, ist sie gnadenlos.«

Also würden sie sterben, wenn sie einen Fehler machten. Doch seltsamerweise ließ Tailins Angst nach. Schlimmer als die Heilung im roten See konnte es kaum werden.

Auch auf Leymons Gesicht zeigte sich grimmige Zuversicht. »Allerdings denke ich, dass ich meine Lektionen gelernt habe.

Heute Nacht hatte ich die Zeremonie klar vor mir. Ich weiß sogar, was wir tun müssen, damit du alles erfährst, was du im Vorfeld wissen musst. Mit diesem Wissen werden wir die Prüfung bestehen.« Optimismus und Magie spielten in Leymons Worten. Seine Augen funkelten, und die Aura strahlte wie ein Leuchten um ihn herum. Plötzlich war es Tailin, als hätte er einen Priester Valjans vor sich.

Ein seltsames Zittern ging durch Leymons Körper. Er schloss die Augen, und seine Macht dehnte sich aus, umfasste die ganze Lichtung und griff deutlich darüber hinaus. »Gleich sind sie hier«, murmelte er.

Noch im selben Moment spürte Tailin die Gegenwart der Pamuschkatzen. Kurz darauf kamen sie aus dem Wald: junge Pamuschkrieger. Im Schritt ritten sie auf die Lichtung, reihten sich auf der Wiese auf und blieben auf den Katzen sitzen, während immer weitere nachrückten.

Es mussten 200 oder 300 Pamuschnovizen sein, ehe die Flut aus dem Wald abbrach. Dicht an dicht standen Katzen und Reiter nebeneinander.

Doch vor allem einer weckte Tailins Aufmerksamkeit: Svaris saß auf seiner Katze und stellte sich den Novizen gegenüber. Allein mit einem Blick in die Runde entließ er die jungen Krieger aus ihrer Formation.

Die Novizen saßen ab. Gleich darauf bevölkerten sie die Wiese in einem wilden Durcheinander, während die Katzen zurück in den Wald liefen. Sie waren hungrig. Den Rest des Tages würden sie auf der Jagd verbringen.

Svaris hingegen kam so zielstrebig auf ihr Feuer zu, als wäre er mit ihnen verabredet.

Es war Leymons Magie! Er war an die Pamuschkrieger gebunden. Auch ohne Worte hatten Leymon und Svaris sich längst abgesprochen.

»Es ist kein Zufall, dass die Pamuschnovizen heute kommen«,

erklärte Salmi. »Den letzten Teil eurer Prüfung werdet ihr mit ihnen gemeinsam machen.«

***

Malun, Taluns Höhlen

Leymon

Die weiße Höhle summte, als sie nebeneinander eintraten. Die Magie des Ortes erwartete sie, der weiße See lockte sie an. Doch Leymon war bereit. Seine Gedanken waren klar, und seine Magie pulsierte stetig und kräftig. Auch Tailin stand aufrecht und ruhig neben ihm, ebenso wie Chaveen. Doch die Höhle hielt sich bedeckt. An jedem anderen Tag wären ihre Gedanken längst durcheinandergewirbelt. Aber heute hatte sich die Magie in den weißen See zurückgezogen. Dort unten, in der klaren Tiefe, wartete sie.

Das Summen der Höhle schwoll an, während sie Schritt für Schritt auf die weiße Brücke traten. Ein zartes Wispern hüllte sie ein, zog sie vorwärts, zu dem einen Punkt in der Mitte der Höhle, an dem die Brücke kein Geländer besaß. Nebeneinander traten sie an den Rand, Leymon zwischen Tailin und Chaveen. Ihre Magie rauschte schneller, verband sie zu einem Kreis und synchronisierte ihren Herzschlag zu einem gemeinsamen Takt. Zeitgleich atmeten sie ein – und sprangen ab. Das Wasser raste auf sie zu, leuchtend und durchsichtig.

Dann tauchten sie ein. Ein wilder Strudel zog sie in die Tiefe, Luftblasen stiegen auf.

Der Blitz kam plötzlich! Grell und kreischend stieß er in den See. Glühend heiß fuhr der Strom durch ihre Körper, zuckte durch ihren Geist und fügte alle Gedanken und alle Erinnerungen zusammen. Noch während sie tauchten, rasten die Blitzlichter an ihnen vorbei, winzige Momente aus dem Leben der anderen, tausend Erinnerungssplitter, die Menschen zu dem machten, was sie waren. Da war Tailin als Kind in der weißen Stadt, seine Eltern und Geschwister – und zugleich das Dorf der Schneekrieger, die spielerischen Schneeballschlachten seiner Kindheit, die warme Stimme seiner Ziehmutter.

Nur wenige Momente verharrten lang genug, um die Bilder klar sehen zu können. Wie ein reißender Strom rasten ihre Geschichten an ihnen vorbei, eine Erinnerung nach der anderen, drei verschiedene Perspektiven zeitgleich – denn auch Chaveen war ein Teil davon. Das Leben von dreien verdichtete sich auf eines, führte ihre getrennte Vergangenheit zu einem gemeinsamen Zeitstrahl zusammen.

Dies war der Moment, in dem jede ungeheilte Verletzung und jedes Geheimnis ihr Verhängnis gewesen wäre. Doch da war nichts mehr: keine Lügen, keine Verzerrungen, nur noch die Wahrheit. Mit all den Schmerzen und Brüchen, mit allen Momenten, die sie aufeinander zugeführt hatten, nur um sie brutal auseinanderzureißen. Längst hatten sie dem anderen und sich selbst verziehen. Hier und jetzt war es der Grund, warum der Strom sie nicht tötete.

Als sie zurück an die Oberfläche trieben, waren sie zu einem Wesen vereint, zu einer Kreatur in drei Körpern, deren Gedanken und Erinnerungen ineinander übergingen. Tailin lachte, während sie einander ansahen. Ihre Wahrnehmung vermischte sich, ließ das Bild schwanken und tanzen. Mal sah Leymon sich selbst aus der Sicht des anderen, dann wieder Tailin aus der Perspektive der Katze. Alles drehte sich und ließ sie schwindeln. Sie hielten sich aneinander fest, sanken unter Wasser und kamen wieder hoch. Nur mit Mühe schafften sie es ans Ufer. Der weiße Fels war glatt und weich geschliffen. Erschöpft fielen sie zu Boden, eine Kreatur in drei Teilen.

Nur die Teilung war noch schmerzhaft. Sehnsüchtig. Unvollkommen.

Schwankend kamen ihre Gesichter aufeinander zu. Ihr Kuss ließ sie verschmelzen, ihre Hände fühlten, ihre Haut wärmte den anderen. Kaum eine Berührung war nah genug, und dennoch drang die Zärtlichkeit tief. Das Schnurren der Katze war bei ihnen, hallte durch die Höhle und vervielfältigte sich an den Wänden. Von nun an schien es überall zu sein, auch wenn sich die Katze selbst zurückzog, während sich ihre Reiter ein ums andere Mal vereinten.

Immer wieder stiegen sie höher und fielen – nur um von neuem zu beginnen. Nichts war genug, und nichts konnte jemals genug sein. Da war keine Erschöpfung, kein Ende, während ihre Stimmen die Höhle erfüllten und das Plätschern des Wassers eins wurde mit jeder Bewegung und jedem Gefühl.

Wie lange ihre Vereinigung währte, ließ sich nicht in Zeit ermessen. Als sie voneinander abließen, war der Hunger nur oberflächlich gestillt. Dennoch mussten sie weiter. Das Ritual rief sie und verlangte den nächsten Schritt.

Der weiße See hatte auch ihr Wissen zusammengefügt. Leymon musste nicht erklären, was als Nächstes folgte. Tailin wusste es auch so.

Als sie zu dritt in die schwarze Höhle zurückkehrten, empfingen die Priester Gamons sie mit einem monotonen Summen. Es war der gleiche Ton, den auch die weiße Höhle verströmte, nur eine Oktave tiefer.

Dieses Mal sprangen sie nicht in den See – sie stiegen Stufe für Stufe hinab und traten an das Ufer der schwarzen Wasserfläche. Dieses Mal stand die Katze hinter ihnen, eine schützende Instanz, die über ihre Reiter wachte.

»Wasser der Prüfung!« Der Klang einer einzelnen Stimme löste sich aus dem Summen. »Wir rufen dich aus der Ferne! Zeig uns dein dunkles Gesicht, gewähre uns den Geist der Prüfung, schaue in das Antlitz dieser Gottheit und prüfe die Reinheit und Wahrhaftigkeit der Kreatur. Jenes Wesen, welches heute deine

Fluten besteigt, ist einmalig und voller Stärke. Dennoch bitten wir dich: Gestatte ihm das Fortleben und verleihe ihm sämtliche Macht, die ihm gebührt. Nimm es als Beschützer und Retter unserer Welt an. Denn nichts Geringeres als dies ist die Aufgabe der dreigeteilten Gottheit.«

Das Wasser antwortete mit einem Ton, der fast schon zu tief war, als dass man ihn zu hören vermochte. Nur der Boden vibrierte unter ihren Füßen.

Der See war bereit. Doch er hatte sich verwandelt: in das dunkle Wasser der Prüfungshöhle. Die Priester Gamons summten nicht nur hier – auch im Tempel von Pamal standen sie zusammen und begleiteten die Prüfung. Heiße Dämpfe stiegen aus dem Wasser, fädelten sich in ihre Lungen und umnebelten ihren Geist. Sie sprachen ein Urteil über die Katze und befanden ihre Seele für rein und wahrhaftig. Doch die Seelen der Menschen mussten gründlicher geprüft werden.

Ihre Körper schienen zu schweben, als sie die letzte Stufe hinabstiegen, das Wasser schloss sich um ihre Füße. Die Katze blieb hinter ihnen am Ufer zurück. Doch ihr Vertrauen und ihre Gedanken kamen mit ihnen. Sie war die Beschützerin dieser Reiter, aber sie vertraute darauf, dass sie aus dem dunklen Wasser zurückkehren würden.

Eine uralte Sprache flüsterte aus dem See, das Wasser zog sie tiefer, verlangte die Hingabe ihrer Körper und schloss die Oberfläche über ihren Köpfen. Sie mussten nicht schwimmen, um hinabzutauchen bis in den schwarzen, unendlichen Grund. Hier unten herrschte die Dunkelheit. Nur noch Wasser umgab ihre Gesichter. Dennoch war die Angst fort. Sie atmeten und ließen die Flüssigkeit in sich einströmen. Ihre Magie griff ineinander, koppelte Wasser und Luft zu einem Kreis und verwandelte die Flüssigkeit in Sauerstoff. Der Geist der Prüfung drängte sich in ihr Blut und erfüllte sie bis in die letzte Zelle. Er testete ihren Verstand und ihr Vertrauen in den anderen. Jeder Anflug von Angst, jeder Riss im Strom ihrer Magie wäre in dieser Tiefe ihr Tod gewesen.

Doch selbst die Furcht vor der Dunkelheit war verschwunden. Sie war fortgegangen in jenem Moment, in dem sie einander verziehen hatten.

Das Wasser der Prüfung strich an den Nahtstellen ihrer Brüche entlang. Helle Bilder funkten in die Dunkelheit, zeigten Thia als Kind und die weiße Stadt, in der ein kleiner Junge gequält wurde. Ihr menschliches Gewissen war die größte Schwachstelle ihrer Göttlichkeit. Diesen Anblick zu ertragen war der schwerste Teil der Prüfung. Kurz brauchte es ihre ganze Magie, um die Wandlung von Wasser in Sauerstoff zu erhalten.

Dann war der Augenblick vorüber, und das Bild verschwand.

Die Magie der Prüfung verließ ihren Geist, strich flüsternd um ihre Körper und trug sie auf Luftblasen höher. Als ihre Köpfe durch die Oberfläche stießen, schwoll das Summen der Priester an und nahm sie in Empfang.

Auch das Schnurren der Katze mischte sich in das Geräusch. Mit einer leisen Begrüßung empfing sie ihre Reiter. Die Priester reichten trockene Tücher und Kleidung. Ein blaues Gewand für den Priester der heilenden Tränen und ein braunes für den Priester Gamons. Das Summen dauerte an, während sie sich abtrockneten und in die Gewänder hüllten. Dann saßen sie auf.

Die Pamuschnovizen warteten vor dem Eingang der Höhle. In einer ordentlichen Formation hatten sie sich aufgestellt. Svaris ritt an ihrer Spitze, und Chaveen gesellte sich an seine Seite. Leymons Feuer öffnete den Kreis, koppelte sich an Svaris und ließ die geballte Macht der Pamuschkrieger durch ihre Adern rauschen.

Dann galoppierten sie an. In mehreren Tagesetappen ritten sie gen Norden, hielten sich östlich, bis der Vulkan in der Ferne auftauchte. Aufregung und Furcht umgaben die jungen Krieger. Ihre Ausbildung war kurz und gnadenlos gewesen. Die Front brauchte sie schneller und dringender als je zuvor.

Doch der Geist Taluns durchstreifte ihre Seelen, heilte ihre Wunden und Unsicherheiten, bis sie eins wurden mit sich und den Katzen und der Gemeinschaft der Pamuschgarde.

Am Fuß des Vulkans sprangen sie in den dampfenden Fluss aus heißem Quellwasser. Mit aller Kraft schwammen die Katzen bergauf, dem reißenden Strom entgegen. Alle Kampfprüfungen hatten die Novizen längst abgelegt, doch dieser Kraftakt war die schwerste Prüfung. Nicht jeder überlebte das reißende Wasser. Manche wurden in den Fluten fortgespült und den Berg hinabgetrieben. Ob sie dort unten lebendig aus dem Wasser stiegen oder in den Strudeln ertranken, war unerheblich für das Ergebnis der Prüfung. Wer den Gipfel nicht mit den anderen erreichte, würde niemals ein Pamuschkrieger werden.

Doch die meisten aktivierten die Reserven ihrer Göttlichkeit und bezwangen die höllische Wucht des Wassers. Wer Anschluss an die Gruppe hielt, wurde mit Gemeinschaft belohnt. Mut und Stolz erfüllten ihre Seelen, als sie den Gipfel nach mehreren Tagen erreichten. Mit zitternden Gliedern umrundeten sie den offenen Schlund des Vulkans und reihten sich an den Rändern auf, ein gigantischer Kreis aus Männern und Katzen, beleuchtet vom Schein des Feuers. Die Glut funkelte in ihren Augen und zeigte das Element, das sie alle vereinte. Die Magie von Feuer und Wasser durchströmte sie, und nachdem sie den heißen Fluss bezwungen hatten und hier oben den Vulkan umringten, waren sie über beides erhaben.

Leymon und Tailin waren an der Spitze geritten. Ihr Platz im Kreis war am weitesten von der Quelle des Flusses entfernt. Svaris hingegen war hinter den Novizen zurückgeblieben und stand ihnen gegenüber. In dem Leuchten des Vulkans war sein Gesicht nur als Schemen zu erkennen. Dennoch war sein Geist mit ihnen verbunden.

Eine winzige Irritation flackerte unter den Novizen auf. Leymon und Svaris hatten niemals offiziell verkündet, dass Leymon die Position des ersten Hauptwächters einnahm. Doch Svaris beendete die Unsicherheit. Vor den Augen aller sprang er vom Rücken der Katze und sank auf die Knie. »Leymon aus dem Volke der Schneekrieger!«, rief er über den Schlund des Vulkans. »Hiermit wiederhole und erneuere ich den Schwur, den ich Euch geleistet habe!« Als würde das Feuer seine Stimme verstärken, hallte sie aus dem Inneren des Vulkans wider und dröhnte über den Rand des Kraters. »Ich unterwerfe mich Euch, heilende Gottheit des Schicksals und des Neubeginns. Von nun an sollt Ihr im Rang über mir stehen. Ich gelobe, all Eure Befehle zu empfangen, auszuführen und weiterzugeben. Genauso wie ich Euch Treue und Loyalität schwöre bis in den Tod.«

Erneut fuhr ein Zucken durch Leymons Körper, übertrug sich auf Tailin und die Katze und erfüllte ihre Sinne mit den Gefühlen der Novizen. Ein Raunen ging durch ihre Runde. Doch nur kurz, ehe Leymons Präsenz in sie hineinfuhr und sie verstummen ließ. Obwohl er auf dem Rücken der Katze saß, aufrecht und stolz und angelehnt an Tailins Gegenwart, war er ebenso ein Teil seiner Männer, ein Teil von diesen, die den Rand des Kraters umringten, und von jenen, die in den Grenzbergen auf den bevorstehenden Angriff warteten. Sie alle unterstanden ihm, und sie alle würden seinem Befehl gehorchen, selbst wenn es nur ein Gedanke war.

Doch jetzt und hier ging es darum, die Novizen in den Rang von Kriegern zu heben – um den Wächtern Maluns eine noch größere Stärke zu verleihen. Während er einen letzten Blick in die Runde warf, strömte die Magie des Vulkans herauf, vereinte sich mit der Luft und sammelte sich in seiner Stimme. Die Spannung knisterte in seiner Brust, während er die Arme zur Seite streckte, und vereinte sich mit der Ruhe, die von Tailin ausging. Nicht nur die Energie des Feuers musste Teil der Krieger werden – auch die Sicherheit ihrer Seelen sollte Bestand haben gegen das Grauen des Krieges.

»Prüflinge des Wassers und des Feuers!« Zusammen mit seiner

Magie flutete die Anrede hervor, verstärkte sich in der Glut des Vulkans und sang wie ein Lied in die Ohren der Prüflinge. Es war derselbe Text, der mit jeder Weihe gesprochen wurde, den auch er selbst als Prüfling gehört hatte. Doch nun floss seine und Tailins Magie in die Worte und verstärkte sie zu etwas, das es nie zuvor gegeben hatte. »Ihr seid die Söhne Pamans! Geboren und auserwählt als Wächter und einberufen in den Dienst durch die Gegenwart der göttlichen Pamusch. Eure Katzen sind Teil von euch, und ihr alle seid Teil von etwas Größerem. Das Element des Wassers, das ihr an diesem Tag bezwungen habt, vereint euren Geist von nun an mit dem eurer Kameraden. Das Element des Feuers, dessen Hitze aus den Tiefen des Vanimua dringt, verleiht euch von nun an die Energie, die euren Kampf durchflutet und niemals erlöschen wird. Doch eure Bestimmung fordert ihren Tribut. Sie verlangt euer ganzes Dasein als kleines Teilchen unserer Armee. Von diesem Tag an gebt ihr jedes persönliche Interesse auf, im Dienst für den Frieden und die Freiheit der Welt. Seid ihr bereit, die Bürde anzunehmen und den Göttern zu dienen?«

»Jaaa!« Die Prüflinge antworteten mit der Präzision eines Chores. Wie ein heißer Tsunami hob die Wucht ihrer Stimmen an, spülte in die Tiefen des Kraters und stieg mit doppelter Lautstärke wieder auf.

»Seid ihr bereit, in den Krieg zu ziehen und für den Frieden zu kämpfen? Bis selbiger wiederhergestellt ist oder bis der Tod euer Opfer annimmt?«

»Jaaa!« Wie ein Orkan trieben die Stimmen in die beginnende Nacht.

»Dann ist es entschieden!« Ein letztes Mal ließ Leymon seine Rede anschwellen, übertönte mit seiner einzelnen Stimme die Lautstärke des Chores: »Kraft meines Amtes als erster Hauptwächter weihe ich euch hiermit zu Pamuschkriegern. Von diesem Moment an seid ihr ein Teil der Garde, vereint mit sämtlichen Söhnen Pamans, die Schulter an Schulter die Freiheit und den Geist unserer Welt beschützen. Reitet nun hinfort und folgt dem Ruf, der euch befiehlt. Zieht in den Kampf, der euren Einsatz fordert. Zeigt die Stärke, die in euch herrscht, und seid beschützt durch den Geist Taluns, der euch begleitet und eure Seelen rein hält von Grausamkeit und Rache und Eigennutz.« Eine gewaltige Magiewelle flutete über den Rand des Vulkans, fuhr in die Tiefe und schoss mit einem Regen aus Funken wieder in die Höhe. Flammen versengten das Fell der Katzen und die Haut ihrer Reiter. Dennoch standen sie still in dem Inferno, nahmen die Energie auf, bis die Funken in der Luft erloschen und der Vulkan wieder ruhig wurde.

Es war vorbei. Die Weihe war beendet. Dennoch blieb die Formation der Krieger erhalten, wortlos reihten sie sich in eine Schlange, die sich an den Abstieg machte. Doch sie trabten nicht ruhig und erhaben, wie es nach früheren Weihen der Fall gewesen war. Im Galopp jagten sie den Berg hinab. Wieder ritten sie Tag und Nacht.

Das hier war nicht die Rückkehr von einer Zeremonie, es war der Beginn eines Feldzuges. Leymon und Tailin sahen die Zukunft, während sie voranstürmten. In kurzen Blitzlichtern und größeren Bildern flammte sie auf, erzählte eine Geschichte von Krieg und Zerstörung, von dem vollkommenen Ende, das keine Aussicht auf Leben mehr ließ – und dazwischen eine alternative Zukunft. Kaum mehr als winzige Möglichkeiten, die umso größere Entschlossenheit forderten.

Jene Entschlossenheit tobte in Leymons Herz und nährte sich aus Liebe und Gemeinschaft. Die Dunkelheit war gerade hereingebrochen, als sie die Novizensiedlung erreichten. Nur die Feuer auf der Gemeinschaftslichtung erhellten die Nacht. Alle Priester und Novizen verstummten, als die Pamuschkrieger auf die Lichtung stürmten und sich in einer ordentlichen Formation versammelten.

Wieder füllte sich Leymons Lunge mit Magie. Tailin kannte

seine Pläne und stützte ihn. Seine Macht begleitete jedes Wort, das über Leymons Lippen kam. Dies hier war der Beginn einer Schlacht – und es gab nur einen Weg, um zu gewinnen.

Das Feuer der Pamuschkrieger vereinte sich mit der Luft, schloss sich zu einem mächtigen Kreis und erzeugte einen Strudel, dem nur Leymons Stimme einen Sinn verlieh. Es war die Macht Valjans, die zu ihm strömte und jegliche gleichartige Magie mit sich riss. Doch er musste es tun, musste beeinflussen und lenken, um der Zukunft eine Wendung zu geben.

»Priester Valjans!«, rief er, und die Lichtung schien zu beben unter seiner Stimme. »Priester der zaubernden Stimme, wir brauchen eure Dienste.« Mit einem schnellen Blick sah er jeden von ihnen an. Dann schaute er zu Silvara. »Und Priester Zabinos! Euch brauchen wir ebenfalls. Zieht mit den Pamuschkriegern Richtung Süden. Der Krieg um Malun wird in Kürze beginnen, in einer Gewaltigkeit und Monstrosität, die kein Beispiel kennt. Nur eure gemeinsame Macht, nur euer Einsatz vermag dem Krieg eine Wendung zu geben und die Menschheit zu retten. Sucht den einen, der einst das Heer Sapions führte und der die ungebrochene Macht Zabinos trägt. Er ist mächtiger als alle Priester Zabinos, die je in Malun ausgebildet wurden. Vereint euch mit seiner Macht, um die Männer Sapions auf unsere Seite zu bringen! Nur so kann der Krieg in Frieden beendet werden.«

Die Lagerfeuer flammten auf, zischten und trieben ein verärgertes Wispern in die Stille. Doch nur kurz, ehe sich die Priester Valjans in die Macht fügten, die größer war als sie alle zusammen.

Leymon hingegen schloss die Augen, gab den Impuls und die Gedanken weiter an die jungen Pamuschkrieger und erteilte ihnen den ersten Befehl: »Ihr seid der Geleitschutz für die Priester Maluns! Gewährt ihnen die Reise auf dem Rücken eurer Katzen. Reitet so schnell, wie es die Reitkünste der Menschgeborenen zulassen. Die Front braucht eure Magie noch vor Ablauf des nächsten Monats.«

25. Kapitel

Staatenloses Gebiet

Feyla

Wie eine staubige Schlange wand sich der Sklaventreck durch die verwüstete Landschaft. Zusammen mit Kori, Thia und den besten Kämpferinnen saß Feyla auf dem ersten Pferdewagen. Ein Gitter wölbte sich über ihren Köpfen und sperrte sie ein, wie es beim Transport von Sklaven üblich war. Sie alle trugen Sklavenumhänge und starrten finster vor sich hin. Auf den ersten Blick war ihre Tarnung perfekt. Dass sie Lederrüstungen unter ihren Umhängen trugen und die Sklavenwagen einen zweiten Boden besaßen, auf dem ihre Schwerter versteckt lagen, würde sie nur bei einer gründlichen Durchsuchung verraten.

Doch bis jetzt waren sie einer genaueren Kontrolle entgangen. Seit sie sich im südlichsten Sapion formiert hatten, waren sie an etlichen Kontrollstationen vorbeigekommen. Vor allem in Sapion hatte Nuszam seine Papiere an jeder kleineren und größeren Stadt vorzeigen müssen. Aber die meisten Kontrolleure hatten seinen Treck nach einem kurzen, anerkennenden Blick durchgewunken.

Offiziell führte Nuszam einen Sklaventreck mit dreihundert Sklavinnen, die ins Heerlager an die Front gebracht wurden. Hinzu kamen fünfhundert Waffen für die entscheidende Schlacht sowie dreihundertfünfzig Pferde. Alles das reihte sich in der staubigen Schlange hintereinander. Jeweils zu zehnt saßen die dreihundert Kämpferinnen auf den Gitterwagen, während ihre Reitpferde seitlich an den Metallstreben angebunden waren. Einige

Wagen wurden von jungen Männern gefahren, die wie Nuszam in der Wüstenfestung aufgewachsen waren. Doch die meisten Männer rekrutierten sich aus den Mitgliedern des Widerstands. Sie fuhren die Sklavenwagen oder begleiteten den Treck als scheinbare Wachen.

Nuszam selbst ritt an der Spitze, neben dem Wagen, auf dem Feyla saß. Manchmal trabte er mit einigen Männern vor, um die Route auszuspähen und sicherzustellen, dass sie nicht in eine Falle gerieten. Doch wann immer die Landschaft weit und übersichtlich vor ihnen lag, blieb er mit konzentriertem Gesichtsausdruck neben ihrem Sklavenwagen und ließ den Blick in die Ferne schweifen.

In dieser Tarnung hatten sie Sapion unbehelligt durchquert. Seither war es noch leichter geworden. In Zeylem hatte es keine Kontrollstationen mehr gegeben, und alle Hindernisse in der zerstörten, ausgedörrten Landschaft ließen sich leicht umfahren. Zum ersten Mal sah Feyla die geisterhaften Dörfer und Ländereien, von denen sie in ihren Büchern gelesen hatte. In Zeylem hatte der Krieg schon vor so langer Zeit und mit solcher Zerstörungskraft begonnen, dass alle Bewohner vernichtet worden waren. Auch die Dörfer waren überwiegend niedergebrannt, und die Dürre machte die Böden selbst für die Landwirtschaft der sapionischen Bauern unattraktiv. Die Landaufteilungsbehörde ließ die Felder in Zeylem brach liegen.

Erst seit ihr Sklaventreck in das staatenlose Gebiet eingedrungen war, passierten sie hin und wieder Dörfer, in denen sapionische Landwirte angesiedelt wurden. Die meisten Bauernsippen sahen ihrem Treck mit leisem Getuschel nach. Manchmal fühlte sich ein akademischer Dorfschreiber berufen, Nuszams Papiere zu kontrollieren. Doch zumeist kamen sie unbehelligt voran.

Nur eines machte ihre Reise unerträglich: Auf dem Wagen zu sitzen und nichts tun zu können, außer die Landschaft zu inspizieren, quälte Feyla gleichermaßen mit Unruhe wie mit Langeweile. Schon nach wenigen Tagen fühlte sie sich wie ein eingesperrtes Raubtier. Manchmal wollte sie aufspringen und brüllen und um sich schlagen. Doch die anderen Frauen waren genauso gereizt, und der Streit auf den Sklavenwagen entzündete sich an jeder Kleinigkeit. Oft ging es darum, wer wie viele Schlucke Wasser trank, ob jemand sich zwischen den anderen zu breitmachte oder nachts zu laut schnarchte. Auch von Wagen zu Wagen wurden Beschimpfungen gerufen, wenn sie zu dicht auffuhren und die Staubwolken sie zum Husten brachten.

Dass sie am Ende ihrer Reise in einem wahrhaftigen Krieg kämpfen würden, verbesserte die Stimmung nicht im Geringsten. Sie alle fürchteten um ihr Leben, und sie hatten viel zu viel Zeit, um darüber nachzudenken. Im Grunde war das hier vollkommen wahnsinnig. Was waren schon dreihundert Wüstenfrauen gegen das Heer von Sapion? Allein zahlenmäßig würden sie dem Heer unterlegen sein. Von der Kampfkraft und der Skrupellosigkeit der Krieger ganz zu schweigen.

Feylas einziger Trost waren die anderen Teile der Widerstandsarmee, die erst später zu ihnen stoßen würden. Angeblich stellten die Wüstenfrauen nur einen kleinen Anteil der Kämpfer. Alle sapionischen Überläufer, Exsklaven sowie die Männer aus den »freien Dörfern« reisten in gesonderten Trupps und mit unterschiedlicher Tarnung. Erst in Farua, kurz bevor sie das Heerlager erreichten, würden sie zusammenfinden. Dann würden auch die Wüstenfrauen ihre Sklavenwagen verlassen und als Kriegerinnen weiterreiten.

Doch bis dahin galt es, noch einiges an Zeit totzuschlagen.

An manchen Tagen veränderte sich die Landschaft so rasch, dass Feyla wie gebannt durch das Gitter spähte. Ihre sterbende Welt besaß eine grausame Art von Schönheit. Es gab riesige Wälder, von denen nur graues Totholz geblieben war. Oder verlassene Dörfer, in denen der Wind ein trauriges Lied von vergangenen Zeiten und toten Menschen sang. So vieles war gewesen und nun für immer verloren. Selbst wenn sich dieser Krieg noch mit einem Frieden beenden ließ, war ihre Welt dennoch in weiten Teilen zerstört.

Dieser kleine Treck. Diese mickrige Anzahl von dreihundert Kriegerinnen. In manchen Gegenden erschien es Feyla, als wären sie die letzten Überlebenden einer entvölkerten Welt.

Allein deshalb war sie froh, dass im staatenlosen Gebiet wieder einige Dörfer lagen, deren Bewohner sie misstrauisch beäugten. Sofern die Menschen überhaupt noch da waren. Auch hier waren viele Dörfer verlassen. Doch ihre Leere wirkte neu. Die Häuser waren intakt, und das Vieh graste auf den Weiden. Als wären die Bewohner erst vor kurzem verjagt worden.

Oder waren sie freiwillig gegangen?

Je weiter sie kamen, desto unheimlicher wurde das Gefühl, das Feyla beim Anblick der leeren Dörfer befiel. Wo waren diese Menschen hingegangen? Waren sie vor dem Krieg geflohen? Oder führte ihr Weg in den Krieg hinein?

Hätten ihnen die Flüchtlinge nicht entgegenkommen müssen?

Nicht nur die Langeweile, auch die Gedanken quälten Feyla. Immer wieder musste sie an Dorgen denken. Was für ein Mensch war er wirklich? Der grausame Heerführer von Sapion, der den Wald in Brand stecken ließ und mit Siberi schreckliche Schlachten führte? Oder der verhinderte Überläufer, von dem Karer und Livoi erzählt hatten? Wenn Feyla die Augen schloss, sah sie Siberi und Dorgen vor sich, ihren Bruder und ihren Ehemann, wie sie miteinander schliefen – und jedes Mal trieb es ein warmes Kribbeln und zugleich einen grausigen Schauder durch ihren Körper. Und dann wieder sah sie Dorgen mit dieser anderen Frau: Alia, die Gottgeborene Taluns, die seine Seele angeblich gerettet hatte. Auch mit ihr hatte Dorgen geschlafen, mehr als nur einmal. Aber was bedeutete das? Waren die beiden ein Paar? Liebte er sie? Konnte er überhaupt noch lieben?

Tatsache war, dass sie den Dorgen, zu dem er geworden war,

nicht kannte. Und was auch immer sie vorfinden würde – nichts jagte ihr mehr Angst ein als diese Ungewissheit.

Nur weniges verschaffte Ablenkung von ihren Gedanken. Manchmal, wenn sie fernab fremder Menschen durch die verlassene Landschaft reisten, hatte sie gelesen. Doch nur wenige Frauen hatten ein Buch mitgenommen. Immerhin gehörten Bücher zu den Dingen, die sie schnell und unauffällig auf dem Wagen verstecken mussten, sobald sie anderen Menschen begegneten. Maximal ein Buch hatte jede Frau mitnehmen dürfen. Doch ihr eigenes hatte Feyla schon ganz zu Beginn gelesen. Danach hatte sie ein paar Bücher mit anderen Frauen getauscht. Aber inzwischen war ihr der Lesestoff endgültig ausgegangen.

Die zweite Ablenkung waren die Abende, wenn sie die Wagen des Trecks in einem großen Kreis aufstellten und dazwischen Lagerfeuer entzündeten. Die Männer hielten Wache, während die Frauen die Gefängnisse der Sklavenwagen endlich verlassen konnten. Im Schutz der Dunkelheit saßen sie an den Feuern, unterhielten sich oder vertraten sich die Beine. Manche Frauen hielten abwechselnd mit den Männern Wache, damit auch diese ein wenig Schlaf fanden. Doch für den Fall, dass es in den Nächten zu einem Kontakt mit Fremden kam, durften die Frauen ihre Tarnung nicht aufgeben. Der Kreis aus Pferdewagen war so eng geschlossen, als wären sie in der Mitte eingesperrt, und es mussten immer genug Männer als Wachen da sein, die mit Fremden sprechen konnten.

Auch an diesem Abend kam Nuszam zu ihrem Wagen und öffnete die Verriegelung. Thia sprang ihm als Erste entgegen, fiel ihm in die Arme und küsste ihn stürmisch. Nuszam küsste sie mit der gleichen Verzweiflung zurück, in einer Weise, die Feyla heißes Blut in die Wangen trieb.

Erst seit wenigen Tagen gaben die beiden sich als Paar. In den Nächten verschwanden sie zusammen, und wenn sie am nächsten Morgen zurückkehrten, lag ein weiches Lächeln auf Thias Gesicht. Auch Nuszam wirkte glücklich, gleichzeitig aber müde, als hätte er die ganze Nacht durchwacht.

»Vielleicht solltest du ihn mal schlafen lassen«, merkte Feyla an, als die beiden für einen winzigen Moment voneinander abließen. »Er ist kein Gottgeborener. Noch dazu muss er den ganzen Tag reiten. Er wird das nicht ewig durchhalten.«

Thia antwortete mit einem frechen Grinsen, während Nuszam in einem Anflug von Scham den Kopf senkte. »Es geht schon«, murmelte er.

»Er ist süchtig nach mir«, ergänzte Thia. »Ich sauge ihm seine Energie aus – und gebe sie ihm mit Glück angereichert wieder zurück. Er wird selbst ein Gott durch meine Liebe.«

Feyla lachte und schüttelte den Kopf. Ungefähr so schien es mit den beiden zu sein. »Ich muss ihn trotzdem kurz entführen. Danach kannst du ihn wieder aussaugen.«

Thia löste den Arm von Nuszams Schulter und schob ihn in Feylas Richtung. »Geh mit deiner Schwester, Liebster. Ich werde auf dich warten.«

»Himmel«, flüsterte Nuszam, als Feyla ihn mit sich zog. »Wenn das Liebe ist, wird Folter unnötig.«

Feyla lachte erneut, doch zugleich stieg Beunruhigung in ihr auf. »Du hast mir mal gesagt, dass ich dich um jeden Preis von ihr fernhalten soll. Gilt das noch?«

Nuszam schüttelte den Kopf, als wollte er eine Fliege verscheuchen. »Zu spät. Ich würde sterben ohne sie.«

Feyla glaubte ihm aufs Wort. »Und ich werde sie umbringen, wenn sie dir wehtut.«

Nuszam gab ein Stöhnen von sich, das so klang, als wäre er tödlich verletzt. »Ist das der Grund, weshalb du mich sprechen wolltest? Wenn ja, muss ich jetzt leider wieder zurück und den winzigen Rest meines Lebens genießen.«

Feyla rutschte ein weiteres Lachen heraus. Doch seine Worte ließen sie zittern. Vor ihnen lag der Krieg. Auch ohne tödliche

Liebesgöttinnen war ihnen der Tod näher als das Leben. »Nein. Das war nur ein kleiner Nebengrund. Ich wollte dich fragen, ob du zufällig ein Buch mitgenommen hast. Ich habe alle gelesen, die ich in die Finger bekommen konnte. Wenn ich für den Rest der Reise keine Ablenkung finde, werde ich auf diesem Gitterwagen entweder vor Langeweile und Sorgen sterben, oder weil ich mir mit den anderen Frauen die Köpfe einschlage.«

Nuszam blieb stehen. Mit einem verhaltenen Räuspern drehte er sich zu ihr. »Ich habe die Bücher deines Vaters dabei.«

Etwas in Feyla fiel in einen dunklen Schacht. »Die meines Vaters? Welche?«

»Die wir bei der Rettung deiner Schwestern mitgenommen haben. Nicht alle, aber einen guten Teil davon. Ich hatte vergessen, dass sie noch auf dem Wagen unter dem oberen Boden lagen. Erst als wir in der Schmiede von Wilsra die Waffen zugeladen haben, hab ich sie entdeckt. Aber da war es zu spät, um noch einmal in die Wüstenfestung zurückzufahren.« Unbehagen zeichnete sich in seine Miene. »Es tut mir leid, Feyla. Es sind wertvolle Bücher, vielleicht die wertvollsten überhaupt, und ich bringe sie in den Krieg. Das hätte nicht passieren sollen.«

Ein sonderbares Kribbeln erfasste ihre Finger. Den Großteil der Bücher kannte sie bereits. Aber es hatte diesen einen Schrank gegeben, den sie niemals hatte öffnen dürfen. Ob auch diese Bücher hier waren?

Wenn ja, wäre es ein Glücksfall. Und zugleich eine Katastrophe. »In welchem Wagen sind sie?«

»In dem da.« Nuszam deutete auf den einzigen Wagen, der innerhalb des Kreises stand. Schon in den Nächten zuvor war Feyla aufgefallen, dass er einen der Wagen immer in das Innere stellen ließ. Deshalb also! Um die Bücher bei einem Angriff zu schützen.

Nuszam führte sie auf jene Seite des Wagens, die von den Lagerfeuern abgewandt war. Nahezu lautlos öffnete er eine der Seitenklappen und nahm die brennende Öllampe von dem Kutschbock. »Nimm dir mit, was dich interessiert. Aber sei unauffällig. Ich möchte nicht, dass die Frauen von unserer wertvollen Ladung erfahren. Wenn es in den verlassenen Dörfern ein sicheres Versteck gibt, will ich die Bücher dort zurücklassen.«

Erleichtert nickte Feyla ihm zu. »Ich werde dir helfen, ein Versteck zu finden.« Doch noch nicht in den nächsten Tagen. Zuerst musste sie die Bücher lesen, die sie noch nicht kannte.

Voller Unruhe wippte Nuszam auf den Zehenspitzen. Was in ihm vorging, war nicht schwer zu erraten. »Na los! Geh schon, sie wartet auf dich. Ich würde das hier sowieso gern in Ruhe machen.«

Erleichtert stieß Nuszam die Luft aus. Dann gab er Feyla die Öllampe und lief zu Thia zurück. Die beiden fielen sich in die Arme. Kichernd krochen sie unter einem der Wagen hindurch und verschwanden dahinter in der Dunkelheit.

Feyla widmete ihre Aufmerksamkeit den Büchern. Es waren viele, in mehreren Reihen hintereinander. Sie in dem schwachen Licht der Öllampe zu durchsuchen war nicht einfach.

Doch dann stieß sie auf einen Stapel, dessen Bücher ihr neu waren. Wie zum Beweis, dass es die Bücher aus der Glasvitrine waren, lagen die bunten Steine darauf.

Vorsichtig berührte Feyla die farbigen Kristalle. Die Berührung traf sie wie ein Blitz, ein heißes Summen fuhr durch ihren Körper. Woher auch immer die Steine stammten, in ihnen wohnte Magie. Auch der gelbe Stein war dabei. Mit seiner Hilfe hatten Dorgen und sie ein Kind gezeugt. Feyla dachte kaum darüber nach, als sie ihn um ihren Hals hängte. Alle anderen steckte sie in die Tasche ihrer Reithose. Dann las sie die Titel der verbotenen Bücher. Vor allem eines zog sie an. Der Autor war ein gewisser Dorgen, Sohn des Kolibrius – und der Titel des Werkes sträubte ihr die Nackenhaare: *Zyklischer Lauf der beiden Sonnen von Ruann und Prognose des Sonnenstandes für die nächsten 1000 Blutjahre.*

Feyla hatte den Titel des Buches schon einmal gehört. Dorgen hatte ihr davon erzählt. Ihr Vater hatte seinen Lebenslauf und den dieses anderen Dorgen miteinander vermischt, um ihn zu erpressen. Und dieses Buch spielte eine wichtige Rolle. Nachdem der Autor es geschrieben hatte, war er angeblich verschwunden.

Oder hatte Walerius ihn beseitigt?

Mit zitternden Händen zog Feyla das Buch zwischen den anderen hervor. Und noch an diesem Abend begann sie, es im Licht des Lagerfeuers zu lesen. Die Sprache war kompliziert und von vielen Fachwörtern durchsetzt, doch es gab auch Passagen, die fast wie Legenden geschrieben waren und sich leichter verstehen ließen. Als Sapia nach der Hälfte der Nacht über der Ebene aufging, betrachtete Feyla sie in einem ganz neuen Licht. Im Vergleich zu früher war sie winzig. Schon ein paar Nächte zuvor hatte Feyla sich darüber gewundert, aber erst jetzt begriff sie, dass die Sonne wirklich kleiner wurde. Weil sie sich von Ruann entfernte.

In dieser Nacht schlief Feyla nur kurz, ehe sie in der Morgendämmerung auf die Wagen zurückkletterten und weiterfuhren. Sämtliche Müdigkeit verflog, als sie sich erneut dem Buch widmete.

Zwei Tage später hatte sie es vollständig gelesen, und ihr Verständnis von der Welt hatte sich um 180 Grad gedreht.

»Du siehst aus, als hättest du ein Gespensterbuch gelesen«, stellte Nuszam fest, als er sich zwei Abende später am Lagerfeuer neben sie setzte. »Aber eines, das Gespenster glaubwürdig für wahr erklärt.«

Feyla fühlte sich wie betäubt, während sie nickte. Wieder schaute sie in den Himmel und betrachtete die Sterne, die sich über ihnen wölbten. »Ungefähr so fühlt es sich an. Aber die Gespenster in dem Buch sind die Sterne.« Sie deutete nach oben.

»Erzähl!« Nur kurz glitt Nuszams Blick zu Thia, die an diesem Abend Kochdienst hatte und ihm vom Nachbarfeuer aus zuwinkte.

Wenn Feyla erzählte, durfte er nicht abgelenkt sein. »Leg dich hin und schau in den Himmel!«, befahl sie.

Widerwillig löste Nuszam sich von Thias Anblick und legte sich auf den Rücken. Feyla streckte sich neben ihm aus und zeigte auf einen Punkt am Horizont. »Dort wird Sapia in der Mitte der Nacht aufgehen. Aber ihre Bahn am Himmel wird immer flacher. Und ihre Gestalt wird immer kleiner. Letztes Jahr ist es uns noch nicht aufgefallen, aber dieses Jahr schwindet ihr Umfang von Monat zu Monat. Und inzwischen sind die letzten Monate angebrochen, in denen wir sie überhaupt noch sehen werden.«

Nuszams Atem setzte aus. »Was soll das heißen?«, flüsterte er. »Wieso sehen wir sie nicht mehr? Wohin sollte sie verschwinden?«

»Hattest du Astronomie auf der Akademie?«

»Ein bisschen. Aber es war nicht mein Hauptfach. Wieso fragst du?«

»Was habt ihr gelernt?« Sie selbst hatte nur wenig über Astronomie gelesen. In der Bibliothek ihres Vaters hatte es kaum Bücher dazu gegeben, und sie alle handelten mehr von Religion, als dass sie wirklich etwas über Sterne erzählten.

»Wir haben die Sternbilder gelernt. Und ihren Wandel im Laufe der Jahreszeiten. Und ziemlich viel über die religiöse Bedeutung von Sapia und Rabanus.« Fast konnte sie hören, wie Nuszam die Augen verdrehte.

»Und wie sind die Sterne im Himmel verankert?« Feyla musste ihn fragen, allein um zu erfahren, ob es irgendetwas in Dorgens Buch gab, das mit der allgemeinen Lehre übereinstimmte.

»Das ist ein Mysterium«, erklärte Nuszam. »Niemand weiß, was die Sterne sind und woraus sie bestehen. Manchmal fallen einzelne vom Himmel, das kann man sehen. Aber wo sie landen, ist ebenfalls ein Mysterium. Die Götter sind so auf unsere Welt gekommen.«

Feyla stieß ein schnaubendes Lachen aus, und plötzlich kam es ihr vor, als wäre es das Lachen des akademischen Dorgen, der sich durch sie hindurch lustig machte. »Dann vergiss alles, was du gelernt hast. Es ist nur eine lausige Geschichte. Die Wahrheit lautet völlig anders.«

Nuszam drehte sich zu ihr um. Jetzt hatte sie seine vollkommene Aufmerksamkeit. »Mach es nicht so spannend. Es reicht mir, wenn ich an meiner Liebesgöttin sterbe. Ich muss nicht auch noch vor Spannung sterben.«

Wieder musste sie lachen. Milde Zärtlichkeit strömte durch ihre Brust. »Spinner!« Mit der Schulter stieß sie ihn an. »Aber gut. Ich erzähle dir die Kurzfassung. Die Dunkelheit dort oben« – wieder streckte sie den Arm zum Himmel – »das ist der Weltraum. Ein unendlich großer Raum, dessen Grenzen jegliche Vorstellungskraft übersteigen, weil er nirgendwo endet. Und die Sterne sind in Wirklichkeit andere, weit entfernte Sonnen. Sie bestehen aus brennendem Gas, genauso wie Rabanus und Sapia. Es sind riesige Bälle aus Feuer, und von ihnen stammen das Licht und die Wärme. Ohne sie bestünde das Universum aus unendlicher Schwärze.« Als sie sich Nuszam zuwandte, hatte er die Augen geschlossen. Doch sein Atem ging verhalten. Fast konnte sie spüren, wie er ihr lauschte. »Aber es gibt nicht nur Bälle aus Feuer im Universum. Es gibt auch Bälle aus Erde und Gestein. *Planet* ist der richtige Name für solche Bälle. Ruann ist einer dieser Planeten, und es gibt zwei Dinge, denen wir unser Leben hier zu verdanken haben.«

Nuszam öffnete die Augen. *Mach es nicht so spannend,* stand in seinem Grinsen.

Feyla versuchte, sich zu beeilen. »Alle Planeten, die es im Universum gibt, kreisen um eine Sonne. Und der Abstand zu dieser Sonne bestimmt, wie groß die Temperaturen auf dem Planeten sind. Nur wenn es nicht zu heiß und nicht zu kalt ist, kann sich Leben entwickeln. Aber dazu braucht es noch etwas Zweites: Wasser. Jedes Lebewesen braucht Wasser. Manche mehr und manche weniger. Aber keines kommt ganz ohne aus.«

Abgesehen von Göttern vielleicht. Aber seit wann gab es Götter? Und gab es sie überall?

Feyla wischte den Gedanken beiseite und versuchte, sich zu

konzentrieren. »Dieses Kreisen von Planeten um ihre Sonne nennt man Sonnensystem. Aber es gibt verschiedene Arten von Sonnensystemen. Manche haben nur eine Sonne. Aber unseres hat zwei Sonnen: Rabanus und Sapia. Ruann ist ein Planet, der um Rabanus kreist. Aber Sapia ist eine zweite Sonne, die sich in einem Rhythmus von fünfzehntausend Jahren an Rabanus annähert und sich dann wieder entfernt. Wenn Sapia nah ist, wird unser Klima heiß und trocken. Jegliches Wasser auf Ruanns Oberfläche verdunstet, und es schneit nur noch an den kalten Polen. Alle Kreaturen kämpfen ums Überleben, und die Völker versinken im Krieg. Diese Zeit nennt sich Blutära. Aber irgendwann ist die Blutära vorbei, weil sich Sapia wieder von Rabanus entfernt. Für die nächsten knapp fünfzehntausend Jahre bleibt nichts weiter von ihr als ein winziger Stern, der sich nicht mehr von anderen Sternen unterscheidet.«

Nuszams Mund stand offen, als sie ihn wieder ansah. »Und jetzt ist es so weit?«

Feyla nickte. »Rabanus und Sapia kreisen auf elliptischen Bahnen umeinander. Ungefähr so.« Sie richtete sich auf und zeichnete zwei Ellipsen in den Sand, die sich an einer Schmalseite überlappten. »Die beiden Sonnen stehen sich auf ihren Ellipsen immer genau gegenüber. Und wenn sie hier sind« – sie deutete auf die Abschnitte der Ellipsen, die dicht nebeneinanderlagen – »dann herrscht auf Ruann die Blutära. Aber irgendwann kommen sie an diesen Punkt.« Sie zeigte auf die Stelle, an der sich Sapias Ellipse von Rabanus entfernte. »Von hier an treiben sie schnell auseinander. Schon in den letzten Jahren hätte uns auffallen können, dass Sapia ursprünglich größer war. Aber in diesem Jahr wird sie rasant kleiner und ihre Bahn am Himmel immer flacher. Und eines Nachts wird ihre Bahn so flach sein, dass wir sie gar nicht mehr sehen. Und danach ist sie fort. Für die nächsten knapp fünfzehntausend Jahre.«

Nuszam pfiff leise durch die Zähne. Eine ganze Weile lang lagen sie nebeneinander und schwiegen. »Und danach?«, fragte er dann leise. »Wenn Sapia fort ist – wird das Wasser zurückkehren?«

Feyla zuckte die Schultern. »Das Klima wird wieder kühler, und vieles wird sich ändern. Aber was genau mit dem Wasser passiert, stand nicht in dem Buch.«

Nuszam brummte leise. Feyla konnte fast hören, wie er nachdachte. »Auf jeden Fall wird die Religion der Sapioner zusammenbrechen, wenn Sapia fort ist«, murmelte er. »Jetzt verstehe ich, warum Walerius und Rabanus den Krieg noch in diesem Jahr zum Erfolg bringen wollen.«

Feyla schluckte. »Und ich verstehe, warum sie dieses Buch verboten haben und warum sie alle Menschen töten, die es dennoch lesen. Der ganze Krieg hätte niemals so stattgefunden, wenn einfach jeder von den Planeten und Sonnensystemen und dem Lauf unserer Sonnen wüsste. Was uns tötet, ist nicht der Mangel an Wasser. Wir müssten nur gerechter damit haushalten und uns in gemäßigtere Zonen zurückziehen. Was uns tötet, ist der Krieg, den die Menschen aus unserem Problem gemacht haben.«

»Und Menschen geraten in Kriege«, setzte Nuszam ihre Gedanken fort, »weil es Männer wie Walerius gibt, die von Gier und Machtwillen geleitet werden. Walerius spielt mit der Angst anderer, um ihren Hass zu schüren und sie zu manipulieren. Aber eigentlich geht es ihm nur um sich selbst. Er will alle Macht für sich und unbeschränkten Zugriff auf alle Ressourcen – auch wenn andere dafür sterben müssen.«

Feyla biss sich auf die Unterlippe. Ging es wirklich nur um Gier und Macht? War die Gier allein genug, um ganze Völker zu töten? Oder steckte noch mehr dahinter?

Wie hatte Iosaca geschrieben? »›Nichts im Leben eines Menschen ist größer und stärker als die Angst‹«, zitierte sie. »›Wenn sie übermächtig wird, vermag sie jedes andere Gefühl zu töten. Sogar die Liebe.‹« Ein heftiges Flattern erschütterte ihr Herz. »Wenn die Angst tatsächlich größer ist als alles andere – muss dann nicht selbst die Grausamkeit eines Walerius aus Angst entsprungen sein?« Die Erkenntnis ließ Feyla schwindeln. Plötzlich flackerte ein Bild auf, Buchstaben, die sie nur im Vorbeiblättern gesehen und kaum beachtet hatte.

Da war noch ein Buch, eines, das ebenfalls in der Vitrine mit den verbotenen Büchern gelegen hatte. Zusammen mit ein paar anderen hatte Feyla es zu ihrem Sklavenwagen getragen.

Hastig sprang sie auf. Ohne Erklärungen rannte sie los.

»Was ist?«, rief Nuszam ihr nach. Gleich darauf hörte sie seine Schritte hinter sich. »Was hast du?«

Feyla erreichte ihren Wagen und kletterte hinauf. Die Bücher lagen unter ihrer Decke. Hastig schlug sie den Wollstoff beiseite.

Nuszam war ihr gefolgt. Während Feyla das Buch heraussuchte und aufschlug, holte er die Öllampe, die auf dem Kutschbock stand.

Dann hatte sie gefunden, was sie suchte. *Galejas wissende Chronik der Vergangenheit* war der Titel des Buches, noch versehen mit einem Zusatz: *Buch Vilaria.*

Feyla hörte den Namen zum ersten Mal. Doch schon auf der ersten Seite lag ein loser Personenbogen. Sie kannte diese Bögen. Ihr Vater hatte sie eingeführt, um die Menschen im Großreich Sapion besser verwalten zu können. Bei Bedarf konnten auch Verbrechen und Strafen darauf eingetragen werden.

Hastig überflog Feyla den Bogen.

Name: Vilaria (weiblich, blond, blauäugig)

Volkszugehörigkeit: Vaikuni

Wohnort: Tarpani, Zeylem

Kinder: Turor (männlich, blond, blauäugig), Kapjem (männlich, rothaarig, blauäugig), Minja (weiblich, blond, blauäugig)

Verbrechen: Verfassen zauberischer Schriften, Gebrauch von Vaikunimagie, Verleumdung hochrangiger Politiker

Urteil: Tod durch Verbrennung

Status: Todesstrafe erfolgreich vollstreckt

26. Kapitel

Galejas wissende Chronik der Vergangenheit
Buch Vilaria

40 Jahre vor Beginn der Blutära

Es begab sich zu jener Zeit, als der Frieden auf Ruann noch allgegenwärtig war. Zu jener Zeit also, als Sapioner, Faruaner und Vaikuni noch friedlichen Handel trieben und gute Beziehungen unterhielten. Damals nährte das Wasser die Erde, regelmäßige Schauer erneuerten die Fruchtbarkeit der Böden, und selbst auf den südlichsten Feldern und Plantagen Sapions wuchsen Früchte und Getreide in einer Fülle, die allen Menschen und Tieren ein Auskommen sicherte. Niemand zweifelte an den Göttern Maluns, wenn auch die Vaikuni und die Faruaner die meiste Kunde von ihnen besaßen und ihre Völker am stärksten von Göttlichkeit durchdrungen waren.

Zu jener Zeit unternahm Sapion, der Herrscher Sapions, eine mehrere Jahre währende Reise durch Farua, um jemanden zu finden, der ihm in seiner dringendsten Sorge Hilfe leisten konnte. In all den Jahren ihrer Ehe war es ihm und seiner Frau Migera nicht gelungen, ein Kind zu zeugen …

***

Staatenloses Gebiet

Alia

Tagelang ritten sie vorwärts, ohne Halt zu machen. Sie durchquerten Farua in Richtung Süden, ritten durch Gegenden, die Alia auf ihrer Flucht bereits gesehen hatte, schlugen dann aber Bögen, die sie durch eine fremde Landschaft führten. Irgendwann mussten sie auf der Höhe von Ljimgart vorbeigeritten sein. Aber Alia erkannte keine Spur von ihrer alten Heimat.

Während all dieser Zeit rasteten sie kein einziges Mal, weder um zu schlafen noch um zu essen. Doch ihre Göttlichkeit machte es nicht nur ihnen möglich, pausenlos zu reiten – irgendetwas lag in der Magie des Blutsohnes, das auch die Pferde mit unerschöpflicher Energie nährte. Sie mussten weder gefüttert werden, noch brauchten sie Pausen, um sich zu erholen. Selbst Wasser schienen sie nicht zu benötigen. Unnachgiebig trieb Sapionas seine Stute voran und verlangte von Alias Wallach dasselbe.

Anfangs hatte Alia noch gehofft, dass Sapionas nur aufgrund einer kurzen Verwirrung zurückgekehrt war und behauptet hatte, er wolle sie zu der neuen Blutgöttin machen. Aber inzwischen gab es keinen Zweifel mehr. Der Mann, der schweigend und mit finsterem Blick neben ihr herritt, war der Blutsohn. Zerstörerische Magie umgab ihn wie ein Schutzschild aus Bösartigkeit, und Alia wagte es nicht, diesen Schild noch einmal zu durchbrechen. So gut sie konnte, ging sie auf Abstand, sowohl mit ihren Blicken als auch in Gedanken.

Vielleicht war es gut, dass sie auch in den Nächten keine Rast machten. So hielt er sich wenigstens körperlich von ihr fern.

Vermutlich hätte Alia längst nach einer Fluchtmöglichkeit gesucht – wenn Nelja nicht gewesen wäre. Wenn Alia bei ihm blieb, würde sie ihre Schwester wiedersehen, und sobald es so weit war, würde sie alles daransetzen, zusammen mit Nelja zu fliehen.

Lunis hatte sie ein weiteres Mal verraten. Doch die Enttäuschung darüber war gering im Vergleich zu der Hoffnung, ihre Schwester wiederzufinden.

Erst als sie Südfarua verließen und das staatenlose Gebiet erreichten, geriet die bösartige Aura des Blutsohnes ins Schwanken. Risse und Lücken brachen in seinen Magieschild. Nach all den Tagen ohne Rast zeigte sich Müdigkeit auf seinem Gesicht. Unter seinen Augen lagen tiefe Schatten, und die Momente, in denen seine Lider zufielen, währten immer länger. Als er gähnte, war es eine so menschliche Geste, dass etwas in Alia weich wurde.

Vielleicht war Lunis doch noch da, verborgen unter der Herrschaft des Blutsohnes. Wahrscheinlich sogar. All die Jahre hatten Sapionas und Lunis im selben Körper zugebracht. Wenn Alia es einmal geschafft hatte, Lunis hervorzulocken – vielleicht würde es ein weiteres Mal gelingen.

Sie schloss die Augen und konzentrierte sich. Wie ein Streicheln fuhr ihre Magie an den Grenzen seines Schildes entlang. Ganz deutlich fühlte sie die Risse und Brüche. Da war eine zweite Identität unter der ersten, ein weicheres Ich, das unter dem Schild aus Bösartigkeit versteckt lag und um Hilfe flehte.

Als sie die Augen wieder öffnete, hatte sie eine vage Idee. »Lunis«, flüsterte sie, »lass uns eine Rast machen. Die Pferde brauchen eine Pause.«

Er zuckte zusammen, sah sie an, und etwas Weiches huschte über sein Gesicht. Lunis. Er war es!

Dann wurde seine Miene wieder hart. »Die Pferde brauchen keine Pause. Ein Pferd, das unter meinem Einfluss steht, braucht nie eine Pause.«

Doch der Einfluss des Blutsohnes schwankte. Die Risse in seiner Magie klafften auf. Alias Gefühle glitten hindurch und folgten

Lunis in sein Versteck. Er musste die Chance nur ergreifen und sich mit ihr verbünden.

Seine weiße Stute stolperte und fiel in Schritt. Auch Alias Wallach wurde langsamer.

Lunis, flüsterten ihre Gedanken. *Er wird schwächer. Du kannst stärker sein als er.*

Er schüttelte den Kopf, als wollte er eine Fliege verscheuchen. Entschlossen zwang er seine Stute in den Trab und trieb sie den nächsten Hügel hinauf. Allein der Führstrick zerrte Alias Pferd hinter seinem her.

Umso abrupter hielt der Blutsohn an, als er die Kuppe erreichte. Alias Wallach sprang zur Seite, um nicht auf die Stute aufzulaufen.

Im nächsten Moment sah sie, was den Blutsohn beunruhigte. Vor ihnen lag ein Tal, umgrenzt von Hügeln. Doch hinter der gegenüberliegenden Anhöhe stieg eine Staubwolke auf.

»Menschen«, bemerkte der Blutsohn.

Er hatte recht. Es mussten Menschen sein, die sich näherten. Eine sehr große Gruppe von Menschen. Alia kam eine Idee. »Es könnten Walerius und dein Vater mit einer neuen Truppe sein.«

Seltsam paralysiert starrte der Blutsohn auf die Staubwolke. Dann fuhr sein Blick herum. Unten im Tal stand eine einsame Scheune. »Komm mit!«

Alias Herz schlug schneller, während sie den Hügel hinabtrabten. Offensichtlich tappte der Blutsohn in ihre Falle: Was das für Menschen waren, wusste sie ebenso wenig wie er. Aber sie musste ihn dazu bringen, wieder zu schlafen – und dass er sich vor Walerius und Rabanus lieber versteckte, als ihnen zu begegnen, war zweifellos sicher.

Direkt vor der Scheune sprang Sapionas aus dem Sattel. Als er die Scheunentür aufzog, quietschte sie und schabte über den Boden. Nur mit einem Ruck konnte er sie weit genug öffnen.

Nebeneinander führten sie die Pferde hinein. Drinnen war es dämmerig dunkel. Ihre Füße wirbelten Staub auf, der sich wabernd in der Luft verteilte. Nur wenige Sonnenstrahlen drangen durch das löchrige Dach und malten sich wie Lichtschwerter in die staubige Luft. Weiter hinten lag ein Strohhaufen. Als wären die Besitzer der Scheune überhastet aufgebrochen, ohne ihre Vorräte aufzubrauchen.

Doch gemessen an der Staubschicht mussten seitdem Jahrzehnte vergangen sein.

Der Krieg im staatenlosen Gebiet war gnadenlos und willkürlich gewesen. Vielleicht war den Menschen keine Zeit geblieben, ehe sie vernichtet und verschleppt worden waren.

Aber warum hatten die Eroberer dieses Stroh nicht mitgenommen?

Das hier war eine Nebenroute! Dieser Weg war ein Umweg. Noch nie waren sapionische Truppen auf diesen Pfaden gereist. Deshalb hatten die Sapioner die Scheune noch nicht entdeckt und das Stroh nicht geplündert.

Aber wenn sapionische Truppen nicht hier entlangreisten – wer verursachte dann die Staubwolke? Und woher wusste sie, dass das hier eine Nebenroute war?

Von den Menschen hinter dem Hügel! Ihre Gedanken fluteten zu ihr. Alia konnte nicht sagen, was das für Leute waren, aber Rabanus und Walerius waren es nicht.

Hastig verdrängte sie den Gedanken. Der Blutsohn sollte ihn nicht erfassen. Nur die Furcht vor den beiden Männern hielt ihn in Schach.

Langsam ging Alia auf ihn zu. Stark und mächtig sammelte sich ihre Magie, schob sich in seine Richtung und spürte seine Angst. Dunkelheit stieg in ihm auf, während er die Pferde in die hintere Ecke der Scheune führte.

Als sie ihn erreichte, wirbelte er herum, packte ihren Arm und zog sie an sich. Doch er wollte ihr keine Gewalt antun. Sein Körper bebte vor Angst. Selbst seine Zähne klapperten leise aufeinander, während er sein Gesicht in ihre Haare drückte.

Etwas in Alia öffnete sich, ihre Magie griff in seine. Da war Lunis, der kleine Junge. Er fürchtete sich vor den Männern. Doch auch der Blutsohn war da. Mit aller Macht versuchte er, den kleinen Jungen zu schützen.

Inzwischen waren die fremden Pferde zu hören. Sie gingen im Schritt, aber es waren viele. Der Boden vibrierte unter ihren Hufen.

Lunis' Angst kochte hoch, sein Atem schnappte in ihre Haare, und sein Griff klammerte sich an sie.

»Schscht«, machte sie. Ihre Hand strich über seinen Arm, versuchte die Gänsehaut zu glätten und rief immer neue Schauer hervor. Behutsam verband sie ihren Atemrhythmus mit seinem, blies in den Schutzschild, der sie beide umgab.

Dann waren sie eins. Zwei Seelen in einem Kreis aus Magie. Oder drei Seelen? Lunis zog sie tiefer in sein Versteck, während Sapionas den Schutzwall um sie herum baute. Grausamkeit und Hass drängten sich in die äußeren Schichten der Magie – während es drinnen warm und still blieb. Bald war der Schild so mächtig, dass selbst normale Menschen ihn außerhalb der Scheune spüren konnten.

Alia löste sich von dem kleinen Jungen und folgte Sapionas in die äußeren Schichten. Plötzlich konnte sie die Menschen spüren. Ein Teil von ihnen näherte sich, kam auf die Scheune zu und hoffte auf Vorräte. Es waren Männer, die sich leise beratschlagten.

Die Magie des Blutsohnes explodierte. In einer Druckwelle stieß sie den Schutzschild in den Umkreis der Scheune. Die fremden Reiter prallten daran ab, ihre Pferde scheuten. Panik ergriff sie.

»Das ist ein böser Ort!«, rief einer.

»Weg von hier!«, ein anderer. Oder war es die Stimme einer Frau?

Dann galoppierten die Pferde an. Auch der Rest der Truppe setzte sich in Bewegung. Räder von Kutschen und Wagen quietschten. Der Boden vibrierte. Doch die Erschütterung verebbte rasch, bis sie nicht mehr zu spüren war.

Die fremde Truppe war an ihnen vorbeigezogen.

Ein heftiges Stöhnen entwich dem Blutsohn. Sein Arm löste die Umklammerung. Alia stolperte nach vorn und fiel zu Boden. Ihr gemeinsamer Schutzschild zerplatzte wie eine Glaskugel und hinterließ nichts als Splitter. Auch der Blutsohn kniete hinter ihr auf dem Boden. Sein Gesicht war blass, seine Augen waren geschlossen. Sein ganzer Körper zitterte wie der eines geschundenen Kindes.

Es war Lunis. Alles, was den Blutsohn und seine Schutzfunktion ausmachte, hatte er in der Magieexplosion verausgabt. »Alia«, flüsterte er. »Hilf mir.«

Dies hier war ihre Chance. »Ich bin da.« Auf allen vieren krabbelte sie näher, griff nach seiner Hand und ließ sich in seine Umarmung ziehen.

Wieder drückte er das Gesicht in ihre Haare. »Es tut mir so leid. Deine Schwester. Sie sitzt in der Blutburg im Kerker. Aber ich war das nicht. Ich habe sie nicht gefangen genommen. Ich habe sie nur beschützt. Damit sie nicht geopfert wird.«

Alia schloss die Augen. Sie wollte mehr erfahren.

»Es geht ihr gut«, murmelte Lunis. »Ich schwöre dir, dass es ihr gut geht. In der weißen Stadt haben wir sie gefunden. Sie hat sich als Junge ausgegeben. Aber ich habe sie erkannt. Ihr Gesicht ist wie deines. Ich wusste sofort, dass sie deine Schwester ist. Doch selbst der Blutsohn hat ihre Tarnung nicht preisgegeben. Alle halten sie für einen Jungen.«

Alias Herzschlag flatterte. Auf einmal konnte sie Nelja sehen, wie sie im Kerker saß und jemanden streichelte. Lunis! Sein Kopf lag auf ihrem Schoß. Er weinte und klammerte sich an sie. »Alia«, flüsterte er in den Armen ihrer kleinen Schwester, genauso wie jetzt.

Plötzlich ging ein Ruck durch seinen Körper. Hastig sprang er auf. Angst und Abscheu spiegelten sich auf seinem Gesicht – nur kurz, ehe er sich abwandte und zu den Pferden lief. Mit fahrigen Bewegungen zurrte er den Sattel seiner Stute los und warf ihn zu Boden. Die Trense löste er ebenso ruppig. »Beim letzten Mal«, begann er, und seine Stimme klang schneidend kalt, »waren die Mädchen der Blutgöttin nicht genug. Keines von ihnen war ein geeignetes Opfer. Sie alle hatten braune Augen. Aber Sapia wollte immer mehr. Immer noch ein Mädchen und noch eins. Bis keine mehr da waren. Nur noch Jungen.« Er schleuderte die Trense der Stute zu Boden und ging zu dem Wallach. »Also haben wir die Jungen geholt. Und wieder hat sie einen nach dem anderen gefordert.« Voller Hass und Abscheu spuckte er die Worte aus, während er den Wallach von Sattel und Zaumzeug befreite und es mit ebensolcher Verachtung zu Boden warf.

Als er vor Alia trat, glühten seine Augen vor Zorn. Doch seine Hände zitterten.

War er Lunis? Oder der Blutsohn? Oder beide zusammen?

Vielleicht hatte sie sich getäuscht. Vielleicht waren nur Sapionas und Lunis getrennte Persönlichkeiten, während in dem Blutsohn ein Teil von beiden steckte.

»Das Verlangen der Blutgöttin ist stark«, wisperte er. »Ihre Worte sind zwingend. Aber sie hat deine Schwester nicht bekommen. Wir konnten ihr widerstehen.«

Wir? Meinte er damit Sapionas und Lunis? Oder den Blutsohn und die Blutsucher?

Sein Kopf fiel nach vorn. Sein Nacken wirkte entblößt und verletzlich. »Nelja sitzt noch immer im Kerker. Turor passt auf sie auf.«

Alia fröstelte. Turor. Das war der alte Blutsucher, der sie in ihrem Zelt bewacht hatte – bis er verschwunden war.

Hieß das, er war zur Blutburg zurückgeritten? Um auf Nelja aufzupassen?

Irgendein Teil von ihr wollte dem Blutsohn glauben.

»Wir müssen weiter!« Sein Kopf schnellte hoch. »Wir müssen sofort weiter!«

»Halt!« Alias Hand packte seinen Arm. Sie wusste selbst nicht, wie sie ihn hindern wollte – bis sie sich sprechen hörte. »Heute Nacht müssen wir hierbleiben. Eben gerade haben wir alle Magie verausgabt. Wir müssen uns erst ausruhen, sonst fallen wir ins Magiefieber.«

Es stimmte nicht ganz: *Sapionas* hatte all seine Magie verausgabt. Er allein hatte seine Macht gegen die fremden Reiter verpulvert. Bis morgen früh würde er sich regeneriert haben – aber in dieser Nacht besaß nur noch Alia wirksame Magie.

Es war ihre einzige Chance, um zu Lunis vorzudringen. Nervosität flatterte in ihrem Magen, während sie ihn näher zog. Sie fühlte sich wie damals, als sie zum ersten Mal mit Mariusch geschlafen hatte. Liebe, Aufregung und Angst vermischten sich in ihrer Brust. Das hier konnte schön oder schmerzhaft werden oder beides zugleich. Dennoch musste sie es tun. Ihre Magie war ungleich stärker, wenn sie ihn verführte, ungleich zwingender, wenn sich sein Körper dem ihren ergab.

Seine Lippen zitterten unter ihrem Kuss. Seine Muskeln wurden weich in ihren Armen. Jegliche Grausamkeit fiel von ihm ab, während sie sich vereinten. Unablässig strömten die Bilder der Vergangenheit an ihnen vorbei, Angst und Verrat, Folter und Qual. Aber dieses Mal drängte Sapionas sich nicht zum Schutz dazwischen.

Nur Alia war da, um die Verzweiflung aus seinen Tränen zu küssen. »Du brauchst Sapionas nicht mehr«, flüsterte sie. »Du hast mich. Ich werde da sein und die Angst vertreiben. Und du hast dich selbst. Wenn du es zulässt, ist dein Mitleid stärker als jede Grausamkeit.«

Er weinte und lächelte zugleich. Mit einer Geste der Schwäche vergrub er den Kopf an ihrer Halsbeuge. Der blaue Stein glühte und presste sich zwischen ihre Körper. Nur sein grüner Stein blieb kalt und leblos wie immer.

Eine ganze Weile lag Lunis einfach in ihren Armen, kraftlos und elend. Doch schließlich richtete er sich auf und sah sie an. Sein Lächeln wirkte weich und ehrlich. Seine Küsse waren sanft und zärtlich, während sie sich weiterliebten.

Erst in der Morgendämmerung schliefen sie ein, Arm in Arm und zutiefst erschöpft.

***

Als Alia erwachte, spürte sie sofort, dass etwas nicht stimmte.

Erschrocken fuhr sie auf.

Mit geschlossenen Augen lag Lunis neben ihr. Doch seine Wangen glänzten rötlich, sein Kopf wälzte sich hin und her. Sein Atem ging schwer.

Alia beugte sich über ihn, legte die Hand an seine Wange … und zuckte zurück.

Er glühte! Seine Haut besaß die Temperatur von brennender Kohle.

Fieber! Er hatte das höchste Fieber, das sie je bei einem Menschen festgestellt hatte. Doch er war kein Mensch. Er war ein Gott. Und Fieber war eine der wenigen Ursachen, an denen ein Gott sterben konnte.

***

Lunis

Wie ein Feuersturm brach die Menschlichkeit aus ihm hervor. Mit glühender Wucht riss sie alles nieder, was ihn sein Leben lang geschützt hatte. Sapionas wand sich in der Qual der Flammen, verbrannte ein ums andere Mal und tauchte doch immer wieder auf. Dabei musste er vernichtet werden, musste verbrannt werden, um für immer zu verschwinden. Um keinen Preis durfte er als narbenentstellte Fratze überleben.

Das Fieber war gut, weil es Sapionas töten würde. Doch womöglich würde Lunis ebenso sterben.

»Na sowas«, flüsterte Sapionas. *»Aber du hast es so gewollt.«* Wenn er das sagte, begannen alle Erinnerungen von vorn. Der schwarze Keller, die Folter, der andere Junge, der versuchte, ihn zu trösten. An ihm musste Lunis sich festklammern. Oder an Alia, die ihn im Arm hielt?

An beiden. Nur sie beide konnten ihn retten.

Doch die Schmerzen waren real. Er verbrannte immer wieder.

Oder war es nur seine Erinnerung?

»Wenn ich nicht mehr da bin, bist du klein und hilflos«, unkte Sapionas.

»Ich bin bei dir«, flüsterte Alia. »Du brauchst ihn nicht mehr.«

Doch wem sollte Lunis glauben? Bis jetzt hatte Sapionas immer recht gehabt.

»Aber nun ist es anders«, wisperte Alia. Ihre Gedanken folgten seinen. »Vertrau mir, und du wirst endlich frei sein.«

★★★

Zeylem, Blutburg

Turor

Seit er in die Blutburg zurückgekehrt war, hatte er sämtliche Blutsucher entlassen. Anfangs waren die Männer irritiert gewesen. An den ersten Tagen waren sie dennoch in der Burg geblieben, hatten in den Höfen herumgelungert und Turor um weitere Arbeit gebeten. Sie hatten sich Nahrung aus der Küche gestohlen, wenn er ihnen nichts zuteilte. Manche waren fortgeritten, aber kurz darauf zurückgekommen. Jedes Mal, wenn Turor ihnen begegnete, sahen sie ihn an wie Wasserzausel, die ihm jahrelang treu gedient hatten und die er nun ohne Vorwarnung verscheuchte. Sie alle wollten hierbleiben und den Befehlen folgen. Es war die einzige Form von Sicherheit, die sie kannten.

Turor konnte es ihnen nicht verdenken. Einige waren fast noch Jungen. Es gab keinen Ort, an den sie gehen konnten. Die Familien, denen sie einst entrissen worden waren, existierten nicht mehr, und die Dörfer, aus denen sie stammten, waren längst vernichtet worden. Bis jetzt hatten sie versucht, ihre Vergangenheit zu vergessen, und über eine Zukunft außerhalb der Blutburg hatte keiner von ihnen nachgedacht.

Dass er sie nun einfach vor die Tür setzte, grenzte an Grausamkeit. Doch Turor hatte keine andere Wahl. Die Blutsucher wurden nicht mehr gebraucht. Es sollte keine weiteren Opfer mehr geben, und hier, in der Nähe der Blutgöttin, war jeder einzelne eine Gefahr.

Um jeden Preis musste Turor das blonde Mädchen schützen, das unten im Kerker saß. Doch solange die Blutsucher in der Nähe waren, konnte die Blutgöttin einen von ihnen rufen und das Mädchen als Opfer verlangen.

Umso nachdrücklicher machte Turor den Männern klar, dass sie die Burg zu verlassen hatten. Unverzüglich. Wieder schauten sie ihn an wie verstoßene Wasserzausel. Doch schließlich nahmen sie ihre Pferde und trollten sich.

Von diesem Tag an war Turor mit den letzten Gefangenen allein. Mit Nelja und dem akademischen Dorgen, den Walerius schon vor vielen Jahren in der Dunkelheit der hintersten Kerkerzelle eingesperrt hatte. Nur Turor und Sapionas hatten überhaupt von seiner Gegenwart erfahren. Doch es war streng verboten gewesen, ihm Nahrung oder Wasser zu bringen.

Der junge Akademiker hatte dennoch überlebt, und spätestens jetzt setzte Turor sich über alle Befehle hinweg. Wann immer er Nelja eine Mahlzeit brachte, war es genug, damit sie es mit Dorgen teilen konnte. Immer wieder fragte er sie, ob sie etwas brauchten. Vor allem für Dorgen forderte sie Kleidung und Wasser zum Waschen. All jene Dinge, die ihn nach den Jahren in der Dunkelheit wieder in einen Menschen verwandelten.

Am liebsten hätte Turor die beiden ebenfalls freigelassen. Manchmal bat Nelja ihn darum, und mehr als einmal war er versucht, ihrer Bitte stattzugeben. Doch es war zu gefährlich. Nur im Kerker konnte er sie beschützen. Wenn Nelja frei umherirrte, wäre sie ein leichtes Opfer für die Blutsucher. Ganz sicher waren sie noch in der Nähe. Und mindestens einer würde bei der Blutgöttin um Gnade betteln, indem er das Mädchen als Opfer präsentierte.

Bis jetzt schien Sapia noch nicht bemerkt zu haben, dass das letzte geeignete Opfer in ihrem Kerker saß. Oder war die Blutgöttin endlich gestorben?

Turor wagte es nicht, im Turmsaal nach ihr zu sehen. Sollte Sapia doch auf ihrem blutverschmierten Thron verrecken – der älteste Blutsucher hatte genug Opfer für sie gebracht. Freiwillig würde er ihr nicht noch einmal gegenübertreten.

Wann immer er durch den Turmhof ging, schaute er hinauf zu den Fenstern, in denen sich das Licht der beiden Sonnen fing. Doch allein der Gedanke an den Thronsaal dort oben ließ ihn schaudern. In solchen Momenten stieg er freiwillig in den Kerker hinab und trat an Neljas Zelle.

»Es tut mir leid«, flüsterte er auch an diesem Abend, als ihm das Mädchen gegenüberstand. »Ich würde dich gern freilassen, aber ich kann es nicht. Noch nicht. Vielleicht ein anderes Mal.«

27. Kapitel

Galejas wissende Chronik der Vergangenheit
Buch Vilaria

Jahr 14960 bis 14975 der Wasserära

Jegliches Unglück, das mit dem Beginn der Blutära über Ruann kam, begann schon Jahre zuvor, genau genommen mit Walis Sapion, dem erstgeborenen und einzigen Sohn des Herrschers Sapion Sapion. Nachdem die Faruaner jenes schwerverletzte und entstellte Kind im Wald gefunden hatten, brachten sie es nach Malun und gaben es dort in die Obhut der Priester. Sein Name fand sich eingestickt in den Resten seiner Kleidung und in dem Tuch, in dem er gelegen hatte. Durch jenen Namen ließ sich auch die Herkunft des Kindes zuordnen, und so war den Priestern sofort bekannt, dass der Junge der Thronfolger Sapions war.

Die Gottgeborenen machten sich jedoch Sorgen um die Seele des Knaben. Aus diesem Grund behielten sie den Jungen bei sich, anstatt ihn seinen Verwandten in Sapion zu übergeben. Zuerst sollte das Kind älter werden, damit sich zeigte, ob die Qual seines ersten Lebensjahres seine Seele gebrochen hatte.

So wuchs Walis in der Novizensiedlung heran und wurde von fürsorglichen Priesterinnen Zabinos großgezogen. Der Junge zeigte sich als wissbegierig und intelligent und fiel dadurch in erster Linie positiv auf. Er besaß einen hohen Anteil Valjans und somit eine große magische Begabung.

Doch die Priester waren vorsichtig. In der Macht eines jungen Valjaners verbarg sich eine Tücke, die sorgsam geprüft werden musste. Mehr als alle anderen Gottgeborenen unterlagen Valjaner der Versuchung, ihre

Macht für ihre eigenen Zwecke zu missbrauchen. Denn sie besaßen die Fähigkeit, andere Menschen zu manipulieren – eine verführerische Fähigkeit, die selbst ohne tiefere seelische Brüche schon gefährlich werden konnte. Bei einem Priester Valjans vermochten bereits Gefühle wie Gier, Verlangen oder Neid den Ausschlag zu geben, mit anderen Menschen ein falsches Spiel zu treiben. Dies war besonders brisant, da ihre Magie ihnen auch die Möglichkeit gab, ihre wahren Interessen hinter einer Mauer aus Täuschung zu verbergen. Daher musste die Seele eines Valjaners von jeher umso gründlicher auf ungebrochene Reinheit überprüft werden.

Ob Walis Sapion nach diesen Gesichtspunkten eine reine Seele besaß, war zweifelhaft. Nicht nur war es wahrscheinlich, dass die Grausamkeiten seines ersten Lebensjahres tiefe Spuren hinterlassen hatten – ihm fehlte auch das grundsätzliche Vertrauen, das Kinder normalerweise zu ihren Eltern entwickelten. Immerzu betrachtete er die Menschen um sich herum mit Misstrauen, und ganz gleich, wie viel Fürsorge ihm entgegengebracht wurde – oft wurde er von Neid erfasst, wenn er andere Kinder mit ihren Eltern sah. Und immer wenn er darüber nachdachte, war er wütend und enttäuscht, weil nicht einmal die Magie der Heiler ausreichte, um die Entstellungen seines Gesichtes zu heilen.

Die Priester blieben also vorsichtig, und so beschlossen sie, seine Ausbildung erst zu beginnen, wenn die Gesundheit seiner Seele zweifelsfrei geklärt war. Talun selbst sollte ihn prüfen und sämtliche Verletzungen im roten See heilen, ehe eine Ausbildung begann.

Doch dazu kam es nicht. Die alte Maluna war schon seit längerem schwer erkrankt. Was genau sie quälte, wussten nicht einmal die Priester. Aber die Erkrankung war so gefährlich, dass Talun die große Göttin über viele Jahre von allen anderen isolierte. Währenddessen verbrachte er seine Zeit an ihrer Seite und verließ die Höhlen Taluns nicht ein einziges Mal.

So geschah es, dass der junge Walis niemals in der weißen Höhle geprüft wurde und Talun ihn niemals im roten See heilte.

Stattdessen wuchs der Junge als Außenseiter zwischen den anderen Götterkindern heran. Während diese schon in ihrer Kindheit eine Ausbildung zum Priester begannen, blieb Walis jede magische Schulung ver-

wehrt. Blütezyklus für Blütezyklus vertrösteten die Priester ihn auf Talun, der bestimmt bald käme, um sich seiner anzunehmen.

Aber Talun kam nicht.

Die Enttäuschung des Jungen wuchs ins Maßlose. Aus anfänglichem Frust wurde tiefer Hass, der sich vor allem auf die anderen Kinder konzentrierte. Sie bekamen alles, was ihm verwehrt blieb, und das, obwohl er die größte magische Begabung besaß.

Walis' Wut verschärfte sich, als sein Körper allmählich erwachsen wurde. Sämtliche Kinder, mit denen er aufgewachsen war, wurden zu jungen Priestern geweiht. Viele fanden sich in Paaren zusammen oder machten erste Erfahrungen miteinander.

Nur Walis stieß überall auf Ablehnung. Es war keine offene Ablehnung, denn die jungen Menschen in Malun wurden höflich erzogen. Trotz seines entstellten Gesichts war er nie verspottet oder offen ausgegrenzt worden. Aber nun zeigte sich, dass Mädchen und Jungen gleichermaßen vor ihm zurückschreckten, sobald er eine körperliche Annäherung versuchte.

Dass Walis sich vor allem zu kleinen Knaben hingezogen fühlte, machte es nicht leichter. Er wusste, dass er solche Gelüste innerhalb Maluns nicht ausleben durfte, aber erwachsene Männer reizten ihn noch weniger als Frauen.

So wurde die innere Wut des Jungen unerträglich. Doch nach außen erweckte er weiterhin einen höflichen Eindruck. Nicht einmal die Priester bemerkten, dass der Junge sich mithilfe seiner Magie verstellte. Seine Fähigkeiten Valjans waren so stark, dass er Menschen und Gottgeborene auch ganz ohne Ausbildung fast spielerisch manipulierte.

Doch in Wirklichkeit hatte sich die Wandlung seiner Seele schon vor langer Zeit vollzogen. Neid, Habgier und Wollust waren zu skrupelloser Bosheit herangewachsen, und sein Hass hatte längst einen Namen und ein Ziel gefunden: Er verabscheute die malunischen Götter und Gottgeborenen, allen voran Maluna und Talun, die ihn so erbärmlich im Stich gelassen hatten – und er wollte alles dafür tun, sie eines Tages zu vernichten.

***

Südfarua, Heerlager Sapions

Walerius

Die Männer, die Walerius ins Heerlager brachte, waren seine besten, seine sorgsam geschliffene Elite, auf deren Einsatz er lange hingearbeitet hatte. So viele Rückschläge hatte er hinnehmen müssen auf dem Weg, diese Einheit zu gründen – doch nun war es endlich geschafft: Rabanus und er ritten an der Spitze seiner Götterelite in das Heerlager ein.

Der Anblick, der sich ihnen bot, war umso jämmerlicher. Wie ein dreckiger Lumpenhaufen erstreckten sich die verbliebenen, halb abgerissenen Zelte über die Hügellandschaft. Mit leeren Blicken lungerten die Krieger in den Gängen herum. Manche stolperten und torkelten vor den Pferden davon. Andere reagierten gar nicht, als der Treck an ihnen vorbeiritt. Die meisten waren längst den Drogen erlegen. Unter normalen Umständen wären sie kaum noch in der Lage gewesen, sich wieder auf die Beine zu stellen.

Allein die Magie würde sie alle wieder hochbringen.

Als sie das Offizierslager erreichten, flatterten selbst die großen bunten Hurenzelte verlassen im Wind. Vor dem Zelt des Heerführers hielt Walerius an und winkte zwei seiner Männer heran. »Seht nach, ob jemand da ist!«

Er selbst blieb auf dem Pferd sitzen und wartete. Auch Rabanus hockte regungslos auf seinem Wallach. Die seltsame Stille ließ Walerius ahnen, dass der Blutsohn fort war. Aber was war mit Dorgen? Was, wenn er das Zelt erneut bezogen hatte?

»Es ist keiner hier!«, rief einer der Männer, als sie wieder herauskamen. »Alle persönlichen Sachen sind fort.«

Also hatte Sapionas tatsächlich versagt. Walerius hatte gewusst, dass es so kommen würde. Die Magie des Blutsohnes mochte stark sein, aber für die Führung des Heeres war sie ungeeignet. Es brauchte schon jemanden mit Siberis Kräften, um die letzte Energie der Männer fließen zu lassen. Oder jemanden wie Dorgen, der Menschen auf natürliche Weise führen konnte – wenn er nur erst herausgefunden hatte, welche Möglichkeiten er besaß.

»Dann sucht das Heerlager ab!«, rief Walerius. »Der Blutsohn ist mir egal. Aber bringt mir Dorgen! Wenn mein Schwiegersohn hier ist, will ich ihn gefesselt vor meinen Füßen sehen!«

Während die Männer davoneilten, saß Walerius ab. Auch die anderen Krieger sprangen von ihren Pferden. Mit wenigen, knappen Befehlen wies Rabanus sie an, die Offizierszelte in Besitz zu nehmen und die Pferde zu versorgen.

Walerius bezog derweil das Zelt, in dem er beim letzten Mal gewohnt hatte. Doch alle Gedanken kreisten um seine Pläne. Sämtliche Männer in seiner Elite trugen Magie in sich, entweder von solcher Art, wie Siberi und er sie besaßen – oder sie wurden von dem feurigen Zorn beherrscht, der Rabanus antrieb. Schon in ihrer Kindheit hatte Walerius sie ausgewählt. Mit besonderer Härte war ihre Magie im Sinne des Krieges geformt worden.

Manche hatte er bereits frühzeitig in seine Eliteeinheit berufen. Doch bei den meisten hatte er dafür gesorgt, dass sie in der Auslese verloren – um sie anschließend als Sklaven anzukaufen. Sobald sie in seinem Besitz waren, schenkte er ihnen ein neues Leben. Er ließ ihnen die Männlichkeit, gab ihnen einen göttlichen Titel und erneuerte ihren Stolz. Seine göttlichen Sklavenkrieger waren die treuesten Männer, die er bekommen konnte.

Und bald würden sie das Heer aus seinem Dämmerschlaf erwecken. Was Siberi und Dorgen zusammen bewirkt hatten, als sie den Waldbrand entzündeten, konnte auch seine Götterelite bewirken. Aber dieses Mal würde nicht der Waldgürtel brennen, sondern ganz Malun.

Nur einer brachte seine Pläne jetzt noch in Gefahr: Dorgen. Seine Magie hatte sich anders entwickelt, als Walerius es gehofft hatte. Dass sein Schwiegersohn der geborene Herrscher war, hatte er schon immer gewusst. In ihm schlummerte jene natürliche Magie, die selbst große Gesellschaften mühelos zusammenhielt. Früher, als Dorgen noch ein Kind gewesen war und Walerius zum ersten Mal von ihm erfahren hatte, hatte er sich Großes von dem Jungen erhofft. Dorgen hatte der neue Rabanus werden sollen. Er wäre mächtiger gewesen als alle Männer, die Walerius in seiner Götterelite versammelt hatte, vermutlich sogar mächtiger als sie alle zusammen. Von Feuer und Hass und Zerstörungswillen getrieben hätte Dorgen Malun und seine Gottgeborenen überrannt.

Aber Walerius' Pläne mit dem Jungen waren gescheitert. Trotz aller Versuche war es ihm nicht gelungen, ihn zu einer Waffe zu schmieden. Zwischenzeitlich hatte er sogar geglaubt, sich in Dorgens Fähigkeiten getäuscht zu haben.

Doch die Magie seines Schwiegersohnes hatte die größte aller Tücken angewandt, um unbeschadet zu bleiben: Sie hatte sich versteckt. Bis vor kurzem schien selbst Dorgen nichts von seinen Fähigkeiten gewusst zu haben. Erst sein letzter Auftritt an der Seite der Vaikunihure hatte klargemacht, dass sich das geändert hatte.

Inzwischen war Dorgen der gefährlichste Gegner, der Walerius gegenüberstand. Nicht weil er ein so guter Krieger war – vielmehr war es das genaue Gegenteil: Dorgen war der Frieden. Und wenn es ihm gelang, den Kriegsbann von den Menschen zu lösen, würde niemand mehr kämpfen. Nicht einmal Walerius' Götterelite wäre dann noch mächtig genug, um einen Krieg gegen Dorgen und seine Macht des Friedens zu führen.

Als Walerius sein Zelt wieder verließ und zum Besprechungsplatz eilte, kam ihm der Trupp entgegen, der Dorgen hatte suchen sollen. »Er hat das Heerlager verlassen«, erklärten sie. »Einer der Krieger hat gesehen, wie er Richtung Norden geritten ist. Mit zwei anderen Männern.«

Walerius unterdrückte einen Fluch. Natürlich war Dorgen Richtung Norden geritten. Und vermutlich wusste er inzwischen, was er mit seinen Fähigkeiten bewirken konnte.

Um keinen Preis durfte er in Malun ankommen.

»Wegtreten!«, raunte Walerius. Ohne den Suchtrupp noch eines Blickes zu würdigen, ging er weiter zum Besprechungsplatz.

Rabanus stand am Sprecherpult und hatte die Götterkrieger in eine ordnungsgemäße Formation gerufen. Dicht an dicht drängten sie sich auf dem Platz und warteten auf Befehle. Die Magie fing sich um sie herum, pulsierend und wütend und dennoch sorgsam kontrolliert.

Walerius gab Rabanus ein Zeichen. Dieses Mal würde der Herrscher die nächsten Befehle allein erteilen. Walerius hatte Dringenderes zu tun.

»Krieger der männlichen Sonne – und Krieger der zaubernden Stimmen.« Rabanus begann seine Rede mit den Göttlichkeitstiteln, die Walerius den Männern verliehen hatte. »Ihr seid die neue Führungsriege des Heeres. Ihr werdet dieses verlotterte Heer zur Ordnung rufen und Sapion in den Sieg führen. Ich gebe euch vier Tage, um die Krieger auf die Beine zu bringen und ihnen die Drogen auszutreiben. Sobald sie stehen können, sollen sie sämtliche Teile des alten Heerlagers abbauen und die Zelte in der Ebene Nordfaruas neu errichten.«

Während Rabanus die Götterkrieger in ihre Aufgaben einwies, ließ Walerius seinen Blick durch die Reihen schweifen. Er hatte eine Sonderaufgabe zu vergeben – und er musste nicht lange überlegen, welcher Krieger der richtige dafür war.

Der Mann, den er suchte, stand in der ersten Reihe. Walerius rief ihn mit einem Nicken zu sich, wies ihn an, ihm zu folgen, bis sie abseits des Platzes standen.

»Burk, Bastard aus dem Waisenhaus von Kolmar«, begann Walerius schließlich. Dabei nannte er den Namen mit Absicht in seiner vollständigen Form. »Ich habe einen Auftrag für dich, mit dem du deinen Namen reinwaschen kannst. Wenn es dir gelingt, ihn zu erfüllen, werde ich dir den Beinamen ›der Rächer‹ verleihen.«

In Burks Augen glomm etwas auf, eine dunkle Mischung aus Zorn, Gier und Stolz. Auch heute fielen seine schwarzen Haare nur zu einer Seite. Die andere Kopfseite war von einer schweren Brandnarbe entstellt. Das Feuer, mit dem er als Kind gequält worden war, musste lange und heiß gebrannt haben. Seine Magie war jedoch nicht stark genug gewesen, um die Verletzung vollständig zu heilen. Diese Narben würden ihn für immer zeichnen.

Doch das Maß an Göttlichkeit, an dem es Burk mangelte, glich er mit Entschlossenheit und Grausamkeit wieder aus. Kaum ein Krieger würde diesen Auftrag effektiver erledigen als er.

»Ich weiß, wie sehr du deinen Namen verachtest«, fuhr Walerius fort. »Und ich weiß, wie sehr du denjenigen hasst, der dir die Möglichkeit auf eine bessere Zukunft gestohlen hat. Aber ich habe dich aus dem Sklavenstand freigekauft, um dir eine weitere Chance zu geben. Mein Auftrag dürfte deine größtmögliche Hoffnung erfüllen.«

Burk neigte den Kopf zur Seite. Misstrauische Neugier spielte in seiner Miene, doch er sagte nichts.

»Finde Dorgen, aus der Sippe von Mirdrasch dem Schmied. Finde den Mann, der dich in der Auslese besiegt hat. Zuletzt wurde er gesichtet, wie er sich nach Nordfarua aufgemacht hat. Ich gehe davon aus, dass er über die Grenzberge nach Malun will. Folge ihm, stöbere ihn auf und bring ihn um. Bedenke, dass er ein Gottgeborener ist wie du. Sicher töten kannst du ihn nur, indem du ihn köpfst. Aber ich gebe dir zehn Männer mit, die dich unterstützen. Dorgens Leben muss restlos beseitigt werden.«

Ein verzerrtes Lächeln legte sich um Burks Lippen. »Mit Vergnügen.« In seinen Augen spiegelte sich ein kalter Schimmer. »Ich werde dafür sorgen, dass Dorgen meinen neuen Namen selbst im Tod nicht vergisst.«

***

Nordfarua, Grenzgebirge zu Malun

Dorgen

Sie hatten keine weitere Zeit verloren. Noch an jenem Tag, an dem Alia mit dem Blutsohn fortgeritten war, waren sie gen Norden aufgebrochen. Ein weiteres Mal waren sie durch die Aschewüste, über die Ebene von Nordfarua und schließlich über das Leichenfeld geritten, bis sie den Fuß der Grenzberge erreichten. Hoch und schroff ragte das Gebirge nun vor ihnen auf, ein gewaltiger Anblick aus gelben Felstürmen, die sich in den Himmel reckten. Irgendwo dort oben mussten die neuen Stellungen der Rebellen liegen. Und unter den menschlichen Partisanen würde sich mit großer Wahrscheinlichkeit auch ein Valjaner befinden.

Der Plan, den Dorgen mit Karer und Livoi geschmiedet hatte, lag inzwischen klar vor ihm: Um die Kontrolle über das Heer zurückzugewinnen, musste Dorgen sich mit der Magie eines Valjaners verbinden – dabei war dessen Magie notwendig, um Siberis Bann von den Kriegern zu lösen, während seine eigene Magie das entscheidende Bindeglied zu den Soldaten darstellte. Auf Dorgens Rede würden die Krieger hören. Und er würde ihnen begreiflich machen, dass nur der Frieden ihre Welt retten konnte. Das Heer von Sapion sollte seine Waffen niederlegen und den Krieg beenden – am besten, bevor es überhaupt zu einer nächsten Schlacht kam.

Das größte Problem schien jedoch darin zu liegen, die Rebellen zu finden und bei ihnen aufgenommen zu werden. Selbst hier unten, am Fuß der Berge, ließ sich nicht absehen, wo genau die neuen Stellungen der Rebellen lagen. Eine ganze Weile ritten sie an dem Gebirge entlang, bogen in den Talausläufer ein, in dem das ehemalige Pamuschlager gelegen hatte, und suchten nach einem Pfad, der in die Berge führte.

Doch alle Pfade, denen sie folgten, endeten früher oder später in einem Geröllhaufen. Immer wieder mussten sie parallel zum Berg reiten, um einen anderen Aufstieg zu suchen. Aber sie fanden nichts. Entweder es gab keine Wege, oder alle Bergpässe waren gesprengt worden. Das Gelände wurde zunehmend unwegsamer, und schließlich blieb ihnen nichts anderes übrig, als abzusteigen und die Pferde nur noch als Packtiere mit sich zu führen.

»Wenn die Pamuschkrieger da oben sind«, murmelte Livoi irgendwann. »Dann haben sie uns längst gesehen.«

Auch Karer räusperte sich unbehaglich. »Allerdings. Und mit unseren Uniformen und den Pferden sehen wir aus wie ein Spähtrupp.«

Dorgen musste an die Pfeile denken, mit denen die Rebellen das sapionische Heer abgewehrt hatten. Wenn dort oben Bogenschützen auf der Lauer lagen, würde es ihnen nicht viel nutzen, dass sie zu ihnen überlaufen wollten. Dann würden die Schützen sie erschießen, bevor sie überhaupt die Chance bekamen, mit ihnen zu reden. »Wir bräuchten irgendetwas, woran sie erkennen können, dass wir ihre Verbündeten sind. Gibt es nicht irgendein Erkennungszeichen, mit dem sich die Mitglieder des Widerstandes untereinander ausweisen?«

Karer schüttelte finster den Kopf. »Leider nicht. Soweit ich weiß, gab es Überlegungen dazu. Aber wenn wir ein Erkennungszeichen ausgemacht hätten, gäbe es sichtbare Beweise. Vermutlich hätten wir nie so lange im Verborgenen operieren können, wenn unsere Mitglieder anhand von Symbolen hätten überführt werden können.«

Besorgt warf Dorgen einen Blick in den Himmel. Rabanus lag bereits dicht über den westlichen Bergausläufern. Wie es aussah, bekamen sie bald ein noch größeres Problem: Ganz egal, wo und wie sie ihr Nachtlager aufschlugen – in der Dunkelheit würden sie eine leichte Beute für die Pamuschkrieger sein. »Wir sollten uns langsam nach einem sicheren Platz für heute Nacht umsehen.«

»Allerdings«, stimmte Karer ihm zu.

Livoi deutete auf eine Felsformation, die etwas abseits des Weges stand. »Vielleicht würden die uns ein bisschen Sichtschutz bieten.«

Dorgen drückte Karer kurzerhand die Zügel seiner Stute in die Hand. »Ich sehe mir das mal an.« Mit schnellen Schritten sprang er über das Geröll, das außerhalb des Pfades fast überall herumlag.

Hinter den Felsen verbarg sich eine kleine, windgeschützte Ecke, die man von oben vermutlich nur schlecht einsehen konnte. Sogar ein kleiner, gedrungener Baum drückte sich in den sonnigen Windschatten der Felsen. Dichte grüne Blätter kleideten seine Zweige.

Überrascht hielt Dorgen inne. Seit Tagen hatte er keine Bäume mehr gesehen. In der nordfaruanischen Ebene hatte es hier und da noch kleinere Wäldchen oder Baumansammlungen gegeben. Aber hier im Gebirge wuchsen nicht einmal Sträucher.

Auch dieser Baum war klein. Dennoch wirkte er alt und knorrig und zugleich auf eine Weise erhaben, die Dorgen die Nackenhaare sträubte.

Er hatte einen solchen Baum schon einmal gesehen. Aber wo?

In jedem Fall musste es schon lange her sein.

»Ein Malunabaum!« Livoi war ihm um die Felsformation herum gefolgt. »Das ist ein Malunabaum.« Staunend trat er näher heran. »Wenigstens hier haben wir sie noch nicht ausgerottet.«

Jetzt wusste Dorgen, woher er die Baumart kannte. Zu Beginn des Faruafeldzuges hatten die Malunabäume auf jedem Dorfplatz gestanden. Doch einer der obersten Befehle hatte sie dazu gezwungen, sämtliche Exemplare des heiligen Baumes zu vernichten.

Über zehn Jahre musste es inzwischen her sein, dass Dorgen das letzte Mal einen Malunabaum gesehen hatte.

»Sieht fast so aus, als hätten wir unser Friedenszeichen gefunden.« Karer hatte die Pferde um die Felsen herumgeführt und blieb ehrfürchtig neben Dorgen stehen. »Wenn jeder von uns einen Malunazweig trägt, dann sollte das vielleicht ausreichen, um den Rebellen zu zeigen, dass wir als Freunde der alten Religion kommen.«

Die nächste Nacht verbrachten sie in der windgeschützten Nische zwischen den Felsen. Abwechselnd hielten sie Wache, aber die Pamuschkrieger ließen sie unbehelligt.

Sobald die Morgendämmerung anbrach, packten sie ihre Sachen. Einem seltsamen Impuls folgend, fragte Dorgen den Baum um Erlaubnis, ob er sich ein paar Zweige von ihm leihen durfte. Und erst als der Baum mit einem leisen Blätterrascheln antwortete, brach er behutsam drei Zweige ab. Sie waren gerade groß genug, dass man sie von weitem sehen konnte, aber dennoch so klein, dass sie dem Baum nicht fehlen würden.

Sie befestigten die Zweige an ihrem Rückenpanzer, sodass sie gut sichtbar aufragten, und führten die Pferde weiter in die Berge. Doch auch dieser Pfad verlor sich inmitten von Steinen und Geröll, bis es kaum noch möglich war, die Pferde sicher hindurchzuführen.

Einen halben Tag später mussten sie die Tiere zurücklassen, weil es nicht mehr möglich war, mit ihnen vorwärtszuwandern. Von nun an waren sie gezwungen zu klettern, um weiter den Berg hinaufzukommen.

Der Anstieg wurde immer steiler. Bald brauchten sie ihre ganze Konzentration, um nicht abzustürzen. Nicht nur die Hitze des Tages und die Anstrengung brachten sie zum Schwitzen, auch die Nervosität wuchs mit jedem Klimmzug.

Wenn die Pamuschkrieger sie freundlich empfangen wollten, wären sie ihnen dann nicht schon längst entgegengekommen? Oder bedeutete die Stille, dass die Pameli nicht wussten, ob sie die Malunazweige als freundschaftliches oder als feindliches Zeichen deuten sollten?

Nein, vermutlich gab es nur einen Grund, warum die Rebellen sie noch nicht aufgehalten hatten: Dort oben lag ein Gelände, in dem es vorteilhafter war, sie zu stellen. Und wenn der Vorteil nicht im Gelände lag, dann in einer anderen Tageszeit. Die nächste Nacht würde unweigerlich über sie hereinbrechen.

Als sie einen kleinen Felsvorsprung erreichten, blieb Dorgen stehen und spähte nach oben. Doch die Felsen ragten so steil auf, dass er nicht sehen konnte, was dahinter oder darüber lag. Nur Rabanus schob sich schon wieder gefährlich nah auf die Berge zu. Vielleicht sollten sie auf diesem Vorsprung bleiben. Ein besseres Nachtlager würden sie bis zum Einbruch der Dunkelheit womöglich nicht mehr finden.

Dann hörte er das Knirschen. Es kam von oben, leise und harmlos – wäre da nicht der kleine Stein gewesen, der neben ihm die Felsen hinabkullerte.

Plötzlich ging alles ganz schnell. Ein Schatten sprang über sie hinweg, landete hinter ihnen auf dem Felsplateau, dicht gefolgt von weiteren Kreaturen. Binnen Augenblicken waren sie umzingelt.

Pamuschkrieger. Dorgen zählte fünf Katzen und Reiter, während er sich rückwärts neben Livoi und Karer an die Felswand presste.

Doch die Pamuschkatzen griffen nicht an. Sie standen einfach nur da und schlugen mit ihren Schwänzen. Ohne zu blinzeln, starrten die Reiter auf sie herab. Nie zuvor hatte Dorgen die Pameli so genau ansehen können. Ihre Gesichter waren beinahe menschlich. Nur ihre Lippen wölbten sich über den Eckzähnen. Ein Jüngerer fletschte nervös die Zähne, und seine Ohren zuckten. Alle anderen blieben ruhig. Der Mittlere bannte Dorgen mit seinem Blick. Er war der Anführer, kein Zweifel. Kalt und berechnend versuchte seine Magie, in Dorgens Gedanken vorzudringen.

Mit einem letzten Rest von Alias Schutzaura blockte Dorgen ihn ab.

Die Miene des Anführers wurde ärgerlich. Mit einer zackigen Geste deutete er auf den Malunazweig, der aus Dorgens Rückenpanzer aufragte. »Warum tragt Ihr die Zweige der höchsten Göttin spazieren?« Er sprach fließendes Sapionisch, wenn auch mit einem sonderbaren Akzent.

»Wir tragen sie als Zeichen«, erklärte Dorgen und bemühte sich um Haltung. »Unsere Absichten sind friedlich. Wir möchten mit den Rebellen und den Pamuschkriegern einen Pakt schließen.« Er deutete auf seine Kameraden und stellte sie vor: »Das sind Karer und Livoi. Sie gehören zu dem Widerstand, der sich in Sapion sammelt. Vielleicht habt Ihr ihre Namen schon einmal gehört.«

Der Anführer stieß ein sonderbares Lachen aus. Es klang wie das Bellen eines Vatus und gleichzeitig spöttisch und überheblich. »Der Widerstand in Sapion interessiert uns nicht! Eine Handvoll verwöhnter Jungen und unerfahrener Schreibtischkrieger richtet sich gegen ihre Väter und ihre Herrscher. Na und? Wie lange werden sie wohl durchhalten? Sobald das erste Blut fließt, rennen sie nach Hause und betteln darum, wieder zum Staat Sapion gehören zu dürfen.«

»Ihr täuscht Euch!«, rief Karer. »Wir sind längst mehr als ein Haufen verwöhnter Jungen. Unser Netzwerk reicht über alle Kasten, Länder und Völker. Selbst Pameli sollen zu unseren Reihen zählen.«

»Pameli?« Der Pamuschkrieger bleckte die Zähne. »Wenn Ihr das so genau wisst, könnt Ihr mir sicher Namen nennen.«

Für die nächsten Atemzüge hoffte Dorgen, dass Karer die Antwort liefern konnte. Aber dieser schüttelte bedauernd den Kopf. »Die Männer, von denen ich gehört habe, operieren unter Decknamen. Einer soll Kinder als Spione ausbilden.«

Etwas im Blick des Anführers änderte sich. Dorgen glaubte, Erkennen darin zu sehen. Doch die Miene des Pameli wurde noch finsterer. Mit einem winzigen Kopfnicken schaute er zu seinen Männern. Die Katzen sprangen vor, und noch während Dorgen begriff, dass das Nicken ein Angriffsbefehl gewesen war, wurde es dunkel.

***

Als er erwachte, war die Dunkelheit vollkommen. Fast. Nur von irgendwoher fiel ein schwacher Lichtschimmer in den Raum. Mondlicht. Da war ein winziges Fenster, in einer Wand, die sich rechts und links im Dunklen verlor.

Er selbst lag auf einem kalten Steinfußboden. Eine ganze Weile lauschte er auf Karer und Livoi. Mussten sie nicht mit ihm eingesperrt sein?

Aber da war niemand. Kein Laut. Nicht einmal Atemzüge.

Er wollte sich aufrichten und umsehen. Doch seine Hände und Füße waren gefesselt. Mühsam kämpfte er sich hoch, Sterne wirbelten vor seinen Augen. Sein Körper fiel zurück und klatschte auf den Boden.

Wieder wurde es dunkel.

***

Ein lautes Knarren riss ihn aus der Tiefe. Licht und Schritte. Sein Körper zuckte, wollte auffahren – und wurde abermals gebremst von den Fesseln. Hilflos lag er am Boden.

Sonnenlicht fiel durch das Fenster. Doch das hellste Leuchten stammte von einer Fackel. Jemand klemmte sie in eine Halterung und kam auf ihn zu. »Steh auf!« Die Person beugte sich über ihn. »Ich habe Fragen!« Es war der Anführer der Pameli.

Dorgen wollte sich hochkämpfen. Doch der andere war schneller, packte ihn unter den Armen und zerrte ihn hoch.

Schwindel erfasste ihn, die Fesseln ließen ihn stolpern. Nur durch Zufall fand er Halt an der Wand.

Der Pameli bleckte die Zähne und fauchte ihn an: »Wer bist du?«

Das hier war eine Falle. Dennoch musste er die Wahrheit sagen. Wenn Livoi und Karer getrennt von ihm verhört wurden, war die Wahrheit die einzige Option. »Ich bin Dorgen, Sohn von Mirdrasch dem Schmied. Zuletzt war ich der Heerführer von Sapion. Aber ich stehe schon lange nicht mehr auf Sapions Seite. Seit ich zum Heerführer ernannt wurde, suche ich einen Weg, um zu euch überzulaufen.«

Undurchdringlich starrte der andere ihn an. Was er von Dorgens Antwort hielt, ließ sich nicht ermessen.

»Das ist interessant«, erklärte der Pameli schließlich. »Du willst also zu uns überlaufen. Das hat der andere auch behauptet. Aber lass es mich noch einmal zusammenfassen: Du bist der Heerführer von Sapion. Und zwar genau derselbe Heerführer, der den Befehl gegeben hat, den Waldgürtel abzubrennen, richtig? Außerdem bist du auch der Heerführer, der sein Heer in zwei Schlachten gegen unsere Stellungen geführt hat. Und jetzt sagst du, du wolltest immer schon zu uns überlaufen? Das klingt außerordentlich glaubwürdig.«

Dorgen fröstelte. Dieses Verhör lief grundlegend falsch. Alle Fakten sprachen gegen ihn. Wie sollte er jemals das Gegenteil beweisen? »Das Heer wurde mit Magie in den Krieg getrieben. Aber nicht von mir und nicht mit meiner Magie. Es war Siberi, der Sohn von Walerius. Er hat das Heer in die Schlachten geführt. Ich selbst wurde erpresst. Ich musste mich fügen, sonst hätte Walerius meine Frauen und Kinder getötet.«

Der Pameli schwieg. Erst jetzt bemerkte Dorgen die Pamuschkatze, die im Dunklen neben der Tür saß und auf ihn lauerte. Nur ihre angelegten Ohren und ihr leises Zischen verrieten die Stimmung ihres Herrn.

Dorgen musste aufhören, sich zu rechtfertigen. Immerhin waren sie gekommen, um mit den Pameli zu paktieren. »Im Moment ist das Heer von Sapion nur noch ein Haufen verrückter Männer. Aber ich trage die Magie Zabinos. In den letzten Monaten ist sie stark gewachsen. Es gibt eine Verbindung zwischen mir und den Kriegern. Ich bräuchte nur einen Valjaner an meiner Seite, einen Priester Maluns. Dann könnten wir die Männer dazu bringen, die Waffen niederzulegen und Frieden mit Malun zu schließen.«

Der Pameli kniff die Augen zusammen. Ein tiefes Grollen durchdrang die Luft. Kurz glaubte Dorgen, es käme von dem Pamuschkrieger – doch es war die Katze, die sich zum Angriff duckte.

Die Wangenmuskeln des Pameli zuckten. Seine Katzenaugen starrten ihn an. Dorgen spürte den Drang, sich unter dem steinernen Blick zu ducken. Dominanz. Der Pameli wollte ihn unterwerfen. Oder ihn durchschauen?

Schließlich beendete er sein Starren mit einem abfälligen Schnauben. »Dann sagt mir noch eins: Euer Kamerad, Karer – er hat nach dem dritten Hauptwächter gefragt, nach dem, der die Kinderspione ausbildet. Was genau wollt Ihr von Leymon? Habt Ihr Euch mit ihm abgesprochen?«

Leymon? Dorgen hörte den Namen zum ersten Mal. Dennoch schlug der Klang etwas in ihm an – als wüsste das goldene Netz, um wen es sich handelte. Wenn er nur genug Zeit gehabt hätte, darin zu forschen …

»Ich … ich weiß es nicht. Karer ist unser Kontaktmann zum Widerstand. Aber ich glaube, er hatte keine Zeit, um etwas abzusprechen. Wir mussten sehr spontan planen.«

Auf dem Gesicht des Pameli erschien ein listiges Grinsen. Er wandte sich von Dorgen ab, faltete die Hände auf dem Rücken und wanderte hin und her. »Dann verrate ich Euch was: Eure Kontakte zu den Pameli scheinen ein bisschen veraltet zu sein. Leymon ist nicht mehr der dritte Hauptwächter. Genau genommen ist er gar nicht mehr hier. Und wenn Ihr mich fragt, dann stand es ihm auch niemals zu, irgendeinen Pakt mit den Sapionern zu schließen. Auch nicht mit denen, die sich ›Widerstand‹ nennen. Leymon …« – er sprach den Namen wie ein Schimpfwort – »… ist ein räudiger Hybride, und ich hoffe sehr für Euch, dass Ihr nicht ihn meint, wenn Ihr Euch die Macht eines Valjaners an Eurer Seite wünscht. Denn andernfalls fiele mir ein sehr klares Urteil für Euch ein.« Er wirbelte herum und strich mit einer zackigen Geste an seinem Hals entlang. Dann kam er näher, blieb direkt vor Dorgen stehen und sah zu ihm auf. Der Pameli mochte zwar kleiner sein als er, doch seine gebleckten Zähne waren die eines Raubtieres. Er musste nur zuschnappen, um ihm die Kehle aufzureißen. »Wenn du jetzt nach dem dritten Hauptwächter fragst, dann fragst du nach mir. Aber mein Name ist Cubris, und mit der Magie eines Valjaners kann ich dir nicht dienen.« Wieder stieß er ein verächtliches Schnauben aus. Eine Spur von Feuermagie zischte in Dorgens Richtung. »Allerdings hast du Glück. Denn ich bin nicht derjenige, der über dich entscheidet. Dafür ist der zweite Hauptwächter zuständig. Aber Svaris ist nicht hier, und er wird auch noch ein Weilchen brauchen, um zurückzukehren. Auf sein Urteil wirst du also noch warten müssen.« Damit trat er zurück, grinste Dorgen noch einmal an und verließ zusammen mit der Katze den Raum. Durch die Tür strömte Tageslicht herein, kurz bevor Cubris sie von außen zuwarf. Ein schwerer Riegel schnappte zu, Schritte stapften davon.

Dann wurde es still.

***

Östliche Berge

Siberi

Unzählige Tage und Nächte hatte er auf der Klappe gelegen, unter der die Monster eingesperrt waren. In einer Metamorphose aus Schmerz hatte er sich am Boden gewunden. Immer tiefer war sein Geist hinabgestiegen in die Erinnerungen. Auch jetzt, während er die Augen öffnete und endlich wieder etwas anderes sah als den Kerker, lag Tailins Akte noch neben ihm. Aus den Zeilen des Schriftstücks war die Dunkelheit aufgestiegen. Wie unter Zwang hatte Siberi es lesen müssen, immer weiter. Bis er die Schreie hörte und die Schmerzen spürte und sich darunter am Boden wand. Tausendfach war sein Körper gestorben und wiederauferstanden. Als hätte sich jegliche Folter noch einmal wiederholt.

Aber nun war es vorbei. Qual und Schmerzen hatten ihn transformiert und einen mächtigeren Siberi auf der Klappe der Monster zurückgelassen.

Doch die Kreaturen in den Katakomben unter ihm hatten seiner Folter nicht nur gelauscht – sie waren anwesend gewesen, als wären sie ein Teil der grausigen Erinnerung. Siberi hatte die Metamorphose zusammen mit ihnen durchgemacht – und nun waren sie unwiderruflich mit ihm verbunden. Wie tausende von Teilen einer einzigen Seele. Auf seinen Befehl, nein, schon auf seine *Gedanken* hin würden sie seine Wünsche und Fantasien erfüllen.

Siberis Hand strich über Tailins Akte, fuhr gleich darauf weiter und berührte das Holz der Bodenklappe. »Meine Armee«, flüsterte er. »Ihr seid meine Armee aus Feuer und Schmerz. Ich werde euch befreien – und ihr werdet für mich kämpfen.« Noch mit diesem Satz sprang er auf. Jegliche Schwäche war aus seinem Körper verschwunden, während er die Riegel der Bodenklappe zurückwarf und die Flügel zur Seite schmetterte.

Mit einem gewaltigen Krachen schlugen sie auf den Boden – doch der größte Tumult erhob sich erst danach. Die Monster in der schwarzen Tiefe sprangen auf und ab. Mit urtümlichen Lauten grölten sie zu ihm herauf.

Dennoch kamen sie nicht aus ihrem Loch. Noch nicht.

»Folgt mir«, flüsterte Siberi. »Folgt mir nach draußen, folgt mir in die Freiheit – folgt mir auf meine Befehle!« Damit drehte er sich um und rannte, durch die Tunnel bis hinaus in den Talausläufer, an dessen Ende das Höhlengefängnis lag. Er rannte weiter, bis er sein angebundenes Pferd erreichte, sprang auf dessen Rücken und stürmte im Galopp voran. Erst auf der Hälfte des gegenüberliegenden Berghangs hielt er an und schaute zurück.

Die Monster strömten aus der Höhle. Eines nach dem anderen hetzte vom Eingang fort, ehe sie sich in einer gleichmäßigen Formation über das Tal verteilten.

Mit bebendem Herzen saß Siberi auf seinem Rappen und sah auf sie hinab. Es wurden immer mehr – bis es tausende sein mussten, die das Tal bevölkerten. So viele monströse Kreaturen hatte Rabanus gezeugt. Doch nicht nur er – einige der Monster besaßen einen anderen Vater: Auch Walerius hatte sich einige Male an der Göttin der ewigen Jugend verjüngt.

Doch die Monster waren keine Einzelkreaturen. Sie alle waren in einem Netzwerk verknüpft, als besäßen sie nur einen Geist und tausend ausführende Körper.

Siberi erspürte den Geist, der sie vereinte. Es war dieselbe Art von Magie, die er selbst beherrschte, und sie wohnte in sämtlichen Monstern, die von Walerius abstammten. Er selbst brauchte nur die Verbindung zu ihnen, damit sie die Befehle an alle anderen weiterleiteten.

Der Sturm des Blutsohnes wehte noch immer durch das Tal. Doch inzwischen ließ sich der Wind kaum noch als Sturm bezeichnen. Nur kleinere Böen wirbelten das Laub des Waldes auf.

Siberi streckte die Arme zu den Seiten, um die Energie anzufachen. Immer schneller ließ er Luft und Zweige umeinanderwirbeln, ehe sich die Stromenergie am Himmel sammelte. Ein heftiges Kribbeln sirrte durch seinen Körper – kurz bevor der Blitz ihn traf, bevor er durch seine Arme rauschte und aus den Fingern hinausschoss. Wie ein Fächer aus Fäden traf der Stromschlag jene Monster, die seine Magie trugen. Dann wurde es dunkel. Nur das raue Knurren der Kreaturen blieb. Siberi fühlte die Worte, die sich in seiner Kehle bildeten. Als er sprach, wusste er nicht, was er sagte. Die Worte stammten aus einer uralten Sprache, unmöglich, sie zu übersetzen. In lauten Wellen rief Siberi seine Rede durch das Tal. Die Monster applaudierten mit ihrem Grölen, quittierten seine Befehle mit Respekt und Gehorsam und füllten ihre Körper mit seiner tödlichen Macht. Nur tief in seinem Herzen wusste Siberi, was er ihnen sagte. Als seine letzten Worte versiegt waren und die Monster ausströmten, wusste er, was sie taten. Ein Teil von ihnen lief in den Wald. Mit unbändigem Raunen entwurzelten sie die Bäume und luden sie auf ihre Schultern – während andere in die Tiefen des Gefängnisses vordrangen. Sie rissen die Gitter der Zellen aus ihren Verankerungen, und es fühlte sich an wie ein Knirschen in Siberis Knochen. Er selbst war Teil ihrer tödlichen Choreografie. Mit einer ausladenden Geste strich er über das Tal und entzündete die Schmiedefeuer auf dem bloßen Stein. Die ersten Monster kehrten mit den Bäumen zurück. Sie zerfetzten Äste und Stämme, um die Feuer zu nähren. Kurz darauf kamen die anderen mit dem Metall der Gitter.

Als sie das Eisen zum Glühen brachten und die ersten Schmiedehämmer durch das Tal klangen, schloss Siberi die Augen und lehnte sich unter dem Klang zurück. Der Schmerz des Feuers rann erneut durch seine Eingeweide. Doch dieses Mal würde er die Qual zurückgeben. Dieses Mal würde nicht *er* leiden, sondern alle anderen. Bald würde seine Armee bereit sein! Schon mit Klauen und Zähnen wäre jedes Monster stark genug gewesen, um zehn Männer gleichzeitig zu töten – doch die Glut ihrer Schwerter würde nie erlöschen, stahlhart und heiß wie Feuer. Selbst ein Kratzer ihrer Klingen würde die Opfer verbrennen. Mit diesen Waffen waren sie unbesiegbar.

Und er, Siberi, war ihr Anführer, Herrscher über die Monster, auferstanden aus der Asche seiner brennenden Vergangenheit. Die letzte Etappe des Krieges gehörte ihm! Sein Sieg würde nichts weiter zurücklassen als Tod und Zerstörung. Und wenn alles Leben endgültig vernichtet war, würde er als Letzter übrig bleiben.

Als letzter und einziger Mensch. Als letzter und einziger Gott!

***

Grenzberge zu Malun, Gefängnis der Pamuschkrieger

Dorgen

Er wusste nicht, wie viele Tage und Nächte er in der Dunkelheit gefangen war. Jemand hatte das winzige Fenster von außen verhängt. Seitdem gab es nichts mehr, was den Wechsel aus Tag und Nacht anzeigte.

Doch niemand kam, um ihn noch einmal zu verhören. Nur manchmal wurden Nahrung und Wasser in seine Zelle geschoben. Danach wurde es wieder still.

Schlimmer als die Dunkelheit war nur die Ungewissheit. Was war aus Karer und Livoi geworden? Wohin waren sie gebracht worden? Wurden auch sie eingesperrt und verhört? Vielleicht sogar gefoltert?

Oder waren sie längst tot?

Und wann würde der zweite Hauptwächter kommen, von dem Cubris gesprochen hatte? Sein Name war Svaris – er war seine letzte Hoffnung.

Irgendwann, als Dorgen schon kaum noch damit rechnete, wurde die Tür aufgerissen. Draußen war es dunkel, jemand wurde hereingestoßen. Aber die Person war kein Pameli. Es war ein Mensch, der zu ihm in die Zelle stolperte.

Die Tür fiel zurück ins Schloss, und Dorgen war allein mit dem anderen Gefangenen. Von außen schnappten die Riegel ins Schloss.

Für einen atemlosen Augenblick hoffte er, der andere wäre Livoi oder Karer. Er wollte schon die Namen seiner Kameraden flüstern, als sich der Schatten bewegte. In der Dunkelheit war es nicht einmal eine Silhouette.

Plötzlich entzündete sich etwas. Funken, die aus zwei Zündsteinen schlugen. Sie flogen um die Hände des Fremden, verblassten und entstanden neu – bis einer der Funken den Docht einer Öllampe traf. Der Feuerschein leuchtete auf und zeigte das Gesicht des anderen.

Erschrocken hielt Dorgen die Luft an. Vor ihm stand Burk, Bastard aus dem Waisenhaus von Kolmar. Jener Mann, den er in der Auslese besiegt und in die Sklaverei geschickt hatte.

Doch das Gefühl der Niederlage war aus Burks Miene verschwunden. Mit einem triumphierenden Grinsen sah er auf Dorgen herab. »Hier bist du also. Dorgen, Schwiegersohn des Walerius und Ehemann seiner erstgeborenen Sippe. Ich habe lange darauf gewartet, dich wiederzusehen.«

28. Kapitel

Malun, Taluns Höhlen, Spiegelsee

Tailin

»Wir müssen zurück.« Leymons Gedanken fluteten seinen Geist, rissen ihn fort aus der Vision und hinein in die Tiefen des Wassers. Mit jedem Atemzug strömte die Flüssigkeit in seine Lungen und verwandelte sich in Luft.

Doch sie mussten fort. Schon viel zu lange waren sie hier! Eiskalt kühlte das Wasser ihre Körper. Leymons Hand packte seinen Arm, wollte ihn mit sich ziehen. Aber Tailin war schwer. Alles an ihm sackte in die Tiefe. Die Hände des anderen rutschten ab.

Die Visionen. Sie waren stärker. Lockten ihn zurück.

Plötzlich rauschte und gurgelte das Wasser. Etwas Schnelles stieß zu ihnen, streifte sie mit Fell und Krallen. Spitze Zähne griffen in Tailins Hemdkragen, kräftiges Strampeln trug ihn höher, bis sein Kopf durch die Oberfläche stieß. Nur noch kurz brauchte er die Magie, um das eingeatmete Wasser in Sauerstoff zu verwandeln. Dann raste ein heftiger Impuls durch seine Adern. Er atmete Luft. Wie ein Schlag trieb die überflüssige Magie durch seinen Körper. Er zuckte und hustete unter der Wucht, war hellwach und schwamm mit den Armen, um nicht unterzugehen.

Auch Leymon kam an die Oberfläche. Sein Gesicht zeigte denselben Schock. Seine Pupillen waren weit und verdrängten das Orange seiner Iris. Immer wieder schnappte er nach Luft wie ein Fisch auf dem Trockenen. Dann atmete er tiefer.

Chaveen stupste sie an und trieb sie auf den Rand zu. Der

Schock spendete genug Kraft, dass sie noch einmal schwimmen und dann ans Ufer waten konnten. Erst auf den Steinen sackten sie zusammen. Leymons Arm fiel um Tailins Körper. Aneinandergeschmiegt kämpften sie gegen die Kälte. Ihr Schlaffell war nicht weit entfernt. Chaveen zog es mit den Zähnen über sie und rollte sich hinter ihnen zusammen.

Wie viele Tage und Nächte hatten sie im Spiegelsee verbracht? Tailin wusste es nicht. Doch die Visionen waren klar und deutlich gewesen. Bis jetzt kam alles so, wie Leymon es auf dem Vulkan vorhergesehen hatte: Von allen Seiten strömten die Kriegsparteien zusammen. Schon bald würde die letzte Schlacht am Fuß der Grenzberge beginnen. Alles lief auf den Untergang zu, und nur wenige Gottgeborene konnten etwas daran ändern.

Ihnen blieb nicht mehr viel Zeit.

Doch hier und jetzt brauchten sie Erholung, einen kurzen Schlaf, um alle Kräfte zu regenerieren und die nächste Etappe anzugehen. Seit ihren Prüfungen leitete Leymon den Rhythmus aus Anstrengung und Erholung, aus Geistwanderung und der notwendigen Rückkehr in ihre Körper. Leymons Takt gab Sicherheit und Bestand, ein Gefühl von Lebendigkeit, als wäre Tailin nicht nur er selbst, sondern ebenso all die Menschen, in deren Geist er eintauchte. Doch auch Leymons Sicht auf die Zukunft mischte sich ein. Sie beide wussten, was getan werden musste, weil er es vorhersah.

Gemeinsam waren sie dazu geschaffen, die Geschicke zu lenken. Von nun an lag alles in ihrer Verantwortung.

Und trotzdem fehlte noch etwas. Ein wichtiges Puzzlestück.

Aber welches?

Der Gedanke verschwand. In der Dunkelheit. Im Schlaf. Nur eine leise Stimme wisperte in seine Ohren, ein endloser Schwall von Worten, hoch und schnell gesprochen. Immer wieder derselbe Satz. Er musste ihn hören, verstehen. Was die Stimme sagte, durfte nicht verloren gehen.

Mühsam tauchte er aus der Schwere auf.

»In der Begegnung zwischen Vergangenheit und Zukunft entsteht die Gegenwart.« Plötzlich waren die Worte eindeutig, gesprochen von einer Kinderstimme.

Es war Sayra. Sie kniete bei ihm. Immer wieder murmelte sie denselben Satz: »In der Begegnung zwischen Vergangenheit und Zukunft entsteht die Gegenwart.«

Erst als er blinzelte, änderte sich ihr Tonfall. »Die Gegenwart ist in Aufruhr. Aber die Zukunft ist nicht festgelegt. Sie lässt sich ändern. Verbessern. Doch nur die Vergangenheit zeigt, auf welchem Weg wir gehen, wo und warum er begonnen hat. Erst wenn wir den ganzen Weg sehen, kennen wir auch die Abzweige – und können diejenigen wählen, die uns in eine bessere Zukunft führen.«

Die Vergangenheit. Das war es. Das Puzzleteil, das ihnen fehlte.

»Nehmt uns mit in den weißen See«, forderte Sayra und deutete mit dem Kopf einen Kreis an, der nicht nur Tailin, Leymon und sie erfasste, sondern auch Monji, der neben ihr saß, sowie Chaveen, die sich hinter Tailin und Leymon aufgerichtet hatte.

Mit einem Schlag war Tailin wach. Plötzlich musste er an die Magiekreise denken, die Sayra in ihr Buch zeichnete. Es waren mächtige, magische Konstellationen, die noch kein Priester zuvor angewendet hatte. Doch alle Kreise, die sie ihm gezeigt hatte, wirkten verblüffend logisch.

»Nehmt uns mit in den weißen See«, wiederholte Sayra. »Schließt eure Magie mit unserer zusammen. Gemeinsam werden wir stark genug sein, um in dein letztes Leben als Talun zurückzukehren.«

Tailin schauderte. Sayra hatte recht. Gemeinsam mit ihrer und Monjis Magie konnte es gelingen, Talun und Maluna auf die Spur zu kommen.

Doch Monji und Sayra waren noch Kinder – und das, was sie vorhatten, war gefährlich. »Wir müssen euren Vater fragen, bevor wir so etwas tun.«

»Nein!« Entsetzt schüttelte Sayra den Kopf. »Wenn du ihn

fragst, wird er dir als Vater antworten. Aber diese Sache fordert die Entscheidung von Göttern.«

Tailin fröstelte. Wie alt war dieses Mädchen? Fünf? Oder sechs? Wie konnte sie derart weise, erwachsen und aufrührerisch sein?

Oder lag es an ihrer Magie? An ihrer Hybridenmacht, die weitaus mehr von ihr forderte, als ein normaler Gottgeborener leisten musste?

Ihr Blick glitt über Tailin hinweg. Ein heftiger Impuls ging von ihr aus und zog Leymons Magie an sich. Tailin keuchte, als der Impuls von Leymon zu ihm zuckte. Die Zeit ließ ihn schwanken. Erinnerungen und Visionen schlossen sich ineinander, bildeten einen Zeitstrahl, der von der tiefsten Vergangenheit bis in die Zukunft reichte. Doch Sayra hielt die Zeit unter Kontrolle. Nur das, was sie sehen wollte, würde sich zeigen.

Erschöpft lehnte Leymon sich gegen Tailin. Sayras Magie hatte ihn gefangen.

Als sie sich erhob, wirkte ihr Lächeln grimmig. »Wir müssen los!«, sagte sie.

»Lesku weiß Bescheid«, flüsterte Leymon mit geschlossenen Augen. »Er sieht, was wir tun werden, tun müssen.«

»Maluna ist der Schlüssel«, erklärte Sayra. »Ihre Vergangenheit müssen wir sehen. Und wir müssen herausfinden, wo sie sich gegenwärtig aufhält.« Sie hielt das Buch mit den Magiekreisen vor ihrem Bauch.

»Sayra hat recht!« Leymon erhob sich. »Wenn wir jetzt gehen, werden wir Maluna finden.« Er packte Tailin am Arm. Bildfetzen blitzten auf. Ein dunkles Gemäuer, schwere Stiefelschritte, die blonden Haare einer Göttin …

Leymons Hand zuckte zurück. Die Vision zerplatzte. Nur sein Blick war noch dort, tief entrückt in einer anderen Zeit.

Sayra eilte voran, betrat die schwarze Brücke und fing an zu rennen. Monji lief an ihrer Seite, Tailin und Leymon holten sie ein.

Dann erreichten sie die weiße Höhle. Die Magie ergriff sie.

Wie eine Kettenreaktion schlossen sich ihre Elemente ineinander. Rasend schnell rauschten die goldenen Knoten anderer Gottgeborener an ihnen vorbei. Dorgen. Er war die Verbindung. In seinem goldenen Netz waren sie alle: Gottgeborene und Menschen, die Anhänger des Widerstandes und weitere Leute, zu denen er eine Verbindung besaß.

Und dort war auch sie. Jenes eine Mädchen, in dem sich die Vergangenheit spiegelte, die Einzige, die herausfinden konnte, was mit Maluna geschehen war.

***

Zeylem, Blutburg

Nelja

Während sie die Seiten des Buches füllte, verging die Zeit wie eine Reise durch die Ewigkeit. Tage und Monate verloren sich im Rausch der Worte, bis sie nicht mehr wusste, wann und wo sie war, wie ihr Name lautete oder wie ihre Reise begonnen hatte. Da war die Dunkelheit, irgendwo zurückgelassen in einem Kerker. Doch hier, in ihren Geschichten, herrschte die Vergangenheit, in der sich Licht und Schatten verfolgten.

Nur die Gegenwart anderer Menschen riss Nelja für kurze Momente zurück. Da war Dorgen, jener andere Gefangene in der Nachbarzelle. Wenn er mit ihr sprach, tauchte sie aus der Vergangenheit auf, damit sie beide nicht länger allein waren.

Und manchmal kam noch jemand in die Dunkelheit des Kerkers. Wann immer Turor an ihr Gitter trat, stand sie auf und nahm das Essen entgegen, das er ihr reichte. Der alte Blutsucher war stets freundlich. Jedes Mal fragte er sie, ob sie etwas brauchte. Manchmal bestellte sie mehr Brot oder heißere Suppe. Mitunter auch neue Kleidung oder einen Eimer mit Wasser, um sich waschen zu können.

Doch eigentlich wusste sie nicht, ob sie die Sachen für sich brauchte oder für Dorgen, der vom Menschsein noch weiter entfernt war als sie.

Irgendwann schienen alle anderen Blutsucher fort zu sein. Sie spürte es in der Erleichterung, mit der Turor ihr entgegentrat. Etwas hatte sich geändert. Als läge die Freiheit fast greifbar vor ihr.

Von diesem Tag an schob Nelja die Kladde und ihre Schreibfeder beiseite. Sie musste aus der Trance zurückkehren, damit sie wieder bei Verstand war, wenn sie das Gefängnis verlassen durfte.

Dennoch kam ihre Freilassung unerwartet. Statt das Essen hereinzureichen, öffnete Turor das Schloss und schob die Zellentür auf. »Nelja«, wisperte er. »Wir gehen.«

Zögernd stand sie auf. Jetzt, da es so weit sein sollte, fühlte es sich an wie eine Falle. »Was ist mit Dorgen?« Sie deutete hinter sich. »Ohne ihn komme ich nicht mit.«

»Er ist genauso frei wie du.« Turor durchquerte die Zelle und öffnete die Tür, die Neljas Gefängnis mit Dorgens verband.

Die Schlüssel für ihre Fußketten hatte Turor ihnen bereits vor Tagen hereingeworfen. Aber Dorgen fiel das Laufen noch immer schwer. Mit einem leisen Schlurfen kam er näher und tauchte in den matten Lichtkegel, der vom Gang aus in Neljas Zelle fiel. Er hatte sich rasiert und trug die neue Kleidung, die Turor ihnen gebracht hatte – einfache braune Hosen und ein beigefarbenes Hemd. Nichts Besonderes, aber ohne Löcher und halbwegs sauber.

»Wohin gehen wir?« Die Frage rutschte Nelja heraus. Erst jetzt, da sie angeblich frei war, wurde ihr klar, wie aussichtslos es war. Sie befand sich im entlegensten Zipfel Zeylems, noch viel weiter südlich als je zuvor. Wie sollte sie Malun jemals erreichen?

Doch Turor lächelte zuversichtlich. »Wir gehen nach Norden. Ich werde euch begleiten. Als Schutz.«

Er meinte es ernst. Er wollte sie tatsächlich freilassen – und sie trotzdem beschützen. Die Starre fiel von ihr ab. Hastig verstaute sie die Kladde und ihre Schreibfeder in ihrem Umhang. Dann trat sie mit Turor und Dorgen in den Gang vor den Zellen.

Doch irgendetwas stimmte nicht. Als sie auf die Treppe zuging, wand sich ein Säuseln die Stufen herab, wollte ihr etwas zuflüstern und lockte sie an. Bis jetzt verstand sie die Worte nicht. Trotzdem wusste sie, was es war: die Vergangenheit der Burg. Dort oben schien etwas Schreckliches passiert zu sein. Schon vor langer Zeit. Wenn sie jetzt nach oben ging, würde sie alles erfahren.

Doch plötzlich wollte sie es. Musste es wissen, auch wenn es noch so schrecklich war. Ihre Füße wurden schneller, ließen sie die Treppe hinaufstürmen.

»Halt!« Jemand rief ihr nach. Dorgen. Nie zuvor hatte sie ihn so laut gehört. »Es wird dich überwältigen!«

Vielleicht. Wahrscheinlich. Doch es war egal. Was dort oben lauerte, war wichtiger.

Sie hörte den Singsang, noch bevor sie den Ausgang des Kerkers erreichte. Es war eine Kinderstimme. Doch sie sang nicht jetzt, nicht in diesem Moment, in dem Nelja die Treppe hinauflief. Sie sang damals, tief in der Vergangenheit – und dennoch konnte Nelja es hören, sehen. Dorgen hatte recht: Wenn sie jetzt weiterging, würde es sie überwältigen.

Entschlossen stieß Nelja die Tür auf. Sie musste blinzeln, als sie in den Burghof trat.

Nicht weit entfernt befand sich ein Kind. Es spielte und sang leise vor sich hin: »Eins, zwei, drei, vier, die Sapioner sind bei sieben hier.« Es war ein kleines Mädchen, das auf einem Bein über die bunten Steine des Hofes hüpfte. Bei *hier* blieb sie breitbeinig stehen und schien die nächsten bunten Steine inmitten des Graus auszumachen. Gleich darauf sang sie weiter und sprang wieder vorwärts: »Fünf, sechs, sieben, acht, dann sterben wir in schlimmer Schlacht.« Wieder blieb sie stehen. Aber dieses Mal fand sie ihre nächsten Zielsteine schneller. »Neun, zehn, elf, zwölf …«

»Smiria!« Es war eine junge Frau, die durch den Burghof auf das Mädchen zueilte. Ihre Haare waren blond wie die einer Vaikuni. »Was singst du da? Das klingt schrecklich! Woher kennst du dieses Lied?«

Die Haare des Mädchens waren noch heller als die ihrer Mutter. Mit großen, hellblauen Augen sah sie zu ihr auf. »Talun hat mir das Lied beigebracht.«

»Talun?« Bestürzung zeichnete sich auf dem Gesicht der Frau ab. Hastig ging sie vor ihrer Tochter in die Hocke. »Woher kennst du ihn?«

»Er ist mein Freund. Nachts träume ich von ihm. Er sagt, wir beide werden uns lieben, wenn wir groß sind.« Schon jetzt klang Zärtlichkeit aus ihrer Stimme.

Ein winziges Lächeln huschte über das Gesicht der Frau. Doch die Besorgnis in ihrer Miene überwog. »Und dieser Talun hat dir das Lied beigebracht? Woher kennt *er* es?«

»Von seinem besten Freund. Er ist so alt wie wir. Aber er ist ein Pameli, und er trägt die Gabe Gamons. Er kann in die Zukunft sehen, und er sagt, die Sapioner werden kommen. Zu uns. Nach Zeylem. Wenn ich sieben bin.«

Sieben. Das Bild schwankte. Die Zahl drehte sich in Neljas Kopf. Nicht sieben Blutjahre waren gemeint. Die Menschen in Zeylem rechneten in Blütezyklen, ebenso wie die Faruaner früher. Nelja versuchte zu rechnen. Doch es gab keine genauen Zahlen, nur Schätzungen. Sieben Blütezyklen, das mussten in etwa vier Blutjahre sein.

»Du bist schon sieben.« Entsetzt sprang die Frau auf. Das Bild stellte sich wieder klar. »Smiria, spiel weiter. Ich muss etwas mit deinem Vater besprechen.«

Das Kind begann wieder zu singen. Doch die Frau wandte sich ab und rannte auf eine Tür im Seitenflügel zu.

Nelja lief der Frau nach. Nur hier und jetzt würde sie erfahren, was als Nächstes geschah.

Im Inneren des Seitenflügels fiel buntes Licht durch die Fenster. Hübsche Tiermalereien verzierten die Scheiben. Aber Nelja hatte keine Zeit, darauf zu achten. Sie folgte der Frau eine Treppe hinauf. Hier oben liefen sie durch einen Gang. Diverse Türen gingen davon ab: Schreib- und Besprechungsräume, der Arbeitstrakt des Königs.

Die junge Frau war die Königin. Sie klopfte nicht an, bevor sie in den Arbeitsraum ihres Gemahls stürmte. »Timar!«, rief sie. »Ich muss mit dir reden. Ich mache mir Sorgen um Smiria. Sie ist …«

»Was ist mit ihr?« Alarmiert hob der König den Kopf.

»Sie ist Maluna.«

Für einen Moment stand der Satz im Raum wie ein Gespenst.

»Bist du sicher?« Timars Stimme klang rau.

»Ja, ganz sicher.« Die Hände der Königin stützten sich auf den Stuhl, der dem König gegenüberstand. »Sie hat von Talun erzählt, dass sie von ihm träumt und … ihn lieben wird. Aber das ist nicht das Schlimmste. Sie hat ein schreckliches Lied gesungen. Darin ging es um die Sapioner, die bald kommen und … um eine Schlacht, in der wir sterben.«

Mit einem Ruck stand der König auf und trat ans Fenster. Eine ganze Weile lang stand er dort und beobachtete Smiria, die unten im Hof spielte. »Ich habe es immer befürchtet«, murmelte er dann. »Am Anfang gehofft, aber seit einiger Zeit ist es meine größte Sorge.« Er hob die Hand zu seinem Hemdkragen und schloss sie um etwas, das Nelja nicht sehen konnte. »Also stimmt es wirklich: Unsere Tochter ist Malunas Wiedergeburt.«

Die Königin trat neben ihren Gemahl und legte die Hand auf seine Schulter. »Es ist der Stein, nicht wahr? Du hast ihn so viele Jahre getragen. Aber nur in der Nacht, als wir Smiria gezeugt haben, hat er geleuchtet.«

Der König nickte. »Der alte Talun hat ihn mir gegeben. Damals, als er und Maluna noch gelebt haben. Er sagte, ich solle ihn über meinem Herzen bewahren und ihn Tag und Nacht tragen. Danach hat er etwas von Maluna gemurmelt. Aber er war in Trance, und seine Worte waren kaum zu verstehen. Erst rückblickend verstehe ich, was er meinte.« Timar drehte sich zu seiner Frau um und nahm ihre Hände zwischen seine. »Er wollte, dass Maluna in guten Händen ist, wenn ihre Seele in ein neues Leben geht. Sie sollte in eine Familie geboren werden, die das Blut der Vaikuni in sich trägt und in der schon Götter groß wurden. Talun hat mich und dich als Eltern ausgewählt.«

Die Königin lehnte ihren Kopf gegen seine Schulter. »Dann müssen wir sie nach Malun bringen. Bevor die Sapioner kommen.«

Mit einem tiefen Seufzer legte Timar den Arm um seine Frau. »Es ist zu spät, Ilvaine. Die zweite Sonne am Nachthimmel macht die Sapioner unruhig. Ich hatte Kundschafter dort. Seit Rabanus die Herrschaft übernommen hat, rüsten sie auf. Aber mir war nicht klar, wie wenig Zeit uns noch bleibt. Gestern Nacht haben sie die Grenze überschritten. Sie kommen hierher. Für eine Flucht ist es zu spät. Nur die Burg kann uns jetzt noch Sicherheit bieten. Vielleicht.«

Die Vision zerriss. Das Licht wurde grau. Nelja stand noch immer im Arbeitszimmer des Königs, doch nun hingen dichte Spinnweben von der Decke. Die Fensterscheiben waren entweder milchig oder zerborsten. Die Möbel lagen umgestürzt am Boden. Ein Teil des Tisches war schwarz verkohlt, vermutlich von einem Feuer, in dem Timars Papiere verbrannt waren. Nelja hätte den Tisch berühren und auch diese Geschichte erfahren können – aber wichtiger war etwas anderes.

Maluna. Was war aus ihr geworden?

»Nelja?« Turor und Dorgen standen in der Tür. Sie beide wirkten besorgt.

»Was hast du gesehen?«, fragte Dorgen.

Nelja öffnete den Mund. Aber sie konnte nicht antworten. Ihre Kehle war wie zugeschnürt. Die Vision war noch nicht vorbei.

Plötzlich ertönte ein Kreischen, der Schrei eines Mädchens. Die Fenster zerbarsten unter der Druckwelle. Nelja duckte sich vor den fliegenden Splittern, drückte die Hände vor ihr Gesicht und wartete, bis das Glas zu Boden geklirrt war.

Doch die Geräusche aus dem Hof waren umso lauter. Pferdehufe trappelten. Menschen schrien durcheinander, Männer, die Befehle gaben, ebenso wie weinende Kinder und Frauen.

Nur langsam stand Nelja auf und schaute nach draußen. Sapionische Krieger jagten die Menschen durch den Hof, trieben sie vom Pferd aus zusammen und schlugen mit ihren Schwertern auf sie ein. Frauen, Männer und Kinder flohen in die Ecken, versuchten, sich durch Türen und Gänge zu retten. Doch die meisten gingen unter den Schwerthieben nieder. Manche sackten tot zu Boden, andere würden langsam verbluten.

Nur das schreiende Mädchen war nirgends zu entdecken, ebenso wenig wie die königlichen Eltern.

Neljas Sicht wurde unklar. Sie musste blinzeln, um die Tränen zu verdrängen. Als sie wieder sehen konnte, war das Bild im Hof ein anderes. Nur der Schrei war noch da. Aber dieses Mal sah sie das Mädchen. Ein weißgekleideter Mann hielt sie von hinten umklammert: Walerius! Nelja erkannte ihn wieder. Es war derselbe Mann, der die Kinder in der weißen Stadt gefoltert hatte. Aber nun war er um viele Jahre jünger.

Die Kleine zappelte und tobte vor seiner Brust. Doch der Grund ihres Schreis war nicht ihre eigene Gefangennahme. Ihre Eltern standen an der Wand gegenüber. Zwei Soldaten hatten sich vor ihnen postiert und hielten Schwerter in Angriffsstellung. Rabanus trat an ihre Seite und ließ den Arm niederfahren.

Mit dem Kommando explodierte der Schrei. Das Mädchen wand sich und kreischte. Doch die Hinrichtung ging schnell. Ehe Nelja noch einmal blinzelte, fielen die Köpfe des Königspaares zu Boden.

Keuchend sackte Nelja gegen die Fensterbank. Der älteste

Blutsucher eilte an ihre Seite, hielt sie an den Schultern, aber sie riss sich los.

Unten im Hof waren keine Menschen mehr. Das alles lag lange zurück. Und dennoch dauerte es bis heute an.

Nelja ahnte Böses. Vage zischte der Rest der Geschichte durch ihre Intuition, aber sie musste es genauer wissen. Sie riss sich los und lief an Turor und Dorgen vorbei. Mit schnellen Schritten sprang sie die Treppe hinab und stürmte durch den Hof. Das Mädchen und seine Eltern waren fort, und trotzdem war die Kleine noch hier.

Maluna. Sie war es. Was auch immer nun geschah, hatte Maluna zerstört – und etwas anderes aus ihr geschaffen.

Drohend und hoch ragte der Turm inmitten des Hofes auf. Nelja zögerte nicht lange.

»Tu das nicht!«, rief Dorgen ihr nach, als sie auf den Turm zurannte. Doch Nelja ließ sich nicht abhalten. Sie zog die Tür auf und tauchte in die Dunkelheit des Turmes. An seiner Seite wand sich eine schmale Treppe in die Höhe.

Nelja lief die ersten Stufen hinauf und wurde dann langsamer. Was dort oben geschehen war, hallte wie ein Echo zu ihr herab. Chronologisch. Vom Anbeginn an. Die kleine Maluna war gefangen im Turm. Doch nicht ihre Gefangenschaft setzte ihr zu. Es waren Walerius und Rabanus, die sie abwechselnd besuchten. Schreie und Weinen drangen von oben, ebenso wie das Stöhnen der Männer, die sich an dem Kind vergingen.

Nelja blieb stehen und sackte auf der Treppe zusammen. Aber die Mauern und Stufen hatten alle Erinnerungen gespeichert. Nelja schloss die Augen, um den Bildern zu entgehen. Doch vergeblich. Die Grausamkeit zeigte sich nur umso deutlicher. Plötzlich war sie im Turmsaal, stand an der Tür und musste zuschauen, wie Rabanus und Walerius das Mädchen missbrauchten. Anfangs schrie sie unter der Qual, aber je öfter sie kamen, desto stiller wurde sie.

Irgendwann verließ Rabanus die Burg. Doch Walerius blieb – zusammen mit einer Handvoll Soldaten. Und schließlich schickte der oberste Berater sie alle. Nicht nur, um das Mädchen zu vergewaltigen. Auch, um es zu foltern.

»Nelja!« Eine Stimme durchbrach die Trance, versuchte, sie zurückzuholen. Doch sie konnte den Mann nicht sehen. Sie spürte nur seine Hände, die nach ihren griffen. »Gib die Bilder zu mir«, flüsterte Dorgen. »Sieh es dir nicht an. Es reicht, wenn du es aussprichst.«

Tatsächlich verließ sie den Turmsaal. Diffuse Dunkelheit umhüllte sie. Nur ihre Worte sprachen aus, was mit Maluna geschehen war. »Walerius wusste nicht, warum das Mädchen ihn so reizte. Warum er nicht aufhören konnte, sich an ihr zu vergehen, warum er wollte, dass die Soldaten es ebenso taten. Mädchen interessierten ihn nicht. Kleine Jungen gefielen ihm um einiges besser. Doch dieses Kind war anders. Besonders. Von allen Kindern mit göttlicher Macht, die er schon vor sich gesehen hatte, war sie die Mächtigste.

Später hat er solche Dinge noch häufiger getan, mit zahlreichen Kindern. In den vielen Herrschaftsjahren danach hat er die notwendigen Abläufe präzisiert und geplant, um sapionische Götterkinder zu erschaffen. Doch bei diesem Mädchen war es nur sein Instinkt, der ihn leitete. Er musste das Kind über eine Grenze treiben, die er selbst noch nicht kannte. Aber der Missbrauch allein reichte nicht aus. Weder um ihn zu befriedigen noch um das zu tun, was er so dringend mit dem Mädchen tun wollte: Er musste sie zerstören. Ihren Körper, ihren Geist. Alles. Etwas an ihr war zart und mächtig zugleich. Aber nichts davon durfte bleiben. Also fing er an, sie zu foltern. Tag und Nacht sollte ihr Körper malträtiert werden. Wenn er es nicht selbst tun konnte, ließ er seine Soldaten ans Werk. Anfangs glaubte er, sie auf diese Weise zu töten. Aber sie blieb lebendig. Alle Verletzungen heilten, selbst solche, die eigentlich tödlich wären.

Mehr als ein Jahr verging, in dem der Krieg anderswo fortschritt. Doch Walerius blieb hier, in der Burg, bei dem Mädchen, das er brauchte wie andere das Wasser oder die Luft. Dieses Mädchen war eine Göttin. Doch Walerius spürte unbändigen Hass auf alles Göttliche. Also musste er sie vernichten. Erst wenn sie zerstört war, würde er Ruhe finden. Aber so einfach war es nicht. Ihr Körper ließ sich nicht zerstören, ganz gleich, durch welche Mittel.

Nur eine Tötungsart hatte er nie versucht. Schon oft hatte er mit dem Schwert vor ihr gestanden, um sie endlich zu enthaupten. Aber jedes Mal hatte ihn eine fremde, entsetzliche Macht ergriffen und davon abgehalten.

Nachdem er selbst daran gescheitert war, überließ er die Aufgabe seinen Soldaten. »Tötet sie!«, ordnete er an. Doch auch die Soldaten brachten es nicht über sich, das Mädchen zu enthaupten. Wieder versuchten sie es mit anderen Tötungsarten. Aber das Götterkind überlebte mit völliger Genesung.

Nur ihr Geist brach. Irgendwann in dieser Zeit. Irgendwann war ihr Blick leer, wenn die Männer kamen. Weder regte sie sich, noch gab sie einen Laut von sich.

Dass er sie dennoch nicht zu töten vermochte, setzte Walerius zu. Er konnte nicht weiterziehen, ehe das hier erledigt war. Es war wie ein Fluch, der ihn an die Burg band.

Also ließ er das Mädchen einmauern. Die Eingangstür des Turmes wurde mit Steinen und Zement verschlossen, bis nicht einmal ein Spalt darauf hindeutete, dass dahinter ein Kind lebte.

Endlich konnte Walerius die Burg verlassen und zurück in den Krieg ziehen.

So verging Monat um Monat, Jahr um Jahr. Regungslos und geistig zerstört lag das Mädchen am Boden. Aus dem kleinen Mädchen wurde ein größeres Kind und schließlich eine erwachsene Frau. Doch auch jetzt lag sie nur da und starrte nach oben.

Während dieser Zeit trieb Walerius die Verfolgung aller Götter voran. Er ließ blonde Menschen zusammentreiben und töten. Alle Vaikuni sollten vernichtet werden, weil sie Götter waren.

Doch die kleine Göttin von damals blieb von ihm unberührt und eingemauert.

Bis ihm klar wurde, dass er sie brauchte. Seit die zweite Sonne am Himmel stand, schritt die Dürre in Sapion voran. Sie erreichte Zeylem, und trockene Winde wehten weiter Richtung Norden. Schon lange hatte Walerius der Sonne einen Namen gegeben: Sapia. In ihrem Namen kämpften sie den Krieg, in ihrem Namen eroberten sie Land und Sklaven. Doch mit der Zeit reichte eine Sonne mit einem Namen nicht mehr.

Er brauchte eine sichtbare Göttin, um sein Volk ruhig zu halten. Eine leibhaftige Kreatur, die von allen gefürchtet und gehasst wurde, der sich aber niemand entgegenstellen wollte.

Eine Göttin wie die in dem Turm, die Walerius so schrecklich fürchtete.

So beschloss er, einen sichtbaren Mythos zu schaffen. Also flüsterte er Rabanus ein, dass er eine Gemahlin benötigte. Eine Frau, die hübsch und gefährlich war. Eine göttliche Herrscherin an seiner Seite, die ihre Soldaten in den Krieg sandte.

Sapia. Als Rabanus sie zur Frau nahm und Walerius sie vor den Augen der geladenen Gäste traute, war sie bis auf die Augen verschleiert. Die Verdeckung sollte darüber hinwegtäuschen, dass schon längst kein Geist mehr in ihr wohnte.

Und tatsächlich wurde die Göttin das, was Walerius sich von ihr ersehnt hatte: eine hassende Göttin, die ein ganzes Volk in den Krieg trieb.

Aber mit Sapia kam auch die Dürre. Zusammen mit dem sapionischen Heer zog die Trockenheit nordwärts. Die Natur starb unter den Füßen der Krieger, sobald sie ein Land erobert hatten. Weil Sapia niemand Geringeres war als die gebrochene Maluna. Die Göttin des Wassers und der Fruchtbarkeit, die nun aber Dürre und Tod verbreitete.«

Nelja hatte kaum bemerkt, dass sie während ihrer Worte aufgestanden war. Doch nun stieg sie weiter die Treppe hinauf, auf die Tür zu, die am oberen Treppenende lag.

»Nicht dort hinein!«, rief Dorgen.

Auch weiter unten polterten Schritte die Treppe hoch. Es war Turor. »Bleib stehen!«, befahl er.

Aber Nelja konnte nicht. Sie musste den Turmsaal betreten, musste die Göttin wenigstens einmal sehen. Die Tür war von außen mit einem Riegel gesichert. Nelja schob ihn beiseite und stieß die Tür auf.

Fliegen und Gestank waberten durch den Thronsaal. Aschestaub hing in der Luft und behinderte die Sicht. Oder war es Nebel?

Wieder zuckten die Erinnerungen, drängten sich auf und ließen sie vor der Tür zurückweichen. Ein junger Mann kam herein, fast noch ein Knabe. Er stieß ein kleines Mädchen vor sich her und warf sie vor der Göttin auf den Boden.

Sapionas. Er war es. Die Göttin rief ihn, damit er das Mädchen opferte. Doch für ihn war es das erste Mal.

Mit geschlossenen Augen taumelte Nelja zurück. Mehr wollte sie nicht sehen, nicht wissen. Es war doch längst genug, um alle wesentlichen Fragen zu beantworten.

»Komm hier weg!« Jemand umfing sie mit seinen Armen. Es war Turor. »Sie darf nichts von dir erfahren!«

Doch Nelja konnte nicht. Ein grelles Kreischen fuhr in ihren Kopf.

Auch Turor stöhnte auf und griff sich an die Ohren. »Schnell! Sie hat dich gesehen. Sie spricht zu mir. Ich soll dich opfern.« Damit stieß er Nelja von sich. »Lauf! Lauf nach unten zu den Pferden und sieh dich nicht um!«

Aber Nelja wurde in die andere Richtung gezogen, auf den Thron zu, der inmitten des Saales stand. Die Göttin lag davor. Nackt und abgemagert krümmte sie sich auf den Stufen zusammen. Mehr ein Gerippe denn ein Mensch. Nur ihre Augen klappten auf, als Nelja vor ihr stand. Aus dunklen Höhlen starrte die Göttin sie an.

»Du bist es«, zischte Sapia. »Du bist die Eine, auf die ich gewartet habe. Die Eine, derentwegen ich all diese Mädchen fordern musste. Eigentlich wollte ich immer nur dich, um meine vollständige Kraft aus der Vergangenheit zurückzugewinnen!«

Nelja wich einen Schritt nach hinten. Doch seltsamerweise hatte sie keine Angst. Turor stand noch immer hinter ihr, aber er würde sie nicht opfern – und Dorgen würde es noch weniger tun. Vielleicht konnte die Blutgöttin einen der anderen Blutsucher zurückrufen, doch sie waren zu weit entfernt, um jetzt schon eine Bedrohung zu sein.

»Vielleicht träumst du davon, dass du mich bekommst«, gab Nelja zurück. »Aber das wird nicht geschehen. Stattdessen entscheide ich, was wir jetzt tun: Du wirst mit uns kommen, nach Malun. Damit Taluns Macht dich heilen kann.«

29. Kapitel

Galejas wissende Chronik der Vergangenheit
Buch Vilaria

Jahr 14975 bis 14984 der Wasserära

Erst als Walis Sapion 25 Blütezyklen alt war, oder 15 Jahre in der Zeitrechnung der Sapioner, erfuhr er, von welcher Abstammung er war. Von diesem Tag an wusste er, wie sehr ihn die Priester von Malun betrogen hatten. Sie hatten ihm nicht nur die magische Ausbildung vorenthalten, sie hatten ihm auch verheimlicht, dass er der Thronfolger eines großen Reiches war. Noch am selben Tag verließ er das Novizendorf und wanderte Richtung Süden. Doch er tobte vor Hass, und so nahm er etwas mit sich, das niemals in seine Hände hätte geraten dürfen: In seinem Gepäck befanden sich vier Seelensteine, ein roter für Sajuna, ein gelber für Zabino, der weiße für Valjan und der violette für Galeja.

Seine Reise begann zu Fuß und währte lange, ehe er endlich die Grenzberge zu Farua erreichte. Während all der Zeit verlor er zunehmend die Kontrolle über seine Gefühle. Sein Hass schwoll zu einem überwältigenden Gebilde, das ihn jederzeit auseinandersprengen konnte.

Als er in Nordfarua das erste Mal ein Dorf erreichte, schreckten die Menschen vor ihm und seinen Narben zurück und verwiesen ihn ihres Ortes. In diesem Moment entlud sich sein Hass in einem heftigen Impuls. Blitze zuckten vom Himmel und schlugen in Häuser und Menschen ein.

In dem darauffolgenden Chaos raubte er zwei Pferde und entführte ein junges Mädchen, das blonde Vaikunihaare besaß. Mit den Pferden und dem Mädchen galoppierte er Richtung Südosten. Erst in der Ein-

samkeit der östlichen Berge fand er einen Ort, an dem er verweilen konnte: ein verlassenes Bergwerk. Er sperrte das Mädchen in den Gängen ein und verging sich unzählige Male an ihr. Nur so konnte er seinen Zorn und seine Lust endlich stillen. Dabei trug er zwei der vier Seelensteine um seinen Hals und legte die anderen beiden um den Hals des Mädchens.

Walis begriff schon bald, dass auch das Mädchen göttlicher Natur war, denn sie musste weder essen noch trinken. Und so verbrachte er ganze Jahre mit ihr und seiner Grausamkeit. Bis jener Tag kam, an dem alle vier Steine leuchteten, während er dem Mädchen beiwohnte. Ihr Körper war inzwischen zu dem einer Frau herangereift, und in jener Nacht empfing sie ein Kind.

Doch von nun an ging etwas von dem schwangeren Göttermädchen aus, das ihm Angst machte, ein unfassbarer Sog, der an seiner Magie zerrte, als ließe sie sich von seinem Körper lösen.

Hals über Kopf floh Walis vor dem schwangeren Mädchen. Nur die Seelensteine nahm er mit, während er weiter Richtung Süden ritt. Aber irgendetwas an der Schwangerschaft hatte seine Magie in Aufruhr versetzt. Immer wieder wurde er von Bildern aus seiner Vergangenheit angefallen. Die Vögel pickten an seinem Gesicht und hackten ihm ein Auge aus, während die Vatus in der Ferne heulten. Mitten in den Bergen wurde Walis wahnsinnig von seinen Erinnerungen – bis er bemerkte, dass der violette Stein noch immer leuchtete. In Panik schleuderte er ihn einen Abhang hinab. Schlagartig hörten die Erscheinungen auf und ließen ihn fortan in Ruhe.

Mit neuem Mut ritt er weiter. Selbst seine Magie ließ sich endlich wieder kontrollieren. In all der Zeit mit der Göttin hatte er seinen Hass zumindest so weit abreagiert, dass er nun wieder klar denken konnte. Auf dem Weg Richtung Sapion schmiedete er einen Plan. Er schnitzte sich eine Vogelmaske, unter der er sein Gesicht für immer verbergen würde. In Sapion würde er ein Herrscher sein, und lieber war er ein anonymer, aber gefürchteter Herrscher, dessen Macht unter einer Maske hervorströmte, als ein Herrscher, der wegen seiner Entstellungen gefürchtet wurde und über den die Untertanen heimlich spotteten.

Als er Sapion erreichte, sprach er beim Schatzmeister seines Reiches vor, der in der Zwischenzeit der Thronhalter gewesen war. Walis Sapion beanspruchte den Thron für sich und zeigte als Beweis das Tuch, in dem sein Name zusammen mit den Initialen seiner Mutter eingestickt war. Im Palast von Anmare kannten die Menschen die Handschrift der einstmaligen Herrschergattin. Entsprechend wurde seinem Verlangen stattgegeben.

Nur kurze Zeit später wurde Walis Sapion als rechtmäßiger Thronfolger seines Vaters gekrönt. Um den Schatzmeister zu besänftigen und alle weiteren Ansprüche auf den Thron zweifelsfrei zu klären, heiratete er dessen älteste Töchtersippe. Die meisten der Mädchen waren noch unangemessen jung, aber Walis störte sich in keiner Weise an diesem Umstand.

Noch im selben Jahr wurde die älteste seiner Frauen schwanger. Neun Monate später kam Rabanus Sapion zur Welt, Walis' erstgeborener Sohn.

In der Einsamkeit des Bergwerkes aber war noch ein Kind entbunden worden: ein göttliches Mädchen, in dem sich die Elemente von vier Göttern vereinten. Sie war die stärkste Götterhybridin, die es jemals gegeben hatte, da sich die Elemente Luft, Feuer und Erde zu einem Kreis zusammenschlossen. Doch die Erde war überrepräsentiert, während die Zeit ungebunden in der Mitte des Kreises stand. Jene Zeit repräsentierte die Vergangenheit, und die Erde schloss sie in einem mächtigen Knoten ein. Wie unter Vakuum wurde alles Vergangene in der Mitte des Magiekreises konserviert.

Hiermit war die Göttin der ewigen Jugend erschaffen worden. Jeder intensive Kontakt mit ihr drehte die körperliche Zeit in die Vergangenheit zurück und heilte alle Verletzungen. Somit wurde die Göttin zu einem Quell ewiger Jugend und Schönheit.

Doch die Mutter der Göttin war vom Magiefieber erfasst worden. Direkt nach der Geburt war sie daran verstorben. So wuchs das Hybridmädchen allein in der finstersten Dunkelheit auf. Seine Seele wurde gebrochen, noch bevor es je einen Menschen zu Gesicht bekam.

Allein deshalb brachte der Kontakt mit ihr nicht nur ewige Jugend – sondern forderte auch ein schreckliches Opfer.

***

Grenzberge zu Malun, Gefängnis

Dorgen

Tagelang hatte Burk ihn nur angestarrt. Wie viele Tage es waren, konnte Dorgen nicht sagen. Doch der Zeitraum, den sie nun schon zusammen in dieser Zelle saßen, fühlte sich endlos an. Während all der Zeit hatte Burk ihn fixiert wie ein wildes Tier. Anfangs hatte Dorgen damit gerechnet, dass der andere ihn jeden Moment angreifen würde. Er hatte sogar erwartet, dass Burk Waffen bei sich trug.

Aber nichts dergleichen war geschehen. Sein neuer Mitgefangener saß ihm einfach nur auf dem Boden gegenüber und starrte ihn an.

Es war mitten in der Nacht, als sich die Tür ihres Gefängnisses endlich öffnete. Erleichtert sprang Dorgen auf und sah den Männern entgegen, die hinter der Türöffnung erschienen. Ob Svaris bei ihnen war? Es wurde Zeit, dass der zweite Hauptwächter endlich kam und ein Urteil über ihn sprach. Hastig suchte Dorgen die Argumente und Erklärungen zusammen, die er sich in der langen Dunkelheit überlegt hatte.

Doch die Männer, die eintraten, waren keine Pameli. In der Finsternis der Nacht konnte Dorgen nicht viel erkennen. Aber ihre Lederrüstungen schienen schwarz zu sein – und die Art, in der sie geschnürt waren …

Sapioner! Die Männer waren keine Rebellen. Es waren Sapioner.

Hastig wich Dorgen zurück. Burk hingegen nickte den Eindringlingen zu.

Dorgen wollte sich an der Wand entlangdrängen, schätzte die Lücke ab, die sich zwischen den vordersten Sapionern und der Tür ergab.

Doch die Männer waren schneller. Zu zweit sprangen sie vor, packten Dorgen an den Armen und drehten sie auf seinen Rücken. Schmerzerfüllt krümmte er sich nach vorn. Er konnte nichts mehr tun. Sie hatten längst ein Seil um seine Handgelenke gewunden.

Dorgen wollte schreien. Um Hilfe rufen. Die Rebellen und Pameli alarmieren, die vermutlich nicht wussten, dass Sapioner in ihr Lager eingedrungen waren. Aber er gab nur einen kurzen Schrei von sich, ehe etwas in seinen Mund gestopft wurde. Hastig wand derjenige ein Tuch darum und band es hinter seinem Kopf zusammen. »Still sein!«, zischte er. »Sonst wirst du das hier noch mehr bereuen als ohnehin schon!«

Dann wurde er vorwärtsgeschubst. Die Männer stießen ihn zur Tür und packten seine Arme. Dorgen wehrte sich nicht. Nicht sofort. Erst musste er die Lage sichten.

Der Himmel war fast vollständig dunkel. Nur ein weißlicher Schimmer verriet, dass der Mond hinter den Bergen aufgegangen war. Das Zwielicht reichte gerade aus, um die Landschaft in groben Schemen zu erkennen. Die Hütte, in der er gefangen gewesen war, stand allein inmitten von Bergen. Falls das Rebellenlager in der Nähe war, musste es hinter den nächsten Felswänden versteckt sein. Etwas entfernt lag eine leblose Gestalt am Boden, vermutlich ein Wachposten der menschlichen Rebellen, zumindest war weder eine tote noch eine lebendige Pamuschkatze in der Nähe.

Doch mehr Zeit zum Schauen blieb Dorgen nicht, ehe die Sapioner ihn weitertrieben. In einem schweigenden Zug stießen sie ihn vorwärts, durch eine enge Kluft zwischen hohen Bergen, über einen Hohlweg, von dem es weder rechts noch links einen Ausweg gab – nur den Weg nach vorn und den Weg zurück.

Dorgen versuchte, nicht zu stolpern. Mit zusammengebissenen Zähnen konzentrierte er sich auf seine Schritte. Nicht über die Steine fallen, keine Schwäche zeigen, keine Angst zulassen.

Was auch immer jetzt kam, es würde nichts Gutes sein.

Wohin bringt ihr mich?, wollte er fragen. Aber es war besser, das Schweigen der Männer zu erwidern. Mit dem Knebel im Mund konnte er ohnehin nicht sprechen. Die Sapioner würden nur über ihn spotten, wenn er es versuchte.

Eine gefühlte Ewigkeit liefen sie vorwärts. Irgendwann erhob sich Sapionas über den Bergen und schließlich Sapia, die nur noch ein winziger Lichtpunkt war. Eine Spur von Bitterkeit kam in Dorgen auf. Ihren Krieg im Namen der Blutsonne konnten sie demnächst vergessen. Aber es war gut, dass er das nicht sagen konnte. Hochnäsigkeit würde ihn nur umso schneller töten.

Stattdessen suchte er nach Auswegen. Es musste Pfade geben, die in die Berge führten, wenigstens Stellen, an denen er klettern konnte.

Doch er war von zehn oder zwölf Männern umringt. Außerhalb der Hütte waren noch weitere hinzugekommen, und der geringste Fluchtversuch wäre blanker Selbstmord gewesen.

Offensichtlich gehörten die Sapioner zu Burk. Selbstbewusst schritt der Bastard voran und führte den Trupp durch die Berge.

Ein seltsames Lachen wollte sich in Dorgens Kehle drängen, während er Burks eigenartige Silhouette von hinten betrachtete, seine Haare, die auf der einen Seite lang waren und auf der anderen nur in einzelnen Strähnen über seine Narbenglatze fielen.

Hatte er diesen Mann während der Auslese tatsächlich bedauert? Hatte er tatsächlich Mitleid empfunden, weil Burk im Waisenhaus von Kolmar aufgewachsen war?

Mitleid war eine tödliche Schwäche für einen Krieger. Schon sein Ausbilder hatte versucht, ihm das einzubläuen. Dorgen war naiv gewesen, wenn er angenommen hatte, diese Regel ändern zu können.

Irgendwann, als die Nacht schon beinahe vorbei war, fragte er sich, ob die Sapioner vorhatten, ihn mehrere Tage auf diese Weise durch die Berge zu scheuchen. Doch schließlich schubsten sie ihn auf ein dunkles Loch in der Felswand zu. Eine Höhle! Sie trieben ihn in eine Höhle. Einer der Männer entzündete eine Fackel und ging vor. Nach einer Weile erweiterte sich die Höhle. Dorgen sah sich um, noch immer auf der Suche nach einem Fluchtweg.

Etwas Hartes traf ihn an der Schläfe. Der Rest seines Gedankens verschwand in der Schwärze.

***

Nordfarua, neues Heerlager Sapions

Rabanus

In ordentlichen Zeltreihen lag das neue Heerlager vor ihm. Innerhalb weniger Tage hatten die Soldaten das alte Lager abgerissen, das Material sortiert und die brauchbaren Reste inmitten der nordfaruanischen Ebene wieder aufgebaut. Es mochten zwar deutlich weniger Zelte sein als vorher, doch mehr als diese brauchten sie nicht. Die größten wurden von den neuen Offizieren für die Planungen genutzt. In anderen lagerten Waffen und Sprengstoff, und der Rest diente dazu, darin mit den Huren ungestörten Spaß zu haben.

Schlaf- oder Küchenzelte waren unnötig geworden. Ihre Krieger waren keine Menschen mehr. Sie waren gottgeleitete Kreaturen, die nur noch diesen einen Zweck zu erfüllen hatten.

Es wurde Zeit, sie zusammenzurufen und auf den Vormarsch zu schicken.

Mit forschen Schritten ging Rabanus auf Walerius zu. Sein oberster Berater stand etwas erhöht auf einem flachen Hügel. Wind zauste in seinem weißen Haar, und seine Arme waren ausgebreitet, um die Wut des Sturmes einzufangen.

Doch der Wind wehrte sich gegen den Zwang. Immer wieder entwischte er Walerius' Händen, verwirbelte den Staub und trieb ihn in zornigen Windhosen in das Gesicht des Beraters. Strähnig klebten die weißen Haare an Walerius' Stirn, Schweiß lief über seine Haut, und sein Atem keuchte vor Anstrengung. Selbst seine Hände zitterten, wenn er versuchte, die Fäden wieder einzufangen.

Rabanus unterdrückte ein Lachen, als er ihm gegenübertrat. »Es gelingt Euch kaum noch«, spottete er. »Früher habe ich Euch in weitaus größerer Stärke gesehen.«

Verärgert ließ Walerius die Fäden des Sturmes fallen. »Ich probe nur! Wer sagt, dass ich meine Macht jetzt schon bündeln will?«

»Weil es an der Zeit wäre, das Heer zusammenzurufen«, entgegnete Rabanus. »Sonst muss ich *sie* bitten, es zu tun.« Er deutete auf eine Gruppe von Offizieren, die Walerius als Elitetruppe herangezogen hatte. Zwar schien es, als hätten sie etwas zu besprechen. Doch ihre Blicke huschten zu Walerius und begutachteten seine hilflosen Handbewegungen.

Die Schwäche des obersten Beraters war niemandem entgangen – am allerwenigsten denen, die seine größte Konkurrenz darstellten.

»Keiner von ihnen ist so mächtig wie ich!«, stieß Walerius hervor.

Rabanus wusste es besser. Die Zeiten, in denen sein oberster Berater der Mächtigste seiner Art gewesen war, lagen weit zurück. Trotzdem war es nicht sinnvoll, ihm zu widersprechen. »Allein mögen sie weniger mächtig sein als Ihr, aber zusammen übertreffen sie Euch allemal.«

Walerius stieß ein verächtliches Schnauben aus. Erneut streckte er die Arme zu den Seiten.

»Ihr könntet an Kraft gewinnen, indem Ihr Euch verjüngt«, schlug Rabanus vor. »Das Monster steht Euch jederzeit zur Verfügung.« Damit deutete er auf den Metallwagen, der abseits am südlichen Rand des Heerlagers stand.

Walerius öffnete die Augen. Kurz schien es, als wolle er den Vorschlag ignorieren, dann ließ er die Arme fallen und zuckte die Schultern. »Ich habe sie gefunden und Euch geschenkt, nicht wahr? Ich gebe zu, dass es mich nicht sehr nach ihr gelüstet. Aber vermutlich habt Ihr recht.«

Rabanus' Mundwinkel zuckten in einem schiefen Lächeln. Etwas in ihm füllte sich mit Genugtuung, während Walerius die verschwitzten Hände an seinem Umhang abwischte und auf den Wagen zuging. Mit einer forschen Kopfbewegung befahl er dem Wärter, die Tür zu öffnen, und verschwand im Inneren.

Rabanus wollte nicht über das nachdenken, was dort geschah. Nur die Abscheu stahl sich in das Zucken seiner Mundwinkel. Umso entschlossener drehte er sich zu den Offizieren um, die Walerius mit bleichen Gesichtern nachsahen. Sein Berater mochte sich noch etwas vormachen, aber Rabanus wusste, dass sie die Offiziere brauchten, um ausreichend Macht zu bündeln.

Das, was vor ihnen lag, war keine Schlacht im herkömmlichen Sinn. Die Krieger würden in die Berge klettern müssen, um dort gegen die Rebellen und Pameli anzutreten. Während die Verteidiger sie schon von weitem sehen konnten, war für seine Männer jeder Felsen und jede Erhebung eine Gefahr. Ohne starke Magie würden sie nicht weit kommen. Ihre Körper waren längst zur Hälfte verdurstet und verhungert. Sobald die Magie nachließ, würden sie zusammenbrechen.

Nein, wenn diese Schlacht gewonnen werden sollte, brauchte es mehr als die jämmerlichen Kräfte eines Walerius. Es brauchte alle Offiziere, deren furchteinflößende Magie sein Berater so sorgsam geschult hatte.

Rabanus musste nur die Augen schließen, um das schwarze Netz vor sich zu sehen. Es verband ihn und Walerius – aber auch die Offiziere waren ein Teil davon. Dunkel lagen ihre Knoten in der Finsternis, doch es war nur ein Funken von Grausamkeit nötig, um sie zu spüren und ihren kalten Herzschlag mit seinem zu verbinden.

Als er die Augen öffnete, ruhten die Blicke der Offiziere auf ihm. Noch waren sie bereit, ihm zu dienen. Noch zollten sie seiner höheren Stellung ihre Anerkennung. Seine Worte wären zwar nicht stark genug, um gegen sie alle zu bestehen, aber das innere Netz konnte sie in den Gehorsam zwingen. Allein mit seinen Blicken, indem er sie der Reihe nach ansah, band Rabanus sie an sich.

Der Wind blies stärker über das Lager. Die furchtbare Energie darin galt es zu bündeln.

»Ruft die Männer auf den Appellplatz«, befahl Rabanus. »Jetzt gleich!« Mehr Worte würden seine Schwäche offenbaren. Doch für diesen kurzen Befehl konnte er genug Kraft sammeln. Sein Herzschlag sandte einen dunklen Impuls, rief das schwarze Netz in einen gemeinsamen Takt und brachte die Offiziere dazu, gehorsam die Köpfe zu senken.

Dann schwärmten sie aus. Der Wind folgte ihnen, strömte durch die Seelen der Feuergötter und sammelte sich in den Händen derer, deren Worte wie tödliches Gift waren.

Er selbst war ein Feuergott, und bald würde der Rest der Welt brennen. Immer heißer strich der Wind um Rabanus' Körper, während er die Krieger beobachtete, die von allen Seiten auf den Appellplatz zukamen. Es war ein Heer aus glänzendem, poliertem Schwarz. Ihre bleichen Gesichter wirkten unecht wie die von Puppen. Nur diesen einen Zweck würden sie noch erfüllen.

Als Walerius den Metallwagen verließ, hörte Rabanus das neugeborene Monster hinter sich schreien. Er drehte sich nicht um. Nur der Befehl seines Beraters war nicht zu überhören: »Schlagt ihm den Kopf ab.«

Ein schmatzendes Geräusch beendete das entsetzliche Kreischen.

Es erschien so verlockend wie einfach, die neugeborenen

Kreaturen unmittelbar zu köpfen. Doch Rabanus wusste, warum er mit seinen Monsterkindern nicht ebenso verfuhr. Die Göttin würde sie ein ums andere Mal neu gebären. Auch jetzt wuchs das nächste Monster bereits in ihr heran.

Aber vielleicht war es egal – vielleicht ließen sich sogar die Monster für die Schlacht verwenden.

Walerius trat an seine Seite und betrachtete den Strom der Krieger. Seine Ausstrahlung hatte sich verändert. Tatsächlich war seine Magie gewachsen. Auch wenn er nie wieder seine alte Stärke zurückgewinnen würde – sie reichte aus, um Rabanus' Blick auf die Schönheit seines Beraters zu lenken.

Walerius war so jung wie schon seit Ewigkeiten nicht mehr. Sein Gesicht wirkte makellos glatt. Dichte Augenbrauen säumten seinen Blick, und seine Haare fielen lang und glänzend über seine Schultern. Als ein Lächeln über seine Lippen huschte, zuckte Rabanus zusammen. Siberi. Walerius sah aus wie sein Sohn. Lediglich seine glatten Haare gaben ihm eine andere Silhouette.

Der Wind teilte sich in verschiedene Wirbel. Einer davon suchte Walerius' Hände wie ein gezähmtes Tier, das von seinem Herrn gestreichelt werden wollte. Alle anderen folgten den Offizieren.

Nur mit dem schwarzen Netz konnten sie diesen Krieg anführen.

Gemeinsam setzten sich Rabanus und Walerius in Bewegung, liefen auf den Appellplatz zu und bestiegen das Podium. Die Offiziere reihten sich rechts und links auf, während ihnen tausende Männer gegenüberstanden. Das Heer war zusammengeschrumpft. Von dreizehntausend auf sechstausend. Dennoch musste die Anzahl reichen.

Rabanus hörte, wie der Wind in den Händen der Manipulatoren wisperte. Er konnte spüren, wie sich die Magie zusammenschloss und die Hitze aller Götter vereinte, bis sie sich in Rabanus selbst sammelte und sich in seiner Brust verdichtete. »Heer von

Sapion!«, rief er in die Trichter und spürte der steinernen Ruhe nach, die darauf folgte. Sechstausend standen still wie ein wogendes Meer von schwarzen Bäumen. Sechstausend würden ihm folgen, würden für ihn töten und sterben. Selbst wenn die Zähne und Schwerter der Gegner sie nicht trafen – keiner von ihnen würde anschließend wieder aufstehen.

Doch das wussten sie nicht. Sie konnten es nicht wissen, denn ihre Seelen waren von allem Persönlichen entleert.

»Heute ziehen wir in die letzte Etappe des Krieges!«, rief Rabanus, und es war die Macht der Worte, die sich mithilfe von Walerius und den Offizieren in seiner Stimme sammelte. »Klettert in die Berge und findet unsere Gegner. Schwärmt aus und vernichtet jeden, auf den ihr trefft. Tötet ihre Katzen und brennt ihre Häuser nieder. Nehmt euch ihre Frauen und Kinder, wie es euch beliebt, und beseitigt die Reste. Wenn das hier vorbei ist, will ich alles Leben unserer Gegner vernichtet sehen!«

Wie eine Explosion fuhr das Brüllen der Krieger in den Himmel. Jegliche Menschlichkeit war daraus verschwunden. Von nun an lebten sie nur noch für seinen Befehl. Für seine Grausamkeit. Um in seinem Namen den Rest der Welt zu verbrennen.

30. Kapitel

Galejas wissende Chronik der Vergangenheit
Buch Vilaria

Jahr 14984 bis 14988 der Wasserära

Um sich und seiner angetrauten Sippe ein komfortables Zuhause zu bieten, beschlagnahmte Walis Sapion eine der schönsten und fruchtbarsten Oasen im Bergland von Sapion. Er benannte die Oase nach sich selbst und ließ einen Palast erbauen, in dem er mit seiner Sippe wohnen wollte.

Als jedoch sein erster Sohn geboren wurde, geschah es: Der Anblick des kleinen Rabanus brachte alles in Walis ins Wanken, jegliche sorgsam geschliffene Kontrolle ebenso wie die Macht über seine Magie. Er war vernarrt in den Jungen und seine Gegenwart, aber nicht auf eine Art, in der ein Vater in sein Kind vernarrt sein sollte.

Walis begehrte seinen kleinen Sohn, und es fiel ihm zunehmend schwerer, seinen Trieb zurückzuhalten. Seine Gedanken kreisten nur noch um das Kind, und schließlich verlor sich seine Konzentration fast vollständig in dunklen Tagträumen. Walis war nicht mehr in der Lage, seine Regierungsgeschäfte zu erledigen. Anfangs zog er sich in die Oase zu seiner Sippe zurück, aber die Nähe zu dem Jungen machte seinen Trieb unkontrollierbar. Und so gingen seine Fantasien in Taten über. Mit einem letzten Anflug von Verstand wusste er, dass sich nicht einmal ein Herrscher solche Taten erlauben konnte und dass er sie vertuschen musste. Also nahm er seine Frauen und den kleinen Jungen mit auf eine Schiffsfahrt. Offiziell wollte er einen Familienausflug zu einer der unbesiedelten Inseln vor Anmare unternehmen.

Auf der Überfahrt fingierte er jedoch ein Schiffsunglück. Er selbst legte das Feuer, in dem das Schiff verbrannte. Sich und den kleinen Rabanus rettete er auf ein Beiboot, während seine Frauen mitsamt den Seeleuten entweder im Feuer starben oder im Meer ertranken.

Mit dem Beiboot setzte er auf die Insel über. Dort versteckte er sich mit dem Kind und tat so, als seien sie beide ebenfalls bei dem Unglück gestorben.

Knapp drei Jahre blieb er mit Rabanus auf der Insel. In dieser Zeit sah er sich vollkommen unbeobachtet. Was auch immer er mit dem Jungen tun wollte, niemand war da, um ihn daran zu hindern. Nicht einmal die menschliche Sterblichkeit setzte ihm eine Grenze, denn das Kind überlebte selbst die schwersten körperlichen Verletzungen. Nur Feuer hinterließ bleibende Narben auf seiner Haut.

Vielleicht lag es an diesen Entstellungen oder an dem Verhalten des verstörten Jungen – irgendwann verlor Walis das Interesse an dem Kind. Also übergab er seinen Sohn an das Meer und sah zu, wie die Wellen ihn in die Tiefe zogen.

Doch der unsterbliche Junge überlebte auch das Wasser. Wenige Monate später wurde er am Ufer von Anmare angespült. In seiner Kleidung war sein Name eingenäht, und so fand das Kind den Weg zu seinem Großvater, dem Schatzmeister von Sapion, der erneut die Regentschaft übernommen hatte.

Von diesem Tag an war Rabanus wieder der Thronfolger von Sapion. Er musste nur erst zu einem jungen Mann heranwachsen, ehe er den Thron besteigen sollte.

Walis Sapion hingegen zog sich in das stillgelegte Bergwerk zurück, in dem er sich schon einmal vor der Welt versteckt hatte. Dort fand er das Kind, das er einst gezeugt hatte, jene Hybridgöttin, in der sich die Elemente von vier Gottheiten kreuzten: Sie war die Göttin der ewigen Jugend, und ihr Körper würde für immer voller Jugend und beinahe kindlich bleiben.

Wie so oft überkam Walis das Verlangen nach der kindlichen Göttin. Doch dieses Mal geschah etwas Unerwartetes: Noch während des Bei-

schlafes glätteten sich die Narben in seinem Gesicht. Auch sein Körper verjüngte sich zu strahlender Jugend.

Als Walis seine erste Ungläubigkeit überwunden hatte, wollte er vor Freude jubeln. Sein neues Äußeres bot die Chance zu einem vollkommenen Neuanfang.

Dann aber sah er, welches der Preis dafür war: Der Leib der Göttin schwoll an – bis sie vor seinen Augen das hässlichste Kind gebar, das er jemals gesehen hatte.

Mit eisigem Schrecken griff Walis das Neugeborene, trug es zu einer Klappe, die im Boden eingelassen war, und warf es hinab.

Niemals sollte etwas so Hässliches wieder herauskommen. Niemals!

★★★

Farua

Feyla

Seit sie die Grenze zu Farua überschritten hatten, stießen immer mehr Teile der Widerstandsarmee zu ihnen. Abgesehen von ihnen wirkte die Landschaft menschenleer. Sämtliche Sklavenkolonien schienen geräumt und ausgelöscht worden zu sein. Auch die sapionisch besetzten Dörfer waren wie leergefegt. Wohin die sapionischen Bauern gegangen waren, die mit ihren Sippen hier gelebt hatten, ließ sich nicht nachvollziehen. Nur vereinzelt trafen sie auf Kinder, die zurückgeblieben waren. Ein Großteil der Frauen sprach sich dafür aus, die Kinder nicht ein weiteres Mal allein zu lassen. Also sammelten sie die Kleinen auf und nahmen sie mit, bis es Zeit war, als Armee weiterzureiten. In dem nächsten Dorf gaben sie ihre Tarnung auf. Dabei ließen sie nicht nur die Sklavenwagen zurück, sondern auch die Kinder sowie drei Frauen, die sich um sie kümmern wollten. In der letzten Nacht versteckten

Feyla und Nuszam die Bücher im Keller eines Steinhauses. Noch immer fiel es Feyla schwer, jene wertvollen Schriften zurückzulassen. Doch noch unmöglicher war es, sie in den Krieg mitzunehmen.

Immerhin hatte sie das meiste auf der Reise gelesen. Unauslöschlich war das Wissen aus Vilarias Buch seither in ihrem Kopf verankert. Immerzu musste sie an das Grauen denken, das in den Zeilen der Vaikunifrau herrschte. Das Buch hatte ein sonderbares Gefühl in ihr hinterlassen: Das Kind, das Rabanus einst gewesen war, tat ihr leid – doch der Erwachsene, der aus ihm geworden war, erfüllte sie mit Abscheu. Genauso war es mit Walis Sapion – mit seiner schrecklichen Geschichte, die ihn von einer tragischen Figur über einen abscheulichen Erwachsenen in einen tragenden Politiker verwandelt hatte.

Doch nun herrschte Krieg, und Feyla war wild entschlossen, dafür zu sorgen, dass derartige Menschen, ganz gleich ob Gottgeborene oder nicht, niemals wieder Macht über andere erhielten.

Während sie die Pferde zäumten und alles Notwendige in den Satteltaschen verstauten, versuchte sie, die düstere Erinnerung an Vilarias Buch abzuschütteln. Von nun an musste sie wieder ganz in der Gegenwart leben und sich auf das konzentrieren, was vor ihr lag.

Als bewaffnetes Heer rückten sie schließlich voran. Tag für Tag stießen weitere Widerständler zu ihnen, die sich in den leeren Dörfern versammelt hatten. Tatsächlich zählte ihr Heer irgendwann mehr Männer als Frauen. Die meisten ihrer Krieger waren sapionische Sklaven, die in der Auslese verloren hatten, danach aber durch ihre neuen Herren von Kastration und Knechtschaft verschont geblieben waren. Auch manche dieser »Herren« hatten sich dem Widerstand gegen das sapionische System angeschlossen und ritten mit ihnen, zumeist verheiratete Männer aus der Bauern- oder Handwerkerkaste.

Selbst Akademiker erkannte Feyla in ihren Reihen – auch wenn sie äußerlich kaum von den anderen zu unterscheiden waren. Da sie ebenfalls schwarze Lederrüstungen trugen, ließ sich ihr höherer Status allenfalls an den gebildeten Worten erkennen.

Auf den ersten Blick sah diese Armee dem Heer Sapions zum Verwechseln ähnlich. Bis zu jenem Morgen, an dem Thia und Sonjem vor allen anderen aufstanden und grüne Pflanzenfarbe aus den Getreideresten des Wachshafers herstellten. Die giftgrünen Körner färbten entsetzlich, wenn man sie zerdrückte. Also stampften sie die Körner zu einer glatten Paste und bemalten ihre Brustpanzer mit einem grünen Zweig.

»Das ist das neue Zeichen unseres Widerstandes«, erklärte Thia den Kriegern und Kriegerinnen und zeigte jedem eine Vorlage, damit sie das Emblem einheitlich aufmalen konnten. »Ein grüner Zweig als Hoffnungszeichen für Malunas Rückkehr.«

Mit dem neuen Zeichen auf ihrer Brust ritten sie weiter. Nur wenige Tage später erreichten sie das ehemalige Frontgebiet und den verbrannten Waldgürtel. Tiefe Wehmut erfasste Feyla, als sie das abgerissene Heerlager passierten. Hier also hatte Dorgen den größten Teil seines Lebens verbracht. Hier, in diesem todgeweihten Winkel der Welt, in dem selbst die letzten verknickten Grashalme nach Tod und Verwesung stanken. Als sie durch die Aschewüste dahinter ritten, senkte sich die Trauer wie Blei in ihre Brust. Dass hier das größte Waldgebiet ihrer Welt gelegen hatte, war kaum noch denkbar. Manchmal hob sie den Kopf und versuchte, sich hohe Bäume und ein dichtes Blätterdach vorzustellen. Doch bis jetzt hatte sie den Wald von Farua nur auf Bleistiftzeichnungen gesehen, ähnlich grau wie diese Landschaft.

Und ausgerechnet Dorgen hatte den Befehl zur Brandstiftung gegeben. Wie ein Messer schnitt die Erkenntnis in ihr Herz. Dass ihr eigener Zwillingsbruder ihn mit seiner Magie dazu gezwungen hatte, machte es nicht besser.

Dort vorn, irgendwo in der Richtung, in die sie ritten, musste Dorgen sein. Vielleicht noch immer als Teil des Heeres. Oder war er mit Karer und Livoi geflohen?

Die Ungewissheit drückte noch schlimmer auf ihr Gemüt als der Verlust des Waldes. Seit mehr als einem Jahr war sie Dorgen nicht mehr so nah gewesen wie hier. Und trotzdem war es kaum denkbar, dass sie sich wiedersahen. Die Wahrscheinlichkeit, in der bevorstehenden Schlacht zu sterben, war deutlich größer.

Bei Einbruch der Nacht hatten sie die Aschewüste passiert. Als sie dieses Mal Rast machten, ahnte Feyla, dass es das letzte Mal vor der Schlacht sein würde. Nuszam und Kori schickten Spähtrupps voraus. Schon am nächsten Morgen kehrten die ersten zurück und schilderten ihre Beobachtungen: Die sapionische Armee lagerte einen knappen Tagesmarsch vor ihnen. Doch das Heer befand sich weder unter dem Kommando des Blutsohnes noch unter Dorgens Führung. Wo die beiden waren, war unklar – sicher war nur, dass Rabanus und Walerius das Heer führten.

»Ich bringe ihn um«, wisperte Thia, als der Name des obersten Beraters fiel. »Bitte versprecht mir, dass ihr ihn übrig lasst, damit ich ihn töten kann.«

Niemand versprach es ihr, ganz im Gegenteil: In Koris Augen glühte derselbe Hass.

Auch in Feylas Brust brannte Verachtung für ihren Vater. Wenn er ihr gegenüberstand, würde sie nicht zögern. »Es ist egal, wer ihn tötet. Hauptsache, er kommt nicht davon.«

So würde es also enden. Noch saßen sie hier, auf dem nackten Boden hinter dem verbrannten Waldgürtel, umgeben von grasenden Pferden und beleuchtet von der aufgehenden Tagsonne. Doch bis zum Abend würden sie alle in die Schlacht ziehen – und wenn die Sonne unterging, lebte womöglich nur noch die Hälfte von ihnen.

Wie zum Abschied ließ Feyla den Blick über die Gesichter schweifen. Über Sonjem, die ebenfalls eine Uniform trug, obwohl sie hinter dem Kampfgeschehen die Verletzten versorgen würde, weiter zu Thia, die mit ihrem grimmigen Lächeln vor sich hinstarrte, dann aber an Nuszams Schulter sank. Auch sein

Gesicht war gezeichnet von Sorge. Er lächelte matt, als er Feylas Blick begegnete, der Zündversuch eines Hoffnungsfunkens, wo weit und breit weder Hoffnung noch Zunder war. Nach einem kurzen Flackern erlosch sein Lächeln. Mit einem Anflug von Verzweiflung legte er den Arm um seine Freundin.

Kurz darauf näherte sich der Hufschlag galoppierender Pferde. Alarmiert sprangen sie auf und schauten dem nächsten Spähtrupp entgegen, der mitten durch ihr Lager preschte und vor Nuszam und Kori durchparierte.

»Sie stellen sich auf!«, rief der Spähtruppführer, noch während er absprang. »Rabanus ruft die Krieger zur Schlacht. Sie wollen über die Berge nach Malun, und sie sollen alles vernichten.«

In hastigen Worten berichteten die Späher, was sie aus der Ferne beobachtet hatten. Kurz darauf waren sämtliche Fragen geklärt. Allzu deutlich lag der Plan vor ihnen: Noch bevor die Sapioner die Grenzberge erreichten, mussten sie ihnen in den Rücken fallen. Damit die Krieger gar nicht erst in die Berge gelangten.

Von nun an ging alles ganz schnell. Während sie ihre Rüstungen überprüften und aufsaßen, während sie Schwerter und Schilde griffbereit anbrachten und die Pferde in Marschformation trieben, hatte Feyla das Gefühl, dass ihr Körper längst zehn Schritte weiter war als ihr Verstand. Sie ritt in die Schlacht. Sie würde kämpfen. Sie würde sterben. Immer wieder glitten die Worte durch ihren Kopf und kamen dennoch nicht in ihrem Verständnis an.

Erst als sie die Massen von sapionischen Fußsoldaten erblickte, die Richtung Malun marschierten, erst während Kori das Kommando gab, die Pferde in eine Angriffsformation aufzufächern – eine Aufstellung, die breit genug war, um das sapionische Heer von hinten zu umschließen –, erst während sie antrabten und in Galopp übergingen und dann so schnell wurden, dass die schwarzen Rückenpanzer der Krieger wie ein Schwarm von ekligen Käfern näher rückten – erst da wurde Feyla klar, dass es ernst war.

Das hier war der Krieg, und vor ihr lag der erste richtige Kampf. In nur wenigen Augenblicken würden sie in die marschierenden Krieger hineinreiten – und ihr einziger Vorteil war die Wucht eines Reiterangriffes, der die Fußsoldaten im Rücken traf. Ein Vorteil, der nur so lange währen würde, bis die Gegner sie aus dem Sattel holten.

Noch vor dem Abend würde sie tot sein. Wahrscheinlich.

Dennoch war der schlimmste Gedanke ein anderer: Was, wenn Dorgen der gegnerischen Magie verfallen war? Was, wenn er sich noch immer im Heer befand? Was, wenn sie noch vor dem Abend mit ihrem Mann auf Leben und Tod kämpfen musste?

***

Grenzberge zu Malun

Dorgen

Als er erwachte, strich kalte Luft über seine Haut. Etwas Spitzes ritzte in seinen Rücken. Auch seine Arme schmerzten. Er zog daran, um seine Schultern von dem Schmerz zu befreien. Doch es ging nicht. Seine Hände hingen fest.

Mit einem Schlag war er wach. Seine Sinne rebellierten. Er musste weg von hier. Doch wie? Und warum? Wo war er?

Um ihn herum war es dunkel. Halbdunkel. Er befand sich in einer Höhle. Sein Rücken lehnte an einem spitzen Felsen, seine Hände waren über dem Kopf gefesselt, und sein Körper …

… war nackt! Von Kopf bis Fuß.

Die Erinnerung traf ihn wie kaltes Wasser. Fremde Sapioner hatten ihn durch die Berge getrieben und in eine Höhle verschleppt. In *diese* Höhle! Graue Wände duckten sich um ihn herum, an der Felswand brannte eine Fackel.

Jemand stand davor. Nur seine Silhouette zeichnete sich ins Gegenlicht, aber Dorgen erkannte die Gestalt.

»Du bist wach«, säuselte Burk. In seinen Händen hielt er etwas, schlug es flach in seine offene Handfläche und ließ es im Licht der Fackel aufblitzen: ein Messer. Scharf und geschmeidig wie jene, mit denen die Schlachter das Vieh zerteilten.

»Schöne Grüße von deinem Schwiegervater.« Burk deutete mit der Messerspitze auf Dorgens Brust. »Ich habe einen Auftrag von ihm: Ich soll dich töten.« Er hob die Klinge und betrachtete sich selbst in der Spiegelung. »Tatsächlich gibt es keinen Auftrag, den ich lieber erfüllen würde. Allerdings habe ich nicht vor, es schnell zu tun.« Er trat näher, ließ das Messer sinken und strich mit der stumpfen Seite an Dorgens Taille entlang.

Die Berührung kitzelte. Dorgen schnappte nach Luft und zwang sich stillzuhalten. Doch die Angst kroch wie eine Schlange durch seine Eingeweide.

Erst auf seinem Unterbauch hielt die Klinge inne. »Ich habe gehört, du sollst ein Gottgeborener sein«, raunte Burk. »Gottgeborene sterben nicht so leicht. Wusstest du das? Nicht einmal an tödlichen Wunden. Erst wenn ich dich köpfe, wirst du tot umfallen.« Ein sadistisches Lächeln formte sich um seinen Mund. In einer spöttischen Geste hob er seine rechte Augenbraue. »Ein Unsterblicher in meinen Händen. Was für ein Vergnügen.« Er drehte die Klinge, bis die scharfe Seite auf Dorgens Bauch ruhte. »Ich habe meine Helfer fortgeschickt. Wir zwei sind jetzt ganz allein.« Burk flüsterte so nah an Dorgens Ohr, als wolle er ihn küssen. »Aber bevor ich dich töte, werden wir viel Spaß miteinander haben.«

Die Klinge überwand den Widerstand. Scharfer Schmerz zerteilte Dorgens Haut, zeitgleich mit seinem Schrei, der die Luft zerfetzte.

***

Die Wucht des Angriffs war überwältigend. Nachts in der Wüste hatten sie mit den Pferden eine Attacke auf hölzerne Puppen geprobt. Immer wieder waren sie im Galopp darauf zugestürmt. Tatsächlich hatte es einiges an Training erfordert, ehe der erste Aufprall nicht mehr das Schwert aus ihren Händen schlug. Jetzt war ein zweites Schwert an Feylas Sattel befestigt, für den Fall, dass sie ihr erstes doch wieder verlor.

Aber hölzerne Puppen griffen nicht an und wichen nicht aus. Nun hingegen war die Lage anders. Allein der Aufprall der Pferde wirbelte die Sapioner durcheinander. Die schwarzen Krieger stoben zur Seite, versuchten zu fliehen und fielen über ihre Nachbarn.

Nur einer stand vor ihr, der sich entschlossen an sein Schwert klammerte. Voller Angst zielte Feyla auf seine schwächste Stelle. Jeder Muskel in ihrem Körper war angespannt, während sie das Schwert seiner letzten Ausweichbewegung anglich. Dann traf sie ihn, ein mächtiger Ruck erschütterte ihren Arm.

Auch darauf hatten die hölzernen Puppen sie nicht vorbereitet, auf das Gefühl, wenn man Menschenfleisch mit dem Schwert durchtrennte. Vielleicht hätte der Ekel sie überwältigt, wenn es nicht so schnell gegangen wäre. So konnte sie nicht einmal sehen, ob der Ruck tatsächlich vom Hals ihres Gegners stammte. Heilloses Gewimmel herrschte vor ihr. Rennende, fallende und sterbende Männer. Mit ihren Pferden preschten sie mitten hindurch. Dennoch gab es genug, die sich ihnen entgegenstellten. Wieder hob einer sein Schwert. Feyla zielte, dieses Mal auf den Arm. Wieder spürte sie den Ruck. Dann war auch er hinter ihr verschwunden.

Bei dem dritten Gegner war es reines Glück, dass sie ihn am Hals erwischte. Ab dem vierten wurden ihre Treffer Willkür.

Nur das Schwert festhalten! Allein dieser Gedanke beherrschte sie. Nicht mehr zielen, nicht planen, einfach nur das gestreckte

Schwert mit der geschärften Kante durch die Menschenmenge ziehen. Das Bedürfnis, die Augen zu schließen, wurde übermächtig. Aber sie durfte es nicht. Das hier war nicht nur ein Angriff. Es war ihr Leben, das auf dem Spiel stand. Sie musste es verteidigen, ganz gleich, wie viele andere Leben es kostete.

Die Pferde sprangen über liegende Menschen hinweg und landeten auf denen dahinter. Manche scheuten, weil sie nicht auf die Körper treten wollten. Es lag nicht in ihrer Natur. Ebenso wenig wie in Feylas. Dennoch trieb sie ihre Stute über die Männer hinweg.

Irgendwann verlangsamte sich das Tempo. Manche Gegner rannten davon. Andere hatten sich umgedreht, um gegen sie zu kämpfen. Von nun an konnte die Wucht des Angriffs nicht mehr helfen. Ab jetzt musste sie zielen und planen, musste vom Pferd aus kämpfen, wie sie es nachts in der Wüste gelernt hatte.

Plötzlich wehte eine heftige Sturmböe über das Schlachtfeld. Für den Bruchteil eines Augenblicks drohte sie aus dem Sattel zu fallen.

Dann war die Luft still. Nur die Aufstellung der Sapioner hatte sich geändert. Plötzlich standen sie aufrecht und griffen an. Selbst die Fliehenden waren stehen geblieben und stellten sich ihnen entgegen.

Oben bleiben war ihr neues Mantra. Nur nicht vom Pferd fallen. Im Sattel war sie weniger verletzlich. Von hier oben zielte sie auf Schultern und Schlüsselbeine, manchmal seitlich auf den Hals. In kleinen Volten trieb sie das Pferd um ihre Gegner herum, um in Bewegung zu bleiben, um sich und das Tier nicht als leichtes Ziel darzubieten.

Doch der Verlust ihres Vorteils war nur eine Frage der Zeit. Sie wurde jetzt schon müde, ihr Arm verlor an Kraft, und ihre Finger fühlten sich taub an. Wie verkrampft drückte ihr Schenkel das Pferd in die winzigen Kreise.

Wie lange konnte eine Schlacht dauern? Wie lange konnten

Krieger durchhalten, ehe sie umfielen? War es wirklich möglich, einen ganzen Tag auf diese Weise zu kämpfen? Oder gar mehrere?

Zumindest den Sapionern schien die Dauer keine Mühe zu bereiten. Selbst als der Tag dem Ende entgegenging, kämpften sie mit unverminderter Wucht. Doch etwas war seltsam an ihnen. Einige hatten ihre Helme verloren oder von sich geworfen. Der Anblick ihrer Gesichter war verstörend. Ihre Augen waren leer, ihre Wangen hohl, ihre Haut bleich. Sie sahen kaum noch aus wie Menschen. Mehr wie Tote, die einfach nicht umfielen. Auch während sie kämpften, lag weder Angst noch Aggression in ihren Mienen. Nur diese Leere. Gleichgültigkeit. Vermischt mit ungeheurer Stärke.

Magie! Die Erkenntnis traf Feyla mit eisiger Wucht. Diese Gegner kämpften nicht mit menschlicher Körperkraft – sie waren voll und ganz von Magie getrieben.

Und es waren viele. Unfassbar viele. Zwar gingen die Männer zu Boden, wenn sie tödlich getroffen wurden. Aber was, wenn sie später wieder aufstanden? Es blieb keine Zeit, das zu beobachten.

Vielleicht starben sie nur, wenn man sie köpfte.

Der Schlag, der Feyla vom Pferd holte, kam unerwartet. Die Stute schrie auf, sie beide stürzten gleichzeitig. Dann der Aufprall. Hart presste sich die Luft aus Feylas Brust. Dennoch sprang sie auf. Den ersten Gegner musste sie abwehren, ohne zu atmen. Die Luft steckte noch in ihrer Lunge. Feyla war oft genug vom Pferd gestürzt, um zu wissen, dass ihr Atem gleich zurückkehren würde. Aber nie hatte sie ohne Luft kämpfen müssen.

Ihre Stute lag irgendwo hinter ihr. Wenigstens das hielt ihr den Rücken frei. Doch das Tier stand nicht mehr auf. Zusammen mit dem Sattelgurt hatte das Schwert auch den Pferdebauch aufgetrennt.

Feyla konnte nicht mehr. Ihr Gegner war stark und entschlossen, immer wieder sauste sein Schwert auf sie herab. Sie parierte einen Schlag nach dem anderen, aber ihre Arme konnten das

Schwert kaum noch halten – während der Krieger nicht ansatzweise müde wirkte.

Wo waren die anderen? In der Formation war Nuszam neben ihr geritten, Thia nur drei Reihen hinter ihr.

Vielleicht waren sie längst tot.

Nicht daran denken!

Nuszam hatte sie gewarnt. Dass es gefährlich war, in einer Schlacht zu viel zu denken. Nur handeln, nur kämpfen. Allein für diesen Fall hatte sie ihre Instinkte trainiert.

Offenbar nicht genug. Sie dachte noch immer. Viel zu viel. Wenn auch deutlich schneller als sonst.

Dass der nächste Hieb sie treffen würde, sah sie erst, als es zu spät war. Ihr Schwert befand sich auf Abwärtslinie, während ihr Gegner von oben ausholte. Sie wollte sich wegducken, aber auch dafür war sie zu langsam. Das Schwert sauste nieder, zielte auf ihren Kopf.

Feyla ließ sich fallen, rollte zur Seite …

Plötzlich klirrte sein Schwert neben ihr zu Boden. Der Soldat fiel hinterher und landete krachend auf einem Stein.

Schwer atmend sprang Feyla auf. Der Krieger war tot. Aber wer hatte ihn getötet?

Eine Bewegung ließ sie herumschrecken. Der nächste Krieger stürmte auf sie zu. Sie fasste ihr Schwert fester, wollte den Angriff abwehren. Doch plötzlich wich alle Spannung aus dem Mann. Wie ein nasser Sack fiel er in sich zusammen.

Den dritten und vierten erwischte es auf dieselbe Weise.

Hinter den Männern stand Thia. Mit seltsamen Handbewegungen kam sie auf Feyla zu. Doch ihr Schwert steckte in ihrem Gürtel. Nur ihr Blick peilte die Gegner an, während sich ihre Hände in seltsamen Drehungen und Knoten bewegten. Ein Krieger nach dem anderen stürzte zu Boden.

Bald war Feyla umringt von einem Kreis aus Leichen. Oder waren die Krieger nur betäubt?

Thia sprang über die Toten hinweg und stellte sich an Feylas Seite. Ein Murmeln drang aus ihrem Mund, in einer Sprache, die Feyla noch nie gehört hatte. Mit jeder Handdrehung gingen weitere Männer zu Boden.

»Wie machst du das?«, flüsterte Feyla.

Thia antwortete nicht. Vielleicht, weil sie noch immer in der fremden Sprache flüsterte. Oder hatte sie Feylas Frage unter dem Kampflärm gar nicht gehört?

»Wie machst du das?«, wiederholte Feyla schreiend.

Ob sie dieses Mal zu Thia durchdrang, ließ sich nicht erkennen. Ihre Freundin schien sich nur auf ihr Murmeln und die Handbewegungen zu konzentrieren. Mit jedem Gegner, den Thia von den Füßen holte, erweiterte sich der Kreis aus Leichen, der sie vom Kampfgeschehen abschottete. Inzwischen gab es keinen Gegner mehr, der sich über die Toten hinweg an sie heranwagte. Dennoch machte Thia weiter. Sie schien die Männer auch auf größere Distanz töten zu können. Nach und nach fielen jene Sapioner um, die gerade gegen eine Frau kämpften.

Der Kreis aus Toten verschaffte Feyla eine Verschnaufpause. Doch ihre Glieder zitterten umso mehr, ihr Körper schwankte. Mit jeder Bewegung geriet sie beinahe aus dem Gleichgewicht.

Nur vorsichtig konnte sie sich umsehen.

Nuszam kämpfte nicht weit entfernt. Er besiegte einen Gegner nach dem anderen und hielt sich tapfer auf den Beinen. Derweil tötete Thia alle Krieger, die ihm von hinten zu nah kamen.

Stück für Stück schlug das blonde Mädchen eine Bresche zwischen die Widerstandsarmee und die gegnerischen Truppen.

Thias Stimme wurde lauter, je weiter die zu tötenden Gegner entfernt waren – und schließlich hörte Feyla es ganz deutlich: Ihre Freundin sprach weder Sapionisch noch Faruanisch. Auch nicht die Sprache der Pameli. Es waren so seltsame Laute, als wäre es überhaupt keine Sprache, als besäßen die Sätze nicht einmal eine Struktur, sondern nur … ein Gefühl? Eine Bedeutung, die sich nicht übersetzen ließ?

Es war Magie! Und was auch immer das für Worte waren – Thias Kräfte retteten einem Großteil der Widerstandsarmee das Leben.

***

Siberi

Wie Ameisen kämpften die Menschen am Fuß der Grenzberge. Siberi konnte sie bereits sehen, als er seine Monster auf den Bergausläufern zum Halten brachte. Im Südosten hatten seine Kreaturen Pamal umrundet, hatten den Aschegürtel am östlichen Rand durchquert und hielten sich auch in Nordfarua stets im Osten. Die letzten Bergausläufer reichten von Pamal aus hierher und boten hervorragende Deckung.

Aber nun war es an der Zeit, in die Ebene von Nordfarua abzubiegen. Die Luft war klar, und für die Monster lag die Front bereits in Sichtweite. Doch ihre Augen waren Siberis Augen, und seine Gedanken lenkten ihre Körper. Sie alle waren eins. Nicht Herr und Untergebene, nicht Heerführer und Armee. Zusammen waren sie eine göttliche Instanz, personifizierter Hass und vollkommene Zerstörung. All jene Qual und Hässlichkeit, die an den Monstern so offensichtlich war, entsprach der Qual und Hässlichkeit in Siberis Seele. Das war es, was sie vereinte, zusammen mit der Magie, die sie endgültig zusammenfügte.

Dort hinten, am Fuß der Grenzberge, kämpfte die sapionische Armee gegen die Rebellen und zugleich der Widerstand von Sapion gegen das Heer seines eigenen Volkes.

Siberi musste beinahe lachen. So weit hatte es der Widerstand also doch noch gebracht. All die Abtrünnigen, deren Zündfunke schon mit Iosacas Schriften in die Welt gekommen war, all die Vaterlandsverräter, die Siberi über Jahre verfolgt und gejagt hatte –

ausgerechnet sie hatten es dennoch geschafft, eine Armee von dieser Stärke zu gründen. Vielleicht sogar stärker als das Heer von Sapion, das sich nur noch mit Magie auf den Beinen hielt.

Selbst die grüne Zeichnung auf dem Brustpanzer der Widerständler konnte Siberi durch die Augen der Monster sehen: einen grünen Zweig auf dunklem Grund. Das Zeichen Malunas, der verlorenen Göttin.

Dabei hatte Walerius die Göttin schon vor langer Zeit zerstört. Irgendwann, in einem schwachen Moment, hatte sein Vater sich damit gebrüstet, dass er Maluna in Sapia verwandelt hatte.

Doch erst jetzt wusste Siberi, auf welche Weise Walerius göttliche Kinder zerstörte. Und dass er es wieder und wieder tat. Nicht nur aus Kalkül, weil er die Götter für seine Zwecke benutzte, sondern vielmehr, weil er die Kinder für sich brauchte. Wie ein krankes Spiel, von dem er nie genug bekam.

Und am Ende folgten all die gebrochenen Götter ihrem Zerstörer. Ausgerechnet ihm, dem sie ihre Qual zu verdanken hatten.

Plötzlich brach das Lachen aus Siberi heraus. Wie eine Welle aus Hass und Verachtung flutete es die Anhöhe hinab, vervielfachte sich in den Kehlen der Monster und schuf einen Klang, so grausam und klar und tödlich wie das Grollen einer herabdonnernden Eislawine. Obwohl das Getümmel am Fuß der Grenzberge noch mehr als einen halben Tagesmarsch entfernt war, nahmen die Kämpfenden das Grollen wahr. Einige der Widerständler fuhren herum. Selbst die Angst in ihren Gesichtern konnte Siberi erkennen. Oder war es nur eine Empfindung?

Was auch immer es war, sie würden nicht viel Zeit haben für ihre Angst, denn seine Monster waren schneller als Menschen und Pferde, schneller als eine jagende Pamuschkatze und gleichauf mit den schnellsten Vögeln. Für sie war der Weg in die Schlacht nur eine Frage von Augenblicken.

Eines der Monster rückte an Siberis Seite. Es war das erste seiner Art, das erste Kind, das Walerius mit der ewig jungen Göttin gezeugt hatte, damals, noch bevor er sie an Rabanus verschenkt hatte. Das Monster war eine Kreatur von Siberis Magie, zugleich sein Diener wie auch der Anführer aller anderen.

»Valram«, flüsterte Siberi. Er selbst hatte dem Ding einen Namen gegeben. Sie alle hatten einen Namen von ihm bekommen, auch wenn sie keine Individuen waren. Doch der Besitz eines Namens hinterließ ein Gefühl, ganz so als würde man respektiert. Respektiert und wertgeschätzt. Dieses Gefühl sollte die Monster erfüllen. Damit sie ihm gern dienten.

Valram war riesig. Schon die anderen Kreaturen waren so groß wie Stadthäuser. Doch Valrams Schultern reichten höher als das Dach der Universität von Anmare. Zumindest, wenn er aufrecht ging.

Schneller hingegen waren die Biester auf allen vieren.

Valram duckte sich vor Siberis Füßen, drückte sich so flach auf den Boden, dass sein Nacken nur noch die Höhe eines Pferderückens besaß. Siberi griff nach den Zügeln, die sich um Valrams Kehlkopf schlangen, und stieg in den Sattel, den er auf seinem Nacken festgeschnallt hatte.

Feurige Hitze stieg aus Valrams Haut und drang tief in Siberis Herz. Der Atem des Monsters stank nach fauligem Fleisch und vereinte sich mit dem Atem der anderen, die von hinten näher rückten. Schon eine dieser Kreaturen war die personifizierte Zerstörung – sie alle zusammen waren das unbesiegbare Ende allen Seins.

Siberis Befehl war kaum mehr als ein Gedankenfunke, ein winziger Blitzschlag in dem Netz, das ihn und die Monster verknüpfte. Dann stürmten sie voran, die Anhöhe hinab und hinaus auf die Ebene.

***

Walerius

Die Sicht auf die Schlacht war klar. Auf den südlichsten Ausläufern der Berge, die das ehemalige Lager der Rebellen umschlossen, hatten Rabanus und er ihren Aussichtsposten bezogen. Gleich zu Beginn, als ihre Armee auf die Berge zustürmte, waren sie hierher geritten. Von hier aus wollten sie beobachten, wie ihre Krieger das Gebirge erklommen. Doch dann war alles anders gekommen. Eine zweite Armee hatte ihre von hinten überfallen, Männer und Frauen mit sapionischen Lederrüstungen, die ein grünes Wappen auf ihren Brustpanzern trugen. Maluna! Ausgerechnet das Zeichen Malunas zierte die schwarzen Rüstungen seines Volkes.

Heiße Verachtung glühte in Walerius' Brust. Auch von Rabanus ging eine hitzige Welle aus. Doch Malunas Armee war stark. Auch sie kämpfte mit Magie. Eine raue Erschütterung ging durch das schwarze Kraftnetz, das Sapions Krieger vereinte – dann wurden die ersten aus dem Netz gerissen und brachen zusammen.

Zuerst waren es nur einzelne, dann immer mehr. Der Tod seiner Männer zog strategische Linien durch den Kampf, schützte die Gegner vor nachrückenden Angreifern.

Walerius fluchte. Er streckte die Arme zu den Seiten, um die Magie erneut zu bündeln. Doch die Windböen folgten ihm nicht mehr. Als wären sie längst dort unten, in den Händen eines anderen.

Voller Hass glitt sein Blick durch die Reihen der Gegner. Und dann sah er sie: ein blondes Mädchen inmitten der Front. Eine Vaikunigöttin, deren Haltung er selbst aus dieser Entfernung erkannte. »Thia!«

Er selbst hatte ihre Hybridenmagie erschaffen. Er selbst hatte sie schulen lassen und ihr den Auftrag erteilt, Dorgen zu testen. Sie hatte alles getan, was er ihr befahl. Dennoch war sie zu gefährlich gewesen, als dass er ihr vertraute.

Wie hatte er nur so dumm sein können, sie in die Wüste zu verstoßen? Er hätte sie eigenhändig köpfen müssen!

Ein weiterer Fluch entfuhr ihm.

Rabanus drehte sich mit einem schiefen Grinsen zu ihm. »Das habt Ihr nun davon. Kaum habt Ihr eine Liebesgöttin gezüchtet, seid Ihr ihren Reizen selbst verfallen. Ihr hättet sie brechen müssen wie all die anderen. Stattdessen war sie die Einzige, der Ihr nichts antun konntet. Weil allein ihr Blick Euer Herz erweicht und Euren Verstand umnebelt hat.«

»Seid still!«, zischte Walerius.

Doch Rabanus antwortete mit einem Lachen, in dem sich Spott und Zorn vermischten. Sie würden diesen Kampf verlieren. Und mit ihm den ganzen Krieg. Weil Thia im Begriff war, den Rest ihrer Armee zu vernichten. In ihrer Hybridenmacht vereinte sich die Magie von Zabino und Valjan. Deshalb war sie ohne die Hilfe eines anderen in der Lage, die Krieger aus dem Bann des schwarzen Netzes zu lösen – um sie augenblicklich in den Hungertod zu schicken, den sie eigentlich schon längst gestorben waren.

Eine schnelle Bewegung riss Walerius' Aufmerksamkeit zurück auf die Ebene. Er erstarrte. Auch das Lachen des Herrschers verstummte. Riesenhafte Kreaturen rasten auf die Schlacht zu. Vielleicht tausend. Oder zweitausend? Sie kamen aus Osten und fegten schneller dahin als Pamuschkatzen.

Was für Kreaturen waren das? Konnte es noch weitere Gegner geben?

Das Gebirge im Osten war weit und unbekannt. Nur Mythen und Schreckgeschichten rankten sich darum, während die Vorstöße der sapionischen Armee schon aus Wassermangel nie weiter geführt hatten als bis zur weißen Stadt.

Was, wenn es dort noch mehr gab? Unbekannte Wesen? Mächtige Feinde?

Dann aber sah er ihn: den jungen Mann, der auf dem Nacken der vordersten Kreatur ritt. Siberi. Ausgerechnet sein Sohn führte die Biester in die Schlacht.

***

Feyla

Der Schutzwall aus Toten, den Thia auftürmte, verschaffte Feyla eine Pause, die lang genug war, um Kraft zu schöpfen. Wenn sie jetzt noch einmal kämpfen musste, würde sie wenigstens nicht dem ersten Schwerthieb erliegen.

Doch Thia war noch nicht fertig. Noch immer holte sie ihre Gegner von den Füßen. All jene, die es wagten, sich den Frauen und der Widerstandsarmee zu nähern.

Aber wie es aussah, brauchte die Widerstandsarmee jegliche Zeit, die zu bekommen war. Längst nicht alle Frauen hatten den Kampf bis hierhin überlebt. Zwischen den Leichen der Sapioner lagen auch einige Gefallene, die zu ihnen gehörten.

Außerdem gab es Verletzte. Viele Verletzte.

Wo war Sonjem? Die Verwundeten mussten zu ihr. Aber wie? Wenn sie die Frauen wenigstens auf die Pferde hätte setzen können, damit sie den Weg hinter die Front schafften. Doch die Schlacht hatte die überlebenden Pferde längst vertrieben.

»Ich löse die Magie, von der die Krieger ernährt werden«, murmelte Thia unvermittelt.

Feyla fuhr zu ihr herum.

Thia stand mit hängenden Armen da und betrachtete das Werk, das sie vollbracht hatte. »Eigentlich müssten Sapions Krieger längst tot sein. Verhungert. Oder verdurstet. Schon vor Tagen oder Monaten. Nur Walerius und Rabanus halten sie mit Magie am Leben. Es ist dieselbe Magie, die ich beherrsche. Wenn ich sie löse, fallen sie tot um.«

Feylas Herz schlug hart. Plötzlich wurde ihr schwindelig, als würde die Realität der Schlacht erst jetzt über sie herfallen. So viele Tote. »Wir müssen die Verletzten retten«, wisperte sie. »Besitzt du dafür auch Magie? Kannst du die Pferde herbringen?«

»Nein. Nicht jetzt.« Mit ausgestrecktem Arm deutete Thia auf die sapionischen Krieger, die in einer neuen Welle auf sie zuliefen. Dieses Mal sprangen sie zu hunderten über die Toten hinweg. So viele Gegner gleichzeitig konnte Thia nicht bewältigen. Die ersten Sapioner griffen an, und schließlich setzte sich die Schlacht fort.

Wieder hob Thias Stimme an und murmelte die seltsamen Worte. Dann stürzten die Krieger auch auf Feyla und sie zu.

Dieses Mal war Thia nicht schnell genug. Der erste Krieger erreichte Feyla. Mit irrem Blick hob er sein Schwert und griff an. Nur knapp konnte Feyla den Schlag parieren. Doch er war schnell, setzte einen Hieb hinter den anderen.

Bis ein raues Kreischen vom Tal aus auf sie zurollte. Wie ein gewaltiges Beben stürmte der Lärm über die Ebene, prallte an den Bergen ab und schlug wie eine Welle über ihnen zusammen. Etwas kam auf sie zu. Feyla musste kämpfen. Sie konnte nicht hinschauen. Doch was sie hörte, war bedrohlich genug.

Der Lärm steigerte sich, wurde lauter und lauter, bis selbst ihr Gegner mit dem irren Blick herumfuhr und dem Tumult entgegensah.

Endlich konnte Feyla einen Blick wagen: Eine Masse aus riesenhaften Leibern raste durch die Ebene auf sie zu. Noch waren sie weit entfernt, aber sie näherten sich schneller als Vögel.

»Was ist das?«, schrie einer der Kämpfer.

»Monster!«, brüllte ein anderer. »Das sind Monster!«

»Weg von hier!«

Und dann rannten sie. Die Widerstandskämpfer und Frauen ebenso wie die sapionischen Krieger. Irgendein Instinkt trieb selbst die Untoten fort. Was dort auf sie zukam, hatte keine Verbündeten. Es war eine ganz eigene Seite der Front.

Nur Feyla blieb noch stehen, während alle anderen schon rannten. Die Monster kamen näher, nah genug, dass sie erkennen konnte, wie riesig sie waren. Sie mussten so groß sein wie Häuser, von gewaltiger Masse, gegen die nicht einmal der beste Kämpfer bestehen konnte.

Doch sie waren nicht allein. Auf dem vordersten Biest saß jemand. Wie ein Blitz schlug die Verbindung in Feylas Herz. »Siberi …«

»Feyla, komm!« Es war Nuszam. Er stand neben ihr. »Wir müssen weg!«

Erst jetzt konnte sie den Blick abwenden, konnte sich umdrehen. *Bruder* … Das Wort zischte durch ihre Gedanken. Sie hatte mehr als einen Bruder, und nur einer von beiden war es wert, geliebt zu werden.

Endlich begann sie zu rennen. Endlich hoben ihre Füße ab und ließen sie über die Toten hinwegspringen, immer weiter den Berg hinauf. Thia war schon dort. Doch sie war stehen geblieben. Ihr Blick glitt an ihnen vorbei auf die Monster.

»Wo ist meine Mutter?«, schrie Nuszam ihr zu. »Hast du sie gesehen?«

Thias Blick ruhte noch immer auf den Kreaturen. »Kori ist schon vor dem Angriff verschwunden!«, brüllte sie durch den Lärm. »Wahrscheinlich sucht sie euren Vater.«

Walerius! Kori wollte ihn töten. Natürlich.

»Verdammt!« Nuszam fluchte. Im Laufen streckte er den Arm nach Thia aus. »Komm! Wir müssen in die Berge. Schnell!«

Doch Thia rührte sich nicht. Erst als Nuszam neben ihr stehen blieb, schüttelte sie den Kopf. »Lauft ihr weiter!«, rief sie. »Ich bleibe hier. Sie tragen dieselbe Magie wie ich. Ich halte euch den Rücken frei!«

Der Angriffsschrei der Monster vervielfachte sich im Echo der Berge. Wie eine Lawine grollte das Brüllen auf sie herab.

»Nein!« Nuszam wollte nach Thia greifen. Schreckliche Furcht malte sich auf seinem Gesicht ab.

Doch Thia wich vor ihm zurück. »Mir können sie nichts tun. Aber euch werden sie vernichten. Lauft!«

Siberi! Wieder blitzte die Verbindung durch Feylas Herz, gerade lang genug, um ihn zu spüren. Für einen winzigen Moment wurde sie eins mit ihm, mit seinem Hass. Für die Monster gab es keinen Unterschied zwischen Sapionern und Widerständlern, zwischen Pameli und Gottgeborenen. Sie würden alles und jeden töten, dessen sie habhaft wurden, gleichgültig, zu welchem Volk oder welcher Kriegspartei sie gehörten.

Feyla schnappte nach Luft, als das Bild sie losließ. Unten, am Rand des Schlachtfeldes, trafen die Monster auf die ersten Menschen, auf die Krieger der Sapioner, von denen noch nicht alle geflohen waren. Riesige Fäuste fuhren in die Reihen der Menschen, hoben einzelne hoch und zerquetschten sie mit den Klauen. Andere Monster zermalmten die Krieger mit ihren Füßen oder rissen ihnen die Köpfe ab, als wären es Blütenknospen. Wieder andere kämpften mit glühenden Schwertern, mit denen sie die Menschen niedermähten, als würden sie Gras schneiden.

Vielleicht hatten einige Sapioner geglaubt, die Monster wären Verbündete – oder die Magie hatte sie gezwungen, die Stellung zu halten –, doch nun rannten sie alle und verwandelten den Berghang in ein Gewimmel aus Fliehenden.

Sie alle kamen in ihre Richtung.

Erst jetzt schlug die Panik zu, traf Feyla wie ein Blitz und schoss heiß durch ihren Körper. »Weg!«, stieß sie hervor. »Nuszam! Wir müssen weg!«

Und dann rannten sie. Immer weiter den Berg hinauf, immer schneller über die Steine hinweg, während Feyla weder ihren Körper noch ihre Bewegung spürte. Die Panik ließ sie fliegen und verdrängte jeden Gedanken, bis auf den einen: Thia war nicht mehr bei ihnen. Sie war den Monstern entgegengelaufen.

31. Kapitel

Galejas wissende Chronik der Vergangenheit
Buch Vilaria

Jahr 14989 bis 14999 der Wasserära

In seiner neuen, jugendlich schönen Gestalt kehrte Walis nach Sapion zurück. Nach all der Zeit, in der er seine Lust an dem kleinen Rabanus ausgelebt hatte, konnte er seine Triebe endlich wieder beherrschen. Umso mehr verspürte er den Wunsch, erneut auf die sapionische Politik Einfluss zu nehmen. Er selbst konnte sich jedoch nicht mehr als Herrscher präsentieren. Walis Sapion war offiziell bei einem Schiffsunglück gestorben. Wenn er jetzt wieder auftauchte, würde er sich nur zu sehr in Widersprüche verstricken.

Stattdessen beschloss er, eine neue Rolle einzunehmen, eine, in der er Macht erringen konnte, ohne selbst im Mittelpunkt der Aufmerksamkeit zu stehen. Schon auf der Reise nach Sapion änderte Walis seinen Namen. Fortan nannte er sich Walerius und gab sich als studierter Akademiker aus. Als solcher stellte er sich im Haus des Schatzmeisters vor, der erneut der Regent von Sapion war, und bewarb sich um die Stelle des Hauslehrers.

Für die Erziehung des kleinen Rabanus war ein guter Lehrer von äußerster Wichtigkeit, denn der Junge war von unbändiger Wut erfüllt, die sich kaum kontrollieren ließ. Schon einige Hauslehrer waren an der Aufgabe gescheitert, ihn zu einem vernunftbegabten Menschen zu erziehen.

Doch Walerius war der Erste, der den Jungen bezähmen konnte. Allein mit der Magie seiner Stimme vermochte er Rabanus zu beruhigen. Aber dies war nur der äußere Anschein. Tatsächlich war der Zorn des Jun-

gen nicht fort. Walerius lenkte ihn lediglich in gezielte Bahnen: auf die Götter von Malun, die bezwungen und getötet werden mussten.

Über zehn Jahre erzog Walerius den Jungen, der in dieser Zeit zu einem jungen Mann heranreifte. An seinem 15. Geburtstag sollte Rabanus zum Herrscher von Sapion gekrönt werden. Am Vorabend überreichte Walerius ihm das größte Geschenk, das man einem Jungen machen konnte, dessen Gesicht von schaurigen Narben entstellt war: Er schenkte ihm die Göttin der ewigen Jugend, die er zuvor in einen Metallwagen gesperrt hatte.

Noch in derselben Nacht vergnügte sich Rabanus das erste Mal mit der Göttin. Als er aus dem Wagen trat, war sein Gesicht von allen Narben geheilt.

Der junge Rabanus Sapion, der am nächsten Tag gekrönt wurde und dabei zum ersten Mal sein Gesicht in der Öffentlichkeit zeigte, war ein wunderschöner junger Mann. Schon allein aus Dankbarkeit bestimmte er Walerius zu seinem obersten Berater.

Das Monster aber, das Rabanus in dieser Nacht mit der Göttin gezeugt hatte, ließ Walerius unbemerkt ins Bergwerk bringen. Rabanus selbst hatte den Metallwagen zu schnell verlassen, um die Geburt des Scheusals mitzuerleben.

Welchen Preis er für seine Schönheit und Jugend bezahlte, erfuhr Rabanus erst, als es ein weiteres Mal nötig wurde, die Narben an der Göttin zu heilen. Doch zu diesem Zeitpunkt war er nicht nur Walerius' Macht hoffnungslos verfallen – auch seine Sehnsucht nach äußerer Makellosigkeit überwog jedes Grauen, das er mit seinen Taten hervorbrachte.

★★★

Feyla

So schnell sie konnten, rannten sie den Berg hinauf. Die meisten Fliehenden waren weit vor ihnen, einige hinter ihnen. Nur die Sapioner unten am Berg hielten die Monster noch auf, indem sie sich zuerst töten ließen. Wie eine Flutwelle brandeten ihre Schreie an den Berg und vermischten sich mit dem Grölen der Ungeheuer.

Lange würde es nicht mehr dauern, bald würden die Biester ihnen den Berg hinauf folgen. Nie zuvor war Feyla so schnell gelaufen. Nuszam war knapp vor ihr. Immer wieder packte er ihre Hand und zog sie weiter. Doch das Gelände wurde steiler und unwegsamer. Loses Geröll ließ ihre Füße abrutschen, immer höhere Felsen ragten vor ihnen auf. Bald mussten sie klettern, um die Felsen zu bezwingen – bis sich der Berg als riesiges Felsmassiv vor ihnen auftürmte.

Bis jetzt waren sie blind vorangelaufen, den anderen hinterher, die zuerst geflohen waren. Nun kletterten die anderen bereits vor ihnen. Doch niemand hatte sich die Zeit genommen, einen günstigeren Aufstieg auszuspähen. Viel zu langsam kamen sie voran.

Das Brüllen der Monster rückte näher. Wie ein Kampfschrei raste es über die Felsen und gellte in Feylas Ohren.

Bald würden sie da sein. Bald schon. Bald. »Wir schaffen das nicht!«, rief Feyla.

Wieder griff Nuszam nach ihrer Hand und zerrte sie vorwärts. Doch er sagte nichts.

Plötzlich schnellte etwas hinter den Felsen hervor, sprang über sie hinweg und landete hinter ihnen. Feyla wirbelte herum und griff an ihr Schwert. Doch das Etwas packte sie unter den Armen, hob sie hoch und zerrte sie mit.

Eines der Monster! Feyla schloss die Augen. Sie würde sterben.

Dann wurde sie abgesetzt. Weiches Fell war unter ihr, jemand umklammerte ihre Taille. »Festhalten«, raunte die Person.

Schlagartig riss sie die Augen wieder auf. Das hier war kein Monster. Sie saß auf einer Pamuschkatze. Der Pameli hinter ihr hielt sie fest.

Sie konnte gerade noch zwei der Haltegriffe fassen, als die Katze nach vorn schoss. Das Tempo schlug Feyla die Luft aus der Nase. Nur mühsam gelang es ihr zu atmen, während sie sich über den Hals des Tieres duckte. Die Pamusch rannte nicht steil den Berg hinauf. Vielmehr sprang sie ein Stück abwärts, galoppierte eine Weile parallel zum Berg und schlug dann den Weg nach oben ein.

Hier waren keine Felswände, keine längeren Kletterpartien – nur einzelne Felsabschnitte, die ein Mensch hätte erklettern müssen. Die Pamusch hingegen sprang von Felsen zu Felsen.

Die Wucht ihrer Sprünge raubte Feyla ein weiteres Mal den Atem. Ihre Hände verkrampften sich an den Haltegriffen, und ihre Beine zerquetschten der Katze vermutlich die Schulter.

Dann erreichten sie einen Pfad. Von nun an galoppierte die Pamusch noch schneller. Ihr Körper duckte sich tief, ihre Ohren lagen längs an ihrem Kopf, während sie wie ein Pfeil dahinjagte. Aber sie waren nicht allein. Vor ihnen und neben ihnen liefen weitere Pamuschkatzen. Soweit Feyla ihren Kopf heben und zu ihnen schauen konnte, saßen auf allen zwei Reiter – jeweils ein Pameli und ein Widerständler, zu erkennen an den grünen Zweigen auf ihren Lederrüstungen.

Waren die Pameli gekommen, um sie zu retten?

Vielleicht hätte Feyla ein Aufatmen gewagt, wenn nicht der Ritt ihre ganze Luft gefordert hätte. Sie jagten über Anhöhen und durchquerten Täler, umrundeten Felsen und folgten einem schmalen Grat, an dem es rechts und links steil bergab ging. Am Ende des Grats erreichten sie einen gewundenen Pfad, der den

Berg hinabführte. Erst hier fiel die Pamusch in Trab. Zuletzt lief sie geradeaus durch ein schmales Tal. Weitere Felsen verdeckten die Sicht nach vorn. Als sie daran vorbeitrabten, öffnete sich der Blick auf ein Dorf aus Holzhütten. In mehreren Reihen standen sie im Kreis. Die Pamusch wurde langsamer, trabte zu einem Platz in der Mitte und blieb stehen.

Weitere Pamuschkrieger waren schon vor ihnen angekommen. Auch sie schienen allesamt ein Mitglied ihrer Widerstandsarmee gerettet zu haben. Die meisten Widerständler waren abgesessen und drängten sich auf der einen Seite des Platzes zusammen.

»Runter!«, befahl der Pamuschkrieger hinter Feyla. »Abspringen und zu den anderen laufen. Schnell!«

Feyla wollte gehorchen. Doch ihr Bein ließ sich kaum heben. Sie musste es vorwärts über den Hals des Tieres schwingen, da der Pamuschkrieger noch immer hinter ihr saß. Immer wieder bemühte sie sich, Schwung zu holen. Aber ihre Muskeln hatten alle Kraft verloren.

Ein tiefes Grollen löste sich aus der Kehle der schwarzen Katze. Mit einem ungeduldigen Laut sprang der Pamuschkrieger hinter ihr zu Boden, packte sie an der Taille und zog sie herab. Als ihre Füße aufkamen, sank sie beinahe in sich zusammen. Nur die Arme des Pamuschkriegers hielten sie aufrecht.

Die Katze knurrte und spuckte in ihre Richtung.

»Lauf zu den anderen!«, rief der Pameli erneut und stieß Feyla von sich.

Sie stolperte und rannte los. Irgendwie schaffte sie es über den Platz, bis die Hand einer Kämpferin nach ihrem Arm griff und sie zu den anderen in die Gruppe zog.

Kurz darauf entdeckte sie Nuszam. Auch er sprang von einer Pamuschkatze. Sein Blick huschte über die Widerständler und blieb an Feyla hängen. Eilig kam er auf sie zu.

»Alle zurückweichen!«, rief ein Pamuschkrieger, der ohne Katze inmitten des Platzes stand. Er streckte die Hände zu beiden

Seiten aus und schien die Pameli und Katzen ebenso zu meinen wie die geretteten Widerstandskämpfer.

Tatsächlich fauchten und knurrten die Katzen. Manche sprangen vor und schnappten nach den Menschen. Doch ihre Reiter trieben sie zurück und redeten in ihrer Sprache auf sie ein.

»Bleibt den Katzen fern!«, rief der Pamuschkrieger in der Mitte. »Sie wissen, dass das ein Notfall war, aber wir wollen sichergehen, dass niemandem etwas passiert.«

Artig wichen Feyla und Nuszam mit der Gruppe rückwärts, immer weiter, bis die ersten Häuser die hinteren Reihen am Weitergehen hinderten. Gebannt schauten sie zu, wie die Pameli ihre Katzen beschworen, wie sie mit ihnen schimpften und auf sie einredeten, sie schließlich kraulten und sich erneut auf ihre Rücken schwangen.

Wie die synchrone Formation eines Vogelschwarms drifteten sie zur Seite und fegten vom Platz.

Erstauntes Gemurmel erhob sich. Nur wenige Pameli waren geblieben und standen auf der Seite gegenüber. Auch der Pamuschkrieger in der Mitte war noch da. Knapp hinter ihm befand sich ein zweiter. Obwohl die Pameli kleiner waren als jeder Mann in ihren eigenen Reihen, wirkte ihre Ausstrahlung erhaben und groß.

»Willkommen im Hauptquartier der Pamuschgarde«, begann der vordere Pameli in fließendem Sapionisch. »Ich bin Svaris, zweiter Hauptwächter der Pamuschgarde. Da der erste Hauptwächter abwesend ist, führe ich das Kommando.«

Der Pameli hinter ihm stieß ein leises Zischen aus. Kurz schien er sogar die Zähne zu fletschen. Doch er verstummte sofort, als Svaris auf ihn zeigte. »Das hier ist Cubris, dritter Hauptwächter und meine Vertretung. Wenn etwas sein sollte, könnt ihr ihn ebenfalls ansprechen.«

Cubris' Zähnefletschen war verschwunden. Dennoch wirkte er misstrauisch, während er ihnen zunickte.

»Unsere Behausungen hier oben sind eng«, fuhr Svaris fort. »Ob wir euch eine angemessene Unterkunft bieten können, wissen wir noch nicht.«

Erst jetzt erkannte Feyla, dass die Hütten kaum mehr als schnell zusammengezimmerte Bretterbuden waren. In vierter und fünfter Reihe wurden sie von Zelten abgelöst, und weiter hinten, unter überhängenden Felsen, schien es sogar offene Schlaflager zu geben.

»Aber fürs Erste müssen wir klären, ob wir hier überhaupt in Sicherheit sind.« Suchend schaute Svaris über ihre Gruppe. »Ich würde gern mit euren Anführern sprechen! Nuszam oder Kori. Ist einer von beiden hier?«

»Ich!«, meldete sich Nuszam und trat vor. Zu Feylas Überraschung zog er sie mit sich, bis sie neben ihm vor der Gruppe stand. »Ich bin Nuszam. Kori ist nicht hier. Aber Feyla gehört ebenfalls zu unserem Führungsstab.«

Seit wann das? Kori hatte ihr niemals Kommandobefugnis über die Wüstenfrauen gegeben. Nur weil sie verwandt waren und Feyla wertvolle Informationen besaß, war sie in Entscheidungen einbezogen worden. Aber vermutlich wollte Nuszam nur bewirken, dass Svaris sie zu der Besprechung mitnahm.

Doch Svaris wandte sich wieder an die Gruppe. »Wir haben einen Boten zum Lager der faruanischen Rebellen geschickt. Sie werden bald hier sein und euch mitnehmen. Für euch ist es sicherer, wenn ihr unseren Katzen nicht zu nah kommt und euch auch von den Pameli fernhaltet. Bleibt also bitte hier, bis euch jemand abholt.«

Zustimmendes Gemurmel erhob sich.

Svaris wandte sich von ihnen ab und winkte Nuszam und Feyla mit sich. Auch Cubris folgte ihnen, während sie zwischen den Behausungen hindurchgingen und auf eine größere Hütte zusteuerten.

Im Inneren war die Beleuchtung spärlich. Nur ein kleines

Fenster spendete Licht. Svaris entzündete zwei Öllampen und bat sie, auf den Sitzkissen Platz zu nehmen, die in der Mitte des Raumes in der Runde lagen.

»Wir haben die Kreaturen gesehen, die euch verfolgt haben«, begann Svaris. »Aber von solchen Geschöpfen haben wir noch nie gehört. Wisst ihr etwas über sie?«

Nuszam wechselte einen Blick mit Feyla. Eine flüchtige Frage huschte über sein Gesicht, nur ein winziger Hauch von Misstrauen, aber sie wusste genau, was er meinte: Siberi. Er war derjenige, der die Biester anführte. Demnach war es möglich, dass Feyla längst mehr über sie wusste.

Doch tatsächlich war sie genauso ahnungslos wie alle anderen. Kaum merklich schüttelte sie den Kopf.

»Nein«, erklärte Nuszam. »Wir sind genauso überrascht wie ihr. Der Anführer der Kreaturen scheint Siberi zu sein, Sohn des Walerius. Aber mehr wissen wir auch nicht.«

Dumpfe Erleichterung füllte Feylas Brust. Bis jetzt wussten die Pameli nicht, dass sie Siberis Zwillingsschwester war – und wenn Nuszam nichts darüber erzählte, würde das vermutlich auch so bleiben.

Nur eine Frage ließ sie nicht los: Wenn sie die Verbindung zu Siberi wieder zuließ – konnte sie ihn dann aufhalten? Oder würde er sie nur benutzen, sobald sie unter seinen Einfluss geriet?

Es war zu gefährlich, um es auszuprobieren.

»Die Biester waren extrem schnell«, berichtete Nuszam weiter. »Wenn sie weiterhin mit diesem Tempo vorankommen, wird es nicht lange dauern, bis sie hier sind. Wie sieht es mit der Stärke der Pamuschkrieger aus? Könntet ihr in einem Kampf gegen sie bestehen?«

Svaris rieb sich nachdenklich das Gesicht. Er schaute zu Cubris, und fast schien es, als würden die beiden in Gedanken miteinander kommunizieren.

»Das ist schwer einzuschätzen«, erklärte Svaris schließlich.

»Wir haben sie noch nie in einem Kampf erlebt. Wir kennen weder ihre Schwächen noch ihre Stärken.«

Sie tragen dieselbe Magie wie ich. Das hatte Thia gesagt. Und sie glaubte offenbar, dass sie ihnen etwas entgegensetzen konnte.

Ein unruhiges Gefühl überfiel Feyla. Thia war noch immer dort. Was, wenn ihre Freundin längst gestorben war? Wenn sie unrecht gehabt hatte und nicht gegen die Monster bestehen konnte?

Nicht darüber nachdenken! Dies war nicht der richtige Moment, um sich Sorgen um eine einzelne Freundin zu machen. Immerhin ging es um unzählige Menschenleben. »Was ist mit Magie?«, platzte Feyla dazwischen. »Eine unserer Kameradinnen ist eine Hybridgöttin. Als wir sie zuletzt sahen, sagte sie, die Kreaturen besäßen dieselbe Magie wie sie.«

Wieder kam ein Schnauben aus Cubris' Richtung.

Doch Svaris ging mit einer Handbewegung darüber hinweg. »Das ist interessant. Welche Magie trägt sie?«

»Valjan und Zabino.« Nuszam antwortete zuerst. Seine Stimme klang voller Sorge.

»Das könnte eine Möglichkeit sein …« Nachdenklich starrte Svaris in eines der Öllichter. »Wir müssen mit den Priestern reden …«

Plötzlich flog die Tür auf. Ein Pameli stürmte herein. Die Pamuschkatze hinter ihm ging erschöpft zu Boden, ihre Flanken bewegten sich in schweren Atemstößen.

»Die ersten Monster haben den Pass erreicht!«, keuchte der Bote. »Am Fuß des Berges wurden sie für eine Weile aufgehalten. Jetzt sind sie umso schneller. Unsere Leute kämpfen gegen sie. Aber ich weiß nicht, wie lange sie standhalten können.«

Nicht lange … Feyla ahnte die Wahrheit, und jeder andere im Raum wusste es ebenso.

»Dann bleibt uns keine Wahl!« Svaris sprang auf. »Wir räumen die Lager. Menschliche Krieger haben gegen diese Kreaturen keine Chance. Es hat keinen Sinn, dass die Rebellen versuchen zu kämpfen, sie würden nur unnötig umkommen. Sagt Mirnar Bescheid, die Rebellen sollen sich nach Malun zurückziehen. Oder in den Turm, wenn sie nicht schnell genug sind. Alle Pamuschkrieger ...« Er atmete tief durch, wechselte einen Blick mit Cubris und sprach es mit einem schweren Seufzen aus: »Alle Pamuschkrieger sollen gegen die Kreaturen antreten. Wenn wir sie hier oben nicht aufhalten, schaffen sie den Weg nach Malun, und dann ...« Er musste es nicht laut aussprechen. Sie alle wussten, was er meinte: Wenn die Biester die Berge überquerten, würden sie sämtliche Menschen und Gottgeborenen in Malun töten.

»Cubris!« Svaris wandte sich an den dritten Hauptwächter. »Lass auch die Gefangenen frei. In meiner Gefangenschaft wird niemand hilflos niedergemetzelt.«

Cubris stand gehorsam auf. Dennoch blieb er stehen und druckste herum. »Zu den Gefangenen habe ich eine schlechte Nachricht. Nur die beiden Offiziere sind noch da. Der Heerführer und der Unbekannte sind geflohen.«

»Geflohen?« Svaris fuhr ihn an. »Wann? Und warum sagst du das erst jetzt? Wir haben vorhin noch darüber gesprochen, dass ich Dorgen schnellstmöglich verhören will!«

»Dorgen?« Der Name ließ Feyla hochfahren. »Welcher Dorgen?«

Cubris lachte auf. »Der ehemalige Heerführer der Sapioner. Kam mit zwei Offizieren und hat behauptet, er würde die Magie Zabinos tragen und bräuchte nur einen Valjaner, um das sapionische Heer dazu zu bringen, die Waffen niederzulegen.« Ein abfälliger Unterton spielte in seiner Stimme. »Als wären wir so leichtsinnig, ausgerechnet einem magischen Sapioner einen Valjaner an die Seite zu stellen! Wenn ihr mich fragt, war das ein dilettantischer Versuch, uns mit gebrochener Magie zu unterwandern. Dass er sich jetzt mit dem Unbekannten aus dem Staub gemacht hat, sollte wohl Beweis genug sein.«

Feylas Herzschlag raste. Irgendetwas daran passte nicht.

Auch Svaris' Gesicht wirkte finster. »Und diese Schlussfolgerungen hast du ganz allein gezogen, Cubris? Du als dritter Hauptwächter? Wer hat dir die Befugnis gegeben, so etwas zu entscheiden? Warum hast du mir nichts davon gesagt, als du von diesem Dorgen berichtet hast? Was, wenn er recht hatte? Was, wenn seine Magie ungebrochen ist? Zabino und Valjan – nach allem, was wir über die Monster wissen, ist diese Kombination aus Magie unsere letzte Chance.«

Cubris stieß ein leises Fauchen aus. Seine Augen funkelten, seine Fangzähne blitzten bei jedem Wort zwischen den Lippen hervor. »Du hast mich ja auch nicht unterrichtet, als du entschieden hast, Leymon zum ersten Hauptwächter zu ernennen und mich zu degradieren.«

Feyla hielt den Atem an. Ging es jetzt etwa darum? Um eine Machtrangelei unter den Pamuschkriegern?

»Ich unterbreche nur ungern«, hakte Nuszam alarmiert ein. »Aber was war das für ein Unbekannter? Der, mit dem Dorgen geflohen ist?«

Beiläufig zuckte Cubris die Schultern. »Ein anderer Sapioner. Wir haben ihn in den Bergen aufgegriffen. Finsterer Kerl. Auf der einen Seite hatte er keine Haare mehr. Es sah aus, als wären sie ihm abgefackelt worden. Als wir ihn festnahmen, hat er keinen Ton gesagt. Nur gegrinst.«

Die Beschreibung kam Feyla bekannt vor. Sie war schon mal jemandem begegnet, auf den sie zutraf. Aber wem?

Burk! Der Bastard aus Kolmar. Derjenige, den Dorgen in der Auslese besiegt hatte. Nach dem Kampf hatte Burk um Gnade gefleht. Aber müsste er dann nicht inzwischen ein Sklave sein?

Feyla wurde heiß und kalt gleichzeitig. »Mein … mein Vater!«, haspelte sie. »Er hat einen Sklaven geschickt, um Dorgen zu töten.«

Die Pameli schienen ihr nicht folgen zu können. Nur Nuszam starrte sie erschrocken an.

»Wohin sind sie geflohen?«, rief Feyla.

Cubris wirkte verärgert. »Wenn ich das wüsste, wären sie schon wieder hier. Allerdings sah es aus, als hätten sie Hilfe gehabt. Sie sind von außen befreit worden.«

Scheinbar beherrscht trat Nuszam neben Feyla. Seine Hand legte sich auf ihre Schulter. »Wo ist das Gefängnis?«

Svaris machte eine harsche Kopfbewegung. »Zeig es ihnen! Und mach dich auf was gefasst, Cubris! Wenn das hier vorbei ist und wenn einer von uns dann noch leben sollte, wird es eine Anhörung geben!« Damit verschwand er nach draußen, vermutlich, um weitere Befehle zu geben.

Cubris quittierte die Ansage mit einem Zischen. »Mir nach!«, rief er dann und lief voraus. Seine Pamuschkatze war nirgendwo zu sehen, dennoch rannte er schnell. Feyla und Nuszam konnten ihm kaum folgen. Sie sprinteten über einen schmalen Pfad, aus der Siedlung hinaus und zwischen Felsen entlang. Hinter einem Engpass lag eine Hütte.

»Hier sind Karer und Livoi! Dorgen und der andere waren in einer zweiten Hütte. Dort hinten, hinter den Felsen.« Cubris zeigte auf eine Felsformation. Dann schloss er die Tür auf und winkte Karer und Livoi heraus. »Lauft«, befahl er lustlos. »Bringt euch in Sicherheit, wenn ihr wollt. Die Monster kommen.«

»Welche Monster?« Karer blinzelte in der Helligkeit. Verständnislos schaute er von einem zum anderen.

»Wir haben keine Zeit für Erklärungen!«, rief Nuszam. »Wir müssen Dorgen finden. Wahrscheinlich ist er entführt worden.«

»Ich gehe zurück. Den Kampf anführen«, warf Cubris ein.

Schon von hier aus war zu sehen, dass es nur zwei Wege gab, auf denen man von den Gefängnishütten aus fortlaufen konnte: Einer war als Fluchtweg ungeeignet, weil er direkt ins Pamuschlager führte – der andere folgte dem Pfad in die Berge.

»Bestimmt sind sie da entlang.« Feyla streckte den Arm aus.

Erneut zuckte Cubris die Schultern. Mit betonter Gleichgültigkeit wandte er sich ab und stieß einen Pfiff aus. Kurz darauf preschte eine Katze zwischen den Felsen hindurch und kam auf sie zu.

Feyla sah noch einmal zu dem Bergpfad. »Ihr habt das gewusst!«, rief sie dann. »Ihr habt gewusst, in welche Richtung sie gegangen sind. Ihr hättet einfach nur hinterherreiten müssen. Dorgen wollte euch helfen. Aber jetzt werden die Sapioner ihn umbringen.«

Auf Cubris' Lippen bildete sich ein maliziöses Lächeln. »Umso besser. Soll mir nur recht sein, wenn sich die Sapioner gegenseitig aus dem Weg schaffen.«

Feyla starrte ihn an. Unbändige Wut sammelte sich in ihr. Hieß das, Cubris hatte Burk mit Absicht zu Dorgen in die Zelle gesperrt?

Doch Nuszam packte sie an der Hand, winkte Karer und Livoi mit sich und zog Feyla weiter. »Los!«, rief er. »Wir müssen Dorgen finden, schnell!«

***

Walerius

Voller Faszination betrachtete er die Monster. Sie verrichteten, wozu seine Krieger nicht mehr in der Lage waren. Gnadenlos stürmten sie den Berg hinauf und töteten alles und jeden, der sich ihnen in den Weg stellte. Dass sie das Heer Sapions ebenso auslöschten wie die Armee ihrer Gegner, sollte ihm nur recht sein. Die Männer würde er ohnehin nicht mehr brauchen, wenn die Grenzen zu Malun erst gefallen waren.

Thia hatte seinem Kampf zwar einen schweren Dämpfer versetzt, aber Siberis Einsatz würde den Krieg entscheiden. Von nun an brauchte Walerius nur noch das Töten und den Hass und die Rache. So sehr hatten ihn die Götter Maluns enttäuscht. Nicht einmal der große Talun und die gütige Maluna hatten die Versprechen gehalten, die ihm gegeben wurden. Auf ewig würde er sie dafür verachten.

Dabei lag das alles schon so lange zurück. Jetzt und hier zählte nur noch die Gegenwart. Siberi war gekommen, um die Monster in die Schlacht zu führen. Sein Sohn. Sein Werk. Der mächtigste Gott, den es je außerhalb Maluns gegeben hatte.

Stolz erfüllte Walerius, während er Siberi beobachtete, der noch immer auf dem Nacken der Kreatur saß und die Monster so mühelos mit seinen Händen führte. Die ersten waren längst zwischen den Wipfeln der Berge verschwunden. Dort oben mochten die Pamuschkrieger ihnen entgegentreten. Doch Siberis Monster würden selbst die Raubkatzen besiegen.

Wie war Walerius nur auf die Idee gekommen, seinem Sohn zu misstrauen? Um Siberi von der Front abzulenken, hatte er ihn beauftragt, Tailin zu suchen. Aber Siberi hatte nicht auf ihn gehört. Stattdessen führte er die schrecklichsten Kreaturen in den Krieg, die je für Sapion gekämpft hatten.

Nie wieder würde er an Siberi zweifeln.

»Hier versteckst du dich also.« Eine Frauenstimme ließ ihn zusammenzucken. Er wendete seinen Rappen, bis er sehen konnte, wer hinter ihm stand.

Es war eine ältere Frau in Lederrüstung. Sie saß auf einem braunen Wallach und trug das grüne Wappen Malunas auf ihrem Brustpanzer. Doch es war nicht irgendeine Frau. Walerius erkannte sie. »Kori?«

Ihre Wangenmuskeln zuckten. »Genau die. Deine Tochter, die du vergewaltigt, geschwängert und verstoßen hast.«

Er hatte nicht damit gerechnet, sie noch einmal lebendig zu sehen. Dennoch wunderte es ihn nicht. Kori gehörte zu seinen klügsten und stärksten Kindern, genau wie Feyla und Siberi. Es war ein Jammer, dass sie sich geweigert hatte, auf seiner Seite zu stehen. »Dann bist du Teil der Frauenarmee, die dort unten kämpft?« Er deutete auf ihren Brustpanzer.

Kori lachte auf. Es klang rau und selbstbewusst. »Ich bin nicht ein Teil der Armee. Ich bin ihre Anführerin.«

Walerius pfiff leise durch die Zähne. Es war ein spöttischer Klang, um den Anflug von Anerkennung zu unterdrücken. »Du bist alt geworden«, stellte er fest.

Wieder lachte Kori, und dieses Mal zeichnete sich Abscheu in ihr Gesicht. »Was man von dir nicht behaupten kann.« Abschätzig schaute sie an seinem verjüngten Körper hinab. »Aber wie ich hörte, habt ihr beide ein Hilfsmittel, um euch so jung zu halten.« Sie schaute zwischen Rabanus und ihm hin und her. »Ist der Preis, den ihr dafür zahlt, nicht ein bisschen hoch?« Sie ließ ihr Kinn vorschnellen, als wollte sie damit auf die Schlacht unterhalb der Berge deuten. »Eure Kinder sind groß geworden«, erklärte sie. »Aber vielleicht hättet ihr eure Nachkommen nicht so leichtfertig verraten sollen. Womöglich wären sie dann ein bisschen treuer.«

Wovon redete sie? Walerius folgte ihrem Blick. Doch erst mit Verzögerung begriff er: Nicht nur sie und Feyla waren seine Kinder, die er verraten hatte. Auch Siberi hatte er verraten. Und diese Kreaturen dort unten? Ein eisiger Schauder lief über seinen Rücken, als er begriff, woher die Monster stammten.

»Ganz recht.« Kori lachte. »Sie sind ein ausgesprochen hässlicher Preis für eure Jugend. Und jetzt wenden sie sich gegen euch.«

Gegen ihn und Rabanus? Mitnichten. »Du irrst dich. Mit ihrer Hilfe wird Siberi den Krieg gewinnen.«

Koris Lachen klang heiser und hochnäsig. »O ja. Siberi hat gute Chancen, den Krieg zu gewinnen. Aber glaubst du wirklich, er würde noch auf deiner Seite kämpfen?«

Das, was eben noch ein eisiger Schauder gewesen war, gefror zu einem Eisklotz in Walerius' Magen. Siberi kämpfte nicht auf seiner Seite? Auf wessen dann?

Koris Wallach tänzelte und verriet ihre Unruhe. Nur ihre Stimme klang unerschütterlich. »Du hast deine Götterkinder gründlich gebrochen. Aber ein gebrochener Gott kann keine Loyalität empfinden. Sie kämpfen alle nur für dich, solange es ihrem eigenen Vorteil dient. Das hättest du bedenken sollen.« Auf ihrem Gesicht bildete sich ein spöttisches Halblächeln. »Nicht einmal er« – sie nickte in Rabanus' Richtung – »ist dir treu ergeben.«

Rabanus quittierte ihren Einwurf mit einem Lachen. Überhaupt wirkte er wie ein Zuschauer, der einer unterhaltsamen Vorstellung beiwohnte.

Koris Miene veränderte sich. Jegliche Plauderstimmung fiel von ihr ab und wich bitterem Ernst. Sie sprang von ihrem Pferd und zog ihr Schwert. »Walerius, oberster Berater von Sapion. Ich fordere dich zum Duell auf Leben und Tod. Hiermit trete ich an, um die Ehre deiner verratenen Kinder wiederherzustellen.«

Noch ehe er begriffen hatte, was sie von ihm wollte, griff sie an. Ihr erster Schwerthieb zielte auf den Sattelgurt seines Pferdes. Dann stürzte er.

***

Siberi

Unter den Klauen der Monster brachen die Knochen der Menschen wie winzige Stöckchen. Zwischen ihren Zähnen zerplatzten ihre Körper zu Kaskaden aus Schreien und Blut. Wenn die glühenden Schwerter durch die Masse der Gegner strichen, erloschen ihre Leben, als wären sie lästige Fliegen.

Siberi saß noch immer auf Valrams Nacken. Während die Monster mordeten, blieb er am Fuß des Gebirges und schaute ihnen zu. Doch die Monster waren mit ihm verbunden. Die Grausamkeit ihrer Morde erfüllte ihn bis in die letzte Zelle seines Körpers. Diesen Moment hatte er ersehnt, dieses Gefühl gab ihm Erlösung. Endlich.

Oder nicht? Reichte das hier tatsächlich aus?

Irgendetwas störte das Gefühl, streifte durch ihn hindurch wie eine hinterlistige Schlange. Als gäbe es jemanden, der ihn beobachtete und verspottete.

Erst als er den Kopf hob und an den westlichen Bergausläufern hinaufsah, wusste er, woher das Gefühl stammte. Walerius und Rabanus saßen dort oben auf ihren Pferden. Seelenruhig schauten sie auf die Schlacht, als würden sie den Anblick ebenso genießen wie er.

Dabei war es doch längst nicht mehr ihre Schlacht, längst nicht mehr ihr Sieg. Oder glaubten sie das tatsächlich? Dass Siberi noch auf ihrer Seite kämpfte?

Das Gefühl der Erlösung verwandelte sich in bittere Empörung. Wie konnte sein Vater nur so anmaßend sein? So hochmütig und egozentrisch! Rasende Wut schoss in Siberi hoch. Walerius sollte endlich bemerken, dass er sein mächtigster Feind geworden war!

Valram empfing den Befehl, ohne dass Siberi ihn denken musste. Mit weiten Sprüngen preschte das Monster voran, trug ihn in das Tal zwischen den Höhenzügen und dann den Berg hinauf, auf dem sein Vater Stellung bezogen hatte. Schon von weitem sah er, dass Walerius und Rabanus nicht mehr allein waren. Walerius kämpfte gegen eine Frau. Sie trug das Wappen der Widerstandsarmee und benutzte ihr Schwert mit der Leichtigkeit eines geübten Kriegers. Sie war wendig und schnell und von überraschender Kraft – was sich von Walerius nicht sagen ließ. Obwohl sein Vater wie ein Jüngling aussah, wirkten seine Bewegungen behäbig und plump, wie die eines alten Mannes, der schon lange nicht mehr mit dem Schwert trainiert hatte.

Früher oder später würde die Frau ihn besiegen.

Valram bremste seinen Lauf und blieb am Rand des Kampfplatzes stehen. Auch Rabanus saß noch immer auf seinem Pferd und schaute dem Duell zu. Er stand mit dem Rücken zu Siberi, sodass er ihn nicht kommen sah – ebenso wenig wie Walerius.

Nur die Frau blickte in Siberis Richtung. Erschrocken fuhr sie vor ihm und dem Monster zurück.

Walerius setzte ihr nach, wollte den schwachen Moment ausnutzen. Erst als sie ihn abwehrte, dann aber wieder an ihm vorbeisah, schien er die Bedrohung in seinem Rücken wahrzunehmen. Schwungvoll wirbelte er zu Siberi herum. Und wich hastig zurück.

Offensichtlich war Walerius gerade erst bei der Göttin der ewigen Jugend in dem Wagen gewesen. Sein Gesicht war jung, fast noch jugendlich. Und plötzlich kam es Siberi vor, als würde er in den Spiegel schauen. Sie hatten dieselbe gerade Nase, dieselben schmalen Wangen – nur ihre Augenfarbe und die Struktur ihrer Haare unterschieden sich.

Siberi wurde übel. Er konnte seine Gedanken nicht länger zurückhalten. »Ich weiß, was du getan hast, Vater. Was du mir angetan hast, als ich noch ganz klein war.« Seine Stimme klang ruhig, doch sein Inneres war in Aufruhr.

Eine Spur von Unbehagen zeigte sich auf Walerius' Gesicht.

»Aber wem erzähle ich das?«, fuhr Siberi fort und schaute zu Rabanus. »Ihr beide wisst es ja selbst. Was damals in der weißen Stadt geschehen ist.«

Walerius öffnete den Mund. Kurz sah er aus, als wollte er es abstreiten. Oder rechtfertigen. Dann entschied er sich um. »Sieh dich an!«, rief er, und in seiner Stimme klang Stolz. »Sieh an, was aus dir geworden ist. Du bist ein Meisterwerk, du solltest mir dankbar sein.«

Siberi lachte auf. Doch zugleich zerriss etwas in ihm. Etwas, von dem er gar nicht wusste, dass es noch da gewesen war. Mit einer Armbewegung wischte er den Zwischenruf beiseite. »Wie lange war es, Vater? Ein Jahr? Zwei Jahre? Wie lange hast du mich einsperren und foltern lassen? Wie oft haben die Männer mich vergewaltigt? Und wie viel war noch von mir übrig, wenn sie mich verstümmelt und verbrannt haben?« Seine Stimme versagte, er musste schlucken, um weitersprechen zu können. »Und wie alt war ich? Darf ich raten? Ich war noch ein Baby. Du hast mich direkt nach meiner Geburt in den Folterkeller gebracht.«

Walerius schwieg. Aber sein Schweigen war ein Geständnis. Auch Rabanus wirkte nicht überrascht. Er wusste das alles. Er war ein Teil davon. Er selbst hatte daran mitgewirkt, die Blutgöttin zu erschaffen.

Nur eines wusste Rabanus nicht. Aber das würde sich gleich ändern. »Und du?« Siberi richtete sich an ihn. »Kannst du dich an die ersten Jahre deiner Kindheit erinnern?«

Irritation erschien auf dem Gesicht des Herrschers.

Was nun folgte, wusste Siberi aus der Verbindung zu den Monstern. Sie trugen es in sich, jene Vergangenheit, in der die Narben und die Wut und der Hass des Herrschers entstanden waren. Rabanus' Monstersöhne waren ganz und gar aus diesem Hass beschaffen. »Hast du ihn dir einmal angesehen?« Siberi deutete auf Walerius. »Hast du ihn dir genau angesehen, wenn er bei der Göttin im Wagen war? So wie jetzt?«

Etwas in Rabanus' Miene zuckte. Nur kurz sah er Walerius an.

Die Gesichter der beiden Männer zeigten nicht nur das gleiche Alter, sie sahen einander verdächtig ähnlich. »Er sieht aus wie dein Bruder, nicht wahr? Aber das kann er nicht sein. Auch wenn ihr beide schon ewig lebt – er ist älter als du. Er war schon erwachsen, als du noch ein Kind warst. Erinnerst du dich?«

Rabanus blinzelte. Eine Spur von Verstörung glomm in seinen Augen.

Wieder musste Siberi lachen. Es hätte komisch sein können, wenn es nicht so schrecklich gewesen wäre. »Du glaubst vielleicht, er war dein Lehrer. Aber eigentlich ist er dein Vater.«

Wieder änderte sich etwas im Ausdruck des Herrschers. Fast konnte Siberi sehen, wie sich die Puzzleteile in Rabanus' Gedächtnis zusammensetzten, wie er begriff, was er eigentlich schon längst hätte wissen können.

Mit einem scheinheiligen Unterton sprach Siberi es aus: »Du weißt, wie er seine Götter erschafft. Immerhin warst du oft genug dabei. Es ist schon erstaunlich, dass ein erwachsener, gestandener

Mann wie du sich die Wahrheit so lange schöndenken kann. Dabei bist du doch sein Erstlingswerk. Deine Narben – die immer wiederkommen und die du nur mit der Göttin der ewigen Jugend bekämpfen kannst –, *er* hat sie dir zugefügt.« Siberi streckte den Arm aus und zeigte auf Walerius. »Und daran zeigt sich auch schon, was für ein unvollkommenes Erstlingswerk du bist. Deine Magie ist schwach. Viel schwächer als die der magischen Geschöpfe, die er nach dir geschaffen hat. Und du bist dumm. Schon seit einer ganzen Ära lässt du dich von ihm benutzen. Zugleich ist das dein Vorteil. Wenn du begriffen hättest, was er mit dir tut, hätte er dich längst beseitigt.«

Empört öffnete Rabanus den Mund, wie ein kleiner Junge, der sich rechtfertigen wollte, obwohl er längst wusste, dass er verloren hatte.

Siberi interessierte sich nicht für die Empörung eines alt gewordenen kleinen Jungen. Stattdessen zeigte er auf Walerius, und plötzlich kribbelte die Magie wie Strom in seinen Fingern. Er hätte nur loslassen müssen, um seinen Vater mit einem elektrischen Schlag zu vernichten. Auch Walerius besaß kaum noch Magie. Ihn zu töten wäre ein Kinderspiel gewesen.

Doch Siberi würde es nicht selbst tun. Er würde nur auf dem Nacken des Monsters dabei sein und die Wucht des Mordens in Valrams Muskeln fühlen. Das Monster stieß sich vom Boden ab, sprang vor und riss Walerius von den Füßen. Sein Vater zappelte. Aber die Klauen bohrten sich durch sein Gewand und gruben sich in sein Fleisch. Gern hätte Siberi ihm alles das zugefügt, was er selbst erlitten hatte. Aber Walerius würde nur einen Bruchteil davon aushalten, ehe er starb. Dennoch sollte er leiden – möglichst lange leiden.

Nur eine Todesart war grausam und langsam zugleich. Siberi entschied sich schnell. Mit einer entschlossenen Bewegung riss Valram seinem Vater die Bauchdecke auf und ließ Walerius mit offenen Eingeweiden liegen.

So hatte Siberi auch schon dagelegen. Mehrfach. Bei ihm war es wieder geheilt. Aber Walerius würde an seiner offenen Bauchdecke sterben.

Als Valram sich aufrichtete, sprang Siberi zu Boden. Mit weiten Augen starrte Walerius ihn an. Seine Lippen bewegten sich, als wollte er noch etwas sagen. Doch es kamen keine Worte heraus.

Endlich war sein Vater sprachlos. Endlich hatte er das verloren, was einstmals seine heimtückischste Waffe gewesen war: seine Worte.

»Stirb langsam!«, zischte Siberi. »Das hast du verdient.« Dann wandte er sich ab. Rabanus und die fremde Frau waren noch da. Sie beide schauten voller Hass auf den Sterbenden. Auch die Frau war Walerius' Tochter. Siberi sah es in ihrem Gesicht.

In einem Anflug von Gnade beschloss er, sie zu verschonen. Rabanus hingegen hatte nur die Gnade eines schnellen Todes verdient. Valram wirbelte herum, sprang auf den Herrscher zu und riss mit einer einzigen Bewegung den Kopf von seinen Schultern.

Siberi betrachtete die offenen Augen des Herrschers nur kurz. Dann stieg er über den bebenden Körper seines Vaters hinweg und trat an die Felskante, von der aus sich der Blick über die Ebene öffnete. Die meisten seiner Monster waren längst in den Bergen. Nur weiter hinten, dort, wo das Heerlager der Sapioner lag, spürte er die Gegenwart weiterer Kreaturen.

Sein Blick fiel auf den Metallwagen, in dem die Göttin der ewigen Jugend lebte. Er rumpelte und schwankte, die Reifen hoben sich auf einer Seite und krachten wieder zurück. Siberi spürte das Ächzen des Metalls und die Schwäche der Nieten. Jedes Monster, das in den Bergen gestorben war, hatte die Göttin der ewigen Jugend im Inneren des Wagens wiedergeboren. Und sie alle wuchsen, rasend schnell.

Siberi streckte die Arme aus, um die Verbindung zu den Neugeborenen zu schließen. Doch die Magie ließ sich nicht fassen. Etwas störte den Strom, der die Monster nicht erreichte.

Und dann sah er das blonde Mädchen. Ihre Gestalt hatte sich hinter dem Wagen verborgen, nun aber kam sie um das Gefährt herum. Er hatte dieses Mädchen nie zuvor gesehen, dennoch hatte er von ihr gehört – und es war ihre Hybridenmagie, an der er sie nun erkannte: Dieses Mädchen war Thia, ausgerechnet die Liebesgöttin, mit deren Erschaffung Walerius sich so gerne gebrüstet hatte. Ausgerechnet sie kämpfte nun also auf Seiten der Widerstandsarmee.

Siberi kannte die Art, in der Thia ihre Hände bewegte. Ihr Kopf war gesenkt, als würde sie sich konzentrieren, doch ihre Haltung wirkte mächtig.

Sie war eine Vaikunigöttin, ungebrochen und stark. Und zumindest ein Teil ihrer Fähigkeiten war identisch mit seinen.

Siberi änderte den Fluss des Stromes. Bald würde sich zeigen, wer von ihnen beiden stärker war …

Das Mädchen breitete die Arme aus. Eine Welle von Feuermagie schlug aus ihren Händen, sprengte das Metall des Wagens auseinander und ließ die Monster hervorspringen.

Wieder schickte Siberi einen Impuls, wollte die Kreaturen erreichen, bevor es Thia gelang, sie in ihren Bann zu ziehen. Doch die Monster gingen vor dem Mädchen zu Boden. Manche waren noch klein, andere schon fast ausgewachsen. Sie alle neigten ihre Köpfe und unterwarfen sich der Herrschaft einer Liebesgöttin.

Siberi konnte Thia nicht aufhalten, konnte weder ihre Magie noch die der Kreaturen erreichen. Er vermochte nur zuzusehen, wie sie den Biestern mit ihren Händen befahl. Die Monster bildeten ein Spalier, durch das die junge Hybridgöttin zu dem zerstörten Wagen trat. Das Dach und die Wände waren auseinandergesprengt. Nur die Bodenplattform war noch da. Und dort, in der Mitte, kauerte die ewig junge Göttin.

Thia ging auf sie zu und blieb vor ihr stehen. Siberi konnte weder sehen noch spüren, was sie taten. Ob sie redeten oder sich nur schweigend belauerten.

Bis sich die Göttin der ewigen Jugend rührte. Sie kniete sich vor das Mädchen, wie es die Monster zuvor getan hatten, senkte ehrerbietig den Kopf, als wolle sie ebenfalls ihren Gehorsam schwören. Siberi begriff noch immer nicht, was dort unten geschah. Erst als Thia ihr Schwert zog, zuckte ein heißer Schauer durch seinen Körper. Doch es war zu spät. Die Göttin der Liebe enthauptete die Göttin der ewigen Jugend mit einem einzigen Streich.

Für einen kurzen Augenblick war Siberi hin- und hergerissen zwischen Grauen und Ehrfurcht. Erst dann begriff er: Ohne die ewig junge Göttin wurden die Monster sterblich. Seine Armee aus personifiziertem Hass war nicht länger unbesiegbar.

32. Kapitel

Zeylem – staatenloses Gebiet

Nelja

Ihre Reise Richtung Norden verlief quälend langsam. Am liebsten hätte Nelja ihre Stute im Galopp vorangetrieben, aber die meiste Zeit ritten sie in zähem Schritt. Vor allem Dorgen brauchte all seine Kraft, um sich überhaupt im Sattel zu halten, und zumeist war der Boden zu unwegsam, als dass sie mit der Kutsche ein schnelleres Tempo hätten fahren können. Es war ein schmaler Gitterwagen, auf dem sie die Blutgöttin transportierten. Mehrfach gefesselt und zusammengeschnürt lag Sapia auf der Ladefläche, fast schon eingeklemmt zwischen Wasserfässern und Taschen mit Proviant.

Direkt vor der Burg war Turor auf zwei junge Blutsucher gestoßen. Sie hatten in einem Hohlraum unter den Burgmauern ein heimliches Lager errichtet, weil sie nicht wussten, wo sie sonst leben sollten. Kurzerhand hatte er ihnen den Befehl erteilt, Sapia in den Hof zu tragen und sie auf dem Gitterwagen festzuketten. Turor selbst hatte zahlreiche Schlösser an den Ketten angebracht und Nelja die Schlüssel anvertraut. »Du musst sie aufbewahren«, hatte er ihr zugeflüstert. »Und gib sie keinem von uns, bis wir in Malun sind. Ganz egal, was wir dir sagen.«

Nelja verstand, was er andeutete: Die beiden jungen Blutsucher waren kaum mehr als Kinder. Sie wirkten scheu und voller Angst und kuschten bei jedem Befehl, den Turor ihnen gab. Aber die Blutgöttin vermochte in Gedanken zu ihnen zu sprechen.

Und wenn sie ein Blutopfer verlangte, würden sich die Jungen kaum dagegen wehren können.

Nachts hielten Turor und Dorgen abwechselnd Wache, um es rechtzeitig zu bemerken, falls die Stimme der Blutgöttin aktiv wurde. Doch auch das bot nur fadenscheinige Sicherheit. Turor konnte selbst ihrem Befehl zum Opfer fallen – und Dorgen wäre im Ernstfall zu schwach gewesen, um Nelja zu verteidigen.

Nein. Sie durfte sich nur auf sich selbst verlassen. Auf ihre Intuition, auf ihren Verstand und darauf, dass sie keinen Schlaf brauchte. Die anderen wussten nicht, dass sie zwar unter ihren Schlaffellen lag, aber ebenfalls Wache hielt. Nur gelegentlich döste sie für kurze Momente ein. Doch jedes Mal schreckte sie wieder auf. Dann kam es ihr vor, als fiele ein dichter Schatten über sie, der schnell davonhuschte.

War das die Blutgöttin, deren Geist nach ihr griff? Oder einer der Blutsucher, der sich anschlich?

Nelja schauderte bei dem Gedanken.

Tagsüber waren alle Schatten fort. Stattdessen glühte die Hitze vom Himmel und brannte sich in die Landschaft. Zeylem war ein totes Land. Tagelang war nichts um sie herum als aufgesprungene Erde, verbrannte Dörfer und manchmal ein paar tote Bäume. Wann genau sie die Grenze zum staatenlosen Gebiet überquerten, ließ sich nicht sagen. Erst irgendwann murmelte Turor, dass sie Zeylem verlassen hatten.

Das staatenlose Gebiet wirkte kaum anders als Zeylem. Nur die Orte waren sehr unterschiedlich. Manchmal passierten sie kleine Städte mit Stadtmauern. Dann wieder waren es nur ein paar lose zusammengezimmerte Baracken.

Anfangs suchte Turor verlassene Behausungen, in denen sie ihr Nachtlager aufschlugen. Doch Nelja hörte die Wände flüstern und brauchte all ihre Kraft, um nicht die quälenden Geschichten von brennenden Dörfern und sterbenden Menschen zu hören.

Als sie Turor davon erzählte, entschuldigte er sich, und fortan übernachteten sie nur noch im Freien.

Dennoch hörte sie das Flüstern immer wieder. Je weiter sie ritten und je länger sie sich gegen den Schlaf wehrte, desto schlimmer wurde es.

Irgendwo auf dem Weg vor ihnen befand sich etwas. Eine Sache oder eine Person, die ihr eine Geschichte erzählen wollte – und die es so sehr nach Erleichterung drängte, dass Nelja das Flüstern selbst über weite Entfernungen hörte.

Oder stammte es von der Blutgöttin? War sie es? Nelja konnte keine Gedanken lesen – aber vielleicht hörte sie das Echo *vergangener* Gedanken. Das Flüstern nach Blutopfern, das die Blutgöttin so viele Jahre lang von sich gegeben hatte.

Seit Beginn ihrer Reise lag Sapia zusammengerollt auf der Seite. Ihr Gesicht war eingefallen und besaß die Farbe von Asche. Groß und starr lugten die Augen aus ihren Höhlen und richteten sich auf die Wände des Karrens. Turor hatte eine Decke über sie geworfen, um ihre Nacktheit zu bedecken. Doch immerzu strampelte die Blutgöttin sich frei, bis ihre hässliche, faltige Haut unter der Decke hervorkam. Manchmal räkelte sie sich stöhnend auf den Brettern, bis Turor fluchte und den Arm durch das Gitter steckte. Dann zog er die Decke wieder über sie und zuckte vor jeder versehentlichen Berührung zurück. Fast konnte Nelja seine aufgestellten Nackenhaare sehen.

»Warum können wir sie nicht einfach töten?«, knurrte er irgendwann. Er ritt bereits eine ganze Weile neben Nelja, ganz so, als würde er schon lange mit der Frage ringen. »Sogar eine Göttin stirbt, wenn wir sie enthaupten.«

Nelja musste das Grauen erst herunterschlucken. Auch sie hätte die Blutgöttin am liebsten getötet. Doch wenn Ruann gerettet werden sollte, war das keine Option. »Sie ist Maluna«, erklärte sie langsam. »Aber sie wurde gebrochen. Als Sapia bewirkt sie das Gegenteil. Statt Fruchtbarkeit und Leben zu spenden, sorgt sie für Dürre und Tod. Wenn wir sie enthaupten, wird sie in drei gebrochenen Teilen wiedergeboren, irgendwo verteilt auf der Welt. Dann wird die Dürre ewig bleiben, und Ruann ist verloren. Um unsere Welt zu retten, brauchen wir sie als vollwertige, gesunde Göttin. Aber dafür muss sie in Malun geheilt werden.« Neljas Unruhe erwachte wie ein hungriges Tier. Unwillkürlich trieb sie ihre Stute in den Trab und parierte sie nur widerwillig wieder zum Schritt. »Wir sind zu langsam, Turor. Unsere Reise wird Monate dauern. Aber so viel Zeit haben wir nicht mehr.«

***

Alia

Tagelang lag Lunis im Fieber. Flüsternd und weinend drehte er den Kopf im Stroh, rollte sich wimmernd auf die Seite und schrie im Schlaf. Manchmal versuchte Alia, ihn zu wecken. Doch wenn er sie ansah, dann nur mit einem matten Blinzeln, ehe er zurück in die Albträume fiel. Immer wieder verband Alia sich mit seiner Wahrnehmung. Immer wieder sah sie die Folter, die er durchlebte. Doch sie wusste nicht, ob die erneute Qual ihn heilte oder den Bruch nur vertiefte.

Und dann, am zehnten oder elften oder zwölften Tag, war sein Schlaflager am Morgen leer. Erschrocken fuhr Alia auf. Kurz glaubte sie, dass er fortgeritten war. Ohne sie.

Doch die Pferde waren noch da. Beide.

Und Lunis stand zwischen ihnen! Der weiße Körper seiner Stute verdeckte ihn. Erst als er den Sattel auf ihren Rücken legte, sah Alia, was er tat.

Hastig sprang sie auf. »Lunis? Was ist los? Wie geht es dir? Was machst du da?«

Er antwortete nicht. Schweigend zurrte er den Sattelgurt fest, ehe er um die Stute herumkam. Sein Gesicht besaß wieder einen gesunden Farbton. Auch seine Haare hingen glatt und gepflegt über seine Schultern. Nichts deutete darauf hin, dass er tagelang krank gewesen war.

Was ging hier vor sich?

»Wir müssen weiter«, erklärte er ruhig. »Pack die Sachen. Wir reiten, sobald die Pferde gesattelt sind.«

Alia starrte ihn an. Doch sein Gesicht war glatt und undurchdringlich wie Porzellan. Jegliche Gedanken waren weit fort, und selbst seine Magie schien zu schweigen.

Wer von beiden stand vor ihr? Lunis oder Sapionas? Was, wenn Lunis gestorben war und Sapionas als Einziger übrig blieb?

»Ich dachte, du willst deine Schwester sehen«, raunte er. »Wenn ja, dann beeil dich.«

Ein seltsamer Stich fuhr durch Alias Brust. Angst und Unruhe erfüllten sie, während sie alle Habseligkeiten in die Satteltaschen warf. Lunis wartete mit den Pferden am Scheunentor. Gemeinsam schnürten sie die Satteltaschen fest, führten die Tiere nach draußen und saßen auf. Dieses Mal band Lunis ihren Wallach nicht an seiner Stute fest.

Aber selbst, wenn sie gewollt hätte – wohin sollte sie hier schon fliehen? Das staatenlose Gebiet war so weiträumig von allen Lebewesen befreit, dass sie nirgendwo Unterschlupf finden konnte.

Er schwieg auch dann noch, als sie aufsaßen und weiter gen Süden ritten. Immer wieder war Alia versucht, ihn einfach zu fragen: *Wer bist du? Wer bist du heute? Bist du Lunis oder Sapionas?* Die Angst, dass er sich in den Blutsohn zurückverwandelt hatte, wog schwer in ihrer Brust.

Dennoch brachte sie die Frage nicht über die Lippen. Sie konnte nur hoffen. Und weiterreiten. Und auf der Hut sein.

Es war gegen Abend, als am Horizont eine Staubwolke auftauchte. Menschen. Reiter. Irgendetwas, das ihnen entgegenkam. Je näher sie ritten, desto deutlicher zeichneten sich die Silhouetten durch den Staub ab: Es waren Reiter – und ein Gitterwagen, den sie mit sich führten. Doch dieses Mal wich Lunis den entgegenkommenden Menschen nicht aus.

Nur Alia hatte den Impuls, sich zu verstecken. Wer so weit aus dem Süden kam, konnte sich nur in Sapion aufgemacht haben.

Oder aber …

Eine seltsame Hoffnung keimte in ihr auf. Was, wenn Nelja bei dem kleinen Tross war? Noch am Morgen hatte er gesagt, dass sie mitkommen musste, wenn sie ihre Schwester sehen wollte.

Hatte er diesen Abend damit gemeint? Konnte es tatsächlich sein, dass Nelja dort hinten unterwegs war?

Nein! Alia musste spöttisch lachen, um den Gedanken zu vertreiben. Die Hoffnung, Nelja hier draußen wiederzusehen, war absurd.

***

Blutsohn

Die Stimme der Blutgöttin hatte ihn aus dem Feuer befreit. Allein ihr Flüstern und Säuseln hatte die Schmerzen vertrieben und ihn in die Gegenwart zurückgeholt. Vielleicht wäre er ihr dankbar gewesen, wenn er sie nicht so sehr gehasst hätte.

Schon am Morgen, als er ohne Fieber erwacht war, hatte er ihre Nähe gespürt. Doch jetzt, während sie in der Dürre voranritten, war es, als käme sie mit jedem Schritt näher.

Und dann sah er sie. Die Staubwolke am Horizont, die sich langsam auf sie zuschob. Auch die Blutgöttin war dort, überdeutlich fühlte er ihre Präsenz.

Aber wollte er wirklich in ihrer Nähe sein? Sollte er nicht umdrehen und fliehen?

»Nicht doch«, wisperte Sapia. *»Du wirst brav zu mir kommen. Jetzt gleich.«*

Natürlich. Das musste er. Er war ihr Sohn, und ihrer Stimme galt es zu gehorchen.

Dabei wollte sie ihn nur aus einem Grund: Wenn er dort war, würde sie ein Opfer verlangen. Das eine, richtige Opfer, das es noch gab.

Sie wollte Neljas Blut.

Und Neljas Leben.

Allein dafür hatte sie ihn aus dem Feuer befreit.

***

Alia

Die Reiter kamen immer näher. Ihre Pferde waren weiß, und abgesehen von einem waren alle Reiter blond. Blutsucher! Sie waren Blutsucher! In einem kurzen Impuls wollte Alia wenden und fliehen.

Nur die sonderbare Hoffnung hielt sie davon ab: Was, wenn Nelja bei ihnen war?

Ihre Gedanken rasten und suchten zusammen, was Lunis über ihre Schwester erzählt hatte. Er hatte sie gefangen genommen und in den Kerker der Blutburg gesperrt. Aber dann hatte er Turor zu ihr zurückgeschickt, angeblich, damit er sie beschützte. Konnte das der Grund sein, warum Nelja dort vorn bei den Blutsuchern war? Weil Turor sie nicht nur beschützt, sondern auch befreit hatte?

Die Reiter rückten näher. Immer deutlicher zeichneten sich ihre Silhouetten auf dem Hintergrund ab.

Eine Gestalt war kleiner als die anderen, schmaler. Sie ritt vorn, zusammen mit jemandem, dessen Statur Alia ebenfalls bekannt vorkam.

Im nächsten Moment gab es keinen Zweifel mehr. Turor führte die kleine Reitergruppe an – und auf dem Pferd neben ihm ritt Nelja. Frei und ungezwungen saß sie im Sattel eines Schimmels.

»Alia!« Von weitem rief Nelja ihr zu. Im nächsten Moment galoppierten sie aufeinander zu. Niemand hielt ihre Schwester auf.

Direkt voreinander parierten sie zum Stand. Nelja sprang vom Pferd, und Alia tat es ihr gleich. Mit der stürmischen Kraft eines Wasserzausels sprang Nelja in ihre Arme. Doch sie war größer geworden, schwerer. Fast riss sie Alia um, ehe sie beide in ungläubiges Lachen ausbrachen.

»Du lebst«, flüsterte Alia. Sie wollte noch mehr sagen, so vieles – doch sie brachte keinen weiteren Laut hervor.

Nur aus den Augenwinkeln bemerkte sie die anderen Reiter. Im Schritt rückten sie näher und versammelten sich neben Neljas Pferd. Ihre Gesichter wirkten freundlich. Den dunkelhaarigen, mageren Mann in der Mitte hatte Alia noch nie gesehen. Nur seine raue Ausstrahlung und der seltsam wissende Blick machten deutlich, was er war: ein Gottgeborener, der sich seiner Fähigkeiten voll bewusst war. Auf dem Pferd neben ihm saß Turor. Der älteste Blutsucher lehnte sich lächelnd im Sattel zurück. Kurz sah er zwischen Nelja und ihr hin und her. Dann bedachte er Lunis mit dem fragenden Blick eines Vaters. Als hielten sie stumme Zwiesprache, starrten sie einander an …

… und ließen mit einem Schnalzen voneinander ab.

Ob Lunis oder Turor geschnalzt hatte, konnte Alia nicht sagen. Stattdessen weckte der Gitterwagen ihre Aufmerksamkeit: Ein seltsames Stöhnen kam von der Ladefläche. Auch die beiden jungen Blutsucher, die den Wagen bewachten, schauten besorgt in die Richtung des Stöhnens.

Schaudernd begriff Alia, was auf der Ladefläche lag. Oder sollte sie sagen, *wer* dort lag?

Die Blutgöttin! Sapia!

Unwillkürlich ging Alia auf den Wagen zu. Turor und der schwarzhaarige Reiter lenkten ihre Pferde zur Seite, um sie hindurchzulassen. Doch Alia blieb mitten zwischen ihnen stehen. Die Wände des Wagens waren zu hoch, sie konnte die Kreatur nicht sehen, dennoch ahnte sie etwas. Das stöhnende Wesen war die Blutgöttin Sapia. Und gleichzeitig noch jemand anderes …

»Maluna!« Nelja kam ihrem Gedanken zuvor. »Sie ist Maluna. Wir müssen sie nach Malun bringen.«

***

Sapionas/Lunis

Als Alia und Nelja von den Pferden sprangen und einander in die Arme fielen, war es, als würde seine Seele in zwei Teile zerrissen. Lunis konnte den Anblick kaum ertragen, nicht den des Mädchens, das der Blutsohn entführt hatte, und nicht den der jungen Frau, die er über alles liebte. Wie hatte er nur daran denken können, Nelja umzubringen, obwohl sie Alias Schwester war? Wie hatte er sie mitnehmen und einsperren können?

Doch schlimmer als der Anblick ihrer Wiedersehensfreude war Turors Gegenwart. Der älteste Blutsucher stieg nicht vom Pferd ab. Er schaute ihm nur entgegen. *Vater* war das Wort, das durch seinen Kopf wehte. Aber konnte jemand ein Vater sein, der seinen vermeintlichen Sohn in den Folterkeller gebracht hatte?

Wieder stand Reue in Turors Blick. Warm und sorgenvoll strich seine Liebe in Lunis' Richtung.

Doch Sapionas fand nur Kälte in seinem Herzen. Besser war es, niemandem zu vertrauen, und erst recht nicht denen, die vorgaben, ihn zu lieben.

Die Blutgöttin hatte niemals so getan, als würde sie ihn lieben. Sie hatte immer nur gehasst. Ihn genauso wie alle anderen. Während sie dort auf dem Wagen lag und stöhnte, mochte sie beinahe wie tot aussehen. Scheinbar hilflos und schwächlich krümmte sie sich zusammen und krallte die Finger in das Holz des Wagens. Doch ihre Stimme in seinem Kopf war kräftig und lebendig. »Bring mir das Kind!«, schrie die Göttin. »Bring mir das Mädchen, aber schlag ihr den Kopf ab, damit sie ihr göttliches Leben aushaucht und es mir überlässt. Sie ist das Opfer, auf das ich seit Jahrzehnten warte. Wenn du sie für mich tötest, werde ich wieder die volle Kraft einer lebendigen Göttin erhalten. Ihre Magie der Vergangenheit wird mein Leben in die Jugend einer Göttin zurückverwandeln. Dann werde ich keine monatlichen Opfer mehr brauchen. Vielmehr wird die Welt in eine neue Blutära übergehen. In eine Blutära, die um das Tausendfache länger währt als jeder Blutzyklus zuvor. Und wir beide, du und ich, werden fortan die größten Götter auf Ruann sein. Für immer.«

33. Kapitel

Grenzgebirge zu Malun

Dorgen

Er wusste nicht, wie lange er schon in dieser Höhle gefesselt war, wie oft ihn die Folter in die Ohnmacht getrieben hatte und warum er trotzdem immer wieder erwachte. Er wusste nicht einmal, was seinem Körper schon alles angetan worden war. Alles in ihm bestand aus Schmerzen. Meistens loderten sie grell und kreischend, verschlangen seine Gedanken und stürzten ihn in die Schwärze. Dann trieb er endlos in der Dunkelheit, erwachte für kurze Momente und sackte zurück in die Ohnmacht.

Doch sein Bewusstsein kam jedes Mal zurück. Irgendwann. Genauso wie jetzt. Die Schmerzen brannten noch immer. Ein gepresstes Stöhnen drang an seine Ohren, laut und nah. Allein dieses Geräusch schreckte ihn auf, rief ihn wach. Er wollte nicht wach werden, doch es ließ sich nicht verhindern.

Als er blinzelte, war das Licht schummerig. Eine undefinierbare Masse aus Rot und Braun hing unter ihm. Was auch immer das war, es zitterte und bebte. Oder hing er selbst?

Er hing an seinen Armen! Aufgehängt unter den Felsen. Und das Ding unter ihm …

… war sein Körper.

Blut. Überall war Blut. Getrocknetes und frisches. Dazwischen die Farbe von rohem Fleisch. Und Reste von Haut. Nur noch Reste.

Die Erinnerung kam langsam. Und dennoch mit voller Wucht.

Das Blut stammte von den Hautfetzen, die Burk ihm abgezogen hatte, von den Mustern, die er hineinritzte. Inzwischen gab es kaum noch eine Hautstelle, die er verschont hatte. Wenn Burk weitermachte, würde er dieselben Stellen noch einmal nehmen müssen.

Wellen aus Übelkeit und Kälte spülten durch Dorgens Körper. Das nächste Stöhnen war laut. Viel zu laut.

»Oh. Du bist wach.« Burks Stimme ließ ihn zusammenzucken. Der andere stand neben einer Fackel und hielt ein Messer in die Flamme. »Wie schön, dass du wieder da bist. Dann können wir ja weitermachen.«

Ein merkwürdiges Lachen stieg in Dorgen empor. Oder war es ein Weinen? Als das Geräusch seiner Kehle entwich, war es beides in einem. Zähe Flüssigkeit flatterte vor seiner Nase. Überhaupt war sein Gesicht nass. Wären seine Hände frei gewesen, hätte er fühlen können, ob es Blut oder Schweiß oder Tränen waren. Doch vermutlich war es alles zusammen.

Warum hatte er seine Augen geöffnet? Warum hatte er sich nicht ohnmächtig gestellt?

»Weißt du …« Im Plauderton begann Burk zu erzählen. »Das alles hier habe nicht ich mir ausgedacht. Als wir Kinder waren, in Kolmar, da haben die Erzieher das mit uns getan. Einfach weil sie es durften. Weil niemand da war, dem wir gehörten. Der uns beschützte. Dem etwas an uns lag.« Er zog das Messer aus der Fackel, trat auf Dorgen zu und drehte die glühende Klinge hin und her.

Dorgen konnte nichts gegen das Schluchzen tun, das aus seiner Brust sickerte. Mit aller Kraft kämpfte er dagegen an. Er musste zuhören. Der menschlichen Stimme lauschen. Sie war alles, was ihm jetzt noch blieb.

»Aber dann, eines Tages, kam der weißgekleidete Mann. Er hat uns im Hof zusammengerufen. Dort mussten wir uns aufstellen, und er hat eine Rede gehalten. Eine mächtige Rede. Er sagte, wir seien ein Kunstwerk, *sein* Kunstwerk – und das, was die Männer mit uns taten, sei leider notwendig, um diese Kunst aus uns zu formen.« Burk begann zu lachen, erst leise, dann laut und voller Wahnsinn. Nur mühsam rang er um Luft, drängte den Anfall zurück und sprach mit geschlossenen Augen weiter: »Es lag etwas Besonderes in der Stimme des weißgekleideten Mannes. Ganz gleich, wie grausig unser Leben war. Seine Rede hat allem einen Sinn gegeben. Plötzlich haben wir uns groß gefühlt. Weil wir ein Kunstwerk waren. Ein lebendiges, grausiges Kunstwerk aus Unmenschlichkeit. Und dann sagte er, wenn wir erwachsen seien, würden wir das spüren, dann würden wir wissen, dass wir geschaffen wurden, um unsere Kunst in die Welt zu tragen. Um sie weiterzugeben. Um sie überallhin zu verbreiten.« Wieder gingen Burks Worte in ein Lachen über. Doch dieses Mal verwandelte sich der Laut – in ein Weinen, das Dorgens Schluchzen frappierend ähnlich klang. Burk ließ das glühende Messer sinken, auch sein Kopf fiel nach vorn.

Durch Dorgens Brust rieselte ein Gefühl, das er unter all den Schmerzen und ausgerechnet seinem Peiniger gegenüber niemals erwartet hätte: Mitleid. Er hatte Mitleid mit Burk, mit dem Kind, das er gewesen war. Weil er so früh gebrochen worden war, dass er keine andere Möglichkeit gehabt hatte, als so zu werden.

Doch Burk war noch nicht fertig. Mit einem Ruck warf er den Kopf zurück, hob das Messer vor Dorgens Bauch und betrachtete die glühende Klinge.

Dorgen keuchte auf. Jeden Moment würde das Messer in seine Haut ritzen.

Aber Burk erzählte nur weiter. »Nach der Auslese hat Walerius mich gekauft. Der weißgekleidete Mann. Ich habe ihn nicht sofort wiedererkannt, aber irgendwann doch. An der Art, wie er redete. Er hat mir alles erzählt. Auch über dich.«

Dorgen horchte auf. Und starrte dennoch auf das Messer. Immer schneller drehte es sich neben seinem Geschlecht. Gleißende Angst stieß durch seine Sinne.

Dabei musste er zuhören!

»Walerius hat gesagt, dass es nicht vieles gibt, was dich und mich unterscheidet. Du trägst die gleichen Fähigkeiten wie ich. Allerdings deutlich mehr davon. Wie man unschwer an deinen Wunden sehen kann.« Burk unterbrach sich selbst mit einem irren Kichern, zog das Messer fort und zeigte der Reihe nach mit der Spitze auf Dorgens Körperteile. »So viel wie du habe ich noch nie ausgehalten.« Er wippte mit dem Messer, als würde er die Verletzungen zählen. Die Klinge glühte noch immer, näherte sich erneut Dorgens Bauch. »Aber es ist dieselbe Magie. Derselbe Funken Feuer, mit dem sich die Erde in Brand …«

Glühendes Eisen presste sich in Dorgens Haut, brannte sich ein und stieß einen Schrei aus seinen Lungen. Dorgen fiel in die Seile, sein Körper zappelte und wand sich, wollte zurückweichen und freikommen. Doch das Brenneisen blieb. Gestank zog in seine Nase, nach verbrannten Haaren und verkohltem Fleisch. »*Aufhören!*« Er wollte schreien, doch seine Zunge lallte nur. Lediglich Rotz und Speichel fanden den Weg über seine Lippen.

Als Burk zurückwich, färbte der Irrsinn seine Augen schwarz. Auch seine Stimme klang rau. »Aber weißt du, was der größte Unterschied zwischen uns ist?«

Dorgen konnte nichts mehr aufnehmen. Es war vorbei. Der Rand seines Sichtfeldes färbte sich dunkel.

Dabei *musste* er zuhören! Die Geschichte war wichtig.

Nur langsam arbeiteten sich die nächsten Worte durch den Nebel. »Als wir Kinder waren, hat Walerius solche wie uns gesucht. Nicht nur unter den Sklaven. Auch in den Häusern Sapions. Gerade dort. Und wenn er uns gefunden hatte, hat er unseren Vätern Geld gegeben oder besseres Land oder Privilegien. Ich wusste das nicht, aber Walerius hat es mir später erzählt. *So* bin ich nach Kolmar gekommen. Nicht weil ich eine Waise war oder ein Bastard oder schwer erziehbar – ich bin nur dort gewesen, weil der weißgekleidete Mann mich haben wollte. Und du …« Er machte eine kunstvolle Pause. Wieder kam das Messer näher.

Etwas in Dorgen eskalierte. Plötzlich war die Angst überall. Die Panik rauschte, schrie, verschlang die Stimme des anderen und verwandelte sich in tosendes Feuer. Alles brannte. Um ihn herum, in ihm drin.

Dabei musste er mehr erfahren. Aber was?

Über sich selbst! Der andere redete von ihm. Seine Lippen bewegten sich.

»Dich wollte Walerius auch haben. Als du noch ganz klein warst.« Endlich war die Stimme wieder da. Aber wollte Dorgen es wirklich hören? »Doch dein Vater hat sich geweigert. Selbst für viel Geld wollte er dich nicht hergeben. Walerius hat ihm gedroht, ihm das Land zu entziehen. Oder die ganze Sippe zu ermorden, wenn er dich nicht bekommt. Daraufhin ist dein Vater mit dir und deiner Familie geflohen. Walerius war außer sich. Aber er wusste nicht, wo ihr untergekommen seid.«

Die Geschichte wurde größer inmitten des Feuers, brach durch die Hitze und überstrahlte die Angst.

»Erinnerst du dich so gar nicht daran?« Scheinheilig legte Burk den Kopf zur Seite.

Dorgen versuchte, seine Gedanken zu ordnen, musste verstehen, wie sich das eine Puzzlestück in die anderen fügte. Er erinnerte sich an einen Umzug. Als er noch klein gewesen war. Ganz ruhig hatte sein Vater erzählt, dass sie woanders wohnen würden, hatte alle Sachen gepackt und seine Familie auf Pferdewagen klettern lassen. Dann waren sie gereist. Dorgen war zu klein gewesen, um zu verstehen, wohin.

Das Dorf, in dem er anschließend aufgewachsen war, hatte einen Schmied gebraucht. Das hatte sein Vater immer behauptet. Nur deshalb waren sie umgezogen.

Erst jetzt begriff Dorgen, warum manche Männer in seinem Dorf nur eine Frau gehabt hatten und warum manche der Frauen rothaarig gewesen waren. »Es war ein Rebellendorf!«, stieß er hervor. Karer fiel ihm ein, etwas, das sein Freund erzählt hatte: So mancher Herr kaufte nach der Auslese seine besten Freunde als Sklaven – und manche von ihnen durften eine eigene Familie haben, mit Frauen, die sie sich aussuchten, oftmals ehemalige Sklavinnen.

Er selbst war in solch einem Dorf aufgewachsen. Die Menschen dort hatten ein freies Leben geführt und die Vorschriften der sapionischen Gesellschaft nur zu einem kleinen Teil und nur zum Schein eingehalten.

Aber was war mit seiner Mutter? Er war von seiner Mutter getrennt worden, als er klein war. Zumindest hatte er sie danach nie wieder gesehen.

Oder war sie nicht mitgekommen in das fremde Dorf? Hatte sein Vater nur einen Teil seiner Kinder und nicht seine Frauen retten können?

Die Wahrheit erfasste Dorgen wie ein Schlag, all das Grauen und die Angst, vor der sein Vater ihn beschützt hatte.

»Aber dann haben sie dich doch noch bekommen. Richtig?« Burks Stimme schlich sich zurück in seine Wahrnehmung. »Wie war das, als sie kamen, um dich zu holen?«

Der Tag, an dem die Jungen zusammengetrieben wurden, um ins Rekrutenlager gebracht zu werden … Dorgen erinnerte sich an die schreienden Männer, an ihre Peitschen und Schlagketten. Als würde man Vieh zusammentreiben. Auf dem Dorfplatz hatten sie sich sammeln müssen. Dann waren alle Jungen auf einen Wagen verladen worden.

Bis heute hatte er geglaubt, dass es immer so war. Dass die Jungen immer auf diese Weise eingesammelt wurden, ehe sie ins Ausbildungslager gebracht wurden. Erst jetzt verstand er.

»Willst du wissen, was dann passiert ist?«, fragte Burk. »Was sie mit deinem Dorf und mit deinem Vater getan haben?«

Nein, er wollte es nicht wissen. Endgültig und scharf riss das Grauen in seinem Inneren. Er musste die Details nicht kennen, um es sich vorzustellen.

Doch der andere kannte keine Gnade. »Sie haben die Frauen und Mädchen danach sortiert, wen sie hübsch fanden. Alle anderen wurden in ein Haus gesperrt. Die Männer wiederum haben sie außen an diesem Haus angebunden. Dann haben sie heißes Pech über die Füße der Männer gegossen und alles angezündet. Kein Mann in deinem Dorf hat überlebt. Dein Vater hat deinen Namen geschrien, als er starb.«

Der letzte Satz gab Dorgen den Rest. Das also war der Grund, warum sein Vater nicht bei seiner Hochzeit gewesen war, warum er gar nicht dort sein konnte: weil er für ihn gestorben war. Um ihn vor der Grausamkeit zu bewahren, um ihm genau das Schicksal zu ersparen, das Burk erlitten hatte.

Ein hartes Schluchzen riss Dorgen aus seinen Gedanken. Es kam von Burk. Schwankend stand er vor ihm. Das Messer glitt ihm aus den Händen und fiel zu Boden. Die glühende Klinge verbog sich auf dem Felsen, rutschte gegen einen Strohhalm und setzte ihn in Flammen.

Burk schlug die Hände vors Gesicht. Alles an ihm bebte und zitterte, er weinte und schluchzte wie ein kleiner Junge. »Das ist der einzige Unterschied zwischen uns. Dein Vater hat dich über alles geliebt. Und meiner hat mich verkauft.«

In Dorgen formte sich etwas, das sich nicht zurückhalten ließ. Glühendes Feuer, tiefe Verzweiflung. Das hier war das Ende. Es musste das Ende sein, denn mehr war nicht zu ertragen. Weder an körperlichen noch an seelischen Schmerzen. Glühendes Feuer tanzte in seiner Brust, langte in Burks Richtung und stieß auf etwas, das mit ihm reagierte. Magie!

Burk schrie auf. Er wich vor Dorgen zurück, gerade weit genug, um das zweite Messer in seiner Hand zu sehen. Im nächsten Moment stach Burk zu. Kalt und tief drang die Klinge in Dorgens Bauch. Einmal. Zweimal. Nochmal. Wut und Flammen rasten durch seine Eingeweide, zogen sein Feuer mit sich und detonierten in einem gurgelnden Schrei. Die Magie fegte aus ihm hinaus, ergriff die Flamme der Fackel und ließ sie in die Höhe schießen. Sie traf die Höhlendecke. Die Felswände bebten, der Boden schwankte.

Sterben … Er wollte sterben! Und Burk sollte mitkommen. Hier und jetzt. Ein weiterer Schwall Magie entfuhr ihm. Felsen bröckelten von der Decke, Risse zogen durch den Boden, der brennende Strohhalm explodierte. Eine Feuerwalze tobte durch den Raum, erfasste Burk und gleich darauf ihn selbst. Stürzende Felsen waren das Letzte, was er sah.

***

Feyla

Sie rannte über Steine und Geröll, sprang von Felsen zu Felsen, immer weiter durch das schmale Tal zwischen den Bergen. Nur hierher konnten sie Dorgen gebracht haben, nur dies war ein Weg, den man gehen konnte. Nuszam, Karer und Livoi folgten ihr. Aber sie liefen schon viel zu lange. Rabanus war längst hinter die Berge gesunken. Wenn sie Dorgen nicht bald fanden, würde es nicht nur dunkel sein – auch die Monster würden sie einholen und töten.

Plötzlich ging ein Ruck durch die Schlucht. Der Boden bebte, die Felswände schienen sich zu schütteln.

Die Monster! Sie kamen. Nur die Wucht ihrer Schritte konnte solch eine Erschütterung auslösen.

Die nächste Detonation riss sie von den Füßen. Irgendjemand schrie. Hinter ihr, vor ihr, neben ihr – von überallher hallte das Echo des Schreis zurück. Oder kam es von dort oben? Ihr Blick fuhr zur Seite, fand die Öffnung in der Felswand, kurz bevor eine Stichflamme herausschoss. Das Erdbeben grollte und brüllte. Die Felsen über der Öffnung bröckelten, der ganze Berg schien sich zu bewegen.

Dann stürzte der Vorsprung über der Höhle ein, weiteres

Feuer stieß durch die Felsen, schoss in Kaskaden von Flammen hoch und erlosch.

»Dorgen! Er ist dort oben!« Wie von weitem hörte Feyla sich rufen. Im nächsten Moment rannte sie los.

***

Malun, Taluns Höhlen

Tailin

Er rang nach Luft, krümmte sich nach vorn. Da war ein Messer in seinem Bauch. Und noch eins. Immer wieder. Dann das Feuer, stürzende Felsen. Er konnte nicht mehr atmen. Sterben. Er starb!

Oder nicht? Sein Körper wurde durchgerüttelt, ein Erdbeben, das ihn forttrug. »Tailin!« War das sein Name? »Wach auf! Komm zurück! Das ist eine Vision. Nur eine Vision.«

Plötzlich war der Schmerz fort. Ebenso wie das Feuer. Da war ein anderer Mensch. Er hielt ihn. Oder wurde er getragen? Der Atem des anderen ging keuchend.

Tailin blinzelte. Leymon. Sein Freund hielt ihn im Arm, ging erschöpft in die Knie und ließ ihn zu Boden.

Was war geschehen? Wo war er gewesen?

Dorgen. Sein bester Freund war gestorben. Etwas in ihm zog sich zusammen. Dorgen durfte nicht tot sein, er durfte es nicht! Trauer und Schmerz wallten auf. Tailins Hände tasteten umher, fanden Leymons Arme und hielten sich daran fest.

Erst als das Weinen versiegte, konnte er etwas sehen. Arm in Arm saßen sie auf der schwarzen Brücke, nicht weit von dem Eingang der weißen Höhle entfernt. Mit Sayra und Monji waren sie in den weißen See getaucht. Aber wie lange war das her? Und was war seitdem passiert?

Sein Geist war von einer Person zur anderen gedriftet, in so rasantem Tempo, dass er sich kaum noch an alles erinnerte. Auch jetzt zogen die Erinnerungen schneller an ihm vorbei, als er sie fassen konnte. Da waren Schmerzen und Angst, Krieg und Chaos. Ihre Welt ging zugrunde.

Wieder rang er nach Luft, keuchte und würgte und konnte das Grauen dennoch nicht abschütteln.

Leymons Arme umfassten ihn, hielten ihn und wiegten ihn vor und zurück. »Die Monster werden alle töten«, murmelte sein Freund. »Zuerst die Pamuschkrieger, dann die Menschen, die sich über die Grenze nach Malun gerettet haben. Dann werden sie ins Novizendorf vorrücken und uns vernichten. Galeron wird der Letzte sein, den sie auf seinem Berg töten. Er wird unsere Geschichte schreiben, bis die Monster den Kopf von seinen Schultern reißen.«

Tailin sah die Worte in Bildern. Alles, was Leymon sagte, würde eintreffen. Es war die Zukunft, wenn sie den Weg weitergingen, den sie eingeschlagen hatten. Nur eines war noch unklar. Ein winziger Funken Hoffnung. »Was ist mit Thia? Sie kann alles ändern.«

»Vielleicht.« Leymon keuchte, schloss die Augen, als könnte er dadurch den Bildern entgehen. »Die Monster sind sterblich geworden durch Thias Taten. Aber allein kann sie nicht bestehen. Nicht gegen die Kreaturen und nicht gegen Siberi. Auch die Stärke der Pameli reicht nicht aus, um die Monster zu besiegen.«

War das wirklich so? Oder hatte Leymons Magie Thia für diese Rolle vorgesehen? War das am Ende der Grund, warum er sie nach Sapion gebracht und an Walerius verkauft hatte? Damit sie der Wendepunkt des Krieges sein würde?

Ein verzweifeltes Lachen stieß durch Leymons Nase. Seine Gedanken waren Tailins gefolgt. »Du verkennst, wie die Visionen funktionieren. Über so lange Zeit zeigen sie immer nur Möglichkeiten. Das, was Thia für uns geschaffen hat, ist eine Chance. Aber unsere Zukunft ist noch immer der Untergang.«

»Hast du sie?« Andere Stimmen erklangen. Weiter hinten, in dem Tunnel, der in die weiße Höhle führte.

»Ja! Ich habe sie, ich musste nur tauchen.« Es war Leskus Stimme. Die erste Person war Lenja gewesen.

Kurz darauf erschienen sie im Tunnel. Lenja lief voran. Sie trug Monji auf dem Arm. Hinter ihr tauchte Lesku auf. Er hielt Sayra umschlungen. Nebeneinander legten sie die Zwillinge auf die schwarze Brücke. Lenja kniete sich neben sie und fing an, sie zu untersuchen.

»Es geht uns gut.« Das war Monji. Er richtete sich auf und sprach auch für seine Schwester. So wie immer, als wären Sayras Worte vor der Zeremonie eine große Ausnahme gewesen.

»Kein Fieber«, stellte Lenja fest. »Körperlich fehlt ihnen nichts.«

Tailin schloss die Augen und sank erneut in Leymons Arme. Die Zwillinge waren bei allem dabei gewesen. Sie hatten alles gesehen. Bis hin zu der Folter, die Dorgen umgebracht hatte.

Tränen drängten sich in Tailins Augen. Es war ein Fehler gewesen, die Kinder mitzunehmen.

»Wir haben Maluna gefunden«, erklärte Monji. »Sie ist Sapia. Schon als Kind wurde sie gebrochen.«

Lenja entfuhr ein überraschter Laut. »Himmel!« Einen Moment lang schien sie um Worte zu ringen. »Wenn Sapia Maluna ist … dann sind wir verloren.«

»Nein. Sind wir nicht.« Es war Sayra. Ihre Stimme klang hell und klar und brachte alle zum Schweigen. Nur Tailin richtete sich auf, um sie besser sehen zu können.

Das Mädchen sprang auf, lief über die schwarze Brücke und kletterte hinab ans Ufer des Spiegelsees. Dort unten hob sie ihr Zeichenbuch auf, kam zu ihnen zurück und schlug das Buch auf. »Wir müssen nur alle Gottgeborenen einbinden. Dann können wir es schaffen.«

»Was schaffen?« Lesku beugte sich neben seiner Tochter über das Buch.

Sayra gab keine Antwort. Stattdessen nahm sie eine der Fackeln und hielt sie nah genug, dass sie die aufgeschlagene Doppelseite sehen konnten. Darauf hatte sie den größten Magiekreis gezeichnet, den Tailin je erblickt hatte. Oder war es ein Magiestrahl, der von mehreren Kreisen genährt wurde?

Auf allen vieren kroch er näher an das Buch. Er fand sich selbst zusammen mit Leymon in der Basis des mächtigen Magiestrahls. Eine zweite Basis bildeten die Pamuschkrieger. Sie waren direkt an Leymon gebunden. Auch Sayra war mit Leymon verbunden. Überhaupt waren sämtliche Gottgeborenen Maluns ein Teil des Kreises – und noch ein paar mehr, deren Namen Tailin noch nie gehört hatte. Im Wesentlichen waren es drei Schlaufen, die zu drei Seiten von Sayra abzweigten. Der eine Kreis wurde von allen Priestern Galejas gebildet. *Vollständiges Wissen über die Vergangenheit*, hatte Sayra darüber geschrieben. In einem zweiten und dritten Kreis hatte sie alle Priester Valjans und Zabinos an sich gebunden. Auch Dorgens Name stand dort, jedoch mit einem Fragezeichen versehen – und mit einem Zusatz: *Größter Gottgeborener Zabinos – Herr über den Frieden.*

Für einen Moment blieb Tailins Blick daran hängen. Hieß das, der Frieden war mit Dorgen gestorben?

»Mit Dorgens Magie wäre es leichter gewesen.« Sayra antwortete auf seine Gedanken. Doch dann deutete sie auf das einzige Element in ihrer Zeichnung, das nur an eine Seite gebunden war: Zeit. Jene Zeit ging von den Priestern Gamons aus und repräsentierte damit die Zukunft. An dieser Stelle öffnete sich der Magiekreis und bildete einen Pfeil.

»Was wir über den Magiepfeil in die Zukunft schicken, kann vielfältig sein.« Sayra umkreiste Leymon und die Pamuschkrieger. »Wir können unsere Verteidigung in den Bergen mit unserer Magie verstärken. Außerdem könnten wir die Valjaner und die Priester Zabinos über den Kreis koordinieren. Damit sie Thia helfen und die Macht über die Monster übernehmen. Wenn die Biester nicht mehr für Siberi kämpfen, hätten die Pamuschkrieger eine Chance, sie zu töten.«

Tailin schwirrte der Kopf. In der Theorie klang der Plan genial. Aber was war mit der Praxis? Wie ließen sich die Magiekreise und Bindungen herstellen, von denen sie sprach?

»Aber da ist noch eine Möglichkeit«, murmelte Sayra dann. Sie zog den Stift heraus, der sich im Rücken des Buches verbarg, und setzte ihn direkt unter Tailins Namen an. *Maluna* war das Wort, das sie darunter schrieb. »Der Magiestrahl könnte auch die Macht besitzen, euer gemeinsames Wasser in die Zukunft zu pumpen. Damit bestünde die Möglichkeit, das Seelenleid der Menschen zu lindern und unsere Welt wieder fruchtbar zu machen.«

Bis eben hatte ihr Magiekreis Tailin mit Hoffnung erfüllt. Aber nun ergriff ihn tiefes Entsetzen. Ja, sie hatten Maluna gefunden, aber die gebrochene Sapia konnte unmöglich in einen solchen Magiekreis eingebunden werden. »Wir haben keine Maluna. Wenn wir stattdessen Sapia einbinden, werden wir allenfalls den schrecklichsten Blutsturm aller Zeiten über das Land schicken.«

Entschlossen schüttelte Sayra den Kopf. »Deshalb musst du sie heilen.« Sie sagte es, als wäre es das Einfachste der Welt.

Tailin entkam ein verzweifeltes Lachen. »Wie soll das gehen? Ich brauche den roten See, um sie zu heilen. Aber sie sind im staatenlosen Gebiet, knapp hinter der Grenze zu Zeylem. Allein bis sie hier eintreffen, können noch Monate vergehen. Falls die Monster sie nicht schon auf ihrer Reise töten.«

Leymon zuckte bei Tailins Worten zusammen. Ein mächtiger Ruck ging durch seinen Körper. Auch Lesku stöhnte auf und schloss die Augen. Selbst Sayra gab einen seltsamen Laut von sich. Dann fasste sie ihren Stift enger und begann rund um die Kreise etwas zu zeichnen. In schnellen Strichen skizzierte sie etwas, das aussah wie ein sonderbares Tier. Mit weiten Flügeln wie ein Vogel, aber zugleich mit einem langen, breiten Schwanz. In dem Schwanz befanden sich die Pamuschkrieger. Leymon und Tailin bildeten den Rücken der Kreatur und Sayra die Schultern. Von dort zweigten die Priester Valjans und Zabinos in zwei mächtigen Flügeln ab, während die Priester Gamons den Hals darstellten und die zukünftige Zeit durch das Maul der Kreatur nach vorn schossen.

»Ein Drache!«, rief Lenja. »Das ist ein Drache! Nur in den ältesten Geschichten kommen solche Kreaturen vor. Sie sind ein Mythos, von dem niemand weiß, ob sie mal Wirklichkeit waren.«

»Kein Mythos!« Leymons Stimme klang rau. Blitzschnell beugte er sich vor, packte Tailins Arm und riss ihn in die Vision. Sie standen im Freien. Um sie herum war es dürr und karg. Bis zum Horizont erstreckte sich die Landschaft, und über ihnen leuchtete der Himmel. Doch die Helligkeit flackerte. Eine riesenhafte Kreatur flog über sie hinweg und verdunkelte die Sonne.

34. Kapitel

Staatenloses Gebiet

Lunis

Tag und Nacht ritten sie voran, doch ganz gleich, was er versuchte, um sie abzuwehren – die Schreie der Blutgöttin wurden immer lauter. Von außen betrachtet lag sie still auf dem Wagen, eine unmenschliche, hässliche Kreatur, die sich nur manchmal räkelte und von einer Seite auf die andere drehte. So gut er konnte, hielt er sich von ihrem Wagen fern, um sie nicht sehen zu müssen. Doch ihre Schreie ließen sich nicht abschütteln. Sie durchdrangen seinen Kopf, als wollten sie alles andere auslöschen.

Doch er durfte es nicht tun. Wollte es nicht tun. Nelja war Alias Schwester. Ausgerechnet sie zu töten war undenkbar.

Tag und Nacht kämpfte Lunis gegen die Schreie der Göttin. Manchmal half es, an Alia und ihre Liebe zu denken. Doch der Blutsohn war noch da. Mit jeder durchwachten Nacht wurde er stärker. Wie ein eiterndes Geschwür drückte sein Hass in Lunis' Brust. Er musste jemanden verletzen, töten, brauchte das Opfer, um endlich wieder atmen zu können.

Je stärker Sapionas wurde, desto verzweifelter drängte Lunis ihn fort. Der Blutsohn durfte nicht zurückkehren. Wenn Alia davon erfuhr, würde sie ihn verstoßen.

»Dann darf sie es eben nicht erfahren«, flüsterte Sapionas. *»Sorg einfach dafür, dass sie unser Geheimnis nicht erfährt.«*

***

Alia

Wenn sie Malun rechtzeitig erreichen wollten, mussten sie Tag und Nacht durchreiten. In ihrem Gefolge befanden sich überwiegend Gottgeborene. Abgesehen von Turor und den beiden jüngeren Blutsuchern, bei denen Alia sich nicht sicher war, ob sie göttliche Fähigkeiten trugen, war die Magie bei allen erwiesen. Demnach mussten sie nicht schlafen, und Turor und seine Blutsucher waren geübt darin, es im Sattel zu tun.

Nur die Trance war eine Gefahr, wenn sie nicht schliefen. Alia selbst hatte die Hilflosigkeit und den Schwindel längst überwunden. Auch Nelja schien es nicht zu betrüben. Jener andere Dorgen hingegen, den Nelja aus dem Kerker befreit hatte und von dem Alia inzwischen wusste, dass er einst ein Akademiker gewesen war, wirkte von Tag zu Tag losgelöster von dieser Welt. Mit leerem Blick und einem sonderbaren Lächeln starrte er vor sich hin.

Doch am meisten Sorgen machte sie sich um Lunis. Manchmal betrachtete er sie mit solcher Liebe, dass sie keine Zweifel an ihm besaß – dann wieder war er kalt und abweisend. Tagelang saß er wie verloren im Sattel und schaute in die Ferne, seinen Blick auf einen Punkt gerichtet, der sich irgendwo vor seinem inneren Auge befinden musste. Alle Versuche, in seine Gedanken vorzudringen, scheiterten. Um ihn herum flackerte die magische Aura, die sich nicht freiwillig von ihren Gedanken durchdringen ließ.

Vor den Augen der anderen wollte Alia es nicht riskieren, noch einmal mit seiner Magie zu ringen.

Stattdessen änderte sie zähneknirschend ihre Pläne. Nur Nelja protestierte, als sie vorschlug, nachts wieder zu rasten und zu schlafen.

Doch auch ihre Schwester verstand, als sie auf Lunis deutete, der noch immer entrückt in die Ferne starrte.

Von nun an schlugen sie in der Nacht ihr Lager auf und reisten am Tag. Immer zwei Leute hielten Wache, während die anderen schliefen.

Alia achtete darauf, dass es niemals zwei Blutsucher waren.

***

Turor

Zusammen mit Dorgen hielt er Nachtwache. Fast alle waren sofort eingeschlafen. Nur bei der Blutgöttin war er sich nicht sicher. Als er durch das Lager patrouillierte, lag sie wie tot auf ihrem Wagen. Selbst die Decke über ihrem Leib war nicht verrutscht. Turor wollte glauben, dass es ein gutes Zeichen war. Doch es fühlte sich an wie die Ruhe vor dem Sturm. Schlief die Blutgöttin überhaupt jemals richtig? Seit er sie zum ersten Mal gesehen hatte, dämmerte sie vor sich hin. In tiefem Schlaf hingegen sah er sie nie. Vielmehr schien sie immer auf der Lauer zu sein. Immer auf der Jagd.

Auch jetzt.

Turor beendete seinen Gang durch das Lager, schürte das Feuer, um mehr Licht zu haben, und setzte sich so, dass er Lunis' Gesicht sehen konnte. Sein Ziehsohn zuckte im Schlaf. Er lag neben Alia. Doch in dieser Nacht hielt er sie nicht im Arm. In den Nächten zuvor hatten sie als gemeinsames Bündel geschlafen. Lunis hatte Alia an sich gezogen und ihren Körper mitsamt den Decken umfasst.

Doch heute wandte er ihr den Rücken zu. Umso verlorener wirkte sein schlafendes Gesicht im Halbdunkel des flackernden Feuers. Eine feuchte Strähne war in seine Stirn gerutscht und klebte dort fest.

Turor widerstand dem Drang, ihm die Haare aus dem Gesicht zu streichen. Als Lunis noch ein Kind gewesen war, hatte er es oft getan. Nächtelang hatte er bei ihm gesessen und ihn im Schlaf bewacht. Er hatte den Jungen geliebt und gleichermaßen um ihn getrauert, um seine verlorene Seele, von der sich immer nur ein Teil retten ließ.

Selbst in den letzten Jahren, wenn Lunis sich nach dem Blutopfer gegeißelt hatte und dann halb totgeschlagen in seiner Zelle zusammengesunken war, war Turor zu ihm gegangen und hatte seine Verzweiflung bewacht. Solange Lunis bewusstlos gewesen war, hatte er bei ihm gesessen und seine Hand gehalten. Er hatte das Blut von seinem Körper gewaschen und heilende Tinkturen aufgetragen, um die Schmerzen zu lindern.

Doch der Blutsohn war immer wieder hervorgekommen. Ganz gleich, wie viel Liebe Turor aufgebracht hatte – sie hatte niemals ausgereicht, um Lunis voll und ganz von der Schwärze des Blutsohnes zu befreien.

Wie schön es doch gewesen wäre, wenn wenigstens Alia dieses Wunder hätte vollbringen können! So gern wollte Turor glauben, dass sie Lunis zurückgeholt hatte. Doch seine Erfahrung lehrte ihn Misstrauen. Er wusste, wie Sapias Stimme auf den Blutsohn wirkte, wie sie ihn immer wieder hervorlockte. Sobald sie ihr Opfer verlangte, erwachte auch Sapionas zu seiner vollen Grausamkeit.

Eine winzige Bewegung huschte über Lunis' Züge, ein kurzer Schimmer, als würde sich das Feuer in seinen Augen spiegeln. Dann kehrte die Stille in sein Gesicht zurück.

Was war das gerade gewesen? Hatte er geblinzelt?

Eisern starrte Turor ihn an. Wenn Lunis noch einmal die Augen öffnete, würde er es sehen. Ganz sicher!

Doch das Feuer brannte immer weiter herunter, das Gesicht seines Ziehsohns wurde farblos in der Dunkelheit.

Erst nach einer Weile hob Turor den Kopf und schaute zu Dorgen, der ihm gegenübersaß. Der Akademiker sollte mit ihm Wache halten. Doch bis jetzt lehnte der junge Sapioner nur an den Sätteln und schaute in den Himmel. In einer sonderbaren Trance schien er davonzudämmern.

Im Grunde war es Turor egal, wenn Dorgen seine Nachtwache verschlief. Er allein passte gut genug auf. Alias Misstrauen war zwar verständlich, immerhin war er der älteste Blutsucher – doch die Stimme der Blutgöttin hatte niemals große Macht über ihn besessen. Nur die Brutalität, mit der er als Kind entführt worden war, hatte ihn in die Rolle gezwungen. Doch in seinem Geist war er zu keiner Zeit ein echter Blutsucher gewesen. Vielleicht hätte er sogar aus der Blutburg ausreißen können, wenn er gewusst hätte, wohin er gehen sollte. In seiner Jugend hatte er oft mit dem Gedanken gespielt.

Doch dann war Lunis geboren worden. Und seither wollte er nicht mehr fortgehen. Mit Lunis hatte er seine Bestimmung gefunden.

Turor fröstelte. Die Nächte in der dürren Landschaft waren erstaunlich kühl. Auch wenn er nicht schlief – eine Decke wäre gut.

Er stand auf und holte sich ein Wolltuch aus dem Gepäck. Dann stellte er die Satteltaschen so auf, dass er sich dagegenlehnen und Lunis trotzdem beobachten konnte. Die Taschen waren weich in seinem Rücken. Weich genug, um in den Schlaf zu sinken.

Er hatte Nachtwache! Um keinen Preis durfte er schlafen!

Dabei hatte er die letzte Nacht ebenfalls durchwacht. Heimlich. Um nicht zu zeigen, dass er seinem jüngsten Blutsucher und Nelja als gemeinsamen Wachen nicht traute.

Seine Augen fielen zu. Nur kurz. Hastig schreckte er wieder auf. Da war etwas am Himmel! Etwas Großes, Dunkles! Es huschte über ihr Lager hinweg.

Oder nicht?

Turor blinzelte und schüttelte die warme Decke ab. Als er das nächste Mal aufsah, war der Spuk verschwunden. Er musste geträumt haben.

Hastig sprang er auf. Wenn er noch einmal einen Rundgang machte, würde er schon wieder wach werden.

***

Sapionas war zurückgekehrt. Noch gestern hatte Lunis versucht, gegen ihn zu kämpfen. Aber nun war es zu spät. Wann immer es Sapionas beliebte, übernahm er die Kontrolle.

Als sie sich an diesem Abend zum Schlafen gelegt hatten, war er Alia ausgewichen. Ihre Nähe war zu gefährlich. Für sie und für ihn. Lunis erkannte die Enttäuschung in ihren Augen, als er sich von ihr abwandte. Doch Sapionas triumphierte. Von ihr würde er sich nicht besiegen lassen!

Während die anderen schliefen, lag Sapionas wach. Wut und Zerstörung tobten durch sein Inneres. Lunis war noch dort und versuchte, gegen ihn zu kämpfen. Doch er musste sterben, verschwinden, sollte sein schuldgetränktes Jammern nicht mehr gegen ihn erheben.

Auch die Schreie der Göttin wurden lauter. Voller Irrsinn kreischte sie durch seinen Geist, wollte ihn sprengen und auslöschen. Doch ihre Stimme zielte auf Lunis, griff ihn an, bis seine Gegenwehr verstummte. Oder war seine Seele zersplittert?

Mit einem Schlag fühlte Sapionas sich besser.

»So ist es gut«, zischte die Blutgöttin. *»Nun gehörst du wieder mir.«*

So war es. Endlich konnte er ruhig liegen, endlich konnte er die Augen schließen und sich schlafend stellen. Von nun an galt es, den passenden Moment abzuwarten.

Nur eine Person störte ihn: Turor. Seit Anbruch der Nacht beobachtete er ihn. Immerzu musste Sapionas aufpassen, den Kampf mit den Stimmen vor ihm zu verbergen. Anfangs war der älteste Blutsucher wenigstens noch um das Lager patrouilliert – doch nun saß er still auf seinem Platz und bewachte ihn.

Sein väterlicher Freund kannte ihn gut, zu gut. Allerdings lag darin auch seine größte Schwäche: Turor wollte immer nur das Beste in ihm sehen – und nun schien er zu hoffen, dass Sapionas sich in Lunis zurückverwandelt hatte.

Auch die Blutgöttin war ruhig geworden. Lauernd. Wartend.

Ein Raubtier, das wusste, dass die Beute kommen würde, wenn es nur Geduld bewies. So gut er konnte, stellte Sapionas sich schlafend. Nur hin und wieder blinzelte er, um zu schauen, ob Turor noch aufmerksam Wache hielt.

Aber sein erster Blutsucher war müde. Dies hier war seine zweite, wenn nicht gar seine dritte durchwachte Nacht. Niemand anderem vertraute Turor genug, um ihm den Wachposten zu überlassen. Auch das war eine seiner Schwächen.

Als Turor nach einem letzten Rundgang still saß, drang Sapionas in seine Gedanken. Mit sanfter List zeigte er Bilder von früher. Den kleinen Lunis als schlafendes Kind. Liebe zuckte durch die Brust des ersten Blutsuchers. Endlich ein Lebenssinn inmitten all der Verzweiflung.

Turor wurde ruhiger, friedlich. Sein Geist trieb davon und sackte in den Schlaf.

Vorsichtig, als löste er die schlaff gewordene Umarmung eines schlafenden Kindes, zog sich Sapionas aus seinen Gedanken zurück.

Auch Dorgens Geist war davongetrieben in den Himmel. Dort oben lebte er fast immer. Seine Menschlichkeit war zu lange fort gewesen, um dauerhaft zurückkehren zu können.

Wirklich wach war nur die Blutgöttin. *»Bring sie mir!«*, zischte sie. *»Alle schlafen. Niemand wird dich hindern.«*

Leise stand er auf. Die Riegel des Gitterwagens löste er zuerst, öffnete die Stäbe, die sich herausnehmen ließen, und warf einen flüchtigen Blick auf seine Mutter, die über den Bretterboden auf ihn zukroch. Ihre Augen waren weit geöffnet. Dunkle, eingefallene Höhlen umrahmten sie, fast schon größer als der Rest ihres Gesichts. Ihre Wangen waren zu tiefen Schatten eingesunken. Nur ihr spitzes Kinn und ihr Gebiss standen vor. Ihre Lippen öffneten sich über den Zähnen, ihre Zunge zuckte heraus und leckte die trockene Luft. »Mein Kleiner!«, zischte sie. »Hol sie mir. Und dann kommst du zu mir, mein Liebster. Nicht wahr?«

Ein heißer Schauer fuhr durch seinen Körper, gierig und

dennoch voller Ekel. Als er den Kopf hob, sah er die Blutsonne und den großen Mond am Himmel. Sapia war klein geworden, kaum noch mehr als ein Stern. Doch ihr sterbendes Licht stand dicht neben dem Mond. Ein letztes Mal würde er ihr geben, was sie verlangte – auch wenn er dafür ihr Geliebter sein musste. »Ja«, flüsterte er. »Ich werde es tun.«

Endlich ließ ihr Blick ihn los. Endlich konnte er gehen, um seine größte Bestimmung zu erfüllen.

Als er neben das schlafende Mädchen trat, wurde ihm klar, dass es immer nur sie gewesen war. In all den Jahren, in denen er blonde Mädchen gejagt und sie zu tausenden geopfert hatte, war er immer nur auf der Suche nach ihr gewesen. Nelja war die eine, durch die die Macht der Blutgöttin unsterblich werden konnte. In einem Kreis aus Erde und Wasser würde Sapia die Vergangenheit in sich einschließen – und auf ewig darin verharren. Wenn er Nelja opferte, waren keine weiteren Opfer mehr nötig. Dann würden der Zorn und die Gier und die trockene Hitze der Blutgöttin unendlich werden.

Und er selbst? Nur dieses eine Mal musste er noch morden und den Akt mit seiner Mutter vollziehen, danach war er für immer frei.

Doch er konnte das Mädchen nicht an den Haaren packen und sie zu der Göttin zerren. Er konnte sie nicht so opfern wie all die anderen. Er musste schnell und leise sein. Nur wenn er sie im Schlaf köpfte, konnte er sie ohne Lärm und Gegenwehr zu der Blutgöttin tragen.

Lautlos zog er sein Schwert, ganz langsam hob er es an. Er zielte sorgfältig, um den Hals des Mädchens nicht zu verfehlen. Dann atmete er ein.

Ein greller Schrei durchbrach seine Konzentration. Ein großer Schatten fegte auf ihn zu, stieß ihn um und zerriss seine Seite mit sengendem Schmerz.

***

Alia

Ein durchdringender Schrei ließ sie hochfahren. Sie wollte aufspringen, doch ein riesenhafter Schatten stürzte über das Lager. Allein der Luftzug stieß sie zurück in die Schlaffelle.

Dann sah sie den Blutsohn. Mit erhobenem Schwert stand er neben Nelja. Doch auch ihre Schwester schreckte auf. Es war nur ein winziger Augenblick, ehe der Schatten über den Blutsohn herfiel und ihn zu Boden riss. Schmerzerfülltes Gebrüll mischte sich in den Schrei des Vogels.

»Was ist das?«, rief jemand.

Auch die anderen waren aufgesprungen und liefen durcheinander. Doch niemand antwortete. Angestrengt spähte Alia in die Finsternis. Der Schatten schien nur eine Kurve zu fliegen. Dunkel sah sie ihn am Horizont, ehe er umkehrte und noch einmal in ihre Richtung glitt. Wie erstarrt stand Alia da, bis das Ding ein weiteres Mal über sie hinwegfegte.

Erst unter dem gewaltigen Luftsog begriff sie, was soeben geschehen war: Der Blutsohn hatte ihre Schwester mit dem Schwert bedroht. Wenn dieses Flugwesen nicht gekommen wäre, wäre sie jetzt tot. »Nelja!« Atemlos stürzte Alia zu ihr, wollte sie in den Arm nehmen. Doch ihre Schwester starrte auf etwas, das am Boden lag.

Lunis! Das Biest hatte ihn nicht nur niedergerissen, es hatte ihn schwer verletzt. Seine Seite war vom Bauchnabel bis zum Beckenknochen eine klaffende Wunde. Helles Blut strömte heraus und ließ die Tiefe der Verletzung erahnen.

Alia wurde schwindelig. Das hier war Lunis – und gleichzeitig der Blutsohn. Er hatte ihre Schwester töten und opfern wollen. Wenn er starb, geschah es ihm nur recht!

Oder nicht?

Schlagartig wurde ihr übel. Hastig sprang sie zur Seite, lief ein paar Schritte und ging in die Knie. In harten Wellen übergab sie sich auf den rissigen Lehmboden. Nur vage bekam sie mit, wie

Turor zu Lunis lief, wie er eine Decke in Fetzen riss, einen Teil davon in die Wunde drückte und den Rest um seinen Leib wickelte.

»Lunis!«, rief er. »Das warst du nicht. Das wolltest du nicht tun. Bleib bei uns und werde wieder du selbst!« Turors Verzweiflung kämpfte mit Tränen und Wut, streifte Alias Herz und prallte gleichzeitig daran ab.

Lunis war nicht mehr zu retten. Ein Teil von ihm war der Blutsohn und würde immer der Blutsohn bleiben. Wäre der Schatten nicht gekommen, hätte er Nelja getötet.

Noch einmal kehrte der Schatten zurück, flog über das Lager hinweg und schien dahinter zu landen, gerade weit genug entfernt, um sich dem Schein des Feuers zu entziehen.

»Was ist das?« Erschrocken spähte der jüngste Blutsucher in die Dunkelheit. Auch Dorgen war aufgestanden und trat an den Rand des Lichtkegels. Doch es war Nelja, die sich als Erste aus ihrer Starre löste, die sich an Alia vorbeischob und anfing zu rennen.

»Halt!« Alia hörte sich rufen. Das Biest war gefährlich!

Aber Nelja ließ sich nicht aufhalten.

***

Nelja

Seit der Schrei sie aus dem Schlaf gerissen hatte, ging alles viel zu schnell. Der Blutsohn neben ihrem Schlaflager, der riesenhafte Schatten, der ihn zu Boden riss. Dann Alias Schrei und Turor, der versuchte, seinem Ziehsohn das Leben zu retten. Die Wunde des Blutsohnes war schrecklich, tief und womöglich selbst für einen Gottgeborenen tödlich. Vielleicht war das der Grund, warum sie Turors Trauer zuerst begriff, noch bevor sie verstand, dass der Blutsohn sie beinahe getötet hätte.

Der Schatten hatte ihr das Leben gerettet. Als er ein weiteres Mal über sie hinwegflog, sah sie ihm nach. Auf einmal verblasste die Gegenwart der anderen Menschen. Nur die Gegenwart des

Wesens drang noch zu ihr vor. Ein Flüstern ging von ihm aus, in derselben Art, in der sonst nur Häuser und Steine und manchmal die Berührung eines Menschen flüsterten.

Die Kreatur war kein Tier. Vielmehr fühlte sie sich an wie ein … Mensch?

Das Wesen landete in der Dunkelheit jenseits des Lagers. Und plötzlich wusste sie, wer es war.

Mit einem Satz fing sie an zu rennen. Entsetzt rief Alia ihr nach. Doch das Wesen war nicht gefährlich, nicht für sie. Ganz im Gegenteil.

Die riesenhafte Gestalt türmte sich in der Dunkelheit auf. Er war größer als die Hütten in Ljimgart, selbst der Hof der Blutburg wäre für ihn zu klein gewesen, um darin zu landen. Doch sein Kopf streckte sich freundlich zu Boden, neigte sich ihr entgegen, bis sie direkt vor ihm stehen blieb. Seine Augen blinzelten, dreieckige Pupillen weiteten sich in der Dunkelheit. Sein Maul war riesig, mit großen Nasenlöchern. Die Schuppen darauf wirkten jedoch fein und glänzend wie Zucker. Auch der restliche Körper war mit grünlichen Schuppen bedeckt. An den mächtigen Schultern stellten sie sich auf wie ein Panzer. Oder wie das gesträubte Fell eines Tieres?

Die Kreatur neigte vor Nelja das Haupt, in einer Geste, die ihr seltsam bekannt vorkam.

»Minh!« Sie flüsterte seinen Namen, leise genug, um von niemandem gehört zu werden.

Das Wesen antwortete mit einem verärgerten Zischen, seine Pupillen verengten sich.

Natürlich. Das hier war ein Geheimnis. Niemand sollte wissen, dass er eigentlich ein Mensch war.

Ein Mensch? Oder etwas vollkommen anderes? Wie nannte man ein solches Wesen, das sich in seiner Gestalt so derart verwandeln konnte? »Was bist du?«, flüsterte sie.

Erst jetzt bemerkte sie, dass noch jemand neben sie trat. Es war

Dorgen, der Akademiker. »Das ist ein Drache«, erklärte er leise. »Ein Wesen aus einem anderen Teil der Welt. Die Menschen hier haben vergessen, dass es sie gibt. Und das ist auch gut so.« Er trat noch näher an Nelja heran. Seine nächsten Worte wisperte er so leise, dass vermutlich nicht einmal der Drache sie hören konnte: »Er ist schon in der Nähe, seit du gefangen genommen wurdest.«

Minh! Hieß das, er war ihr aus der weißen Stadt gefolgt? Hatte er sie tatsächlich schon in der Blutburg bewacht?

In jedem Fall hatte er heute ihr Leben gerettet.

Nelja musste nicht fragen, woher Dorgen diese Dinge wusste. Sie selbst mochte das Flüstern von Häusern und Menschen hören – er hingegen vernahm das Wispern des Himmels. Alles, was sich jemals dort oben abgespielt hatte, setzte sich mit untrüglicher Gewissheit in seinen Verstand.

Vorsichtig legte Nelja die Hand auf die Nase des Drachen. Seine schuppige Haut fühlte sich warm und rau an. Minh. Wenn er ihr gefolgt war, um sie zu beschützen – was war dann mit den Menschen in der weißen Stadt? Minh hatte versprochen, sie über die Berge in den Osten zu bringen. Dorthin, wo er mit seinem Volk lebte und wohin die Sapioner niemals vorgedrungen waren.

Aber wenn er sie nicht begleitete – waren sie dann noch in der weißen Stadt? Was, wenn die Sapioner sie dort fanden? Wenn die Bewohner der weißen Stadt ein weiteres Mal ausgerottet wurden? Am liebsten wollte Nelja ihn danach fragen.

Doch sie durfte ihn nicht verraten. Selbst Dorgen sollte nicht hören, dass sie mit ihm redete wie mit einem Bekannten.

»Er will uns helfen«, erklärte Dorgen schließlich, ganz so, als würde der Drache auch jetzt zu ihm flüstern. »Er kann uns nach Malun bringen.«

35. Kapitel

Grenzberge zu Malun

Feyla

Als sie die Stelle erreichten, an der die Höhle zusammengebrochen war, stieg weiterhin Rauch zwischen den Felsen auf. Das Feuer selbst schien erloschen zu sein, nur die Steine waren noch heiß, als Feyla anfing, sie beiseite zu zerren. »Wir müssen sie wegräumen!«, schrie sie. Doch Nuszam, Livoi und Karer hatten längst angefangen, genau das zu tun. Während der Himmel immer dunkler wurde, rollten sie die Steine zu viert den Berg hinab, versuchten, immer weitere aus dem Geröll zu lösen, um dorthin zu gelangen, wo Dorgen sein musste. Feyla schwitzte und keuchte, ihre Lungen begannen zu schmerzen vor Anstrengung und vielleicht auch von dem Rauch, der in ihre Nase stieg. Dennoch machte sie keine Pause. Jeder Augenblick zählte. Sie musste Dorgen finden, bevor er starb.

Falls es nicht längst zu spät war.

Sie durfte den Gedanken nicht zulassen. Verbissen stürzte sie sich auf den nächsten Felsen und dann wieder auf den nächsten. Gegen einige Brocken mussten sie sich zu zweit oder zu dritt stemmen, um sie überhaupt bewegen zu können. Die halbe Nacht schien zu vergehen, bis die dicksten Felsen endlich fort waren. Nur das kleinere Geröll war noch da, viel zu viel, als dass sie es einfach hätten wegschieben können, doch Feyla buddelte die Steine zur Seite wie ein Erdpony.

Die Männer arbeiteten ebenso schnell – während sich in der

Ferne der Kampflärm erhob. Schreiende Pamuschkatzen und das Gebrüll der Monster. Die Biester schienen das Lager der Pameli erreicht zu haben. Wie lange würden die Pamuschkrieger sie aufhalten? Und kamen sie dann hierher? Witterten sie die Menschen, die noch hier waren? Oder würden sie gleich nach Malun weiterziehen?

Wir schaffen es nicht. Panisch kroch der Gedanke durch Feylas Kopf. Doch sie sprach ihn nicht aus. Er wurde nur wahr, wenn sie ihm einen Klang gab.

»Er ist hier!«, schrie Livoi plötzlich. »Feyla, er ist hier!«

Feyla sprang über Felsen und Geröll. Nuszam packte die Fackel, die sie vorhin zwischen den Felsen gefunden und entzündet hatten. Karer war schon da. Zusammen mit Livoi starrte er auf etwas, das am Boden lag.

Feyla hatte sie fast erreicht, als Karer zu ihr herumwirbelte und sie festhielt. »Sieh ihn dir nicht an.« Rau und zittrig lösten sich die Worte aus seinem Mund. »Bei allen Göttern – sieh ihn dir nicht an!« Seine Hände krallten sich in ihre Schultern. Doch schlimmer als seine Worte war sein Gesicht. Etwas darin rang um Beherrschung und löste sich gleichzeitig auf. Namenloses Grauen spiegelte sich in seinen Augen und zeichnete ein Bild, das sie nicht sehen wollte.

Ein würgendes Geräusch mischte sich in das Entsetzen des Augenblicks. Es war Livoi. Auch er hatte sich von Dorgen abgewandt. Etwas entfernt übergab er sich zwischen die Felsen.

Nur Nuszam hatte die Stelle jetzt erst erreicht und schaute im Licht der Fackel nach unten. Auch auf seinem Gesicht war nichts als Entsetzen zu erkennen.

Feylas Körper fühlte sich taub an, als sie sich von Karer losriss. Auch ihr Geist war wie betäubt, während sie über einen großen Stein sprang und dann auf das hinabstarrte, was mal ein Mensch gewesen war. Seine Gliedmaßen waren gekrümmt und hundertfach gebrochen unter der Wucht der Felsen. Sein linkes

Bein klemmte noch immer fest, und sein rechter Arm war so an der Schulter verdreht, als würde ihn nur noch die Haut in seiner Position halten. Abgesehen davon sah sie nichts. Fast nichts. Ein Gemisch aus Blut und Steinstaub bedeckte seinen Körper. Er war nackt. Nur vage ließ es sich erkennen. Selbst Haut schien er kaum noch zu besitzen. Unter Dreck und Blut lugte nacktes Fleisch hervor. Und sein Bauch … Feyla starrte darauf, auf die klaffenden Risse, aus denen Blut sickerte. Es mussten zehn oder elf Stichwunden sein, vielleicht noch mehr. In einer steckte noch das Messer.

Kurz wollte sie abstreiten, dass dieser Mensch Dorgen war. Es konnte irgendjemand sein. Nichts an seinem Körper verriet seine Identität.

Nur sein Gesicht hatte sie noch nicht angesehen. Sie konnte es nicht betrachten, durfte es nicht. Wenn es so aussah wie alles andere … Dumpf stieg Übelkeit in ihr auf, doch selbst diese Regung blieb eingesperrt hinter der Taubheit.

Es war nicht ihr Bewusstsein, das entschied, ihm doch ins Gesicht zu sehen. Es geschah einfach so.

Von nun an war es zwecklos zu leugnen. Dorgens Gesicht war seltsam unversehrt. Es war von Blut und Schmutz verschmiert, das ja. Doch seine Haut existierte noch, bleich und unverletzt. Seine Augen waren geschlossen, und die Haare klebten an seiner Stirn. Es war zugleich ein friedlicher und brutaler Anblick, ganz so, als wäre er nach schlimmen Albträumen endlich in tieferen Schlaf gefallen.

Die Albträume waren sein Todeskampf gewesen, und sein Schlaf würde endlos sein.

»Dorgen.« Mit seinem Namen wich die letzte Kraft aus ihren Muskeln. Feyla fiel zu Boden, fing sich mit den Händen neben seinem Gesicht ab und stieß mit der Nase beinahe an seine. Er roch nach Blut und Staub, nach Angstschweiß und Rauch und irgendwo darunter noch immer nach sich selbst. »Dorgen.« Ihre

Lippen zitterten mehr, als dass sie sprachen. »Nicht sterben. Du darfst nicht sterben. Hörst du?« Sie tastete mit den Fingern über seine Wange, strich die Nässe von seinen Schläfen und grub die Hand in seine blutigen Haare. Als sie ihn küsste, waren seine Lippen noch warm, fast schon heiß. Überhaupt strahlte feurige Hitze von ihm ab, täuschte Leben vor, wo keines mehr war, und sprach zugleich von dem Feuer, das ihm die letzten Atemzüge genommen hatte.

»Hier ist der andere.« Dieses Mal war es Karer. »Er ist ebenfalls tot.«

Ebenfalls tot. Es waren diese beiden Wörter, mit denen die Gewissheit durch ihre Gedanken floss. Nur ihr Herzschlag rebellierte noch dagegen. Etwas flatterte in ihrer Brust, überschlug sich und zitterte. »Nein«, flüsterte sie, so nah an Dorgens Lippen, als würde sie ihn mit dem Wort küssen. Ihre Tränen tropften auf sein Gesicht, zogen saubere Spuren in den Schmutz, bis es aussah, als würde er selbst weinen. »Du bist nicht tot. Du darfst nicht tot sein.« Das Flattern wurde stärker, heißer, war nicht in ihrer Brust, sondern darauf, direkt unter ihrem Hemd.

Mit fahrigen Bewegungen löste sie den Brustpanzer, gerade weit genug, um die Hand in den Ausschnitt zu schieben. Der gelbe Stein war nass und heiß zugleich. Er bewegte sich in ihren Fingern, seltsam lebendig wie ein winziges Tier. Hastig zog sie ihn heraus, löste die Kette von ihrem Hals und öffnete die Hand. Der gelbe Stein leuchtete. Zitternd und bebend lag er in ihrer Handfläche. Heiße Tropfen lösten sich aus dem Glas und sammelten sich in einer Pfütze. Und plötzlich war es, als wäre Dorgen hier, als wäre *er* derjenige, der zitterte und weinte, dessen Verzweiflung in dem Stein vibrierte und ihr sagte, wie leid es ihm tat, wie froh er war, sie zu sehen, und wie gern er wieder bei ihr wäre.

»Du bist es!« Er war es wirklich! Seine Seele, seine Gefühle, sie waren hier, in dem Stein, losgelöst von seinem Körper und dennoch nicht fort. Noch nicht. »Dorgen!« Sie musste ihn rufen, zurückholen. Voller Angst schloss sie die Hand um den Stein, musste ihn festhalten, damit er nicht wegging. »O Gott, Dorgen. Bleib hier! Bleib bei mir.« Wieder beugte sie sich über ihn, über den Körper, den er verlassen hatte. »Ich bin hier, siehst du. Du musst nur zurückkommen. Dann sind wir zusammen.« Sie suchte eine Stelle an seiner Brust, an der er nicht verletzt war, und drückte den glühenden Stein darauf. »Komm schon. Komm zurück. Vielleicht wird es wehtun, wenn du zurückkommst. Aber ich bin da, Dorgen. Du kannst mich jetzt nicht alleinlassen!« Die Tränen fluteten ihre Sicht. Auch der Stein weinte. Er bebte und tobte unter ihrer Hand. Es musste doch einen Weg geben, Dorgens Seele in ihn zurückkehren zu lassen! »Ich liebe dich, Dorgen. Komm zurück!«

»Feyla?« Nuszam saß hinter ihr. Seine Stimme klang tonlos. »Es hat keinen Sinn.«

Doch! Etwas in ihr schrie. Solange der Stein noch zitterte, war Dorgen nicht fort, und solange er hier war, hatte jeder Versuch einen Sinn. Aber nicht nur der Stein zitterte, auch der Boden bebte.

»Die Monster kommen.« Livoi sprach leise, und dennoch besaß seine Aussage eine tödliche Wucht. »Wenn wir jetzt nicht gehen, bringen sie uns um.«

Das würden sie ohnehin tun. Ganz egal, ob sie vor ihnen flohen oder hier auf sie warteten.

Das Zittern des Steines ließ nach, sein Glas wurde kälter. Nur noch schwach schimmerte sein Leuchten zwischen ihren Fingern hindurch.

»Nein!« Feyla drückte ihn fester auf Dorgens Brust. »Bleib hier! Komm schon! Ich habe die Wüste für dich überlebt! Ich bin in den Krieg gezogen und habe mich durch die Front gekämpft, um hier zu sein. Du kannst mich jetzt nicht im Stich lassen! Ich liebe dich, Dorgen! Und wenn du mich auch liebst, dann komm zurück. Komm zurück, verdammt!«

Plötzlich ging ein Ruck durch seinen Körper. Mit einem fiependen Laut bäumte er sich auf und schnappte nach Luft.

***

Himmel über Ruann

Alia

Voller Macht schlugen die Schwingen des Drachen in die Luft, trugen sie höher und höher, während der Gegenwind jeden Atem fortriss. Zu dritt saßen sie auf dem Rücken des Wesens, Nelja klammerte sich an die mächtigen Schulterschuppen, Alia saß in der Mitte, und Dorgen umfasste ihre Taille von hinten. Alia wusste nicht, ob ihre Schwester oder der Akademiker den Drachen lenkten. Sie beide lehnten sich geschickt in die Kurven und zogen Alia mit sich. Oder besaßen sie eine Verbindung zu dem Tier? Etwas, das sie die Richtungswechsel vorhersehen ließ?

Nur manchmal versuchte Alia nach unten zu sehen. Noch war es dunkel, weshalb sie kaum etwas erkannte. Dennoch ahnte sie, wie weit der Erdboden entfernt war. Dann erfasste sie fliegender Schwindel, und sie musste den Blick heben und wieder nach vorn schauen, auf den Horizont, der sich nur schwach von der dunklen Erde abhob.

Zumindest ihre Fracht war noch da: Der Drache trug die Blutgöttin und Sapionas in seinen Krallen. Fast schon vorsichtig hatte er sie mit seinen Drachenfingern umfasst und dann geduldig gewartet, bis sie von Turor Abschied genommen hatten. Der älteste Blutsucher war im staatenlosen Gebiet zurückgeblieben, zusammen mit den beiden jüngsten Blutsuchern. »Weil sie jemanden brauchen, der sich um sie kümmert«, hatte er erklärt, und

Alia wusste, was er meinte. Turor wollte nicht wissen, ob er seinen Ziehsohn verlor, er wollte nicht wissen, ob er in der Rolle des Vaters versagt hatte, er wollte nur die neue Chance nutzen, es beim nächsten Mal besser zu machen. Ohne ihn waren die beiden Jungen verloren.

»Du hast nicht versagt«, flüsterte Alia in den Flugwind, der dem Drachen entgegenwehte. »Du warst ein guter Vater. Du hast getan, was du konntest. Ohne dich hätte es Lunis nie gegeben.« Der Luftstrom riss ihre Worte fort und brachte sie zu demjenigen zurück, für den sie bestimmt waren. Fast war sie sicher, dass Turor sie hören konnte. Es war ihre Magie aus Wasser und Luft, die Kraft der Gedanken, die der Wind für sie übertrug. Überhaupt war die Luft voller Magie, ganz so, als wäre der Drache von ihr durchdrungen und würde sie mit jedem Flügelschlag verwirbeln. Eine seltsame Trance erfasste Alia, tiefer und weiter als jede Trance zuvor. Sie atmete keine Luft mehr. Jegliche Luft wurde von ihrer Nase fortgeschlagen, bevor sie einatmen konnte. Stattdessen floss etwas anderes in ihre Lungen, ein anderes Element, das sich in Luft verwandelte: Zeit – sie atmete die Vergangenheit, die Nelja und Dorgen sahen, die Vergangenheit der Welt, über die sie flogen, und die Vergangenheit des Himmels, der über ihnen herrschte. Dorgen trug Galejas Macht, genauso wie Nelja, und zusammen mit Alia waren sie in die Magie eingebunden, die den Drachen umhüllte. Die Trance des Fluges ergriff sie alle. Ihre Wahrnehmung schloss sich zusammen und zeigte die Welt, über die sie flogen, und die Menschen, die darin lebten. Die Visionen zogen so schnell an ihnen vorbei, dass sie gar nicht alle Bilder zu erfassen vermochten. Nur das Wissen daraus blieb. Im entscheidenden Moment würde Alia darauf zugreifen können.

Schließlich ging die Sonne auf, und die Welt erstrahlte in gelblichen Farben. Von hier oben war es ein Anblick, als wäre Ruann eine Kugel, die sich am Horizont wölbte.

Genau das ist es, flüsterte eine Stimme. Oder war es ein Gedanke? Es war Dorgen, jener Akademiker, der hinter ihr saß und der ein verbotenes Buch über die Gestirne geschrieben hatte. Die Trance vereinte nicht nur ihre Magie, auch ihre Gedanken flossen ineinander. *Ruann ist eine Kugel im luftleeren Raum. Nur eine winzige Kugel im Vergleich zu der endlosen Schwärze des Weltalls. Aber nicht die einzige Kugel und nicht einmal die einzige, die bewohnt ist.*

Seine Worte schürten einen seltsamen Schwindel. Sie waren zu groß, als dass Alia sie begreifen konnte. Stattdessen zogen sie fort in die Endlosigkeit, von der er sprach.

Das Land unter ihnen war Farua. Doch das Grün war selbst aus diesem Teil der Welt verschwunden. Hinter Hügeln und gelbem Gras folgte die Asche. Wenn Alia die Augen schloss, sah sie noch den Wald brennen, obwohl es längst vorbei war. Auch das Heerlager vor dem Waldgürtel war nicht mehr da. Erst weit hinter der Aschewüste befand sich ein neues Lager. Aber auch dieses war leer. Alle Soldaten waren weitergezogen Richtung Malun.

Dann waren sie über der Front. Die Morgensonne malte tiefe Schatten zwischen die Bergspitzen, beleuchtete grässliche Kämpfe zwischen Pamuschkatzen und hässlichen Kreaturen, die so groß waren wie Häuser.

Sapioner gab es dort unten kaum noch. Sie waren in den Krieg gezogen, aber die meisten waren tot. Siberis Magie hatte sie ausgelaugt. Alles, was noch von ihnen übrig gewesen war, hatten Walerius und Rabanus in die Schlacht getrieben. Bis die Monster sie am Fuß der Grenzberge niedergemetzelt hatten. Auch das wusste Alia aus der Vergangenheit, die durch ihre Lungen strömte.

Selbst Walerius und Rabanus waren tot. Siberi hatte die Monster auf sie gehetzt. Vor allem Walerius war langsam gestorben, langsam und grausam, und sein Geist schien noch immer zwischen diesem und dem nächsten Leben zu treiben. Alia ergriff ein Schauder, als könne der oberste Berater sie hier oben sehen und gemeinsam mit ihnen fliegen. Sein Geist schien sie zu verspotten, sie und alle anderen, die um den Frieden rangen. Selbst jetzt, nach seinem Tod, war der Krieg nicht beendet. Siberi setzte ihn fort, und seine Monster würden bis zum bitteren Ende kämpfen.

Die Magie strömte in Alias Lungen, brachte den vergangenen und den gegenwärtigen Atem der Welt mit sich und trieb alle Erkenntnisse zusammen. Plötzlich konnte sie die Krieger spüren, die sich dort unten schlugen. Die Pamuschkrieger genauso wie die letzten verbliebenen Sapioner – sogar die Monster. Selbst zu ihnen floss eine Verbindung. Sie fühlte sich an wie eine verfaulte Wurzel, wie etwas, das früher einmal gut gewesen war, nun aber durch und durch von Grauen und Verfall zersetzt wurde.

Eine weitere Verbindung zuckte durch ihre Gefühle. Dorgen. Er war dort unten. Jener Mann, den sie aus den Fängen Siberis befreit und dessen Seele sie mehr als einmal zurück ins Licht geholt hatte – er lag im Sterben.

Oder war er schon tot?

Trauer und Verzweiflung fegten durch ihre Brust, wollten sie niederreißen und jegliche Hoffnung vernichten. Sie brauchten Dorgen, das goldene Netz, das in ihm pulsierte, und seine Magie, die Frieden und Liebe versprach. Wenn er starb, würde das alles verloren sein, und die Einsamkeit würde sie für immer verzehren.

Doch *wen* würde die Einsamkeit verzehren? Ganz Ruann? Oder nur eine bestimmte Person?

Dort unten war noch jemand. Eine Frau. Feyla! Die einzige Frau, die Dorgen wirklich geliebt hatte. Sie war bei ihm, aber sie wusste nicht, wie sie ihn retten sollte.

Das goldene Netz flackerte auf. Dorgen mochte halb tot sein, doch sein Netz war noch da. Nur manche Stränge und Knoten waren schwarz, Seelen, die verloren schienen.

Oder nicht? Was, wenn sich die schwarzen Seelen retten ließen?

Siberi! Auch er war Teil des Netzes. Und plötzlich begriff Alia, wie die Verbindung zu den Monstern funktionierte. Der Weg zu ihnen lief über Dorgen und Feyla, von ihr zu Siberi und dann zu den Kreaturen, die ihm gehorchten.

Wenn es doch möglich gewesen wäre, die verfaulte Wurzel zu heilen …

»Um in der Gegenwart zu heilen, braucht es Zugriff auf die Vergangenheit.« Von irgendwoher streiften die Worte durch ihren Kopf. Sie kamen von Nelja und dem akademischen Dorgen, aus ihrer gemeinsamen Trance. Was sie brauchten, war die Vergangenheit. Was Väter ihren Kindern antaten, würden diese an die Enkel weitergeben. Von Generation zu Generation setzte sich die Gewalt fort. Aus Opfern wurden Täter, gequälte Kinder wurden zu gewaltsamen Vätern oder zu grausamen Kriegern – manchmal sogar zu Herrschern, die ganze Völker ins Elend stürzten. Aber musste das wirklich so sein? Oder ließ es sich beenden? Wenn es möglich war, eine gebrochene Seele zu heilen, musste es auch möglich sein, die Gewalt zu beenden.

Doch um das zu erreichen, mussten die Menschen verstehen, wie alles so gekommen war. Wenn sie die Vergangenheit verstanden, konnten sie für die Zukunft bessere Entscheidungen treffen.

Der Drache flog eine Schleife, umkreiste das Grenzgebirge auf Maluns Seite. Dort unten waren die Nordfaruaner auf der Flucht. Die Menschen, ganz egal, ob es Rebellen waren oder Familien, die in versteckten Dörfern gelebt hatten – sie alle versuchten, das Gebirge zu verlassen.

Doch ihr Vorsprung vor den Monstern war gering. Nur die Pameli hinderten die Kreaturen am Vormarsch.

Der Drache flog zurück ins Gebirge, fegte noch einmal über die Kämpfe hinweg. Es war keine Schlacht auf einem Schlachtfeld – vielmehr waren es einzelne Gefechte, in denen sich Katzen und Monster ineinander verkeilten. Noch gab es einen Schwerpunkt rund um die Stellungen der Pamuschkrieger, aber die Kämpfe verteilten sich immer weiter. Und die Katzen wurden allmählich müde. Nur wenn sie die riesigen Kreaturen zu dritt oder viert anfielen, wenn sie Nacken, Kehle und Flanken gleichzeitig aufrissen, hatten sie eine Chance, die Monster zu töten.

Der Drache flog eine weitere Kurve, überquerte einen Felsgrat und öffnete die Sicht auf das Tal dahinter. Ein hoher Turm ragte vor ihnen auf, die einzige Festung in den Grenzbergen und damit die letzte Bastion, in der sich Verteidiger gegen eine Invasion versammeln konnten. Am Fuß des Turmes warteten Pamuschkrieger auf die Ankunft der Monster – während weitere Gottgeborene in der vorübergehenden Sicherheit des Turmes verharrten. Es waren Priester Valjans und Zabinos, und sie alle hofften auf eine Gelegenheit, ihre Magie einzusetzen.

Aber würde ihre Macht ausreichen?

Dorgen – er war der mächtigste Gottgeborene mit Zabinos Magie. Wenn es doch möglich wäre, seine Macht mit der Magie der anderen Priester zu vereinen! Durch ihn hätten sie die Chance, trotz allem noch immer den Frieden nach Ruann zu bringen.

Aber Dorgen lag im Sterben.

Oder gab es noch eine Möglichkeit? Was, wenn der Schlüssel bei Siberi lag? Er war der einzige verbliebene Gegner. Wenn sie ihn besiegten, würden auch die Monster fallen.

Aber wie? Wie ließ sich Siberi besiegen?

Der Drache kreiste noch immer über den Bergen, doch Feylas Zwilling schien nirgendwo zu sein.

Würde die Grausamkeit der Monster zusammenbrechen, wenn Siberi getötet wurde? Oder musste er geheilt werden, weil die Monster sonst ohne ihn weiterkämpften?

Alia wusste keine Antwort. Nur eines stand außer Frage: Die Blutgöttin musste nach Malun gebracht werden, damit sie geheilt wurde. Nur eine gesunde Maluna konnte die herrschende Dürre besiegen und den Menschen ein neues Leben schenken.

Ihnen blieb keine Zeit, um noch länger über den Bergen zu kreisen. Mit einem Kreischen, das so klang, als wolle er den Monstern eine Warnung zuschreien, warf sich der Drache herum und flog Richtung Norden. Dieses Mal drehte er keine Schleifen. Maluns Wälder und Seen zogen unter ihnen vorbei, ein so grünes

Land, wie Alia es noch nie gesehen hatte. Nicht einmal in ihrer Kindheit war Farua so grün gewesen wie Malun.

Obwohl sie noch nie hier gewesen war, erkannte sie die Novizensiedlung, als sie darüber hinwegflogen. Der Drache landete dahinter auf einer winzigen Lichtung, direkt vor dem Eingang einer Höhle. Dort stand ein kleines Mädchen und erwartete sie. Sayra, auch ihren Namen kannte Alia aus der Vergangenheit. Obwohl sie nicht älter als fünf Blutjahre sein konnte, war die Macht der Kleinen gewaltig. Fast mühelos griff ihre Magie in den Kreis ein, der Nelja, Dorgen und Alia verband – oder war sie schon die ganze Zeit ein Teil davon gewesen?

Vorsichtig legte der Drache Sapia und Lunis ins Gras. Dann sprang er zur Seite und machte dem Mädchen Platz, das einen Blick auf die Göttin warf und sich dann neben Lunis auf den Boden kniete.

Ein verärgertes Zischen drang aus dem Mund der Blutgöttin. Ihr Oberkörper klappte hoch, ihr Arm schnellte zur Seite und schnappte in Sayras Richtung. Doch das Mädchen saß weit genug entfernt. Seelenruhig beugte sie sich über den Blutsohn und wickelte die Binde von seinem Oberkörper, die Turor ihm angelegt hatte. Der Riss in seiner Seite war nicht mehr so tief wie zuvor. Auch die Blutung hatte aufgehört.

Dennoch legte Sayra ihre Hände auf die Wunde. Eine tiefe Trance umhüllte sie, während sie die Augen schloss und stumm die Lippen bewegte. Zuerst war nichts zu sehen, dann schien sich die Wunde in ihren Tiefen zusammenzuziehen, und schließlich wurde es offensichtlich: Schicht für Schicht wuchsen Muskeln und Haut zusammen – bis nur noch ein blassrosa Strich zu sehen war.

Auch sein Bewusstsein kehrte zurück. Alia spürte seine Gegenwart. Lunis. Er war es. Als er sie ansah, schimmerten Scham und Reue in seiner Miene. *»Ich wollte sie nicht töten«*, flüsterten seine Gedanken. *»Bitte glaub mir, dass nicht ich es war.«*

Nein, er war es nicht gewesen. Aber Sapionas war ebenso ein Teil von ihm. Und solange sich die beiden einen Körper teilten, war Nelja in seiner Gegenwart nicht sicher.

Es sei denn, es gab keine Blutgöttin mehr.

Wie ein seltsamer Wurm wand sich Sapia im Gras hin und her. Der Drache hatte sie mitsamt ihrer Decke getragen, doch nun lugten die knochigen Arme und Beine darunter hervor. Dort, wo sie die Grashalme berührte, verdorrten sie zu braunem Gestrüpp.

Was, wenn es nicht möglich war, die Blutgöttin zu heilen? Wenn sie in ihrem bösartigen Zustand starb, würde ihre Seele in einer ebenso bösartigen Kreatur wiedergeboren werden.

Alias Sorgen zersplitterten, als ein Mann aus der Höhle trat. Er war groß und dunkelhaarig wie ein Sapioner, doch seine Haare besaßen einen Rotstich. Alia erkannte ihn, obwohl sie ihn noch nie gesehen hatte. Er war ihr Lehrer, der dieselben Fähigkeiten trug wie sie: Tailin. Seine Stimme hatte sie begleitet, während sie sich in eine Göttin verwandelt hatte. Tiefe Dankbarkeit durchströmte sie. Irgendwann in einem vergangenen Leben waren sie eins gewesen: Talun. Tailin, Lunis und sie teilten sich die Fähigkeiten und die Macht, die einst Talun gehört hatten. Und hier, an diesem Ort, hatte sich Taluns Magie endlich wieder zusammengefunden.

Vielleicht hieß das, dass sie Taluns vollständige Magie ausüben konnten – wenn Lunis nicht gleichzeitig auch Sapionas gewesen wäre.

Im Eingang der Höhle, direkt hinter Tailin, erschien ein Pameli, dicht gefolgt von einer grau getigerten Pamusch. Sie beide stützten Tailins Macht, vervollkommneten sie zu einem Gesamtbild aus Sicherheit und Vertrauen.

Vielleicht konnte die Blutgöttin tatsächlich geheilt werden.

Ein sanftes Lächeln glitt über Tailins Gesicht, strich über die Ankömmlinge hinweg und blieb bei Lunis hängen. Der Blutsohn zuckte unter dem Blick zusammen. Die beiden kannten sich. Gemeinsam hatten sie dieselbe Folter durchlitten.

Langsam stand Lunis auf, trat auf Tailin zu und blieb vor ihm stehen. Ihre Gefühle brannten in der Luft, Entsetzen und Zärtlichkeit, eine Spur von Hoffnung und zugleich ein Zorn, der sich nicht in Worte fassen ließ.

»Verzeihst du mir?«, fragte Tailin.

Für einen Moment verstand Alia nicht, was er meinte. Tailin hatte nichts getan, was ihm verziehen werden musste. Er war selbst ein Opfer gewesen, genauso gefangen und genauso gequält wie Lunis.

Doch dann explodierte der Zorn. Sapionas schnappte hervor und stieß ein raues Zischen aus. Und plötzlich verstand sie: Tailin mochte versucht haben, Lunis zu retten, aber er hatte nur sein Elend gespiegelt. Trotz aller Rettungsversuche war Lunis zerbrochen, und es war die zersplitterte Hoffnung, die er Tailin nicht verzeihen konnte.

Oder doch? Mit plötzlicher Entschlossenheit trat Lunis vor und drängte Sapionas zurück. Hastig zog er Tailin in seine Arme. Für einen winzigen Moment lehnte er sich an ihn.

Als sie auseinanderwichen, schimmerte Verzeihen in Lunis' Augen. Doch sie hatten eiligere Dinge zu tun!

Tailins Blick glitt zu Sayra, und plötzlich änderte sich der Fluss der Magie. Kreise … da waren mächtige Kreise. Sie erfassten Tailin und Leymon, banden sie mit Alia und Lunis zusammen, bis die Magie wie ein rauschender Strom durch sie hindurchfloss. Ein weiterer Kreis vereinte die Vergangenheit, koppelte den akademischen Dorgen, Nelja und Sayra aneinander und zog eine weitere Schleife zu Leymon. Vergangenheit und Zukunft griffen ineinander, mit solcher Wucht, dass Alia nach Luft schnappte. In einer Acht zirkulierte die Magie durch die Kreise, wurde immer schneller, bis die Stärke sie zittern ließ.

Plötzlich wussten sie alle, was zu tun war, und sie alle sahen die nächsten Schritte der anderen vorher.

Alia wusste, was Leymon vorhatte, als er sich von dem Eingang der Höhle löste und zu Sapia trat. Die Blutgöttin war ein Leichtgewicht. Mühelos hob er sie hoch. Sie knurrte und grollte, ihre Zähne bissen nach ihm – doch Leymon störte sich nicht daran, selbst dann nicht, als sie seinen Oberarm traf und einen blauen Abdruck hinterließ.

Nur die Pamuschkatze knurrte drohend.

Doch Sayra ließ sie noch nicht gehen. Wortlos trat sie zu Lunis, zog den grünen Stein aus seinem Hemd und hob die Halskette über seinen Kopf. Sie musste nicht um Erlaubnis fragen. Was sie tat, hatte zu geschehen, und sie alle wussten, dass es so war. Alia ging in die Hocke, als das Mädchen auf sie zukam. Die kleinen Kinderhände hoben auch ihre Halskette an und tauschten den blauen Stein gegen den grünen. Das grüne Glas war kalt und leblos, als es sich auf Alias Haut legte. Wie ein schweres Gewicht drückte es auf ihre Brust. Plötzlich fühlte sich jeder Atemzug an, als müsste sie ihre Lunge gegen einen Widerstand pressen.

Sayra nahm den blauen Stein mit sich und trat zu Nelja, die noch immer neben dem Drachen stand. Die Mädchen berührten sich, ihre Magie schnappte über, pulsierte schneller und koppelte sich zu noch größerer Macht zusammen. Als sie sich losließen, lag der blaue Stein in Neljas Hand. Sie hängte ihn sich um, aber die Zukunft verriet Alia, dass sie den Stein nur überbringen würde.

An wen?

Die Magie beantwortete keine Fragen. Stattdessen kam Nelja auf Alia zu, umarmte sie rasch und lief zurück zu dem Drachen. Flink wie ein Wasserzausel kletterte sie auf seinen Rücken.

Dann nahm der Drache Anlauf, streckte seine Flügel zur Seite und hob ab.

***

Auch das weitere Geschehen musste nicht erklärt werden. Alles Wissen darüber sprang zwischen ihren Gedanken hin und her. Leymon trug die zappelnde Blutgöttin in die Höhlen, während Tailin Lunis und Alia aufforderte, ihnen ebenfalls dorthin zu folgen. Nur Sayra und der junge Akademiker blieben draußen. Dennoch glitt Dorgens Blick zum Eingang der Höhle. Neugier blitzte in seinen Augen auf. Oder war es Erkenntnis?

Auch der Akademiker würde noch eine wichtige Rolle spielen.

Als sie die schwarze Höhle betraten, erschlaffte Sapia. Mit zügigen Schritten liefen sie über die schwarze Brücke. Schon jetzt war die Verbindung zwischen ihnen stark. Dennoch stellte Tailin sich auf die Wucht ein, mit der die weiße Höhle ihre Gedanken durcheinanderschießen würde.

Hinter Leymon und der Blutgöttin trat Tailin in die weiße Höhle. Sapias Kreischen erfasst ihn, sobald er einen Fuß auf die weiße Brücke setzte: *»Sie gehört mir! Das Mädchen gehört mir! Schlagt ihr den Kopf ab und bringt sie mir!«*

»Nein.« In vollkommener Ruhe wiesen Tailins Gedanken die Göttin ab. *»Sie ist längst fort, und du wirst sie nicht bekommen.«*

Wortlos kreischte die Göttin weiter. Doch Tailin atmete tief, um ihre Stimme abprallen zu lassen.

Erneut schnappten ihre Zähne und trafen Leymon. Dann drängte sich ihr Blick an seinem Arm vorbei: Auch Lunis hatte die weiße Höhle betreten. *»Sapionas«*, säuselte die Blutgöttin. *»Mein Sohn. Bring mir das Mädchen – und wenn schon nicht die Kleine, dann die Frau, die neben dir geht.«*

Tailin trat zur Seite, verstellte die Sicht auf Lunis und schottete ihn vor der Stimme ab. *»Er hört dich nicht, und selbst wenn, wird er dir nicht mehr gehorchen. Der Blutsohn wird bald nicht mehr da sein.«*

Sapia zischte und spuckte, zappelte und wand sich in Leymons Armen. Doch sein Freund ging ungerührt weiter, trug die Göttin über die weiße Brücke zum Ausgang, um damit auch ihre Verbindung zu Sapionas abzubrechen. Chaveen schritt neben Leymon her und fauchte der Blutgöttin ein ums andere Mal zu.

Tailin hingegen blieb stehen. Lunis und Alia warteten hinter ihm. Aufregung pulsierte durch ihren Kreis. Sie drei teilten sich Taluns Macht. Sobald die Blutgöttin fort war, kreiste ihre Magie schneller, lud sich gegenseitig auf und erfüllte sie mit wundersamer Stärke. Mit Tailins und Alias Macht würde Lunis nur noch Lunis sein – und Tailin würde stark genug werden, um die Blutgöttin zu heilen. Doch nur er durfte als Seelenheiler in die rote Höhle gehen. Alia und Lunis mussten hierbleiben, denn mithilfe der weißen Höhle konnte Alia dafür sorgen, dass Lunis stärker blieb als Sapionas.

Tailins Hände legten sich auf die Schultern der beiden, verkürzten den Kreis der Magie, bis selbst ihr Atem in einem Takt ineinandergriff. »Bleibt hier«, flüsterte er und verstärkte damit, was auch ohne Worte schon wirksam gewesen wäre.

Alia nickte und zog Lunis mit sich, die Treppe hinab, die zum See führte. Wie ein Echo hallte ihre Liebe durch die Höhle, während Tailin über die weiße Brücke weiterging.

Im Durchgang dahinter traf er auf Leymon. Die Blutgöttin zischte und wand sich in seinen Armen. Chaveen knurrte und schnappte nach ihr, wann immer Sapia Anstalten machte, Leymon zu beißen. Dennoch lief Blut aus den Wunden an seinen Armen.

Als sie weitergingen, blitzte der blaue See auf. Seine Magie ließ die Höhle erzittern. Es war Malunas See, und das Wasser rief nach ihr. Ein Rauschen erhob sich, trieb kräuselnde Wellen über den See und schüttelte die Zweige des Malunabaums.

Doch ihr Ziel war der rote See. Erst wenn die Göttin geheilt war, durfte sie das Wasser des blauen Sees berühren.

Mit schnellen Schritten liefen sie über die Brücke. Als sie die Stiege in die rote Höhle erreichten, blieben sie noch einmal stehen. Blasse Furcht zeichnete sich auf Leymons Gesicht. Doch Tailin wischte sie mit einem Lächeln fort. Um die Göttin zu heilen, brauchten sie Zuversicht, eine reine, klare Gewissheit, dass sie es schaffen würden.

Dies hier war die Rettung der Welt, und nur sie beide konnten sie vollbringen.

***

Alia

Das Wasser des weißen Sees war warm. Sanft schloss es sich um ihre Körper und zog sie hinab. Weder Lunis noch sie brauchten Luft, um unter Wasser zu atmen. Das Wasser selbst verwandelte sich in Sauerstoff und durchströmte sie wie die Waldluft in Farua. Damals, inmitten von Bäumen und schattiger Kühle, hatten sie einander das erste Mal gesehen. Und nun war es, als wären sie nie voneinander getrennt worden, als hätten sie ein paralleles Leben geführt, in dem sie schon lange ein Paar waren. In diesem Leben hatte Alia ihn von allen Qualen geheilt, und es gab weder die Blutgöttin noch Sapionas. Vielleicht war sogar der Krieg an Farua vorbeigezogen. Zumindest war der Wald noch grün. Hand in Hand streiften sie zwischen den Bäumen entlang. Ihr Lachen vermischte sich mit dem Rascheln der Blätter, und ihre Körper verloren die Unschuld wie in einem Spiel.

»So hätte es sein können«, flüsterte der See. Doch so war es nicht gewesen. Jetzt und hier trieben sie zurück an die Oberfläche, bis sie Luft atmeten statt Wasser und mit ihr die Realität. Sapionas existierte noch. Doch in diesem Moment war er weit fort, tief verborgen. Alia musste dafür sorgen, dass es so blieb.

Und Lunis wünschte sich ebenso, dass sie den dunklen Teil von ihm fernhielt. »Lass uns wieder dorthin gehen«, flüsterte er. »Zurück in den Wald.«

Mit aller Macht beschwor Alia den Duft von Harz und feuchtem Laub herauf. Inmitten des Waldes wischte sie die Tränen von seinem Gesicht und küsste ihn. Lunis lachte. Nicht mehr hoch und kindlich, sondern rau und zärtlich, verloren und gleichzeitig voller Glück. Grün war die Farbe der Freiheit – und um sie herum war das Grün so dicht wie Wasser, das sie beide umschlang. Ihre Hände streiften die Kleidung des anderen ab, bis nur noch der grüne Stein zwischen ihnen lag. Wellen plätscherten und Blätter rauschten. Wenn sie sich bewegten, raschelte das Laub, auf dem sie lagen. Doch eigentlich liebten sie sich auf den weißen Steinen am Ufer des Sees. Allein hier schenkten sie einander das, was schon lange keine Unschuld mehr war.

***

Grenzberge zu Malun

Feyla

Der erste Luftzug füllte seine Lungen, ließ ihn hochfahren – und gleich darauf zurückfallen.

»Dorgen!« Feylas Tränen lösten sich auf in der Hoffnung. »Du lebst!« Sie suchte nach seiner Hand, wählte die weniger verletzte und hielt sie fest. »Ich bin es, Feyla. Ich bin hier. Ich bin bei dir!«

Seine Augenlider zuckten, ganz so, als wollte er sie ansehen.

Stattdessen entwich ihm ein Laut, der als hohes Fiepen begann und in einem schrecklichen Stöhnen mündete, ein Geräusch, in dem sich die ganze Zerstörung seines Körpers sammelte. Wieder ging ein Ruck durch ihn hindurch. Dann lag er still.

Kurz glaubte sie, dass er erneut gestorben war. Doch schließlich fing er an zu zittern.

»Schscht!« Sie beugte sich über ihn, strich durch seine Haare und legte die Hand an seine Wange. Doch sein Zittern steigerte sich, erfasste seinen ganzen Körper, bis seine Muskeln bebten und krampften. Seine Zähne schlugen aufeinander, sein Atem flatterte.

Auch der Stein glühte auf und erlosch, leuchtete und wurde wieder dunkel. Es war seine Seele, die um sein Leben kämpfte und die gleichzeitig sterben wollte, die ihn längst verlassen hatte und die nun doch zurückgelockt wurde. Alles an seinem Körper war zerstört. Trotz seiner Göttlichkeit besaß er nicht mehr die Kraft, eine Seele zu halten – und dennoch folgte Dorgen ihrem Wunsch.

Feyla bereute, was sie getan hatte. Und gleichzeitig würde sie es wieder tun. Sie war schuld daran, dass er den Schmerz wieder spürte. Doch sie konnte ihn nicht aufgeben, nicht vorhin, als er tot dagelegen hatte, und nicht jetzt, während er unter ihren Händen ein weiteres Mal im Sterben lag. »Nicht«, flüsterte sie. »Nicht sterben. Bitte. Bleib bei mir.«

Dabei würden sie ohnehin nicht überleben. Weder Dorgen noch sie, ebenso wenig wie Nuszam, Karer oder Livoi.

Irgendwann, während sie Dorgen ins Leben zurückgeholt hatte, musste die Sonne aufgegangen sein. Mit glühendem Licht schob sich der beginnende Tag über die Berge. Doch auch der Kampflärm drang näher. Schon längst schienen die Kreaturen auf dem Pfad zu sein, der vom Lager der Pamuschkrieger hierherführte. Noch gab es kreischende Katzen, die gegen die Monster antraten, aber das alles war nur eine Frage der Zeit. Früher oder später würden sie hier sein.

»Bei allen Göttern.« Livoi trat neben Feyla. »So zu leben ist schlimmer, als zu sterben.«

Die Worte schnitten durch ihr Herz. Er hatte recht. Er hatte auf die schrecklichste Weise recht. Und dennoch … »Psst«, machte sie, aber sie wusste nicht, ob sie Livoi oder Dorgens Schmerzen meinte oder die Monster, die endlich verschwinden sollten.

Das alles hier sollte aufhören! Einfach aufhören!

Warum konnte sie nicht zurückkehren? In die Zeit, bevor all das begonnen hatte, als sie nur Dorgens Frau gewesen war, unfrei und von ihrem Vater gedemütigt, inmitten einer Schwesternsippe, die sie hasste.

Es war niemals gut gewesen. Niemals. Und es würde niemals gut werden.

Die Tränen kamen plötzlich. Etwas in ihrem Inneren stürzte zusammen und entleerte sich in einer Flut, die kein Ende fand. Nur eine Spur von Vorsicht war noch da, während sie ihre Arme um Dorgens Körper schlang, während sie ihn aller Verletzungen zum Trotz auf ihren Schoß zog und sich über ihn beugte. »Nicht!«, flüsterte sie. »Nicht sterben!« *Nicht leiden, alles ungeschehen machen.*

Bei aller Magie in ihrer Welt – einen Weg, der die Zeit rückwärtslaufen ließ, gab es nicht, und ihre restliche Zeit war bald abgelaufen.

Das Kampfgeschrei der Pamuschkatze endete abrupt. Feyla ahnte, was das bedeutete. Die Kämpfe ließen den Erdboden schon seit einer Weile vibrieren, doch nun wurden die Erschütterungen rhythmisch – Schritte. Sie näherten sich.

Die Monster kamen. Nicht irgendwann später, nicht bald – sie kamen jetzt. Karer stöhnte auf, und Nuszam zog klirrend sein Schwert. Vermutlich waren die Biester längst zu sehen. Feyla müsste nur den Kopf heben, um in ihr hässliches Antlitz zu schauen. Aber sie tat es nicht. Wenn sie nicht hinsah, vielleicht wurde es dann nicht zur Realität.

Doch im Grunde wusste sie es besser: Selbst zum Verstecken war es nun zu spät. Die Kreaturen hatten sie längst bemerkt. Ihre Nasen witterten die Menschen, und der Hass flutete ihre Leiber. Sie mussten töten, vernichten, alles Leben, das auf dieser Welt geblieben war.

Feyla hielt den Atem an. Woher wusste sie das? Wie konnte sie spüren, wonach sich die Kreaturen sehnten?

Siberi! Ein Teil von ihm war noch in ihr. Tief verborgen und gleichzeitig voller Schmerz.

Hastig fuhr sie auf. Die Kreaturen liefen auf allen vieren, sprangen den Berg herauf und brüllten mit aufgerissenen Mündern. Ihr Hass tobte und spuckte, gierte nach Blut und wollte die Menschen töten.

Aber wollten sie auch die Schwester ihres Herrn töten?

Wie ein Schock pulsierte die Hoffnung durch ihr Herz. Mit hektischer Vorsicht schob sie Dorgen von ihrem Schoß. Dann sprang sie auf.

Auch Livoi und Karer hatten jetzt ihre Schwerter gezogen.

»Halt!« Feyla drängte sich zwischen Nuszam und Karer hindurch, breitete die Arme aus und stellte sich den Monstern entgegen. »Halt!«, rief sie noch einmal und starrte in ihre hässlichen Fratzen.

Die Monster verstummten. Auch ihr Lauf wurde langsamer. Irritiert blinzelten sie Feyla entgegen.

»Ja!«, schrie sie. »Seht mich an! Ich bin seine Schwester, sein Zwilling, ein Teil von ihm. Wenn ihr mich tötet, tötet ihr ihn, und wenn ihr ihn tötet, sterbt ihr selbst.«

War das so? Sie wusste es nicht. Und vielleicht war es auch vollkommen egal. Die Kreaturen waren keine Individuen. Ihr eigenes Leben bedeutete ihnen nichts.

Dennoch hatte Siberi ihnen Namen gegeben. Wie Magie flüsterte der Klang aus der Verbindung zwischen Feyla und ihrem Zwilling. »Firoi!«, zischte sie. Es war die linke Kreatur. »Und Kulrav!« So hieß der andere. Feyla nannte die Kreaturen beim Namen, und plötzlich blieben sie stehen. Ihre gewaltigen Körper richteten sich auf. Feyla musste den Kopf in den Nacken legen, um weiter in ihre narbenverzerrten Gesichter schauen zu können. Mit einem leisen Grollen blickten die Biester auf sie herab.

Gleich darauf wurden sie still. Die Kreaturen genauso wie Feyla, genauso wie die Männer, die nicht einmal mehr zu atmen wagten. Nur Dorgens Schlottern durchbrach die Ruhe.

»Firoi«, flüsterte Feyla, und dieses Mal ließ sie ihre Stimme zärtlich klingen, »und Kulrav.« Noch während sie die Namen aussprach, verstand sie: warum Siberi den Monstern Namen gegeben hatte – nicht weil sie Individuen waren, sondern weil ein Name den Respekt und die Anerkennung ausdrückte, die jede Kreatur verdiente, selbst die hässlichste. Und selbst das böseste Wesen wurde zugänglich, wenn man es beim Namen nannte. Weil diese winzige Geste des Respekts seine Menschlichkeit hervorlockte. »Siberi.« Auch seinen Namen sprach sie aus – und plötzlich konnte sie ihren Zwilling fühlen. Zwischen all der Bitterkeit und dem Hass, die ihn erfüllten, war sein Sinn für die Bedürfnisse anderer noch nicht völlig verloren gegangen. Allein die Tatsache, dass er diesen Monstern noch den Trost eines Namens gewährte, bewies nicht nur sein Mitgefühl, es zeigte auch, wie sehr er sich wünschte, jemand möge seine eigene verletzte Menschlichkeit anerkennen. Und solange er diesen Funken aus Mitgefühl und Menschlichkeit besaß, gab es vielleicht sogar einen Weg, ihn zu heilen.

Feyla atmete tief, um ihren Bruder zu fühlen. Mit einem Mal war die Liebe zu ihm so stark wie die Liebe zu Dorgen – und auf tragische Weise ebenso verloren. Vielleicht konnte sie die Monster mit ihren geflüsterten Namen in Schach halten. Doch Siberi zu retten würde mehr als das erfordern.

Etwas in ihrer Konzentration geriet ins Wanken. Es war nur ein winziger Einbruch, bei dem sie die Verbindung zu Siberi verlor. Oder stieß ihr Zwilling sie von sich? Weil er nicht zulassen wollte, dass sie ihn oder seine Monster bezähmte?

Der Bann zerfiel. Mit einem entsetzlichen Sprung griffen die Kreaturen an. Doch sie zielten nicht auf Feyla. Ihre Mordlust galt den Männern.

»Vorsicht!«, schrie Feyla, aber ihr Schrei ging unter in einem gellenden Kreischen. Ein Schatten stürzte über die Berge und fuhr auf sie herab. Oder waren es die Monster, die alles verdunkelten?

Plötzlich ging es schnell. Die Dunkelheit wirbelte von rechts nach links, Schreie gellten in ihren Ohren, mehr tierisch als menschlich. Kampflaute, die kaum zu deuten waren, ein gewaltiges Schmatzen, gefolgt von einem Knirschen. Dann ein dumpfer Aufschlag. Etwas Weiches traf sie am Bein und riss sie von den Füßen.

Dann war die Dunkelheit fort. Nur der Körper eines riesigen Monsters lag vor ihr.

»Feyla!«, schrie jemand. Es war Nuszam. Doch sie konnte ihn hinter der toten Kreatur nicht sehen.

Das Monster war doch tot, oder? Warum sonst sollte es wie ein gefällter Baum am Boden liegen?

»Ich bin hier!«, rief sie.

»Livoi und ich sind auch hier.« Das war Karer. Doch etwas an seinem Tonfall klang seltsam.

Und dann sah sie es: ein Wesen, dessen langer Hals sich hinter dem toten Monster erhob und das noch viel größer war als die besiegten Kreaturen. Es lief auf allen vieren und faltete gewaltige Flügel an seinen Seiten.

Vielleicht hätte sie geglaubt, dass es ein weiterer monströser Angreifer war – doch auf dem Rücken des Tieres saß ein Mädchen mit kurzen Haaren, die an den Spitzen rot waren und am Ansatz blond. Eine Gottgeborene. Ihre Magie strahlte so ruhig und selbstsicher von ihr ab, dass sogar Feyla ihre Göttlichkeit spürte. Fast schon lässig sprang das Mädchen vom Rücken des Wesens, lief an Feyla vorbei und ging neben Dorgen in die Knie. »Er lebt!«, rief sie. »Aber nicht mehr lange. Schnell! Wir bringen euch nach Malun.«

★★★

Malun, rote Höhle

Tailin

Die rote Höhle vibrierte und summte, als sie am Ufer des Sees standen, die Wellen plätscherten auf die Felsen und leckten an Tailins Füßen. Doch bis jetzt vermied er die Verbindung zu der Göttin. Leymon hielt sie noch immer auf den Armen, während Tailin der Magie nachspürte, die ihn mit Alia und Lunis verband. Für die Heilung einer vollwertigen Göttin reichten seine Kräfte nicht aus. Nur mit Lunis und Alia war Taluns Magie vollkommen und Malunas Kräften ebenbürtig.

Tatsächlich kreiste die Magie zwischen ihnen noch immer. Seit sie gemeinsam die weiße Höhle betreten hatten, war jeder Zugriff auf die Gedanken der anderen eine Leichtigkeit. Er sah Alia und Lunis am Ufer des weißen Sees, spürte ihren Traum von einem anderen Leben und ihre Sehnsucht, endlich glücklich zu sein. Es war ein gutes Gefühl, um die Heilung zu beginnen.

Auch Sapia sollte sich wieder eine Zukunft wünschen. Auch sie sollte vom Glück eines besseren Lebens träumen, obwohl ein Leben voller Tragik und Qual hinter ihr lag.

Vergangenheit und Zukunft mussten sich in der Heilung verbinden, um einen Weg zu zeigen, den Sapia gehen wollte, um wieder Maluna zu werden.

Er war so weit. Die Magie zwischen Alia, Lunis und ihm floss stark genug. Er brauchte sich nicht mit Leymon abzusprechen – ein Blick reichte aus, und sein Freund legte die Blutgöttin in seine Arme.

Tailin rechnete mit ihrem Schrei in seinem Kopf, mit der mentalen Gewalt, die sie auf Sapionas ausübte, um ihn zu kontrollieren. Aber die Göttin hing schlaff in seinen Armen. Ihre fehlende Körperspannung ließ sie schwer werden, obwohl sie kaum etwas wog. Auch ihr Atem ging schwach, als wäre sie beinahe tot. Doch ihr Geist war noch da. Er hatte sich zurückgezogen, aus Furcht vor dem roten See. Nur tief in ihr verborgen lauerte er.

Oder zog sich die Lebenskraft einfach so aus ihr zurück? Würde die Göttin sterben, obwohl sie eigentlich unsterblich war?

»Ihr Zyklus ist vorbei«, wisperte Leymons Stimme. Aber er sprach nicht laut. Allein in Gedanken konnte Tailin ihn hören. *»Mit jedem Ende einer Ära muss sie sterben und wird neu geboren. Es ist ein uralter Fluch, der auf ihr liegt.«*

Doch nur wenn sie als Maluna wiedergeboren wurde, würde eine Wasserära folgen. Wenn sie die Blutgöttin blieb, würde sich eine weitere Blutära anschließen, die dieses Mal um ein Vielfaches länger währte, fünfzehntausend Jahre, lang genug, um jegliches Leben auf Ruann zu tilgen und den verbliebenen Rest ihrer Welt zu verbrennen.

Immer dichter schlossen sich Leymons Gedanken mit seinen zusammen, öffneten einen Blick in die Zukunft und zeigten zugleich die Vergangenheit, die aus dem magischen Kreis floss, in den Sayra sie eingewoben hatte. Da war so vieles, das es zu wissen und zu sehen und zu bedenken galt.

Doch zuerst brauchte er die Verbindung, jenen besonderen Knoten, der Maluna und Talun seit Anbeginn miteinander verknüpfte. Sie waren ein Paar, das sich in allen Leben über alle Zeiten immer wieder fand.

Nur in diesem Leben nicht. Taluns Macht war dreigeteilt, Tailin war mit Leymon verbunden, und Alia und Lunis liebten einander.

Sapia hingegen liebte niemanden.

Oder hatte sich die Verbindung ebenso verwandelt wie ihr Geist? War sie ebenso gebrochen worden? War es Hass statt Liebe, der sie mit ihrem Geliebten verknüpfte – und sie gleichzeitig vor Abscheu auseinandertrieb?

Sapionas! Er war es. Die uralte Verbindung zwischen Maluna und Talun verlief zwischen Sapia und ihrem Sohn.

Dumpfe Angst senkte sich in Tailins Brust. Um Maluna zu heilen, brauchte er Lunis und Alia und ihre ungebrochene Macht – doch um die Blutgöttin zu erreichen, musste auch Sapionas bei ihnen sein.

Leymon trat an seine Seite. Seine Macht pulsierte immer stärker, ein gemeinsamer Kreis mit Sayra. Sobald sie einander berührten, würde es beginnen.

***

Leymon

Die Magie, die Sayra geschaffen hatte, kreiste immer schneller. Da waren nicht nur sein Wissen und ihres. Auch andere hatte sie eingebunden: Nelja und Dorgen, den Akademiker, von denen jene Teile der Vergangenheit stammten, auf die Sayra keinen Zugriff besaß – aber auch Lesku und Salmi. Immer weitere Priester Gamons schien sie in den Kreis zu ziehen, bis sich Vergangenheit und Zukunft mit solcher Macht vereinten, dass die Gegenwart klar daraus hervortrat.

Um Maluna in der Gegenwart zu heilen, mussten sie zurückfinden an ihren Ursprung, in jene Zeit, in der die Götter geschaffen wurden.

Die Legenden flackerten vor Leymons Augen, jene Geschichten, die er als Kind gehört hatte. In jenem Betrug, den Maluna an Zabino begangen hatte, lag der Ursprung allen Unheils. Einst war sie seine Gefährtin und seine Geliebte gewesen – ein Paar, das nur sich hatte und niemanden sonst, denn sie waren die Einzigen ihrer Art. Dann aber hatte Maluna einen Sohn bekommen: Talun. Sie liebte ihn über alles, und während Ära um Ära verging, wurde es unerheblich, dass er einst ihr Sohn gewesen war. Zwischen Maluna und Talun entstand eine Liebe, wie Götter sie zuvor nicht kannten.

Zabino hingegen erzürnte vor Eifersucht. Aus Rache forderte er seinen Sohn zum Duell. Im Übergang zwischen Tag und Nacht trat der große Mond gegen seinen Vater an – und besiegte ihn. Doch während Zabino starb, sprach er einen Fluch über Maluna und Talun. Zur Strafe sollten sie beide aus dem Himmel fallen und in menschlicher Form weiterleben. Zum Ende jeder Ära sollte Maluna sterben und anschließend neu geboren werden. Talun hingegen sollte sich in ewiger Qual winden, wenn er seine Geliebte zum Ende einer Ära verlor. Nur der Selbstmord vermochte es, ihn aus dieser Qual zu erlösen.

Die Geschichte verwirbelte vor Leymons Augen. Etwas an dieser Legende stimmte nicht. Es passte nicht zu Talun, Inzest mit seiner Mutter zu begehen und anschließend den eigenen Vater zu töten.

Doch auch der Rest der Geschichte konnte nicht die Wahrheit sein. Allenfalls im Märchen lebten Götter am Himmel und fielen dann zur Erde. Und nur in der Legende konnten sich Sonnen und Monde in Menschen verwandeln.

»Du hast recht.« Eine fremde Stimme in seinem Kopf bestätigte ihn. *»Die Legende verfremdet die Wahrheit. Sie vereinfacht eine Geschichte, deren wahrer Verlauf so unglaublich war, dass wir ihn mit unserem kleinen Verstand kaum erfassen könnten.«*

Als Leymon aufsah, entdeckte er eine weitere Person im Eingang der roten Höhle. Es war Dorgen, der Akademiker. Er war ihnen und dem Kreis der Magie gefolgt. Allein er kannte die Antworten auf alles. Zu ihm sang die Vergangenheit aus dem Himmel. Deshalb konnte er berichten, in welcher Weise Talun und Maluna tatsächlich auf diese Welt gekommen waren. Er wusste, woher sie stammten und welch grausame, endlose Reise hinter ihnen lag. Eine Reise, welche die Unsterblichkeit zur Bedingung hatte, wenn sie durchstanden werden sollte. Doch die Unsterblichkeit forderte ihren Tribut. Allein an der Unendlichkeit war Zabinos Seele zerbrochen. Er war schon des Wahnsinns gewesen, als Maluna geboren wurde, seine Tochter. Und die Geschichte ihrer Gemeinschaft hatte sich nur in den Legenden zu einer Liebesgeschichte verzerrt. In Wahrheit war sie ein Wechselspiel aus Verfolgung und Angst, das Maluna nur deshalb überstanden hatte, weil es anfangs noch andere gegeben hatte, die sie vor Zabino schützten.

Talun war der Jüngste der anderen, und er war weder Malunas Sohn noch Zabinos. Sie drei waren nur die Einzigen gewesen, die am Ende übrig blieben, die letzten drei, deren Gemeinschaft von dem Wahnsinn des einen zerfressen wurde.

Ein winziger Trabant, der eine ganze Ära lang um Ruann gekreist war, musste zu Boden gelenkt werden, weil die Menschen zwar die Ewigkeit besiegt hatten, nicht aber die Schwäche ihres eigenen Geistes.

Tatsächlich forderte Zabino den Jüngeren zu einem Kampf heraus, um das Anrecht auf die einzige Frau. Doch Talun tötete Zabino nicht im Duell. Dieser starb vielmehr, als Talun versuchte, seine Seele zu heilen. Nur so konnte sein Geist in gesunden Kindern wiedergeboren werden.

Auch der Fluch stammte in Wirklichkeit nicht von Zabino. Talun selbst sprach ihn über sich und Maluna. Denn er wusste, dass auch ihre Seelen an der Ewigkeit zerbrechen würden, wenn sie niemals starben. Nur die Magie und die Unsterblichkeit hatten ihre Art in Götter verwandelt. Ihre Seelen hingegen waren von menschlicher Herkunft, und als solche waren sie der Ewigkeit nicht gewachsen. Früher oder später würde jeder Gott dem Wahnsinn verfallen, genauso wie es mit Zabino geschehen war. Um dies zu verhindern, knüpfte Taluns Fluch die Länge ihres Lebens an den Lauf einer astronomischen Ära – ohne zu wissen, dass nicht jede Ära die gleiche Länge besaß. Jede zweite war von solch schrecklicher Ewigkeit, dass nur Taluns Geist die Beständigkeit besaß, sie heil zu überstehen. Nur seine Fähigkeit der seelischen Selbstheilung konnte verhindern, dass die Zeit von fünfzehntausend Jahren eine bittere, frustrierte Boshaftigkeit in ihm formte. Maluna hingegen veränderte sich schleichend von einer gutmeinenden, das Leben liebenden Göttin hin zu einer Kreatur, die des Lebens überdrüssig wurde. Ihre Seele zerbrach nicht mit einem einzigen, schrecklichen Ereignis – sie zermürbte sich in der Unendlichkeit. Ihr Wunsch, endlich zu sterben, verwandelte sich über Jahrtausende in das Bedürfnis, wenigstens ihre Schöpfung sterben zu lassen. Auf diese Weise entstand am Ende jeder Wasserära eine Göttin, deren Schrecklichkeit die Welt in der darauffolgenden Blutära zerstörte.

Leymon atmete tief und langsam, während der Akademiker ihn noch immer ansah. Die Vergangenheit war von solcher Tragweite, dass es Zeit brauchte, um sie zu begreifen, und schließlich zeigten Dorgens Gedanken auch den Ursprung von Zabinos und Malunas Reise.

Die Magie war ein Naturgesetz, das es immer schon gegeben hatte. Die Art, in der sie das Leben schuf und beeinflusste und Individuen zu Gesellschaften zusammenfügte, funktionierte in allen Welten auf dieselbe Weise. Allein aus diesem Zusammenspiel schöpfte sich das Leben. Den Menschen war ihre eigene Existenz lange wie ein Wunder erschienen, das auf Zufall und Glück beruhte. Doch ihr Forscherdrang hatte ihnen keine Ruhe gelassen. Sie wollten auch den Zufall und das Glück und die Schöpfung des Lebens kontrollieren. Auf der Suche nach dem Beginn und bei dem Streben nach Unsterblichkeit waren sie schließlich auf die Gesetze der schöpferischen Magie gestoßen. Wer diese Magie kontrollierte, beherrschte auch das Leben und das Sterben. Magie in den Händen von Menschen verwandelte sie in Götter, und genau das wollten manche von ihnen sein. Was zuvor nur die Natur und der Zufall vollbracht hatten, wurde zu einer Möglichkeit, Macht zu erringen und ewig zu leben. Die Magie in den Händen von Menschen bot gewaltige Chancen. Sie konnte ganze Welten erschaffen und heilen. Aber der Geist der Menschen war schwach, und ihr Streben nach Größe endete fast immer in Chaos und Krieg. Anstatt gesunde Welten zu erschaffen, hatten sie ganze

Welten zerstört, hatten neue erobert und andere Wesen vertrieben, in der Hoffnung auf einen neuen Anfang. Aber fast immer hatte es das gleiche, verheerende Ende gefunden.

Dies war der Punkt, in dem Dorgens Geschichte endete, in dem die Vergangenheit ganze Ären aus Blut und Wasser übersprang und sich mit der Zukunft kreuzte. An jenem Kreuzungspunkt lag die Gegenwart, dieser Moment am Ufer des roten Sees, in dem sie Maluna heilen mussten. Doch Leymons Vision sprang über die Heilung hinweg und setzte sich in der Zukunft fort: Sapias Seele konnte im roten See geheilt werden, doch ihr Körper würde in jedem Fall sterben. Die Blutära ging zu Ende, also trat auch der Fluch erneut in Kraft, um die Göttin zu töten.

Aber mit ihr würde noch jemand sterben: Talun!

Leymons Vision stockte. Angst verschleierte seinen Blick. Allein die Logik setzte den Gedanken fort. Talun gab es nicht mehr. Doch an seiner Stelle standen Tailin, Alia und Lunis. Und wenn Malunas Tod den von Talun nach sich zog, würden alle drei sterben müssen.

Das Plätschern des Wassers riss Leymon zurück in die Gegenwart. Die Göttin auf Tailins Armen stöhnte. Auch der junge Akademiker stand noch am Rand der Höhle. Doch entscheidend war nur Tailins Blick.

Angst zeigte sich in seiner Miene, das schreckliche Gefühl, den eigenen Tod vorherzusehen. Doch Tailin besaß die Macht des Seelenheils, in ihm lebte die einzige Gottheit, welche noch immer über die Gier und die Selbstsucht eines Menschen erhaben war. Hier und jetzt war es seine Aufgabe, die Göttin zu heilen, auch wenn es das Letzte war, was er mit seinem Leben tat. *»Es tut mir leid«*, flüsterten seine Gedanken. *»Wir werden keine Zeit haben, um Abschied zu nehmen. Ich muss sie heilen, bevor sie stirbt. Auch wenn ich selbst direkt danach sterbe.«*

***

Feyla

Das Wesen, auf dem sie durch die Luft flogen, war ein Drache, das Mädchen, das vor ihnen saß und ihn lenkte, hieß Nelja, und die Monster hatten im Kampf mit dem fliegenden Ungeheuer ihre Köpfe verloren.

Die Informationen waren so schnell auf Feyla eingeprasselt, dass sie den halben Flug brauchte, um sie zu ordnen. Der Drache hatte die letzten Felsbrocken, die über Dorgens Bein lagen, zur Seite geschoben und ihn mit solcher Behutsamkeit aufgehoben, als besäße er die mitleidende Seele eines Menschen. Dann waren auch schon die nächsten Monster den Pfad heraufgekommen, und sie waren schneller losgeflogen, als Feyla denken konnte.

Jetzt lag Malun unter ihnen, ein grünes Land, das so weit reichte, wie es der Blick aus dem Himmel zuließ. Vielleicht hätte sich ihr Herz unter dem Anblick geöffnet und wäre glücklich geworden – wenn sich Dorgen nicht sterbend in den Krallen des Drachen befunden hätte.

Aber so war die Angst stärker als jedes andere Gefühl. Der Flugwind rauschte in Feylas Ohren und vernebelte ihre Sicht. Wenn nur die Hoffnung nicht gewesen wäre … Dann hätte sie nicht warten und bangen müssen, bis ihre Seele in der Ungewissheit zersplitterte. Dann hätte sie sich gleich in die Tiefe stürzen und ebenfalls sterben können.

Auch der gelbe Stein auf ihrer Brust zitterte. Seine Temperatur wechselte von heiß zu kalt, sein Leuchten flackerte auf und erlosch. Jeden Moment würde Dorgen sterben, und dort unten, in den Krallen des Drachen, war er ganz allein mit den Schmerzen und seinem drohenden Tod.

Feyla klammerte ihre Hand um den Stein. Wenn sein Zittern aufhörte und das Leuchten des Steines anzeigte, dass Dorgens Seele seinen Körper dauerhaft verlassen hatte, dann würde sie es tun. Dann würde sie sich zwischen Nelja, Nuszam und den anderen Männern zur Seite werfen und in die Tiefe stürzen.

Ein heftiges Beben ging durch sie hindurch. Doch erst als Nuszams Hand über ihren Arm strich und ein tröstendes »Schsch« ihr Ohr erreichte, bemerkte sie, dass sie weinte, dass sich ihr ganzer Körper in dem Gefühl zusammenzog.

Nuszam schlang die Arme noch fester um ihre Taille, hielt sie fest und küsste die Haare an ihrem Hinterkopf. »Schscht«, wiederholte er, und seine Umarmung blieb, bis der Drache über den Wäldern tiefer sank. Irgendwann lichteten sich die Bäume. Eine kreisförmige Hügellandschaft öffnete sich unter ihnen. In der Mitte der Hügel lag eine Senke. Das Tier umflog sie zweimal, kreiste noch tiefer und landete schließlich.

Vor ihnen standen Menschen. Mindestens zwanzig, wenn nicht gar dreißig. Sie alle waren in rote Gewänder gehüllt. Schulter an Schulter standen sie da, bildeten eine riesige Traube, die langsam von rechts nach links wogte. Ein tiefes Summen erfüllte den Trichter zwischen den Hügeln. Stammte es von den Menschen? Oder von den Bergen um sie herum?

Wie erstarrt saß Feyla auf dem Rücken des Drachen. Auch Nuszam, Karer und Livoi rührten sich nicht. Nur Nelja sprang zu Boden und lief auf ein kleines Mädchen zu, das an der Spitze der Menschentraube stand. Nelja gab dem Drachen ein Zeichen, und schließlich öffnete er die Krallen und legte Dorgen behutsam vor dem kleinen Mädchen ab.

Das Summen zwischen den Hügeln wuchs an. Das Mädchen kniete sich neben Dorgen. Die Rotgekleideten rückten ebenfalls näher. Ohne die Formation zu lösen, umringten sie Dorgen und das Mädchen.

Der Drache sprang ein Stück zurück, um den Menschen Platz zu machen. Krampfhaft griff Feyla nach seinen Schuppen, damit sie nicht von seinem Rücken stürzte.

»Das hier sind die Hügel der Heilung.«

Feyla konnte nicht sofort erkennen, wer das gesagt hatte. Dann entdeckte sie den Jungen, der neben dem Drachen am Boden stand. Er war genauso klein wie das Mädchen, und seine Augen waren auffallend grün.

Er war ein Pameli. Oder ein Mensch? Mit den Augen einer Katze?

»Keine Sorge«, sprach der Junge weiter. Sein Sapionisch klang flüssig. Nur ganz leicht hörte sie den faruanischen Akzent. »Die Priester Sajunas werden ihre Macht zusammenschließen und ihr Bestes geben, um den Gottgeborenen des Friedens zu heilen.«

Feyla schauderte. Die Rotgewandeten waren also Priester, natürlich. Doch der Junge versprach ihr nichts. Auch der Stein zwischen ihren Fingern flackerte noch immer.

Der Blick des Jungen blieb daran hängen. Fordernd deutete er auf den gelben Kristall.

»Nein.« Hastig schloss Feyla die Finger noch enger darum. Doch Nuszam strich sanft über ihren Handrücken, löste den Stein aus ihrer Umklammerung und nahm die Kette von ihrem Hals. Behutsam reichte er beides dem Jungen.

Der Kleine trat zurück und deutete auf die Flügel des Drachen. »Ihr müsst jetzt gehen! Damit die Magie der Hügel fließen kann.«

Nelja nickte ihm zu. Dann kletterte sie vor Feyla und den Männern auf den Rücken des Drachen.

Gleich darauf hoben sie ab.

Und ließen Dorgen zwischen den heilenden Priestern zurück.

36. Kapitel

Malun, Taluns Höhlen

Tailin

Alles in ihm fühlte sich rein an, als er den ersten Fuß ins Wasser setzte. Schon heute Nacht würde Sapia nicht mehr am Himmel zu sehen sein – und mit ihrem Verschwinden endete die Blutära. Also würde der Fluch erneut in Kraft treten. Die Blutgöttin würde noch in dieser Nacht sterben. Und er musste ihr in den Tod folgen.

Doch zuvor war es seine Aufgabe, sie zu heilen. Um jeden Preis musste sie als Maluna wiedergeboren werden. Nur so ließ sich das Wasser zurück nach Ruann bringen. Auch wenn es bedeutete, dass er Leymon und die Liebe zu ihm für immer verlor.

Eine Welle von Verzweiflung griff von Leymon auf ihn über. Seine Hand packte Tailins Arm, wollte ihn vor dem See zurückreißen.

Doch Taluns Magie fing ihn ein. Aus Furcht wurde Gewissheit. Verzweiflung wandelte sich in Stärke. Das Schicksal flüsterte und zeigte ihnen die Zukunft: zwei Kinder, ein Mädchen mit den blonden Haaren der Vaikuni – und ein Junge, der so schwarzhaarig war wie die Sapioner.

Die Kinder hielten sich an den Händen und sangen. Nebeneinander liefen sie über eine Wiese, deren Gräser verdorrt und braun waren. Doch das Mädchen lachte und breitete die Arme aus. Ihre Finger streiften die Halme, und überall dort, wo sie das Gras berührt hatte, wurde es grün. Auch ihre Füße hinterließen grüne Spuren, legten eine feste Grasnarbe auf den Boden, die sich zu allen Seiten ausbreitete. Wie in einem Spiel tanzten die Kinder umeinander, doch die Magie umgab sie wie ein Wirbelwind, zog hellen Nebel aus den Gräsern und trieb ihn hinauf in den Himmel, bis sich die ersten Wolken am Horizont sammelten.

Bald würde es wieder regnen. Schon bald.

Ein tiefes Seufzen glitt durch die Brust der Blutgöttin. Sie erinnerte sich. Ganz tief in ihrem Inneren war noch immer das Bild des kleinen Mädchens – und das Gefühl, das dem Jungen galt.

Dorthin musste Tailin sie zurückführen.

Entschlossen griff er nach der Verbindung zu Lunis und Alia. Dann machte er den nächsten Schritt. Die Wellen des Sees leckten um seine Waden. Ein dunkles Zischen fuhr durch das Wasser und ließ die Höhlenwände erzittern. Dort unten in der Tiefe lauerte die Vergangenheit der Blutgöttin, all das, was ihre Seele auf so schreckliche Weise zerstört hatte. Noch bevor der Tag endete, musste er tief in Sapias Dunkelheit getaucht sein und Maluna daraus zurückgeholt haben.

Als er weiterging, blieb Leymon an seiner Seite. Das Wasser umfing sie inzwischen bis auf Hüfthöhe.

Erneut gab die Göttin ein Seufzen von sich. Nur eine Ahnung ihrer Gefühle schwappte zu Tailin. Doch tatsächlich schien der Moment gekommen zu sein. Die Göttin war bereit, das Elend ihres Lebens zurückzulassen. Tailin machte den letzten Schritt, bis auch ihr Körper im Wasser war. Dann ließ er die Verbindung zu.

***

Alia

Der Duft des Waldes strömte tief in ihre Lungen, während sie einander liebten. Wasser plätscherte über ihre Füße, aus den Bäumen drang das Zwitschern der Vögel. Die Vergangenheit, in die sie geflohen waren, war vollkommen. Und dennoch war es nur die Vergangenheit. Oder nicht einmal das?

Es war nicht mehr als eine Vorstellung.

Alia hielt seinen Körper, so eng sie konnte. Er bewegte sich langsam, damit es dauerte, damit der Duft des Waldes noch blieb und die Realität nicht zurückkehrte. Bleiches Licht fing sich in seinem Gesicht und reflektierte das Leuchten der Wellen. Alias Finger strichen über seine Wangen. Er war Lunis. In diesem Moment war er nur der eine, den sie liebte.

Doch ihnen blieb keine Zeit. Etwas Dunkles lauerte in der Ferne, tastete in ihre Richtung und würde sie bald schon an sich reißen. Der Duft des Waldes veränderte sich, bekam eine süßliche Note von Tod und Verwesung.

Noch nicht! Angst zeigte sich in Lunis' Blick, eine vage Ahnung, dass das hier das Ende sein würde.

Alia spürte es ebenfalls. Ihre Hände bewegten sich auf seinem Rücken, ein dumpfes Gefühl zog durch ihre Brust, während sie sich an ihn presste. Mit einem Mal war jedes Warten zu lang. Sein Gesicht duckte sich an ihren Hals. Dies hier war der letzte Moment. Ein letztes Mal wollten sie fliehen. Ihre Stimmen vermischten sich mit denen der Vögel, übertönten den Wind und fanden schließlich Ruhe im Plätschern des Wassers.

Dann schlug die Magie zu. Aus der Ferne wurden sie herumgerissen, fort aus dem Wald, fort von dem glitzernden Wasser, hinaus aus der weißen Höhle, in der sie eigentlich waren. Es war Tailin, der sie zog, und die Blutgöttin, die ihre Gegenwart verlangte. In Grauen und Schmerz waren sie mit ihr verbunden.

Der dunkle Turm einer Burg fing sie auf. Dort unten am Fuß der Treppe wurde das Mädchen gehalten, gefangen und misshandelt. Sie sollte sterben. Doch es gelang nicht, sie zu töten. Stattdessen zerbrach etwas in ihr und lockte etwas anderes hervor. Grausam und kalt war die Göttin, die in ihr erwachte. Doch sie war nicht erst in diesem Mädchen entstanden. Es hatte sie schon vorher gegeben. Bereits am Ende der letzten Wasserära war die alte Maluna dem Wahnsinn verfallen. Aber Talun hatte ihre Wandlung zum Bösen rechtzeitig bemerkt. Mit größtem Einsatz war es ihm gelungen, sie zu heilen, ehe sie gestorben war. Ehe sie in diesem Mädchen wiedergeboren wurde. Diese kleine Maluna war die größte Hoffnung ihrer Welt gewesen – die Hoffnung, dass es zum ersten Mal eine zweite Wasserära anstatt einer Blutära geben könnte.

Doch nun war Maluna erneut gebrochen, und die grausame Göttin, zu der sie geworden war, übertraf alles, was sie an Schaurigkeiten je hervorgebracht hatte.

Das Bild flackerte, brach ab und wurde dunkel. Aber darunter war mehr. Was hatte Maluna noch getan? Am Ende der Wasserära zuvor – hatte sie auch da schon das Werk einer gebrochenen Göttin begonnen?

Sie mussten dorthin zurückkehren, mussten mehr erfahren.

Doch die Verbindung war nicht stark genug.

»Sapionas«, flüsterte die Blutgöttin. *»Mein Sohn. Komm zu mir.«*

Lunis erschrak vor dem Namen. Er wollte ihn nicht hören, wollte sich zurückziehen.

Aber es war zu spät. Vor dem Ruf der Blutgöttin konnte sich der Blutsohn nicht verstecken.

»Sapionas«, flüsterte auch Tailin. *»Wir brauchen dich. Du trägst die engste Verbindung zu ihr.«*

Und dann war er da, der Blutsohn. Sein Körper lag noch immer auf ihrem. Kalt und verachtend schaute er auf Alia herab. Eben mochten sie einander noch geliebt haben, doch nun spiegelte sich Gewalt in seinem Blick.

Alia wollte ihn zurückstoßen, wollte aufspringen und vor ihm weglaufen, bevor er sie ein zweites Mal mit Gewalt nahm. Doch es gelang ihr nicht. Seine Hände drückten ihre Arme längst auf den Boden.

»Lunis«, flüsterte sie. »Komm wieder. Lass mich nicht allein.«

Aber Lunis kam nicht. Er blieb eingesperrt hinter dem anderen.

Hart und voller Zorn sah Sapionas sie an. Er war noch immer in ihr, fing wieder an, sich zu bewegen.

Abermals wollte sie ihn wegschubsen, wollte ihn anschreien und verjagen.

»Alia.« Es war Tailin. Dieses Mal sprach er nur mit ihr. *»Wir brauchen Sapionas. Er muss geheilt werden, genauso wie die Göttin. Aber die Heilung kann nur gelingen, wenn er sich selbst verzeiht. Denkst du, du kannst ihm dabei helfen? So wie du Lunis geholfen hast?«*

Alia kniff die Augen zusammen, um den harten Blick des Blutsohnes nicht länger zu sehen. Ausgerechnet ihm sollte sie helfen? Hieß das, sie musste ihm verzeihen? Trotz allem, was er getan hatte? Sapionas hatte es nicht verdient, dass ihm verziehen wurde – wenn er und Lunis nicht auf so schreckliche Weise ein und derselbe Mensch wären …

Alia hatte keine Wahl. Entschlossen öffnete sie die Augen. Dieses Mal sagte sie nichts, während sie ihn anschaute. Er war der Blutsohn, der grausame Gott, der Kinder opferte und Frauen vergewaltigte. Und nun vergewaltigte er sie. Oder nicht? Eben noch hatte sie freiwillig mit ihm geschlafen, mit diesem Mann, der zwei Seelen in sich vereinte. Sie konnte nicht den einen ohne den anderen lieben. Es waren immer sie beide, ganz gleich, wer von ihnen sich in den Vordergrund drängte.

Der Blutsohn war jener Teil, der im Kerker gebrochen wurde, jenes gequälte Kind, das unfassbares Leid ertragen musste. Nur die Verzweiflung hatte ihn zu der grausamen Kreatur geformt. Doch er selbst litt genauso darunter. Auch der Blutsohn war niemals vollständig böse gewesen. Er verabscheute den Inzest mit seiner Mutter, er ertrug es nicht mehr, die Kinder zu opfern, und für die Gewalt, die er den Frauen antat, verachtete er sich selbst.

Auch jetzt verabscheute er sich. Weil er sie nahm, obwohl sie nein gesagt hatte. Dennoch konnte er nicht aufhören. Er empfand etwas für sie, etwas, das sich der Gewalt widersetzte, die ihn schon so lange beherrschte. War es Lust? Oder etwas anderes? Besseres?

Konnte es sein, dass Sapionas sie auf eine schreckliche, endgültige Weise ebenso liebte wie Lunis?

»Ich liebe dich«, flüsterte sie, und für diesen einen Moment meinte sie es ehrlich. Sie liebte ihn trotz der Gewalt in seinem Blick, sie liebte ihn trotz seiner Hände, die sie festhielten. Weil ein Teil von ihm Lunis war und weil Lunis ihre Hilfe brauchte, um die grausigen Erinnerungen des Blutsohnes zu besiegen.

Es waren die Taten anderer, die ihn zu dieser Kreatur geformt hatten. Wenn sie jemanden verurteilen wollte, dann musste sie Walerius verurteilen oder Rabanus oder die Blutgöttin oder sie alle zusammen.

»Ich liebe dich«, flüsterte sie noch einmal, auch wenn eine Spur von Hass gegen all jene grausamen Götter darin lag. »Und ich verzeihe dir.«

Etwas in seinem Blick veränderte sich. Als würde sich die Gewalt auflösen, als würden diese einfachen Worte die Maske von seinem Gesicht reißen.

Und dann begriff sie: All seine Bosheit war eine Maske, mit der er sich vor den Verurteilungen schützte, vor der Rache und der Angst, die ihm entgegengebracht wurden.

Wenn sie ihn liebte, brauchte er keine Maske.

Doch darunter lag pure Verzweiflung.

Sein Körper zog sich zusammen in der Qual, zuckte und wand sich in ihren Armen. Seine Lust implodierte im selben Moment, in dem sich alles in ihm auflöste, in dem er wieder das Kind wurde, das im Kerker gequält wurde. »Du kannst mich nicht lieben.« Er flüsterte an ihrem Hals, weinte und küsste sie zugleich. »Es ist unmöglich, mich zu lieben.«

»Doch!« Sie legte die Arme noch enger um seinen Körper, und plötzlich war selbst die letzte Spur von Hass fort. »Ich kann dich lieben. Alles an dir. Es ist allein meine Entscheidung.« Sie strich über seinen Rücken, schob die Hand in seine Haare und ließ sie in seinem Nacken ruhen.

Als sein Weinen versiegte und sein Körper still wurde, war Lunis zurückgekehrt. Doch nun waren beide da. Sapionas und Lunis. Stumm hielten sie einander an den Händen. Wie Brüder, die sich nach vielen Jahren des Streites endlich versöhnt hatten.

»Und jetzt kommt hierher«, wisperte Tailin. *»Nur wenn wir alle anwesend sind, können wir die Blutgöttin heilen.«*

***

Dorgen

Er schwebte. Eine Wolke von rotgekleideten Menschen umgab ihn und schwebte mit ihm voran. Wald und Felsen glitten vorbei, verschwanden in der Schwärze und kehrten zurück, sobald er blinzelte.

Es musste ein Traum sein. Es war unmöglich, auf diese Weise zu schweben.

Oder war er tot? Irgendetwas war passiert. Seine Erinnerung daran verblasste bereits. Nur mühsam ließ sie sich zurückholen. Eine dunkle Höhle, Schmerzen, ein Messer … Burk! Er hatte ihn gefoltert und getötet.

Demnach musste er tot sein.

Aber was war mit Feyla? Er hatte sie gesehen. Irgendwann danach. Hieß das, sie war ebenfalls gestorben? Hatte sie ihn im Tod begrüßt?

Seltsame Erleichterung erfasste ihn. So war es also zu sterben. Eine Wolke von rotgekleideten Menschen trug ihn in die Totenwelt. Sanft und friedlich. Schweigend. Warum dauerte es so lange? Wie lang mochte der Weg in die Totenwelt sein, den sie ihn entlangtrugen? Etwas in ihm wurde schwer, hüllte ihn erneut in Dunkelheit.

Kurz darauf lag er am Boden. Neben ihm leuchtete etwas. Wasser. Bunte Säulen schimmerten darin. Auch die roten Menschen waren noch da, in einem Kreis standen sie um das leuchtende Wasser herum. Ein dunkles Summen erfüllte die Luft.

Nur eine Gestalt war klein und in beigefarbene Kleider gehüllt. Es war ein Mädchen. Sie hielt etwas Leuchtendes in ihren Händen. Zusammen mit zwei rotgekleideten Männern stieg sie ins Wasser. Nebeneinander gingen sie zu der gelben Säule. Die Männer hoben die Kleine hoch, und sie setzte das leuchtende Etwas auf die Spitze.

Erst jetzt erkannte Dorgen, was es war: der leuchtende gelbe Stein, mit dessen Hilfe Feyla und er ein Kind gezeugt hatten.

Doch es war nicht der einzige Stein. Das Mädchen hatte noch mehr. Der Reihe nach setzte sie einen weißen und einen roten Stein auf die Säulen, deren Farben strahlend aufleuchteten. Fast der ganze Kreis funkelte konstant. Nur die blaue Säule in der Mitte flackerte, und die grüne Säule lag dunkel da.

So war es also im Tod. Dorgen schaute nach oben und entdeckte Bäume, die sich über ihn neigten, dunkelgrünes Laub, das sich leise im Windhauch bewegte. Malunabäume. Alles in seinem Inneren wurde schwer. Vielleicht war das hier noch gar nicht der Tod. Vielleicht war es nur der Abschied. Das Sterben. Bevor seine Seele noch tiefer in die Schwärze sank.

Er konnte die Bäume nicht mehr ansehen. Zu groß war die Anziehungskraft der Dunkelheit.

»Dorgen.« Die Stimme klang leise, endlos weit entfernt. »Komm zu mir.«

Feyla. Sie war es. Eben noch war sie fort gewesen. Aber nun begrüßte sie ihn. Ein warmes Gefühl zog durch seine Brust. Er war wieder bei ihr, im Tod vereint.

Wenn er sie doch noch einmal hätte ansehen, sie noch einmal hätte in den Arm nehmen können …

Er wollte blinzeln, doch die Schwere hielt ihn gefangen. Nur ihre Hände schienen ihn zu berühren. Jegliche Schmerzen waren fort, während sie über seine Schulter strich, über seine Brust und seinen Bauch, über seinen Körper, der längst nicht mehr da war, über seine Haut, die Burk ihm abgezogen und verbrannt hatte.

Und dann ging es doch: Er blinzelte und schaute sie an. Feyla. Ihre schwarzen Locken fielen vor ihr Gesicht, während sie sich über ihn beugte, Tränen röteten ihre Augen und zogen Spuren in den Staub auf ihren Wangen.

Sie war in der Wüste gestorben. War ihr Gesicht deshalb so staubig?

»Du lebst.« Plötzlich lachte sie und weinte zugleich. Ihre Hand berührte seine Wange, strich durch seine Haare und fühlte sich schrecklich lebendig an.

Doch es konnte nicht wahr sein. Sie beide waren tot. Auch wenn Feyla es noch nicht wusste.

Dorgen wollte es sagen. Aber seine Lippen blieben verschlossen.

Sie küsste ihn. Ihr Mund war feucht von den Tränen.

Plötzlich wünschte er sich, doch noch zu leben. Er wollte mit ihr zusammen sein, sie noch einmal fühlen, noch einmal mit ihr schlafen, und wenn es das letzte Mal war, bevor ihre Seelen für immer in die Dunkelheit zogen.

Seine Lippen konnte er zuerst bewegen. Ihr Kuss weckte sie auf. Salzig und bitter schmeckten die Tränen in seinem Mund. Er wollte, dass Feyla echt war. Doch die Zweifel waren stärker. »Er hat mich zerstört«, flüsterte er. »Burk. Er hat mich gefoltert und erstochen. Ich kann nicht mehr lebendig sein.«

Schmerz sammelte sich in Feylas Augen, neue Tränen liefen über ihre Wangen. »Ich weiß«, gab sie zurück. »Ich habe dich gesehen, als du tot warst. Aber der gelbe Stein hat dich zurückgeholt. Hier geschehen sonderbare Dinge. Ein Drache hat uns vor den Monstern gerettet und nach Malun gebracht. Die Priester Sajunas haben dich geheilt, in den Hügeln der Heilung. Und dann haben sie dich hierhergetragen. Zu Taluns Quellen. Zu mir. Der Drache hat mich schon vorher hier abgesetzt, damit ich Trost habe, während ich auf dich warte. Siehst du die Steine?« Sie deutete auf die leuchtenden Säulen. »Die Steine von meinem Vater. Erinnerst du dich? Sie sind ein Teil von Taluns Quelle.«

Ganz leicht flackerte die gelbe Säule, als er sie ansah.

Erst Feylas Gesicht lenkte seinen Blick ab. »Wir haben überlebt. Trotz allem. Auch Karer und Livoi leben noch. Sie haben mir geholfen, dich zu finden. Jetzt sind sie in der Novizensiedlung, um etwas zu essen. Der Drache hat sie dorthin geflogen.« Erneut beugte Feyla sich über ihn, etwas Nasses streifte seine Brust. Auch um ihren Hals hing ein Stein. Er war blau – und er leuchtete.

Alias Stein! Wie kam er zu Feyla? Oder gab es mehrere davon?

Der blaue Stein weinte! Tränen lösten sich aus seinem Glas und tropften auf Dorgens Brust. Etwas Starkes ging davon aus – Kraft, Luft, Wasser. Es durchströmte ihn so intensiv, als würde er gegen das Verdursten antrinken.

Mit einem Ruck sog er die Luft ein. Und plötzlich war das Leben da. Sein ganzer Körper bebte. Doch nicht mehr vor Schmerzen, seine Haut schien heil zu sein. Nur Feylas Gegenwart machte ihn empfindlich, ihre Hände auf seinen Armen, die Wärme, die von ihr abstrahlte.

Endlich konnte er auch die Hände bewegen, löste sie vom Boden und berührte Feylas Wange.

Sie schloss die Augen und legte ihr Gesicht in seine Hand. »Du lebst«, wiederholte sie.

Vielleicht hatte sie recht. Zwischen allem, was sich wie ein Märchen anhörte, lag so viel Realität in ihren Worten. Und dennoch war es mit einem Mal gleichgültig. Er wollte nur bei ihr sein, wollte nur ihren Körper spüren.

Als er den Kopf drehte und sich umsah, waren die anderen Menschen fort, sowohl die Rotgekleideten als auch das kleine Mädchen. Oder war er schon seit einer ganzen Weile mit Feyla allein?

Seine Hände legten sich auf ihren Rücken. Auf einmal war es leicht, das schwarze Kriegerhemd über ihren Kopf zu ziehen. Nackt saß sie vor ihm. Nur der blaue Stein leuchtete noch zwischen ihren Brüsten. Träne um Träne strömte daraus hervor und lief über ihren Bauch.

Vorsichtig umfasste er ihre Taille, zog sie näher und schloss die Augen. Lachend gab Feyla der Bewegung nach. Warm und sanft schob sich ihr Körper über seinen. Nass und kühl liefen die Steintränen über seine Brust. Dann war er in ihr – und die Überraschung schlug voller Lebendigkeit über ihm zusammen.

***

Sapionas

Seine Beine waren schwach, als er Alia aus der weißen Höhle folgte. Dennoch ergriff ihn starke Magie. Die nächste Höhle war eine weite Halle, die sie auf einer Brücke durchquerten. Fast gleißend leuchtete das blaue Wasser unter ihnen. Ein Rauschen erhob sich und schüttelte den Malunabaum, der in der Mitte des Sees auf einer Insel stand. Darüber in der Felsdecke befand sich eine Öffnung, durch die der blaue Himmel zu sehen war.

Ein kalter Schauer glitt durch seinen Körper, während sich kühles Kondenswasser auf seiner Haut niederschlug. Die Magie in dieser Höhle reagierte mit ihm. Als würde er hierher gehören. Als würde der blaue See seinen Einsatz fordern.

Wenn nicht der eine Teil von ihm gewesen wäre, der schwach und klein geworden war. Sapionas zitterte wie ein geprügeltes Kind. Er war nackt und verloren, voller Angst und Übelkeit. Dort oben, in der roten Höhle, wartete seine Mutter, jene Kreatur, die über ihn befahl und die schrecklichsten Dinge von ihm verlangte. Es war erträglich gewesen, ihr zu begegnen, solange er kalt und grausam war. Doch nun war jegliche Grausamkeit fort, und das, was von ihm übrig blieb, würde sich unter ihrer Gegenwart zusammenrollen wie ein Wurm.

Lieber wollte er sterben, als ihr noch einmal zu begegnen.

Nur Alias Hand verlieh ihm Mut, ihre Entschlossenheit, mit der sie ihn ans Ende der Brücke führte, zu einer schmalen Stiege, die in der roten Höhle mündete.

Dort oben, auf der Schwelle zu der Höhle, stand jemand. Sapionas erkannte ihn verschwommen: Dorgen, den Akademiker. Vergangenheit strahlte von ihm ab, Bilder, die der Blutsohn nicht noch einmal sehen wollte.

Doch der Akademiker dämpfte die Angst mit einem Lächeln. Scheinbar sanftmütig winkte er den Blutsohn heran.

»Sapionas!« Auch das Zischen der Blutgöttin kam ihm entgegen. Alles in seinem Inneren zog sich zusammen, musste sich klein machen, um vor ihr zu fliehen. *»Du gehörst zu mir. Nur zu mir.«*

Damit hatte sie recht. Auch wenn er es leugnen wollte – nicht einmal Alias Liebe und ihr sanftes Verzeihen kamen gegen den Zwang an, mit dem seine Mutter ihn in Besitz genommen hatte.

Die rote Höhle pulsierte, als sie hinaufkletterten und neben Dorgen über die Schwelle traten. Dort im Wasser war die Blutgöttin. Wie tot lag sie in den Armen des Seelenheilers, doch ihre Stimme zischte in Sapionas' Kopf: *»Komm zu mir. Du gehörst mir.«*

Er zitterte und kämpfte sich vorwärts, am Rand der Höhle entlang, an ihr hinteres Ende. Heiß und gierig spülte das Wasser um seine Füße, fast schon kochend brannte es auf seiner Haut.

Doch etwas war stärker als der Schmerz: die Anziehungskraft seiner Mutter.

Alia kam mit ihm, als er sich ins Wasser fallen ließ. Dann schwamm er vorwärts, und ihre Hand entglitt ihm. Plötzlich war er wieder ein Kind, ein kleiner Junge, der sich nur eines wünschte: Seine Mutter sollte ihn lieben. Sie rief ihn, also musste er zu ihr. Damit sie ihn endlich wieder liebte.

Ihre Augen waren geschlossen, als er sie erreichte. Jemand anderes hielt sie fest, dennoch klammerte Sapionas sich an sie, wie ein kleines Kind, das sein Gesicht an den Körper seiner toten Mutter presste. Plötzlich war alles schwarz. Rauer Schmerz kratzte durch seine Brust und zog sein Inneres zusammen. Da waren Männer, die ihn quälten, die ihn folterten und verbrannten. Oder war es gar nicht sein Schmerz?

»Komm heraus aus deinem Körper«, flüsterte jemand. *»Nicht fühlen. Nur schauen. Damit du es verstehst.«* Die Stimme gehörte der Vergangenheit, jenem Dorgen, der noch immer auf der Schwelle zur roten Höhle stand.

Gleich darauf war der Schmerz fort. Vor ihm lagen zwei Jungen am Boden eines Kerkers. Sie hielten sich im Arm, obwohl ein Gitter sie voneinander trennte. Doch dieses Bild kannte er längst. Es war nicht entscheidend. Der dunkelhaarige Junge verschwand, und der andere verwandelte sich in ein kleines Mädchen, das ebenso in der Dunkelheit lag. Ebenso gequält. Ebenso entstellt. Und ebenso unsterblich. Hier in der Einsamkeit des zugemauerten Turms geschah die Metamorphose, die Maluna in Sapia verwandelte. Erst Jahre später wurde sie freigelassen aus der Dunkelheit und trat als Blutgöttin an die Seite von Rabanus, ihrem Gemahl.

Doch auch das war nicht der Anfang. Ein weiterer Junge tauchte auf. Winzig klein und mit schwarzen Haaren: Rabanus. Auch er war misshandelt und gebrochen worden, damit sich seine Magie in Boshaftigkeit verwandelte.

Walis Sapion, sein eigener Vater, hatte ihn so geschaffen. Er war der böseste Gott, den es je gegeben hatte. Oder der böseste Mensch? Gab es einen Unterschied zwischen Göttern und Menschen? Und was war eigentlich der Ursprung alles Göttlichen?

Der Gedanke verwirbelte in der Dunkelheit. Dann sah er die alte Frau. Sie stand am Rand des Spiegelsees und starrte darauf. Jener See besaß die Macht, Maluna und Talun mit den Seelen anderer zu verknüpfen. Früher hatte Maluna ihre Schöpfung darin beobachtet und Glück über die Schönheit der Natur empfunden. Talun war bei ihr gewesen und hatte sich mit den Seelen der Menschen verbunden.

Doch inzwischen, nach all der langen Zeit, die Maluna bereits lebte, war ihr jegliche Freude an ihrer Schöpfung vergangen. Klein und unwirklich erschienen ihr die Menschen, die auf Ruann lebten. Es waren so viele geworden, dass es nicht mehr möglich war, sie alle zu kennen, und kein Mensch lebte lange genug, um ihr etwas zu bedeuten. Vielmehr waren sie wie Spielzeug in einer endlosen Zeit, das beste Mittel gegen die Langeweile, die sie so sehr quälte. In all der Zeit hatte sie alles gesehen, was Menschen fühlten, was sie einander versprachen und gaben, aber auch das, was sie einander antaten. Anfangs hatte sie schöne Dinge mitgefühlt und sich selbst wie ein Mensch nach Liebe gesehnt. Doch all das war verloren gegangen in der Zeit. Alle Gefühle waren abgestumpft, bis nur noch das Spiel mit den Gefühlen anderer interessant war.

Auch heute würde sie einen Blick auf ihr liebstes Spielzeug werfen. Walis Sapion. Der gottgeborene Junge, der einst von einem Herrscher gezeugt worden war. Ihn zu beobachten war faszinierend. Sie hatte gar nicht viel tun müssen, damit er der Bosheit verfiel. Vielleicht hatte sie die hungrigen Vögel geschickt. Doch danach war seine Entwicklung von ganz allein dem Hass verfallen. Er war der Ausbund an menschlicher Grausamkeit, obwohl er ein Gott war – und alles, was sie selbst dazu beigetragen hatte, war der Tarnschild, mit dem sie ihn vor Taluns Wahrnehmung versteckte. Ihr Gefährte hätte den Jungen geheilt, wenn er auch nur geahnt hätte, dass es ihn gab. Doch Maluna hatte dafür gesorgt, dass Walis Sapion seine böse Art voll und ganz entfalten konnte. Ihm im Spiegelsee zuzusehen bot die interessanteste Unterhaltung der letzten hundert Jahre. Walis hatte Götterkinder gebrochen und selbst göttliche Kinder gezeugt, er war ein Herrscher gewesen und hatte dennoch ein neues Leben unter anderem Namen begonnen. Nun war er der oberste Berater von Rabanus Sapion, und alles lief auf einen nächsten, zerstörerischen Höhepunkt hinaus. Doch vielleicht würde sie ihn dieses Mal ein wenig anstoßen und mit ihrer Magie unterstützen, damit sein nächstes Werk umso wirkungsvoller wurde.

»Maluna!« Die Stimme eines Mannes ließ sie zusammenzucken. Talun. Er stand hinter ihr. Schnell versteckte sie ihre Gedanken hinter der Tarnmauer.

»Ich würde dir gern sagen, dass du mich endlich wieder zu dir lassen musst«, fuhr er fort. »Aber wir haben schon so oft darüber gestritten, und es hat zu nichts geführt.«

Ein kaltes Lachen verhakte sich in Malunas Brust. Er wusste, dass sie ihre Gedanken hinter einer Mauer versteckte – aber seine und ihre Magie waren einander ebenbürtig. Gegen ihren Willen konnte er nicht zu ihr vordringen. Und das Geheimnis um Walis Sapion würde auf ewig ihr gehören. Nach all den Jahrhunderten, in denen sie alles mit Talun geteilt hatte, wollte sie wenigstens diese eine Sache für sich behalten.

»Aber inzwischen habe ich etwas herausgefunden.« Taluns Stimme klang rau und müde, belegt von der Sorge, die ihn umtrieb. »Du magst die Details sehr gut vor mir verbergen, Maluna. Aber ich weiß, dass deine Seele gebrochen ist. Und ich habe herausgefunden, warum es so schwer für dich war, dieses unendlich erscheinende Leben zu ertragen. Die Wahrheit liegt in unserem Ursprung versunken. In Geschichten, die um ein Vielfaches älter sind als wir.«

Mit einer Spur von Interesse horchte Maluna auf.

»Unsere Göttlichkeit ist nicht der Ursprung des Lebens. Vielmehr sind wir eine künstliche Schöpfung.«

Langsam drehte Maluna sich zu ihm um. Talun war alt geworden, genauso wie sie selbst. Sein weißes Haar stand schütter um seinen Kopf. In all den Jahrtausenden war er immer ein junger Mann geblieben – aber die letzten hundert Jahre hatten ihn in einen Greis verwandelt. Genauso wie sie. Als würde ihr endloses Leben in naher Zukunft nun doch ein Ende finden.

»Unsere göttliche Art wurde von Menschen geschaffen. Von Menschen, die den Wunsch verspürten, ewig zu leben und selbst zu Göttern zu werden. Sie haben einen Weg gefunden, um menschliche Kinder mit magischen Fähigkeiten zu züchten: Kreaturen wie uns, unsterbliche Götter. Aber unsere Seelen besitzen noch immer einen menschlichen Kern, und dieser Kern kann nicht nur durch Gewalt zerstört werden. Er ist auch empfänglich für alle Versuchungen, denen die Menschen so leicht zum Opfer fallen: Gier, Macht, Lust. Und er kann die Unendlichkeit nicht ertragen.«

Malunas Lippen verzogen sich zu einem zähnefletschenden Grinsen. »Was willst du mir damit sagen … Talun?«

Trotz seines Alters war seine Haltung noch immer gerade. Er ließ sich nicht von ihr einschüchtern. »Ich will damit sagen, dass es uns nicht geben sollte. Nicht so. Nicht mit dieser umfassenden Macht. All unsere magischen Kinder haben ihre Leben schon in der ersten Wasserära beendet. Freiwillig oder durch die Gewalt anderer. Keines von ihnen trägt noch vollwertige Magie, und keines ist jemals fünfzehntausend Jahre alt geworden – so wie wir es am Ende jeder Wasserära werden. Ja, ihre Magie ist nicht verschwunden. Sie wurde in neuen Kindern wiedergeboren. Aber ihre Macht wurde auf mehrere Seelen aufgeteilt. Allein dadurch sind sie weniger gefährlich, wenn ihre Seelen zerbrechen.«

Maluna trat einen Schritt nach hinten, näher ans Ufer. »Und jetzt willst du, dass wir auch sterben? Gewaltsam? Damit sich unsere Macht aufteilt?«

Talun nickte. »Ja. Die nächste Wasserära endet in wenigen Blütezyklen. Spätestens dann werden wir ohnehin sterben. Aber ich habe beschlossen, es schon jetzt zu beenden. Nur eines müssen wir noch tun, bevor es so weit ist: Ich muss dich heilen. So, wie du jetzt bist, darfst du nicht wiedergeboren werden.«

Spott drängte sich in Malunas Brust – und dieses Mal lachte sie laut. »Niemals!«, rief sie. »Niemals wirst du mich heilen. Und wenn du mich töten willst, musst du mir schon den Kopf abreißen.«

In Taluns Augen blitzte etwas auf, Entschlossenheit, Wissen. Er warf einen Blick zur Seite, und plötzlich kam noch jemand in die Höhle: ein Pamuschkrieger an der Seite seiner Katze.

Talun meinte es ernst. Mithilfe des Kriegers würde er sie in die rote Höhle zwingen – und dann würde sie entweder durch die Heilung sterben oder durch die Katze, die ihr anschließend den Kopf von den Schultern riss.

Doch noch nicht jetzt. Schnell trat sie rückwärts und ließ sich in das schwarze Wasser fallen.

Dort unten wartete Walerius, oberster Berater von Sapion, und wenn Talun sie schon töten wollte, musste sie eines noch vorher erledigen: In dieser Nacht musste sie noch einmal die Blutgöttin sein, die zu Walerius sprach. Sobald die zweite Sonne zum ersten Mal am Himmel aufging, sollte er Sapions Heer in den Krieg treiben.

***

Alia

Die rote Höhle bebte unter dem Schrecken. Das Wasser brandete auf und begann zu zischen. Maluna selbst hatte die letzte Blutära geschaffen. Sie war die erste Göttin gewesen, deren Seele gebrochen war und die damit eine Kette von Zerstörungen begonnen hatte. Und nicht einmal Talun war in der Lage gewesen, es zu verhindern. Er mochte Maluna zwar geheilt haben, ehe sie starb – denn nur so war sie als gesundes kleines Mädchen in der Burg von Zeylem wiedergeboren worden. Aber er hatte ihre Macht nicht zerstört. Obwohl er erkannt hatte, wie gefährlich ihre vollständige Magie war, hatte er sie nicht enthauptet.

War das der Ursprung? Die Urschuld? Ein sanftmütiger Talun, der zu gnädig gewesen war, um eine gebrochene Göttin zu enthaupten?

Oder hatte die Urschuld schon vorher begonnen? Hatte Talun sie auf sich geladen, als er den Fluch sprach, der Maluna am Ende jeder Ära tötete? Auch mit diesem Fluch hatte er die richtige Idee gehabt und dennoch einen Fehler begangen. Aber wie hätte er wissen sollen, dass die Wasserära so sehr viel länger dauerte als die

Blutära? Nur Letztere hatte er schon einmal miterlebt, und nur ihre Länge konnte er ermessen.

An dieser Stelle der Geschichte musste ihre Vergebung ansetzen. Tailins Magie ergriff die Fäden ihrer gemeinsamen Gedanken, führte Alias Gefühle ebenso wie die des Blutsohnes und der Göttin. Und plötzlich stand das Gefühl von Vergebung über allem. Sie mussten Talun verzeihen, dass er das Unglück nicht hatte verhindern können, obwohl er es versucht hatte – und sie mussten Maluna verzeihen, deren Seele eine Lebensspanne von fünfzehntausend Jahren schlicht nicht aushielt.

Und vielleicht mussten sie auch den Menschen verzeihen, die in grauer Urzeit eine solche Art von menschgeborenen Göttern geschaffen hatten, aus dem bloßen Drang heraus, unsterblich zu werden.

Doch am allermeisten mussten sie sich selbst verzeihen, weil ihre Seelen von Talun abstammten und weil sie damit dieselbe Schuld trugen wie er. Auch Maluna musste sich selbst verzeihen, musste sich ihre eigene Schwäche vergeben, durch die ihr Geist in der Ewigkeit gebrochen worden war.

Nur wenn Maluna und Talun die schreckliche Vergangenheit und ihre alte Schuld hinter sich ließen, konnten sie einen neuen Anfang wagen. Von nun an durfte es nur noch um die Zukunft gehen.

Ein leises Brummen erhob sich in der Höhle, der See zischte und schlug in Wellen gegen das Ufer. Alias Blick fiel auf den jungen Akademiker, der noch immer im Eingang stand. Zufrieden nickte er ihnen zu. Dann drehte er sich um und verließ die Höhle.

Im selben Moment ging ein heißer Impuls von der Blutgöttin aus, dicht gefolgt von einem erschöpften Keuchen.

Sie lag im Sterben. Die Energie verließ sie bereits. Dennoch hatte sich etwas an ihrer Ausstrahlung geändert. Ihre Augen waren geöffnet, ihre Hand hob sich und streichelte über die Haare ihres Sohnes.

Sapionas zuckte, als wolle er den Kopf heben. Doch sein Körper lehnte geschwächt in ihren Armen. Erst mit dem dritten Versuch konnte er seine Mutter noch einmal anschauen.

Ein Lächeln malte sich auf das Gesicht der Göttin. »Mein Sohn«, flüsterte sie, und in diesem Moment meinte sie es zum ersten Mal zärtlich. »Ich liebe dich. Bitte verzeih mir.«

Sapionas öffnete den Mund, um ihr zu antworten. Tief und stark sickerte das Verzeihen durch seine Gefühle. Aber er hatte keine Kraft mehr, um zu sprechen.

Er musste es nicht laut sagen. Sein Gefühl allein war entscheidend. Auch ohne Worte erfuhr die Göttin, dass er sie ebenfalls liebte.

Maluna. Sie hatte sich zurückverwandelt. Doch nun würde sie an dem Fluch sterben. Mit einer Hand deutete sie auf Alia, winkte sie heran und drehte sich in ihre Richtung. Ihr Mund öffnete sich, als wollte sie etwas sagen – aber nur ein Stöhnen kam heraus. Dann glitt ein Ruck durch ihren Körper, ihre Augen fielen zu, und der Blutsohn sackte noch tiefer an ihrer Schulter in sich zusammen.

Alia schwamm vorwärts, um Lunis zu erreichen, um ihn aus den Armen seiner toten Mutter zu ziehen.

Als sie ihn berührte, regte sich etwas auf ihrer Brust. Es war der grüne Stein. Er leuchtete.

***

Feyla

Es war ein Wunder, dass er noch lebte. Ein Wunder, dass seine Haut wieder heil war. Ein Wunder, mit ihm an diesem Ort zu sein. Sie hatte gesehen, wie die Priester ihn herbrachten, war dabei gewesen, als er wach wurde. Und dennoch konnte sie es kaum begreifen. Jede Handbreit von seinem Körper musste sie fühlen, um sicherzugehen, dass er nicht mehr verletzt war. Unablässig musste sie ihn küssen, um zu spüren, wie das Leben in ihn zurückkehrte. Doch selbst als sie sich vereinten, war es noch immer wie ein Traum. Das Wasser im Quellbecken plätscherte, leiser Wind rauschte durch das Blätterdach, und die bunten Säulen fingen an zu flackern.

Spürbar kehrte Dorgens Kraft zurück, während sie einander liebten. Doch zugleich kam etwas anderes in ihm hervor, etwas Warmes, das sich machtvoll in ihr Herz stahl. Magie. Sie leuchtete aus ihm heraus wie die Strahlen einer Sonne. Aber es war nicht nur er allein. Der ganze Ort schien sich mit seinen Kräften zusammenzuschließen. Etwas auf dieser Lichtung schien zu summen, während Dorgens Bewegungen immer kräftiger wurden.

Irgendwann löste er sich von ihr. Sein Blick war dunkel und still, anziehend und voller Liebe. Er führte sie mit sich, als folgte er einem geheimen Zauber, führte sie zum Quellbecken und tauchte mit ihr in das warme Wasser. In der Mitte des Beckens lehnte er sich an die weiße Säule, zog Feyla auf seinen Schoß und küsste sie weiter.

Als sie dieses Mal eins wurden, leuchteten die Säulen auf. Auch der blaue Stein auf Feylas Brust begann zu flackern. Dorgen küsste ihren Hals, wanderte abwärts, bis seine Lippen die Tränen berührten, die der Stein auf ihre Brust weinte. Mit jedem Kuss wurden es mehr, und schließlich vibrierte der Boden unter dem Quellbecken. Oder waren es die Säulen, die sich in stummer Verzweiflung schüttelten?

Plötzlich weinten sie alle, alle Steine, die oben auf den Säulen saßen. Immer mehr Tränen flossen an den leuchtenden Kristallen hinab, vereinten sich in dem Becken und stürzten durch einen kleinen Bach davon.

***

Tailin
Malunas Körper war schlaff geworden in seinen Armen. Jegliches Leben war aus ihr gewichen. Er spürte es und wusste dennoch nicht, ob es schon vorbei war. Was genau besagte der Fluch von damals? Talun sollte Maluna durch einen Selbstmord nachfolgen. Im Krater des Vulkans hatte er sich am Ende jeder Ära selbst getötet. Aber war Selbstmord nicht immer etwas Freiwilliges? Etwas, das seinen Willen und eine bewusste Entscheidung erforderte? Angeblich war es immer die Qual gewesen, die Talun in den Suizid trieb. Aber was, wenn Alia, Lunis und er gar keine Qual über Sapias Tod empfanden?

Hieß das, dass sie überleben konnten? Oder würden sie eine andere Art von Tod sterben?

Mit einem Schlag wurde das Wasser heißer. Der rote See begann zu dampfen und zu zischen.

Hastig ließ Tailin die Göttin los. Er musste ans Ufer, weg von hier. Doch das Wasser wurde zäh und klebrig, die Hitze brannte auf seiner Haut. Oder war es gar kein Wasser mehr? Verwandelte sich die Höhle in einen Vulkankrater? Wurde das rote Wasser zu glühender Lava?

Leymon. Er fasste nach Tailins Hand. Gemeinsam versuchten sie zu schwimmen. Aber das Wasser hielt sie fest. Auch Alia paddelte dagegen an. Panisch versuchte sie, Lunis an Land zu bringen. Doch er war in ihren Armen bewusstlos geworden.

Sie alle würden bewusstlos werden, schon bald – und wenn es so weit war, war es gleichgültig, wie heiß das Wasser wurde. Je schneller es sich erhitzte, desto schneller würde es vorbei sein.

Sie würden sterben. Noch heute, hier im roten See. Weil Taluns Fluch es so verlangte.

Ein lautes Fauchen drängte sich durch das Zischen des Sees. Chaveen! Tobend und spuckend sprang sie am Ufer hin und her. Ihre Pfote krallte ins Wasser, wollte sie erreichen und war doch zu weit entfernt.

Noch einmal versuchte Tailin zu schwimmen. Er musste zu ihr. Musste bei ihr sein. Doch die Schmerzen betäubten seine Gedanken, ließen ihn davondriften.

Zu wem musste er? Zu Chaveen? Oder zu Maluna? Nur der Tod würde ihn zu der Göttin führen.

Leymons Arm packte ihn unter den Achseln. Sein Freund zog ihn voran. Ganz langsam. Dennoch kamen sie der angelnden Tatze immer näher.

Dann schlugen die Krallen in Tailins Nacken, bohrten sich in seine Haut und zogen ihn vorwärts. Gellendes Kreischen drang an sein Ohr. Er selbst, die anderen. Schmerzen. Überall. Am Ufer packte die Katze ihn mit den Zähnen. Doch dieses Mal griff sie nur sein Hemd.

Dann zog sie ihn aus dem Wasser. Stöhnend und weinend schlug er ans Ufer. Seine Sinne schwanden. Irgendwo hinter ihm kämpfte Chaveen weiter. Er musste wach bleiben, musste hören, was geschah. Leymon. Auch ihn zog die Pamusch aus dem Wasser. Dann Alia.

Und Lunis? Lebte er noch? Würde die Katze ihn ebenfalls retten?

Den Körper der toten Blutgöttin würde niemand aus dem See holen. Er würde im Blutsee verkochen und Teil von ihm werden.

Die Schmerzen rasten auf seiner Haut, ließen seine Gedanken strudeln und taumeln. Schwärze. Dort unten lauerte die Schwärze. Warum starb er nicht einfach, wenn der Fluch es schon verlangte?

Wieder wurde er gepackt. An seinem Hemdkragen zerrte Chaveen ihn vorwärts. Zum Eingang der roten Höhle.

Dann wurde er gestoßen. Hinab in die Tiefe. Dorthin, wo die Brücke sein musste. Er fiel und schloss die Augen. Das hier war das Ende. Doch der Aufprall ließ ihn untergehen. Wasser. Sie hatte ihn ins Wasser gestoßen.

In welches Wasser? Unter der roten Höhle war nur die Brücke.

Kühl. Das Wasser war so kühl, als könne es den glühenden

Schmerz von ihm abwaschen. Seine Arme schwammen und kämpften, brachten ihn nach oben. Er wollte überleben. Ganz gleich, was der Fluch von ihm verlangte.

Auch Leymon fiel hinter ihm in den See. Dann Alia. Lunis als Letzter. Aber es war nicht mehr der zahme blaue See am Grund der Höhle. Das Wasser strudelte und stieg höher. Ein rauschender Wasserfall stürzte von gegenüber in die Höhle.

Tailins Schmerzen rasten noch immer, ließen ihn kaum denken. Dennoch ahnte er, woher das Wasser stammte: Es war das Quellbecken mit den Steinen. Sie alle weinten, als ginge es um das Ende der Welt.

37. Kapitel

Malun

Nelja

So schnell sie konnte, rannte sie durch die Gänge aus Felsspalten, immer wieder bog sie in neue Gänge ab, um endlich die Lichtung wiederzufinden, auf der sie zuletzt mit dem Drachen gelandet waren. Nachdem sie Dorgen in den Hügeln der Heilung abgesetzt hatten, waren sie mit Karer, Livoi und Nuszam zur Novizensiedlung geflogen – und schließlich war nur noch Feyla auf Minhs Rücken sitzen geblieben. Irgendwo in der Nähe des Quellbeckens war der Drache das letzte Mal gelandet. Von dort aus waren Nelja und Feyla zu Fuß durch die Gänge gelaufen. Die Magie hatte sie zu Taluns Quelle und den leuchtenden Säulen geführt. Die Magie hatte Nelja auch eingeflüstert, Feyla den blauen Stein zu geben.

Doch der Rückweg schien sich verbergen zu wollen.

»Minh.« Sie durfte nicht zulassen, dass er einfach davonflog. Wenigstens einmal musste sie noch mit ihm sprechen. »Minh! Wo steckst du?«

»Du hast es aber eilig.«

Nelja wirbelte herum. Sie kannte die Stimme, ebenso wie den amüsierten Tonfall. »Minh!«

Dort stand er, angelehnt in einer Nische, endlich wieder in seiner menschlichen Gestalt. Nur die Drachenschuppen auf seinen Schultern ließen ahnen, was er tatsächlich war.

»Du bist hier!«, rief sie überrascht. »Ich laufe seit Ewigkeiten zwischen den Felsen hindurch, um dich und die Lichtung zu finden. Aber ich weiß nicht mehr, wo ich bin.«

Ein feines Lächeln zeichnete sich auf seinem Gesicht. »Dann habe ich dich wohl hierhergeführt.«

Überrascht stieß sie die Luft aus. Hatte er das? Natürlich. Eigentlich wusste sie es schon die ganze Zeit. »Du bist auch magisch.«

Er deutete ein Nicken an – und zuckte gleichzeitig mit den Schultern. »Für mein Volk ist es nichts Besonderes. Wir werden so geboren. Wir müssen es nicht einmal ausbilden, so wie ihr. Aber wir haben auch nicht diesen Drang, die ganze Welt zu beherrschen.«

Hieß das, alle in seinem Volk waren Drachen? Und alle besaßen magische Fähigkeiten? Nelja hatte so viele Fragen. Es war unmöglich, sie alle auf einmal zu stellen. Stattdessen trat sie auf ihn zu und fiel ihm erleichtert um den Hals. »Dann ist das also dein Geheimnis? Hast du deshalb gesagt, dass ihr wie Vögel seid?«

Er lachte leise. Doch schließlich schob er sie von sich und hielt sie an den Schultern. »Psst«, machte er und zwinkerte ihr zu.

Es sollte also niemand wissen.

»Die Drachen sind zu mächtig, um auf Dauer mit den Menschen zu leben«, flüsterte er. »Wir sind keine kriegerischen Kreaturen. Aber deinesgleichen fürchtet unsere Macht. Deshalb würden wir immer wieder in Kriege mit den Menschen geraten.« In seinen Augen schimmerte etwas. Als wüsste er aus Erfahrung, wovon er sprach.

Hieß das, die Drachen hatten eine gemeinsame Geschichte mit den Menschen? Nelja öffnete den Mund, um nachzufragen. Vielleicht würde es auch ausreichen, ihn noch einmal zu berühren. Aber Minh schaute sich um, als hörte er etwas. Dann fasste er sie an der Hand und zog sie weiter durch die Felsgänge. Er lief immer schneller, fing an zu rennen und erreichte bald die Lichtung, auf der sie vorhin gelandet waren. Ein seltsames Leuchten ging durch seinen Körper. Er schubste Nelja von sich. Dann begann seine Verwandlung. Blitzschnell dehnten sich seine Gliedmaßen, sein Körper wuchs in alle Richtungen.

Nelja musste weiter zurückweichen, um nicht unter ihn zu geraten. Doch der Moment, in dem sie sich abwandte, reichte schon aus: Als riesiger, grünlich schwarzer Drache stand Minh auf der Lichtung. Nur sein Maul schien noch immer zu lächeln. Oder zwinkerte er mit seinen Drachenaugen?

Am Waldrand bewegte sich etwas. Sayra und Monji tauchten zwischen den Bäumen auf, dicht gefolgt von Nuszam, einer rothaarigen Frau und zwei Pameli, die Nelja noch nie gesehen hatte.

Doch die Namen der Fremden offenbarten sich schnell. Die Kinder blieben vor Nelja stehen. Sayra berührte ihre Hand, und die Namen huschten durch ihre Gedanken: Die rothaarige Frau war Lenja – und die beiden Pameli hießen Lesku und Salmi.

»Die größte Magie muss noch vollbracht werden«, erklärte Monji. Er sprach anstelle von Sayra. Aber Nelja brauchte die Worte nicht. Die Magie des Mädchens griff auf sie über, zog sie in einen mächtigen Kreis, in dem sämtliche Gottgeborenen von Malun eingebunden waren. Doch der eigentliche Schlüssel war Sayra selbst. Die Kleine war weitaus mehr als die Fusion verschiedener Götter. Sie war eine eigene, neu geschaffene Gottheit, die *Göttin der heilenden Gegenwart*, und nun stand sie kurz davor, ihre größte Bestimmung in die Tat umzusetzen.

Sie mussten noch einmal mit dem Drachen fliegen, alle Menschen und Priester, die hier auf der Lichtung zusammengekommen waren.

Der Drache duckte sich flach auf den Boden, um sie auf seinen Rücken zu lassen. Dennoch musste Nelja den Kindern helfen, die sich nach vorn setzten und sich an den mächtigen Schuppen festhielten. Nelja selbst nahm in der Mitte Platz, während die Erwachsenen hinter ihr aufstiegen.

Minh brauchte nur wenige Schritte Anlauf, dann hob er vom

Boden ab, segelte eine Kurve über dem Wald und flog Richtung Süden.

Nelja schloss die Augen. Die Wucht des Gegenwindes riss den Atem von ihren Lippen, während der Drache höher und höher in den Himmel stieg. Immer tiefer senkte sich die Trance über ihren Verstand, bis sie sämtliche Magiekreise fühlte, die durch sie hindurch und um Sayra herum kreisten. Wenn sie gewollt hätte, hätte sie die vollständige Magie verstanden. Doch der Kontakt zu dem Drachen drängte sich in den Vordergrund. In seiner Präsenz schien die Vergangenheit gespeichert zu sein wie in den Mauern eines Hauses, und plötzlich lagen sämtliche Antworten vor ihr.

Ja, sein Volk hatte eine gemeinsame Geschichte mit ihrem. Es war schon da gewesen, als die menschlichen Götter nach Malun kamen. Gemeinsam mit den Pameli besiedelten die Drachen Ruann bereits seit Urzeiten. Als die Gottgeborenen erschienen, hatten sie versucht, in Koexistenz mit ihnen zu leben. Aber die menschlichen Kinder der Götter fürchteten sich vor den Drachen – und in ihrer Furcht griffen sie an und versuchten, sie zu töten.

Obwohl es für die Drachen ein Leichtes gewesen wäre, die Menschen zu vernichten, wählten sie den Frieden. Sie mieden die Neuankömmlinge und zogen sich hinter das östliche Gebirge zurück. Ein Drachenleben währte um so vieles länger als das von Menschen – und ihr Wasserbedarf war weitaus geringer. Nur in menschlicher Gestalt mussten sie regelmäßig trinken. Als Drachen vermochten sie hingegen jahrelang ohne Wasser auszukommen. Im Notfall konnten sie eine ganze Blutära auf diese Weise überdauern.

Kreaturen hingegen, die regelmäßig trinken mussten, würden auf Ruann nicht von Dauer sein, so glaubten die Drachen damals, denn nur in der Wasserära war reichlich Wasser vorhanden. Spätestens die erste Blutära würde alle menschlichen Wesen vernichten.

Doch die Menschen waren listig und anpassungsfähig, und wie durch ein Wunder überlebten sie zahlreiche Blut- und Wasserären. Mit jeder Blutära gab es Kriege, in denen sie einander fast ausrotteten, aber einige Individuen blieben jedes Mal übrig.

Also verharrten die Drachen hinter den östlichen Bergen. Nur zum Ende jeder Ära schickten sie Kundschafter in den Westen, um zu schauen, wie sich die Menschen entwickelt hatten und ob sie dieses Mal erneut überleben würden.

Auch Minh hatte sich nicht nur aus persönlichen Gründen auf den Weg durch das Gebirge gemacht. Er war als Kundschafter geschickt worden. Den letzten Teil des Weges war er zu Fuß gegangen, um nicht als Drache gesehen zu werden. Doch er hatte die Länge des Fußmarsches unterschätzt, während ihn seine Kräfte in der menschlichen Gestalt ungewohnt schnell verließen. Noch ehe ihm bewusst geworden war, wie dringend er Wasser brauchte, hatte er nicht mehr genug Energie besessen, um sich in einen Drachen zurückzuverwandeln. Nur wenige Tage später war er zusammengebrochen.

Einzig deshalb hatten die Menschen von Cum Loi ihn hilflos in den Bergen gefunden. Und dann war er dort geblieben, bei den Einwohnern der weißen Stadt, um abzuwarten, wie es mit der Blutära zu Ende ging.

Dass sich die Gegenwart der Menschen bald wie eine zweite Familie anfühlte und dass es ein Göttermädchen geben würde, das er beschützen und retten musste, hatte er so nicht vorhergesehen. Ebenso wenig wie sein Mitgefühl für die Qualen der Menschen.

Er war kein Krieger. Doch ihre beiden Arten waren einander ähnlicher, als er geglaubt hatte, und nun wollte er lieber an der Seite der guten Gottgeborenen und Menschen kämpfen, anstatt ihre Welt den gebrochenen Göttern zu überlassen.

Vor ihnen am Horizont erschienen die Grenzberge. Während sie darauf zuflogen, verstummte die Vergangenheit des Drachen. Stattdessen kehrten die Magiekreise in Neljas Wahrnehmung zurück. Auch an der Front befanden sich Priester. Bis jetzt war das Gebirge nur von weitem zu sehen, dennoch bauten sich die Magieströme vor Neljas innerem Auge auf und formten das Bild eines fliegenden Drachen. Sayra bildete den Mittelpunkt der Magie, in der alle Kreise zusammenflossen. Alles, was nun geschehen würde, wurde von ihr koordiniert.

Doch jene Magiekreise, die für den Sieg an der Front am wichtigsten waren, zirkulierten in den Flügeln des Drachen. Dort hatte Sayra ihre Elemente Luft und Erde nach außen geöffnet, um die Priester Valjans und die Priester Zabinos daran anzuschließen.

Kurz vor den Bergen tauchte Minh tiefer. Hinter den ersten Erhebungen blitzte der Turm auf, in dem sich die Priester vor den Monstern verschanzt hatten. Doch die Valjaner und die Priester Zabinos mussten weiter nach vorn gelangen. Nur in unmittelbarer Nähe der Front hatten sie gute Chancen, den Kampf zu wenden.

Der Drache bremste seinen Flug und kreiste um die Spitze des Turmes. Von hier aus waren die Priester zu sehen, die auf sie warteten. Minh landete nur kurz auf den Zinnen, gerade lange genug, damit die weiß- und gelbgekleideten Gottgeborenen auf seinen Rücken klettern konnten. Nah mussten sie zusammenrücken, um gemeinsam auf dem Drachen Platz zu finden. Nur Lenja sprang ab und eilte in den Turm hinab. Dort unten in den Zimmern lagen die Verletzten des Kampfes. Die Heilerin wurde gebraucht, um sie zu behandeln. Auch sie war durch einen mächtigen Magiestrom mit den anderen Heilern verknüpft, um selbst die schwersten Verletzungen lindern zu können.

Ohne weitere Zeit zu verlieren, stieß sich der Drache von den Zinnen ab und zog erneut in die Höhe. Ein mächtiger Berg mit mehreren kleineren Gipfeln erhob sich vor ihnen. Der Drache flog darauf zu, landete auf der ersten Bergspitze und ließ einen Priester Valjans und einen Priester Zabinos hinab. Gleich darauf flog er die zweite Spitze an und schließlich die dritte, vierte und fünfte. Auf jeder ließ er die Priester in Zweierpaaren absteigen.

Als sie weiterflogen, musste Nelja sich nicht umsehen, um zu wissen, dass sie mächtig und erhaben auf ihren Posten standen. Die Feuermagie der Priester lud sich auf und lief sich warm zwischen den Bergen. Von dort oben konnten sie auf die Schlacht hinabblicken. Auch Nelja entdeckte die Monster, während sie weiterflogen. In den Tälern tobten noch immer vereinzelte Kämpfe zwischen den Katzen und Siberis Kreaturen. Doch auch die Kräfte der letzten, standhaften Pamuschkrieger ließen nach. Viele waren längst gefallen oder schwer verletzt. Auf sich allein gestellt würden es die übrigen nicht schaffen.

Der Drache fegte darüber hinweg und flog wieder höher, um den letzten Bergkamm zu überwinden. Doch in der Mitte des Kammes landete er ein weiteres Mal. Lesku und Salmi saßen ab und postierten sich nebeneinander. Vor ihnen lag das ehemalige Schlachtfeld, jener Berghang, an dem der Kampf gegen die Monster begonnen hatte. Doch erst als der Drache wieder abhob, vollendete sich der Magiestrom mit den beiden Priestern Gamons. Sie beide standen an vorderster Front und bildeten den Kopf des imaginären Drachen. Dort vorn hatte Sayra ein einziges Element ihres Magiekreises offen gelassen: die Zeit. Jene Art von Zeit, die in die Zukunft wies.

Die Magie, die das Hybridmädchen geschaffen hatte, war kein Kreis, sie war ein mächtiger Magiepfeil. Selbst räumlich hatte sie die Priester Maluns so aufgestellt, als wollte sie das Bild eines Drachen nachzeichnen. Da waren Tailin und Leymon im Hinterland von Malun, die jegliche Magie stützten und aufrechterhielten, die Priester Valjans und Zabinos standen so auf den Bergen verteilt, als würden sie die Flügel bilden, mit denen sich der Drache in die Luft schwang. Die Pamuschkrieger wiederum waren der Schwanz des Drachen. Eigentlich lebten sie weit hinten in Pamal, aber nun schlugen sie nach vorne, um die Gegner abzuwehren. Zu guter Letzt verkörperten die Priester Gamons den Kopf des Tieres, der in die Zukunft wies.

Einzig Nelja und Sayra waren auf dem Rücken des Drachen

noch in Bewegung. Sie waren der Pfeil, in dem sich Vergangenheit und Zukunft vereinten und die Gegenwart erschufen.

Auch Monji war bei ihnen, um Sayras Magie zu stützen – und hinter ihnen saß noch jemand, der einzige Mensch, der mit auf ihre Reise gekommen war: Nuszam. Er war nicht als Krieger hier, sondern als Bote, um die entscheidende Wendung einzuleiten. Denn dort unten, am Fuß der Berge, wartete das Hybridmädchen, das er liebte. Ihre Seele galt es festzuhalten und die Botschaft von Liebe und Zusammenhalt zu erneuern – damit ihre gewaltige Macht nicht im letzten Moment die Seite wechselte.

***

Siberi

Seitdem Walerius tot war, fühlte er sich wie erschlagen. Eine gefühlte Ewigkeit hatte er neben seinem Vater gestanden und zugeschaut, wie er starb. Walerius' Augen hatten sich unter den Schmerzen verdreht, sein Stöhnen hatte laut und gepresst geklungen, wie das eines sterbenden Pferdes. Voller Hass hatte Siberi die offene Bauchwunde betrachtet, nur um sicherzugehen, dass die Magie sie nicht wieder zusammenwachsen ließ. Doch die meiste Zeit hatte er auf seinen Vater eingeredet, hatte ihm all jene Qualen geschildert, an die er sich wieder erinnerte. Mit seinen Worten hatte Siberi sämtliche Todesarten heraufbeschworen, an denen er als Kind beinahe gestorben war. Bis das Stöhnen des obersten Beraters so klang, als würde er sämtliche Todesarten gleichzeitig sterben. Immer wieder bewegte Walerius die Lippen, als wollte er antworten oder sich rechtfertigen oder Siberi anflehen, endlich aufzuhören. Doch seine Schmerzen waren zu stark, als dass er hätte reden können – und Siberi ließ die Worte gnadenlos weiterfließen.

All das geschah Walerius recht. Und gleichzeitig war es immer noch nicht genug. Siberi verstummte erst, als der Körper seines Vaters ein letztes Mal zitterte und dann erschlaffte.

Doch in all der Zeit, während Walerius diese schreckliche Qual durchmachte, hatte Siberi auf eines vergeblich gewartet: auf das Gefühl von Erlösung und die Erfüllung seiner Rache. Nichts an Walerius' Tod hatte ihn erfüllt, und noch weniger war er erlöst worden. Vielmehr hatte der Anblick des Todes sein Inneres in Trümmer gelegt.

Auch jetzt war alles in ihm zerschlagen. Nur seine Hülle hielt ihn noch zusammen. Seit der letzte Atemzug seines Vaters vergangen war, stand er am Rand des Aussichtsfelsens und schaute zu den Grenzbergen hinüber, in denen seine Monster verschwunden waren. Dort hinten kämpften sie noch immer. Er musste nur die Augen schließen, um zu fühlen, wie sie töteten, wie sie Pamuschkriegern und Katzen die Köpfe abrissen und sie der Reihe nach erlegten. Doch nicht einmal das befriedigte ihn. Seine Hände bewegten sich nur noch widerwillig, um die Monster zu lenken. In welcher Reihenfolge oder Formation sie töteten, war längst gleichgültig geworden. Sie sollten einfach nur weiterkämpfen, bis kein Mensch auf dieser Welt geblieben war.

Er selbst hingegen besaß keine Zukunft. Walerius zu töten war sein größtes und gewaltigstes Ziel gewesen. Seit er es erreicht hatte, konnte er ebenso gut sterben.

Wenn es denn so einfach gewesen wäre. Siberi trat an den Rand des äußersten Felsens und schaute hinab. Doch selbst den Sturz in die Tiefe würde er überleben. Ein Gottgeborener mit seiner Macht musste enthauptet werden, um tot zu sein.

Noch einmal schaute er sich um, ob die Frau zurückgekommen war. Jene ältere Frau, mit der Walerius sich duelliert hatte und die so aussah, als wäre sie ebenfalls seine Tochter. Für eine ganze Weile war sie geblieben. Fast einträchtig hatten sie einander gegenübergestanden und auf ihren sterbenden Vater gestarrt. Als wäre der Tod des gemeinsamen Feindes schon ausreichend, um zu Verbündeten zu werden.

Wenn seine unbekannte Halbschwester jetzt noch hier gewesen wäre, hätte Siberi sie gebeten, ihn zu enthaupten. Doch sie war fortgeritten. Irgendwann. Vielleicht, weil sie den Ausführungen seiner Qual nicht in voller Länge lauschen wollte.

Oder weil er doch noch ihr Feind war.

Flüchtig glitt Siberis Blick über Rabanus' Leiche und den Kopf, der abgerissen neben seinem Rumpf lag. Wer hätte gedacht, dass er den Herrscher so schnell um seinen raschen Tod beneiden würde. Wenigstens mit ein bisschen Triumph hatte Siberi gerechnet.

Valram war das einzige lebendige Wesen, das noch immer hinter ihm auf dem Aussichtsfelsen stand. Gehorsam rührte er sich nicht von der Stelle, sondern wartete auf weitere Befehle.

Siberi hätte ihn dazu bringen können, ihn zu köpfen. Falls ein Monster, das er an sich selbst gebunden hatte, so etwas überhaupt tun konnte.

Plötzlich zerriss der letzte Halt in seiner Brust und ließ ihn in die Knie gehen. In seinem Inneren war ein Loch, ein tiefer Krater, wo einstmals jemand aus ihm herausgerissen worden war.

Kurz glaubte er, dass es Dorgen war. Der Heerführer fehlte ihm, er wollte ihn zurückhaben. Immer noch.

Dann sah er ein Mädchen vor sich, eine junge Frau mit schwarzen Locken. Feyla. Seine Zwillingsschwester. Von ihrem Fehlen stammte der Urschmerz. Sie war ihm schon entrissen worden, bevor die Folter begonnen hatte.

Nur mit ihr wäre er wieder vollständig. Wie ein Ertrinkender, der seinen Arm aus dem Wasser streckte, tastete er nach ihrer Verbindung.

***

Nelja

Mächtig und voller Kraft schlugen die Schwingen des Drachen in die Luft und hoben sie über den letzten Kamm. Mit einem gellenden Schrei legte er die Flügel an und schoss knapp über dem

Boden den Berghang hinab, und plötzlich war es, als bekäme die Magie der Gottgeborenen einen weiteren Schub. Die Magie des Drachen heizte sie an. In ihm schlummerten alle Elemente wie in einem großen Ganzen. Er musste nicht gegen die Macht anderer Götter kämpfen, musste niemandem beweisen, dass seine Macht größer war – denn seine Magie war vollkommen und über alles erhaben.

Flach über dem Boden fegte er auf das Heerlager der Sapioner zu. An dessen Rand stand ein zerstörter Metallwagen, und direkt daneben kniete ein Mädchen mit blonden Haaren. Erschöpft starrte sie auf ihre zitternden Hände. Mit ihren letzten Taten und Worten hatte sie Großes vollbracht. Durch ihre Hand war die Göttin der ewigen Jugend gestorben – jene Göttin, an der sich Rabanus und auch Walerius ein ums andere Mal verjüngt hatten.

Seither hatte das Mädchen mächtige Verbündete. Um sie herum duckte sich ein Kreis aus Monstern und wartete auf ihren Befehl.

Doch die junge Göttin konnte nicht mehr. Ihre Kraft war erschöpft und mit ihr noch etwas anderes.

Der Drache hielt auf das Mädchen zu, flatterte kurz vor ihr auf und landete direkt neben dem Kreis der Monster.

Nuszam sprang von seinem Rücken. Ohne die Kreaturen zu beachten, durchbrach er ihren Kreis und fiel neben dem Mädchen auf die Knie. »Thia!«

Träge und langsam hob sie den Kopf. In ihren Augen zeichnete sich Verwirrung ab, Leere, eine Art von Zustand, in dem sie nicht mehr zu wissen schien, wer sie war. Alles in ihr hatte sich verloren. Ihre Kraft, ihre Erinnerung, ihre Gefühle. Den letzten Funken davon hatte sie gegeben, um die Monster zu zähmen. Nun hing sie fest in der Leere, und ihre Seele musste neu entscheiden, wer sie sein wollte.

Oder war es die bittere, enttäuschende Erinnerung, die sie in der Leere festhielt? Thia war verraten worden. Tief in ihrer Vergangenheit war sie benutzt und verraten worden.

***

Leymon

Wie ein Pfeil schoss er dahin, jagte über die Welt und schaute mit den Augen eines Drachen. Da war die Front, jene Berge, in denen seine Garde kämpfte, da waren die Monster, die von Siberi gelenkt wurden und sich kaum besiegen ließen. Auf den Bergen standen die Valjaner und die Priester Zabinos, deren Macht bereit war, sich in den Kampf einzumischen. Doch sein Blick richtete sich nach vorn, auf das Mädchen, das am Rand des gegnerischen Heerlagers in einem Kreis aus Monstern kniete: Thia. Seine Ziehtochter. Jenes Kind, das er benutzt und verraten hatte und dessen Seele dennoch um so vieles stärker gewesen war als das Leid, in das er sie geworfen hatte.

»Thia!«, wollte er rufen. *»Thia, verzeih mir.«* Doch seine Stimme war gefangen in dem blauen Wasser des Sees. Nur seine Augen waren bei dem Mädchen neben dem zerstörten Metallwagen, nur seine Gefühle und sein Glück, sie noch einmal zu sehen. Oder war es Verzweiflung? Warum konnte er nicht mit ihr reden? Sie musste erfahren, dass er sie liebte, dass er sie nie verraten wollte, dass es nur die Magie der Zukunft gewesen war, die ihn gezwungen hatte, so zu handeln. Er wollte sie noch einmal in den Arm nehmen und über ihre Haare streichen, wollte ihr Chaveen zeigen, damit sie hörte, wie die Katze für sie schnurrte. Er wollte wieder ihr Vater sein, der Vater einer erwachsenen Tochter, und er wollte stolz auf sie sein, weil sie der entscheidende Funke war, der den Krieg noch wenden konnte.

Doch Thia konnte ihn nicht hören. Stattdessen hockte sie da, erschöpft von übermächtiger Magie und enttäuscht von ihm und dem, was er ihr angetan hatte.

»Thia!« Wieder rief er ihren Namen, doch dieses Mal war er nicht allein. Tailin war bei ihm, in ihm, seine Verbindung zu den Seelen der Menschen, die es möglich machte, über jede Entfernung zu ihnen zu sprechen. *»Bitte vergib mir.«*

Und dieses Mal hörte sie ihn. Ihr Blick kehrte zurück aus der Leere, richtete sich auf den Mann, den sie liebte. Nuszam. Er kniete vor ihr. Seine Hände hielten ihre Schultern und strichen über ihre Haare.

»Ich liebe dich«, flüsterte Leymon, und dieses Mal kamen die Worte über Nuszams Lippen.

Doch Thia hörte sie beide. Ihr Blick glitt tief hinein in die Seele ihres Geliebten und erkannte den anderen, der sich darin verbarg, ihren Ziehvater, den sie so sehr liebte, dass sie freiwillig nach Sapion gegangen war, um dort seine Spionin zu werden. Sie musste ihm nicht verzeihen. Denn das, was er für seinen Verrat an ihr hielt, war in ihren Augen die stärkste Liebe einer Liebesgöttin gewesen.

Mit einem Lachen erwachte sie aus der Starre. Tränen füllten ihre Augen und zeichneten Streifen auf ihre staubigen Wangen. »Ich liebe dich auch«, flüsterte sie, und ihre Worte meinten beide Männer, ihren Geliebten und ihren Vater.

»Wir müssen nur siegen, dann werden wir wieder zusammen sein.«

Wer diesen Satz sprach, ging unter in einer Explosion aus Magie. Wie ein Pfeil aus Feuer und kochendem Wasser schoss Leymons Macht in die Zukunft, fegte durch die Kreise, die Sayra geschaffen hatte, lud Feuer und Luft in die Stimmen der Priester Valjans und rief die verbliebenen Pamuschkrieger in Vierergruppen zusammen. Im Rudel sollten sie die Monster jagen und überwältigen.

Das Wasser des blauen Sees zischte und brodelte, füllte weitere Magie nach und schlug eine Verbindung zu Dorgen, dem Gott des Friedens, dessen Wärme das Wasser des Quellbeckens erhitzte. Gold gleißend schimmerte das Netz auf, das ihn mit allen Gottgeborenen und den gesunden Seelen der Menschen verband. Dorgens Magie war der pure Frieden, und sein Netz war die Gemeinschaft aller friedliebenden Menschen. Für diesen einen Moment hielt Leymon das Netz wie leuchtende Zügel in seinen Händen, ließ sie mit dem Strom der Magie nach vorn schnellen, bis sie die Priester Valjans und Zabinos erreichten, die sich auf den Grenzbergen verteilt hatten. In ihre Hände ließ er die Zügel fallen.

Als sich die Stimmen der Valjaner erhoben, schwang eine Macht darin, unter der die letzten Kämpfe verstummten. Selbst Siberis Monster hielten inne, um der Stimmgewalt zu lauschen, die so viel größer war als die ihres Herrn. Irritation ging durch das Kollektiv, das sie aneinanderband. Wer war ihr Führer? Wem sollten sie gehorchen? Wer besaß die meiste Grausamkeit, um ihre Lust auf Rache zu befriedigen?

Oder ging es gar nicht um die Grausamkeit? Gab es etwas Besseres als das?

Noch gehörten sie Siberi. Er war ihr Meister.

Doch unterhalb der Berge erhob sich die Stimme einer blonden Göttin, die auf den Schultern eines Monsters saß und von Liebe und Vergebung sang.

***

Siberi

Das Summen der Stimmen schreckte ihn auf. Mächtig und tief drang das Geräusch in seinen Körper, reagierte mit seiner Magie und betäubte den Schmerz. Endlich kehrte die Kraft zurück. Vorsichtig stand er auf und schaute hinüber zu den Bergspitzen, auf denen winzige Gestalten standen. Von dort aus drang das Murmeln durch die Täler, bäumte sich vor den Steigungen auf und wurde auf dem Gipfel des nächsten Berges von einer weiteren Stimme verstärkt. Überall schienen sich die Gottgeborenen verteilt zu haben, weißgekleidete Priester, welche dieselbe Macht besaßen wie er – und Gelbgekleidete, die ihn schmerzlich an Dorgen erinnerten. Feuer und Erde. Von solchen wie ihnen stammte der Weltenbrand. Oder war es das Gegenteil?

Die Worte, die sie murmelten, ließen sich nicht verstehen. Nur Gefühle strömten aus dem Wispern und taten ihre Wirkung. Die Götter auf den Bergen verbreiteten Ruhe und Geborgenheit, Gemeinschaft und Frieden, all das, was ihm nie vergönnt gewesen war.

Ein dunkles Zucken flammte in seinem Inneren auf. Neid und Eifersucht, jene zerstörerische Macht, mit der er auf das Glück anderer blickte. Seine Schwester. Feyla … Warum war sie im Palast seines Vaters aufgewachsen, während er im Folterkeller gequält wurde? Warum hatte sie die Nähe ihrer Mutter bekommen, während er nur die Gier seines Vaters erfüllen musste? Warum galt Dorgens wahre Liebe ihr, während Siberi ihn nur mit Täuschung und Gewalt hatte in Besitz nehmen können?

Seit er klein war, hatte die Welt ihn mit Ungerechtigkeit überschüttet. Allein deshalb musste er Ruann und all seine Bewohner zerstören. Damit der Neid endlich still wurde.

Dann aber erklang eine weitere Stimme, die einer jungen Göttin, die am Fuß der Berge auf den Schultern eines Monsters saß. Ihre Worte entstammten derselben unverständlichen Sprache – doch bei ihr formten sie sich zu einem Gesang. Betörend und weich hallte er zwischen den Bergen, zärtlich und voller Vergebung. Ihre Magie schlug sich nieder in Siberis Brust und legte sich wie Balsam über den Schmerz.

Seine Eifersucht hatte immer nur quälende Fragen gestellt. Doch nun stellte die Vergebung eine andere: Warum konnte er seine Schwester nicht endlich wiedersehen?

Ein heftiger Ruck ging durch seinen Körper. Es war die Verbindung zu den Monstern. Mitten im Kampf hielten sie inne und schauten zu den Göttern hoch, die auf den Bergspitzen standen. Nur die Pamuschkatzen kämpften weiter, nutzten die Ablenkung und rissen die Köpfe von den Schultern der Kreaturen.

Wieder spürte Siberi einen Ruck, sein Hass wallte auf, und die Monster kämpften weiter. Von den Priestern und ihren falschen Versprechungen durften sie sich nicht verleiten lassen. Seine Monster waren Kreaturen aus purer Bosheit. Niemand würde ihnen Vergebung schenken. Und ihm, Siberi, ebenso wenig.

Oder doch? Was war mit Feyla? Würde sie ihm vergeben? Und was war mit der blonden Göttin? Thia? Hatte sie die Kreaturen nicht trotz ihrer Hässlichkeit in ihre Liebe eingebunden?

Sie alle, auch die Finstersten unter ihnen, hatten noch immer eine Wahl. Nicht einmal seine Monster mussten sterben. Sie konnten sich auch anders entscheiden. Sie mussten nur den Stimmen lauschen und die Vergebung in ihr Herz lassen.

Eine schnelle Bewegung riss seine Aufmerksamkeit zurück in die Tiefe. Ein schwarzer Schatten hatte sich vom Boden gelöst und flog durch die Luft. Ein Drache. Siberi wusste, wie sich die Kreatur nannte, ohne je von ihr gehört zu haben. Das schwarze Untier war größer als das gewaltigste seiner Monster – mit mächtigen Flügelschlägen hob sich der Drache in die Höhe und verschwand im Sichtschatten des Berges. Siberi war versucht, sich über die Felskante zu beugen, um ihn wiederzufinden.

Bis ein scharfer Windzug an seiner Kleidung riss. Direkt vor ihm schoss der Drache in die Höhe. Siberi taumelte von der Kante zurück. Mit ausgebreiteten Armen stand er da und starrte das Tier an, das über ihm kreiste. Etwas war an ihm, das Siberi mit Sehnsucht erfüllte, eine Magie, die ungleich stärker war als jede, die er bislang erlebt hatte. Doch zum ersten Mal wollte er die Kräfte des Wesens nicht in Besitz nehmen. Der Drache sollte ihn ergreifen und in der Luft zerreißen, sollte seinem Schmerz endlich ein Ende bereiten.

Aber selbst die Magie der geflügelten Kreatur verströmte Mitleid. Oder war es der Gesang des blonden Mädchens, der Siberis Geist zermürbte?

Hilflos sank er auf die Knie und vergrub den Kopf in seinen Händen. Vielleicht gab es tatsächlich noch diese eine Person, die ihm etwas bedeutete – womöglich durfte er nicht sterben, ehe er Feyla noch einmal gesehen hatte.

***

Feyla

Die bunten Säulen flackerten inmitten des Quellbeckens, in Strömen liefen die Tränen daran herunter, tropften auf Dorgen und sie herab und rauschten in dem Bach davon. Die weiße Säule, an der sie lehnten, zitterte und bebte. Dumpfe Verzweiflung ging von ihr aus, übertrug sich in Dorgens Küsse und drängte einen heftigen Schmerz in Feylas Brust.

Siberi. Ihr Zwilling. Von ihm stammte die Verzweiflung.

Die weiße Säule blitzte auf, und plötzlich sah sie ihn: Er kniete auf einem Berg und schlug die Hände vor sein Gesicht. Hinter ihm lagen die Leichen zweier Männer. Rabanus und Walerius. Siberi hatte sie getötet, indem er die Monster auf sie hetzte.

Vor allem ihr Vater war voller Grausamkeit gestorben. Aber die Genugtuung darüber blieb aus, jenes Gefühl von erfüllter Rache. Weder Feyla noch Siberi konnten sich über seinen Tod freuen, obwohl sie ihn beide herbeigesehnt hatten. Ungebrochen fieberte der Hass weiter, Siberis Hass, der ihn seit seiner Kindheit erfüllte und der sich durch nichts besänftigen ließ.

Wenn es doch nur irgendetwas gegeben hätte, das ihm etwas bedeutete! Nur eine Sache, die das Gute in ihm hervorlockte.

»*Du* bedeutest ihm etwas«, flüsterte Dorgen. »Und ich. Wir könnten versuchen, ihm den Frieden zurückzugeben.«

Als sie die Augen öffnete, war Dorgens Gesicht nah. Seine Küsse berührten ihre Lippen, seine Magie reagierte mit der Quelle und schüttelte die weiße Säule umso mehr. Wenn Feyla blinzelte, sah sie das goldene Netz, das von Dorgen ausging. Doch die Verbindung, die sich zu Siberi zog, war schwarz. Nur winzige Goldfäden wirkten sich hindurch.

Das Gold in dem Schwarz bedeutete Hoffnung. Feyla suchte ihren eigenen Knoten und fand ihn direkt neben Dorgen. Die Verbindung von ihr zu Siberi war kurz, fast wie ein Doppelknoten, der auf seiner Seite schwarz war und auf ihrer golden. Das winzige Stück dazwischen schien sich zu bewegen. Immer näher zog es die Knoten zueinander. Sobald sie sich berührten, würde es eine Entscheidung geben. Dann würden sich beide in Gold verwandeln – oder beide der Schwärze verfallen.

Erschrocken schnappte Feyla nach Luft. Auch Dorgen hatte es gesehen. Seine Arme zogen sie näher. Doch seine Magie war nicht allein in dem goldenen Netz. Andere Götter waren an ihn gebunden – und die weinenden Steine verstärkten seine Kraft.

Feylas Verbindung zu Siberi mochte erschreckend kurz sein, dennoch war sie ihm nicht ausgeliefert. Die Götter von Malun standen hinter ihr. Mit ihrer Hilfe konnte sie stärker sein als ihr Zwilling, vielleicht sogar stark genug, um seine Magie zu kontrollieren. Zumindest für einen Moment.

***

Siberi

Mit einem Mal fühlte er seine Schwester ganz nah, so nah wie nie zuvor. Doch nicht nur sie. Auch Dorgen war dort. Überwältigend und stark stahl sich die Liebe in Siberis Leib. Aber war es die Liebe zwischen ihm und Feyla? Oder die zu Dorgen? Oder die Liebe unter den beiden? Oder war die Frage gar nicht wichtig, solange sie zu dritt zusammen waren?

Wieder glitt der Drache über ihn hinweg. Dieses Mal noch tiefer. Fast streiften seine Klauen Siberis Kopf. Doch aus der Gegenwart des Tieres strömte keine Feindschaft. Nur eine neugierige Art von Interesse. Und Magie, solch mächtige Kraft, dass Siberi den Kopf heben und ihm nachsehen musste. Der Drache war nicht allein. Es saßen Kinder auf seinem Rücken, die mit seiner

Macht verbunden waren. Sie alle waren miteinander verbunden, alle Götter Maluns – ebenso wie Feyla und Dorgen.

Siberis Finger bewegten sich in dem Versuch, die Magie des Drachen zu fühlen. Wenn es nur möglich gewesen wäre, Teil des Kreises zu werden, dann könnte er dorthin. Zu Feyla und Dorgen, zu jenem Gefühl von Liebe, das sie umgab.

Wieder wendete das Tier und kam auf ihn zu. Siberis Finger öffneten sich weiter, wollten die Magie erfassen. Der Drache kreischte. Direkt über Siberi stießen seine Krallen herab – und schnappten die Puppenfäden aus seinen Händen, jene Magie, die aus dem Blutsturm stammte und mit der er seine Monster lenkte.

Atemlos starrte Siberi dem Drachen nach, wie er auf die Grenzberge zuflog und die Fäden über einem der obersten Valjaner fallen ließ. Mit müheloser Leichtigkeit fing dieser sie auf. Doch die Fäden waren noch mit Siberi verbunden. Mit einem heftigen Sog wurde die Magie aus seiner Brust gezogen, bis sich ein mächtiger Strudel bildete, mit dem die Priester sämtliche Kraft aus ihm herausrissen. Sie banden ihn nicht in ihre Magie ein – sie raubten ihn aus.

Erneut ging Siberi zu Boden. Rasender Strom erfasste sein Herz, ließ es springen und jagen, bis es sich fast überschlug. Hastig griff er an seine Brust. Er musste die Magie bremsen. Wenn sie weiterhin so schnell kreiste, würde sich sein Körper mit tödlicher Spannung aufladen und ihn in einem gewaltigen Blitz zerfetzen.

Feyla! Sie war es gewesen! Voller Hinterlist hatte sie ihm Liebe versprochen – nur um ihn an die Götter Maluns zu verraten.

***

Feyla

»Nein!« Ein gewaltiger Schmerz ließ sie aufschreien. Sie hatte Siberi nicht verraten, sie wollte ihn weder töten noch verlieren. Alles in ihr sehnte sich danach, wieder mit ihm zusammen zu sein. Wenn er tatsächlich verraten worden war, dann nicht von ihr.

Auch nicht von Dorgen. Er war bei ihr und hielt sie fest. Das goldene Netz in seinem Inneren pulsierte. Doch etwas stimmte nicht. Ihr goldener Knoten wuchs mit dem von Siberi zusammen. Ein schwarzes Geflecht zog sich durch das Gold und verästelte sich immer schneller. Wenn Siberi starb, würde er sie mitziehen!

»Aufhören!« Dorgens Hände krallten sich in ihren Rücken. Ein heftiger Ruck ging durch seinen Körper. »Du musst Siberi heilen!«, rief er, und dieses Mal meinte er Tailin. »Wenn du die Blutgöttin geheilt hast, dann kannst du es auch bei ihm!«

***

Tailin

Ein Schrei aus seelischem Schmerz drang in die Tiefen des Wassers, in den Strudel, der sie umherwirbelte. Der Wasserfall trieb den Pegel des blauen Sees immer höher. Doch die Magie ließ sie unter Wasser atmen. Wichtig war nur das Netz, in dem sich die Macht aller Gottgeborenen vereinte. Jeden einzelnen konnte Tailin fühlen, und zugleich wirkte ihre Magie zusammen, erzeugte einen Strudel, dessen Macht sich tosend über der Front entlud. Da waren Aimisch und die anderen Priester Valjans. Mit ihren Stimmen beschworen sie die Monster, während die Priester Zabinos sie stützten und ihre Worte mit Güte und dem Gefühl von Gemeinschaft füllten. Voller Frieden fädelte sich das goldene Netz die Berge hinab und umringte die Monster.

Doch auch die Pamuschkrieger wurden von dem Magiekreis gestärkt. Mit den Augen des Drachen beobachtete Leymon ihren Kampf und koordinierte die Rudel, in denen sie die Monster angriffen. Gemeinsam mit Leymon konnte Tailin alles sehen und fühlen.

Aber ging es noch darum, die Monster zu töten? Sollte es nicht eine andere Lösung geben?

Thia! Ihre Magie war die Lösung. Laut und klar hallte ihr Gesang über den Berghang, fädelte sich in die Magie des goldenen Netzes und setzte sich in den Tälern fort. Seite an Seite mit Nuszam ritt sie auf den Schultern ihres Monsters. Doch es ging nicht mehr darum zu kämpfen. Allein ihr Gesang bezirzte die Kreaturen, weckte Gefühle in ihnen und verzauberte sie, bis sich die ersten vor ihren Füßen niederwarfen und bereit waren, ihr zu folgen. Aber Thia benutzte die Monster nicht für den Krieg. Sie wollte den Frieden bringen und weiter nichts.

Je mehr Siberi an Kraft verlor, desto besser gelang es ihr, die Monster an sich zu binden.

Siberi. Ausgerechnet er, der die ganze Welt hatte zerstören wollen, lag innerlich zerschlagen auf dem Aussichtsfelsen. Der Drache hatte die Puppenfäden aus seinen Händen gerissen und in Aimischs Obhut gegeben. Doch der Strom aus Magie erzeugte solche Wucht, dass er Siberis Kräfte in ein Vakuum riss. Immer schneller zirkulierte die Magie durch ihn hindurch und saugte von seiner Lebenskraft.

Der Sieg war nah! Siberi musste nur getötet werden, und es würde vorbei sein. Sämtliche Monster würden Thia folgen oder im Kampf fallen.

Doch Siberi starb nicht einfach so. Er hielt sich fest. An seiner Zwillingsschwester, von der er glaubte, dass sie ihn verraten hatte. Und Feyla ließ sich festhalten, weil sie ihn nicht gehen lassen wollte. Und weil er erfahren sollte, dass sie immer nur das Beste für ihn gewünscht hatte.

»Du musst Siberi heilen!« Wieder schrie eine Stimme durch Tailins Kopf. *»Wenn du die Blutgöttin geheilt hast, dann kannst du es auch bei ihm!«*

War das so? War Siberi leichter zu heilen als die Blutgöttin? Immerhin war er der perfekteste böse Gott, den Walerius je geschaffen hatte. Und dennoch besaß Siberis Bosheit eine Schwachstelle, einen Einbruch von Liebe, mit dem Walerius nicht gerechnet hatte.

Feyla. In der Verbindung zu ihr bekam selbst Siberis Seele noch eine Chance.

Tailins Mitleid floss über. Plötzlich wünschte er sich, auch Siberi heilen zu können – und tatsächlich streckte der Junge die Hand nach ihm aus. Nach ihm und nach Lunis, denn sie drei waren an demselben Ort gewesen.

★★★

Siberi

Der Drache flog noch einmal über ihn hinweg, und dieses Mal streckte Siberi ihm die Hand entgegen. Das Tier sollte ihn mitnehmen. Oder zerreißen. Nur hierlassen sollte es ihn nicht. Er wollte nicht länger dort sein, wo die zerrissenen Leichen seines Vaters und des Herrschers von Sapion lagen, wollte weder ihre dahingeschiedene Gegenwart spüren noch die von Valram, der auf den nächsten Befehl wartete. Nur dieses eine Monster war ihm noch treu ergeben. Die anderen in den Bergen hatte er längst verloren.

Melodisch drang das Summen der Valjaner in die Täler hinab und vereinte sich mit dem Gesang der blonden Göttin. Die Magie zahlreicher Priester flutete aus ihrer Stimme, allem voran das goldene Netz, das von Dorgen stammte und das die Macht besaß, selbst die grausamsten Monster einzufangen. Mit spielerischer Leichtigkeit sammelte die Liebesgöttin die Kreaturen um sich herum. Nur wenige wollten sich nicht ergeben. Doch die Pamuschkatzen waren schnell. Sie umzingelten die letzten Widersacher und enthaupteten sie.

Auch hierher würden die Pamuschkrieger kommen, auch ihn würden sie töten – falls die Magie das nicht vorher erledigte.

Nur der Drache konnte ihn noch erlösen. Da war etwas an ihm, nach dem Siberi sich sehnte. Starke Macht, die seiner überlegen war. Dieser Drache würde ein Urteil über ihn fällen, und was immer er entschied – es würde gerecht sein.

Wieder wendete das Flugtier und raste auf ihn zu. Mit seiner letzten Kraft hob Siberi sich auf die Füße und hielt ihm die Hand entgegen.

Die Krallen des Drachen streckten sich vor, stießen auf ihn nieder und rissen ihn von den Füßen. Doch sie taten ihm nicht weh, fast schon sanft schlossen sie sich um seinen Körper. Dann flog er in rasendem Auftrieb über die Berge hinweg und weiter Richtung Norden. Malun. Der Drache brachte ihn nach Malun.

Doch die Magie kreiste immer schneller, viel zu schnell. Noch während sie über der Landschaft dahinrasten, erfasste ihn das Fieber.

***

Tailin

Rasend schnell kam der Drache Richtung Norden voran. Bald schon würde Siberi hier sein. Doch es blieb keine Zeit für die Heilung. Der Kampf an der Front ging dem Ende entgegen. Die meisten Monster waren tot oder hatten sich Thia ergeben. Den Rest würden die Pamuschkrieger rasch besiegen. Doch mit dem Ende des Kampfes wurde der Magiepfeil unnötig, der die Priester und Pamuschkrieger koordiniert hatte.

Die Magie hingegen kreiste immer schneller. Die Kreise, die Sayra geschaffen hatte, sammelten die Kraft sämtlicher Gottgeborenen. Auch die Energie des blauen Sees lud sich in den Magiekreis. Er brodelte und zischte und stieg immer höher. Der Wasserpegel reichte inzwischen fast bis zur Felsdecke. Selbst das Wasser der roten Höhle hatte sich längst mit dem blauen See vereint. Die Macht der seelischen Heilung war genauso in das Wasser übergegangen wie das goldene Netz, das Dorgen in sich trug. Er und Feyla speisten das Wasser mit Liebe und Frieden. Auch die Magie, welche die Heiler in den Hügeln der Heilung gebündelt hatten, führte Dorgen mit sich. Die Priester Sajunas hatten ihn nicht nur vor dem Tod gerettet, sie hatten auch ihre Heilkraft in ihm versammelt, damit sie in die Quelle der heilenden Tränen floss und sich mit Taluns seelischer Heilkraft verband.

Die ganze Welt muss geheilt werden, flüsterte die rote Höhle. Oder war es Talun selbst, dessen Stimme er hörte?

Der Strudel des Wassers drehte sich schneller, drückte sie nach unten. Bis jetzt konnte Tailin unter Wasser atmen, ebenso wie Alia und Lunis. Auch Leymons Magie konnte Wasser in Atemluft verwandeln. Nur ihre Kräfte schwanden dahin. Das Magiefieber ergriff sie. Lange würden ihre menschlichen Körper nicht mehr durchhalten.

Der Fluch. Er zwang Taluns Seele in den Selbstmord. Aber Tailin, Alia und Lunis starben nicht aus Liebeskummer in der Glut eines Vulkans – dieses Mal würden sie sterben, weil sie ihre letzte Energie darauf verwendeten, die Welt zu heilen.

Tailin kämpfte sich hoch an die Oberfläche, öffnete den Mund, um über dem Wasser zu flüstern: »Sayra. Wir können nicht mehr warten. Wir müssen es jetzt tun.« Nur sie vermochte die Magie zu entladen. Von ihr musste der Funke stammen, der den Magiestrahl in die Zukunft schickte.

Oder fehlte noch etwas?

»Ihr müsst Taluns und Malunas Magie zusammenschließen und sie gemeinsam über die Welt schicken.«

Malunas Magie? Ausgerechnet? »Das können wir nicht«, flüsterte Tailin. »Maluna ist nicht mehr da. Sie ist bei der Heilung gestorben.«

»Sie mag gestorben sein. Aber sie ist nicht verschwunden.« Es war

Leymons Stimme. Sein Freund zog ihn zurück unter Wasser. *»Schau, dort.«* Damit wies er in die Tiefe des Sees. Alia und Lunis hielten einander im Arm. Doch sie waren nicht allein. Der grüne Stein um Alias Hals leuchtete. Ganz zart konnte Tailin die dritte Seele fühlen. Maluna. Im roten See war sie gestorben – aber ihre Seele war schon längst zurückgekehrt.

»Alia ist schwanger«, wisperten Leymons Gedanken.

Damit mochte er recht haben. Aber was für eine Zukunft sollte dieses Kind erwarten? Alle Teile von Taluns Seele würden sterben. Alia ebenso wie Lunis und Tailin. Demnach würde auch Maluna nie wiedergeboren werden.

»Nicht an den Tod denken.« Erneut war es Leymon. *»Nicht jetzt. Wir haben Wichtigeres zu tun.«*

Lunis. Etwas stimmte nicht mit ihm. Regungslos hing er in Alias Armen.

Tailin schwamm tiefer, zog Lunis an sich und verband sich mit seiner Seele. Er lebte noch. Auch er atmete das Wasser wie sie alle. Doch in seiner Seele herrschte Schwärze.

Er war nicht vollständig geheilt! Die Seele des Blutsohnes war in zwei Teile gespalten. Lunis war in dem roten See geheilt worden. Aber was war mit Sapionas?

Tailins Arme wurden schwach, konnten ihn kaum noch halten.

Sie hatten keine Zeit für eine weitere Heilung! Wenn sie den Magiepfeil nicht bald entluden, würden nicht nur sie drei sterben, sondern alle Gottgeborenen, die in Sayras Magiekreise eingebunden waren.

»Jetzt!«, rief Leymons Stimme. *»Wir müssen den Magiestrahl entladen und die Welt heilen. Sonst ist es zu spät.«*

Leymon hatte recht. Trotzdem konnte Tailin es nicht zulassen. *»Nein. Noch nicht. Wenn Sapionas Teil unserer Magie ist, wird sie die Welt nicht heilen, sondern zerstören.«*

Warum war der Blutsohn nicht geheilt worden? Was fehlte noch?

»Nur Lunis hat sich selbst vergeben. Sapionas kann es nicht.« Alias Gedankenstimme mischte sich ein. *»Er kann sich nicht verzeihen, was er den Kindern angetan hat. Was er den Frauen angetan hat. Was er mit mir getan hat.«*

Entsetzt schloss Tailin die Augen.

Wieder formulierte Leymon die Wahrheit als Erster: *»Wenn die Schuld zu groß ist, um sich selbst zu verzeihen, dann fordert die Seele eine Strafe. Erst mit seinem Tod wird Sapionas Gerechtigkeit für seine eigenen Taten empfinden. Nur wenn er stirbt, kann seine Heilung vollständig werden.«*

Das war der Grund, warum der rote See tötete. Weil der letzte Schritt der Heilung manchmal erst durch den Tod gelang.

Und jetzt war der rote See ein Teil des blauen Sees. Das Wasser wurde heißer, auch der blaue See würde kochen, um Sapionas zu töten.

Eine kräftige Bewegung streifte Tailins Arm. Chaveen. Sie schwamm um den leblosen Blutsohn herum und zog die Lefzen hoch. Wenn sie das Töten vorwegnahm – vielleicht würde der See sich danach beruhigen.

»Nein!« Alia wollte die Katze packen und von Lunis wegziehen.

Plötzlich verdunkelte ein Schatten das Leuchten des Wassers. Zwischen ihnen fiel etwas in den See und sank in die Tiefe. Eine Wolke von Luftblasen stieg auf, zusammen mit einem jungen Mann, der zwischen ihnen trieb. Es war ein hübscher Junge mit dunklen Haaren.

Siberi. Entsetzt öffnete der Junge den Mund. Doch er durfte nicht einatmen. Seine Elemente waren Luft und Feuer, er konnte das Wasser nicht in Luft umwandeln.

Hastig schwamm Leymon an Tailin vorbei, packte Siberis Arm und drückte ihm einen Kuss auf den Mund. Leymon besaß Feuer! Feuer und Wasser und Luft. Als er Siberi wieder losließ, atmete der Junge das Wasser genauso wie sie alle. Auch seine Gedanken waren nah. Entsetzen und Angst. Sein Blick fing sich an Tailin und Lunis. Siberi kannte sie aus seinen dunkelsten Träumen. Sie drei waren an demselben Ort gewesen.

Der Kreis aus Magie, den Leymon mit seinem Kuss geschaffen hatte, schnappte zu. Plötzlich fielen sie – in die Tiefe, in die Schwärze, hinein in den dunklen Kerker.

Doch sie hatten keine Zeit, um Siberi zu heilen!

Der Gedanke streifte Tailin nur flüchtig. Dann schlugen die Schmerzen zu.

***

Dorgen

Die Magie kreiste immer schneller, entzog den Gottgeborenen ihre Energie und befiel ihre Körper mit Fieber. Auch das goldene Netz glühte auf, und plötzlich sah Dorgen sie vor sich: Die Valjaner und Priester Zabinos gingen auf den Grenzbergen zu Boden. Auch die Pamuschkrieger und ihre Katzen strauchelten im Kampf. Ein schwacher Befehl zuckte durch ihre Reihen. Hastig zogen sie sich in die Tiefen der Berge zurück – nur um dort zusammenzubrechen. Die Priester Sajunas hingegen knieten in den Hügeln der Heilung. Ihre Hände berührten den Boden. Verzweifelt versuchten sie, einen letzten Schub an körperlicher Kraft daraus zu ziehen. Doch auch sie hatten sämtliche Energie bereits verbraucht.

Im nächsten Moment sah er Tailin, zusammen mit Alia und Lunis. Sie waren ganz in der Nähe. Aber ihr Geist war weit fort, in dunkler Tiefe versunken.

Wenn es jemanden gab, der sie jetzt noch retten konnte, dann waren es die Kinder, die auf dem fliegenden Drachen ritten. Doch selbst die kleine Hybridgöttin, die jene mächtige Magie zusammengeschlossen hatte, konnte sich kaum noch aufrecht halten.

Sie würden sterben. Alle Gottgeborenen von Malun. Das Magiefieber würde sie alle töten.

Ein heftiges Zittern riss Dorgen aus der Vision. Sein Körper bebte, ein schweres Stöhnen entwich seinem Mund.

Feylas Körper war noch immer mit seinem vereint. Doch ihre Haut glühte, ihre Augen glänzten fiebrig. Siberi! Seine Magie zehrte von ihrer Kraft. Wenn die Gottgeborenen starben, starb Feyla mit ihnen.

»Nein«, flüsterte Dorgen. »Lass ihn gehen! Wenigstens du kannst überleben. Wenn du überlebst, wird ein Kind in dir wachsen.« Eines, das sie eben erst gezeugt hatten.

Feylas Küsse streiften seine Haut. Doch ihre Lippen waren so heiß wie Feuer. Ein heftiges Zucken lief durch sie hindurch. Wieder blitzte das goldene Netz auf. Zitternd glitt Feylas Knoten in den von Siberi. Feine Goldfäden wucherten in das dichte Schwarz. Dann flammte das Gold auf. Flackerndes Feuer schlug aus dem Knoten – und verglühte zu schwarzer Asche.

Mit einem letzten Stöhnen sackte Feyla in Dorgens Armen zusammen.

»Nein!« Er hielt sie fest. »Feyla! Nicht sterben! Nicht zu ihm. Komm zurück!«

Aber sie rührte sich nicht. Nur das Quellbecken bebte. Die Säulen zitterten und stürzten auf sie herab. Oder stürzte das ganze Quellbecken?

Der Boden unter ihnen riss auf. In einem rauschenden Strudel zog das Wasser sie in die Tiefe.

***

Leymon

Die Vision reckte sich ihm entgegen, packte ihn mit eisernen Krallen und wollte ihn in die Tiefe ziehen, hinein in die Finsternis, in den Kerker, in die Schmerzen, die Tailin längst erfasst hatten.

Doch nicht jetzt! Er musste sich wehren, musste hierbleiben und dafür sorgen, dass sie den richtigen Moment fanden.

Welchen Moment? Was sollte er tun?

Urplötzlich ließ die Vision ihn los. Die Dunkelheit wirbelte herum und stieß ihn ins Licht, dorthin, wo der Sonnenschein in den unterirdischen See drang.

Schwer wie Blei lag Leymon im Wasser. Wie gelähmt trieben seine Gliedmaßen um ihn herum. Nur seine Augen funktionierten und blickten in die Tiefe des Sees. Tailins rotschwarzer Haarschopf sank hinab in die Dunkelheit. Alle anderen waren längst dort unten verschwunden.

»Sie werden sterben.« Salmis Stimme wisperte durch das Magienetz. *»Die Blutära ist zu Ende, der Fluch tritt erneut in Kraft. Euer Opfer ist nötig, um Ruann zu retten. Deshalb musst du es tun. Du musst den Moment abpassen, in dem sie sterben, aber bevor ihre Seelen den See verlassen haben. Nur in diesem Moment wird die Macht Taluns und Malunas wieder vollständig sein. Genau dann musst du den Impuls setzen und das heilende Wasser über die Welt schicken.«*

Leymon wusste, dass es die einzige Möglichkeit war. Er durfte nicht mehr hadern, durfte nicht mehr daran denken, dass er Tailin verlieren würde.

Aber war die Macht tatsächlich schon vollständig? Hatten sich alle Kreise aus Vergangenheit, Gegenwart und Zukunft geschlossen? Oder fehlte noch ein wichtiges Puzzleteil?

Sayra! Der Kontakt zu ihr war abgebrochen. Nur mit Mühe konnte er sie spüren. Dabei war sie ganz in der Nähe. Oberhalb der Höhle hatte der Drache sie abgesetzt. *»Noch nicht«*, flüsterte ihre Gedankenstimme.

Und dann sah er es selbst: Siberis Magie gehörte nicht in die Höhlen Taluns. Sein Feuer riss an jemandem, der ganz in der Nähe war. Dorgen! Siberis Macht zog ihn an sich, das Feuer implodierte und ließ das Quellbecken einstürzen. Auch Dorgen und Feyla fielen. Der unterirdische Fluss riss sie in die Tiefe.

Sie trieben hierher! Das unterirdische Wasser spülte sie in die Höhlen.

Doch sie gehörten nicht in den blauen See. Wenn sie hier waren, wurde jegliche Magie unberechenbar.

Plötzlich ging alles schnell. Etwas Schwarzes stieß neben ihm in den See, langte hinab in die Tiefe und riss jemanden herauf, der dort unten lag.

Siberi. Nur flüchtig erkannte Leymon die schwarzen Haare, als das dunkle Etwas den Jungen in die Höhe zog.

Der Drache, es war der Drache! Mit den Zähnen packte er Siberi und hob ihn aus der Höhle. Mehr konnte Leymon nicht sehen, ehe die Strömung ihn mit sich riss. Immer schneller strudelte das Wasser, wurde von dem Wasserfall gespeist und drehte sich abwärts.

Dann sah er sie: Dorgen und Feyla. Bewusstlos trieben sie mit der Strömung. Oder waren sie tot?

Wieder stieß der Kopf des Drachen ins Wasser, packte Feyla und hob sie heraus. Als er ein drittes Mal in die Tiefe fuhr, griff er nach Dorgen.

Gleich darauf war die Magie des Sees sauber. Nur noch Talun und Maluna waren hier – und er selbst, dessen Aufgabe es war, die Zeremonie zu leiten.

Erst wenn Sapionas starb, würde er heilen. Aber würde die Zeit reichen? Würde der See sie nicht alle zugleich töten? Leymon selbst eingeschlossen, dessen Leben an Tailin gebunden war?

Chaveen! Im Strudel des Sees hatte sie sich an der Kante der Höhlenöffnung festgekrallt. Nun ließ sie sich fallen und tauchte in die Tiefe. Ihre Zähne packten Sapionas, zerrten ihn am Nacken hoch, fort aus Tailins Armen, fort aus der Dunkelheit des Kerkers.

Dann biss die Katze in seine Kehle. Blut strömte heraus und vermischte sich mit dem blauen Wasser.

***

Tailin

Ein scharfer Impuls riss ihn aus dem Kerker, fort von dem Schmerz und hinein in den See. Ein heftiger Strudel erfasste Tailin, trieb seinen Körper in die Runde und wirbelte seine Gedanken durcheinander. Nur langsam begriff er, was geschah, nur langsam ordneten sich die Bilder. Chaveen hatte Lunis gepackt. Ihre Zähne zerfetzten seine Kehle, Blut strömte heraus. Und mit dem Blut noch etwas anderes: Wie ein leuchtendes Flackern entwichen die Seelen in das Wasser. Lunis und Sapionas. Getrennt voneinander verließen sie den menschlichen Körper.

»Jetzt!« Der Impuls kam von Leymon. *»Maluna und Talun, ich rufe euch! Vereint euch und bringt eure Magie zum Leben, lasst sie aufsteigen in den Himmel und schickt eure heilende Kraft über die Welt!«*

Leymons Stimme griff nach Tailins Geist, pflanzte sich fort zu Alia und verknüpfte sich mit den leuchtenden Seelen, die schwerelos im Wasser trieben. Zuletzt schlug die Magie einen Bogen zu der winzigen Seele, die in Alias ungeborenem Kind heranwuchs. Der See fing an zu zischen und zu blubbern. Heiße Luftblasen stiegen auf, sammelten sich als Dampf oberhalb des Sees und quollen durch die Öffnung nach draußen.

Ein weiterer Impuls lief durch das Netz. Ein tiefes Summen vibrierte in Tailins Brust. Es ließ seinen Körper dröhnen, bis er glaubte zu platzen. In Alias Gesicht zeigte sich dieselbe Angst, ebenso wie in Leymons. Das Summen erfasste sie alle, nicht nur hier im See, auch die anderen Priester, deren Magie durch ihren Kreis strömte.

»Jetzt!«, wiederholte Leymon, und plötzlich wusste Tailin, dass das Summen unter seiner Kontrolle stand. Wenn Leymon es losließ, würde sich die Magie in dem Pfeil entladen. Endlich.

Mit einem tiefen Seufzer atmete Tailin ein, zog Wasser in seine Lunge, das sich sofort in Luft verwandelte. Alia seufzte auf dieselbe Weise. Auch die leuchtenden Seelen flackerten auf. Gemeinsam atmeten sie aus – und plötzlich war es, als würden sie die Luft der ganzen Welt ausatmen. Sämtliche Magie des Götternetzes entlud sich in ihrem Atem und verquirlte sich mit der Magie des blauen Sees.

Das Wasser zischte und brodelte, wurde heißer und blubberte um sie herum. Es würde kochen! Genau wie der rote See. Das Wasser des blauen Sees würde verdampfen, um Regen über die Welt zu bringen, aber der See selbst würde verkochen.

Und sie würden darin sterben!

Kurz wollte Tailin sich wehren, wollte hochschwimmen und sich nach draußen retten.

Im nächsten Moment sah er die Wahrheit in Leymons Gesicht: Dies hier war die Konsequenz des uralten Fluches, den Talun gesprochen hatte. Mit ihrem letzten Lebenshauch setzten sie die Magie in Kraft, mit der die Welt geheilt wurde. Sobald es getan war, würden sie sterben.

38. Kapitel

Malun, blaue Höhle

Alia

In einem mächtigen Strahl entlud sich die Magie aus ihrer Brust, vereinte sich mit der Magie der anderen und ließ den See aufleuchten. Alia schaute dem Leuchten nach und konnte dennoch kaum begreifen, was geschah. Das Wort Tod hatte seine Bedeutung verloren – und war gleichzeitig so nah wie nie zuvor. Das Wasser wurde heißer, brannte auf ihrer Haut und in ihrer Lunge, genau dort, wo es sich in Luft verwandelte.

Tief in ihrem Inneren regte sich etwas, jene zweite Präsenz, die gerade erst entstanden war, das Kind, das sie mit Lunis in der weißen Höhle gezeugt hatte: Maluna. Doch ihre Tochter würde niemals von ihr geboren werden.

Aber konnte sie das zulassen? Konnte sie dieses Kind aufgeben, das sie jetzt schon mehr liebte als alles andere?

»Nein!« Das Wort formte sich in ihren Gedanken, zuerst nur leise, dann immer lauter: *»Nein! Es ist falsch zu sterben. Wir dürfen nicht sterben. Nicht jetzt und nicht hier. Die Welt braucht uns.«* Und noch während ihre Gedanken schrien, wusste sie, dass sie recht hatte.

Auch in Tailins Gesicht zeichnete sich die Erkenntnis ab. Zu dritt schwammen sie nebeneinander, Tailin, Leymon und sie. Die Strömung trieb sie durch das leuchtende Wasser unterhalb der Öffnung – und dann in die Schatten dahinter und hinab in die Tiefe. Doch die Hitze des Sees war überall. Immer dichter stiegen die Blasen auf, kochend heißer Wasserdampf streifte ihre Haut.

Tailins Augen waren weit geöffnet, seine Haare standen in dunklem Rotschwarz um sein Gesicht. Er durfte nicht sterben. Auch Leymon durfte nicht sterben. Doch seine Augen waren geschlossen. Sein Mund bewegte sich, als würde er Magie mit seinen Lippen formen.

Er hatte sich dem Tod längst ergeben. Obwohl Leymon nichts mehr fürchtete, als Tailin zu verlieren, glaubte er, dass es keine andere Wahl gab.

Vor Urzeiten hatte Talun den Fluch gesprochen. Aber besagte er nicht, dass Talun seiner Geliebten im Selbstmord folgte? Und beruhte ein Selbstmord nicht immer auf Freiwilligkeit?

Sie mussten sich nicht opfern. Durften es nicht!

Heiße Luftblasen berührten Alias Beine, streiften um sie herum und brannten auf ihrer Haut.

»Nein!«, wollte sie schreien. Aber unter Wasser kam nur ein Gurgeln aus ihrem Mund. Ihre Magie flackerte. Sie atmete Wasser, doch es verwandelte sich nicht mehr in Luft. Im letzten Moment hielt sie den Atem an.

Aber wie lange? Wenn die Magie sie nicht mehr atmen ließ, würde sie ertrinken. Schon bald. Panik schnappte nach ihr. Der Schatten in den Tiefen der Höhle hatte sie erneut verschlungen. Sie versuchte zu schwimmen, hinein in das leuchtende Wasser. Dort oben musste die Öffnung in der Höhlendecke sein. Dorthin musste sie gelangen.

Plötzlich stieß etwas durch die Wasseroberfläche, packte Leymon und zog ihn aus dem Wasser.

Der Drache. Es war der Drache.

Noch einmal fuhr sein Kopf in die Tiefe des Sees, hob Tailin aus dem Wasser und stieß dann in Alias Richtung. Mit einem kräftigen Ruck packte er sie am Hemdkragen und hielt sie in der Wucht der Strömung fest. Dann hob er auch sie aus dem Wasser. Dichte Dampfschwaden verschleierten ihre Sicht, doch nur kurz, ehe er sie behutsam neben der Höhle absetzte.

Ihre letzte Kraft war längst verbraucht. Matt sackte sie auf die Seite und blieb liegen. Nur ein Blinzeln verriet ihr, dass sie nicht allein war. Tailin und Leymon rollten sich keuchend am Boden und spuckten Wasser. Auch Dorgen und Feyla lagen Arm in Arm zusammen. Regungslos.

Lebten sie noch?

Alia konnte nicht lange genug hinsehen, um es zu prüfen. Ihr Blick fing sich an einer weiteren Gestalt: Lunis. Mit aufgerissener Kehle lag er da. Chaveen hockte neben ihm und schaute auf ihn herab.

Alia wollte die Hand nach ihm ausstrecken. Doch er war zu weit entfernt. Und alles, was sie wissen wollte, sah sie auch so: Sein Körper war tot. In zwei Teilen hatte die Seele ihn verlassen. Sapionas und Lunis. Unten im See hatte sie ihre Lebensgeister sehen können.

Aber wo waren sie jetzt? Noch immer dort unten? Oder längst woanders?

Auch sie beide würden wiedergeboren werden.

Ein seltsames Gefühl stieg in Alia auf, eines, das sich unwirklich und fremd anfühlte. Sie bekam ein Kind von Lunis. Aber er war fort. Und wenn er zurückkehrte, würde er selbst ein Kind sein.

»Nein.« Ihre Lippen formten stummen Protest. *»Du darfst nicht sterben.«* Es war nicht richtig. *»Komm zurück!«* Sie versuchte, sich zu bewegen, wollte zu ihm krabbeln, aber schaffte es kaum, sich auf alle viere zu erheben. Nur mühsam robbte sie auf ihn zu.

Seine Haut war bleich, die Lippen bläulich und seltsam wächsern. Selbst das Blut, das aus seinem Hals sickerte, war versiegt.

Als Kind hatte er die schrecklichsten Verletzungen überlebt. Warum war ausgerechnet diese hier schlimm genug, um ihn zu töten?

»Nein.« Zum dritten Mal formte sich das Wort. Und dieses

Mal streckte sie die Hand aus und flüsterte ihm zu: »Lunis, komm zurück!«

★★★

Dorgen

Mit einem Schlag kam er zu sich. Ein heftiger Ruck zuckte durch seinen Leib, wollte ihn aufbäumen. Doch etwas hielt ihn fest. Drückte ihn zu Boden. Auf seiner Brust lag etwas.

Jemand.

Feyla! Ihr Körper war schlaff geworden. Leblos ruhte sie auf ihm.

Nur in winzigen Bruchstücken kehrte seine Erinnerung zurück. Da war Wasser gewesen. Viel Wasser. Die Erde war unter ihnen eingebrochen und hatte sie mitgerissen. Ein unterirdischer Wasserfall hatte sie in die Tiefe gespült. Bis es unmöglich wurde zu atmen.

Feyla! Sie war nur ein Mensch. Unter Wasser konnte sie weder atmen noch mithilfe von Magie überleben.

Nur langsam rührte sich die grausame Erkenntnis: Sie war ertrunken. Allein deshalb lag sie schlaff und leblos in seinen Armen.

»Nein«, flüsterte er. »Feyla, komm zu dir!«

Doch sie bewegte sich nicht. Nur wenn er die Schulter anhob, ging ihr Kopf mit.

»Feyla. Wach auf. Du kannst jetzt nicht …« *Sterben.* Er brachte das Wort nicht über seine Lippen.

Mit einem Schlag fuhr er hoch, schob Feyla zur Seite und sah auf sie hinab. Ihre Haut war blau und von einem feinen Kräuseln überzogen. Als würde sie frieren. Noch dunkler war nur das Blau ihrer Lippen.

Leblos.

»Nein.« Ein scharfes Frösteln schüttelte seinen Körper. »Feyla! Komm zurück.« Dieses Mal wollte er schreien. Doch es wurde nur ein Flüstern.

Dann sah er die Bewegung. Eine kleine Gestalt kam unter den Bäumen hervor und huschte auf ihn zu. Oder waren es zwei?

Zwei Kinder! Ein kleines Mädchen und ein Junge.

Die Kleine fiel auf die Knie. In Windeseile bewegten sich ihre Hände über Feylas Körper. Als sie den blauen Stein fand, schloss sich ihre Hand darum. Dunkel und erloschen lag er zwischen ihren Fingern.

Dann fing sie an zu sprechen, mit einer hellen, klaren Stimme, deren Worte nicht zu verstehen waren.

Dorgens Kiefer schmerzte, so fest presste er die Zähne aufeinander.

»Feyla.« Immer wieder flüsterte er ihren Namen. Seine Hände suchten ihre Wärme – und fanden nur die Kälte ihrer Haut.

Doch das kleine Mädchen gab nicht auf. Ihre Augen waren geschlossen, ihre Stimme murmelte lauter. Fast beiläufig biss sie sich in ihr Handgelenk und riss eine tiefe Wunde hinein. Doch nur ein leises Zischen verriet ihren Schmerz.

Ihre Eckzähne waren spitz! So scharf wie die eines Raubtieres. Oder wie die der Pameli?

Hektisch drückte sie ihr Handgelenk gegen Feylas Mund. Blut quoll heraus und lief über Feylas Lippen. Aber sie regte sich nicht. Was auch immer das Mädchen versuchte, es war zu spät.

***

Tailin

Die Schwäche lähmte ihn. Alles war regungslos und schwer. Als läge ein Bleigewicht auf seiner Brust. Auf seinen Armen. Auf seinen Beinen. Eine ganze Schicht aus Blei, die ihn in den Boden drückte.

Nur die Gegenwart anderer war noch zu fühlen – Lebende … und Tote? Er blinzelte, um sie zu finden. Und dann, in seinem seltsamen Zustand zwischen Wachsein und Vision, sah er die Seelenlichter. Lunis und Sapionas. Leuchtend schwebten ihre Seelen in der Luft, unentschieden, flatternd, gerade so, als wüssten sie nicht, wohin mit sich.

Endlich konnte er den Kopf wenden. Etwas entfernt entdeckte er Dorgen, seinen besten Freund seit Kindertagen. Verzweiflung und Panik gingen von ihm aus. Die junge Frau auf seinem Schoß, Feyla, sie lag im Sterben. Oder war sie schon tot? Ein flackernder blauer Stein hing um ihren Hals.

Auch Sayra war da. Sie kniete neben Feyla und murmelte. Ihre Stimme wurde lauter, klang hastig und flehend, als wäre es längst zu spät. Doch plötzlich ging ein Seufzen durch Feylas Körper, dicht gefolgt von einem Husten. Ein Schwall von Wasser brach aus ihrem Mund.

Eine der leuchtenden Seelen huschte in ihre Richtung, hielt über ihr inne – und glitt dann in sie hinein. Mit einem Strahlen glühte der blaue Stein auf.

Sapionas. Er war es. In Feylas Kind würde seine Seele ein neues Leben beginnen.

Die andere Seele hingegen blieb zurück. Unschlüssig verharrte Lunis in der Luft, in Alias Nähe.

Aber mussten sie nicht ohnehin alle sterben? Tailins Bewusstsein trieb davon. Nur Leymons Gegenwart war noch da. Sein Arm schob sich um Tailins Körper. Ganz nah rückte Leymon an ihn heran, gab ihm Wärme, wo kaum noch Wärme war. Wenn sie sterben mussten, dann zusammen. Oder nicht?

Einzig Talun war an den Fluch gebunden. Aber was war mit Leymon? Würde er weiterleben? Allein mit Chaveen?

Plötzlich war das Zittern da. Tailins Körper zog sich zusammen, Schmerzen brannten durch seine Zellen. Überall. In seiner Haut, in seinen Knochen, in seinem Inneren. Als kehrten alle Schmerzen zurück, die ihm jemals angetan wurden. Das Schütteln bäumte seinen Körper auf. Panische Angst erfasste ihn. Leymons Umarmung ging verloren unter der Qual. Ein letzter Ruck zog alles zusammen.

Dann war es vorbei. Leicht schwebte er in die Höhe. Unter ihm lag ein Mensch, ein junger Mann mit rotschwarzen Haaren, in den Armen eines anderen. Ganz ohne Verletzungen war er gestorben. Es gab weder Verbrennungen noch Knochenbrüche noch Messerstiche. Nur die Umarmung und das Weinen des anderen.

Doch das alles war seltsam fern. Vergangen. Oder verloren?

Er musste weiterziehen.

»Nein!« Etwas in seinen Gedanken schrie auf. Jemand schrie ihm nach. Aber wer?

Die Menschen dort unten besaßen Namen. Doch er konnte sich nicht erinnern. Er musste fort. Weiter.

Aber wohin?

Andere Seelen waren bei ihm. Taluns Magie – und Maluna. Sie alle hatten sich in Lichter verwandelt, die leise über der Welt schwebten. Und sie alle wurden gezogen, hin zu dem einen Kind, das im Quellbecken der heilenden Tränen gezeugt worden war. In ihm würde sich ihre Magie verdichten. Taluns Macht würde in Feylas Kind wieder vollständig werden.

Aber was war mit Maluna? Würde sie Taluns Zwillingsschwester werden? Oder würde sich sämtliche Magie in einem Zwilling verdichten? In einem grauenhaft mächtigen Hybridgott aus Maluna und Talun?

Es war falsch! Was auch immer geschehen würde, es war falsch.

»Nein!« Wieder hörte er den Protest. Doch nun sah er, von wem er stammte. In einer mächtigen Schallwelle rief Sayra das Wort, so laut und entschlossen, dass selbst sein körperloser Geist von der Wucht zurückgetrieben wurde.

Mit einem Ruck riss das Mädchen den blauen Stein von Feylas Hals. Dann rannte sie zu dem toten Körper, den Leymon noch immer umschlungen hielt.

Auch Monji und Nelja traten neben sie und mit ihnen ein junger Mann: Dorgen, der Akademiker. In einem Halbkreis umringten sie den toten Körper. Auch Leymon richtete sich auf und schaute auf Tailin hinab.

Und dann sprachen sie. Gemeinsam. In jener uralten Sprache. Doch nun konnte er die Worte klar und deutlich verstehen: »Wir sind die Macht der Gegenwart, in der sich Vergangenheit und Zukunft begegnen. Wir sind jene Macht, die allem überlegen ist, was in der Vergangenheit beschlossen wurde, und die zugleich über alles befiehlt, was in der Zukunft möglich erscheint. Wir legen fest, was tatsächlich geschieht. Und hiermit beschließen wir, den Fluch zu ändern, den Talun einst über sein eigenes Schicksal sprach.« Die Stimmen der Kinder und der Männer schwollen an – und plötzlich mischten sich weitere Stimmen hinein. Sämtliche Priester Gamons und alle Priester Galejas waren in Sayras Kreis eingebunden, und sie alle sprachen gemeinsam. Auf den Wellen der Stimmgewalt trieb sein Geist in die Ferne, erkannte Salmi und Lesku, die auf dem vordersten Berg an der Grenze standen und die Worte über Nordfarua riefen. Gleich darauf sah er Galeron, der am Rand seiner Höhle kniete und dessen Stimme wie aus einem dröhnenden Trichter über die Welt hallte. Selbst die Priester Gamons hatten sich in der Prüfungshöhle des Tempels versammelt. Ihr gemeinsames Raunen versetzte das dunkle Wasser in Schwingungen – doch plötzlich sah er nur noch Zenju, jenen Jungen, mit dem er in der Nacht nach seiner Prüfung geschlafen hatte. Tränen der Verzweiflung und der Zuneigung rannen über Zenjus Gesicht. Er kniete am Rand des schwarzen Tümpels, und während er sprach, fielen seine Tränen ins Wasser. Von dort aus rann die Gewalt der Worte unter der Erde entlang und stieg am Grund des schwarzen Sees wieder in die Höhe. Der ganze Boden summte und vibrierte, und schließlich war es jene eine Stimme, die Tailin lauter hörte als alle anderen: Leymon. Von ihm stammte die größte Verzweiflung und die stärkste Sehnsucht.

Es war diese eine Stimme, die Tailin zurücklockte. Auf die Wiese oberhalb von Taluns Höhlen. Erneut schlang Leymon die

Arme um seinen toten Körper – während Tailin darüber schwebte. Auch Alia, Lunis und Maluna waren noch da, ihre Seelen trieben neben ihm. Sie alle waren unentschlossen. Das nächste Leben war ihnen näher als das letzte.

Oder nicht?

Große Macht lag in den Stimmen der Gegenwart, zwingend und unausweichlich: »Hiermit heben wir den Fluch auf, den Talun über sein eigenes Schicksal sprach. Und wir ändern ihn für jetzt und für alle Zukunft. Taluns Magie soll geteilt bleiben in vier Teile. Niemals soll sie sich wieder auf ein Ganzes verdichten, denn Taluns Macht wird überall auf der Welt gebraucht und soll sich über diese hinweg verteilen. Auch Maluna soll nur noch einmal als vollwertige Göttin leben, nur noch in diesem Zyklus soll sie die Welt von der Dürre heilen. Ihren nächsten Tod soll sie gemeinsam mit Sapionas sterben, an den sie in ihrem nächsten Leben gebunden sein wird. Doch nach ihrem Tod soll sich auch ihre Macht in drei Teile teilen – damit niemals wieder eine Blutgöttin von derart schrecklicher Macht entstehen kann.

Nun aber sollen alle weiteren Teile Taluns in die Körper zurückkehren, in denen sie zuletzt geboren wurden, denn genau so werden sie gebraucht, um Ruann vom Unglück der gebrochenen Seelen zu heilen. Von nun an sollen sie ein Leben führen, das an die zeitlichen Grenzen eines priesterlichen Lebens gebunden ist. Sie werden älter werden als gewöhnliche Menschen, doch älter als 200 Blütezyklen ist niemals ein Priester geworden und wird niemals ein Priester werden.

Der eine Teil Taluns soll jedoch an den Priester Gamons gebunden bleiben, der zugleich der oberste Wächter der Pamuschgarde ist. Und mit ihm an die göttliche Pamusch. Denn zu dritt bilden sie die schützende Gottheit der Zukunft. Ihnen obliegt es, jetzt und in Zukunft ihre weise Hand über die Welt zu halten. Wann immer einer von ihnen stirbt, sollen die anderen folgen, um Leben für Leben gemeinsam wiedergeboren zu werden.«

Noch einmal schwollen die Worte der Gottgeborenen an. Selbst die Stimmen aus der Ferne summten in der Luft und vibrierten im Boden. »Dies ist unsere Entscheidung, die Entscheidung der Gegenwart, deren Macht über allen Entscheidungen der Vergangenheit steht und in der die Zukunft ein für alle Mal festgelegt wird.«

»So und nicht anders soll es sein!« Der letzte Satz erklang nur noch aus einem Mund, direkt hinter ihm. Leymon. Sein Atem strich durch Tailins Nacken, sein Arm presste sich wie eine Klammer um ihn. Doch die Schmerzen waren fort. Ebenso wie die Schwerelosigkeit. Tailin bewegte die Hand auf dem Boden. Warm und weich streifte das Gras zwischen seinen Fingern hindurch.

Er lebte. Seine Seele war in seinen Körper zurückgekehrt.

***

Leymon

Tailin regte sich in seinen Armen. Wärme strahlte von seinem Körper ab. Auch sein Geist war wieder da. Sanft und vorsichtig flossen ihre Gedanken ineinander. Sie zwei waren eins, von jetzt an und für immer.

Als er blinzelte, sah er Sayra. Sie löste den blauen Stein, den sie mit aller Macht auf Tailins Brust gedrückt hatte. Nur kurz begegnete Leymon dem Blick ihrer grünen Augen. Dann sprang sie auf und lief zu Alia.

Heftige Dankbarkeit strömte durch seine Brust. Sayra war die Göttin der Gegenwart. Sie hatte alles Wissen und alle Fäden zusammengefügt und die richtigen Entscheidungen getroffen.

Tränen drängten sich in Leymons Augen, verschleierten seinen Blick und schüttelten seinen Körper. Immer fester musste er Tailin umarmen. Nur so konnte er Halt finden. Noch immer konnte er kaum glauben, dass sein Freund zurückgekehrt war. Erst als sich Tailins Hand um seine legte, wurde Leymons Atem ruhiger. Und dennoch ließen sich die Tränen nicht zurückdrängen. Nur durch Tailins Augen nahm er wahr, was auf der Lichtung geschah.

Sayra war neben Alia auf die Knie gefallen. Entschlossen presste sie den blauen Stein auf ihre Brust. Wieder murmelte das Mädchen unverständliche Worte, aber dieses Mal sprach Tailin sie leise mit.

Plötzlich flammte der blaue Stein auf. Alia schnappte nach Luft und begann zu husten. Auch der grüne Stein flackerte auf ihrer Brust. Sayra schloss ihre Hand darum und murmelte weiter. Als sie den Stein losließ, leuchtete er in strahlendem, konstantem Grün. Maluna! Sie war in das Kind zurückgekehrt, das in Alia heranwuchs.

Sayra wirbelte herum, drückte den blauen Stein auf Lunis' Brust und redete weiter in der fremden Sprache. Durch Tailins Augen konnte Leymon die leuchtende Seele sehen. Irritiert zuckte sie in der Luft, flog näher zu Lunis und verharrte über ihm.

Ihn ins Leben zurückzuholen würde schwieriger werden. Sein Körper war schwer zerstört. Doch erst wenn die Seele in ihn zurückgekehrt war, konnte eine körperliche Heilung gelingen.

Umso entschlossener legte Sayra die Hände auf seinen Hals. Wieder murmelte sie, und nun schien sich die Macht sämtlicher Heiler in ihren Händen zu bündeln. Ein heftiger Impuls strömte durch die Luft.

»Ich verzeihe dir«, murmelte Alia, und zugleich sprach Tailin die Worte mit ihr. Sogar Lunis' Seele schien sich selbst zu verzeihen.

Die Lichtung um sie herum blitzte auf, verwandelte sich in ein Bild, das aus der Zukunft stammte. Da war ein kleines blondes Mädchen. Mit ausgebreiteten Armen lief sie durch eine ausgedörrte Landschaft. Doch überall, wo ihre Füße den Boden berührten, spross Gras hervor. Rasend schnell breitete es sich aus. Die trockenen Risse der Erde flossen zu einer ebenen Fläche zusammen, Blumen und Sträucher wuchsen in die Höhe, bis eine grüne Landschaft vor ihnen lag.

Leymon öffnete die Vision und schickte das Bild zu Lunis: Die kleine Maluna war nicht allein. Zwei Menschen waren bei ihr, um sie zu beschützen. Eine Frau und ein Mann, der ein Schwert am Gürtel trug – eines, das er nur noch dann brauchen würde, wenn jemand seiner Tochter etwas zuleide tun wollte.

Jener Mann mit den blonden, langen Haaren war Lunis. Er selbst hatte das Grauen miterlebt, dessen Wiederholung er um jeden Preis verhindern musste. Doch sein wirksamstes Mittel war nicht sein Schwert. Es war seine Fähigkeit, den Geist anderer Menschen zu durchschauen – und die gebrochenen Seelen zu erkennen, die versuchen würden, ausgerechnet Maluna Schaden zuzufügen.

Mit einem letzten Flackern löste sich das Bild auf. Plötzlich ging ein Ruck durch Lunis' Körper. Er fing an zu zucken. Blut blubberte aus seiner aufgetrennten Kehle. Wieder legte Sayra ihre Hände darauf. Aber reichten ihre Fähigkeiten aus? Oder würde er nur erneut sterben?

»Die Hügel der Heilung.« Monji sprach für seine Schwester. »Er muss zu den Hügeln der Heilung. Alle Priester Sajunas müssen ihre Kraft auf ihn bündeln. Sonst ist es zu spät.«

Aber wie sollte Lunis dorthin kommen? Leymon versuchte, sich zu bewegen. Vielleicht konnte er ihn tragen. Doch er war zu schwach. Selbst seine Arme knickten ein, als er sich darauf stützte.

Plötzlich glitt ein Schatten über sie hinweg, flog in einer Runde um die Lichtung und landete hinter ihnen. Der Drache, der sie alle aus dem Wasser gezogen hatte. Offensichtlich war er noch einmal fort gewesen. Doch nun kam er auf sie zu, streckte seinen langen Hals zu Lunis und schnupperte an ihm. Behutsam wie ein Mensch schob er seine Krallen unter den verletzten Körper und hob ihn hoch.

Sayra und Monji sprangen auf. Auch Alia kämpfte sich auf die Füße.

Doch der Drache war nicht allein gekommen. Zwei Menschen ließen sich von seinem Rücken gleiten und halfen den Kindern und Alia hinauf. Sobald Sayra und Monji ihre Hände an den mächtigen Schulterschuppen festklammerten, hob der Drache ab und flog davon.

Nur die beiden Menschen, die er mitgebracht hatte, blieben am Boden: ein dunkelhaariger junger Mann und eine ebenso junge blonde Frau.

Erst jetzt gelang es Leymon, die Tränen fortzublinzeln. Im nächsten Moment konnte er die Gesichter klar erkennen. Und plötzlich gab es keine Zweifel mehr. Er kannte das Mädchen, das auf ihn zukam. »Thia.« Fast tonlos wisperte ihr Name über seine Lippen. Alles in seinem Körper fühlte sich taub an, während er sie ansah. Die ganze Welt schien zu zittern, als er sich auf die Beine kämpfte. Auch Tailin richtete sich auf und stand schwankend neben ihm.

Thia rannte ein paar Schritte auf ihn zu. Dann wurde sie langsamer und blieb direkt vor Leymon stehen. Sie war groß geworden, erwachsen. Dennoch war ihr Lächeln noch genauso unbefangen wie damals. In ihren Augen blitzte dasselbe Strahlen, und ihrem Mund entkam ein winziges Lachen. Weich und vertraut schmiegte sich der Klang um sein Herz. Nur ihre Aura leuchtete noch heller als damals, noch bestechender. Jeden beliebigen Mann, jede Frau und jede Kreatur konnte sie damit verführen – nur ihn nicht.

Leymon wollte etwas sagen, wollte sie begrüßen und um Verzeihung bitten. Auch Thias Lippen schienen Worte zu suchen – bis sie den letzten Schritt überwand und ihm in die Arme fiel.

Alles an ihr roch warm und unschuldig, als wäre sie noch immer das kleine Mädchen, das er so oft in den Schlaf gewiegt hatte. Und für einen winzigen Augenblick war sie genau das. Als wäre alles dazwischen nie geschehen. Als hätte er sie niemals verraten.

»Es ist in Ordnung«, flüsterte sie. »Wir haben den Krieg gewonnen.« Mit federnden Schritten trat sie zurück. Stolz und Stärke lagen in ihrer Haltung. Sie war die Kriegerin, die diesen

Krieg entschieden hatte. Dennoch blitzten ihre Augen wie die eines Mädchens. Fast übermütig fasste sie den dunkelhaarigen Mann an der Hand und zog ihn neben sich. In einer förmlichen Geste deutete sie auf Leymon. »Nuszam, darf ich vorstellen? Das ist Leymon. Mein erster Lehrer und …« Sie machte eine winzige Pause, gerade lange genug, dass er den wehmütigen Schimmer in ihren Augen erkannte. »… und mein Vater.«

Leymons Herzschlag machte einen Sprung. So viele Jahre hatte er geglaubt, weder die Ehre noch die Gefühle eines Vaters verdient zu haben. Aber nun wischte Thia alle Zweifel einfach fort. Mit einem zärtlichen Lächeln zeigte sie auf den jungen Mann. »Und das ist Nuszam.« Mehr als das musste sie nicht sagen, musste nicht erklären, welche Rolle er in ihrem Leben spielte. Fast beiläufig streifte das Wort *Schwiegersohn* durch Leymons Gedanken.

Irgendetwas in seinem Inneren schnappte über. Vielleicht war es Erleichterung oder Glück oder noch der Irrsinn des Krieges, den sie gerade erst überlebt hatten. Mit aller Kraft musste er sich beherrschen, um nicht hysterisch zu lachen. Wer hätte jemals gedacht, dass ein schwuler Pamuschkrieger eine Tochter und einen Schwiegersohn haben würde?

Nur aus Tailins Mund klang ein leises Lachen, wie ein winziges Echo seiner Gefühle. Leymon wollte ihn ebenfalls vorstellen – doch Chaveen drängte sich schnurrend zwischen ihnen hindurch. Mit gesenktem Kopf ging sie auf Thia zu, setzte sich vor sie und ließ sich kraulen.

Erschrocken wich Nuszam zurück. Aber Thia lachte und hielt ihn fest. »Keine Sorge, sie ist …« Mitten im Satz brach sie ab.

Sag jetzt bloß nicht, dass sie deine Mutter ist. Leymon dachte es nur – aber plötzlich war es um seine Beherrschung geschehen. Hysterisch und hoch brach das Lachen aus ihm hervor, mit solcher Wucht, dass es erneut die Tränen in seine Augen trieb.

***

Sie wusste nicht, wie lange sie schon in Dorgens Arm lag, wie viel Wasser sie schon ins Gras gewürgt hatte oder wie oft ihr Bewusstsein davongetrieben und wieder zurückgekehrt war.

»Du lebst«, flüsterte Dorgen. Immer wieder küsste er ihre Haare und strich über ihren Rücken. »Du warst tot, ich dachte, ich hätte dich verloren.« Voller Fürsorge legte er sein Hemd um ihre Schultern. Eine gefühlte Ewigkeit schmiegte Feyla sich an ihn. Doch erst ein hohes Lachen rief ihre Aufmerksamkeit in die Gegenwart zurück. Auf der Lichtung waren noch andere – Freunde und Bekannte, Menschen, von denen sie gehört hatte, die sie aber heute zum ersten Mal sah.

Sie alle wären beinahe gestorben. Aber wie durch ein Wunder hatten sie überlebt. Allein das rechtfertigte jedes hysterische Lachen. Vielleicht hätte Feyla ebenfalls gelacht – wenn nicht dieses Gefühl gewesen wäre. Ein unruhiges Zischen stahl sich in ihr Bewusstsein. Zwischen all den Freunden und Verbündeten war noch jemand, eine Person, deren Gegenwart tief in ihrem Herzschlag pulsierte. »Siberi.« Feyla löste sich aus Dorgens Umarmung und sah sich um. Dort hinten am Waldrand lag er, fast unsichtbar im Schatten der Bäume. Und ganz allein.

»Siberi!« Sie wollte aufspringen, knickte ein und stolperte vor Schwäche. Dennoch kam sie voran. Erst neben ihrem Zwilling fiel sie nieder. »Siberi! Ich bin es, Feyla.«

Seine Augen waren geschlossen. Seine Haut war bleich, und die Haare lagen nass um seinen Kopf. Auch er war in dem See gewesen. Aber lebte er noch? Oder war er tot?

Ihre Finger glitten an seinen Hals. Sein Puls schlug langsam, aber kräftig.

Erleichtert atmete sie auf. Er lebte! Und sie war bei ihm. Endlich.

»Vorsicht! Er fängt dich ein.« Ein junger Mann kniete sich neben sie. Vor diesem Tag hatte Feyla ihn noch nie gesehen. Dennoch wusste sie, wer er war.

Prüfend strich Tailin über Siberis Schläfe. »Ich glaube nicht, dass er so schnell geheilt wurde.« Konzentriert schloss er die Augen. »Dein Bruder ist weit fort, in einer Zwischenwelt aus Dunkelheit, gefangen zwischen dem Kerker und seinem drohenden Tod. Wenn er aufwacht, müssen wir mit allem rechnen. Mit unbändiger Wut genauso wie mit tiefer Depression.«

Ein schmerzhaftes Ziehen glitt durch Feylas Brust. Siberi sollte nicht länger leiden. Er hatte genug durchgemacht. »Kannst du ihn später heilen? Wenn das alles hier vorbei ist?«

Tailin antwortete nicht. Eine ganze Weile lang schaute er auf Siberi hinab. Als er sich an Feyla wandte, wirkte sein Lächeln müde. »Vielleicht. Aber ich kann es dir nicht versprechen.«

***

Nelja

Ganz allmählich ließ die Trance sie los. Sie stand aufrecht, auf ihren eigenen Füßen, doch sie wusste kaum, wie sie hierhergekommen war. Sie war mit dem Drachen geflogen, immer wieder, bis er sie hier abgesetzt hatte, um die Sterbenden aus dem Wasser zu ziehen. Doch die Menschen und Gottgeborenen, die sich nun auf dieser Lichtung versammelten, lebten noch. Jeder von ihnen. Selbst der Fluch war von ihnen abgewendet.

Dorgen, ihr Freund, der den Himmel singen hörte, trat leise neben sie und sah sich auf dieselbe Weise um. Die Bilder aus Vergangenheit und Zukunft echoten noch immer durch sie beide hindurch. Auch der magische Kreis, der sie mit Sayra verband, war noch nicht durchbrochen. Aber nun pulsierte nur noch leise Magie darin, nur das untrügliche Wissen, dass auch Alia und Lunis in den Hügeln der Heilung gerettet wurden.

Heftige Erleichterung strömte durch Neljas Körper und brachte ihre Hände zum Zittern. »Wir haben es geschafft«, flüsterte sie, und erst mit diesen Worten kehrte die Realität voll und ganz zurück.

Sie standen neben einem Loch im Boden. Dichter Dampf quoll heraus und stieg als Säule in den Himmel. Dort oben sammelten sich die Schwaden und breiteten sich aus.

Talun und Maluna hatten das vollbracht. Für einen kurzen Augenblick hatte sich ihre Magie zusammengeschlossen und richtete sich als Magiepfeil in die Zukunft. Jegliche Energie, die sie dafür in dem Kreis generiert hatten, lag gebündelt in dem blauen See. Doch nun, da der Zauber einmal in Kraft gesetzt war, war er kaum noch als Pfeil zu bezeichnen. Denn diese Art von Magie wirkte langsam. Bedächtig. Vorsichtig. Der Regen, den Talun und Maluna über die Welt brachten, durfte sich nicht als Sturm entladen. Er musste sich stetig und behutsam verbreiten. Über Monate und Jahre. So lange, bis das Wasser in die Welt zurückgekehrt war.

»Hörst du das?« Dorgen deutete nach oben und fasste nach ihrer Hand. Kühl schlossen sich seine Finger um ihre.

Und dann hörte sie es. Ein leises Knistern, das aus dem Himmel drang. Die Luft erinnerte sich an das Wasser, von dem sie früher durchdrungen gewesen war. Dankbar nahm sie die Feuchtigkeit auf und saugte sich damit voll.

Doch in das Knistern mischte sich noch ein Geräusch: der Schlag kräftiger Schwingen. Von weitem entdeckte Nelja die schwarzgrün schimmernde Kreatur über dem Wald. Rasch kam der Drache näher, umrundete die Lichtung und landete weit genug entfernt, um niemanden mit den Schwingen zu Boden zu reißen.

Zielstrebig streckte Minh seinen Drachenhals in Siberis Richtung. Nelja hielt den Atem an, während er seinen Kopf an Tailin vorbeischob und an Siberis Gesicht schnupperte. Starke Magie ging von Minh aus, und für einen Moment schien die Zeit stillzustehen. In dem Drachen vereinten sich Luftmagie und Feuermagie und zugleich die Kraft von Wasser und Erde. Nur die Zeit beherrschte er nicht. Die Zeit hatte immer schon den Pameli gehört.

Doch in jedem Fall war Minhs Drachenmagie der von Siberi

überlegen. Womöglich war er der Einzige, der es jemals mit einem gebrochenen Gott von Siberis Stärke aufnehmen konnte.

»Überlasst ihn mir!« Auf einmal schien der Drache zu sprechen. Doch seine Stimme hallte nicht durch die Luft – sie erklang in Neljas Kopf. Auch Dorgens Hand zuckte unter der Ansprache, während Tailin und Leymon sich dem Drachen zuwandten.

»Überlasst ihn mir«, wiederholte Minh und sah sie der Reihe nach an. *»Ich werde ihn mitnehmen und versuchen, ihn zu heilen. Meine Magie ist der seinen überlegen. Ihr könnt euch darauf verlassen, dass er mir nicht entkommt. Selbst wenn mir die Heilung nicht gelingt, werde ich dafür sorgen, dass er niemals wieder Unheil anrichten kann. Weder in eurer Welt noch in meiner.«*

Kurz verharrte die Stille zwischen ihnen. Dann wandte Tailin sich an Feyla und wiederholte Minhs Worte laut.

Für einen endlosen Moment schauten alle auf sie. Auch Dorgen, ihr Ehemann, war hinter sie getreten und legte schützend die Hand auf ihre Schulter. Er sagte etwas, was zu leise war, als dass jeder es hören konnte. Dennoch glaubte Nelja, es zu verstehen. *»Lass ihn gehen.«*

Feylas Schultern wurden starr. Ruckartig trat sie von Siberi zurück. »In Ordnung«, erklärte sie laut. »Sag ihm, er soll ihn mitnehmen.«

Doch der Drache brauchte keine Übersetzung. Minh neigte seinen Kopf zu einem Nicken und trat näher an Siberi heran. Sanft umfasste er ihn mit seinen Krallen.

Als er den Kopf hob, glitt sein Blick noch einmal zu Nelja. *»Mach es gut, Mädchen, das die Wände flüstern hört. Ich werde dich vermissen.«*

Nelja musste grinsen. Kaum merklich nickte sie ihm zu. *»Und mach du es auch gut – Drache, der sich schöne Männer stiehlt.«*

Minhs Drachenzähne blitzten im Sonnenlicht auf, ganz so, als würde er ebenfalls grinsen. Auch seine Drachenaugen schienen zu zwinkern. *»Aber nur wenn sie schön und gefährlich sind.«*

Mit aller Kraft versuchte Nelja, ihr Lachen zu unterdrücken. Doch es ging nicht. Während Minh seine Krallen enger um Siberis Körper schloss und ihn wie ein kostbares Geschenk hochhob, brach es aus ihr heraus. »Das sieht dir ähnlich!«, rief sie.

Noch einmal sah der Drache sich um. Dieses Mal kniff er die Augen tadelnd zusammen. Mit übertriebenem Stolz richtete er sich auf, spreizte seine gewaltigen Flügel und glitt mit einem eleganten Sprung in die Luft.

»Macht es gut«, flüsterte Nelja, dieses Mal fast lautlos. »Und werdet glücklich zusammen.«

Nur Dorgen, ihr neuer Freund, mit dem sie ihre Fähigkeiten und ihre Geheimnisse teilte, stand nah genug, um ihr Flüstern zu hören. Oder lauschte er noch immer dem Gesang des Himmels? Ein Lächeln huschte über sein Gesicht und ließ ihn ungewohnt jung aussehen. Die entbehrungsreichen Jahre des Kerkers waren zum ersten Mal aus seinem Gesicht verschwunden.

Nelja schauderte. Ein schrecklicher Verdacht überkam sie. Wie alt war er vorher gewesen?

»Ein Überflieger«, flüsterte die Vergangenheit. *»Ein Überflieger auf der Akademie. Wie Siberi.«*

Dorgens Hand zuckte zurück. Seltsam verlegen schaute er zu Boden. »Ich war vierzehn, als ich das Buch geschrieben habe. Und fünfzehn, als Walerius mich verhaften ließ. Seitdem besitzt Zeit keine Bedeutung mehr.«

Seine Worte schmeckten bitter auf Neljas Zunge und dennoch auf seltsame Weise vertraut. Sie beide waren in der Dunkelheit groß geworden – und alles Licht, das sie aufrecht gehalten hatte, entstammte der Vergangenheit. Niemand sonst würde das je verstehen.

Wieder tastete Nelja nach seiner Hand – und dieses Mal ließ er zu, dass sie ihn festhielt.

»Du hast recht«, wisperte sie zurück. »Die Zeit in der Dunkelheit ist unerheblich – im Vergleich zu der Lebensspanne, die noch vor uns liegt.« Bei diesen Worten sah sie das Licht der Zukunft. Sie beide hatten es in der Zurücknahme und der Änderung des Fluches ausgesprochen: Knapp 200 Blütezyklen fasste die Lebenserwartung eines Gottgeborenen, eine so lange Spanne, dass wenige Jahre darin keine Rolle spielten. Zumindest dann nicht, wenn ihre Seelen heil geblieben waren.

Und das waren sie – alle Seelen derer, die sich hier versammelt hatten.

Ganz behutsam, wie mit den Augen eines unsichtbaren Zuschauers, streifte Neljas Blick über die Lichtung. Da waren Feyla und Dorgen, die erschöpft aneinanderlehnten, die sich gegenseitig trösteten und festhielten und ganz allmählich anfingen, sich auf das Kind zu freuen, in dem ein Teil von Taluns gesunder Magie wiedererwachen würde.

Nur knapp entfernt stand Nuszam mit Thia, jenem Mädchen, in dem sich die Macht der Liebe zu einer neuen Gottheit formte und die eine solche Stärke in sich selbst fand, dass sie jeglichem Grauen überlegen war. Mit einem strahlenden Lächeln schaute sie dem Drachen nach und rief ihm hinterher: »Ich habe die Monster in die östlichen Berge geschickt! Sie werden aufpassen, dass sich die Menschen niemals in die Welt der Drachen verirren.« Ihre Stimme verhallte in der Luft wie ein Versprechen und fand ihr Echo in Tailin und Leymon, die fast schüchtern aufeinander zugingen und in deren Lächeln sich ebenfalls ein Versprechen verbarg: Gemeinsam mit Chaveen würden sie diese Welt für immer beschützen.

Nelja schloss ihre Hand ein wenig fester um Dorgens. Nur kurz sahen sie einander an, und dennoch war es, als würden sie denselben Gedanken teilen: Vielleicht war es an der Zeit, noch ein Buch über die Vergangenheit zu schreiben, über all jene Geschichten, die getrennt voneinander begonnen hatten, die dann jedoch ineinander übergegangen waren, bis sich ihre roten Fäden miteinander verwoben, um das blutige Schicksal Ruanns zu beenden.

Epilog

Galejas wissende Chronik der Vergangenheit
Gemeinsames Buch Nelja und Dorgen

Regen

Jene Zeit, in der sich das Schicksal auf Ruann zum Besseren wendete, begann mit dem Regen. Und jener Regen, welcher die Dürre besiegte, begann in den Höhlen Taluns. An dem Tag, an dem die Gottgeborenen den Frieden über Ruann gebracht hatten, stieg dichter Dampf aus der blauen Höhle auf. Jener Dampf füllte die Luft mit Wasser und sammelte sich in der Höhe zu einem weißen Schleier aus Wolken. Doch der Strahl der Magie verlangsamte sich, sobald er sich gelöst hatte. Was nun kam, war kein Sturm, kein Unwetter. Es war Malunas Magie und Taluns Magie in einem – Fruchtbarkeit und die Macht der heilenden Tränen.

Als der erste Regen fiel, waren es winzige Tröpfchen, die wie Puder über dem Land niedergingen. In Malun fing es an. Ebendort, wo die Wolken entstanden waren, verstäubte sich der erste Regen in der Luft. Doch die Wolkendecke breitete sich aus und zog langsam Richtung Süden.

Über den Grenzbergen von Malun traf der Regen auf die ersten Menschen, auf jene Pamuschkrieger, faruanische Rebellen und Widerstandskämpfer, denen es gerade erst gelungen war, die letzten Monster zu töten, die sich nicht in die östlichen Berge zurückgezogen hatten. Die Krieger hielten inne, als sie die Wolken über sich entdeckten, streckten die Arme zur Seite und jubelten, während die ersten Tröpfchen herabfielen. Sie alle spürten, welche Magie darin schlummerte, dass sie nicht nur den Krieg an der Front gewonnen hatten, sondern auch den Kampf um die Seelen der Götter.

Vor allem die Pamuschkrieger wussten es genauer. Ihr erster Hauptwächter war einer der größten Götter, schon durch seine Gedanken erfuhren sie von dem Sieg. Aber auch die weißen Priester sangen die Geschichten von Talun und Maluna an den Lagerfeuern, mit denen die Krieger ihre Nächte wärmten.

Immer größer wurde die sonderbare Gemeinschaft, zu der sich die Überlebenden rund um die Grenzberge versammelten. Versprengte Soldaten der Sapioner kehrten aus den Dörfern und den Bergen zurück, ebenso wie vereinzelte Sklaven, die sich beizeiten aus dem Heerlager gerettet hatten. Sie alle halfen dabei, die Kadaver der Monster zu entsorgen und die Toten ihrer eigenen Völker zu bestatten.

Von nun an stob der Regen beständig über das Land, zog sich immer weiter Richtung Süden und benetzte den Boden mit feinen Tröpfchen, die langsam einsickerten. Je länger er anhielt, desto feuchter und weicher wurde die Erde, bis die vertrockneten Wurzelreste neue Triebe ansetzten und die ersten Halme aus den Grasnarben sprossen. Ganz allmählich füllten sich die Teiche und Seen mit Oberflächenwasser – doch der größte Teil des Regens versickerte im Boden. Dort unten, in den Tiefen der Erdschichten, die seit Jahren ausgebeutet wurden, sammelte sich neues, sauberes Grundwasser.

Mit dem Regen und dem Gras kehrten auch die ersten Tiere zurück, die sich weit im Westen oder im Osten versteckt hatten. Ganze Kariherden streiften zwischen den Hügeln Südfaruas umher, während die wilden Schweine die Asche des Waldgürtels nach verborgenen Wurzeln und Baumfrüchten durchwühlten.

Auch die verbliebenen Menschen zogen sich von der Front zurück und begannen in den Dörfern und Städten ein neues Leben. Ehemalige Sklaven und die Frauen des Widerstandes suchten sich verlassene faruanische Dörfer, in denen sie eine neue Gemeinschaft gründeten, während sich die meisten Sapioner nach ihrer Heimat sehnten.

Selbst im staatenlosen Gebiet und in Zeylem tränkte der Regen den Boden, glättete die Spalten und Risse und benetzte all jene Samen, die über Jahrzehnte in der trockenen Erde ausgeharrt hatten. Auch hier, wo alles Leben längst verloren schien, begann das Grün zu sprießen, bis auch die trockensten Gegenden von neuem Wachstum erfüllt wurden.

Anfangs waren die Sapioner von der Sorge erfüllt, der malunische Regen würde vor der Grenze zu ihrem Staat Halt machen. Doch der Regen kannte weder Feindschaft noch Rache. In seiner Sprache waren Liebe und Vergebung die wichtigsten Begriffe. Nicht nur Malunas Fruchtbarkeit trieb mit dem Regen über das Land. Auch Taluns heilende Magie wisperte in seinem Rauschen und mit ihm das Versprechen, dass auch jene, deren Geist verwundet war, eine Chance auf Heilung besaßen. Denn der Gott des Seelenheils war unter den Göttern Maluns, und mit ihm waren Mitleid und Verständnis in die Welt zurückgekehrt. An ihn galt es zu glauben, und zu ihm ließ sich beten, damit sich sein Geist mit den verwundeten Gedanken verband und nach Heilung und Vergebung suchte.

Mit den sapionischen Soldaten kehrte schließlich auch der eine nach Sapion zurück, der einst ihr Heer geführt hatte, dem man aber auch nachsagte, er habe den Frieden über Ruann gebracht. Er brachte nicht nur die Soldaten zurück in ihre Heimat, auch Männer und Frauen des Widerstandes befanden sich an seiner Seite. Und so war er der Einzige, zu dem alle Gruppen des Volkes aufblickten. Dorgen, Sohn von Mirdrasch dem Schmied, hatte es nicht beabsichtigt, ein König zu werden. Doch die Menschen sehnten sich nach Antworten. Sie wollten erfahren, was hoch im Norden geschehen war – und so hielt Dorgen die ersten Reden vor dem Volk. Aus seinen Worten und seiner Gegenwart strömte jedoch ein solcher Frieden und ein solches Wohlgefühl, dass bald schon die ersten Stimmen laut wurden, Dorgen möge der neue König Sapions werden. Ihm vertrauten die Menschen wie keinem anderen, also krönten sie ihn im Palast von Anmare. Dorgen wurde jedoch kein Herrscher, der in der Tradition der Herrscher vor ihm stand. Vielmehr war er der erste König Sapions, der die Macht seines Amtes nicht für seinen eigenen Nutzen missbrauchte, sondern der sich ganz und gar der Gerechtigkeit verschrieb und sein Volk in eine friedliche Gemeinschaft führte. Dorgen selbst bestimmte, dass sein Königtum nicht auf Dauer sein sollte. Vielmehr wollte er die Sapioner daran gewöhnen, in Freiheit zu leben und sich ihren Anführer in einem Rhythmus von fünf Jahren neu zu wählen.

Doch Dorgens Königtum wurde legendär auf ganz Ruann. Je weiter die Zeit voranschritt, desto weiter verbreiteten sich auch die Geschichten, die mit den Stimmen der Valjaner in die Welt getragen wurden. Sie vervielfachten sich in den Geschichten der Menschen und verbreiteten sich in die entlegensten Gebiete. Die Sapioner, so hieß es, hatten von nun an nicht nur einen gerechten König, sie hatten auch eine Königin, die gleichberechtigt an der Seite ihres Gemahls stand. Ihr Name war Feyla, Tochter von Suleja, und sie würde höchstselbst dafür sorgen, dass auch die sapionischen Frauen von nun an gleichberechtigt neben ihren Männern standen.

Unter dem neuen Königspaar, so hieß es, solle es weder eine Auslese geben noch eine Sippenhochzeit. Jeder Mann und jede Frau, die sich vermählen wollten, sollten dies in beidseitigem Einvernehmen entscheiden.

Auch eine Trennung nach Kasten würde es im Königstaat Sapion nicht mehr geben. Jedes Kind, ob Junge oder Mädchen, sollte die gleiche Schulbildung erhalten und sich anschließend für einen Beruf entscheiden.

Doch vor allem sollten Jungen keine Krieger mehr werden. Denn in einem Leben ohne Krieg und ohne Feinde brauchte es keine Soldaten. Im neuen Staat Sapion wurden nur noch Männer und Frauen gebraucht, die ihr Land wieder aufbauten.

Der anfängliche Regen, den Talun und Maluna über das Land schickten, währte dreimal neun Monate, drei Blütezyklen also in der alten Zeitrechnung der Faruaner. Danach war das Land fruchtbar, und die Brunnen in den Dörfern spendeten sauberes Trinkwasser.

In jener Zeit, in welcher das Wasser auf die Welt zurückkehrte und die Menschen anfingen, ein neues Leben zu gründen, formte sich auch der Glaube an die Götter zu einem neuen Bild. Von nun an gab es keine Trennung mehr zwischen den Staaten und verschiedenen Götterbildern. Überall auf Ruann sprach man von denselben Göttern und erzählte sich ähnliche Geschichten. Manche berichteten aus der Vergangenheit, andere sprachen über die Gegenwart, und wieder andere gaben Prophezeiungen über die Zukunft. Manche Geschichten waren Mythen und manche Realität, und die allermeisten waren irgendetwas dazwischen.

Dorgen und Feyla, so hieß es, seien verbündet mit den Göttern Maluns, und vielleicht waren sie sogar selbst von göttlichem Blut. Zumindest ihr erster Sohn, den Feyla neun Monate nach Beginn des Regens gebar, sollte von göttlicher Natur sein. Über neun Monate, so sprachen die Legenden, hatte die Königin nichts anderes gegessen als die Früchte des Malunabaumes, und sie hatte nichts anderes getrunken als das Wasser einer heilenden Quelle. Auf diese Weise würde die Göttlichkeit des Kindes auf immer von göttlicher Liebe und Gerechtigkeit geleitet werden.

Doch die Legenden um den Königssohn verkündeten noch mehr. Sie sagten, der Junge sei die Wiedergeburt des Blutsohnes Sapionas. Jedoch verkörperte er nun das Gegenteil seiner vorherigen Macht. Wo er zuvor Wahnsinn und Schrecken verbreitet hatte, würde er nun für Verständnis und Vergebung unter den Menschen sorgen.

Auch die Blutgöttin hatte angeblich ein neues Leben begonnen – doch von nun an war sie niemand Geringeres als die oberste Göttin Maluna, auf deren Rückkehr die Faruaner so lange gewartet hatten. Den Legenden nach wurde sie beschützt von ihrer göttlichen Mutter und ihrem göttlichen Vater, die mit ihr durch das Land reisten. Überall dort, wo der Regen nicht ausreichte, um die Fruchtbarkeit wiederaufleben zu lassen, wirkte die Magie des Mädchens Wunder.

Doch Maluna und ihre Eltern galten als scheu und zurückhaltend, und kaum jemand bekam sie je zu Gesicht – nur manche erzählten verwunderliche Geschichten von Gras und Blumen, die unter den Füßen des Mädchens sprossen.

Zu den alten Göttern, die es vormals schon gegeben hatte, waren neue hinzugekommen, von denen die Legenden erzählten. Und es sollten gerade jene Götter gewesen sein, die den Kampf um Ruanns Frieden zum Ende der Blutära entschieden hatten.

Da war die Göttin der Liebe, die selbst Monster und Säbelkrallen bezähmen konnte und der jeder Mensch, jedes Tier und jede Kreatur unweigerlich verfiel, wenn sie es darauf anlegte. Doch von ihr hieß es, ihre Liebe sei gebunden an einen einzigen Mann und stelle seit Ende des

Krieges keine Gefahr mehr dar. Ob es diese Göttin überhaupt gab, wusste niemand, denn sie trat fast nie in Erscheinung. Nur manche munkelten, sie sei eine Diplomatin des Staates Sapion.

Von noch größerer Bedeutung war jedoch die Göttin der Gegenwart, welche die Macht besaß, zwischen Vergangenheit und Zukunft über das Schicksal zu entscheiden. In allen Legenden wurde sie stets als kleines Kind mit spitzen Zähnen und grünen Augen dargestellt. Allein die Logik legte nahe, dass auch sie irgendwann erwachsen geworden war. Doch wenn sie noch irgendwo lebte, dann vermutlich hoch im Norden. Vielleicht in Malun. Oder in den verschneiten Bergen Pamals. Es war gut, dass sie so weit entfernt war, denn die meisten Menschen fürchteten ihre Macht, mit der sie eine ganze Welt verändern konnte.

Die beliebtesten Geschichten hingegen rankten sich um die Gottheit der schützenden Zukunft. Welche Mächte in ihr zusammenflossen, wusste kaum jemand zu sagen. Talun sollte ein Teil davon sein. Doch manche Legenden sprachen auch von Gamon und Valjan und der schützenden Kraft der Pamuschkrieger.

Einig war man sich nur darin, dass es dieses sonderbare Paar und die riesenhafte Pamuschkatze tatsächlich gab. In der ersten Zeit des Regens waren sie in allen Dörfern und Städten aufgetaucht und kurz darauf wieder verschwunden. In den wenigen Tagen ihres Aufenthalts hatten sie mit fast jedem Menschen gesprochen. Von ihnen, so erzählten die meisten aus ihrer eigenen Erfahrung, stammten Trost und Mut. Wer von ihren Worten und Händen und dem Wasser aus einer blauen Phiole berührt wurde, konnte alte Sorgen hinter sich lassen und sah die Welt mit neuer Hoffnung. Sie beide, so erzählte man später, hatten die ganze Welt vom Unglück des Krieges geheilt. Doch nach den ersten Jahren hatte sie niemand mehr gesehen, und seither hieß es, dass sie in einer Höhle am Ende der Welt lebten und die Menschen von dort aus im Spiegel eines unterirdischen Sees beobachteten. Doch wann immer jemand in seelische Not gerate, würden sie wiederkommen und helfen.

Aber zumeist war es Trost genug, zu ihnen zu beten, wenn Trauer und Unglück bewältigt werden mussten. Im Gebet fühlte es sich an, als streife

Taluns schützender Geist durch den eigenen Verstand, bis alle hässlichen Gefühle durch Verständnis, Liebe und Vergebung ersetzt wurden.

Andere Götter hingegen sollten überall zu finden sein, so sehr mit den Menschen vermischt, dass sie sich oft kaum noch als Götter erkennen ließen. Doch von ihnen stammte das Gefühl von Gemeinschaft, mit dem die neu gegründeten Dörfer zusammenhielten, ebenso wie die Kraft der Heilung, wenn jemand krank wurde. Auch die Spielleute, die in kleinen Gruppen von Dorf zu Dorf zogen, die das Feuer tanzen ließen und Musik machten und mit lachenden Gesichtern die Geschichten der Götter sangen, sollten in Wirklichkeit selbst Götter sein.

Je weiter sich die Legenden im Laufe der Zeit verbreiteten, desto mehr verzweigten sie sich in Varianten. Nur manche Geschichten sprachen von den Büchern, in denen sich die Wahrheit finden ließ, und von den göttlichen Schreibern, die sie verfassten. Andere Mythen hingegen wurden für alle zur sichtbaren Realität.

Immer wieder sprachen Dorgen und Feyla zu ihrem Volk und veränderten die Gesellschaft auf eine Weise, wie es die Geschichten vorhergesagt hatten. Wie versprochen ließen Dorgen und Feyla ihrem Volk alle fünf Jahre die freie Wahl, wer sie führen sollte. Doch sie beide wurden ein ums andere Mal wiedergewählt.

Auch ihr Sohn wuchs heran und zeigte eine Güte, die den Menschen Halt und Zukunft versprach. Er war noch ein junger Mann, als er ein Mädchen heiratete, das so blond war wie die Vaikuni und das so rein wirkte, als sei sie tatsächlich eine Göttin. Es war eine Hochzeit aus Liebe, und allein in dem Strahlen des Paares war das Glück zu sehen, mit dem sie einander gefunden hatten.

Während Dorgen und Feyla älter wurden und sich aus der Politik zurückzogen, wurde schließlich das junge Paar zu König und Königin gewählt. Manchmal kamen Gerüchte auf, dass sich die Macht Taluns und Malunas in den Händen des Paares bündelte. Doch diese Legenden ließen sich weder bestätigen noch widerlegen. Wenn das Strahlen der jungen Königin und des Königs tatsächlich von göttlicher Herkunft war, so zeigten sie ihre Fähigkeiten niemals in der Öffentlichkeit. Im Laufe des da-

rauffolgenden Jahrhunderts erwies sich zudem, dass die Königin und der König alterten – zwar geschah dies langsamer als bei Menschen, jedoch wurden auch sie zu Greisen, und schließlich starben sie beide an zwei aufeinander folgenden Tagen. Höchst ungewöhnlich für all jene Göttlichkeit, die man ihnen zugeschrieben hatte.

Nur die Bücher der göttlichen Schreiber kannten die Wahrheit: Tatsächlich waren Talun und Maluna in dem jungen Königspaar der Sapioner aufeinandergetroffen. Schon mit ihrer Zeugung war die Blutära zu Ende gegangen, und eine neue Wasserära hatte begonnen. Doch von nun an besaßen Maluna und Talun nur noch die Lebenserwartung von Priestern. Als solche würden sie immer und immer wieder in neuen Kindern geboren werden – und in jedem neuen Lebenszyklus fanden sich göttliche Könige und Diplomaten, die Ruann mit Weisheit und Liebe führten, damit ihre Welt bis zum Ende der Wasserära dem Frieden gehörte – und damit auch die Ära danach zum ersten Mal eine Wasserära sein würde.

Nachwort und Danksagung

Die Arbeit an dieser Trilogie begleitet mich inzwischen schon seit Mitte 2015. Fünfeinhalb Jahre also, von der ersten Idee bis zur Fertigstellung der druckfertigen Fassung. Für eine Trilogie von diesem Umfang ist das wohl eine recht angemessene Zeit – aber für den Lauf der Welt ist es nur ein Blinzeln. Dennoch hat sich unsere Erde und das Zusammenleben der Menschheit in diesen wenigen Jahren auf sehr dramatische Weise verändert. Seit 2015 hatten wir auf der einen Seite mehrere Dürresommer hintereinander, andererseits aber auch katastrophale Stürme und Überschwemmungen. Und nun auch noch eine Pandemie, von der wir nicht wissen, wie lange sie dauert und wohin sie uns führen wird. Weltweit sehen wir einen Vormarsch von Rassismus, Radikalisierung und Terror. Selbst in demokratischen Gesellschaften zeigt sich ein deutlicher Rechtsruck bishin zu gewählten Regierungsvertretern, die versuchen, gefestigte Staaten zum Autokratismus umzubauen.

Wenn man ein Buch wie dieses schreibt und währenddessen eine solche Entwicklung in der realen Welt beobachtet, kann einem schon etwas mulmig zumute werden. 2015 habe ich noch nicht damit gerechnet, dass ich so schnell so vieles aus dieser Geschichte in der echten Welt wiederfinden werde.

Deshalb möchte ich, bevor ich zur eigentlichen Danksagung komme, gerne ein Wort an alle Menschen richten, die das hier lesen: Mehr denn je scheint unsere Welt an einem Scheideweg zu stehen. Aber es ist nicht so, dass wir alle nur Zuschauer wären. Jeder von uns ist ein kleines Teilchen vom Ganzen, und jeder hat ein kleines Stück Einfluss auf den Weg, den wir einschlagen. Vielleicht ist es sogar so, dass jeder von uns einen Funken von der »Magie« in sich trägt, die auch meine Gottgeborenen besitzen. Wir alle sind ein Teil der Gemeinschaft, in der wir leben, jeder empfindet Liebe, die er anderen mitgeben kann und viele von uns besitzen auch das Talent, auf das Seelenheil anderer einzuwirken. Bitte nutzt diese Fähigkeiten und kümmert euch umeinander, nehmt ein Stück Verantwortung auf euch, um die Demokratie und die Menschlichkeit auf unserer Welt zu stärken. Bitte versucht, einander eure Fehler zu verzeihen und euch in schwierigen Fragen zu einigen, geht den Weg von Diplomatie und Kompromiss und nicht den Weg von Feindschaft und verhärteten Fronten. Das Klima in unserer Welt wird sich ändern, und die Katastrophen, die wir erleben, sind vermutlich erst der Anfang. Aber es liegt in der Hand von jedem einzelnen, ob es uns gelingt, uns anzupassen oder ob wir uns in Krieg und Schmerz gegenseitig zerstören.

Mit Ruann habe ich eine Welt geschaffen, in der niemand von uns leben möchte. Bitte sorgt dafür, dass unsere eigene Welt eine bessere Entwicklung nimmt.

So, aber dieses Buch ist lang und ich habe nur zwei Seiten Platz. Also muss ich noch schnell meinen Dank loswerden. Zu allererst danke ich meinen Lektorinnen bei Lübbe: Anne Rudolph, die dieses Projekt eingekauft und mit mir entwickelt hat, und Martina Wielenberg, die es übernommen und mir geholfen hat, bei den tausend inhaltlichen Fäden nichts Wichtiges zu vergessen. Ich danke auch Gisela Klemt für die sprachliche Redaktion von Band zwei und drei und für die letzten inhaltlichen Anmerkungen.

Mindestens genauso großer Dank gilt auch meinen Ink Rebels – Franziska Fischer, Jennifer Benkau, Julia Dibbern und Kira Minttu/Mohn. Ihr seid nicht nur das großartigste Schreibbüro, sondern auch meine besten Freundinnen.

Und last but not least: Meine Familie. Danke, dass ihr da seid. Ich liebe euch :-)